Die deutsche Literatur 1945 – 1960

Die deutsche Literatur 1945 – 1960
Herausgegeben von Heinz Ludwig Arnold

»Draußen vor der Tür«
1945 – 1948

»Doppelleben«
1949 – 1952

Im Treibhaus
1953 – 1956

Die Wunderkinder
1957 – 1960

Die deutsche Literatur 1945 – 1960

»Doppelleben« 1949 – 1952

Herausgegeben von Heinz Ludwig Arnold

Deutscher
Taschenbuch
Verlag

dtv

Oktober 1995
Deutscher Taschenbuch Verlag GmbH & Co. KG, München
Der Deutsche Taschenbuch Verlag dankt den Autoren und Verlagen für die freundlich gewährten Abdruckgenehmigungen.
Die Copyright-Vermerke sind im Anhang des Bandes zu finden.

Gestaltungskonzept: Max Bartholl, Christoph Krämer
Umschlagbild: ›Berlin am Meer‹ von Werner Heldt
(© VG Bild-Kunst, Bonn 1995)
Satz: Wallstein Verlag, Göttingen
Druck und Bindung: C. H. Beck'sche Buchdruckerei, Nördlingen
Printed in Germany ISBN 3-423-12082-7

Inhalt

Vorbemerkung

Als ich die Arbeit an dieser Dokumentation begann, war ein Band zur westdeutschen Literatur 1945 bis 1985 geplant, mit Texten auch aus Österreich, der Schweiz, später der DDR, sofern sie für den literarischen Entwicklungsprozeß in der alten Bundesrepublik wesentlich waren. Chronologisch wollte ich diesen Prozeß in der Spannung seiner Texte, in Spruch und Widerspruch, und mit ihrem Zeitgeist dokumentieren: Ein Zeitroman sollte entstehen, in wachsenden Bezügen und Verflechtungen.

Entstanden ist ein opulentes Lesewerk bereits für die Jahre 1945 bis 1960: eine Mischung, gewonnen aus subjektiver Einschätzung und objektivem Anspruch, ein Querschnitt, der keinen literarischen Kanon vorstellen, aber doch auch bis in kleinere Verästelungen des literarischen Entwicklungsprozesses hinein repräsentativ sein will. Es könnte das literarische Gedächtnis dieser Zeit sein.

Neben der traditionellen entwickelte sich seit Ende der vierziger Jahre eine neue Literatur, die sich bis tief in die fünfziger Jahre fast obsessiv abarbeitete an den Verbrechen im »Dritten Reich«, am Krieg und an den darin wurzelnden Problemen der Nachkriegszeit. Diese Literatur gewann zunehmend Welthaltigkeit und entfaltete ab Mitte der fünfziger Jahre immer reichere Formen. Sie schloß damit wieder an jene Moderne an, die 1933 so abrupt zuschanden gemacht worden war.

Nach 1989 wurde die Dokumentation, indem sie nun als gesamtdeutsche möglich wurde, als nur noch westdeutsche unmöglich. Da ich nur den geringen, zwischen 1949 und 1960 in der Bundesrepublik verbreiteten Anteil der DDR-Literatur berücksichtigt hatte, besorgte Eckhard Thiele 1991 noch die Auswahl der Texte aus der DDR – dafür danke ich ihm.

Ich habe die Literatur der DDR freilich nicht als gesonderten Teil ausgewiesen, sondern ihre Texte in die Sammlung integriert. Das macht Spannungen sichtbar, die nun einmal zum historischen Bild des gesamten geteilten Deutschland gehören.

Göttingen, im März 1995 — Heinz Ludwig Arnold

Thomas Mann
Wie steht es um die Nachkriegsdichtung?

Von einer Kulturkrise und Zeitenwende, mit allen Anpassungsschwierigkeiten und -nöten, die eine solche begleiten und in denen sie sich ausdrückt, kann man wohl sprechen. Sie liegt uns ja allen in den Gliedern, und wir alle haben Mühe, uns leidlich klug, gerecht und anständig dabei zu halten und zu stellen. Von einer ›nivellierenden‹ Wirkung der umfassenden Krise auf die Literatur kann *nicht* die Rede sein: dazu malt sie sich zu verschieden und nach künstlerischen Persönlichkeiten abgestuft in einer Reihe von Werken, die eben dadurch ›bedeutend‹ sind, daß sie ihre Spuren tragen und sich mehr oder weniger direkt mit ihr auseinandersetzen. Und zwar scheinen mir diese Werke ganz vorwiegend von älteren und alten Autoren zu kommen, wahrscheinlich weil ihr Horizont weiter, ihre Bildung und Erfahrung reicher ist als die der in die Auflösung hineingeborenen Jungen. Persönlich halte ich es für einen Vorteil, das letzte Viertel des neunzehnten, des bürgerlichen Jahrhunderts noch miterlebt zu haben.

Brochs ›Vergil‹, meines Bruders Spät-Roman ›Der Atem‹, Hesses ›Glasperlenspiel‹, manches von Aldous Huxley, selbst mein eigener ›Faustus‹-Roman sind größer und als Dokumente der Zeit ausgiebiger, als was die Jungen bisher hervorgebracht. Mögen diese wachsen und erstarken und unser Erbe fortentwickeln. Die abendländische Kultur hat schon vieles durchgestanden und wird auch diesmal nicht untergehen.

Heinrich Böll
Der Zug war pünktlich

»Ich will nicht sterben«, schrie er, »ich will nicht sterben, aber das Schreckliche ist, daß ich sterben werde ... bald!« Immer mehr entfernte sich die schwarze Gestalt auf diesem kalten grauen Bahnsteig ... immer mehr, bis der Bahnhof in Nacht verschwunden war.

Manches Wort, das scheinbar gleichgültig ausgesprochen wird, gewinnt plötzlich etwas Kabbalistisches. Es wird schwer und seltsam schnell, eilt dem Sprechenden voraus, bestimmt, irgendwo im ungewissen Bezirk der Zukunft eine Kammer aufzureißen, kommt auf ihn zurück mit der erschreckenden Zielsicherheit eines Bumerangs. Aus dem leichtfertigen Geplätscher unbedachter Rede, meist jenen furchtbar schweren und matten Worten beim Abschied an Zügen, die in den Tod führen, fällt es wie eine bleierne Welle zurück auf den Sprechenden, der plötzlich die erschreckende und zugleich berauschende Gewalt alles Schicksalhaften kennenlernt. Den Liebenden und den Soldaten, den Todgeweihten und denen, die von der kosmischen Gewalt des Lebens erfüllt sind, wird manchmal unversehens diese Kraft gegeben, mit einer plötzlichen Erleuchtung werden sie beschenkt und belastet ... und das Wort sinkt, sinkt in sie hinein.

Während Andreas sich langsam zurücktastete in das Innere des Waggons, fiel das Wort *bald* in ihn hinein wie ein Geschoß, schmerzlos und fast unmerklich durch Fleisch, Gewebe, Zellen, Nerven dringend, bis es endlich irgendwo widerhakte, aufplatzte, eine wilde Wunde riß und Blut verströmen machte ... Leben ... Schmerz ...

»Bald«, dachte er, und er spürte, wie er bleich wurde. Dabei vollführte er das Gewohnte, fast ohne es zu wissen. Er zündete ein Streichholz an, beleuchtete die Haufen liegender, hockender und schlafender Soldaten, die über, unter und auf ihren Gepäckstücken herumlagen. Der Geruch von kaltem Tabaksqualm war mit dem Geruch von kaltem Schweiß und jenem seltsam staubigen Dreck vermischt, der allen Ansammlungen von Soldaten anhaftet. Die Flamme des erlöschenden Hölzchens zischte noch einmal hell auf, und er entdeckte in diesem letzten Schein, dort, wo der Gang schmäler wurde, einen kleinen freien Platz, dem er nun vorsichtig zustrebte. Er hatte sein Bündel unter den Arm geklemmt, die Mütze in der Hand.

»Bald«, dachte er, und der Schrecken saß tief, tief. Schrecken und völlige Gewißheit. »Nie mehr«, dachte er, »nie mehr werde ich diesen Bahnhof sehen, nie mehr dieses Gesicht meines Freundes, den ich bis zum letzten Augenblick beschimpft habe ... nie mehr ...« Bald! Er hatte den Platz erreicht, legte vorsichtig, um die ringsum Schlafenden nicht zu wecken, seine Tasche auf den Boden, setzte sich darauf, so, daß er mit dem Rücken gegen eine Abteiltür lehnen konnte; dann versuchte er, seine Beine möglichst bequem unterzubringen; er streckte das linke am Gesicht eines Schlafenden vorbei vorsichtig aus und legte das rechte quer über ein Gepäckstück, das den Rücken eines anderen Schlafenden verdeckte. In dem Abteil in seinem Rücken flammte ein Streichholz auf, und jemand begann stumm im Dunkeln zu rauchen. Er konnte, wenn er sich ein wenig zur Seite wandte, den glühenden Punkt der Zigarette sehen, und manchmal, wenn der Fremde zog, breitete sich der Schein der Glut über ein unbekanntes Soldatengesicht, grau und müde, mit bitteren Falten schrecklicher Nüchternheit.

»Bald«, dachte er. Das Rattern des Zuges, alles wie sonst. Der Geruch. Der Wunsch zu rauchen, unbedingt zu rauchen. Nur nicht schlafen! Am Fenster zogen die finsteren Silhouetten der Stadt vorüber. Irgendwo in der Ferne waren Scheinwerfer suchend am Himmel, wie lange Leichenfinger, die den blauen Mantel der Nacht teilten … fern auch Schießen von Abwehrkanonen … und diese lichtlosen, stummen, finsteren Häuser. Wann wird dieses Bald sein? Das Blut floß aus seinem Herzen, floß zurück ins Herz, kreiste, kreiste, das Leben kreiste, und dieser Pulsschlag sagte nichts anderes mehr als: Bald! … Er konnte nicht mehr sagen, nicht einmal mehr denken: »Ich will nicht sterben.« Sooft er den Satz bilden wollte, fiel ihm ein: Ich werde sterben … bald …

Hinter ihm tauchte nun ein zweites graues Gesicht im Schein einer Zigarette auf, und er hörte ein sanftes, sehr müdes Murmeln. Die beiden Unbekannten unterhielten sich.

»Dresden«, sagte die eine Stimme.

»Dortmund«, die andere.

Das Murmeln ging weiter und wurde lebhafter. Dann fluchte eine Stimme, und das Murmeln wurde wieder leise; es erlosch, und es war wieder nur eine Zigarette hinter ihm. Es war die zweite Zigarette, und auch diese erlosch wieder, und es war wieder dieses graue Dunkel hinter ihm und neben ihm, und vor ihm die schwarze Nacht mit den unzähligen Häusern, die alle stumm waren, alle schwarz. Nur in der Ferne immer noch diese ganz leisen, unheimlich langen Leichenfinger der Scheinwerfer, die den Himmel abtasteten. Es dünkte ihn, als müßten die Gesichter, die zu diesen Fingern gehörten, grinsen, unheimlich grinsen, zynisch grinsen wie die Gesichter von Wucherern und Betrügern. »Wir kriegen dich«, sagten die schmalen, großen Münder, die zu diesen Fingern gehörten. »Wir kriegen dich, wir tasten die ganze Nacht durch.« Vielleicht suchten sie eine Wanze, eine winzige Wanze im Mantel der Nacht, diese Finger, und sie werden die Wanze finden …

Bald. Bald. Bald. Bald. Wann ist Bald? Welch ein furchtbares Wort: Bald. Bald kann in einer Sekunde sein, bald kann in einem Jahr sein. Bald ist ein furchtbares Wort. Dieses Bald drückt die Zukunft zusammen, es macht sie klein, und es gibt nichts Gewisses, gar nichts Gewisses, es ist die absolute Unsicherheit. Bald ist nichts und Bald ist vieles. Bald ist alles. Bald ist der Tod …

Bald bin ich tot. Ich werde sterben, bald. Du hast es selbst gesagt, und jemand in dir und jemand außerhalb von dir hat es dir gesagt, daß dieses Bald erfüllt werden wird. Jedenfalls wird dieses Bald im Kriege sein. Das ist etwas Gewisses, wenigstens etwas Festes. Wie lange wird noch Krieg sein?

Es kann noch ein Jahr dauern, ehe im Osten alles endgültig zusammenbricht, und wenn die Amerikaner im Westen nicht angreifen und die Engländer, dann dauert es noch zwei Jahre, ehe die Russen am Atlantik sind. Aber sie werden angreifen. Aber alles zusammen wird es allermindestens noch ein Jahr dauern, vor Ende 1944 wird der Krieg nicht aus sein. Zu gehorsam, zu feige, zu brav ist dieser ganze Apparat aufgebaut. Die Frist ist also zwischen einer Sekunde und einem Jahr. Wieviele Sekunden hat ein Jahr? Bald werde ich sterben, im Kriege noch. Ich werde keinen Frieden mehr kennenlernen. Keinen Frieden. Nichts wird es mehr geben, keine Musik ... keine Blumen ... keine Gedichte ... keine menschliche Freude mehr; bald werde ich sterben ...

Dieses Bald ist wie ein Donnerschlag. Dieses kleine Wort ist wie der Funke, der das Gewitter entzündet, und plötzlich ist für eine tausendstel Sekunde die ganze Welt hell unter diesem Wort.

Der Geruch der Leiber ist wie immer. Der Geruch von Dreck und Staub und Stiefelwichse. Seltsam, wo Soldaten sind, ist Dreck ... Die Leichenfinger haben die Wanze ...

Er zündet eine neue Zigarette an. Ich will mir die Zukunft vorstellen, denkt er. Vielleicht ist es eine Täuschung, dieses Bald, vielleicht bin ich übermüdet, überreizt, und lasse mich erschrecken. Er versucht, sich vorzustellen, was er tun wird, wenn kein Krieg mehr ist ... er wird ... er wird ... aber da ist eine Wand, über die er nicht weg kann, eine ganze schwarze Wand. Er kann sich nichts vorstellen. Gewiß, er kann sich zwingen, den Satz zu Ende zu denken: ich werde studieren ... ich werde irgendwo ein Zimmer haben ... mit Büchern ... Zigaretten ... werde studieren ... Musik ... Gedichte ... Blumen. Aber auch, wenn er sich zwingt, den Satz zu Ende zu denken, er weiß, daß das nicht sein wird. Alles das wird nicht sein. Das sind keine Träume, das sind ganz blasse Gedanken, die kein Gewicht haben, kein Blut, keinerlei menschliche Substanz. Die Zukunft hat kein Gesicht mehr, sie ist irgendwo abgeschnitten, und je mehr er daran denkt, um so mehr fällt ihm ein, wie nahe er diesem Bald ist. Bald werde ich sterben, das ist eine Gewißheit, die zwischen einem Jahr und einer Sekunde liegt. Es gibt kein Träume mehr ...

Bald. Vielleicht zwei Monate. Er versucht, es sich zeitlich vorzustellen, und will feststellen, ob die Wand vor den nächsten zwei Monaten steht, diese Wand, die er nicht mehr überschreiten wird. Zwei Monate, das ist Ende November. Aber es gelingt ihm nicht, es zeitlich zu fassen. Zwei Monate, das ist eine Vorstellung, die keine Kraft hat. Er könnte ebenso gut sagen: drei Monate oder vier Monate oder sechs, diese Vorstellung erweckt kein Echo. Er denkt: Januar. Aber da ist nirgendwo die Wand. Eine seltsame, unruhige Hoffnung wird wach! Mai, denkt er mit einem plötzlichen Sprung. Nichts. Die Wand schweigt. Nirgendwo ist die Wand. Es ist nichts. Dieses Bald ... dieses Bald ist nur ein schrecklicher Spuk ... er denkt: November! Nichts! Eine wilde, schreckliche Freude wird lebendig. Januar! Schon der nächste Januar, anderthalb Jahre! Anderthalb Jahre Leben! Nichts! Keine Wand! Er seufzt glücklich auf und denkt weiter, und nun rennen die Gedanken über die Zeit hinweg wie über leichte, ganz niedrige Hürden. Januar, Mai, Dezember! Nichts! Und plötzlich spürt er, daß er im Leeren tastet. Es ist kein zeitlicher Begriff, wo die Wand errichtet ist. Die Zeit ist belanglos. Es gib keine Zeit mehr. Und doch ist die Hoffnung noch da. Er hat so schön die Monate übersprungen. Jahre ...

Bald werde ich sterben, und es ist ihm wie einem Schwimmer, der sich nahe dem Ufer weiß und plötzlich von einer schweren Sturzwelle zurückgeschleudert wird in die Flut. Bald! Da ist die Wand, hinter der er nicht mehr sein wird, nicht mehr auf der Erde sein wird.

»Krakau«, denkt er plötzlich, und nun stockt sein Herz, als habe sich die Vene geknotet und lasse nichts mehr durch. Er ist auf der Spur! Krakau! Nichts! Er geht weiter vor. Przemysl! Nichts! Lemberg! Nichts! Dann versucht er zu rasen: Czernowitz, Jassy, Kischinew, Nikopol! Aber beim letzten Wort spürt er schon, daß das nichts als Schaum ist, Schaum, wie eben der Gedanke: ich werde studieren. Nie mehr, nie mehr wird er Nikopol sehen! Zurück. Jassy! Nein, auch Jassy wird er nicht mehr sehen. Czernowitz wird er nicht mehr sehen. Lemberg! Er wird Lemberg noch sehen, er wird noch lebend nach Lemberg kommen! Ich bin irrsinnig, denkt er, ich bin wahnsinnig, ich müßte ja zwischen Lemberg und Czernowitz sterben! Welch ein Wahnsinn ... er dreht die Gedanken gewaltsam ab und beginnt wieder zu rauchen und ins Gesicht der Nacht zu starren. Ich bin hysterisch, ich bin verrückt, ich habe zuviel geraucht, nächtelang, tagelang geredet, geredet, nicht geschlafen, nicht gegessen, nur geraucht, da soll ein Mensch nicht überschnappen ...

Ich muß etwas essen, denkt er, etwas trinken. Essen und Trinken hält Leib und Seele zusammen. Dieses verfluchte ewige Rauchen! Er beginnt an seiner Tasche zu nesteln, aber während er angestrengt in das Dunkel zu seinen Füßen starrt, um die Schnalle zu finden, und dann in der Tasche zu kramen beginnt, wo Butterbrote und Wäsche, Tabak, Zigaretten und eine Flasche Schnaps beieinander liegen, fühlt er eine bleierne, unerbittliche Müdigkeit, die seine Adern einfach zustopft ... er schläft ein ... die offene Tasche zwischen seinen Händen, ein Bein links neben einem Gesicht, das er nie gesehen hat, ein Bein rechts über einem Gepäckstück, und die müden, nun auch schon schmutzigen Hände an seiner Tasche, schläft er ein, den Kopf auf der Brust ...

Er wird wach davon, daß ihn jemand auf die Finger tritt. Ein plötzlicher Schmerz, er schlägt die Augen auf; jemand ist hastig an ihm vorbeigegangen, hat ihn in den Rücken gestoßen und auf seine Hände getreten. Er sieht, daß es hell ist, und hört, daß wieder eine sonore Stimme einen Bahnhofsnamen sehr warm ausspricht, und er begreift, daß das Dortmund ist. Der, der diese Nacht hinter ihm geraucht und gemurmelt hat, der steigt aus, tritt rücksichtslos und fluchend durch den Flur, dieses unbekannte graue Gesicht ist zu Hause. Dortmund. Der neben ihm, auf dessen Gepäck sein rechtes Bein geruht hat, ist wach geworden und hockt augenreibend im kalten Gang. Der links, an dessen Gesicht sein rechter Fuß ruht, schläft noch. Dortmund. Mädchen mit dampfenden Kannen rennen auf dem Bahnhof umher. Es ist wie immer. Frauen stehen da, die weinen; Mädchen, die sich küssen lassen, Väter ... alles wie immer: das ist Wahnsinn.

Aber im Grunde weiß er nur, daß er, sobald er die Augen aufschlug, gespürt hat, daß das Bald noch da ist. Der Widerhaken lökt tief in ihm, er hat gepackt und läßt nicht mehr los. Dieses Bald hat ihn ergriffen wie eine Angel, an der er nun zappeln wird, zappeln bis zwischen Lemberg und Czernowitz ...

HANS WERNER RICHTER
Die Geschlagenen

14

Der Dolmetscher war in Zivil. Er saß hinter einem aufgeräumten glatten Schreibtisch. Als Gühler eintrat, erhob er sich und setzte sich auf die Lehne seines Sessels. Gühler blieb unbeholfen im Raum stehen. Er wußte nicht, ob und wie er grüßen sollte.

»Sie waren Nationalsozialist?« sagte der Dolmetscher. Er sah dabei gleichgültig zur Decke auf, so, als ob ihn die Frage gar nicht interessiere.

»Nein«, antwortete Gühler.

Der Dolmetscher sah ihn an. Dann stand er auf und ging ein paar Schritte durch den Raum.

»Sie waren kein Nationalsozialist?«

»Nein«, sagte Gühler langsam und unbeholfen, »ich war kein Nationalsozialist.«

»Hm«, räusperte sich der Dolmetscher. »Sie sind der erste. Ihre Kameraden sagen auf alle Fragen, daß sie nichts zu sagen hätten. Immer wieder dasselbe, als hätte man es ihnen eingehämmert.«

»Ja«, antwortete Gühler, »man hat ihnen gedroht, daß sie erschossen werden, wenn sie etwas sagen.«

»Glauben sie immer noch, daß Deutschland den Krieg gewinnt?«

»Viele glauben es.«

»Glauben Sie das auch?«

»Nein«, sagte Gühler, »ich glaube es nicht.«

Der Dolmetscher ging zu seinem Tisch zurück und machte einige Notizen.

»Setzen Sie sich«, sagte der Dolmetscher.

Gühler fiel schwer auf den bereitstehenden Stuhl vor dem Tisch. Der Dolmetscher ging wieder durch das Zimmer. Die Dielen knarrten leicht.

»Warum glauben Sie, daß Deutschland den Krieg verliert?«

»Hitler verliert den Krieg. Es ist Hitlers, nicht Deutschlands Krieg.«

Der Dolmetscher, der bei der Frage am Fenster gestanden hatte, drehte sich heftig um.

»Ist das nicht dasselbe?« sagte er.

»Nein«, antwortete Gühler, »es ist nicht dasselbe.«

»Für Sie ist es vielleicht nicht dasselbe!«

»Für mich und für viele von uns.«

»Warum sind Sie dann nicht emigriert?«

»Das wäre feige gewesen.«

Gühler hörte die Diele hinter sich knarren. Er spürte die Erregung des Dolmetschers, der hinter ihm hin und her ging.

Dann sagte er:

»Ich war ein halbes Jahr draußen, weil ich raus mußte, in Paris, dann bin ich zurückgegangen. Was man bekämpft, muß man im eigenen Lande bekämpfen.«

»Das ist Unsinn«, sagte der Dolmetscher.

»Vielleicht«, antwortete Gühler. »Aber wir haben es versucht.«

»Und warum sind Sie Soldat geworden?«

»Weil ich Soldat werden mußte.«

»Sie haben sich nicht widersetzt?«

Gühler schwieg einen Augenblick. Er sah den Dolmetscher an, der mit dem Rücken zu ihm stand und aus dem Fenster sah. Dann sagte er langsam:

»Ein Toter kann sich nicht widersetzen.«

Der Dolmetscher kam von dem Fenster zurück und setzte sich in den Sessel. Er schlug die Beine übereinander, machte einige Notizen und bot Gühler eine Zigarette an.

»Sie haben eine merkwürdige Auffassung«, sagte er dann.

»Für uns ist sie nicht merkwürdig«, antwortete Gühler.

»Und Sie glauben, daß Hitler am Ende ist?«

»Ja«, sagte Gühler, »kein Material, zuviel Gegner und miserable Politik.«

»Wie lange geben Sie ihm noch?«

»Nicht mehr lange.«

»Warum haben Sie da oben so lange ausgehalten? Wir kommen nicht weiter an dem Paß.«

»Wenn jemand nicht zurück darf und nicht vorwärts kann, bleibt er in der Mitte liegen.«

»Warum nicht zurück darf?«

»Hinter uns standen die Bäume, an denen wir gehangen hätten, und vor uns war die Artillerie.«

»Sie hätten überlaufen können.«

»Überlaufen kann ein einzelner, nicht eine Kompanie. Eine Kompanie braucht Befehle. Diesen Befehl gibt niemand, der seinen Kopf behalten möchte.«

»Aber die Moral, die Moral Ihrer Kameraden ist doch gut?«

»Das ist keine Moral. Sie haben kein eigenes Urteil und übersehen die Zusammenhänge nicht. So warten sie, daß etwas mit ihnen geschieht. Dort, wo man sie hinlegt, bleiben sie liegen. Bis zum nächsten Befehl. Der Befehl ist alles.«

Gühler lehnte sich zurück. Er hatte schnell und lebhaft gesprochen. Er fühlte die politische Leidenschaft wieder in sich erwachen.

Der Dolmetscher sah ihn an und lächelte. Er öffnete sein Zigarettenetui.

»Nehmen Sie«, sagte er.

Gühler nahm eine Zigarette. Der Dolmetscher beugte sich über den Tisch und gab ihm Feuer. Dann sagte er:

»Und die Moral in Deutschland?«

»Schlecht.«

»Glauben Sie an einen Aufstand gegen Hitler?«

»Nein.«

»Warum nicht?«

»Sie haben nur die Wahl zwischen einem verlorenen Krieg und Hitler. Beides erscheint vielen gleich verhängnisvoll. So wünschen viele weder das eine noch das andere. Einige wollen den Aufstand. Aber der Terror ist stärker.«

»Sie glauben, daß wir bis nach Deutschland marschieren müssen?«

»Ja. Das deutsche Volk ist in der gleichen Lage wie wir an der Front. In einem Trommelfeuer gibt es noch immer die Möglichkeit, mit dem Leben davonzukommen. Vor einem Erschießungskommando gibt es diese Möglichkeit nicht.«

»Aber viele glauben doch an Hitler.«

»Viele glauben und viele hassen. Es hält sich die Waage, der Haß und der Glaube.«

»Sie hassen?« fragte der Dolmetscher.

Gühler blickte den Dolmetscher an und sah dann auf seine dreckigen Stiefelspitzen.

»Ja«, sagte er.

Der Dolmetscher stand wieder auf und ging zum Fenster. Er sah auf den Hof hinaus.

»Da unten sitzen Ihre Kameraden«, sagte er. »Sie sind jetzt Gefangene. Woran denken die jetzt?«

»An das Nächstliegende. Wahrscheinlich daran, daß sie Hunger haben und wann sie etwas zu essen bekommen.«

»Ich unterhalte mich länger mit Ihnen, als es üblich ist.«

Gühler sagte nichts. Er sah auf seine dreckigen Hände und dachte: »Wenn es doch üblich wäre, daß man sich in der Gefangenschaft waschen könnte.«

Der Dolmetscher ging wieder an seinen Schreibtisch. Er zog die Schublade auf und nahm eine Karte heraus. Er legte die Karte auf den Tisch und sagte: »Können Sie mir sagen, wo Ihre Stellungen waren?«

»Nein«, sagte Gühler.

»Warum nicht?«

»Ich bin kein Artillerieoffizier.«

»Sie sind doch ein Gegner der Nazis?«

»Da oben liegen keine Nazis, sondern Kameraden von mir.«

»Sie helfen den Krieg abkürzen.«

»Nein«, sagte Gühler langsam und stand dabei auf, »der Krieg hat seine eigenen Gesetze. Jede Stellung, die ich Ihnen sage, bedeutet dreißig bis vierzig Volltreffer für die Kameraden, die jetzt noch eine Chance haben, mit dem Leben davonzukommen.«

Der Dolmetscher rollte die Karte wieder zusammen und schob sie in die Schreibtischschublade.

»Ich kann Sie nicht zwingen«, sagte er.

»Gott sei Dank«, antwortete Gühler, »Sie sind ja kein Nazi.«

»Lassen Sie solche Äußerungen.«

Gühler zuckte die Achseln.

»Ich verstehe Sie nicht«, begann der Dolmetscher wieder, »wenn Sie gegen Hitler sind, müßten Sie auf unserer Seite gegen Deutschland kämpfen.«

Gühler nahm eine Zigarette.

Wieder beugte sich der Dolmetscher über den Tisch und gab ihm Feuer. Gühler sah ihm dabei voll ins Gesicht. Dann sagte er langsam:

»Ich bin Sozialist und ein Deutscher. Es gibt für mich nur eine Möglichkeit. In meinem Land meine Idee durchzusetzen. Aber nicht gegen mein Land. Nicht für fremde Interessen.«

Der Dolmetscher ging um den Schreibtisch herum. Dann drehte er sich um und sagte:

»Ein hartes Urteil.«

»Es ist kein Urteil. Es ist eine politische Haltung.«

»Ich bin Österreicher. Ich bin hinausgegangen, als die Nazis kamen.«

»Sie hatten keine andere Wahl.«

»Ja, ich hatte keine andere Wahl.«

Er ging an den Schreibtisch und blätterte in den Papieren. Dann nahm er Gühlers Soldbuch und sah hinein.

»Sie waren politisch tätig?«

»Ja.«

»Auch später, als Sie aus Paris zurückkamen?«

»Immer, solange es möglich war.«

»Und die Gestapo?«

»Hat mich nie bemerkt, bis auf einen Zwischenfall kurz vor meiner Einberufung.«

»Sie waren in keiner Partei-Formation?«

»Nein.«

»Und Sie sind nie auf die Idee gekommen hinauszugehen?«

»Es gibt in der Politik keine verlorenen Posten.«

»Wie meinen Sie das?«

»Ich meine, daß man niemals in der Politik etwas aufgeben darf, bevor es einem nicht aus der Hand geschlagen wird.«

»Aber es war Ihnen alles aus der Hand geschlagen.«

»Es war alles verboten, aber eine Anschauung kann man nicht verbieten und es gibt viele in Deutschland, die sie teilen.«

Der Dolmetscher nahm wieder den Wehrpaß und blätterte darin. Dann zündete er sich eine Zigarette an und sagte:

»Sie haben heute Geburtstag?«

»Ja.«

»Gratuliere. Ein schönes Geschenk für Sie, die Gefangenschaft.«

»Es hätte schlimmer kommen können.«

»Wie war das Trommelfeuer?«

»Ein hübsches Vermögen, das Sie da auf den Berg getrommelt haben.«

»Wir können es uns leisten.«

»Ich weiß.«

»Und die Wirkung, wie war die Wirkung dort oben?«

»Wenig Ausfall.«

»Und die moralische Wirkung?«

»Sehr stark.«

Der Dolmetscher nahm die Papiere und legte sie in einen großen Briefumschlag.

»Ihre Begleitpapiere«, sagte er.

Dann gab er Gühler die Hand.

»Ich danke Ihnen. Es war für mich sehr interessant.«

Gühler nahm seine Hand und ging zur Tür.

»Sie werden es gut bei uns haben«, sagte der Dolmetscher.

Gühler drehte sich um. Er sah den Dolmetscher an. Die dunklen Augen unter der hohen Stirn waren ohne jede Anteilnahme.

»Ich möchte es nicht besser haben als alle anderen auch«, sagte Gühler langsam und betont.

Ihm war plötzlich heiß und unbehaglich zumute.

»Amerika hat viele Möglichkeiten«, sagte der Dolmetscher.

Er lächelte unverbindlich.

Gühler drückte die Tür hinter sich ins Schloß. Langsam ging er die Treppe hinunter. Seine Beine waren müde und schwer.

Grundmann kam ihm entgegen.

»Du siehst ja so weiß aus«, sagte er.

»Ich weiß nicht«, antwortete Gühler, »ich muß was trinken. Ich bin fertig.«

»Komm, auf dem Hof sind amerikanische Soldaten, die geben uns Zitronenwasser.«

Die Soldaten führten sie in einen Schuppen, der mit Stroh ausgelegt war. Sie bekamen jeder eine Büchse mit Fleisch, Kaffee, Schokolade und Zigaretten. Gühler warf sich auf das Stroh.

»Ich muß mal die Augen zumachen.«

»Tu das«, sagte Grundmann.

Sie legten sich dicht nebeneinander, denn der Nachtwind kam kühl und fröstelnd durch die Baracke. Nach einer Weile sagte Grundmann:

»Ich habe mir das überlegt. Du hast doch recht. Die sollten Schluß machen mit dem ganzen Scheißdreck.«

»Und Hitler?« murmelte Gühler.

»Der sollte Platz machen für einen anderen.«

»Gott sei Dank, daß du das begriffen hast.«

»Ja. Es war nicht so einfach.«

Amerikanische Soldaten gingen durch die Baracke und leuchteten jedem mit einer Blendlaterne ins Gesicht.

»Die zählen uns dauernd«, sagte Grundmann.

»Das gehört zur Gefangenschaft«, antwortete Gühler.

In der Nacht wurden sie wieder geweckt. Jemand saß neben Gühler und schüttelte ihn.

»Was ist los?«

»Steh auf, Gühler, steh auf, wir haben dich dauernd gesucht.«

»Mensch, Beijerke«, sagte Gühler und richtete sich auf. Es war dunkel in der Baracke, aber er fühlte Beijerke über sich.

»Wo kommst du her?«

»Ich habe das Loch nicht wiedergefunden. Hatte mich verlaufen. Da haben sie mich geschnappt.«

»Gott sei Dank«, sagte Gühler.

»Die andern sind auch alle da«, sagte Beijerke.

»Wer?«

»Alle, Buschmann, Konz.«

»Mach keinen Unsinn«, sagte Gühler und sprang auf.

»Doch, ich bin hier schon von Mann zu Mann in dieser Scheißbaracke gekrochen, um dich zu finden.«

Die Gefangenen lagen in der Dunkelheit nebeneinander und übereinander wie dunkle erdige Klumpen. Grundmann dehnte sich verschlafen.

»Was ist los, Gühler?«

»Steh auf, die sind alle da, Buschmann, Konz, Beijerke.«

Sie standen in der Tür, im Licht der amerikanischen Blendlaternen.

»Na«, sagte Buschmann, »ihr habt's ja alle geschafft.«

Er hatte eine Konservenbüchse in der Hand und sah Gühler unsicher an. Hinter ihm stand Konz mit hochgeschlagenem Mantelkragen.

»Ihr seid alle durchgekommen?« fragte Gühler.

Buschmann lachte. Er stopfte die Fleischstücke aus der Konservenbüchse in sich hinein und sagte, ohne mit dem Kauen aufzuhören:

»Die haben uns mit einem italienischen Eseltreiber aus dem Loch geholt, einer, der die Maultiere abgeliefert hat. Der war ganz verrückt, der Hund. Hatte eine Flinte und wollte uns abknallen.«

»Na und?« sagte Grundmann.

»Die Amis haben ihm die Flinte abgenommen.«

Buschmann nahm die leere Konservenbüchse und warf sie aus der Tür.

»Gib mal eine Zigarette«, sagte er.

Gühler nahm aus der Tasche eine amerikanische Zigarette und gab sie ihm.

»Stellungen waren alle verraten, alle. Wir hätten die Eseltreiber gleich an die Wand stellen müssen, statt sie in den Stellungen rumlaufen zu lassen.«

Die amerikanischen Soldaten kamen und holten sie zum Verhör. Buschmann gab die Zigarette an Gühler zurück und ging hinaus.

In der Tür drehte er sich um:

»Hoffentlich habt ihr das Maul gehalten.«

»Sicher«, sagte Gühler, »wir haben's ja gelernt.«

Sie blieben mit Konz und Beijerke zurück.

»Der reißt ja schon wieder ganz schön den Hals auf«, sagte Grundmann.

»Gibt sich wieder«, antwortete Gühler, »gibt sich alles.«

Beijerke und Konz blieben an der Tür stehen und warteten, daß sie zum Verhör geholt wurden.

»Komm, wir hauen uns wieder hin«, sagte Grundmann.

Sie streckten sich auf dem Stroh aus. Neben ihnen lagen Buchwald, Maeder und Schneider. Sie schnarchten tief und röchelnd.

»Gut, daß die alle rausgekommen sind«, flüsterte Grundmann.

»Toll, bei dem Feuer«, sagte Gühler.

»Die haben immer nur mit hochexplosiven Granaten geschossen, daran liegt es.«

»Woher weißt du?«

»Drüben liegt ein Artilleriebeobachter, der sagt, das wäre ihr Fehler.«

»Ach«, sagte Gühler, »deshalb fragen sie immer nach der moralischen Wirkung.«

»Ja, das fragen sie bei allen.«

»Was hältst du eigentlich von Buschmann?« flüsterte Gühler.

»Angeber.«

»Nazi?«

»Nein. Nur ein Angeber. Wie die meisten.«

In der Baracke wurde es still. An der Tür stand ein amerikanischer Soldat mit der schußbereiten Maschinenpistole im Arm. Er hatte seine Taschenlampe auf den Boden gerichtet. Die Schatten von Konz und Beijerke standen vor dem unsicheren Licht. Der erdige, schweißige Geruch lag dick und säuerlich über den schlafenden Gefangenen.

»Geburtstag ist aus«, flüsterte Gühler.

»Ja«, sagte Grundmann, »schöner Geburtstag!«

TAUSEND GRAMM
Sammlung neuer deutscher Geschichten

WOLFGANG WEYRAUCH
Aus dem Nachwort

Die Männer des Kahlschlags – die sich, vielleicht, diese Bezeichnung und das ihr inbegriffene Stigma verbitten, wenn sie diese Sätze lesen – schreiben die Fibel der neuen deutschen Prosa. Sie setzen sich dem Spott der Snobs und dem Verdacht der Nihilisten und Optimisten aus: ach, diese Leute schreiben so, weil sie es nicht besser verstehen. Aber die vom Kahlschlag wissen, oder sie ahnen es doch mindestens, daß dem neuen Anfang der Prosa in unserm Land allein die Methode und die Intention des Pioniers angemessen sind.

Die Methode der Bestandsaufnahme. Die Intention der Wahrheit. Beides um den Preis der Poesie. Wo der Anfang der Existenz ist, ist auch der Anfang der Literatur. Wenn der Wind durchs Haus geht, muß man sich danach erkundigen, warum es so ist. Die Schönheit ist ein gutes Ding. Aber Schönheit ohne Wahrheit ist böse. Wahrheit ohne Schönheit ist besser. Sie bereitet die legitime Schönheit vor, die Schönheit hinter der Selbstdreingabe, hinter dem Schmerz.

Es gibt vier Kategorien von Schriftstellern. Die einen schreiben das, was nicht sein sollte. Die andern schreiben das, was nicht ist. Die dritten schreiben das, was ist. Die vierten schreiben das, was sein sollte. Die Schriftsteller des Kahlschlags gehören zur dritten Kategorie. Einer von ihnen, Gerd Behrendt, hat es selbst einmal formuliert: »ich schrieb das auf, was passierte«. Sie fixieren die Wirklichkeit. Da sie es wegen der Wahrheit tun, photographieren sie nicht. Sie röntgen. Ihre Genauigkeit ist chirurgisch. Ihre Niederschrift ist eine Antisepsis. Sie sind auf dem Weg, funktionell zu schreiben.

Oft bedienen sie sich der Geschichte. Geschichten, wie sie in diesem Band stehen, (...) tun unsrer Prosa und unsern Lesern gut (...) – solche Geschichten verursachen, auch durch ihr »wer A sagt, muß auch B sagen«, eine echte Affinität mit der Wirklichkeit, mit der Moral und Unmoral ihres Gefälles.

Solche Geschichten verlassen schon die Deskription, ohne sie indes je zu verlieren, sie tragen sie mit sich fort, sie begeben sich bereits zur Analyse, sie beginnen die Auseinandersetzungen des Geists. Die Auseinandersetzungen des Geists mit seinen Widersachern, der Intoleranz, der Erbarmungslosigkeit, der Ausbeutung, der Isolierung des Menschen vom Menschen, können auch – es sei den Usurpatoren zugerufen – von Schriftstellern, wenn sie sich nur der Gefallsucht, der Eremitage, der Menschenverachtung entäußern, bestritten werden.

Alfred Andersch
Die Treue

Es war so weit gekommen, daß der Anblick ihres eigenen nackten Körpers sie rasend machte. Sie saß auf dem Bett und brachte es nicht fertig, sich weiter anzuziehen. Diese Beine, dachte sie, es müßte sie einer anfassen. Und meinen Bauch müßte jemand streicheln. Die Brust nicht, das hab ich nicht gern, es hat mir immer weh getan. Damals. Wie lang ist das her? Über zwei Jahre. Verdammt.

Sie warf sich über das Bett und vergrub ihr Gesicht in den Kissen. Das war eine wütende Bewegung, zornig und besinnungslos, wie das trockene Schluchzen, zu dem es gerade noch reichte. Dann saß sie wieder eine Weile auf dem Bettrand und hatte die Hände geballt. Sie würde es sich einfach verschaffen. Das, dieses Streicheln. Mein Gott, es war ja alles so leicht. Die Männer liefen hinter ihr her. Nachher kam einer, der immer Blumen mitbrachte. Sie dachte sich seinen Körper aus.

Gegenüber, vor dem Fenster, standen ein paar hohe dünne Bäume im Licht des Frühlingsnachmittags. Ihr Zweigwerk glich einem feinmaschigen Gitter. Nach Tisch hatte sie sich hingelegt. Das war in der letzten Zeit eine Laune von ihr geworden: sich gänzlich zu entkleiden und hinzulegen. Dann begann dieses haltlose Hineinträumen in ihren Leib. Mit sich allein zu sein, das war schön. Dann ging sie oft für Wochen in einen süßen Taumel eingehüllt. Das andere war ekelhaft. Grau. Scheußlich war ihr immer darauf zu Mute.

Sie blickte in die Äste, in den silbrig grauen Himmel, der dahinter stand. Seine Entrücktheit steigerte ihre zornige Ungeduld. Ich werde es tun, ich betrüg' ihn, dachte sie. Er sitzt hinter dem Stacheldraht und ich betrüg' ihn. Ich kann nichts dafür, Herrgott nochmal, ich kann doch nichts dafür, daß dieser Krieg gekommen ist. Er ist fortgegangen und kommt nicht wieder. Und kommt nicht wieder. Er hat mich allein gelassen. Ich tu es jetzt einfach. Wenn ich ihn betrüge, werde ich an ihn denken. Nein, nein, nein! Er soll es nur wissen. Ach nein!

Sie stürzte ganz in sich zusammen, doch dann richtete sie sich wieder auf. Ich bin ja hysterisch, dachte sie. Das alles ist doch die einfachste Sache der Welt. Ich hab seit zwei Jahren mit keinem Mann mehr geschlafen. Ich bin siebenundzwanzig und eine unbefriedigte Frau. Ich muß mir eben nehmen, was ich brauche, ohne allen Lärm. Wie man so etwas macht, das weiß ich doch. Der mit den Blumen muß gleich kommen. Ich werde mich hübsch anziehen und ihn zu einer Tasse Tee bitten. Und wenn er schüchtern ist, werde ich ihm kaltblütig sagen, was ich will.

Aber dann? Sie wurde auf einmal verwirrt. Die ungekämmten dunklen Haare fielen ihr in die Stirn, die sie in gespanntem Nachdenken gesenkt hatte. Was wird dann sein? Wie wird er es tun? Wird er mich ausziehen wollen? Nein, nein, das darf er nicht. Ich werde mich selbst ausziehen. Wird er herumstehen, ein wenig verlegen, mühsam sich zur Lüsternheit entschließend?

Und weiter? Sie stand auf und blickte in den dunkler gewordenen Nachmittag hinaus, indes sie die Arme starr an ihre Hüften und Schenkel preßte. Nein, das konnte doch gar nicht sein. Ein fremder Körper zu einem fremden Körper. Zwei Leiber, deren Seelen sich nicht liebten. Unmöglich. Oder ging es doch? Daß man sich streichelte, daß man sich hinlegte? Daß man den Mann küßte? Unmöglich. Sie schauderte zusammen.

Darnach würde es schrecklich sein. Der pure Ekel würde sie überfallen, sie wußte das jetzt bereits ganz genau. Diese stereotypen Bewegungen des Liebesspiels würden ihr ein wenig später lächerlich vorkommen. Sie würde den Menschen nachher sofort wegschicken. Einen Augenblick lang dachte sie an ihren Mann. Es würde nicht so sein wie bei ihm, wo es sie stets nach unendlicher Fortsetzung verlangt hatte. Er war zart, zart und heftig, wie alle Nervösen, so daß sie, wenn es vorbei war, nur still und zärtlich scherzend neben ihm liegen konnte. Er hatte sie nie völlig erfüllt. Vielleicht blieb deshalb ihr Hunger nach ihm immer so frisch. Sie lächelte sanft nach draußen. Zum ersten Mal spürte sie die Kühle.

Dann war sie wieder erzürnt gegen sich selbst. Aber das war ein blasses, entfernt schon schwebendes Zürnen. Lächerlich, dachte sie, phantastisch und lächerlich. Wenn ich mir vorstelle, ich würde das mit diesem Fremden tun! Komisch, jetzt bin ich meinem Mann sogar in Gedanken treu geblieben. Dabei will ich gar nicht treu sein. Ich habe kein Gewissen. Es ist nur eben lächerlich, daß man so etwas tun soll, bloß weil es in einem brennt. Beschämend ist das. Ich will nicht nachher daliegen und mich lächerlich finden.

Die Tränen rannen ihr übers Gesicht. Ich will warten, überlegte sie. Er wird gleich klingeln. Dann werde ich still sitzen bleiben und lauschen. Er wird ein paarmal klingeln und später werde ich ihn die Treppe hinunter gehen hören. Nachher will ich mich anziehen und einen langen Spaziergang machen.

HERBERT ROCH

Tausend Gramm

Als sie ihn die Treppe heraufkommen hörte, fingen ihre Hände an zu zittern. Sie nahm das eingewickelte Tausend-Gramm-Brot vom Küchentisch, überlegte eine Weile, wobei ein ängstliches und gehetztes Zucken um ihre Mundwinkel lief, und steckte es dann in den Kohlenkasten. Die dritte Dekade hatte gerade erst begonnen, und es war das letzte Brot für diesen Monat. Sie hörte ihn aufschließen und machte sich am Abwaschnapf zu schaffen. Die Kinder schliefen. Er hatte ihnen schon einmal das letzte Brot weggegessen. Es waren nicht seine Kinder. Sie wußte manchmal kaum noch, wie er in ihr Leben gekommen war. Es war zu einer Zeit geschehen, als das Warten und das freudlose Alleinsein sie verrückt gemacht hatten. Eine Freundin hatte ihn mitgebracht. Sie selbst hatte von ihrem Mann schon seit zwei Jahren keine Nachricht mehr bekommen. Ihre Freundin wußte wenigstens, daß ihr Mann gefallen war. Sie wußte nichts. Und an jenem Abend hatte sie auch an nichts denken wollen. Es war im Sommer gewesen. Sie waren in ein Kino gegangen, später in ein Lokal. Er war sehr schweigsam gewesen. Auf dem Heimweg hatte er ihren Arm genommen, das erstemal seit vielen Monaten, daß ein Mann sie angerührt hatte. Im Finstern waren sie die Stiegen hinaufgegangen, damit niemand sie sehen sollte. Außer einer Tante ihres Mannes kam kaum Besuch zu ihr. Er war die Nacht über dageblieben. Bald schon waren sie nicht mehr im Dunkeln die Treppe hinaufgestiegen. Und eines Tages war er bei ihr eingezogen, als Untermieter, und hatte angefangen, die Wäsche ihres Mannes zu tragen. Eines Morgens hatte er die Kinder geschlagen, weil sie zu gefräßig wären. Da hatte sie das erstemal aufbegehrt, aber es hatte sich nichts geändert. Er hatte ihr einen Schlag ins Gesicht versetzt und finster gelacht. Es war auch nicht bei diesem ersten Schlag geblieben. Aber da er manchmal zärtlich und dumm wie ein Junge sein konnte, ertrug sie es weiter und liebte ihn sogar. Die Kinder fürchteten sich, wenn er in der Nähe war. Aber ihre Furcht vor dem Alleinsein war größer als ihre Scham. So blieb er bei ihr wohnen. Von ihrem Mann kam keine Nachricht. Manchmal, wenn sie bei ihm lag, dachte sie an ihren Mann. Sie war erst zwanzig gewesen, als sie ihn geheiratet hatte. Aber die Vergangenheit war blaß und vergilbt wie eine alte Photographie und lag irgendwo unter den Trümmern, die aus den Bombennächten übriggeblieben waren. Als er in die Küche trat, warf sie einen Blick auf den zugedeckten Kohlenkasten und preßte die Lippen fest aufeinander. Seit einiger Zeit hielt er ihr vor, daß sie ihn um sein Brot betrüge. Er behauptete, nicht mehr satt zu werden. Was sie kochte, schmeckte ihm nicht. Er hatte ihr die Suppe schon einmal ins Gesicht geschüttet. Und erst vor kurzem hatte er sich die Frühstücksbrote eingesteckt, die sie für die Kinder zurechtgemacht hatte. Seitdem haßte sie ihn. Es war ein vibrierender, stetig nagender Haß. Sie hatte ihm das Zimmer gekündigt, aber er war nicht ausgezogen. Es gefiel ihm sehr gut bei ihr, hatte er erwidert. Sie hörte ihn über die Schwelle treten. Ohne sich umzuschauen, tat sie das Essen auf. Er setzte sich hin und verlangte Brot. Bei seinen Worten zogen sich ihre Eingeweide schmerzhaft zusammen. Doch sie beherrschte sich und schwieg. Ihr Schweigen traf ihn wie ein Schlag. Er schlug mit der Faust auf den Tisch und schrie sie an. Sie drehte sich um und starrte in sein verzerrtes Gesicht. Es war wie eine Trümmerlandschaft. Seine Augen glühten böse. Es ist kein Brot mehr im Hause, sagte sie. Er warf den Löffel gegen die Wand und sprang vom Stuhl auf. Jetzt wird er mich wieder schlagen, dachte sie. Du lügst, hörte sie ihn sagen. Jawohl, ich lüge, dachte sie, und diesmal soll er mir nichts entreißen, was ich nicht freiwillig hergebe. Er trat dicht an sie heran, sie spürte, wie sein Atem ihre Wange streifte. Wenn er mich schlägt, rufe ich um Hilfe, dachte sie. Du lügst, sagte er noch einmal und zischte die Worte in ihr Gesicht. Du verschiebst das Brot, mach mir nur nichts vor, damit deine Brut Schokolade essen kann. Sie stand mit dem Rücken gegen die Tischkante und stützte sich mit den Händen darauf. Erst einmal im Leben war sie so kalt, so ruhig gewesen, wie abgestorben innerlich, damals, als die Luftmine eines von den Nachbarhäusern getroffen hatte. Viele Stunden war sie mit den Kindern im Keller verschüttet gewesen. Die andern hatten geschrien, geweint und gebetet, soweit sie den Mund noch auftun konnten. Sie war kalt und ruhig geblieben, wie tot und dennoch von einer überwachen, schmerzlichen Bewußtheit. Jetzt war sie wieder auf ähnliche Art erstarrt. Er ging an den Küchenschrank und wühlte darin. Dann stieß er sie beiseite und riß den Tischschub auf. Äußerlich wie gelähmt und innerlich entschlossener denn je, seinen Zugriff auf ihr Leben abzuschütteln, stand sie in der Mitte der Küche. Neben dem Kohlenkasten lag das Beil, das sie zum Zerkleinern des Holzes gebrauchten. Ihr Blick fiel darauf, und ihr war, als habe sie noch niemals ein Beil gesehen. Es sah aus wie das Beil, das in ihrem ersten Lesebuche abgebildet gewesen war. Ein großes B hatte oben auf der Seite gestanden. Sie konnte sich ganz deutlich daran erinnern, an die Lehrer, an das Klassenzimmer, das alte Schulhaus. Ihr war, als habe sie dieses erste Lesebuch nie aus der Hand gelegt. Er stolperte an ihr vorbei und riß die Tür zu der Kammer auf, wo die Kinder schliefen. Margot wachte auf und fing an zu weinen, als sie ihn erblickte. Er rüttelte das Kind an den Schultern und fragte nach dem Brot. Alle unter einer

Decke, hörte sie ihn fluchen. Dann deckte er ihr Bett ab und griff unter die Matratze. Nach einer Weile kam er wieder heraus. Die Kinder riefen nach ihr und fürchteten sich. Auch sie fürchtete sich mit einemmal, nicht vor ihm, aber vor dem Beil. Er setzte sich und fing an, eine Zigarette zu drehen. Dann stand er auf und ging zum Kohlenkasten, um einen Span zu suchen. Er bückte sich und hob den Deckel auf. Sie hörte ihn kurz auflachen. Er kniete sich hin und wickelte das Brot aus dem Papier. Sie trat leise neben den Herd und ergriff das Beil. Er kniete noch immer vor dem Kohlenkasten, tief befriedigt von seinem Spürsinn. Daß er seine Zigarette anstecken wollte, schien er vergessen zu haben. Sie wartete, und jetzt war keine Furcht mehr in ihr, auch vor dem Beil nicht. Die Zigarette im Mundwinkel, drehte er sich nach einer Weile zu ihr herum. Sie sah, wie sein Gesicht plötzlich erlosch, wie im Kino, wenn die Lichter langsam ausgehen. Bist du verrückt geworden, stotterte er, und dabei fiel ihm die Zigarette aus den Lippen. Sie sagte nichts und wußte nicht einmal, daß sie das Beil zum Schlag erhoben hatte. Mit einem dumpfen, knurrenden Laut legte er das Brot in den Kohlenkasten zurück und kroch auf allen vieren hin zur Tür. Als er hinaus war, begannen rote und blaue Lichter vor ihren Augen zu flackern. Sie ließ das Beil zu Boden fallen und nahm das Brot in die Hand, und die tausend Gramm waren schwer wie eine Last.

Arnold Weiss-Rüthel
Die Erschießung des Bibelforschers

Die Erschießung des Bibelforschers vollzog sich in der Weise, daß der Kommandant sämtliche Insassen des Lagers – es waren an die achttausend – antreten ließ, auf dem großen Appellplatz, um sie zu Zeugen eines staatsnotwendigen Rechtsaktes werden zu lassen. Vorne zwischen den beiden Baracken A und B und genau da, wo eine schwer zu ergründende Verschönerungssucht ein Stück Rasen mit Hyazinthen und Buchsbaumgestrüppen angelegt hatte, war ein Kugelfang errichtet, aus Balken und Bohlen, ein trapezförmiges Höfchen, das auf der Seite zur Lagerstraße hin offen stand. Punkt neun Uhr, es war an einem Sonntag, öffnete sich das große Gittertor im sogenannten Turm A, und auf den Platz traten: 1.) eine Schar unterer Dienstgrade in grauen Uniformen, 2.) zwei Häftlinge, die einen Tisch trugen, und ein dritter Häftling, der einen Stuhl trug, 3.) die beiden Lagerführer in Reithosen, 4.) der Kommandant.

Der Kommandant war klein, kurzsichtig, dickbäuchig und hatte einen Zwicker auf der Nase, von dem eine lange schwarze Schnur hinunterführte zu einem der Knöpfe an der Litewka. Der Kommandant hatte ein Stück Papier in der Hand, dem man von weitem ansah, daß es ein amtliches und offenbar sehr ernst zu nehmendes Papier war. Die Luft an diesem Morgen war im übrigen lieblich und klar, man sah große Vögel mit ruhigem Flügelschlag über das Lager ziehen, zu dem nahen Föhrenwald; sie flogen sehr feierlich und hatten ebenfalls etwas Amtliches, als habe man sie eigens für diesen Zweck zu einem Geschwader zusammengestellt mit der Weisung, sich einstweilen auf den Bäumen jenseits des Lagers niederzulassen und sich ruhig zu verhalten; was sie weisungsgemäß auch taten.

Die achttausend Zuschauer standen rechts und links der Lagerstraße in wohlgeordneten Blöcken. Genauer besehen, reckte bald der eine, bald der andere den Hals oder stellte sich auf die Zehen, um alles richtig mitzubekommen, aber im ganzen machte die große Menge keinen neugierigen Eindruck.

Während nun die Offiziere und unteren Dienstgrade sich auf der langen Betonstraße in Richtung Kugelfang bewegten, stellten die beiden Kalfaktoren den Tisch dicht an die Rampe der Straße, legte der Kommandant das Papier auf den Tisch, und öffnete sich das große Gittertor zum zweitenmal. Jetzt traten zwölf Soldaten, Schützen mit Karabinern am verkürzten Riemen über den Schultern, auf den Appellplatz, und gleichzeitig – von einer sehr umsichtigen Regie gut gelenkt – erschien auf der hinter dem Kugelfang querlaufenden Barackenstraße ein Trupp Bibelforscher, Häftlinge in graublauen Zebrakostümen mit einem violetten Winkel und einer Nummer auf der rechten Brustseite. Sie marschierten, von einem Blockältesten geführt, in gleichem Schritt und Tritt und wohlformierten Fünferreihen auf den Appellplatz und blieben dann in einer Entfernung von etwa 20 Metern seitwärts vom Kugelfang stehen. Dasselbe taten die ihnen entgegenmarschierenden Schützen, so daß sich die beiden Gruppen – die kleinere und die große – solange gegenüberstanden, bis der Blockälteste mit lauter Stimme »linksum« kommandierte, und die sämtlichen, insgesamt 80, Bibelforscher mit einer exakten Wendung eine Front bildeten vor dem Tisch und dem Kommandanten. Es vollzog sich das alles sehr diszipliniert, kein unnötiges Wort wurde gesprochen, kein überflüssiger Blick gewechselt. Dann, auf das Kommando »Rührteuch«, das sowohl den Häftlingen wie den Soldaten mit den Karabinern galt, nahm der Kommandant das amtliche Papier vom Tisch, klemmte sich den Zwicker auf die Nase, die rötlich und dick war, und sagte mit vernehmlicher Stimme:

»Herhören! Im Auftrage des Reichsführers SS gebe ich Ihnen hiermit Gelegenheit, durch Leistung einer Unterschrift in die Armee eingegliedert zu werden. Sie haben dadurch die Möglichkeit, die Freiheit wieder zu erlangen und als Soldaten des Führers für Deutschland kämpfen zu dürfen. Sie wissen, was dieses Bauwerk dort bedeutet! Blicken Sie nach links und Sie sehen es; blicken Sie nach rechts und Sie sehen ein Peloton von 12 Schützen, die über ein zielsicheres Auge, eine sehr ruhige Hand und genügend Patronen verfügen. Ich fordere Sie darum jetzt auf, an diesen Tisch heranzutreten und Ihre Namen in die Ihnen vorgelegte Liste einzutragen.«

Die Bibelforscher, an die diese Aufforderung gerichtet war, blieben – nachdem sie vorschriftsmäßig erst nach links und dann nach rechts geblickt hatten – stehen und taten so, als hätten sie die letzten Worte des Kommandanten überhört. Sie traten nicht an den Tisch. Nun, der Kommandant wollte das offenbar nicht bemerkt haben, darum befestigte er seinen Zwicker noch einmal auf der Nase, die rot und dick war, und sagte dann folgendes:

»Ihr Schicksal liegt in Ihren eigenen Händen, Sie können frei sein und einen ehrlichen Kriegsdienst leisten, – Sie können aber auch tot sein; ganz wie Sie wollen. Da ich annehme, daß sie das Leben genau so lieben, wie jeder vernünftige Mensch, fordere ich Sie hiermit zum zweitenmal auf, einzeln an diesen Tisch zu treten und Ihre Namen in die Liste einzutragen.«

Diese Worte waren genau so in den Wind geredet, wie die Worte vorher, weshalb der Kommandant zum drittenmal anhub und sagte:

»Ich mache Sie darauf aufmerksam, daß dies meine dritte und letzte Aufforderung ist. Sollte sie auch diesmal vergeblich sein, würde ich unverzüglich mit der Exekution beginnen und bei dem Häftling Artmann anfangen. Aber Sie haben, während wir im Alphabet fortfahren, immer noch Gelegenheit, es sich anders zu überlegen und zu unterschreiben. Wir werden nur die erschießen, die nicht unterschreiben. Haben Sie mich verstanden – und wollen Sie jetzt, bitte, an den Tisch treten?«

Auch dieses »bitte« vermochte nichts. Die Bibelforscher – 80 an der Zahl – blickten unverwandt auf den Kommandanten, wie 80 fremdländische Statisten, die kein Wort des Spielleiters verstehen und darum auch keine Miene machen, seinen Anordnungen, selbst nicht mit »bitte«, Folge zu leisten. Sie rührten sich nicht. Und die

Vögel im Walde rührten sich nicht. Es war ein großes Schweigen in der Frühluft des Sonntags. Jedem anderen wäre so etwas zu viel gewesen, und er hätte auf den Tisch gehauen. Aber der Kommandant blieb ganz ruhig. Manchmal schien es, als habe er es nötig, seinen Zwicker öfter als sonst auf die Nase zu klemmen, aber das war auch alles. Er ging nun auf den Untersturmführer, der das Peloton führte, zu und sprach mit ihm einiges. Dann wandte er sich wieder an die Bibelforscher und rief »Richard Artmann.«

»Hier!« antwortete eine Stimme, und aus der Reihe der achtzig trat ein junger, schlanker Häftling und blieb in militärischer Haltung vor dem Kommandanten stehen. Dieser nahm ihn beim Arm und führte ihn persönlich in das kleine Brettergeviert, mit dem Gesicht zum Appellplatz. Dann verließ er ihn. Jetzt rückte das Peloton heran. Der Sturmführer kommandierte einiges, und die Gewehre flogen in den Anschlag. Als die Salve krachte, erhoben sich alle Vögel im Föhrenwald und flogen als ein breiter, rauschender Schwarm gen Norden davon. Dann war wieder Stille.

»Sie sehen, daß wir keinen Spaß machen, meine Herren«, sagte der Kommandant. »Hier liegt Ihr Genosse oder, wie Sie zu sagen belieben, Ihr Bruder Richard Artmann –, in einer halben Stunde liegt jeder von Ihnen genau so da. Wollen Sie jetzt unterschreiben?«

Er bekam keine Antwort, weder ein Ja noch ein Nein. Es unterschrieb niemand.

Die 79 Bibelforscher standen da, als seien sie nicht aus Fleisch und Bein, sondern aus einer uns unbekannten Materie. Sie blickten alle unverwandt auf den toten Richard Artmann, dessen Blut versickerte. Sie trugen ihn mit ihren Blicken zu Grabe und sangen ihm mit den Augen ein Requiem. Aber sie unterschrieben nicht. Man hätte meinen mögen, sie könnten gar nicht schreiben.

Ordnungsgemäß wäre jetzt an dem Bibelforscher Bender die Reihe gewesen, aber da geschah etwas Unerwartetes. Etwas, was zwar auf die Bibelforscher so gut wie gar keinen Eindruck machte, obwohl es der Anlaß ihrer Rettung war: Der Kommandant bekam einen roten Kopf, so daß seine sonst auffällig rote Nase plötzlich nicht mehr zu sehen war. Und dann verlor er die Fassung. Er kümmerte sich jetzt nicht mehr im geringsten um seinen Zwicker, der von seiner Nase herunterrutschte wie ein Rodelschlitten; dafür schrie er aber – und es war fast etwas Schmerzliches in seiner Stimme –, er schrie: »Jagen Sie diesen Sauhaufen weg – ich kann diese Banditen nicht mehr länger sehen.« »Rechtsum – kehrt!« kommandierte der Blockälteste, und mit »im Gleichschritt – marsch« verließen 79 Bibelforscher in gut ausgerichteten Fünferreihen den Schauplatz. Der Tisch wurde weggetragen, die Schützen schulterten das Gewehr, die Offiziere gingen über die Betonstraße, die unteren Dienstgrade verschwanden, und die achttausend Zuschauer leerten den Platz. Alles das vollzog sich ziemlich schnell, aber ohne jede weitere Erregung. Der Bibelforscher Richard Artmann lag wenige Augenblicke später allein auf der Szene, im Gras zwischen dem Balkentrapez ... bis er sich plötzlich langsam erhob und wie auf einer Treppe aus lauter Luft direkt in den hellen Morgenhimmel hinaufstieg.

Gertrud Kolmar
Wir Juden

Nur Nacht hört zu. Ich liebe dich, ich liebe dich, mein Volk,
Und will dich ganz mit Armen umschlingen heiß und fest,
So wie ein Weib den Gatten, der am Pranger steht, am Kolk,
Die Mutter den geschmähten Sohn nicht einsam sinken läßt.

Und wenn ein Knebel dir im Mund den blutenden Schrei verhält,
Wenn deine zitternden Arme nun grausam eingeschnürt,
So laß mich Ruf, der in den Schacht der Ewigkeiten fällt,
Die Hand mich sein, die aufgereckt an Gottes hohen Himmel rührt.

Denn der Grieche schlug aus Berggestein seine weißen Götter hervor,
Und Rom warf über die Erde einen ehernen Schild,
Mongolische Horden wirbelten aus Asiens Tiefen empor,
Und die Kaiser in Aachen schauten ein südwärts gaukelndes Bild.

Und Deutschland trägt und Frankreich trägt ein Buch und ein blitzendes Schwert,
Und England wandelt auf Meeresschiffen bläulich silbernen Pfad,
Und Rußland ward riesiger Schatten mit der Flamme auf seinem Herd,
Und wir, wir sind geworden durch den Galgen und durch das Rad.

Dies Herzzerspringen, der Todesschweiß, ein tränenloser Blick
Und der ewige Seufzer am Marterpfahl, den heulender Wind
verschlang,
Und die dürre Kralle, die elende Faust, die aus Scheiterhaufen
und Strick
Ihre Adern grün wie Vipernbrut dem Würger entgegenrang,

Der greise Bart, in Höllen versengt, von Teufelsgriff zerfetzt,
Verstümmelt Ohr, zerrissene Brau und dunkelnder Augen Flehn:
Ihr! Wenn die bittere Stunde reift, so will ich aufstehn hier und
jetzt,
So will ich wie ihr Triumphtor sein, durch das die Qualen ziehn!

Ich will den Arm nicht küssen, den ein strotzendes Zepter schwellt,
Nicht das erzene Knie, den tönernen Fuß des Abgotts harter Zeit;
O könnt' ich wie lodernde Fackel in die finstere Wüste der Welt
Meine Stimme heben: Gerechtigkeit! Gerechtigkeit! Gerechtigkeit!

Knöchel. Ihr schleppt doch Ketten, und gefangen klirrt mein Gehn.
Lippen. Ihr seid versiegelt, in glühendes Wachs gesperrt.
Seele. In Käfiggittern einer Schwalbe flatterndes Flehn.
Und ich fühle die Faust, die das weinende Haupt auf den
Aschenhügel mir zerrt.

Nur Nacht hört zu. Ich liebe dich, mein Volk im Plunderkleid.
Wie der heidnischen Erde, Gäas Sohn entkräftet zur Mutter glitt,
So wirf dich du dem Niederen hin, sei schwach, umarme das Leid,
Bis einst dein müder Wanderschuh auf den Nacken der Starken
tritt!

GRETE WEIL
Ans Ende der Welt

I

Sie benahmen sich nicht so, wie man es in ihrer Lage von ihnen hätte erwarten können. Da sie sich angesichts des Todes befanden, wäre etwas mehr Gemeinschaftsgefühl wohl am Platze gewesen.

Doch hatte Universitätsprofessor Dr. Salomon Waterdrager, der Autor des vielbenutzten Kommentars zum Strafgesetzbuch, sich niemals so weit über seine Mitmenschen erhaben gefühlt als an dem

Abend, an dem er zusammen mit seiner Frau Henny und seiner Tochter Annabeth zur späten Stunde aus dem Schlaf geholt wurde, um nach Polen verschickt zu werden.

»Es muß ein Irrtum sein, meine Herren«, sagte er in einwandfreiem, wenn auch nicht akzentlosem Deutsch und schlug nervös mit seiner großen, wohlgeformten Hand auf das Blatt Papier, welches ihm vom Offizier der Grünen überreicht worden war und auf dem zu lesen stand, daß Salomon Waterdrager (Titel und Würden waren weggelassen), am 20. Februar 1879 in Amsterdam geboren, sich zum Arbeitseinsatz nach Deutschland zu begeben habe, wozu er einen Rucksack und zwei wollene Decken mit sich nehmen dürfe.

»Wir sind gesperrt«, rief er autoritativ, »wir haben vorzügliche Stempel erst vor drei Tagen bekommen. Sie wissen wahrscheinlich nicht, was ein Hundertzwanzigtausender ist?«

»Doch«, sagte der Offizier gelangweilt, »ich weiß es.«

»Nein, Sie wissen nichts, gar nichts wissen Sie, Herr Leutnant. Wenn es noch ein gewöhnlicher Hundertzwanzigtausender wäre, so ein gekaufter, dann hätten Sie vielleicht recht. Dieser aber ist mir und meiner Familie für meine außerordentlichen Verdienste in der Jurisprudenz verliehen. Sehen Sie selbst, da steht: Bis auf weiteres vom Arbeitseinsatz freigestellt.«

Der Offizier zuckte die Achseln. »Das Weitere ist halt jetzt eingetreten.«

»Das Datum, Herr Leutnant. Darf ich Sie auf das Datum hinweisen: 15. Mai 1943. Und heute haben wir den 17.«

»Befehl vom Chef.«

Der Offizier nahm den Aufruf und deutete auf drei kleine, mit Rotstift geschriebene Buchstaben. Es waren die Initialen des Mannes, der die Deportation der Juden von Holland nach Polen leitete. Der Professor klappte zusammen. Denn der Chef hatte ihm vor drei Tagen den Sperrstempel eigenhändig in den Personalausweis gedrückt und ihm dabei leutselig auf die Schulter geklopft, worüber er, bei allem Abscheu, den er gegen die Nazis empfand, nicht wenig stolz gewesen war.

»Es ist ein Irrtum, und Sie werden zur Rechenschaft gezogen werden«, sagte er leise, aber es klang keineswegs mehr überzeugt.

Der Offizier lächelte, daß seine schönen weißen Zähne sichtbar wurden.

»Machen Sie sich fertig«, sagte er fast höflich und steckte die goldene Uhr des Professors, die auf dem Nachttischchen lag, in die Tasche.

Salomon Waterdrager gab den Widerstand auf und kleidete sich an. Da er nicht darauf vorbereitet war, abgeholt zu werden, konnte er nichts Passenderes finden als einen dunkelblauen, sehr korrekten Anzug, in dem er es liebte, Kolleg zu halten.

Henny ging aufgeregt durchs Zimmer und packte Unnötiges zusammen. Sie stieß dabei unartikulierte Jammerlaute aus wie ein zahnendes Baby. »Wo ist meine Brille, wo ist nur meine Brille?« klagte sie so lange, bis Salomon ungeduldig rief: »Aber du hast sie ja auf.«

Annabeth sagte überhaupt nichts. Sie stand schön und schlank da und hielt das gescheite, braune Knabengesicht hochmütig in die Höhe.

Sie wußte nicht, ob sie ihre Eltern mehr verachtete oder die Soldaten. Aber weil sie gewohnt war, den Weg des geringsten Widerstands zu wählen, war es am Ende das törichte Verhalten der Mutter, das sie am meisten zum Spott reizte.

Der Offizier machte ihr schöne Augen. Sie sah es und hatte nicht übel Lust, ihn zu prügeln. Aber sie konnte es doch nicht lassen, ihre langen, seidigen Wimpern vor ihm zu senken. Sie hatte erprobt, daß dieser weiche Flügelschlag der Lider die Männer toll machte. Dann murmelte sie, daß sie etwas vergessen habe, und ging noch einmal in ihr Zimmer. Sie nahm von der Couch ein hingeworfenes Spielzeugäffchen, das man überstülpen konnte wie einen Handschuh, um es dann gefällig und lustig in der Manier von Kasperletheaterpuppen zu bewegen. Während sie das Äffchen in die Tasche schob, begann Annabeth, die viel genauer als ihre Eltern wußte, daß es um Leben und Tod ging, zu weinen. Sie schämte sich schrecklich, aber es war nichts dagegen zu tun, ihre Zähne schlugen aufeinander, und sie zitterte vor Angst. Sie wollte leben, leben um jeden Preis, und einen Augenblick lang überlegte sie, ob sie nicht den Offizier rufen und mit ihrem Körper sich die Freiheit erkaufen könne. Die Eltern? Es war ihr gleichgültig, was mit ihnen geschah; sie konnte an nichts anderes denken als an sich selbst.

Dann riß sie sich zusammen und ging zu den anderen zurück, die schon in der Eingangshalle standen.

»Go on«, sagte sie, als hätte sie hier zu kommandieren, und leuchtete mit der eigenen Taschenlampe die Treppe hinab.

Es erwies sich, daß man den Waterdragers tatsächlich eine Ausnahmestellung zugebilligt hatte, insofern nämlich, als man sie in einer eleganten Limousine zur Sammelstelle beförderte und nicht in einem der großen Überfallwagen, die sonst zum Judenholen gebraucht wurden.

Sie saßen zusammengedrückt im Fond, vor sich den rauchenden Offizier.

Wenn er mir wenigstens eine Zigarette anbieten würde, dachte Annabeth böse, aber sie hatte nicht genug Mut, um sich eigenmächtig eine anzustecken.

Sie starrten in die undurchdringliche Schwärze der Straßen und wußten nicht, wo sie sich befanden. Es war seit fast einem Jahr das erstemal, daß sie nach acht Uhr ihr Haus verlassen durften.

»Es ist so dunkel«, sagte Henny ängstlich; »hoffentlich findet der Chauffeur sich zurecht.«

»Ich hätte nichts dagegen, wenn er in eine Gracht fahren würde«, entgegnete Salomon bitter und seufzte leise: »Mein Amsterdam.« Der Offizier pfiff sich eins; es war keine kriegerische Melodie, sondern ein weicher, sehr wienerischer Schlager. Wahrscheinlich geschah es aus Langerweile und nicht in der bösen Absicht, den Gefangenen etwas anzutun, aber die Töne rissen an ihren Nerven, als würden sie geschlagen.

Übrigens dauerte die Fahrt nicht lange; der Deutsche hatte seine Zigarette noch nicht zu Ende geraucht, als der Wagen stillstand und sie aussteigen mußten.

Sie konnten nichts sehen als ein regennasses Pflaster, auf das der schmale Lichtschein einer halbgeöffneten Tür fiel. Aber jetzt wußten sie genau, wo sie waren: inmitten des alten Judenviertels, jenes Gettos, das, voll von Schmutz und Gestank und heimlichen Glanzes, bis vor kurzem noch geblüht hatte wie zu Rembrandts Zeiten, und das jetzt, seit einem langen, mörderischen Jahr, im Sterben lag. Das Ziel ihrer Fahrt, das Ziel aller Juden, war ein altes, heruntergekommenes Theater, in das die Waterdragers niemals ihren Fuß gesetzt hatten.

Ihre Ankunft verursachte einige Unruhe in dem schon schlafenden Haus. Ein schiefgesichtiger SS-Mann trat aus einem Verschlag, der sich in der ehemaligen Kasse befand, und salutierte vor dem Offizier, sonst aber schien ihm der Vorgang ziemlich gleichgültig zu sein. Wie sich denn überhaupt die Uniformierten zurückzogen, sobald die jungen Angestellten des Jüdischen Rates, die sich eifrig um das Gepäck bemühten, die Waterdragers im Foyer bei einer Kollegin installiert hatten, welche ihre Personalien mit der Schreibmaschine aufnahm.

»Waterdrager?« fragte sie erstaunt, mit heiserer, müder Stimme, »kommen denn heute lauter Waterdragers?«

»Wieso noch andere«, sagte Salomon beleidigt und fügte mit

Nachdruck hinzu: »Ich bin Professor Salomon Waterdrager.«

»Salomon heißt der andere auch«, entgegnete die Frau und schaute in ihrer Liste nach. »Salomon mit Frau Saartje und Sohn Benjamin.«

Der Professor drehte den Kopf mit scharfem Ruck, und auch Henny und Annabeth blickten in die gleiche Richtung.

Am Ende des langgestreckten Wandelganges und von unzähligen und höchst ärmlichen Koffern, Rucksäcken und Bündeln umgeben, saßen auf einer Bank, eng aneinandergedrückt, ein alter, magerer, verschrumpelter Mann und eine kleine, dicke, fettglänzende Frau in einstmals pompösen, doch jetzt verschlissenen und viel zu warmen Kleidern. Der Sohn stand etwas abseits, gegen die Wand gelehnt. Er hatte die Arme über der Brust gekreuzt und sah mit weit offenen Augen ins Leere. Unter seinem schwarzen, leicht gelockten Haar lief ein frischer, roter, dick geschwollener Striemen quer über seine Stirn. Annabeth warf ihm den spöttisch flirtenden Blick zu, den sie beim Auftauchen jedes leidlich hübschen Jungen anwandte. Er bemerkte es nicht, wie ein Traumwandler starrte er und preßte die Lippen zusammen. Auch schien er mit Gewalt ein Zittern zu unterdrücken, doch trotz aller Anstrengung lief von Zeit zu Zeit ein Schauer durch seinen großen, schmalen Körper.

Er hat ja Fieber, dachte Annabeth mitleidig, man kann ihn doch in diesem Zustand nicht so herumstehen lassen. Dann stieg ihr das Blut heiß ins Gesicht, und ihre Beine begannen schwach zu werden, so daß sie sich schnell mit beiden Händen auf den Schreibmaschinentisch stützen mußte.

»Das ist mein Vetter Sam aus der Jodenbreestraat«, sagte der Professor leise zu Henny, und sie antwortete mit ihrer lamentierenden Stimme: »Mein Gott, was haben wir denn bei diesen Leuten zu suchen.«

Salomon wandte sich an die Frau hinter der Schreibmaschine: »Natürlich liegt hier eine Verwechslung der Personen vor. Dieser Mann, ein entfernter Verwandter von mir, trägt nicht nur denselben Namen, er ist auch im gleichen Jahre geboren.«

»Stimmt«, sagte die Frau und sah wieder in ihrer Liste nach. »Das mit der Verwechslung kann schon seine Richtigkeit haben. Es fragt sich nur, wer mit wem?«

»Aber Fräulein«, schrie Salomon erbost und stieß seinen grauen Vogelkopf nach vorne, »ich verbitte mir Ihre Bemerkungen. Und überhaupt will ich jetzt endlich einen der Herren vom Jüdischen Rat zu sprechen bekommen.«

»Da müssen Sie sich noch etwas gedulden. Es ist nur ein Referent anwesend. Und es geht der Reihe nach. Die anderen Herrschaften kommen vor Ihnen dran.«

Salomon fühlte sich vernachlässigt und von diesem müden Gesicht verhöhnt. Er schnappte nach Luft: »Ich würde mich an Ihrer Stelle hier nicht so breitmachen. Sie sind ja nicht einmal Holländerin.«

»Sie haben recht«, sagte die Frau und wurde noch blasser und müder, »ich bin Deutsche.«

Sie hätte es leicht gehabt, sich darauf zu berufen, daß sie Jüdin sei und ein Opfer genau so wie er. Daß sie es nicht tat, erzürnte Henny, und sie sagte laut zu Annabeth: »Mof bleibt Mof.«

Salomon genierte sich über Hennys Worte.

»Na ja, Jüdin sind Sie ja auch, Fräulein«, meinte er einlenkend.

»Für die Dauer des Krieges«, antwortete die Frau, ganz ohne Spott.

»Und danach sind Sie es vielleicht nicht mehr?«

»Danach bin ich wieder ein Mensch.«

»Sie haben leicht reden, Fräulein, hier auf Ihrem guten Posten. Wenn der Jüdische Rat erst alle anderen Juden nach Polen geschickt hat, besteht für seine Mitglieder immerhin die Chance, jene glücklichen Zeiten, in denen man nur Mensch sein darf, zu erleben. Für uns gewöhnliche Sterbliche sind die Aussichten bedeutend ungünstiger.«

Salomon floß vor Gift über und vergaß vollkommen, daß er selbst Mitglied des Jüdischen Rates war und diesen Schutz bis vor drei Tagen gern in Anspruch genommen hatte. So sehr ärgerte er sich, daß andere noch frei umherlaufen konnten, während er selbst gefangensaß.

Annabeth, die wußte, daß man die einzige Tochter der Frau schon vor Monaten bei einer Straßenrazzia ergriffen und nach Polen deportiert hatte, zupfte den Vater am Ärmel.

»Sei doch friedlich, Dad. Dein Hundertzwanzigtausender ist doch auch ganz schön.«

Die Erinnerung an seinen ausgezeichneten Stempel belebte Salomon wieder und gab ihm neuen Auftrieb: »Ich will Ihnen mal was sagen, Fräulein. Innerhalb von fünf Minuten wünsche ich jetzt den Herrn Referenten zu sprechen, oder Sie werden Ihr blaues Wunder erleben.«

Als die Frau sich nach dieser Aufforderung immer noch nicht bewegte, traten an Salomons Schläfen die Adern hervor. Und es wäre wohl zu einer üblen Szene gekommen, wenn Annabeth, die stets alle Menschen kannte, welche überhaupt in Frage kamen, nicht schon vor einiger Zeit dem diensttuenden Referenten ein Briefchen geschickt hätte.

Gerade im rechten Augenblick erschien eilig von oben kommend, wo sich die Kantine befand, ein wohlbeleibter Mann mit dem Gesicht eines Posaunenengels und begrüßte Annabeth, als freue er sich ganz unbeschreiblich, sie hier zu sehen.

»Warum haben Sie mich denn nicht gerufen?« sagte er unfreundlich zu seiner Kollegin. Und murmelte zwischen den Zähnen hindurch: »Gestochene Gans.« Dann verbeugte er sich zuvorkommend in der Richtung, in der Salomon stand: »Referent Goudsteen.«

Salomon erwiderte den Gruß mit steifer Würde: »Professor Salomon Waterdrager, Herr Referent. Meine Festnahme ist natürlich ein Irrtum.«

(...)

VII

Da sie Ben nicht retten konnte, wollte Annabeth selbst zugrunde gehen. Es war ihr gleichgültig, wieviel andere Menschen sie mit sich in den Abgrund riß. Die Liebenden sind Rasende, die das Unterscheidungsvermögen zwischen dem Du und dem Ich und damit auch das Gefühl für Sinn und Maß verloren haben. Gott gnade allen, die in ihre Nähe kommen.

Gott hatte seine Gnade von Salomon Waterdrager, dem Professor, abgewandt. Denn was den andern betraf, Salomon Waterdrager, den Diamantschleifer, so kam er zu guter Letzt, eine Viertelstunde vor dem Abtransport, doch noch frei und konnte neben der dicken Saartje, unter der Last der Koffer und Rucksäcke keuchend, zum Ausgang eilen.

Der Vetter aus den höheren Regionen des Geistes aber mußte mit seiner Frau, der einstmals so schönen und reichen Henny del Pinto, und mit dem Augapfel Annabeth den Weg ins gräulich Unbekannte antreten.

Gleich all den anderen, den paar hundert, die mit ihnen gingen, und den vielen Tausenden, die vor und nach ihnen kamen, wehrten sie sich weder durch Taten noch durch Tränen.

Sie hatten sich an das Entsetzliche gewöhnt, sie waren herabgeglitten von menschlicher Höhe, von der Würde der Freude und des Schmerzes, waren zu einer dumpfen Herde geworden, die mit wiegenden Schritten, schweren Trottes, dorthin geht, wohin man sie treibt. Schweigend, langsam, mit gesenkten Köpfen und erloschenen Augen schoben sie sich fort aus dem Theater, das ihre letzte menschliche Behausung gewesen war.

Es gab einen Aufenthalt von einem Tag im Durchgangslager.

Wieder wurde man registriert und konnte noch einmal einem Goudsteen oder Silverberg seine Hoffnungen und Beschwerden vortragen.

Dann lag man zusammengepfercht am Boden eines halbdunklen Viehwagens, der nach Osten fuhr. Tag und Nacht und Tag und Nacht. Die Räder rollten und stießen, es war kalt und heiß, und es stank. Manchmal sah man durch schmale Schlitze ein Stück blauen Himmels oder sanfte Sterne. Wenn der Zug stand, hörte man den Wind und Menschen, die draußen lachten.

Ben lag mit seinem Kopf in Annabeths Schoß. Erst hatte er Schmerzen, aber schon am zweiten Tag ging es ihm besser, und am dritten war er gesund.

»Wir werden leben«, flüsterte er ihr zu. »Du mußt leben wollen. Versprich es mir.«

»Ich will leben«, sagte sie und küßte ihn auf die Augen.

Nach vier Tagen war der Zug angekommen. Die Türen wurden aufgerissen. Mit Stöcken bewaffnete und von Hunden begleitete SS-Männer brüllten: »Aussteigen! Schnell! Schneller, schneller!«

Man taumelte heraus aus der Dunkelheit der Wagen. Stand im Lichte von Scheinwerfern.

Annabeth wußte: Dies ist das Ende der Welt. Aber es war keine sanft ansteigende Wiese und kein jäher Abbruch, und niemand trug einen Sarg. Es waren kahle, flache Felder im harten Licht, dunkle Baracken und Schornsteine, aus denen es feurig glühte. Und es roch nach verbranntem Fleisch.

Es war Technik, Fabrik, es war Film. Ende der Welt 1943.

Sie wurden in Reihen aufgestellt. Männer und Frauen getrennt. Schon war Ben nicht mehr neben Annabeth. Sie ging hinter der Mutter drein, die fortwährend mit dem Kopfe nickte, als wäre sie eine Fürstin, welche die Huldigungen der Menge entgegennimmt.

Am Ende des Bahnsteigs saß ein Offizier in blanker Uniform, die Brust voll Orden, und sortierte aus. Er sah Henny kaum an: »Rechts abtreten.« Zögernd tastete sein Blick über Annabeth: »Nach links.«

»Mam«, sagte sie und streckte die Hand ins Leere. Henny stieß ein kleines, törichtes Kinderlachen aus. Sie hatte soeben etwas von einem Bad gehört und daß man ihr ein Handtuch und ein Stück Seife geben wollte.

Daß es Menschen gibt, die wie reißende Tiere sind, wußte sie nicht. Sie dachte noch immer nicht an den Tod. Friedfertig mit dem Kopfe nickend ging sie der feuerspeienden Hölle zu.

Eng zusammengedrückt stand die kleine Gruppe der jungen Frauen. In einiger Entfernung zogen die Männer vorbei.

Sie waren schon aussortiert. Allen voran schritt Salomon, mit steifen Schultern, den weißen Vogelkopf zurückgelegt, als suche er, ob über dem grellen Licht der Scheinwerfer noch Sterne wären.

Er war in den Tagen der Erniedrigung zum Greis geworden, und doch hatte sein treuer Verstand ihm am Ende herausgeholfen aus der Hölle und ihn eingesetzt in eine ganz neue und ungekannte Gnade.

So lange hatte er den Unsinn des Ermordetwerdens und den nicht kleineren Unsinn des eigenen Sündenfalls zurechtgedacht, bis ihm der Tod als gerechte Strafe erschien.

In zeitloser Gültigkeit strahlte wieder das Recht, und er, Salomon, der die Sühne auf sich nahm, wurde von diesem Glanze erhellt.

Weit fort schon war er von der Welt und auch von Annabeth, der Vielgeliebten, der kleinen Tochter, die ihm einst alles Glück und alles Entzücken der Erde gewesen war. Er wußte nicht, wie nah sie bei ihm stand, er wandte den Kopf nicht nach ihr.

Frühere, altvertraute Bilder tauchten vor ihm auf. Jenes eine vor allem, des Weisen und Gelassenen, der, obwohl er hätte fliehen können, den Schierlingsbecher trank, weil es ihm nicht darauf ankam zu leben, sondern einzig und allein darauf, im uneingeschränkten Gehorsam des Todes zu zeigen, daß die Allmacht des Staates im Unrecht ist, jetzt und in Ewigkeit.

Freiwillig wie Sokrates nahm Salomon Waterdrager den Tod auf sich. Zwar wäre gar keine Möglichkeit zur Flucht gewesen, aber er tat den SS-Männern mit ihren riesigen Hunden nicht die Ehre an, sie zu sehen.

Er ging und ging, und Sokrates ging mit ihm, und er hörte sich selbst oder den anderen still die Worte murmeln: »Es ist Zeit zu gehen, es ist Zeit zu gehen.«

»Es ist Zeit ...«

Annabeth sah ihm nach, und ihre Lippen zitterten, aber sie weinte nicht.

Ihre Augen durften nicht trüb sein von Tränen, denn sie mußte noch einen sehen. So starrte sie hin zu den Alten und Schwachen, und sie hielt bei jedem den Atem an, doch Ben war nicht dabei.

Dann tönten scharfe Kommandos, und im Laufschritt kamen die Jungen und Kräftigen, die man aus Laune und weil sie für eine Weile noch zur Arbeit gut sein mochten, dieses Mal verschont hatte.

Bens Gesicht war schweißüberströmt. Er schien ganz auf diese schwere, neue Arbeit des Laufens konzentriert zu sein.

Jetzt weinte Annabeth; wie er dann aber doch, schon halb vorüber, den Kopf zu ihr drehte mit einem gehetzten, hilfesuchenden Blick, hob sie die Hand und winkte und lächelte, damit er nicht traurig sein mußte um sie.

Und sie lächelt weiter, auch als er schon längst vorbei ist und ein neues Kommando sie selbst einreiht in den endlosen grauen Zug der Sklaven, die unter der Peitsche stöhnen und dahinwanken zwischen Tod und Leben, viele Tage und viele Wochen und viele Monate lang, der Stunde der Freiheit entgegen, die immer ferner und immer blasser wird und die am Schluß nichts mehr ist als ein selten geträumter Traum und die leise Frage: Wird sie kommen? Wird sie kommen für uns?

ELFRIEDE BRÜNING
... damit du weiterlebst

Das Kind saß am Tisch, den Kopf in beide Hände gestützt. Die große Telleruhr über dem Küchenbrett tickte laut. Nach jeder vollen Minute rückte der Zeiger – zack – einen Schritt vor, langsam, schwerfällig, als risse er sich immer nur mit Überwindung los. Das Kind zählte die Zacks, ohne hinzusehen; zehn, fünfzehn ... Jetzt war es halb. Um diese Zeit machte sich die Mutter sonst für den Nachtdienst fertig. Seit Jahren ging sie Abend für Abend Punkt sieben Uhr fort und kam erst am anderen Morgen zurück. Dazwischen lag die lange einsame Nacht. Die erste Zeit war alles noch gut gegangen. Eva schlief ein, wenn die Mutter fortging, und wachte erst auf, wenn die Mutter schon wieder neben ihr lag, bleich und erschöpft von der eintönigen Fabrikarbeit. Dann aber kamen die schweren Träume. Eva fuhr mitten in der Nacht aus dem Schlaf empor, angstvoll, schweißbedeckt. Der verschwimmende Schatten des schmalen Fensters lag wie ein großes böses Auge auf ihr. Es war ein qualliges Auge, das nackt zwischen spärlichen Wimpern stand.

Es gehörte dem Mann, den sie kürzlich bei Rita Meyer getroffen hatte. Sie war gerade noch zurechtgekommen, um zu sehen, wie er Rita mit Fußtritten vor sich her ins Auto schubste. Dann kam er zu ihr zurück: »Und du?« Sein Auge sah aus, als ob es überliefe. Eva dachte nur an die Mutter. Sie preßte den Zettel für Rita fest in die Handfläche. »Ich spiele hier mit Ruth«, sagte sie harmlos. – »Spielen? Hier hat es sich ausgespielt!« Er drehte Evas Kopf herum. Jetzt erst sah sie, daß auch Ruth in dem Auto saß. Das Auto fuhr ab, aber der Mann ließ ihren Kopf erst los, als er die Hand brauchte, um ihre Finger auseinanderzubiegen: »Nun zeig mal her, was du da hast.« – Auf dem Zettel stand die Adresse für Rita. – »Das ist unser Kindergarten«, sagte Eva rasch, wie es ihr die Mutter eingeschärft hatte. Das Auge deckte sich eine Minute lang zu. Es schien zu frieren, genau wie Eva. Sie zitterte vor Kälte trotz der Sommerwärme. Unverwandt starrte sie auf das warm gebettete Auge. Doch als das wieder bloßlag, sah es aus wie Eis. Eva fühlte sich derb an der Schulter gepackt: »Diesen Kindergarten zeigst du mir mal!« – Die Mutter hatte auch diese Möglichkeit eingerechnet. »Wenn sie mitkommen wollen, geh ruhig hin, da ist sowieso immer ein Haufen Kinder. Und du kennst niemanden, verstanden? Auch mich nicht. Wir haben uns nie im Leben gesehen ...« Eva nickte. Sie wußte längst, daß man oftmals lügen mußte. Die Mutter war wirklich in der Wohnung. Eva ging an ihr vorbei, ohne zu zucken, hinein zu den Kindern, die sie niemals gesehen hatte. Sie fing gleich an, mit ihnen zu kreiseln. – »Das Kind ist großartig«, sagten nachher die Bekannten, als der Mann unverrichteter Sache hatte abziehen müssen. Aber Eva vergaß nicht seinen bösen Blick. »Dich kriege ich noch – du Kröte!« hatte er im Hinausgehen gezischt. Sein Auge schien jetzt völlig entblößt, kalt und nackt und erbarmungslos; die hellen Wimpern wie abgesengt.

Dieses böse Auge verfolgte Eva, ob sie schlief oder wachte. Es stand über ihr, es warnte immer drohender: ich kriege dich noch! Eva konnte nicht länger allein bleiben. Tagsüber war die Mutter bei ihr. Wenn sie auch die meiste Zeit schlief – aber ihr Atem umhüllte Eva wie dichter Nebel, den das böse Auge nicht durchdringen konnte. Nachts brachte die Mutter sie jetzt zu Bekannten. Ein paarmal nahm die Nachbarin sie mit zum Dienst, sie war Nachtschwester im Jüdischen Krankenhaus. Dort wurde immer Platz, selbst wenn alles besetzt war. Die Schwerkranken starben so rasch. Eva durfte dann von ihrem behelfsmäßigen Lager auf der Bahre aus mitten in der Nacht ins frei gewordene Bett hinüberwechseln. Einmal schlief sie in einem Raum mit einer jungen Frau, die kein Wort sprach, sondern die ganze Zeit nur trübe gegen die Decke starrte. Am nächsten Morgen hing sie am Fensterkreuz. Eva wurde um diese Zeit immer blasser, ihre Bewegungen waren fahrig, immer häufiger fiel ihr sinnlos irgendwas aus der Hand. Die Nachbarin sprach selbst mit der Mutter: »Die seelische Belastung ist bei uns zu groß.« Die Mutter war ratlos. Schließlich nahm der Portier des Krankenhauses sie mit zu sich nach Hause. Er hatte selber vier Kinder, und Eva schlief mit zweien zusammen in einem Bett. Dann war auch das zu Ende. Der Portier mußte noch zwei Juden in seiner Stube mit aufnehmen. Eva kam für zwei Wochen ins Waisenhaus. Als es polizeilich aufgelöst wurde, wollte ein altes Ehepaar Eva bei sich unterbringen. Die Mutter wusch, plättete und stopfte zwei Tage lang, dann packte sie alles in einen kleinen Koffer und brachte Eva zur Bahn. Die alten Leute wohnten im Vorort, in einem kleinen Haus mit Garten, der von einer dichten Hecke eingefaßt war. Hier konnte kein böses Auge herüberdrohen. Eva spielte hier sorglos mit Puppen, nannte das alte Ehepaar Opa und Oma, schlief in einem schneeweißen Himmelbett und vergaß für eine Weile, daß es Menschen gab, die andere quälten und in den Selbstmord trieben. Einmal kam einer von ihnen durch die Hecke herein. Als er weg war, hatte er die alten Leute verwandelt. Zitternd vor Angst suchten sie Evas Sachen zusammen, legten alles wieder in ihren Koffer zurück und brachten sie zur Bahn. Die alte Frau wischte beim Abschied über Evas Stirn; vermied es aber, dem Kind in die Augen zu sehen.

Dann stand Eva allein. Die Mutter kam erst nach Stunden nach Hause. In ihrem Blick, mit dem sie das Bild des Kindes umfaßte, das zusammengekauert auf seiner Habe vor der Wohnungstür saß, spiegelte sich Schreck, Erstaunen, schließlich Verzweiflung.

Diese Rückkehr aus dem Paradies – das war gestern gewesen.

Gegen Abend war die Mutter wie immer zur Arbeit gegangen, nachdem Eva versichert hatte, diese eine Nacht würde sie ruhig allein sein. Wirklich hatte der Schatten des Fensters sie beim Aufwachen kaum noch gestört. Beängstigender war es, daß sie auch tagsüber sich selbst überlassen blieb. Die Mutter war immer noch nicht von der Fabrik nach Hause gekommen.

Eva Sarah Burkhardt stand endlich auf. Die große Telleruhr an der Wand zeigte ein Viertel vor fünf. Es war die Zeit, in der sie einkaufen durfte. Sie griff nach der Kartentasche, legte sie aber wieder an seinen Platz zurück. Sie glaubte nicht mehr daran, daß die Mutter zurückkam. Und ohne die Mutter konnte sie nicht leben. Keine Seele auf der Welt würde sich um sie kümmern. Nicht einmal der Vater, den es irgendwo gab. Er kam nur manchmal zur Mutter, wenn er Geld haben wollte. Die Bekannten der Mutter sagten, er sei ein Schuft, denn als Nichtjude hätte er wohl das Los der Mutter etwas erleichtern können. Er hatte es jedoch vorgezogen, sich beizeiten von ihr zu trennen. Eva verachtete den Vater, und zwar nicht nur, weil er die Mutter unglücklich machte, sondern einfach deshalb, weil er auf der Seite derjenigen stand, vor denen man auf der Hut sein mußte. Der Mann mit dem bösen Auge gehörte dazu, der Rita Meyer weggeschleppt hatte, der SA-Sturm im Hause gegenüber, die Kinder auf dem Hof. Wenn Eva auf die Straße ging, was selten geschah – früher, als die Schulen noch erlaubt waren, auf dem Wege dorthin, und jetzt nur, wenn sie einkaufen mußte –, fühlte sie den Hohn, die Beleidigungen und Beschimpfungen, die ihr aus jedem Gesicht offen entgegenschlugen, wie eine unüberwindliche Mauer um sich. Diese Mauer konnte man nur durchbrechen, wenn man grenzenlos haßte. Evas Haß auf die »anderen« war so stark, daß sie manchmal davon körperliche Schmerzen bekam. Ihre Augen brannten, als seien sie in Feuer getaucht; der Kopf dröhnte, die Glieder schmerzten. An solchen Tagen konnte nur die Gegenwart der Mutter helfen, die Mutter, die sie schweigend in die Arme nahm. Langsam beruhigten sich dann die zuckenden Glieder, die drohende Außenwelt trat zurück. Nur bei der Mutter konnte sie sich warm und geborgen fühlen.

Das Kind seufzte. Es war stickig heiß in der kleinen Küche, und draußen hatte ein rascher Regen alles frisch gesprengt. Eva trat ans Fenster und öffnete es einen Spalt. Dabei hatte sie nicht an die Kinder gedacht, die im Hof johlten. Den ganzen Nachmittag hindurch spielten sie schon »Fliegeralarm«. Aber als sie jetzt Eva am Fenster erblickten, ließen sie davon ab, liefen unter ihrem Küchenfenster zusammen und gossen die Flut ihrer Schmähungen wie schmutziges Spülwasser über sie aus. Eva warf zitternd das Fenster wieder zu. Sie fühlte sich wirklich wie besudelt. Plötzlich wußte sie, daß sie dem allen nicht standhalten würde. Sterben müssen war nicht schlimm, schlimm war es dagegen zu leben, in einer Welt von Feinden allein zu sein, jeden Tag, jede Nacht neu bewältigen zu müssen. Schon diese Nacht, die jetzt kam, war voller Gefahren. Das »böse Auge«, das sich in dem Häuschen nicht hervorgewagt hatte, nistete hier plötzlich wieder in jedem Winkel, starrte von der Decke herab und kauerte in der Ecke am Boden. Schadenfroh blickte es sie an: heute habe ich die Mutter geholt, morgen hole ich dich – du Kröte! Eva schrie gellend auf. Außer sich vor Angst, verbarrikadierte sie die Küchentür, ließ die Verdunklung herunter und verstopfte die Ritzen. Dann drehte sie beide Gashähne auf. Wie nach einer Anstrengung fiel sie erschöpft in den Stuhl. Die Uhr über ihr tickte gleichmäßig weiter. Dann war das Geräusch plötzlich weg, man hörte nur noch das Rauschen. Eva wußte, daß ihr das »böse Auge« nichts mehr anhaben konnte. Sie lächelte zum ersten Male an diesem Tage. Ganz ruhig breitete sie die Arme lang über den Tisch, bettete den Kopf darauf und wartete auf den Tod. Die große Telleruhr an der Wand zeigte kurz nach acht. Es war der 23. August 1942. Das Kind war gerade zehn Jahre alt.

GERD GAISER
Der heimliche Gast

Im Treppenabstieg aus der Regenerschen Wohnung, wo sie mit dem dreijährigen Evchen öfters zu spielen pflegte, hörte die kleine Barbara Andernoth hinter sich eine Tür gehen. Ein Schritt folgte dem ihrigen. Die Tür, deren behutsamer Laut soeben vernehmlich geworden war, mündete aus einem Zimmer der von dem Kind gerade verlassenen Wohnung auf den Treppenflur. Indessen wurde dieser Ausgang seit langem niemals benutzt; und weil das kleine Mädchen ihn immer verschlossen gesehen hatte, so blieb es stehen und blickte verwundert zurück. Darüber hatte auch der Mann, der dort zum Vorschein gekommen war, die Kleine eingeholt und machte über ihr halt. Er war sehr leise, fast verstohlen, herabgestiegen, an der Treppenwange hinstreifend, und hielt nun auch dort, wo die Stufe nicht wie in der Mitte muldig und hellgetreten war, sondern das ölschwarze Holz empfindlich den Sohlenabdruck zeichnete. Doch zeigte hinter dem Mann her keine Staubspur. Barbara sah an ihm empor und erkannte, daß es der Vater ihres kleinen Spielgefährtchens sei, auf den sie sich mit verblassenden Erinnerungen besann, wobei sein Bild, das dort in der Wohnung hing, ihrem Gedächtnis zu Hilfe kam. So wunderte es sie sehr, ihm drinnen nicht begegnet zu sein, und mehr noch, daß man die Heimkehr des seit drei Jahren vermißten Mannes, an dessen Erwartung ihr mitleidiges Herz so beschäftigt teilnahm, ihr sollte verschwiegen haben. Während sie so in betroffener Scheu ihn musterte, hatte der Mann sich hergebeugt, und sein Kopf schob sich verdunkelnd vor das Lämpchen im Treppenabsatz. Dennoch sah sie, daß das Gesicht blaß war und seine Haut scheinig wie an Genesenden, wenn sie von langer Krankheit aufgestanden sind; es blickte aber in gütiger Sammlung und schien sich der Begegnung zu freuen. So auch redete der Mann sie an auf die Weise, von der sich Kinder gerne gewinnen lassen, nicht in gestelztem Heruntergeben, sondern in ernsthaft freundlicher Gewährung. Dabei näherte er seine Hand der Schulter Barbaras, wie es geschieht, wenn sich einer vertraulich mitteilen will; er berührte sie aber nicht, sondern behielt die Hand dort, solange er sprach, in ihrer schwebenden Lage. Er möge, so sagte er, einem Gruß auf der Treppe nicht ausweichen, nun sie gerade zusammenträfen, indessen habe er eine Bitte an sie; und ob sie wohl imstande sein werde, ihm diese zu erfüllen? Barbara nickte; darauf fuhr er fort, ihr zu erklären, wie er insgeheim seit etlicher Zeit sein Zimmer wieder bezogen habe, das ihm, da es vom Treppenflur her ungesehen sich betreten lasse, günstig gelegen sei. Indessen doch halte er seinen Angehörigen sich noch verborgen: denn er müsse ihrer, wie jene seiner Gegenwart erst wieder gewöhnt werden. So sei wohl ihm heilsam, durch die Wände ihre Stimmen zu vernehmen und heimlich an ihrem Wesen teilzuhaben; allein noch nicht mehr. Er sei sehr krank gewesen, seine Kräfte noch schwebend, unzeitige Berührung zu scheuen. Und er habe deshalb an sie dies Anliegen, sie möge verschwiegen sein und die Begegnung bei sich behalten, bis es an der Zeit sei. Damit verstummte er und blickte sie fragend und bittend vertraulich an; und nachdem sie, um Worte verlegen, ihr Versprechen genickt hatte, zog er seine Hand zurück, senkte den Kopf noch einmal nachbarlich gegen die Sprachlose und glitt, sie überholend, rank und leise um die Treppenwendung, worauf unten die Haustür in ihr Schloß schnappte.

Barbara erwachte in ihrem Bett und ward nach etlichem Nachsinnen inne, daß sie dies soeben geträumt habe. Es war noch früh, und die Frische glitzerte in den Ladenritzen; draußen hatten die Vögel ihren Lebtag, wippten, zirpten und schlüpften im Mispelgebüsch. Sie lag wach, ab und an die Zeiger der Wanduhr beobachtend, ob es Zeit sei, sich anzukleiden. Der Traum floß nur langsam aus ihr zurück und hinterließ eine ahnungsreiche geheimnisvolle Freude, aus der gleichwohl eine Trauer nicht fortgewischt war. Als sie während des Tages ihre Mutter allein traf, und das Bild war über ihren ganzen Schulmorgen hin nicht verblaßt in ihr, erzählte sie dieser den Traum; und die Mutter hörte sie an, schloß sie in ihre Arme, schien nachzudenken und äußerte nicht viel. Als aber das erwartungsvolle Kind in sie drang, ob es wohl hingehen dürfe und der Mutter ihres Schützlings das Erlebnis berichten, da meinte auch sie, daß es wohl besser sei, davon zu schweigen; denn vielleicht rühre es doch nur jener den Kummer auf.

Es war aber an dem, daß Barbaras Mutter an diesem Morgen erfahren hatte, ein Entlassener sei zurückgekehrt aus jenem Land, in dem der Lehrer Regener vermißt geblieben, und der Ankömmling habe von dessen Ableben in einem Lazarett, das schon an die zwei Jahre zurückliege, verbürgte Nachricht niedergelegt. Sie wußte es nicht von der Trauernden selber; es war nur eine Kunde, wie sie in Nachbarschaften schnell sich ausbreitet. Auch hatte sie die Absicht nicht, sogleich sich drüben zu zeigen; kannte sie doch die Freundin und deren Art, die nicht gern überlaufen sein wollte mit Trostbesuchen, deren allzuviele mehr der eigenen Neugier als dem fremden Erleiden dienstbar sind. Ebenso aber scheute sie sich, dem Kinde seinen geheimnisvollen Besitz zu vergällen. So hielt sie es unter Vorwänden während dieses und des folgenden Tags von jenem Hause fern.

Die Traumerscheinung blieb indessen so nachhaltig in dem kleinen Mädchen befestigt, daß sie auf ihren Gängen nicht anders konnte als zu mehreren Malen den Anblick der befreundeten Wohnung suchen und sie von fern betrachten, so als hüte sich dort ein Geschenk, dessen Vorfreude ihr allein vor allen gegönnt sei. Die Wirklichkeiten wischten sich ineinander; sie konnte nicht anders mehr als jenes verschlossene Zimmer von seinem verhohlenen Gaste bewohnt sich vorstellen, wie er dort lauschend zunahm und seine Zeit erwartete. In ihren Gedanken sah sie sich mit dem kleinen Evchen am Fußboden spielen, das seinen Vater nie gesehen und von dessen Eintritt in die Welt auch jenen keine Nachricht mehr erreicht hatte. Die Sonne fiel durch die reinlichen Mullgardinen und entwarf auf dem Boden Vierecke, welche streifig die kirschholzene Anrichte auflichteten. Sie aber stahl sich ab und an mit den Blicken nach der verschlossenen Tür nicht anders als am Tag der Bescherung zur Weihnachtsstube, ob sie nicht unversehens sich öffne, um das Verborgene über ihre Schwelle zu entlassen.

Sie erwähnte zu niemandem etwas, doch kam sie den Abend darauf zurück und vertraute der Mutter, sie fange nunmehr auf ihren Traum zu bauen an, denn soeben habe sie vom Storchenplatz herüber, was noch nie der Fall gewesen, die Fenster des geheimnisvollen Zimmers in schwacher Helle gesehen; nun vielleicht nähere sich doch die Zeit oder sei schon heran. Sie könne nun kaum mehr an sich halten; und wäre nur das Versprechen nicht, so möchte sie gleich hinlaufen, auf jeden Fall aber morgen gleich in der Frühe das Evchen aufsuchen, vielleicht gar um Zeugin zu werden, wenn das Haus seine Freude erlebe. Die Mutter, betroffen über die Unablenkbarkeit jener Vorstellungen, die sie nach Kinderweise schnell abgeklungen gedacht, und befürchtend, eine unbedachte Äußerung ihres Töchterchens möchte die Trauernde verstören, hielt nun doch für geraten, dem Kinde die Wahrheit zu sagen, und vertraute ihr mit behutsamen Worten die eingegangene Botschaft an. Das Kind schwieg und ließ ein verhofftes Gesichtchen sehen, blieb einsilbig und ging schließlich aus der Küche, wo das Gespräch stattgefunden hatte. Aber aus seinem Bette wollte es noch einmal beharrlich wissen, ob nicht dennoch eine solche Botschaft sich als falsch erweisen könne, sie habe dergleichen schon gehört, daß Personen verwechselt oder von Rückkehrern unbedachte leichtsinnige Angaben gemacht worden seien. Darauf schüttelte die Mutter den Kopf, in diesem Falle sei nicht zu zweifeln. Sie fügte hinzu, unter den Leidensumständen, die berichtet worden, und wenn ihm eine Rückkehr nicht bestimmt gewesen, müsse man in den Tod des armen Regener sich ergeben und sich abfinden mit einer Gewißheit, welche den Getroffenen nicht mehr Pein bringe als ein Bangen ohne Ende. Damit bettete sie das Kind, sammelte ihre Gedanken und verließ das Haus, um die Freundin nun aufzusuchen.

Auch diese hatte ihre Kleinen versorgt und saß nun, ihrer Einsamkeit überantwortet, über dem immer gehäuften Flickzeug allein. Den Angriffen der Zeit bleibt das Sichtbild weiblicher Trauer nicht entzogen; und der allgemeine grobe Kehraus der Zusammenbrüche schonte nicht das würdige Schwarz und nicht die Muße, die eins seiner Rechtsteile ausmacht. Die Schmerzen, um die wohl einst im Schoß weiße Hände barmten, haben unsere Frauen vielleicht in der Schlange vor einem Fischladen ausgestanden, auf zerschundenem Schuhwerk, von scheelem Schwatz und üblen Gerüchen bedrängt; ihre Tränen, schutzlos und ungeehrt, tropften eilig in den Verfall sich zerfransenden Strickzeugs nieder, dem Tag hinter Tag entgegenzuwirken war. Sie war nicht am Boden, denn nach drei Jahren der Berennung treffen dergleichen Bestätigungen nicht unvorbereitet. Auch wirkte in ihr noch der Zustand, in dem nach frisch erlittenem Schlage Betäubung und Scharfsicht, Zerfall und Erhöhung sich durchdringen, und in dem die Hilfen noch gegenwärtig sind, die sich der abgründigsten Wehrlosigkeit zugesellen, um sich erst allmählich zurückzuziehen, wenn die eigene Kraft der

Behauptung fähiger scheint. Erst dann wird diese aller Verödung bewußt und hat ihre Nächte und Tiefgezeiten zu bestehen. So saß die Regener dort rastlos fädelnd und zusammenfügend, ledig und zerstört zugleich, und war ihres neuen Standes mit einer befremdenden und aushöhlenden Verwunderung bewußt. Vorgestern noch nicht, heute war sie eine hinterbliebene Witwe nach Menschengesetz; nichts dazwischen, kein Ereignis, welches das Haus spaltete, kein Gewirre harmvoller ablenkender Pflichten, keine polternde Scholle, kein Sarg; ein Wort, eine Zeile, ein Nicken hatten alles bewirkt; von Amts wegen ein Stempel würde es morgen befestigen. In einem der Gedanken, die sich mit den äußeren Bedingnissen ihrer Verlassenheit befaßten, war sie aufgestanden, um in das Zimmer des Toten hinüberzugehen und dort nach einem Papier zu kramen. Es war der Aufenthalt, dessen Lichtschein Barbara von ferne beobachtet hatte.

Dabei, wie sie über den geöffneten Schubfächern innehielt, kam ihr plötzlich zu Bewußtsein, daß sie einen Bann gebrochen habe. Sie vergaß auf ihr Vorhaben und streifte mit den Augen aufwärts zu dem von der Schreibleuchte angeschienenen Bild des Verstorbenen. Er war ein gedankenvoller ungeräuschiger Mensch gewesen, dessen umfangende Natur selten ein Nein aufwarf und ihn aus keinem ihrer Züge zum Soldaten bestimmt hatte, sondern der geschaffen war, mit dem Spiel einer Boule-Uhr und mit selten gelesenen Handschriften Umgang zu pflegen; nun entzifferte keiner weiter; er war verlöscht wie nie gewesen. Seit seiner letzten Anwesenheit war das Zimmer allem Gebrauch entzogen geblieben. Nachdem die Nachrichten von ihm ausblieben und Herma Regener angefangen hatte, die Möglichkeit eines Verlustes in ihre Gedanken zu lassen, suchte sie die Ordnung aller Gegenstände dort unverrückt zu erhalten, so als läge darin eine Beschwörung der Wiederkehr. Als unter dem Einstrom der Ausgewiesenen man allen Wohnraum zu vermessen und zu teilen begann, war über das Zimmer Beschlag verhängt worden; doch trug sie in sich eine leidenschaftliche Gegenwehr und hatte bis heute vermocht, es zu halten; Schonung war ihr bis auf einen äußersten Notfall zugesagt. Je mehr indessen die Einsicht, daß ihre Hoffnungen trögen, in ihr zunahm und ihre Widerstandskraft zermürbte, desto seltener ertrug sie noch den Eintritt dorthin; sie fing den Aufenthalt zu scheuen an, ja betrat schließlich das Zimmer öfter nicht mehr als nötig war, es in seinem Stande zu erhalten. Nun also fand sie sich unversehens aufgerissen und an seinem Arbeitsplatze stehend; da erlag sie noch einmal, drückte eilig die Züge ein, löschte das Licht, verließ den Raum und bückte sich tiefer wieder zu ihrer unfreudigen, lumpenhaften, erbarmenden Last.

So traf Barbaras Mutter sie an; und beide Frauen saßen lange zusammen auf, wobei auch die Hände der Besucherin sich eilig rührten. Unter solchen Nachtgesprächen kam es dem Gaste nun dennoch ein, von dem Traum Barbaras zu erzählen, und sie berichtete ihn auf eine Weise des Herzens, die nicht bestimmt war, dem Elend Nahrung zu geben, sondern als ein fühlendes Zeugnis, wie es in solchen Lagen Trost spenden kann. Die junge Frau hörte es an, ihre Mienen senkten sich, und sie wehrte den Tränen nicht. Nun, dann, sagte sie langsam, braucht er jetzt nicht mehr ein Zimmer für sich. Zugleich aber schien, wie der kleinen Träumerin es nicht anders geschehen, eine geheimnisvolle und bestärkende Zuversicht aus dem Bilde zu strömen. Nun erst schien ihr der Tod gültig angesagt, der Verlust unwiderruflich, der Besitz unverlierbar. Sie hob ihr Gesicht auf, stand, ging hinüber und öffnete jene Tür.

Und damit nun, wie das Türblatt einwich und an ihm das Inwendige ihrer Hand heruntterglitt, sie aber schmal wurde dabei mit ihrem geneigten Gesicht, als lasse sie jemand vorübertreten, damit begäbe sich diese Niederschrift; es wäre ihr Abschluß geworden unter anderen Gestirnen. Allein es geht um die lösende Rührung nicht und nicht um den schönen Ausschnitt; es dauert nicht mehr ein Kranz von Immortellen, aufgehangen über geweihter Statt, wo die Schritte sich dämpfen; keiner auch kann sich in heiligen Hagen bescheiden.

Vielmehr es scheint in den Haushalten dieser Erde durchaus auf einen Verzehr angelegt, der den Umfang dessen erreichen soll, was an Vermögen geliehen wurde. Für jede getilgte Forderung rückt eine neue sogleich ein, oft in Figuren versteckt, die entziffert sein wollen. Es ist möglich, sich ihnen zu weigern, auszuweichen gebräuchlich; Hehlerei ist üblich. Allein am Maß des Erfüllens entscheidet sich, so scheint es, der Spruch auf uns. So stand auch, ungewußt von ihr, der Satz der Herma Regener: er braucht es nicht mehr für sich – vieldeutig auf veschlüsselten Sinnen; und die Zeit, deren Kind sie war, fehlte nicht, mit einem Nachleuchten, spukhaft und zeichenhaft, zu erhellen, was anderen Geschlechtern dunkle Fabel geblieben.

Sie unternahm es anderen Tags, die paar Amtsgänge zu bestehen, die sich ihr auferlegten. In dem kleinen Stadthause, in dessen Stuben die zahlreicher aufgeschossenen Ämter sich bedrängten, fand sie sich unversehens am Schreibtisch des Unterkunftsbeamten vorbeigeschoben. Und der Umlagerung unterliegend inmitten der tausend gegen uns errichteten Zwänge, tat sie den Mund auf und bemerkte mit ihrer versiegenden Stimme etwas, das die Verfügung über ihren Raum betraf. Der Mann am Tisch sah sie an, er kannte sie von Angesicht, blätterte, um gewiß zu werden, in seinen Stößen, blickte auf und wunderte sich, wie sie es meine? Nach dem Erweis seiner Spalten sei ihr Zimmer seit Wochen bewohnt.

Unter diesen Worten sah er die Frau ganz erbleichen und an sich heruntergreifen mit entgeisteten Händen den ihr entrutschenden Zetteln nach, sah sie hastiger an ihrer Handtasche sich mühen, ihr Tuch hervorzerren und ans Gesicht pressen, worauf sie sich, ohne noch ein Wort weiter hervorzubringen, gegen die Tür warf und aus ihr verschwunden war.

In ihrer Verstörung, die sie halb von Sinnen durch die Straßen nach ihrer Wohnung zurücktrieb, fing Barbaras Mutter sie auf, erkannte, was nottat, stützte sie und brachte sie zu sich. Droben sammelte sich die tödlich Erschreckte. Sie war eine klare Natur und abhold allem Unsinnigen, aber durch das Nachzucken auf jenes kindhafte Traumgesicht aufs tiefste zerstoßen. Und ihre Beistehe-rin, als sie es erfahren hatte, schüttelte den Kopf erbarmend, was einer unbeschützten Frau zu den deutbaren Schrecken sich aufbürde an undeutbaren in augenscheinlicher Sinnlosigkeit. Dann machte sie sich auf den Weg, um die Verwirrung zu ergründen.

Inzwischen hatte der so jäh verlassene Beamte nachgeforscht und wußte sein Ergebnis mitzuteilen: nämlich daß vor drei Wochen ein Beauftragter für einen Schub Ausgewiesener Quartier gemacht habe, indem er für jede Person oder Gruppe sich sogleich die Einweisung schreiben ließ, um diese an die Heimatlosen auszugeben und so die Abwicklungen zu kürzen. Dabei war es nötig geworden, auf die Regenersche Wohnung überzugreifen. Jetzt befinde sich der Quartierschein in jemandes Händen, der, vielleicht einer Erkrankung halber, noch nicht aus dem Durchgangslager eingetroffen sei. Dies sei ihm, dem Beamten, nicht ausdrücklich vermerkt worden; jedoch bestehe die Belegung zu Recht.

So stellten die Dinge sich dar; es wurde Abend; die Klingel rührte sich an der Glastür der Herma Regener. Diese hatte gerade in der versperrten Küche ihre kleine Ev ins Bad gesteckt; so vermochte sie nicht sogleich Gehör zu geben und entschied, daß in Gottes Namen warten solle oder sich entfernen, wer draußen stehe. Es hatte aber auf den Fliesen eine Frau, von einem kleinen Mädchen begleitet, eine schlechte bestoßene Holzkiste niedergestellt und, da das Öffnen sich verzog, sich selbst darauf niedergelassen, ermüdet und des Hockens unter fremden Himmeln, an Bahngeleisen, in Viehwagen, vor Amtsstellen, vor fremden Türen kundig genug. Die Frau trug ein großes dunkles Kopftuch auf eine altertümliche umständliche Weise aufgesteckt; ihr Rock reichte schwarz, vielgefältelt und nach unten weit auseinanderschlagend nun, da sie saß, bis auf den Fußboden nieder. Diese Frau kannte das Land nicht, in das man sie verbracht hatte, kannte auch nicht seine Menschen, sie wußte noch weniger, weshalb sie aus dem ihrigen verjagt worden war noch wovon sie in der Fremde bestehen solle, sie war so hauslos und so ungeheuer wie ein Gespenst; ihre Hände hatten vielleicht einmal Körner auszustreuen vermocht oder besaßen Sicherheit im Anfassen von jungem Getier; nun waren sie so unnütz zerrüttet und hilflos, als ob man ihnen die Nägel ausgerissen hätte; ein Zettel knisterte zwischen den Fingern. Das kleine Mädchen stand, ohne sich zu rühren, neben ihr mit der gleichen stumpfen Miene; beide sprachen kein Wort.

Jetzt zeichnete sich ein Schatten auf dem Milchglas der Tür; die fremde Frau stand schwerfällig auf, und die Herma Regener erschien schwarz dort unter dem Flurlicht und gewahrte das andere Schwarze, das vor ihr größer wurde und stand mit dem Geruch der Fremde und der Unabänderlichkeit, mit einem müden Gutenabend in einer murmelnden ausgestorbenen Mundart und einem Fetzen weißen Papiers, den es vor sich stieß. Und Müdigkeit überkam auch sie stärker, als sie diese in allen den Tagen gespürt; sie lehnte am Türfang, nichts unternehmend, hörte selber sich fragen und Antworten kommen im selben fallenden und vergehenden Dialekt. Das Weib hatte vier Kinder mitgenommen gehabt und von ihnen drei auf den langen qualvollen Schüben verloren, auch nicht selber ins Grab gelegt; es wußte nicht, wo diese Gräber sich befanden.

Sie sagte: Das ist mein letztes. Die Kleine da. Ihre Hände sanken herunter und hielten inne, vor dem Leib gekreuzt. Das Tuch warf Schatten in ihr Gesicht; man sah nur den Mund.

Da erschien es der jungen Frau, als sei die Figur entziffert und ganz unerträglich kein Leid, das einem andern noch mitzuteilen vermag; sie rührte die Fremde an und sagte, indem sie öffnete: Kommet herein.

BERTOLT BRECHT
Die zwei Söhne

Eine Bäuerin im Thüringischen träumte im Januar 1945, als der Hitlerkrieg zu Ende ging, daß ihr Sohn im Feld sie rief, und schlaftrunken auf den Hof hinaus gehend, glaubte sie ihren Sohn an der Pumpe zu sehen, trinkend. Als sie ihn ansprach, erkannte sie, daß es einer der jungen russischen Kriegsgefangenen war, die auf dem Hof Zwangsarbeit verrichteten. Einige Tage darauf hatte sie ein merkwürdiges Erlebnis. Sie brachte den Gefangenen ihr Essen in ein nahes Gehölz, wo sie Baumstümpfe auszugraben hatten. Im Weggehen sah sie über die Schulter zurück denselben jungen Kriegsgefangenen, übrigens einen kränklichen Menschen, das Gesicht nach dem Blechtopf wenden, den ihm jemand mit der Suppe reichte, und zwar in einer enttäuschten Weise, und plötzlich verwandelte sich dieses Gesicht in das ihres Sohnes. Schnelle und schnell verschwimmende Verwandlungen des Gesichts eben dieses jungen Menschen in das ihres Sohnes passierten ihr in den nächsten Tagen öfter. Dann wurde der Kriegsgefangene krank; er blieb ohne Pflege in der Scheuer liegen. Die Bäuerin spürte einen zunehmenden Drang, ihm etwas Kräftigendes zu bringen, jedoch wurde sie daran gehindert durch ihren Bruder, einen Kriegsinvaliden, der den Hof führte und die Gefangenen roh behandelte, besonders nun, wo alles anfing, drunter und drüber zu gehen und das Dorf die Gefangenen zu fürchten anfing. Die Bäuerin selbst konnte sich seinen Argumenten nicht verschließen; sie hielt es keineswegs für recht, diesen Untermenschen zu helfen, über die sie schreckliche Dinge gehört hatte. Sie lebte in Furcht, was die Feinde ihrem Sohn antun mochten, der im Osten stand. So hatte sie ihren halben Vorsatz, *diesem* Gefangenen zu helfen in seiner Verlassenheit, noch nicht ausgeführt, als sie eines Abends im verschneiten Obstgärtchen eine Gruppe der Gefangenen bei einer eifrig geführten Unterredung überraschte, die wohl, um im geheimen vorgehen zu können, in der Kälte stattfand. Der junge Mensch stand dabei, fieberzitternd, und, wahrscheinlich seines besonders geschwächten Zustands wegen, erschrak er am tiefsten vor ihr. Mitten im Schrecken nun geschah wieder die sonderbare Verwandlung seines Gesichts, so daß sie in das Gesicht ihres Sohnes schaute, und es war sehr erschrocken. Das beschäftigte sie tief, und wiewohl sie pflichtgemäß ihrem Bruder von der Unterredung im Obstgärtchen berichtete, beschloß sie doch, dem jungen Menschen die bereitgestellte Schinkenschwarte nunmehr zuzustecken. Dies stellte sich, wie manche gute Tat im Dritten Reich, als äußerst schwierig und gefahrvoll heraus. Sie hatte bei diesem Unternehmen ihren eigenen Bruder zum Feind, und sie konnte auch der Kriegsgefangenen nicht sicher sein. Dennoch gelang es ihr. Allerdings entdeckte sie dabei, daß die Gefangenen wirklich vorhatten, auszubrechen, da die Gefahr für sie täglich wuchs, daß sie vor den anrückenden roten Armeen nach Westen verschleppt oder einfach niedergemacht werden würden. Die Bäuerin konnte gewisse, ihr pantomimisch und mit wenigen Brocken Deutsch klargemachte Wünsche des jungen Gefangenen, an den sie ihr merkwürdiges Erlebnis band, nicht abschlagen und ließ sich so in die Fluchtpläne der Gefangenen verwickeln. Sie besorgte eine Jacke und eine große Blechschere. Eigentümlicherweise fand die Verwandlung von da ab nicht mehr statt; die Bäuerin half jetzt lediglich dem fremden jungen Menschen. So war es ein Schock für sie, als eines Morgens Ende Februar ans Fenster geklopft wurde und sie durch das Glas im Dämmer das Gesicht ihres Sohnes erblickte. Diesmal war es ihr Sohn. Er trug die zerfetzte Uniform der Waffen-SS, sein Truppenteil war aufgerieben, und er berichtete aufgeregt, daß die Russen nur noch wenige Kilometer vom Dorf entfernt seien. Seine Heimkunft mußte unbedingt geheimgehalten werden. Bei einer Art Kriegsrat, den die Bäuerin, ihr Bruder und ihr Sohn in einem Winkel des Dachbodens abhielten, wurde vor allem beschlossen, sich der Kriegsgefangenen zu entledigen, da sie möglicherweise den SS-Mann gesehen hatten und überhaupt voraussichtlich über ihre Behandlung Aussage machen würden. In der Nähe war ein Steinbruch. Der SS-Mann bestand darauf, daß er in der kommenden Nacht sie einzeln aus der Scheuer locken und niedermachen müßte. Dann konnte man die Leichen in den Steinbruch schaffen. Am Abend sollten sie noch einige Rationen Branntwein bekommen; das konnte ihnen nicht allzusehr auffallen, meinte der Bruder, weil dieser zusammen mit dem Gesinde in der letzten Zeit schon ausgemacht freundlich zu den Russen gewesen war, um sie im letzten Augenblick noch günstig zu stimmen. Als der junge SS-Mann den Plan entwickelte, sah er plötzlich seine Mutter zittern. Die Männer beschlossen, sie auf keinen Fall mehr in die Nähe der Scheuer zu lassen. So erwartete sie voller Entsetzen die Nacht. Die Russen nahmen den Branntwein anscheinend dankend an, und die Bäuerin hörte sie betrunken ihre melancholischen Lieder singen. Aber als ihr Sohn gegen elf Uhr in die Scheuer ging, waren die Gefangenen weg. Sie hatten die Trunkenheit vorgetäuscht. Gerade die neue unnatürliche Freundlichkeit des Hofs hatte sie überzeugt, daß die Rote Armee sehr nahe sein mußte. – Die Russen kamen in der zweiten Hälfte der Nacht. Der Sohn lag betrunken auf dem Dachboden, während die Bäuerin, von Panik erfaßt, seine SS-Uniform zu verbrennen versuchte. Auch ihr Bruder hatte sich betrunken; sie selbst mußte die russischen Soldaten empfangen und verköstigen. Sie tat es mit versteinertem Gesicht. Die Russen zogen am Morgen ab, die Rote Armee setzte ihren Vormarsch fort. Der Sohn, übernächtigt, verlangte von neuem Branntwein und äußerte die feste Absicht, sich zu den rückflutenden deutschen Heeresteilen durchzuschlagen, um weiterzukämpfen. Die Bäuerin versuchte nicht, ihm klarzumachen, daß Weiterkämpfen nun sicheren Untergang bedeutete. Verzweifelt warf sie sich ihm in den Weg und versuchte, ihn körperlich zurückzuhalten. Er schleuderte sie auf das Stroh zurück. Sich wieder aufrichtend, fühlte sie ein Deichselscheit in der Hand, und weit ausholend schlug sie den Rasenden nieder.

Am selben Vormittag fuhr mit einem Leiterwagen eine Bäuerin in dem nächstgelegenen Marktflecken bei der russischen Kommandantur vor und lieferte, mit Ochsenstricken gebunden, ihren Sohn als Kriegsgefangenen ab, damit er, wie sie einem Dolmetscher klarzumachen suchte, sein Leben behalte.

WALTER KOLBENHOFF
Heimkehr in die Fremde

18

Ich ließ mich von ihm führen. Nicht weit von der Straße war der Park. Wir gingen über die Brücke, und die dunklen Bäume nahmen uns auf. Er ging schweigend neben mir her. Auf einer freien Stelle gab er mir ein Zeichen, wir legten uns in das dunkle Gras. Die Nacht war warm, über uns standen die hellen Sterne. Ab und zu flog ein Leuchtkäfer vorüber.

»Es ist wie am Mississippi«, sagte ich. »Erinnern Sie sich?«

»Nein«, sagte er, »es ist anders.«

»Ich meine die Nacht«, sagte ich, »die warme Nacht.«

»Es ist alles ganz anders«, sagte er. »Auch die Nacht. Die Luft ist anders, alles ist ganz anders.«

»Was ist los mit Ihnen?« sagte ich.

Er antwortete lange nicht. Dann sagte er: »Dieses Land macht mich krank. Ich kann es nicht mehr ertragen. Verzeihen Sie, daß ich große Worte gebrauche, aber ich hatte Heimweh nach Deutschland, und jetzt hängt es mir zum Halse heraus.«

»Was ist eigentlich geschehen?«

»Ich werde es Ihnen sagen«, sagte er langsam. »Ich wurde fast verrückt vor Sehnsucht nach Deutschland. Ich dachte, alles wird gut werden, wenn ich wieder zu Hause bin. Ich dachte, Millionen werden so denken wie ich selbst, ich werde sie finden, wenn ich nach Hause komme, und wir werden anfangen zu arbeiten. Ich werde sie überall treffen, in den Universitäten, auf der Straße, überall. Ich dachte, die Menschen werden glücklich sein, daß die furchtbare Nacht vorüber ist, sie werden in der frühen Kälte frierend und hungernd stehen, aber sie werden glücklich sein.«

»Sie sind nicht allein«, sagte ich.

»Versuchen Sie mir nichts vorzumachen«, sagte er. »Ich habe die gleichen Augen im Kopf wie Sie.«

»Nein«, sagte ich, »Sie sind nicht allein.«

»Sie sind ein Narr!« sagte er. »Sie geben sich die größte Mühe, die Dinge so zu sehen, wie sie nicht sind. Dieses Volk hat den Glauben aufgegeben. Sie tun jetzt nichts anderes, als die wilden Tiere im Dschungel tun: Sie kämpfen um ihr Leben. Es ist ein niedriges, schmutziges Volk geworden.« Er richtete sich auf seinen Ellenbogen hoch und sagte leidenschaftlich: »Ich hasse sie! Oh, wie ich sie hasse!«

»Sie tun ihm unrecht«, sagte ich. »Was wollen Sie? Wir müssen alle leben. Auch wenn Sie recht haben, müssen wir leben. Aber Sie haben nicht recht.«

Er legte sich wieder auf den Rücken. »Ich wünschte, ich wäre gefallen«, sagte er. »Gleich zu Anfang.«

»Hören Sie damit auf«, sagte ich wütend.

»Gleich zu Anfang hätte ich fallen müssen«, sagte er. »Damals, als ich noch glaubte, daß sich nach ihrem Sturz die Welt verändern würde. Erinnern Sie sich noch an unsere Gespräche, drüben in Amerika?«

»Mein Gott«, sagte ich, »ja!«

»Es war alles sinnlos«, sagte er. »Unser ganzes Gerede. Dieses Volk ändert sich nicht. Wenn man es ihnen erlauben würde, würden sie noch heute hurra schreien und marschieren.«

»Manchmal habe ich die gleichen Anfälle wie Sie«, sagte ich, »aber die gehen Gott sei Dank sehr schnell vorüber. Ich versuche mir klarzuwerden, weshalb sie bei Ihnen nicht vorübergehen, und ich glaube, ich habe die Antwort gefunden. Ihre Welt ist schon dreiunddreißig zertrümmert worden. Jetzt, nach dem Zusammenbruch der Teufelei, haben Sie geglaubt, Ihre Welt würde eine Renaissance erleben. Aber Ihre Welt ist unweigerlich tot. Wenn Sie sich nicht von Ihrer Welt lossagen –«

»Wovon reden Sie?« fragte er, mich unterbrechend.

»Sie sind ein Bürger«, sagte ich, »und Ihre Welt ist tot. Sagen Sie sich von ihr los, oder Sie gehen daran kaputt.«

»Und Sie«, fragte er. »Was sind Sie?«

»Ich komme aus einer ganz anderen Welt als Sie«, sagte ich. »Als man Ihnen Ihre humanistische Bildung einpfropfte, ging ich in die Fabrik. Mir haben die bösen Gewalten nicht viel zerbrochen. Ihre Welt ist unwiderruflich untergegangen, die meine ist erst im Entstehen. Weshalb sollte ich pessimistisch sein? Die Angst, die Sie vor dem Ende haben, ist nicht meine Angst.«

Er unterbrach mich ungeduldig. »Was wollen Sie von meiner Bildung? Was hat meine Bildung damit zu tun, daß dieses Land zum Untergang verurteilt ist? Haben Sie denn keine Augen im Kopf? Sehen Sie nicht, was sich abspielt?«

Ich sagte: »Warum haben Sie nicht den Redakteurposten angenommen, den Ihnen der Journalist anbot?«

Er lachte höhnisch. »Ich soll ein Streiter für die Wahrheit werden, wie? Ein Rufer in der Wüste? Alles auf streng demokratischer Grundlage natürlich und im Dienste des Volkes!« Er lachte lange und häßlich.

»Wissen Sie, was mir in den Sinn kommt?« sagte ich. »Sie sind genauso unmöglich wie Kostler.«

Er hörte jäh auf zu lachen.

Wir lagen eine lange Weile schweigend im Grase. Über uns zog leise summend ein Flugzeug durch die Nacht. Es flog sehr hoch, seine roten und grünen Lichter bewegten sich kaum merklich durch die Sterne. Keine zehn Schritte von uns entfernt mußte der Weg sein. Zwei Männerstimmen näherten sich. Der eine der Männer sagte: »... sie bringt also die Schuhe hin. Der Schuhmacher sagt: Unmöglich, die Schuhe können nicht besohlt werden, ich habe kein Leder! Dann sagte er: Sie haben schöne Beine, die müßte man sich mal ansehen, vielleicht ist dann doch noch Leder da ...« – »Nein!« sagte die andere Männerstimme, »hat er das wirklich gesagt? Zu Hildegard?« – »Ja«, sagte der erste Mann. »Sie kommt also nach Hause und heult ...« Die Stimmen verloren sich. Von weiter her kam das leise Lachen eines jungen Mädchens. Es kam näher, und ich konnte seine Stimme hören. Es sagte lachend: »Ich glaube Ihnen kein Wort!« Ein Mann brummte: »Warum glauben Sie mir nicht?« – »Ich weiß nicht«, sagte das Mädchen, »aber ich habe das Gefühl, daß Sie lügen. Das, was Sie mir erzählen, haben Sie sicher schon Tausenden von Mädchen erzählt, ich kenne die Männer!« Es lachte anhaltend. »Was soll ich tun?« sagte der Mann ärgerlich. »Hören Sie auf mit dem Lachen!« Das Mädchen lachte weiter, es dauerte eine Weile, bis sein Gelächter in den dunklen Bäumen ertrank.

Plötzlich sagte Rinka: »Mein Vater war Geologe, er machte weite Reisen. Ich war viel mit meiner Mutter allein. Sie liebte Rilke, Hofmannsthal, Hölderlin und die Klaviersonaten von Debussy. Sie wollte, daß ich Musiker werden sollte. Wenn sie Zeuge irgendeiner Roheit wurde, war sie oft tagelang danach krank. Sie führte mich unermüdlich in Ausstellungen und Konzerte. Wenn ich als Sechzehnjähriger irgendein Gedicht schrieb, geriet sie in Verzückung. Der Anblick einer abendlichen Wolke konnte sie zu Tränen rühren. Die für sie damals größten lebenden Menschen waren Walter Rathenau und Romain Rolland. Als Mussolini Abessinien überfiel, schrieb sie einen Brief an ihn, in dem sie ihn zur Menschlichkeit mahnte. Kurz vor dreiunddreißig starb mein Vater auf einer Reise irgendwo in Indien. Meine Mutter überlebte ihn um ein Jahr. Bevor sie starb, sagte sie mir noch: Die bösen Gewalten werden zerbrechen, und Deutschland wird stark und neugeboren aus den Trümmern hervorgehen. Sie hatte keine Ahnung von den wirklichen, bösen Gewalten. Für sie war beinahe alles Literatur. Hofmannsthal und die Öfen von Auschwitz vertragen sich nicht. Ebensowenig vertragen sich die Briefe Walter Rathenaus mit den fünfzehnhundert täglichen Kalorien. Hätte man ihr damals auch nur annähernd ein Bild vom augenblicklichen Tiefstand der Menschen geben können, sie wäre schon viel früher gestorben –«

Er unterbrach sich.

Sein Gesicht lag einen halben Meter von dem meinen entfernt im dunklen Grase, seine Augen waren geschlossen, die Stirn glänzte fahl im Schimmer der Sterne.

»Ich war ebenso blauäugig wie sie, als ich in den Krieg zog«, fuhr er fort, »nur war ich noch um einen Grad romantischer. Ich dachte: Dieser Krieg wird bald zu Ende gehen, das Volk wird seine Ketten zerreißen und frei sein. Aber Sie wissen es genau so gut wie ich: sie zerbrachen die Ketten nicht. In Berlin kämpften sie noch bis zum letzten Tage, und jetzt sind sie niedergeschlagen, weil sie diesen Krieg verloren haben, nicht, weil sie sich dazu hergaben, ihn anzufangen. Es ist ihnen nicht zu helfen. In Kürze wird ein neuer Mythos entstehen, und sie werden von neuem anfangen zu exerzieren und sich vorzubereiten. Alle unsere Träume und Hoffnungen sind nichts als Träume und Hoffnungen gewesen. Was soll man jetzt tun? Zum Geschäftemachen fehlt mir das Geschick.« Seine Stimme verebbte.

»Rinka«, sagte ich noch einmal, »Sie sind nicht allein. Es gibt Tausende, die so sind wie Sie und ich. Ich verstehe Sie, auch ich habe manchmal diese Stimmungen. Reißen Sie sich los von diesem verdammten Pessimismus, oder Sie gehen kaputt.«

Er antwortete nicht.

»Ich kann euch nicht verstehen«, sagte ich. »Als ich ein kleiner Junge war, habe ich euch beneidet. Gerade um das, was Sie mir von Ihrer Mutter erzählten, habe ich euch beneidet. Ich kann jetzt nicht verstehen, daß ihr euch so merkwürdig benehmt. Warum benutzen Sie nicht Ihr Wissen, um den Feind damit zu erschlagen? Warum haben Sie den Redakteurposten nicht angenommen? Ihr Brüder seid nur tapfer, wenn alles gut aussieht, wenn aber einmal wirkliche Widerstände kommen, fangt ihr an zu jammern und über die Unzulänglichkeit der Menschen zu wehklagen. Ich kenne hier in der Stadt einen Schlosser, der weiß nichts von Romain Rolland, er ist mir aber tausendmal lieber.«

»Gehen Sie zu Ihrem Schlosser«, sagte Rinka, »und lassen Sie mich allein!«

»Am Mississippi haben Sie noch ganz anders gesprochen«, sagte ich. »Wie haben Sie es sich überhaupt vorgestellt? Glaubten Sie, wir kämen nach Hause, und die Leute seien alle Demokraten geworden, die in der Zwischenzeit ihren Jefferson und Walter Rathenau und Silone auswendig gelernt haben?«

»Sie haben ihren Alfred Rosenberg studiert«, sagte er. »Der hat ihnen mehr zugesagt.«

»Es ist egal, was sie gemacht haben«, sagte ich. »Jetzt büßen wir alle dafür. Aber wir müssen ja alle leben, verstehen Sie? Ich möchte auf jeden Fall leben, und das möchten die anderen auch. Diese Notwendigkeit wird sie mit der Zeit schon zur Vernunft bringen.«

»Gut, gut«, sagte Rinka. Er machte eine Pause. »Sie sagen, Sie hätten Kostler getroffen«, sagte er dann. »Was hat er gesagt?«

»Er wird wieder frech«, sagte ich. »Er behauptet, seine Zeit sei bald wieder da. Ich kann ihn nicht mehr aushalten.«

Rinka lachte.

»Passen Sie auf«, sagte er. »Morgen sitzt er wieder oben, und das alte Theater beginnt von neuem.«

Er richtete sich langsam hoch und stand auf. Ich lag immer noch auf dem Rücken im Grase und blickte zu ihm auf. Sein dunkler Kopf ragte in den sternenübersäten Himmel, er hatte die Hände in die Taschen gesteckt und schien geradeaus in die schwarzen Bäume zu blicken.

»Hier sind wir«, sagte er, »und streiten uns über Deutschland.«

»Suchen Sie morgen den Journalisten auf«, sagte ich. »Erklären Sie ihm, daß Sie sich die Sache überlegt haben und als Redakteur arbeiten wollen. Dann aber, wenn Sie erst einmal hinter dem Schreibtisch sitzen, ziehen Sie vom Leder. Zeigen Sie ihnen, was eine Harke ist.«

»Und für was soll ich vom Leder ziehen?«

»Fragen Sie nicht so dumm«, sagte ich. »Sie wissen besser als ich, was los ist.«

»Und wenn mir alles zum Halse heraushängt?«

»Kämpfen Sie trotzdem, sonst gehen Sie kaputt. Kämpfen Sie nur aus diesem Grunde.«

»Sie reden wie ein Handelsreisender«, sagte er.

Ich stand auf.

»Ich habe mich gefreut, Sie wiederzusehen«, sagte ich. »Heute besonders wollte ich gerne wieder mit Ihnen zusammen sein –«

»Mir ging es genau so«, sagte er leise.

Wir standen uns in der Dunkelheit gegenüber. Er starrte in die Schwärze der Bäume, ich versuchte sein Gesicht zu ergründen. Tiefe, dunkle Zärtlichkeit ergriff mich. Dieser Mensch hier war der einsamste Mensch, den ich getroffen hatte, er war tausendmal einsamer als ich. »Wenn Sie doch anders wären«, sagte ich. Dann, als er nicht antwortete, sagte ich noch einmal: »Sie sind nicht allein.«

Wir standen uns lange schweigend gegenüber. Es war fast still um uns, von fern nur kam leiser, verworrener Lärm. Ein Mann lachte. Ganz weit weg brummte ein Motor. Rinka drehte mir langsam sein Gesicht zu und flüsterte: »Es ist doch beinahe so wie am Mississippi, nicht wahr?«

Seine Stimme war ehrlich und weich, es war die gleiche Stimme, die ich drüben am anderen Ende der Welt gehört hatte, als wir in den warmen Nächten zwischen den Baracken lagen und von Deutschland sprachen. Er lächelte jetzt, aber sein Lächeln hatte nichts Böses an sich.

Ich griff in seinen Jackenrevers und schüttelte ihn. »Rinka«, sagte ich, »Rinka, Sie –«

»Ruhig, ruhig«, flüsterte er. »Werfen Sie mich nicht um. Mit tausendfünfhundert Kalorien im Leibe sollten Sie würdiger sein.«

WOLFGANG BORCHERT
Das ist unser Manifest

Helm ab Helm ab: – Wir haben verloren!

Die Kompanien sind auseinandergelaufen. Die Kompanien, Bataillone, Armeen. Die großen Armeen. Nur die Heere der Toten, die stehn noch. Stehn wie unübersehbare Wälder: dunkel, lila, voll Stimmen. Die Kanonen aber liegen wie erfrorene Urtiere mit steifem Gebein. Lila vor Stahl und überrumpelter Wut. Und die Helme, die rosten. Nehmt die verrosteten Helme ab: Wir haben verloren.

In unsern Kochgeschirren holen magere Kinder jetzt Milch. Magere Milch. Die Kinder sind lila vor Frost. Und die Milch ist lila vor Armut.

Wir werden nie mehr antreten auf einen Pfiff hin und Jawohl sagen auf ein Gebrüll. Die Kanonen und die Feldwebel brüllen nicht mehr. Wir werden weinen, scheißen und singen, wann wir wollen. Aber das Lied von den brausenden Panzern und das Lied von dem Edelweiß werden wir niemals mehr singen. Denn die Panzer und die Feldwebel brausen nicht mehr und das Edelweiß, das ist verrottet unter dem blutigen Singsang. Und kein General sagt mehr Du zu uns vor der Schlacht. Vor der furchtbaren Schlacht.

Wir werden nie mehr Sand in den Zähnen haben vor Angst. (Keinen Steppensand, keinen ukrainischen und keinen aus der Cyrenaika oder den der Normandie – und nicht den bitteren bösen Sand unserer Heimat!) Und nie mehr das heiße tolle Gefühl in Gehirn und Gedärm vor der Schlacht.

Nie werden wir wieder so glücklich sein, daß ein anderer neben uns ist. Warm ist und da ist und atmet und rülpst und summt – nachts auf dem Vormarsch. Nie werden wir wieder so zigeunerig glücklich sein über ein Brot und fünf Gramm Tabak und über zwei Arme voll Heu. Denn wir werden nie wieder zusammen marschieren, denn jeder marschiert von nun an allein. Das ist schön. Das ist schwer. Nicht mehr den sturen knurrenden Andern bei sich zu haben – nachts, nachts beim Vormarsch. Der alles mit anhört. Der niemals was sagt. Der alles verdaut.

Und wenn nachts einer weinen muß, kann er es wieder. Dann braucht er nicht mehr zu singen – vor Angst.

Jetzt ist unser Gesang der Jazz. Der erregte hektische Jazz ist unsere Musik. Und das heiße verrückttolle Lied, durch das das Schlagzeug hinhetzt, katzig, kratzend. Und manchmal nochmal das alte sentimentale Soldatengegröl, mit dem man die Not überschrie und den Müttern absagte. Furchtbarer Männerchor aus bärtigen Lippen, in die einsamen Dämmerungen der Bunker und der Güterzüge gesungen, mundharmonikablechüberzittert:

Männlicher Männergesang – hat keiner die Kinder gehört, die sich die Angst vor den lilanen Löchern der Kanonen weggrölten?

Heldischer Männergesang – hat keiner das Schluchzen der Herzen gehört, wenn sie Juppheidi sangen, die Verdreckten, Krustigen, Bärtigen, Überlausten?

Männergesang, Soldatengegröl, sentimental und übermütig, männlich und baßkehlig, auch von den Jünglingen männlich gegrölt: Hört keiner den Schrei nach der Mutter? Den letzten Schrei des Abenteurers Mann? Den furchtbaren Schrei: Juppheidi?

Unser Juppheidi und unsere Musik sind ein Tanz über den Schlund, der uns angähnt. Und diese Musik ist der Jazz. Denn unser Herz und unser Hirn haben denselben heißkalten Rhythmus: den erregten, verrückten und hektischen, den hemmungslosen.

Und unsere Mädchen, die haben denselben hitzigen Puls in den Händen und Hüften. Und ihr Lachen ist heiser und brüchig und klarinettenhart. Und ihr Haar, das knistert wie Phosphor. Das brennt. Und ihr Herz, das geht in Synkopen, wehmütig wild. Sentimental. So sind unsere Mädchen: wie Jazz. Und so sind die Nächte, die mädchen-klirrenden Nächte: wie Jazz: heiß und hektisch. Erregt.

Wer schreibt für uns eine neue Harmonielehre? Wir brauchen keine wohltemperierten Klaviere mehr. Wir selbst sind zuviel Dissonanz.

Wer macht für uns ein lilanes Geschrei? Eine lilane Erlösung? Wir brauchen keine Stilleben mehr. Unser Leben ist laut.

Wir brauchen keine Dichter mit guter Grammatik. Zu guter Grammatik fehlt uns Geduld. Wir brauchen die mit dem heißen heiser geschluchzten Gefühl. Die zu Baum Baum und zu Weib Weib sagen und ja sagen und nein sagen: laut und deutlich und dreifach und ohne Konjunktiv.

Für Semikolons haben wir keine Zeit und Harmonien machen uns weich und die Stilleben überwältigen uns: Denn lila sind nachts unsere Himmel. Und das Lila gibt keine Zeit für Grammatik, das

Lila ist schrill und ununterbrochen und toll. Über den Schornsteinen, über den Dächern: die Welt: lila. Über unseren hingeworfenen Leibern die schattigen Mulden: die blaubeschneiten Augenhöhlen der Toten im Eissturm, die violettwütigen Schlünde der kalten Kanonen – und die lilane Haut unserer Mädchen am Hals und etwas unter der Brust. Lila ist nachts das Gestöhn der Verhungernden und das Gestammel der Küssenden. Und die Stadt steht so lila am nächtlich lilanen Strom.

Und die Nacht ist voll Tod: Unsere Nacht. Denn unser Schlaf ist voll Schlacht. Unsere Nacht ist im Traumtod voller Gefechtslärm. Und die nachts bei uns bleiben, die lilanen Mädchen, die wissen das und morgens sind sie noch blaß von der Not unserer Nacht. Und unser Morgen ist voller Alleinsein. Und unser Alleinsein ist dann morgens wie Glas. Zerbrechlich und kühl. Und ganz klar. Es ist das Alleinsein des Mannes. Denn wir haben unsere Mütter bei den wütenden Kanonen verloren. Nur unsere Katzen und Kühe und die Läuse und die Regenwürmer, die ertragen das große eisige Alleinsein. Vielleicht sind sie nicht so nebeneinander wie wir. Vielleicht sind sie mehr mit der Welt. Mit dieser maßlosen Welt. In der unser Herz fast erfriert.

Wovon unser Herz rast? Von der Flucht. Denn wir sind der Schlacht und den Schlünden erst gestern entkommen in heilloser Flucht. Von der furchtbaren Flucht von einem Granatloch zum andern – die mütterlichen Mulden – davon rast unser Herz noch – und noch von der Angst.

Horch hinein in den Tumult deiner Abgründe. Erschrickst du? Hörst du den Chaoschoral aus Mozartmelodien und Herms Niel-Kantaten? Hörst du Hölderlin noch? Kennst du ihn wieder, blutberauscht, kostümiert und Arm in Arm mit Baldur von Schirach? Hörst du das Landserlied? Hörst du den Jazz und den Luthergesang?

Dann versuche zu sein über deinen lilanen Abgründen. Denn der Morgen, der hinter den Grasdeichen und Teerdächern aufsteht, kommt nur aus dir selbst. Und hinter allem? Hinter allem, was du Gott, Strom und Stern, Nacht, Spiegel oder Kosmos und Hilde oder Evelyn nennst – hinter allem stehst immer du selbst. Eisig einsam. Erbärmlich. Groß. Dein Gelächter. Deine Not. Deine Frage. Deine Antwort. Hinter allem, uniformiert, nackt oder sonstwie kostümiert, schattenhaft verschwankt, in fremder fast scheuer ungeahnt grandioser Dimension: Du selbst. Deine Liebe. Deine Angst. Deine Hoffnung.

Und wenn unser Herz, dieser erbärmliche herrliche Muskel, sich selbst nicht mehr erträgt – und wenn unser Herz uns zu weich werden will in den Sentimentalitäten, denen wir ausgeliefert sind, dann werden wir laut ordinär. Alte Sau, sagen wir dann zu der, die wir am meisten lieben. Und wenn Jesus oder der Sanftmütige, der einem immer nachläuft im Traum, nachts sagt: Du, sei gut! – dann machen wir eine freche Respektlosigkeit zu unserer Konfession und fragen: Gut, Herr Jesus, warum? Wir haben mit den toten Iwans vorm Erdloch genauso gut in Gott gepennt. Und im Traum durchlöchern wir alles mit unseren M.Gs.: Die Iwans. Die Erde. Den Jesus.

Nein, unser Wörterbuch, das ist nicht schön. Aber dick. Und es stinkt. Bitter wie Pulver. Sauer wie Steppensand. Scharf wie Scheiße. Und laut wie Gefechtslärm.

Und wir prahlen uns schnodderig über unser empfindliches deutsches Rilke-Herz rüber. Über Rilke, den fremden verlorenen Bruder, der unser Herz ausspricht und der uns unerwartet zu Tränen verführt: Aber wir wollen keine Tränenozeane beschwören – wir müssen denn alle ersaufen. Wir wollen grob und proletarisch sein, Tabak und Tomaten bauen und lärmende Angst haben bis ins lilane Bett – bis in die lilanen Mädchen hinein. Denn wir lieben die lärmende laute Angabe, die unrilkesche, die uns über die Schlachtträume hinüberrettet und über die lilanen Schlünde der Nächte, der blutübergossenen Äcker, der sehnsüchtigen blutigen Mädchen.

Denn der Krieg hat uns nicht hart gemacht, glaubt doch das nicht, und nicht roh und nicht leicht. Denn wir tragen viele weltschwere wächserne Tote auf unseren mageren Schultern. Und unsere Tränen, die saßen noch niemals so lose wie nach diesen Schlachten. Und darum lieben wir das lärmende laute lila Karussell, das jazzmusikene, das über unsere Schlünde rüberorgelt, dröhnend, clownig, lila, bunt und blöde – vielleicht. Und unser Rilke-Herz – ehe der Clown kräht – haben wir es dreimal verleugnet. Und unsere Mütter weinen bitterlich. Aber sie, sie wenden sich nicht ab. Die Mütter nicht!

Und wir wollen den Müttern versprechen:

Mütter, dafür sind die Toten nicht tot: Für das marmorne Kriegerdenkmal, das der beste ortsansässige Steinmetz auf dem Marktplatz baut – von lebendigem Gras umgrünt, mit Bänken drin für Witwen und Prothesenträger. Nein, dafür nicht. Nein, dafür sind die Toten nicht tot: Daß die Überlebenden weiter in ihren guten

Stuben leben und immer wieder neue und dieselben guten Stuben mit Rekrutenfotos und Hindenburgportraits. Nein, dafür nicht.

Und dafür, nein, dafür haben die Toten ihr Blut nicht in den Schnee laufen lassen, in den naßkalten Schnee ihr lebendiges mütterliches Blut: Daß dieselben Studienräte ihre Kinder nun benäseln, die schon die Väter so brav für den Krieg präparierten. (Zwischen Langemarck und Stalingrad lag nur eine Mathematikstunde.) Nein, Mütter, dafür starbt ihr nicht in jedem Krieg zehntausendmal.

Das geben wir zu: Unsere Moral hat nichts mehr mit Betten, Brüsten, Pastoren oder Unterröcken zu tun – wir können nicht mehr tun als gut sein. Aber wer will das messen, das »Gut«? Unsere Moral ist die Wahrheit. Und die Wahrheit ist neu und hart wie der Tod. Doch auch so milde, so überraschend und so gerecht. Beide sind nackt.

Sag deinem Kumpel die Wahrheit, beklau ihn im Hunger, aber sag es ihm dann. Und erzähl deinen Kindern nie von dem heiligen Krieg: Sag die Wahrheit, sag sie so rot wie sie ist: voll Blut und Mündungsfeuer und Geschrei. Beschwindel das Mädchen noch nachts, aber morgens, morgens sag ihr dann die Wahrheit: Sag, daß du gehst und für immer. Sei gut wie der Tod. Nitschewo. Kaputt. For ever. Parti, perdu und never more.

Denn wir sind Neinsager. Aber wir sagen nicht nein aus Verzweiflung. Unser Nein ist Protest. Und wir haben keine Ruhe beim Küssen, wir Nihilisten. Denn wir müssen in das Nichts hinein wieder ein Ja bauen. Häuser müssen wir bauen in die freie Luft unseres Neins, über den Schlünden, den Trichtern und Erdlöchern und den offenen Mündern der Toten: Häuser bauen in die reingefegte Luft der Nihilisten, Häuser aus Holz und Gehirn und aus Stein und Gedanken.

Denn wir lieben diese gigantische Wüste, die Deutschland heißt. Dies Deutschland lieben wir nun. Und jetzt am meisten. Und um Deutschland wollen wir nicht sterben. Um Deutschland wollen wir leben. Über den lilanen Abgründen. Dieses bissige, bittere, brutale Leben. Wir nehmen es auf uns für diese Wüste. Für Deutschland. Wir wollen dieses Deutschland lieben wie die Christen ihren Christus: Um sein Leid.

Wir wollen diese Mütter lieben, die Bomben füllen mußten – für ihre Söhne. Wir müssen sie lieben um dieses Leid.

Und die Bräute, die nun ihren Helden im Rollstuhl spazierenfahren, ohne blinkernde Uniform – um ihr Leid.

Und die Helden, die Hölderlinhelden, für die kein Tag zu hell und keine Schlacht schlimm genug war – wir wollen sie lieben um ihren gebrochenen Stolz, um ihr umgefärbtes heimliches Nachtwächterdasein.

Und das Mädchen, das eine Kompanie im nächtlichen Park verbrauchte und die nun immer noch Scheiße sagt und von Krankenhaus zu Krankenhaus wallfahrten muß – um ihr Leid.

Und den Landser, der nun nie mehr lachen lernt –

und den, der seinen Enkeln noch erzählt von einunddreißig Toten nachts vor seinem, vor Opas M.G. –

sie alle, die Angst haben und Not und Demut: Die wollen wir lieben in all ihrer Erbärmlichkeit. Die wollen wir lieben wie die Christen ihren Christus: Um ihr Leid. Denn sie sind Deutschland. Und dieses Deutschland sind wir doch selbst. Und dieses Deutschland müssen wir doch wieder bauen im Nichts, über Abgründen: Aus unserer Not, mit unserer Liebe. Denn wir lieben dieses Deutschland doch. Wie wir die Städte lieben um ihren Schutt – so wollen wir die Herzen um die Asche ihres Leides lieben. Um ihren verbrannten Stolz, um ihr verkohltes Heldenkostüm, um ihren versengten Glauben, um ihr zertrümmertes Vertrauen, um ihre ruinierte Liebe. Vor allem müssen wir die Mütter lieben, ob sie nun achtzehn oder achtundsechzig sind – denn die Mütter sollen uns die Kraft geben für dies Deutschland im Schutt.

Unser Manifest ist die Liebe. Wir wollen die Steine in den Städten lieben, unsere Steine, die die Sonne noch wärmt, wieder wärmt nach der Schlacht –

Und wir wollen den großen Uuh-Wind wieder lieben, unseren Wind, der immer noch singt in den Wäldern. Und der auch die gestürzten Balken besingt –

Und die gelbwarmen Fenster mit den Rilkegedichten dahinter –

Und die rattigen Keller mit den lilagehungerten Kindern darin –

Und die Hütten aus Pappe und Holz, in denen die Menschen noch essen, unsere Menschen, und noch schlafen. Und manchmal noch singen. Und manchmal und manchmal noch lachen –

Denn das ist Deutschland. Und das wollen wir lieben, wir, mit verrostetem Helm und verlorenem Herzen hier auf der Welt.

Doch, doch: Wir wollen in dieser wahn-witzigen Welt noch wieder, immer wieder lieben!

Oskar Maria Graf
Die Eroberung der Welt

Das apokalyptische Vorspiel

Nach den wirren, entscheidungslosen Jahren, die dem letzten großen Weltkrieg gefolgt waren, gingen auf einmal wieder Massentod und Vernichtung um. Ein neuer Krieg raste um den Erdball. Wie und warum er gekommen war, wußte im Grunde genommen niemand. Die mißtrauisch gewordenen Völker ergingen sich in dunklen Mutmaßungen, und die Regierungen verbreiteten plausibel klingende Lügen. Das Erstaunlichste war nur, daß die Menschenmassen kaum erschraken und in bestimmten Ländern sogar so etwas wie eine jähe, flüchtige Erleichterung nach einem dumpfen Alpdruck empfanden. Aller Wahrscheinlichkeit nach war ihnen das, was sie in den letzten trüben Jahren als den schüchternen Anfang irgendeines Friedens erlebt hatten, noch gar nicht als das Ende, sondern nur als eine Unterbrechung des Krieges erschienen. Das vorher Durchlebte geisterte noch düster und traumhaft in ihrem benommenen Gefühl. Im wilden Getümmel der Geschehnisse jedoch wurde sehr bald überhaupt nichts mehr bestimmbar, denn dieser neue Losbruch war kein Menschenkrieg mehr. Die Elemente schienen auf die Erde niedergebrochen zu sein, und wie im Handumdrehen setzten sie die Armeen außer Aktion. Es war, als flüchteten die Menschen vor ihren eigenen Werken und verkröchen sich vor deren Furiengewalt. Schon nach kurzer Zeit wußte niemand mehr, wer gegen wen kämpfte, und wenngleich noch immer von irgendwoher Stimmen durch den verpesteten Äther drangen und den Radiohörern das Vorhandensein einzelner Regierungen oder eines Rates der »Vereinten Nationen« vortäuschten – rasch wurde all dies unwirklich. Jede Ordnung zerstäubte gleichsam. Die Erinnerungen an das Vorher versanken. Ursache und Zeit schienen verweht und zerblasen, und nur die Wirkung war überall dieselbe: Auf belebte Seehäfen und blühende Millionenstädte an den Küsten der Weltmeere fielen fast lautlos übergrelle Riesenblitze vom Himmel herab. Die erschreckten Menschenmassen wurden unruhig und jagten nach allen Seiten. Ein seltsam verhaltenes, unterirdisches Grollen lief unter ihren Füßen, und schon brachen die Häuser krachend auseinander und begruben alles. Die Erde barst, und Tausende fielen in ihre breiten, tiefen Rinnen. Die von Panik ergriffenen Massen erreichten das Meerufer und stürzten sich, alles überrennend, in die kochendheißen Fluten. Im Brodeln der erhitzten Wellen schwammen unzählige verendete, weißbäuchige Fische aller Größen. Flatternde Möwen erstarrten in der sengenden Luft und fielen wie verrußte Trauben mit den emporgeschleuderten, zischend platzenden Menschenleichen auf die stürmische Wasserfläche herab. Gespenstisch trieb das schaurige Gemeng ins Ungewisse. Das unterirdische Grollen brach plötzlich in ein peitschendes Krachen, und wie ein Fanal des kommenden Weltuntergangs warf eine riesige Feuerwolke Stadt und Land und Meer weitum ins hohe Nichts des Himmels und regnete als sengender Staub wieder hernieder. Erst nach langer Zeit verglommen die fressenden Flammen. Staub und verkohltes Geriesel, soweit das Auge reichte. Häuser und Gärten, Wälder und Wiesen, Menschen und Tiere waren weggeätzt. Ein giftiger Dunst stand über der Stille. Eine nackte Wüste lag leblos da.

Und im Innern vieler Länder war es nicht anders. Wie eine unaufhaltsame Flut flohen die Menschenscharen überall ins Nirgendwo. Sie flohen ohne Hoffnung, in fassungsloser Verzweiflung. Sie flohen, soweit das überhaupt noch möglich war, nicht nur aus dem Umkreis der zu Staub gewordenen Städte und Industriereviere; sie flohen auch, weil außer den weißen Blitzen der Atombomben und der Raketenstreuer, die das schleichende Gift tückischer Bakterien über die Landschaften säten, plötzlich beißende Kältewellen daherwehten, die in wenigen Minuten alles bis zur tödlichen Starrheit gefrieren ließen. Sie flohen aus Flecken und Dörfern, aus scheinbar noch geschützten Winkeln und aus jeder Art von Seßhaftigkeit, und sie flohen, obgleich sie dunkel witterten, daß überall das gleiche Verderben auf sie lauerte.

Und alles riß so ein trauriger Heerbann mit und an sich: Autos und stehengelassene Lastwagen, die noch eine Weile liefen und dann mit Pferden bespannt wurden, zufällig aufgelesene leichte Feldkanonen, vollbepackte Fuhrwerke aller Art, Fahrräder, Kinderwagen und Handkarren. Wie ein Heuschreckenschwarm fiel er manchmal über eine noch fahrende Eisenbahn. Ein blutiges, erbarmungsloses Gefecht entwickelte sich. Endlich preßten sich die Menschenknäuel in die Waggons, warfen Tote und Verwundete über die Böschung, kletterten auf die Wagendächer und hängten sich an die Trittbretter. Der überladene Zug keuchte noch eine Strecke weiter, bis zur nächsten Zerstörung des Schienenstrangs. Die Räder knirschten sägend in die aufgewühlte Erde. Die scheppernd aufeinanderstoßenden Waggons stockten, hoben sich aus dem Geleise und kippten um. Die Daruntergeratenen schrien und klagten gräßlich, aber die von den Dächern waren aufs freie Feld gesprungen, die andern krochen aus den eingeschlagenen Fenstern und Türen, und niemand kümmerte sich um die Zugrundegehenden. Weiter, weiter wälzte sich der immer wieder zusammenrinnende Haufe. Nur der Gewitzte, der robust Gesunde und Starke überstand und blieb obenauf, doch alles floß mit der strömenden Flut. Frauen in Pelzmänteln und barfüßige, ausgemergelte Mütter, zerlumpte Halbwüchsige mit gefährlichen Gesichtern, halbnackte Elendsgestalten und bestiefelte Männer in zusammengewürfelten Uniformen. Menschen gab es in diesen verwilderten Rudeln, behangen mit allen technischen Hilfsmitteln, die ihnen für ein solches Dasein wichtig schienen: mit Repetiergewehren und Pistolen letzter Präzision, mit Patronengurten und Handgranaten, mit Feldstechern und Fotoapparaten, mit umgehängten schmalen Radios und Gasmasken in den Gürteln. Menschen mit abgefrorenen Fingern und Nasen oder mit Brandwunden übersät, zogen mit, Menschen mit vergifteten Lungen, die pfeifend keuchten; andere wieder hatten Gesichter und Hände wie mit Grünspan überzogen. Hautfetzen hingen ihnen herunter. Sie rochen faulig, ihre Glieder schrumpften zusehends. »Freundchen, weg mit Schaden!« sagte der Hintermann und schoß ihnen ins Genick. Sie gaben keinen Laut von sich. Nicht ein Tropfen Blut rann aus der Wunde. Sie brachen in sich zusammen, als wären ihre Glieder längst verwest, und schmolzen im Nu hin wie ein unkenntliches, matschiges Häuflein. Die Tausende trampelten darüberhin …

Wohin zogen sie eigentlich? Ein Ziel gab es nicht mehr. Alles blieb dem Zufall und dem augenblicklichen Glück überlassen. Unversehens gerieten die Wandernden in radioaktive Strichweiten und starben wie die Fliegen. Sie tranken Wasser aus vorüberfließenden Bächen, bekamen quälendes Erbrechen, wanden sich veitstanzgleich und gingen ein wie schauerlich verrenkte Tiere. Von irgendwoher zogen ihnen Schwaden von süßlichem Leichengestank entgegen. Eilends schwenkten sie in eine andere Richtung ab. Auf Sichtweite tauchte eine halbzerstörte Stadt auf. Seltsam flimmerten ihre Ruinen. Kein aufsteigender Rauch, kein fernes Geräusch – nichts lebte. Einige hoben den Feldstecher vor die Augen und sahen zerbröckelte, eisüberzogene Häuser mit merkwürdig verzogenen, geborstenen Wänden. Die Fensterscheiben waren gesprungen. Auf dem Damm waren die Geleise hochgebogen und frostweiß.

»Verwintert!« brummte irgendein Ausschauender und warnte. Doch in stumpfer Hoffnung auf endliches Unterkommen trabte der ganze Zug rascher vorwärts. Nach und nach wurde der Boden steinhart.

»Verflucht, ist das eine Kälte!« knurrten einige. Auf der dick bereiften, glitschigen Straße standen Autos mit reglosen Menschen darin. Ein Bauernfuhrwerk war da. Der Bauer hockte steif auf dem Bock, die Zügel in den klammen Händen, und seine Barthaare sahen aus wie dünne, stahlblau glänzende, verkrümmte Nadeln. Das Pferd an der Deichsel hatte den Vorderfuß zum Schritt gekrümmt, aber es rührte sich nicht.

»Was ist das?« fragten die Vordersten staunend und hielten an. Unbeweglich standen Menschen da, noch in der Geste der Unterhaltung, Kinder, mitten im Lauf erstarrt, alles täuschend lebendig, aber stumm und festgebannt wie die Szenerie eines Panoptikums, auf welche die ewige Sonne unberührt herniederstrahlte. Nur da und dort war eine Figur umgefallen und zerbrochen. Wie Scherben lagen die vereisten Körperteile auf dem Pflaster.

»Zurück! Zurück!« schrien die Vordersten entsetzt, denn der Frost hatte sich schon in sie verbissen. Von blinder Furcht gepackt, jagte der ganze Haufe von dannen. Wer nicht mitkam, blieb liegen und war verloren. Erst nach langem Laufen war wieder warmer Tag, und aufatmend wischte sich jeder den rinnenden Schweiß aus dem Gesicht. So zogen sie durch Wüste und Wildnis, durch Tod und Verderben, diese Heere der neuen Völkerwanderung, wie langsam krabbelnde, dichte, dunkle Herden, unterbrochen vom regellosen Troß der Fahrzeuge. Gestank und Dunst, Staubwolken und Rabenschwärme, Leichen und wieder Leichen kennzeichneten ihren Weg. Und wohin sie auch stießen, überall glich eine Gegend der anderen an Traurigkeit. Manchmal surrten Flugzeuge über ihnen. Der riesige Schwarm floß auseinander, alles warf sich zu Boden, doch sie schossen nicht auf sie herab. Behutsam wälzten sich die Liegenden herum und starrten nach oben. Die silbernen Vögel zogen dünne Rauchfäden am Himmelsgewölbe, und im Blau konnten sie entziffern: »Südlich ziehen! Norden Gefahr!«

»Hm, die Armee!« raunten die Nomaden einander zu. »Wahrscheinlich hocken sie dort und wollen uns los haben!« Dennoch folgten sie dem Rat, denn die da und dort noch intakt gebliebenen kleineren und größeren Heeresteile, die man – ganz gleichgültig, wem sie sich zuzählten – kurzerhand als »Armee« bezeichnete, schienen die einzigen jämmerlichen Überbleibsel einer gewesenen Ordnung zu sein. Sie hatten sich meist in unwegsame Gebirge zurückgezogen, verfügten teilweise noch über ansehnliche Vorräte und notwendiges Rüstzeug und hielten eiserne Disziplin. Wenn auch abgeschnitten und längst aus jeder kriegsmäßigen Aktion gedrängt, kamen sie sich noch als Beauftragte irgendeiner Staatsmacht vor, bis sie merkten, daß von alldem nichts mehr existierte, bis jede Funkverbindung abriß oder sich gänzlich verwirrte und keine ausgesandten Flieger mehr etwas Derartiges entdecken konnten. Sich selber überlassen, machten sich diese Kontingente schließlich selbständig.

»Unsere Welt ist endgültig zur Wüste geworden«, schreibt ein einsichtiger Chronist jener Zeiten. »Zu einer Wüste, die zwar durch die Technik und Forschung völlig erschlossen ist, aber dennoch auf lange, lange Zeit eine Wüste bleiben wird. In dieser Wüste gibt es noch einige wenige Oasen, das heißt halbwegs verschonte Gegenden und Städte, deren verhältnismäßige Ordnung nur deshalb erhalten wird, weil dorthin verlagerte Armeeteile sie schützen. So wichtig diese brauchbaren Stützpunkte sind, so tröstlich das Vorhandensein solcher Oasen ist, sie bilden dennoch eine nicht zu unterschätzende Gefahr. Obgleich die Truppen strenge Maßnahmen ergriffen haben, um den unaufhaltsamen Zustrom der heimatlos gewordenen, entwurzelten Massen in diese Landstriche zu unterbinden – der traurige Strom ist nicht aufzuhalten. Es kommt unablässig zu kriegerischen Überfällen, ja zu regelrechten Schlachten der nomadisierenden Haufen mit den Truppen. Die Reibungen wollen kein Ende nehmen. Eine gewaltsam erzwungene Übervölkerung – wie sie manchenorts zu beobachten ist – bedeutet den sicheren Ruin der betreffenden Städte und Gegenden, und da bei verschiedenen Armeeteilen eine zunehmende Desorganisation und Erschöpfung einzutreten beginnt, scheint auch hier der Untergang vorbestimmt.«

Zunächst also wehrten sich die Armeen erbarmungslos gegen jedes Eindringen fremder Haufen in ihre Gebiete. Ohne viel Federlesens mähten ihre Maschinengewehre die herannahenden Menschenmauern der Nomaden nieder, und wenn über die Leichenberge immer neue Legionen flossen, traten die Tanks in Tätigkeit und walzten alles zu Brei. Zum Schluß rollten die monströsen, fahrbaren Krematorien über die Walstatt, und ein erstickender Gestank durchzog tagelang die Luft.

»Nur nicht sich mit der Armee einlassen!« sagten die Nomaden und wanderten und wanderten. Hunderttausende, Millionen wanderten seit den ersten Kriegstagen so. Sie wanderten im riesenweiten Asien, im einstigen Sowjetrußland und in großen Teilen

Nord- und Südamerikas, am schaurigsten aber durchzogen diese Elendsheere das ausgebrannte Europa, um das ja in der Hauptsache der neue Krieg ausgebrochen war. Soldaten aller einstigen Heere, Menschen aller gewesenen Völker, amerikanische, englische, russische und französische Deserteure oder ehemalige Besatzungsbeamte, Neger aus New York und den Südstaaten, Finnen, Polen, Tschechen, Juden aus allen Windrichtungen, Italiener und Deutsche, Schweden, Norweger, Dänen, Holländer, Belgier, Spanier und Balkanesen – alles hatte sich zu einer unergründlich wilden Masse vermengt. Jeder fühlte sich als einzelner ausgelöscht, hatte alles urtümlich Menschliche verloren und war dem dahintreibenden Strom auf Gedeih und Verderb verhaftet. Aus unzähligen kleineren und größeren Gruppen setzte sich eine derartige Herde zusammen, die sich mitunter giftig befehdeten. Die Sprachen hatten sich in ein kaum verständliches Gemisch von ursprünglichen Bezeichnungen und neu dazugekommenen verwandelt, die Lebensart eines jeden hatte die Färbung der Fremde angenommen, Handgriffe und frühere Gewohnheiten waren von der dauernden Not des Augenblicks umgeformt, und der nackte Selbsterhaltungstrieb hatte Freundschaft, Liebe und Familie ins Zufällige geschoben. Es gab nichts mehr von ehedem. Nur eines hatte noch Bedeutung: Etliche hoben den Kopf, schnupperten in die Luft und glaubten zu wissen, daß es von dieser oder jener Himmelsrichtung her »nach Fressalien rieche«. Und dann rochen es alle, und über den ganzen Haufen kam auf einmal eine gierige Spannung. Kein Wort fiel mehr. Dämmer breitete sich aus, und stockfinster wurde es, doch irgendwo in der brauenden Schwärze glomm gelbes Licht. Sie verschnellerten ihren Marsch immer mehr, immer mehr, und strömten darauf zu. Vorposten schwärmten aus – ach ja, und dann war es nur ein Krematorium der Armee, das finster wie ein ungeschlachtes Tier im Dunkel erkennbar wurde, oder ein verlassenes Feuer, das langsam verglomm.

»Nichts! ... Wieder nichts!« brummten die Erschöpften. Viele sanken um und überließen sich stumm dem Absterben. Ein Weib krächzte schrill auf, rannte in wilden Sprüngen auf das noch schwach glimmende Feuer zu und warf ihr Kind hinein: »Da! Da, fressen wir's! Da!« Die hungerweiten Augen glotzten ringsum ohne Erregung. Das Kind plärrte entsetzt, tappte hilflos und linkisch aus der aufstäubenden Asche und lief laut weinend zwischen die Füße einer dichten Gruppe. Das schreiende, wahnsinnig gewordene Weib schlug um sich.

»Verrückte Kuh!« stieß einer hervor und hieb die Schreiende nieder. Sie fiel in gestreckter Länge hin, raufte sich die Haare und fletschte die Zähne. Ihr ausgezehrtes Gesicht verzerrte sich, und kreischend lachte sie: »Ja! ... Ja, schlag nur! Schlagt mich tot! Schlagt alle! Schlagt!« Da trat ihr einer ins Gesicht. Die Knochen krachten. Nur die Umstehenden schauten gleichgültig hin. Im Dunkel stand der Haufen, und alle schauten ins Leere.

»Droben am Meer soll's noch massenhaft Fische geben ... Man kann hinkommen«, sagte einer, aber niemand gab acht. Die Wüsten gaben nichts mehr her, und der Hunger wurde immer furchtbarer. Längst hatten die Nomaden ihr weniges Vieh aufgefressen, sie fraßen Pferde und Hunde, fraßen Mäuse und Ratten, zupften sich gegenseitig die Läuse vom Kopf und zerkauten sie, fraßen Würmer und Wurzeln oder Baumrinde und überfielen andere Haufen. Endlich schlachteten sie auch Menschen und verzehrten sie. Der Mensch versank ins Bodenlose und wurde Wolf unter Wölfen.

Zuweilen aber glich so eine trostlose Schar einem riesigen Pilgerzug, der nach gräßlicher Heimsuchung einem fernen, unbekannten Gnadenort zuströmte, denn es konnte vorkommen, daß die Gruppen in wirrem Durcheinander die Lieder ihrer ehemaligen Heimat anstimmten. Diejenigen, die am lebhaftesten klangen, überwogen dann und wann, und zuletzt stieg ein seltsames Lautgemenge in die kranke Luft. Von Lenin und Stalin, von Wolga und Don und den unendlichen Steppen sangen die Russen, zwischenhinein floß der Sang von »Lili Marleen« oder das »sound off! one, two / once more! three, four ...« der Amerikaner. Ein keckes sizilianisches Fischerlied übertönte die vollen Bässe eines Negerspirituals und ging dann in altenglischen Weisen unter. Träume von Paris und der sonnigen Provence, von der friedlichen Weite Hollands, von Belgiens reichen Städten, von den freundlichen Dörfern Böhmens, den Fjorden des Nordens, von den lieblichen Seen und Wäldern der Alpen, vom Rhein und vom Schwarzwald wehten aus dem Lautmeer, aber je länger die Irrfahrt dauerte, um so mehr schrumpften auch diese Eigentümlichkeiten zusammen, denn wo kein Stein mehr auf dem anderen liegt, kein Baum mehr schattet, kein Acker mehr trägt und jede Nähe und Ferne wüstenleer entgegengähnt – was soll da der Mensch? Sinnlos treibt es ihn weiter. Es gab überhaupt keine Heimat mehr. Noch nicht einmal eine Zuflucht. Das war das Ende.

Die Stimmen verebbten. Die Nacht sank herab. Stumpf legten sich die Tausende auf die Erde, und es war, als verschlucke sie das barmherzige Dunkel ...

BERTOLT BRECHT
Kleines Organon für das Theater

3

Seit jeher ist es das Geschäft des Theaters wie aller andern Künste auch, die Leute zu unterhalten. Dieses Geschäft verleiht ihm immer seine besondere Würde; es benötigt keinen andern Ausweis als den Spaß, diesen freilich unbedingt. Keineswegs könnte man es in einen höheren Stand erheben, wenn man es z. B. zu einem Markt der Moral machte; es müßte dann eher zusehen, daß es nicht gerade erniedrigt würde, was sofort geschähe, wenn es nicht das Moralische vergnüglich, und zwar den Sinnen vergnüglich machte – wovon das Moralische allerdings nur gewinnen kann. Nicht einmal zu lehren sollte ihm zugemutet werden, jedenfalls nichts Nützlicheres, als wie man sich genußvoll bewegt, in körperlicher oder geistiger Hinsicht. Das Theater muß nämlich durchaus etwas Überflüssiges bleiben dürfen, was freilich dann bedeutet, daß man für den Überfluß ja lebt. Weniger als alles andere brauchen Vergnügungen eine Verteidigung.

4

So ist, was die Alten nach dem Aristoteles ihre Tragödie tun lassen, weder etwas Höheres noch etwas Niedrigeres zu nennen, als die Leute zu unterhalten. Wenn man sagt, das Theater sei aus dem Kultischen gekommen, so sagt man nur, daß es durch den Auszug Theater wurde; aus den Mysterien nahm es wohl nicht den kultischen Auftrag mit, sondern das Vergnügen daran, pur und simpel. Und jene Katharsis des Aristoteles, die Reinigung durch Furcht und Mitleid, oder von Furcht und Mitleid, ist eine Waschung, die nicht nur in vergnüglicher Weise, sondern recht eigentlich zum Zwecke des Vergnügens veranstaltet wurde. Mehr verlangend vom Theater oder ihm mehr zubilligend, setzt man nur seinen eigenen Zweck zu niedrig an.

5

Selbst wenn man spricht von einer hohen und einer niedrigen Art von Vergnügungen, schaut man der Kunst in ein eisernes Gesicht, denn sie wünscht, sich hoch und niedrig zu bewegen und in Ruhe gelassen zu werden, wenn sie damit die Leute vergnügt.

(...)

16

Es war, als ob sich die Menschheit erst jetzt bewußt und einheitlich daranmachte, den Stern, auf dem sie hauste, bewohnbar zu machen. Viele seiner Bestandteile, wie die Kohle, das Wasser, das Öl, verwandelten sich in Schätze. Wasserdampf wurde beordert, Fahrzeuge zu bewegen; einige kleine Funken und das Zucken von Froschschenkeln verrieten eine Naturkraft, die Licht erzeugte, den Ton über Kontinente trug usw. Mit einem neuen Blick sah der Mensch sich allerorten um, wie er lange Gesehenes, aber nie Verwertetes zu seiner Bequemlichkeit anwenden könnte. Seine Umgebung verwandelte sich von Jahrzehnt zu Jahrzehnt immer mehr, dann von Jahr zu Jahr, dann beinahe von Tag zu Tag. Ich, der dies schreibt, schreibe es auf einer Maschine, die zur Zeit meiner Geburt nicht bekannt war. Ich bewege mich in den neuen Fahrzeugen mit einer Geschwindigkeit, die sich mein Großvater nicht vorstellen konnte; nichts bewegte sich damals so schnell. Und ich erhebe mich in die Luft, was mein Vater nicht konnte. Mit meinem Vater sprach ich schon über einen Kontinent weg, aber erst mit meinem Sohn zusammen sah ich die bewegten Bilder von der Explosion in Hiroshima.

17

Haben die neuen Wissenschaften so eine ungeheure Veränderung und vor allem Veränderbarkeit unserer Umwelt ermöglicht, kann man doch nicht sagen, daß ihr Geist uns alle bestimmend erfülle. Der Grund dafür, daß die neue Denk- und Fühlweise die großen Menschenmassen noch nicht wirklich durchdringt, ist darin zu suchen, daß die Wissenschaften, so erfolgreich in der Ausbeutung und Unterwerfung der Natur, von der Klasse, die ihr die Herrschaft verdankt, dem Bürgertum, gehindert werden, ein anderes Gebiet zu bearbeiten, das noch im Dunkel liegt, nämlich das der Beziehungen der Menschen untereinander bei der Ausbeutung und Unterwerfung der Natur. Dieses Geschäft, von dem alle abhingen, wurde ausgeführt, ohne daß die neuen Denkmethoden, die es ermöglichten, das gegenseitige Verhältnis derer klarlegten, die es ausführten. Der neue Blick auf die Natur richtete sich nicht auch auf die Gesellschaft.

(…)

20

Es treffen sich aber Wissenschaft und Kunst darin, daß beide das Leben der Menschen zu erleichtern da sind, die eine beschäftigt mit ihrem Unterhalt, die andere mit ihrer Unterhaltung. In dem Zeitalter, das kommt, wird die Kunst die Unterhaltung aus der neuen Produktivität schöpfen, welche unsern Unterhalt so sehr verbessern kann und welche selber, wenn einmal ungehindert, das größte aller Vergnügungen sein könnte.

(...)

46

Es ist eine Lust unseres Zeitalters, das so viele und mannigfache Veränderungen der Natur bewerkstelligt, alles so zu begreifen, daß wir eingreifen können. Da ist viel im Menschen, sagen wir, da kann viel aus ihm gemacht werden. Wie er ist, muß er nicht bleiben; nicht nur, wie er ist, darf er betrachtet werden, sondern auch, wie er sein könnte. Wir müssen nicht von ihm, sondern auf ihn ausgehen. Das heißt aber, daß ich mich nicht einfach an seine Stelle, sondern ihm gegenüber setzen muß, uns alle vertretend. Darum muß das Theater, was es zeigt, verfremden.

47

Um V-Effekte hervorzubringen, mußte der Schauspieler alles unterlassen, was er gelernt hatte, um die Einfühlung des Publikums in seine Gestaltungen herbeiführen zu können. Nicht beabsichtigend, sein Publikum in Trance zu versetzen, darf er sich selber nicht in Trance versetzen. Seine Muskeln müssen locker bleiben, führt doch z. B. ein Kopfwenden mit angezogenen Halsmuskeln die Blicke, ja mitunter sogar die Köpfe der Zuschauer ›magisch‹ mit, womit jede Spekulation oder Gemütsbewegung über diese Geste nur geschwächt werden kann. Seine Sprechweise sei frei von pfäffischem Singsang und jenen Kadenzen, die die Zuschauer einlullen, so daß der Sinn verlorengeht. Selbst Besessene darstellend, darf er selber nicht besessen wirken; wie sonst könnten die Zuschauer ausfinden, was die Besessenen besitzt?

48

In keinem Augenblick läßt er es zur restlosen Verwandlung in die Figur kommen. Ein Urteil: »er spielte den Lear nicht, er war Lear«, wäre für ihn vernichtend. Er hat seine Figur lediglich zu zeigen oder, besser gesagt, nicht nur lediglich zu erleben; dies bedeutet nicht, daß er, wenn er leidenschaftliche Leute gestaltet, selber kalt sein muß. Nur sollten seine eigenen Gefühle nicht grundsätzlich die seiner Figur sein, damit auch die seines Publikums nicht grundsätzlich die der Figur werden. Das Publikum muß da völlige Freiheit haben.

FRIEDRICH DÜRRENMATT
Romulus der Große
Eine ungeschichtliche historische Komödie

Der Morgen des vierzehnten Juli vierhundertsechsundsiebzig.

Das Arbeitszimmer des Kaisers wie im I. Akt. Nur noch die Büste des Gründers der Stadt Rom, König Romulus, befindet sich an der Wand über der Türe im Hintergrund. Neben der Türe stehen Achilles und Pyramus und erwarten den Kaiser.

ACHILLES Es ist ein schöner und erfrischender Morgen.

PYRAMUS Ich kann gar nicht begreifen, daß an diesem Tag des allgemeinen Untergangs die Sonne noch aufgegangen ist.

ACHILLES *melancholisch.* Nicht einmal auf die Natur ist irgendein Verlaß mehr.

Schweigen.

PYRAMUS Sechzig Jahre haben wir unter elf Kaisern dem römischen Staat gedient. Ich finde es geschichtlich unverständlich, daß er nun noch zu unseren Lebzeiten aufhört zu existieren.

ACHILLES Ich wasche meine Hände in Unschuld. Ich war immer ein vollkommener Kammerdiener.

PYRAMUS Wir waren in jeder Hinsicht die einzig wirklich stabilen Säulen des Kaisertums.

ACHILLES Wenn wir abtreten, kann man sagen: Jetzt ist die Antike zu Ende!

Schweigen.

PYRAMUS Zu denken, daß eine Zeit kommt, wo man nicht einmal mehr Lateinisch und Griechisch spricht, sondern so völlig unmögliche Sprachen wie dieses Germanisch!

ACHILLES Sich vorzustellen, daß germanische Häuptlinge, Chinesen und Zulukaffer das Steuerruder der Weltpolitik in die Hand nehmen, deren Bildung nicht den tausendsten Teil der unsrigen beträgt! ›Arma virumque cano‹, ich kann den ganzen Vergil auswendig.

PYRAMUS ›Mēnin aeide, thea‹, ich den Homer!

ACHILLES Jedenfalls muß die Zeit, die nun anbricht, schauderhaft sein.

PYRAMUS So richtiges dunkles Mittelalter. Ohne Pessimist sein zu wollen: Von der heutigen Katastrophe wird sich die Menschheit nie mehr erholen.

Romulus mit Kaisertoga und Lorbeerkranz tritt auf.

ACHILLES, PYRAMUS Salve Cäsar.

ROMULUS Salve. Ich habe mich verschlafen. Die unerwartete Häufung der Audienzen hat mich etwas angestrengt. Ich habe in der letzten Nacht mehr regiert als in den zwanzig Jahren meiner Regierungszeit zusammen.

ACHILLES Gewiß, Majestät.

ROMULUS *stutzt.* Es ist so merkwürdig still.

Achilles *verlegen.* Der Hof ist geflüchtet, mein Kaiser.

(...)

Kriegsgeschrei hörbar.

ROMULUS Was ist denn das für ein Lärm.

ACHILLES Die Germanen, Majestät! Die Germanen sind gekommen.

ROMULUS Ach so. Das habe ich jetzt ganz vergessen, daß sie schon heute morgen kommen. Da werde ich sie eben empfangen müssen.

PYRAMUS Wünschen Majestät vielleicht das Reichsschwert?

ROMULUS *verwundert.* Ist es denn noch nicht versetzt?

Pyramus sieht Achilles hilfeflehend an.

ACHILLES Es hat keine Pfandleihe mehr nehmen wollen. Es ist rostig, und die Reichsedelsteine haben Majestät selbst herausgeklaubt.

PYRAMUS Soll ich es bringen?

ROMULUS Nein. Reichsschwerter, mein lieber Pyramus, läßt man am besten in ihrem Winkel.

PYRAMUS Sind Majestät serviert?

ROMULUS Noch etwas Spargelwein.

Pyramus schenkt zitternd ein.

ROMULUS Ihr könnt nun gehen. Der Kaiser braucht euch nicht mehr. Ihr waret immer tadellose Kammerdiener. *Trinkt ein Gläschen Spargelwein.*

Von links kommt ein Germane. Er bewegt sich sehr vorsichtig. Er ist in Hosen und Lederwams. Er hat einen Helm mit Kuhhörnern auf dem Kopf und ein langes, breites Schwert umgegürtet. Der Kaiser sieht ihn sehr verwundert hereinschleichen, denn der Germane bewegt sich mit dem Hintern gegen das Publikum heran. Nun erblickt der Germane plötzlich den Kaiser.

DER GERMANE Ha! *Er zieht sein Schwert.*
ROMULUS *gelassen.* Sei gegrüßt.
DER GERMANE *verblüfft.* Grüß Gott.
ROMULUS Du bist ein richtiger Germane? *Er sieht ihn zweifelnd an.*
DER GERMANE *stolz.* Ich bin ein Originalgermane.
ROMULUS *verwundert.* Das kann ich gar nicht begreifen. Tacitus beschreibt euch als Menschen mit trotzigen blauen Augen, rotblonden Haaren und von großer Gestalt, und du bist klein, dick und schwarzhaarig.
DER GERMANE Ich bin eben einer der wenigen heute noch lebenden unverfälschten Urgermanen. Alle Urgermanen sehen so aus wie ich.
ROMULUS Ich habe immer gedacht, daß die Wirklichkeit anders aussieht als die Theorie.
DER GERMANE Die meisten Germanen haben sich jedoch im Laufe der Jahrtausende leider mit arischen Völkern vermischt und sind blond und blauäugig geworden.
ROMULUS Ich sehe, daß wir in Italien von den Rassen eine ganz falsche Vorstellung haben.
DER GERMANE Ich sage Ihnen: das Arische in uns ist unser Pech. *Geht über die Bühne nach rechts.*
ROMULUS Das sind wohl jetzt Hosen, die du da an den Beinen hast?
DER GERMANE Ja, das sind Hosen.
ROMULUS Das ist wirklich ein merkwürdiges Kleidungsstück. Wo knöpfst du es denn zu?
DER GERMANE Vorne.
ROMULUS Das ist aber praktisch. Und wie befestigst du es an deinem Leib?
DER GERMANE Mit einem Hosenträger.
ROMULUS Dürfte ich diesen Hosenträger einmal sehen? Ich kann mir so ein Ding gar nicht vorstellen.

Der Germane versucht bereitwillig, die Lederweste aufzuknöpfen, aber das gezogene Schwert hindert ihn.

Der Germane Können Sie mir das Schwert halten, damit ich Ihnen alles besser demonstrieren kann?
Romulus Aber bitte.

Der Germane gibt dem Kaiser das Schwert und knöpft die Weste auf.

Der Germane Der Hosenträger ist eine rein germanische Erfindung, der zufolge die Hose technisch kein Problem mehr ist. Sehen Sie nun hinten. *Er kehrt sich um.*
Romulus Ich beginne, die Weltlage zu begreifen.
Der Germane Wer sind Sie eigentlich?
Romulus *ruhig.* Ich bin der Kaiser von Rom.

Der Germane läßt die aufgehobene Weste fallen und kehrt sich totenblaß um.

Der Germane Sie wollen mich töten?
Romulus *verwundert.* Wieso denn?
Der Germane Sie halten mein Schwert in der Hand.
Romulus Du hast es mir selbst gegeben. Ich werde doch den ersten echten Germanen nicht totschlagen, den ich sehe. Hier hast du dein Schwert. *Gibt es ihm.*
Der Germane *verwundert.* Sie geben mir das Schwert zurück?
Romulus Aber natürlich.
Der Germane Hier stimmt etwas nicht.

Geht aufgeregt auf und ab und bleibt wieder stehen.

Der Germane *mißtrauisch.* Sie wissen genau, daß ich Ihr Todfeind bin.
Romulus *streng.* Du bist wie die anderen Menschen vor allem mein Untertan.
Der Germane Ich bin ein germanischer Korporal.
Romulus Dem Kaiser gehört auch Germanien.
Der Germane *stolz.* Wir haben das römische Weltreich erobert.
Romulus Der Kaiser geht nicht zum Feind, der Kaiser läßt den Feind kommen. Der Kaiser ist wie eine Spinne. Er wartet, bis seine Opfer in das unsichtbar gesponnene Netz gehen, und packt dann blitzschnell zu, wenn der Feind dort ist, wo ihn der Kaiser haben will.

Der Germane *verzweifelt.* Ich verstehe. Wir Germanen haben einen untrügerischen Instinkt, der die Gefahr sofort aus einer Lage herauswittert. Ich habe Ihnen mit echt germanischer Treuherzigkeit meine Hosenträger gezeigt, und unterdessen bin ich mit romanischer List umzingelt worden. Jeden Moment kann mich ein Spieß durchbohren oder ein Pfeil meinem Leben ein Ende machen!

Er springt in höchster Angst den Wänden nach und bleibt endlich aufs neue vor dem Kaiser stehen.

Der Germane Sie wollen mich wirklich nicht töten, Majestät?
Romulus Der Kaiser sieht ein, daß die Germanen würdig sind, einen hervorragenden Platz im römischen Weltreich einzunehmen. Der Kaiser ernennt dich zum Statthalter von Lusitanien.
Der Germane *erstaunt.* Wo ist denn das?
Romulus In der südwestlichen Ecke von Spanien.
Der Germane *fällt auf die Knie.* Ich werde meinem Kaiser treu sein bis in den Tod!

Gottfried Benn
Der Ptolemäer
Berliner Novelle, 1947

Lotosland

(...)
Ein langjähriger Kunde von mir, dessen Nagelpflege durch eine neue Angestellte ich beobachtete und überwachte, erzählte, seine Tochter – verheiratet, zwei Kinder – habe ihn nach langer Zeit wieder besucht. Charmante Person, – ein Einverständnis, als wären wir gestern auseinandergegangen (aber wegen der Kriegswirren waren es sieben Jahre gewesen) –, eine Übereinstimmung und Kenntnis von einander und mit einander von magischem Charakter –, aber sie habe ihn ordentlich hochgenommen, ausgeräubert, reizend in der Form, aber gründlich in der Sache, und nun sagte er wörtlich: »aber Frauen, die Kinder haben, können wohl gar nicht anständig sein, sie plündern und füllen ihre Kiepen auf allen Landstraßen; ihre Gedanken befassen sich mit Konfirmationsgeschenken und, wenn sie Töchter haben, mit Kuppelei. Der Löwe reißt, das Reh äst und dies hier ist die Mutterliebe, wir betreten den heiligsten bürgerlichen Bezirk.«

Ungewöhnliche Bemerkungen! Für mich, der ich keine Nachkommenschaft besaß, geradezu etwas befremdend! Aber schon führte mein Kunde seine Gedankengänge zum Versöhnlichen zurück –, was wollen Sie, meinte er, es ist die Zukunft, und der dienen wir ja wohl alle, es ist das Leben, das den Einzelnen ausschaltet und seinen ewigen Zwecken unterwirft.

Das Leben und seine ewigen Zwecke – aha! – jetzt waren wir an dem springenden Punkt! Kunden gegenüber ist man mit Privatmeinungen zurückhaltend, dem einen stimmt man zu und dem nächsten stimmt man wieder ab, ich beschränkte mich daher auf ein beifälliges Gemurmel, aber innerlich war ich so erregt, daß ich einen Geschäftsgang vorschützte und mein Institut verließ. Das Leben, – dies Speibecken, in das alles spuckte, die Kühe und die Würmer und die Huren –, das Leben, das sie alle fraßen mit Haut und Haar, seine letzte Blödheit, seine niedrigste physiologische Fassung als Verdauung, als Sperma, als Reflexe – und das nun noch mit ewigen Zwecken serviert, – aber der Kunde hatte recht, hier lag in der Tat der Kern der allgemein hingenommenen Konzeption des Seinsgrundes, die in dieser Rasse galt, jener Konzeption, die, philosophisch gesprochen, die Realitätsentscheidung im Sinne der empirischen Wissenschaften gebracht und die psycho-physische Tragödie heraufbeschworen hatte und die nun das definitive Hindernis für die Konstituierung eines neuen Kulturbewußtseins war, das nach allen diesen Zusammenbrüchen einer Vereinigung der Sphären jenseits des Lebens Rechnung tragen wollte.

Das Leben – hier standen wir an dem Grundbegriff, vor dem alles Halt machte, der Abgrund, in den sich alles in seiner Wertverwahrlosung blindlings hinabwarf, sich bei einander fand und ergriffen schwieg. Aber anzunehmen, daß der Schöpfer sich auf das Leben spezialisierte, es hervorhob, betonte und etwas anderes, als seine übliche Spielerei mit ihm betrieb, erschien mir absurd. Diese Größe hatte doch bestimmt noch andere Betätigungsfelder und warf das Auge auf dies und jenes, das weit ablag von einem so unklaren Sonderfall. Das Leben, wenn man sich einen Überblick über seine Forderungen und Leistungen verschaffen wollte, zeigte als den Mittelpunkt seiner Gunst die Fortpflanzung und die war ja erfahrungsgemäß einfach und ohne Hinzusehn zu bewerkstelligen. Die ersten Atemzüge des Lebens werden ja wahrscheinlich auch nicht ohne einen Schimmer von Tiefe gewesen sein, und der alte Ballonfabrikant war wahrscheinlich ganz benommen von dem gelungenen Eiweiß und seinen neuen Indianern und allen den möglichen Luftsprüngen, die er sie nun wieder beginnen lassen konnte, – aber für einen so pflanzenentfernten Kulturkreis von rein spirituellem Erlebnismaterial war dieser Lebensbegriff doch reichlich primitiv. Nietzsche hatte zwar gesagt, die Griechen seien ein so großes Volk geworden, weil sie sich in allen ihren Krisen immer wieder an ihren physiologischen Bedürfnissen regenerierten, aber diesen Bedürfnissen schwebte noch etwas anderes vor, lag noch etwas anderes ob: die Bildung des Gedankens und die Verschmelzung der Götter –, das Abendland bewegte sich seinen ersten Monat in ihrem Bauch, dieser Bastard und die Anlage alles dessen, was aus ihm wurde.

Das Leben als Mulattenstadt: Zuckerrohr kauen, Rumfässer wälzen, mit zehn Jahren defloriert werden und Cancan, bis die Hintern wackeln. Aber Europa fehlte das tierische dumme Auge und die Hibiskusblüte hinter dem Ohr. Und jemand anders trat ihm entgegen, ein Gegen-Mulatte, griff ihm an die Gurgel, den Adamsapfel, spaltete ihm den engen Schädel, sang atonal: ein neuer Ballon, eine alte Sphinx: der Geist. Gegen den rottete sich das moderne Lebenseuropa zusammen, suchte ihn zu zähmen, brachte ihn in Disziplinen und Methoden, desinfizierte ihn, machte ihn wissenschaftlich, das heißt unverdächtig und verdeckte seine letalen bionegativen Züge. »Was fruchtbar ist, allein ist wahr« –, das legten sie sich so aus, die Eierstöcke sind die größten Philosophen, und nun zogen sie alle in ein Einfamilienhaus und pflegten das Abendland, ihr Blick fiel im Frühling auf Salat und im Herbst auf Malven, sonntags wanderten sie nach Greenwich, östlich und westlich, da schlurften ihre Pedale. Aber hinter ihnen, im Grau der Dinge, stand jene Welt, die sich mit Raum und Zeit nur flüchtig verschleiert.

Das Abendland! Aus dem westlichen Mittelmeer geboren, dann terrestrisch angereichert, – ein Bug in Amalfi, ein Kohlenmeiler in den Ardennen, – amphibisch: Schuppen, aber gleichzeitig Füße –: ein Drachen! Festländische Schwere und Dränge zum Meer. Uralte Tempeltraditionen, Welteimotive –, Überschneidungen von Symbolreihen, Überklirren von Themenketten; syrische Apokalypsen, indopazifische Sagen, Samoa und Persien, Olymp und Golgatha, Leda und Maria –: große Kulturretorte, die letzte der acht großen solaren.

Tief und gleißnerisch, Faune und Sphinxe. Über altlunare Brükken kommen die Ortsgötter, aber dies gezeitenlose schmale Meer bringt den Monotheismus, den Universalismus, aber damit auch die Vorstufen zu dem verheerenden Begriff der Synthese, der Gesetze, der Abstraktion –, die terrestrische Vielfältigkeit und Begrenztheit hätte die kosmologische Einheitsvorstellung nie bewerkstelligt. Poseidonisch –! Wasser, alles fließt, – so widerspruchsvoll begann das All-Eine, das in den irrealen transzendentalen Systemen dann in uns, in unserer Leere, in unseren inneren Schatten endet. Am Ende ist das Wort, wie es am Anfang war – war es am Anfang? War am Anfang das Erleben »unwirklicher« Dinge?

Ja, die Bemerkungen des Kunden hatten mich weit geführt – Malven und Mulatten, wirkliche und unwirkliche Dinge, empirische und transzendente hinüberreichende Sachverhalte –, hinüberreichend, aber von wem und vor allem wohin –, – das Wirkliche als Reales, das Wirkliche als Geist, das Wirkliche als körperlicher Mythos – unentrinnbar sich verlierende Gedankengänge, die auch schon etwas Konventionelles an sich hatten, etwas Berufsständiges, – erstarrte Gedankengänge, denen man doch immer von Neuem verfiel. Das Wasser und die Worte und die Götter –, Tritogeneia, die über das Meer sah, seine Leere, seine Antwortlosigkeit –, alles Treppenschneiden –: und plötzlich geschah etwas, das ich mir selber nicht erklären konnte, plötzlich begann ich diesen Winter zu lieben, zu halten, mich an ihn zu ketten, Glut strömte er in mich hinein, – bliebe, dachte ich, der Schnee doch ewig liegen, der Frost nähme kein Ende, denn der Frühling stand vor mir wie eine Last, der war nicht Glas- und Uhrenindustrie, er rauschte, hatte etwas Zerreißendes, er rührte an jene autistische Realität, die ich noch ahnte, die sich uns aber für immer entzogen hatte. Niemand wird auf den Gedanken kommen, hinter dieser Gefühlsparadoxie stünde Sorge hinsichtlich des Tauwetters, der mit ihm verbundenen Schneeschmelze und der etwa vor meinem Haus zu findenden toten Gestalten –, ach, das wären ja ephemere Dinge! In einer Epoche, die nur die Masse gelten ließ, war die Vorstellung einer Individualleiche Romantik. Vor einer Zeit, von der jedes persönliche Leben, jede Verfeinerung, jedes produktive Oszillieren als Ästhetizismus und reaktionär gebrandmarkt wurde, brauchte ich mich wegen einiger fehlender Roboter, Lebensläufe, Leerläufe nicht zu scheuen, ich blieb durchaus im Sinne dieser Zeit, sollte sie zusehn, wie sie zu ihren juridischen Verhandlungsinhalten gelangte. Auch war ich seit langem völlig gefestigt in dem Gefühl, daß es bei dem Zustand, in dem sich die weißen Völker befanden, weit ehrenhafter war, in ihren Gefängnissen verpflegt zu werden als in ihren Clubs. Nein, – mit dem Frühling verhielt es sich anders. Ich würde das seit Monaten nicht vernommene Geräusch des Regens hören, dies süße

Geräusch, ich würde am Fenster stehn, ihn auf die Gartenerde fallen sehn, diese monotone ruhige Erde, für die man, auch wenn man sie lange anstarrte, keine Organe hatte und die man nicht begriff –, eine neue Zerstörung würde beginnen.

Ein Morgen erhob sich, der Hahn krähte, er krähte dreimal, er schrie geradezu nach Verrat –, aber niemand war mehr da, der verraten werden konnte oder der verriet. Alles schlief, der Prophet und die Prophezeiten; auf dem Ölberg lag Tau, die Palmen rauschten in einem unfühlbaren Wind –, da flog eine Taube empor, spiritus sanctus, ihre Flügel schwirrten und die Wolken nahmen sie auf, sie kehrte nicht mehr zurück – das Dogma war zu Ende.

Etwas Ähnliches sah ich vor mir. Wieder war eine solche Stunde da, eine Stunde, in der sich etwas abzog von der Erde: der Geist oder die Götter oder das, was menschliches Wesen gewesen war –, es handelte sich nicht mehr um den Verfall des einzelnen Menschen, auch nicht einmal den einer Rasse, eines Kontinents oder einer sozialen Ordnung, eines geschichtlichen Systems, sondern etwas weit Ausholenderes geschah: die Zukunftslosigkeit eines ganzen Schöpfungswurfes trat in das allgemeine Gefühl, eine Mutation – an ein Erdzeitalter gebunden, an das hominine –, mit einem Wort: das Quartär ging hintenüber. Nicht dramatisch, nicht wie das Ende einer Schlacht, mehr atrophisch durch Abspannung der der Art bestimmt gewesenen Formen. Hier würden noch einige ideologische Draperien aus dem historisch-politischen Fond in der blendenden Helle des Tiefstrahlers einige Generationen benebeln, in Asien würden sie noch einige Opfer für die Hexen und einige Gebete für die Wasserratten vor die Tempel tragen, aber dort wie hier alles abgespielt und ohne tiefen Glauben, sehr durchsichtig, sehr aufgelokkert, abhebbar und ohne jede Hoffnung auf Erfüllung. Was sonst noch da war, würden ein paar Reste einsamer Seelen sein, etwas sehr bewußter, tief melancholischer, schweigend sich erlebender Geist –: aber das Dogma, das vom Homo sapiens, war zu Ende.

Natürlich würde es hier noch Epochen geben, sogenannte historische, so sang- und klanglos trat das Reptil »Geschichte« nicht ab –, und auch hierüber drängten sich ohne weiteres Vorstellungen auf. Das nächste Weltbild, das man sich vorstellen konnte, würde ein Zusammenhangsversuch sein zwischen Mythenrealität, Paläontologie und Hirnstammanalyse, aber auch dies wird sehr einheitsentfernt und tragisch sein, keine Erkenntnis, kein Stil blühte an seinem Wege. Überschattet von dem Wissen, daß sich ihm als Ausschnitt nur, als geographischer und meteorologischer Sektor, als abendländischer Spezialfall eine Bestimmung und Definition der Menschheit völlig versagt. Es wird stärker auf die Unendlichkeitserfahrung hindrängen, als auf die heutige empirisch-kasuistische, aber die Urzeit bleibt für uns zu Ende. Die psychophysische Situation wird etwas verändert sein: die provozierten Lebensphänomene werden einen Teil der naiven unbearbeiteten ersetzen, einige primitive Reduktionen werden konkretisiert, einige Ausfälle mit archaischen Rudimenten sich auffüllen, es wird ein allgemeines Gefühl für den historischen Charakter des heutigen Kulturbewußtseins, die Relativität seiner Thesen, seiner Größen, seiner Ränge weit verbreitet zur Diskussion gelangen, aber eine Änderung des ethnisch-biologischen Tuns ist nicht mehr möglich, Versuche zu einem Übergang von Maßnahmen der Realitätsumformung enden in Stimmungen, Drängen, Exaltationen und vermutlich in einer immer klareren theoretischen Begriffsfindung für alles dieses Situationäre.

Und innerhalb dieses Weltbildes werden die Luxushotels vor Überfüllung bersten, vielgabelige Lifts befördern vor jede Tür. Das Zeitalter des Kapitalismus und des synthetischen Lebens hat erst begonnen. Weißen, krokuslila und braunbemalten Lippen werden die Erwägungen der Lady's und Signora's gelten, »blasse Koralle« zu goldenem Haar, lila zu silberblondem, doch nur in den Tropen. Lebensverlängerung über alle Maßen: Drüsen werden gehandelt, die Leber operativ durch Filter ersetzt, das antireticuläre zytotoxische Serum (A.C.S.) strömt als Porenwasser über gepflegtes Fleisch. Vom Menahaus, dem Ziel vieler Hochzeitsreisender, geht der Blick über die stolzen Zeichen uralter Kultur; in den Schwimmbädern, gefilterte Nilflut, hebt der vollkommenste Jazztrompeter beider Welten, Bix Beiderbecke, das Saxophon an den Schlund und endet den Ragtime mit einem Tutti von den kühnsten Überschneidungen, das im Augenblick seiner höchsten Entfaltung einen Wimpernschlag lang bewegungslos steht und dann erlischt. Und im Galle Face Hotel in Colombo und auf den Poloplätzen in Kandy ebenso: die alte Orchideengentry und die neue Uranclique: innen Pokerface der letzten Runden, außen mohnrot. Die Welt wird von den Reichen gemacht und sie wird schön gemacht. Der Name des Stückes ist Aprèslude.

Sollten diese Zeilen, die nur für meinen Freund O. bestimmt sind, der ihr Geheimnis bewahren wird, in unrechte Hände fallen und etwa ein posthumer Leser sie als den gang und gäben Pessimismus bezeichnen, so war dieser Pessimismus mein Gewicht und meine Erdverbundenheit. Oder ein anderer sie als Zynismus charakterisieren, so gibt es einige Resultate des Ich, die sich nur in dieser Färbung zur Geltung bringen lassen, sie gehört zur Suite der Erkenntnis und diese muß kalt sein, sonst wird sie familiär, jeder weiß ja, sie läßt einen Gedanken lieber fallen, als ihn nicht völlig klar zum Ausdruck zu bringen. Doch auch andere Färbungen waren mir nicht fremd –: songdurchklungene Stunden, Kantilenen, Schwebezustände –: manchmal *hörte* ich die Tropen: Bienensummen über Päonien und Taubengurren über der Blüte der Bougainville, und auch hier im Norden waren zu Zeiten starke Stimmungen –, wenn Tränen Geruch ausströmten, würde es, dachte ich, immer der von Phlox sein, der von Gartenphlox, auf den die Wolkenbrüche niedergingen bei des Sommers Ende. Aber eines gebe ich zu, alles in allem sind in diesen Zeilen mehr Spannungen als Glück.

Spannungen –, doch kein Finale mit Posaune und Fagott. Im Gegenteil, aus der modernen Physik war eine Hypothese in mich eingedrungen, der selbst bei dieser Herkunft etwas Stimmungsvolles eignete. Es war die Konstruktion des »Lotoslandes«, in dem nichts geschieht und alles stillsteht –, der Raum, mit der geraden Dimensionszahl, in dessen Weiten das Licht nach Auslöschen der Lichtquellen bestehen bleibt. Die Schilderung stammt von de Sitter. Sie ist eine streng mathematisch-physikalische Imagination, aber sie erinnert auffallend an Gedankengänge aus anderen Bereichen, – an die »stille Wüste der Gottheit«, in die Eckehart die Welten münden sieht, und an die indischen Innewerdungen, in die Gewißheit des eigenen Selbst gegründet, »ganz golden Buch bin ich, ohne Hand und Fuß bin ich, – ohne Wesen bin ich –«, und auch bei einem Intellektualverbrecher wie Descartes finden sich anklingende Sätze, wenn er auf eine Gottheit verweist, die keine Veränderung kennt und die immer in gleicher Weise handelt. Mit den Gottheiten zwar war es für uns vorbei, es hingen zu viel Imponderabilien an ihnen von Feigheit, Blinzeln nach Ananke, glückhafter Notwendigkeit und zu wenig Hinweis auf Versuch, Entwurf und auf Zurücknahme und Spiel. Aber vor allem berührte mich an dieser neuen Bezeichnung die Beziehung auf mein Haus: Lotos, Lotophagen –, wer von ihren Früchten aß, bedurfte keines anderen Brotes, er brauchte den Schein nicht zu wahren, er konnte hoffen und vergessen.

Die Lage barg noch viele Möglichkeiten und Deutungen, doch eines erschien mir evident. Das kommende Jahrhundert würde die Männerwelt in einen Zwang nehmen, vor eine Entscheidung stellen, vor der es kein Ausweichen mehr gab mit keiner Konzession, mit keinem Blinzeln, mit keinem Schwarzhandel, mit keiner Emigration –, sie mußten sich entscheiden. Das kommende Jahrhundert würde nur noch zwei Typen zulassen, zwei Konstitutionen, zwei Reaktionsformen: diejenigen, die handelten und hoch wollten und diejenigen, die schweigend die Verwandlung erwarteten –: Verbrecher und Mönche, etwas anderes würde es nicht mehr geben. Die Orden, die Brüder werden vor dem Erlöschen noch einmal auferstehen. Ich sehe an Wassern und auf Bergen neue Athos und neue Monte Cassinos wachsen, – schwarze Kutten wandeln in stillem, in sich gekehrten Gang. Jenseits der Gegensätze von Erkennen und Erkanntem, außerhalb der Kette von Geburt und Wiedergeburt. Durch Einsamkeit, Riten und Verzicht auf das Gewohnte wird die autistische Realität die Weltausweitung löschen und in einem stummen gefaßten tat twam asi, auch das bist Du, wird sich die Vereinigung mit der verlorenen Dingwelt vollziehn. Schwarze Kutten! Die Seele wird sich wieder schließen, wird wieder ihren Lotos schmekken und kann hoffen und vergessen. Vielleicht – vielleicht auch nicht. Wenn nicht mehr für mich, vielleicht für Dich. Und wenn auch nicht für Dich, vielleicht als Wolke oder Taube vor dem Unendlichen, der in diesen Winterstunden zu mir sprach, vor jenem Spieler, dem Nächtigen, der diese Handvoll Erde hinstreute aus seinem Traum.

Marie Luise Kaschnitz

Europa

Wenn in der Neujahrsnacht auf dem geschlagenen Erdteil,
Die Heimat der Unruhe, des Bruderhasses, der Auflehnung, der Versündigung,
Die Heimat der kühnen Gedanken, der brennenden Worte, der Schönheit,
Wenn in der Neujahrsnacht die Glocken tönen, die heimgekehrten,
Mühselig hinaufgezogen in die geborstenen Türme,
Die großen Glocken –
Wenn das Hochwasser aufrauscht zur Schwelle der Brücken im Föhnwind,
Wenn die Pfeifen der Lokomotiven und die Sirenen der Schiffe anheben eifrig,
Wenn die fremde Stimme den Neujahrswunsch hinaufruft zum schweigenden Fenster:

Neigt wohl ein Herz zum geliebten sich, flüstert lautlos
»Liebe mich immer, alle die kommenden Tage.«

Und wird schon von dannen gerissen vom Glockenwind,
Sturmwind
Über die Grenzen des Eigenen, über die Stadt hin
Über die schweigenden Länder

Und hört Prophezeiung viel und Gebete, die aufsteigen
Und rufen herbei den Tag, da die Fülle des Friedens sein wird,
Da der Gerechte blühen wird,
Da der Gesetzlose nicht mehr ist und unauffindbar seine Stätte.
Und reden von einer Saat, die aufgehen wird golden aus den
Leibern der Toten,
Von Gärten, die mauerlos blühen und Frucht tragen werden,
Von einer einzigen Welt, wo niemand mehr Furcht hat,
Von ewigem Frieden.

Aber Weissagung ist auch, uralte des Nostradamus
Von asiatischen Pferden, die gehen zur Tränke im Rheinstrom,
Von einem Blutbach, der fließen muß, ehe das Reich kommt
Von Städten, die einstürzen, und Äckern, die verwüstet werden
müssen, ehe das Reich kommt.
Von Heeren, die aufbrechen von Osten und Westen gewaltig
Und prallen zusammen wie Wogen der Springflut, ehern
Und verlaufen sich wieder wie Wogen der Springflut.
Aber wo sie gewesen, ist Öde
Steppe ist, wo sie gewesen, bienenumsummte,
Niemandsland, Urland –

Und hin eilt er, der Traumwanderer mit dem Glockenwind,
Sturmwind
Über den zitternden Erdteil,
Die Heimat des Bruderhasses, der Auflehnung, der Versündigung,
Der Heimat der kühnen Gedanken, der brennenden Worte, der
Schönheit,

Ertastet noch einmal die Küsten vom Saum der Bretagne,
Wo Lorbeer und Rose erbebt im atlantischen Sturme
Bis zu den Wassern des Goldenen Hornes, von Mitgard
Bis zu den Säulen des Herakles.

Und Urgestalt drängt ihm entgegen, elbische Alpengeister
Mädchen mit Flügeln wie Schwäne und das schwarze Roß des Poseidon
Und Burgen sieht er und Tempel und Klöster, Gewölbe, Paläste
Und immer wieder den Pflüger auf herbstlichem Acker und immer wieder
Heerzüge, wandernd in Waffen.

Und Stimmen klingen empor ihm, inbrünstige Chöre
Freudebegehrend und liebebegehrend und immer
Wieder die einzelne trotzige schrecklich verlassne,
Prometheus' Stimme.

Aber dann wird es stiller.
Stille im Mondlicht unter zerrissenen Wolken
Blüht ihm noch einmal entgegen das Süße Verschonte.
Marmorne Freude Vicenzas und römische Brunnen,
Liebliche törichte Jungfrau'n am Münster zu Freiburg,
Rose von Chartres und Goethes Garten am Stern.

Und es dünkt ihn, so schön hat ers niemals gesehen, so voller Verheißung.
Und seine Augen dünken ihn heller als Grabwächteraugen,
Seine Hände dünken ihn stärker als Grabwächterhände,
Voll von Leben dünkt ihn sein eigenes Herz.

Und aufschreien möcht' er, in die Welt schreien, Gewißheit zu fordern
Daß nicht um des Friedens willen
Daß nicht um des Kommenden willen
Ausgelöscht werde, erstickt
Die Freude der Augen
Die Freiheit des Geistes
Die Erhebung der Herzen
Und des Turmwächters alte
Einsame Stimme.

Hinaus schreit er, in die Welt schreit er, der Traumwanderer
Aber keine Antwort tönt ihm zurück. Nur die Glocken,
Die Sturm singen und Frieden singen,
Die Tod singen und Weihnacht singen,
Die rätselhaften unausdeutbaren Glocken

Rufen noch immer
Mitternacht –
Doch, wenn er heimkehrt traurig und neigt sich wieder
Und flüstert aufs neue sein »Liebe mich, alle die Tage«
Hat längst schon das Herz seines Herzens das Jahr überschritten
Kleinen, eifrigen Schlages
Ewig getrost.

Agnes Miegel

Ich stieg, mein Volk, aus Dir

Ich stieg, mein Volk, aus Dir wie Halm aus dem Acker steigt,
Du hast Dich, Heimat, mir wie Mutter hold geneigt.
Ich ward, – und sieh, Dein Hauch belebte meinen Geist,
Ich wuchs in Deiner Hut, von Deiner Hand gespeist.
Ich durfte dienen Dir wie Biene dient dem Schwarm –
Das macht mich reich und stolz, – vertrieben noch und arm.

Wie hab ich mich gesehnt, als Du noch frei von Ketten,
Heimat, in Deinem Schoß zur Ruhe mich zu betten!
Nun muß ich fern von Dir und meinen Vätern sterben, –
O laß mich, Herr, ein Grab in deutscher Erde erben!
Und laß ein Lied von mir in unsrer Jugend leben,
Hab meine Hülle ich Dir längst zurück gegeben!

Herbst 1945

Gott hat sein Antlitz abgewandt
Von unserm Heimatland.
Brandung und Stürme brausen
Um den verödeten Strand.

Das Ährenfeld, von Körnern schwer,
Liegt hingemäht vom Regen.
Es drischt den goldnen Segen
Allein der Hagel leer.

Es geht nicht Frau noch Mann
Über verwüstete Wege.
Es bricht die Ackerschläge
Nicht Pflüger mehr noch Pfluggespann.

Es rauscht kein Baum, kein Apfel reift
In dem zerkämpften Garten.
Krieg hat sein Blühen abgestreift.
Zersplitterte Stümpfe starrten

Herüber, wo verfallend klagt
Geborstenes Gemäuer.
Durch schwarzverkohlte Scheuer
Wildernder Hunde Meute jagt.

Aus Schutt und Staub, im fahlen Licht,
Anklagend ragt verdorrte Hand, – –
Gott wendete sein Angesicht
Von unserm Heimatland!

Rudolf Alexander Schröder
Der Mann und das Jahr
Ein Nachtgespräch

Sylvester 1945

Die Nacht liegt schwer und schwarz und dicht;
Nur hier im Fenster brennt ein Licht,
Das schweigend meinen Tisch erhellt,
Als wär's das einzige in der Welt.

Da draußen friert die Ungestalt;
Kein Wind, der seufzt, kein Ruf, der hallt,
Nicht Blick noch Laut, nicht Hauch noch Schein,
Ich und die Lampe sind allein.

Nun aber streicht vor finstrer Luft
Ein dünner Flor, ein Rauch, ein Duft;
Wird rund und bunt, wie sich's verwebt
Im Zug, der mir vorüberschwebt.

Wer mag es sein? Wer grüßt mich so,
Als ob er scheidend mich bedroh?
Nickt, äugt und blinzet zu mir hin;
Und ich bin immer mittendrin.

Erkenn ich euch? Ja, den, ja, die!
Von andern dünkt's, ich sah sie nie,
Und muß doch hinschaun unverwandt
Und spür, sie haben mich gekannt.

Der lacht mich an. Der Nächste schaut,
Daß mich's in tiefster Seele graut.
– Bist Du's? – Da kehrt sich's zürnend, stumm,
Und schwindet, eh ich frag: Warum?

Der, mein ich, lebt. Der sieht wie tot,
Von Blut verschwärzt, von Narben rot;
Und – oh! – wie mancher fahl und wank
Blickt tränenblind, blickt hungerkrank!

Der ballt die Faust, der reckt die Hand.
Doch gläsern zwischen uns die Wand
Bleibt stehn; und ob mich's lockt, ob grämt,
Ich sitz, an Hand und Fuß gelähmt.

Muß reglos warten, reglos schaun;
Und um mich her schwillt ein Geraun,
Als geh – die draußen bleiben stumm –
Ein Flüsterwort, ein dunkles, um.

Mir ist, als spräch's bei jedem Schritt:
»Wir wandern aus, und du – gehst mit.«
– Ah, Schatten, Bilder, lieb und leid,
Sagt eure Botschaft, gebt Bescheid!

All was ich kann, all was ich bin,
Schrickt von euch fort, strebt nach euch hin.
Von mir zu euch, was soll's, was ist's?
Sagt mir das Wort; ich weiß, ihr wißt's!

Günter Eich
Fragment

Das Wort, das einzige! Immer suche ichs,
das wie Sesam die Türen der Berge öffnet,
es, durch die gläsern gewordenen Dinge blickend
ins Unsichtbare –

Wörter waren vergebens. Oh Vokabeln der Seele, Versuch,
ohnmächtiger, zu benennen den Flug der Taube, da schon gewiß ward,
daß die Rose sich färbt unter anderem Zwange, in solcher
Beugung sich nicht die Berge beugten.
Noch Stummheit immer, Qual des Schluchzens, die dauert.
Schrecklich gepreßt, wie in Erstickens Angst,
mit Augen hervorquellend, so lallt es,
Sprache des Maulwurfs, der Elster Gekrächz.

Du Wort, einziges, allen Wörtern unähnlich und gemeinsam,
ich vernehme dich in den Farben, horche auf dich im Anblick des Laubs,
wie liegst du mir auf der Zunge!
Du, das ich gekannt habe,
du, dessen ich teilhaft war,
du, das im Schallen des Ohrs ganz nahe ist, –
dennoch faß ich dich
niemals, niemals, niemals!

Du, das Wort, das im Anfang war,
du, so gewiß wie Gott und so unhörbar,
wie soll ich hinnehmen deinen grausamen
Widerspruch, daß unaussprechlich zu sein,
dein Wesen ist, oh Wort –?

Bertolt Brecht
Die Teppichweber von Kujan-Bulak ehren Lenin

1

Oftmals wurde geehrt und ausgiebig
Der Genosse Lenin. Büsten gibt es und Standbilder.
Städte werden nach ihm benannt und Kinder.
Reden werden gehalten in vielerlei Sprachen,
Versammlungen gibt es und Demonstrationen
Von Shanghai bis Chikago, Lenin zu Ehren.
So aber ehrten ihn die
Teppichweber von Kujan-Bulak,
Kleiner Ortschaft im südlichen Turkestan:

Zwanzig Teppichweber stehn dort abends
Fiebergeschüttelt auf von dem ärmlichen Webstuhl.
Fieber geht um: die Bahnstation
Ist erfüllt von dem Summen der Stechmücken, dicker Wolke,
Die sich erhebt aus dem Sumpf hinter dem alten Kamelfriedhof.
Aber die Eisenbahn, die
Alle zwei Wochen Wasser und Rauch bringt, bringt
Eines Tages die Nachricht auch,
Daß der Tag der Ehrung des Genossen Lenin bevorsteht,
Und es beschließen die Leute von Kujan-Bulak,
Teppichweber, arme Leute,
Daß dem Genossen Lenin auch in ihrer Ortschaft
Aufgestellt werde eine gipserne Büste.
Als aber das Geld eingesammelt wird für die Büste,
Stehen sie alle
Geschüttelt vom Fieber und zahlen
Ihre mühsam erworbenen Kopeken mit fliegenden Händen.
Und der Rotarmist Stepa Gamalew, der
Sorgsam Zählende und genau Schauende,
Sieht die Bereitschaft, Lenin zu ehren, und freut sich,
Aber er sieht auch die unsicheren Hände.
Und er macht plötzlich den Vorschlag,
Mit dem Geld für die Büste Petroleum zu kaufen und
Es auf den Sumpf zu gießen hinter dem Kamelfriedhof,
Von dem her die Stechmücken kommen, welche
Das Fieber erzeugen.
So also das Fieber zu bekämpfen in Kujan-Bulak, und zwar

Zu Ehren des gestorbenen, aber
Nicht zu vergessenden
Genossen Lenin.
Sie beschlossen es. An dem Tage der Ehrung trugen sie
Ihre zerbeulten Eimer, gefüllt mit dem schwarzen Petroleum,
Einer hinter dem andern,
Hinaus und begossen den Sumpf damit.

So nützten sie sich, indem sie Lenin ehrten, und
Ehrten ihn, indem sie sich nützten, und hatten ihn
Also verstanden.

2

Wir haben gehört, wie die Leute von Kujan-Bulak
Lenin ehrten. Als nun am Abend
Das Petroleum gekauft und ausgegossen über dem Sumpf war,
Stand ein Mann auf in der Versammlung, und der verlangte,
Daß eine Tafel angebracht würde an der Bahnstation,
Mit dem Bericht dieses Vorgangs, enthaltend
Auch genau den geänderten Plan und den Eintausch der
Leninbüste gegen die fiebervernichtende Tonne Petroleum.
Und dies alles zu Ehren Lenins.
Und sie machten auch das noch
Und setzten die Tafel.

Ernst Jünger
Strahlungen

Paris, 2. Februar 1942

Abends im »Ritz«, bei dem Bildhauer Breker, der mich eingeladen hatte, und seiner Frau, intelligenter Griechin, Bohémienne. Als Vorgericht Sardinen, die Madame Breker verspeiste, ohne einen Rest zu lassen: »J'adore les têtes.« Auch Nebel war da, wieder mit der ihm eigenen parnassischen Heiterkeit. Im Hinweis auf Dinge, die ihm gefallen, besitzt er einen zarten Zugriff, als ob er lächelnd einen Vorhang vor Kostbarkeiten anhöbe.

Er nannte die moderne Grausamkeit insofern einzigartig, als sie nicht an das Unzerstörbare im Menschen glaubt und ihn daher, im Gegensatz etwa zur Inquisition, völlig, auf ewig auszulöschen und zu vernichten meint.

(...)

Paris, 8. Februar 1942

Vormittags bei Speidel, in dessen Vorzimmer es der Sonntagsunterschriften wegen starken Andrang gab. Er war gerade vom Hauptquartier zurückgekehrt und zeigte mir die Aktennotizen, die er gemacht hatte. Sie modifizieren meine Ansicht, daß die Vernichtungstendenzen, die Erschießungs-, Ausrottungs- und Aushungerungsbestrebungen aus allgemein-nihilistischen Zeitströmungen hervorgehen. Das ist natürlich auch der Fall, doch treten hinter den Heringsschwärmen Haifische als Treiber auf.

Kein Zweifel, daß es Einzelne gibt, die für das Blut von Millionen verantwortlich sind. Und diese gehen wie Tiger auf Blutvergießen aus. Ganz abgesehen von den Pöbelinstinkten ist in ihnen ein satanischer Wille, ein kalter Genuß am Untergang der Menschen, ja vielleicht der Menschheit, ausgeprägt. Ein tiefes Leiden scheint sie zu befallen, ein heulender Verdruß, wenn sie verspüren, daß eine Kraft sie hindern möchte, so viele zu verschlingen, wie ihr Gelüst sie treibt. Man sieht sie auch zum Massaker drängen, wo das bedenklich scheint, ja wo es ihrer eigenen Sicherheit widerspricht. Entsetzlich war, was Jodl dort über Kniébolos Absichten äußerte.

Auch muß man wissen, daß viele Franzosen solche Pläne billigen und Henkersdienste zu leisten begierig sind. Nur hier im Hause walten Kräfte, die die Verbindung der Partner zu verhindern oder doch aufzuhalten fähig sind, was freilich mit völlig verdeckten Karten geschehen muß. Vor allem ist wichtig, daß jeder Anschein von Humanität vermieden wird.

Nachmittags im »X-Royal«, Tee mit der Doctoresse. Sodann bei Valentiner am Quai Voltaire. Ein altertümlicher Fahrstuhl, der durch ein Gestänge gehoben wurde und klagende Töne ausstieß, ängstigte uns hinauf. In der Mansarde fanden wir einige Kämmerchen mit alten Möbeln, und Bücher waren auf Tische und Sessel ausgestreut. Ihr Inhaber empfing uns in lässigem Zivil. Sowie es seine Zeit erlaubt, begibt er sich in diese Klause und wechselt mit dem Habit zugleich die Existenz, indem er die Stunden lesend, beschaulich oder in Gesellschaft von Freunden verfließen läßt. Die Art, in der ihm das gelingt, gibt Zeugnis für Freiheit und Phantasie. Cocteau fühlte sich hier an Zeiten erinnert, die er im Ersten Weltkrieg auf ähnliche Weise verbracht hatte. Wir unterhielten uns in dem kleinen Nest nicht übel und blickten dabei über die alten Dächer auf Saint-Germain-des-Prés.

(...)

Paris, 7. Juni 1942

Zu Mittag im »Maxim«, wohin ich von Morands eingeladen war. Unter anderem Unterhaltung über amerikanische und englische Romane, so über ›Moby Dick‹ und über ›Sturmwind auf Jamaika‹, ein Buch, das ich vor Jahren in Steglitz las, und zwar mit peinlicher Spannung, gleich jemandem, der zusieht, wie man Kindern Rasiermesser zum Spielen gibt. Dann über Ritter Blaubart und Landru, der hier in einem Vorort siebzehn Frauen schlachtete. Endlich fiel einem Bahnbeamten auf, daß er stets nur *eine* Rückfahrkarte nahm. Frau Morand erzählte, daß sie ihm benachbart gewesen sei. Nach dem Prozeß kaufte ein kleiner Gastwirt das Mordhaus auf und nannte es »Au Grillon du Foyer«.

In der Rue Royale begegnete ich zum ersten Mal in meinem Leben dem gelben Stern, getragen von drei jungen Mädchen, die Arm in Arm vorbeikamen. Diese Abzeichen wurden gestern ausgegeben; übrigens mußten die Empfänger einen Punkt von ihrer Kleiderkarte dafür abliefern. Nachmittags sah ich den Stern dann häufiger. Ich halte derartiges, auch innerhalb der persönlichen Geschichte, für ein Datum, das einschneidet. Ein solcher Anblick bleibt nicht ohne Rückwirkung – so genierte es mich sogleich, daß ich in Uniform war.

(...)

Paris, 14. Juni 1942

Nachmittags in Bagatelle. Charmille erzählte mir dort, daß man in diesen Tagen Studenten verhaftete, die sich gelbe Sterne mit verschiedenen Inschriften wie »Idealist« und ähnliches angeheftet hatten, um damit auf den Champs-Elysées demonstrativ spazieren zu gehen.

Das sind Naturen, die noch nicht wissen, daß die Zeiten der Diskussion vorüber sind. Auch setzen sie beim Gegner Sinn für Humor voraus. So gleichen sie Kindern, die Fähnchen schwingend in Gewässern, in denen Haifische schwimmen, baden gehen. Sie machen sich kenntlicher.

(...)

Paris, 28. Juli 1942

Der unglückliche Apotheker an der Ecke, dem jetzt die Frau verschleppt wurde. Solche gutartigen Naturen denken nicht daran, sich zu wehren, ja sich auch nur mit Gründen zu verteidigen. Selbst wenn sie sich dann töten, wählen sie nicht das Los der Freien, die sich in ihre letzte Burg zurückziehen, sondern sie suchen die Nacht, wie bange Kinder die Mutter, auf. Erschreckend, wie stark die Blindheit selbst junger Menschen gegenüber dem Leid der Schutzlosen geworden ist; es fehlt der Sinn dafür. Zum ritterlichen Leben sind sie zu schwach geworden, ja sie verloren auch den schlichten Anstand, der verbietet, daß man die Schwachen stößt. Im Gegenteil, sie sehen darin noch ihren Ruhm.

Eben, nachdem ich vor dem Mittagessen diese Zeilen geschrieben hatte, suchte ich den guten Potard auf, um ihm ein Rezept zu geben, das mir die Doctoresse verschrieben hat. Indem er es besorgte, schenkte er mir ein Stückchen Seife, als hätte er geahnt, daß ich gerade mit guten Wünschen an ihn gedacht hatte. Nie darf ich vergessen, daß ich von Leidenden umgeben bin. Das ist weit wichtiger als aller Waffen- und Geistesruhm und als der leere Beifall der Jugend, der dies und das gefällt.

Dann in der Rue du Faubourg Saint-Honoré, bei der hinkenden Antiquarin, bei der ich die von Carl Werner um 1870 illustrierte Nilfahrt betrachtete. Der Anblick von Bildern tut mir besonders in der Verstimmung wohl.

(...)

Paris, 18. August 1942

Vormittags Papiere vernichtet, darunter das konstruktive Friedensschema, das ich in diesem Winter niederschrieb.

Dann Unterhaltung mit Carlo Schmid, der in mein Zimmer trat und wieder von seinem Sohn erzählte, auch von Träumen und seiner Baudelaire-Übertragung, die nun beendet ist.

In einem Papiergeschäft der Avenue Wagram kaufte ich ein Notizbuch; ich war in Uniform. Ein junges Mädchen, das dort bediente, fiel mir durch den Ausdruck seines Gesichtes auf: es wurde mir deutlich, daß es mich mit erstaunlichem Haß betrachtete. Die hellen blauen Augen, in denen die Pupillen zu einem Punkt zusammengezogen waren, tauchten ganz unverhohlen mit einer Art Wollust in die meinen – mit einer Wollust, mit der vielleicht der Skorpion den Stachel in seine Beute bohrt. Ich fühlte, daß es derartiges seit langem nicht unter Menschen gegeben hat. Auf solchen Strahlenbrücken kann nichts anderes zu uns kommen als die Vernichtung und der Tod. Auch spürt man, daß es überspringen möchte wie ein Krankheitskeim oder ein Funke, den man in seinem Innern nur schwer und nur mit Überwindung löschen kann.

(...)

Berlin, 24. Januar 1943

Seit gestern weile ich zu einem kurzen Besuch in Berlin, wo ich wieder bei Carl Schmitt abgestiegen bin, und nahm heute an der üblichen Kranzniederlegung durch die Ritter des Ordens Pour le Mérite am Denkmal Friedrichs des Großen teil, mit dem deutlichen Gefühl, daß dieses Mal das letzte sei. Den schönen Ausspruch von Murat: »Ich trage Orden, damit man auf mich schießt«, brauche ich nur in sein Gegenteil zu kehren, wenn ich meine Lage begreifen will. Noch sind sie Talisman.

In Dahlem starke Zerstörungen. Beim letzten Angriff wurden nicht nur Häuserblocks zerschmettert, sondern auch die Dächer ganzer Viertel abgehoben und Tausende von Fensterscheiben eingedrückt. Der Luftdruck wirkt oft seltsam; so zog er sich in einem Nachbarhause unter einer Balkontür hindurch, ohne sie zu verletzen, und riß im Inneren des Zimmers einen Klavierschemel entzwei.

Spaziergang im dunklen Park. Gespräch über den Tod von Albrecht Erich Günther, dann über den Traum. Carl Schmitt, im Traum in ein Gespräch über schwierig einzusehende Verhältnisse verwickelt, denen gegenüber man seine Kennerschaft bewunderte oder auch anzweifelte, antwortete:

»Ja, wissen Sie denn nicht, daß ich der Don Capisco bin?«

Ein vorzügliches Wort, um das Gefährliche und Abenteuerliche, zugleich auch Närrische, zu fassen, das ein Zustand subtiler Einsicht mit sich bringt.

Vorgestern wurde Tripolis geräumt.

(...)

Paris, 21. April 1943

Mittags besuchte mich ein alter Niedersachse, der Oberst Schaer. Lagebesprechung. Kein Ölzweig noch. Unter den Dingen, die er erzählte, war besonders die Schilderung einer Erschießung von Juden schauerlich. Er hat sie von einem anderen Oberst, ich glaube, Tippelskirch, den seine Armee dorthin schickte, um zu sehen, was gespielt wurde.

Bei solchen Mitteilungen erfaßt mich Entsetzen, ergreift mich die Ahnung einer ungeheuren Gefahr. Ich meine das ganz allgemein und würde mich nicht wundern, wenn der Erdball in Stücke flöge, sei es durch Aufschlag eines Kometen, sei es durch Explosion. In der Tat habe ich das Gefühl, daß diese Menschen den Erdball anbohren, und daß sie die Juden dabei als kapitales Opfer wählen, kann kein Zufall sein. Es gibt bei ihren höchsten Henkern eine Art von unheimlicher Hellsichtigkeit, die nicht auf Intelligenz, sondern auf dämonischen Antrieben beruht. An jedem Kreuzweg werden sie die Richtung finden, die zur größeren Zerstörung führt.

Übrigens sollen diese Erschießungen nicht mehr stattfinden, da man zur Vergasung der Opfer übergegangen ist.

(...)

Paris, 21. Juli 1944

Gestern wurde der Anschlag bekannt. Ich erfuhr die Einzelheiten durch den Präsidenten, als ich gegen Abend aus Saint-Cloud zurückkehrte. Die höchst gefährliche Lage gewinnt damit noch eine besondere Zuspitzung. Der Attentäter soll ein Graf Stauffenberg sein. Ich hörte den Namen bereits von Hofacker. Das würde meine Meinung bestätigen, daß an solchen Wenden die älteste Aristokratie ins Treffen tritt. Aller Voraussicht nach wird diese Tat furchtbare Gemetzel einleiten. Auch wird es immer schwieriger, die Maske zu bewahren – so geriet ich heute vormittag in einen Wortwechsel mit einem Kameraden, der das Ereignis als »unerhörte Schweinerei« bezeichnete. Dabei bin ich seit langem der Überzeugung, daß durch Attentate wenig geändert und vor allem nichts gebessert wird. Ich deutete das schon in der Schilderung Sunmyras in den ›Marmorklippen‹ an.

Nachmittags verbreitete sich im engsten Kreis die Nachricht, daß der Oberbefehlshaber seines Amtes enthoben und nach Berlin befohlen sei. Er hatte, als die Nachricht aus der Bendlerstraße eingelaufen war, die gesamte SS und den Sicherheitsdienst verhaften lassen, um sie dann wieder in Freiheit zu setzen, als er bei Kluge in La Roche-Guyon Vortrag gehalten hatte und kein Zweifel mehr darüber walten konnte, daß das Attentat mißlungen war. »Die Riesenschlange im Sack gehabt und wieder herausgelassen«, wie der Präsident sagte, als wir in höchster Erregung bei geschlossenen Türen verhandelten. Erstaunlich ist das Trockene, Geschäftsmäßige des Aktes – die Grundlage der Verhaftung bildete ein einfaches Telefonat an den Kommandanten von Groß-Paris. Dem lag wohl auch die Sorge zugrunde, nicht mehr Köpfe zu gefährden als unbedingt erforderlich. Aber das sind solchen Mächten gegenüber keine Gesichtspunkte. Dazu der völlig unfähige und magenkranke Oberst von Linstow als Chef des Stabes, der kurz zuvor eingeweiht wurde, weil er technisch unentbehrlich war, und den man jetzt wie ein Gespenst vor der Auflösung im »Raphael« umherschleichen sieht. Wenn wenigstens mein alter Fahnenjunker Koßmann noch

Chef gewesen wäre; er hätte zum mindesten getan, was man von einem Generalstabsoffizier erwartet, nämlich die Zuverlässigkeit der Nachrichten geklärt. Dazu kommt der Unfall Rommels vom 17. Juli, mit dem der einzige Pfeiler brach, auf dem ein solches Unternehmen sinnvoll war.

Demgegenüber die fürchterliche Aktivität der Volkspartei, die durch den Vorstoß kaum ins Schwanken geraten ist. Ja, das war lehrreich: den Körper heilt man nicht in der Krisis, und auch nur im ganzen, nicht am Organ. Selbst wenn die Operation gelungen wäre, hätten wir heute statt eines Karbunkels deren ein Dutzend, mit Blutgerichten in jedem Dorf, in jeder Straße, in jedem Haus. Wir stehen in einer Prüfung, die begründet und die notwendig ist; und diese Räder schraubt man nicht zurück.

Paris, 22. Juli 1944

Anruf von General Loehning aus Hannover, der mitteilte, daß in Kirchhorst alles in Ordnung ist. Ich wunderte mich über seine Scherze, da zweifellos alle Gespräche überwacht werden. Gleich darauf vernahm ich von Neuhaus die Schreckensnachricht, daß Heinrich von Stülpnagel gestern auf der Fahrt nach Berlin die Pistole auf sich richtete, jedoch am Leben blieb und das Augenlicht verlor. Das muß um dieselbe Stunde geschehen sein, für die er mich zu Tisch gebeten hatte, zum philosophischen Gespräch. Daß er inmitten der Verwirrung das Mahl noch absagen ließ, ergriff mich; es ist ein sein Wesen bezeichnender Zug.

Welche Opfer hier wieder fallen, und gerade in den kleinen Kreisen der letzten ritterlichen Menschen, der freien Geister, der jenseits der dumpfen Leidenschaften Fühlenden und Denkenden. Und dennoch sind diese Opfer wichtig, weil sie inneren Raum schaffen und verhüten, daß die Nation als Ganzes, als Block in die entsetzlichen Tiefen des Schicksals fällt.

Paris, 23. Juli 1944

Die erste Frage des Generals, als er geblendet erwachte, soll der Einrichtung des Lazarettes gegolten haben; er wollte wissen, ob der Chefarzt zufrieden sei. Schon ist er durch Wärter, die zugleich Wächter sind, abgesperrt; er ist Gefangener.

Ich dachte an unser Kamingespräch in Vaux über die Stoa und darüber, daß das Todestor den Menschen immer offenstehe und daß vor solchem Hintergrund entschiedenes Handeln möglich sei. Da gibt es fürchterliche Belehrungen.

(...)

Kirchhorst, 20. Oktober 1944

Beim Generalkommando erfuhr ich, daß meine Entlassung verfügt worden ist. Man scheint in Berlin sogar Eile gehabt zu haben, sich meiner auf diese Weise zu entledigen. Nun kann ich hier noch ein wenig arbeiten wie auf einem langsam sinkenden Schiff oder in einer belagerten Stadt, in der man vor vereinsamten Altären das Webopfer schwingt. Schön, daß das ganze Publikationswesen in Hinfall geraten ist – das macht die Arbeit sinnvoller und zweckloser. So könnte man Becher ziselieren, die man der Sonne zeigt und dann ins Meer versenkt.

In der Stadt vernahm ich, daß der vorgestrige Angriff viele Menschen das Leben kostete. Die meisten wurden im Gedränge vor den Bunkertüren erdrückt. Es gibt Bunker, zu denen Treppenschächte hinabführen; in diese springen einzelne über das Geländer auf die unten Zusammengepreßten hinab. Ihr Aufprall bricht die Genickwirbel. Harry hatte einen dieser Eingänge zum Inferno beobachtet; das Heulen und Stöhnen aus dem dunklen Schlunde drang weithin durch die Nacht.

Erhart Kästner
Zeltbuch von Tumilad

III

Wie es kommt, daß mich nirgendwohin, sogar nach Griechenland nicht, so unbändige Sehnsucht verzehrt wie nach der Wüste, weiß ich selbst nicht zu sagen. Aber mein Schmerz, nicht mehr dort zu sein, ist der Schmerz eines lebenslangen Verlusts, und seltsamerweise mischt sich etwas wie Reue darein, was ganz unsinnig ist: als hätte ichs nicht zu Ende gelebt, sei halben Weges umgekehrt, wobei immer Schimpfliches ist.

Gerate ich nicht in Verlegenheit, wenn ich beginne, das damalige Leben zu schildern? Man wird nicht erwarten, daß ich mich in der Aufzählung der kleinen Quälereien verliere, aus denen der Vordergrund des Daseins bestand: das Widerwärtige, das aus der Unfreiheit entstand, oder die abwegige Komik, die die verrückte Nähe so verschiedenartiger Menschen erzeugte, oder den ewigen Streit, die ewige Gereiztheit und die ewige Langeweile: denn es ergab sich, daß die meisten Menschen an den Rand der Verzweiflung geraten, wenn man sie nur sich selbst überläßt.

Aber mit so Gewöhnlichem, wenn ich es erzählte, würde ich nur den Gewöhnlichen dienen. Man wird auch nicht erwarten, daß ich den Zustand der Gefangenschaft preise, nur weil die Erfahrung, in der Wüste zu sein, sich damit verknüpfte. Die Dinge verknüpfen sich nun einmal; das Leben liebt nicht die reinen Vorkommen, es liebt das Zusammengesetzte: wer vermag es zu trennen? Schließlich, wär' nur zu wünschen, daß alles sich rein ereigne, so als wäre es nicht lebendig, sondern ausgedacht oder künstlich erzeugt?

Ereignisse gab es wenig, das wird man mir glauben. Das war es ja eben, daß es keine Ereignisse gab. Niemals zuvor hatte ich ein so ereignisloses Leben geführt; die Jahre schrumpfen mir in der Erinnerung zu einem winzigen Bildchen zusammen, als sähe ich sie durch Mesulinens zauberischen Ring.

Eigentlich war es das, was das Ereignis aller Ereignisse war: dies verleugnete, überwundene Leben, fast wie ein Schlaf, der ja auch verleugnetes Leben ist und dennoch von allen gepriesen.

Was auf den gelöschten Tafeln jener Tage erschien, war nicht neugeschriebene Schrift. Längst Getilgtes, verloren geglaubt, trat wieder hervor; auch bildete sich auf dem leeren Grund von selber magische Schrift. Sie war des Lesens mehr wert als der Text, mit dem sich die Tafeln unserer Werktage unaufhörlich bedecken; es schien mir dringend zu sein, auf die Entzifferung Mühe zu wenden.

So muß ich versuchen, den Sand jener Tage noch einmal durch die Finger rinnen zu lassen: vielleicht daß ich den schönen Stein, dessen Blinken ich sah, noch einmal erblicke.

Eigentlich hatte ich mir die Wüste gedacht als unabsehbare Menge gesiebten sauberen Sands. Die Wirklichkeit war verzweifelt viel weniger schön. Es war eben wüst, weiter nichts. Soweit man sah, war verkommenes Land; Verkommenheit war es, woraus sich im wesentlichen die Wüste ergab. Steine und Lehm und Sand waren von Millionen glühenden Sonnen verbacken zu diesem graugelben Einerlei, das nun überall war.

Auch darin hatte ich mich getäuscht: ich hatte unklar gedacht, in der Wüste stehe man mitten im Flachen und sehe Unendlichkeit rings um sich her. Auch das war nicht wahr. Unwert verminderte das Nahe so sehr und riß so viel Ferne herbei, daß immer irgend eine Höhe da war, die die Aussicht verstellte. Das Auge, das sonst keine Gaben empfing, bemaß Hügel und Täler stärker als sonst und übertrieb. So kam es, daß man in einem Tal zu sein glaubte, wenn man sich nur in einer flachen Mulde befand. Dann wieder glaubte man auf einer Höhe zu stehen, ohne daß man bemerkt hätte, gestiegen zu sein. Und ein Hügelzug, den man lange vor Augen hatte als einen gelben beträchtlichen Wall, erstieg man nachher im Nu: es war nur eine unerhebliche Schwelle.

Viele, viele Monate war ich an denselben Platz festgebannt, als ich ein paarmal Gelegenheit hatte, vom Rücken eines Gebirges ein größeres Stück Wüste zu übersehn. Es war kein hohes Gebirge, nur ein paar hundert Meter vielleicht; aber nach so viel Flachem mußte man so eine Höhe als Ereignis empfinden.

Ganz in der Ferne waren wieder Gebirge. Sie waren seltsam erscheinungshaft; es ließ sich keinesfalls sagen, wie ferne sie waren oder wie hoch. Sie traten aus einem Schleier hervor, den die zitternde Hitze über der Ebene wob, und sie waren auch wieder merkwürdig klar. Rissig und steil leuchteten sie im Nachmittagslicht, weißgelb und lila dazwischen; ganze Teile waren mit lila Schillerschatten verzaubert.

Über die dazwischenliegende Ebene schoß das Licht furios. Mit den fernen Höhen sprang es nach Gutdünken um, türmte sie morgens hoch auf und erdrückte sie mittags in Gluten, färbte sie abends rot und dann wieder ganz fahl mit violetten dunkleren Schatten.

So viel Wüste hatte ich vorher noch nie überblickt. Das Neue war, daß ich nicht nur darüberhin sah, sondern daß es ein Daraufblicken war. Dieses Ebene war ganz summarisch behandelt von dem verachtenden, gleichgültigen, ewig wehenden Wind. Mit seinen Zeichen war es bedeckt: Gassen von Ausgewehtem und stehengebliebene Grate, geriffelte Formen, wie man sie im Kleinen von den Stränden her kennt, und Buckeln, die sich mit übermäßigen Schatten großtaten. Alles war Trift des ewigen Winds, der über die Weiten hinfuhr wie eine Hand über ein gestorbenes Gesicht.

Das also war die unendliche Wüste. Zum ersten Mal sah ich, daß sie eine Oberfläche besaß; es war eine hingeschmolzene, glänzende Haut. Auch sie war das Werk dieses höhnischen Winds, der hin- und herschoß, wie um zu wachen, daß ja nichts entstehe auf diesem Land, das nur sein Besitz war. Es war natürlich gar keine Haut, es war nur das Endgültige des unablässig rieselnden Sands, nur die besiegelte Rastlosigkeit. Der Wind hatte ihm dieses Gepräge gegeben, um im Hin- und Herfegen leichter sehen zu können, daß hier nichts ohne seinen Willen geschah. Leben, das sich hier aufgemacht hätte, hätte er ohne weiteres bemerkt.

Das also war Wüste. Land, das nicht mehr empfing und nicht schenkte, nicht nährte, durch nichts mehr genährt, ausgeschieden aus dem Kreislauf des Lebens. Erde ohne Verwandlung, die nichts mehr begriff, Erde, die schicksallos war, ohne Freuden und Leiden. Im Vergleiche dazu war das Meer ein fruchtbarer Schoß. Dies war, was auf Erden dem Leben am abgewandtesten war. Es war das Antlitz des Todes: und nicht einmal das. So war nicht der Tod, der kommt und schrecklich ist oder sanft. So war nur Gestorbensein, das weit weg vom Menschlichen ist. Nicht Vergangenheit, die voller Erinnerung ist, und nicht Sterben, in dem Auferstehn wohnt: es war jenseits von allem. Es war das ausgemacht Öde, das Ausgelöschte, Getilgte.

Man irrt, wenn man glaubt, man wisse nach solch einem Anblick, was Wüste eigentlich sei. Man ist nicht in der Wüste gewesen, wenn man nur einen Anblick von ihr empfing; dies kann man auch Reisenden zeigen. Denn sie ist Ausgesetztsein und Verlorensein, sie ist das Hoffnungslose in mattester, letzter Gestalt. Sie ist das Endlose ohne Trost. Sie ist, dessen Ende man immer nur hofft: aber man weiß, es ist fern.

Unserer Lage fehlte etwas, was vor allem zur Wüste gehört: das Durchziehen der Weiten. Das fehlte, und doch kann man sagen, daß wir erfuhren, was Wüste eigentlich ist: die wir gefesselt waren an ihre Trostlosigkeit. Die wir nicht nur vorübergehend dort waren wie zum Versuch ihrer Menschenverachtung, sondern, wie uns vorkam, auf endlose Zeit. Monate, Jahre hindurch lebten wir auf einem winzigen Stück des unabsehbaren Sands. Die Sinnlosigkeit, deren Urbild die Wüste selbst ist, war mit der Sinnlosigkeit, daß wir darin nur ein winziges überfülltes Viereck besaßen, multipliziert.

Der Sand war bald unser Element. Keine Farben hatte die Welt, und die Erde roch nicht. Es wuchs nichts, kein Baum und kein Halm. Nur Sand, Sand und Sand. In weiter Ferne zog ein Kanal vorbei, aus dem wir unser Wasser bekamen –: es war der von Tumilad, wie ich jetzt weiß; er läuft vom Nil quer durch die arabische Wüste, schon Herodot spricht von ihm. Zuweilen sah man am Horizont ein Segel erscheinungshaft durch den Wüstensand ziehen.

Wir lebten in einem Neutrum von Landschaft, in einem Garnichts. Da war nichts, was besonders erquickend gewesen wäre und nichts, was besonders beleidigend war: außer der Zumutung, dort seine Tage verbringen zu müssen.

Es war ein Dasein im Leeren. Anfangs war das eine heftige Qual. Wenn der Tag begann, war man von Ekel erfüllt. Mit der Zeit aber, freilich nach vielen Monaten erst, vollzog sich ein Wandel. Die Unruhe fiel ab. Die Unruhe erlosch, die einen sonst dazu antreibt, den Ort zu wechseln oder doch sich zu sehnen, daß man da und dort und wieder woanders und in veränderten Verhältnissen sei. Abgesehen vom alles untermalenden Schmerz, der sich auf die Heimat bezog – dem Kummer, der von je das Gefühl war, mit dem man Deutschland bedachte –, abgesehen davon war keine Unrast mehr da. Kein Wunsch mehr, sich zu verändern. Kein Wunsch, zu erleben. Kein Wunsch, neue Menschen zu sehen.

Dagegen entwickelte sich ein anderer Sinn. Er befähigte einen, zu sein, wo man wollte. Die Einbildung war deutlich wie die Realität. Die Wirklichkeit hätte nichts mehr dazu zu schenken vermocht. Man besaß alles, was in der Ferne und in der Erinnerung war, man besaß es reiner, abgezogener und vom Zufall des Momentanen befreit. Das Dasein in der Wüste war nichts. Aber in dieses Nichts stürzten Bilder hinein.

Man lebte wie auf einem anderen Stern. Wir sahen das Irdische, wie man es von einem Mond aus wahrscheinlich sähe: aus dem Dunkel des Weltraums erhellt, wie im dunkeln Theater die Bühne. Was man auf diese Art sah, war deutlich, aber es war nur noch theatralischer Schein. Theatrum mundi: nicht weniger schrecklich, weil es nicht mehr so wirklich war, aber an Geltung hatte es mächtig verloren. Es war nur noch des Schönen und Schrecklichen verdichteter Schein.

Wenn man Stille zum Leben so notwendig hat wie der Weber das Garn und der Töpfer den Ton, war man nicht gut daran. Lärm aller Art war das Element, in das man ganz eingetaucht war, bösartiger Lärm, der aus der Langenweile der anderen kam, was quälender ist als Geräusche, die aus Beschäftigung kommen. Die Mehrzahl der Menschen nimmt an, leben bedeute, sich vernehmlich zu machen: als gelte es, unaufhörlich den Tod durch Lärm zu vertreiben. Viele wußten sich den ganzen Tag nichts anderes als Singen und Pfeifen, oder sie waren mit Kartenspielen beschäftigt; dann war ein gewisser Takt im Geräusch und die bekannten Worte, die das Skatgespräch bilden, das mit dem, was Menschen sonst sprechen, wenig Ähnlichkeit hat.

Ich schrieb. Nach der abgefallenen Last des Kriegs schrieb ich weit Zurückliegendes auf, vom ersten Tag an. Während die andern der Hitze, den Fliegen, der Enge und andern ägyptischen Plagen mehr Aufmerksamkeit schenkten, genoß ich den Vorteil, daß ein Schreibender nichts braucht als Stift und Papier, um Zeit und Raum so entrückt zu sein wie es ein Träumender ist. Meine größte Sorge in jenen Tagen war die, daß mir die Minen für meinen Drehbleistift ausgehen könnten; ich überlegte, daß ich gegen dieses und jenes Stück meiner Habe solche Stifte werde eintauschen müssen.

Ich hatte mein Gepäck klein halten müssen und es mit genauer Überlegung gepackt. Da ich wußte, was schlaflose Nächte mit surrenden Mücken bedeuten, führte ich ein Moskitonetz mit. Unter dem lag ich nun tags; es gab mir die Illusion, in einem winzigen eigenen Raume zu sein, und hielt mir die Fliegenwolken vom Leib. So schrieb ich und zog Gewinn aus dieser merkwürdigen Lage, die mich aller Pflichten enthob und wie eine Art schmerzlosen Krankenbetts war, mit Vorzügen für Lesen und Schreiben. Langeweile hatte ich nicht, das Schreiben ist eine erstaunliche Zeitverzehrung.

Auch zu lesen hatte ich noch. Ich hatte nur wenige Bücher mitnehmen können und solche gewählt, von denen ich wußte, ich werde sie niemals ausschöpfen. Der ›Titan‹ war darunter. Die zwei kleinen Bände trug ich als eine Art Talisman während des ganzen Krieges bei mir, und ein wunderlicher Glaube verband sich damit: so lange ich von den Stoffen dieser Dichtung durchdrungen war, war ich sicher, gefeit gegen ein Schicksal zu sein, das diesem tapferen Holden ganz feindselig war.

Thomas Mann
Die Entstehung des Doktor Faustus
Roman eines Romans

(...) Gerade hatte ich Kapitel XXVII mit Adrians Fahrt in die Meerestiefen und ins »Gestirn« (frei nach dem Volksbuch) abgeschlossen, als sich »der erste Angriff auf Japan mit Bomben, in denen die Kräfte des gesprengten Uran-Atoms wirksam«, ereignete, und wenige Tage nach der Heimsuchung Hiroshimas mit kosmischen Gewalten, an deren Dienstbarmachung zum Zweck unerhörter Zerstörung Tausende von Menschen, in geheimnisvoller Arbeitsteilung, mit einem Kostenaufwand von zwei Milliarden Dollars gewirkt und gewerkt hatten, wurde Nagasaki von demselben Schicksal ereilt. Es war eine politische Exploitierung des »Inneren der Natur«, in das, wie der Dichter meinte, dem »erschaffenen Geist« nicht zu dringen bestimmt war, – eine politische, weil die Anwendung der unheimlichen »Waffe« für den Sieg über Japan keineswegs mehr nötig war. Sie war nur nötig, um der Teilnahme Rußlands an diesem Siege zuvorzukommen, – ein Motiv, das selbst dem Vatikan nicht zu genügen schien, da er Sorge und religiöse Mißbilligung äußerte. Die Skrupel des Heiligen Vaters wurden von vielen, und auch von mir, geteilt. Aber ein Glück war es ja, daß Amerika das Rennen gegen die nazideutsche Physik gewonnen hatte.

Auf jeden Fall war noch vor Mitte August die bedingungslose Kapitulation Japans und damit, nur sechs Tage nach der russischen Kriegserklärung an das Inselreich, das Ende des ›Zweiten Weltkrieges‹ zu verzeichnen. In Wahrheit endete nichts, sondern ein unaufhaltsamer Prozeß gesellschaftlich-ökonomisch-kultureller Weltveränderung, der vor einem Menschenalter begonnen hatte, rollte abenteuerträchtig ohne wirkliche Unterbrechung weiter. Während die Weltgeschichte mit Volksjubel und Fahnen heraus! eines ihrer blinden Feste beging, hatte ich meine kleinen Privatsorgen und -mühen, die in die Sorgen und Mühen um den Roman ablenkend hineinspielten. Das Office of War Information hatte einen an mich gerichteten Offenen Brief des deutschen Schriftstellers W. von Molo mitgeteilt, ein Dokument, erschienen zu Anfang des Monats in dem Blatte ›Hessische Post‹ und dem Inhalt nach eine dringende Aufforderung, nach Deutschland zurückzukehren und meinen Wohnsitz wieder unter dem Volk zu nehmen, dem meine Existenz längst so anstößig gewesen war und das gegen die Behandlung, die ich von seinen Machthabern erfahren, nicht das geringste zu erinnern gehabt hatte. »Kommen Sie als ein guter Arzt...« Es lautete mir recht falsch, und das Tagebuch sucht die unvernünftige Störung durch ein stehendes »Schrieb am Kapitel« beiseite zu schieben. Es gab andere Abrufe. Liesl Frank, in ihrer rührend zügellosen Trauer um den verlorenen Gatten, in ihrem Wunsch, seinem Andenken Feste zu bereiten, plante nicht nur für später eine große öffentliche Trauerfeier, sondern wollte auch, daß vorher eine intimere Veranstaltung dieses Sinnes bei uns ins Werk gesetzt werde. So luden wir denn etwa zwanzig Personen, Feuchtwangers darunter und Bruno Walter, in unseren ›living-room‹ zusammen, denen ich von meinem Lesetischchen aus sagte, daß dies keine Stunde der Kopfhängerei, sondern der Freude an der glänzenden Lebensspur des abgeschiedenen Freundes sei. Vor mir saß, Hand in Hand mit meiner Frau, in ihrem schwarzen Kleid die begierig Trauernde und genoß es unter Tränen, daß ich den Gästen Franks reizende Geschichte ›Die Monduhr‹, dann ausgewählte Gedichte von ihm, dann Altersverse von Fontane las, die wir in ihrer kunstvollen Saloppheit immer zusammen geliebt und einander oft auswendig vorgesagt hatten. Recht angemessen waren solche Anstrengungen meiner körperlichen Verfassung eigentlich nicht. Aber wer verweigert gern seine Lebenskraft einem lieben Toten!

Der Sommer war ungewöhnlich schön, strahlend ohne Hitze, wie man ihn nur hier genießt, von der Ozean-Brise Tag für Tag erfrischend durchweht. Ich machte Kapitel XXVIII (die Verwirrungen des Barons von Riedesel) in bloßen zehn Tagen fertig und begann das folgende, die Ehe der Ines mit Helmut Institoris, zu erzählen, – in dem leicht apprehensiven Bewußtsein, daß ich um eine Antwort, und zwar eine leidlich gründliche, an den von Molo, oder eigentlich an Deutschland, nicht herumkommen würde. Ein Abend bei Adorno führte mich wieder mit Hanns Eisler zusammen, und es gab eine Menge stimulierend ›zugehörigen‹ Gesprächs: über das schlechte Gewissen der homophonen Musik vor dem Kontrapunkt, über Bach, den »Harmoniker« (als welchen ihn Goethe bestimmt hatte), über Beethovens Polyphonie, die nicht natürlich und »schlechter« sei als die Mozarts. – Musik gab es auch in dem Haus einer gastfreien Mrs. Wells in Beverly Hills, wo der glänzend begabte Pianist Jakob Gimbel (vom nicht zu schlagenden und immer nachwachsenden ostjüdischen Virtuosentyp) Beethoven und Chopin spielte. – Und wieder einmal fanden die Kinder und Großkinder aus San Francisco sich bei uns ein: »Wiedersehen mit Frido, entzückt ... Morgens mit Frido. Lachte Tränen über seine Reden und war zerstreut. Schrieb aber dann am Kapitel und bin doch neugierig.« – Am Abend des 26. August, einem Sonntag, hatten wir Gäste bei uns und Kammermusik: Vandenburg spielte mit amerikanischen Freunden Trios von Schubert, Mozart und Beethoven. Da nahm meine Frau mich beiseite und sagte mir, Werfel sei tot. Lotte Walter hatte telephoniert. Gegen Abend war er in seinem Arbeitszimmer, eben fertig mit der Revision der Ausgabe letzter Hand seiner Gedichte, auf dem Wege vom Schreibtisch zur Tür, ein wenig Blut im Mundwinkel, entseelt zusammengebrochen. Wir ließen unser kleines Fest zu Ende gehen, ohne die Nachricht laut werden zu lassen, und saßen nach Weggang der Gäste lang in bewegtem Gespräch beisammen. Am nächsten Morgen waren wir bei Alma. Es waren dort Arlts, Neumanns, Mme. Massary, Walters und andere. Liesl Frank fuhr vor, als wir ankamen. »Ein gutes Jahr, was meint ihr?« sagte sie bitter. – Eine leichte Kränkung durch den Abbruch, den dieser Tod ihrem eigenen Leide tat, war ihr wohl anzumerken. Und liegt denn nicht wirklich im Künstlertode, in der Verewigung, dem Eintritt in die Unsterblichkeit etwas Apotheotisches, das der liebend Verbleibende nicht durch Parallelfälle konkurrenziert zu sehen wünscht?

Ich hatte fern sein müssen bei Franks Bestattungsfeier; derjenigen Werfels, am 29., wohnten wir bei. Sie geschah in der Kapelle der Begräbnisgesellschaft von Beverly Hills. Die Blumenpracht war groß, und zahlreich die Trauerversammlung, die viele Musiker und Schriftsteller einschloß. Die Witwe, Mahlers Witwe und nun die Werfels, war nicht zugegen. »Ich bin nie dabei«, hatte die großartige Frau gesagt, – ein Ausspruch, der mir in seiner Echtheit so komisch naheging, daß ich nicht wußte, ob es Lachen oder Schluchzen war, was mir vorm Sarge die Brust erschütterte. Lotte Lehmann sang im Nebenraum zu Walters Begleitung. Die Gedenkrede des Abbé Moenius verzögerte sich lange beim immer verlegener werdenden Präludieren der Orgel, da Alma im letzten Augenblick das Manuskript zu energischer Nachprüfung eingefordert hatte. Moenius sprach nicht als Vertreter der Kirche, sondern als Freund des Werfel'schen Hauses, aber seine Rede, mit Dante-Zitaten anstelle der Bibelworte geschmückt, hatte alle Merkmale katholischer Kultur. Die Veranstaltung als Bild, als Gedanke, erschütterte mich fast über Gebühr, und im Freien nachher, bei der Begrüßung mit Freunden und Bekannten, las ich in ihren Mienen das Erschrecken über mein Aussehen.

»Lange gearbeitet« lautet die Notiz des nächsten Tages. Gemeint war der Roman, aber die Antwort nach Deutschland, der Brief an den interpellierenden Schriftsteller, war nicht länger zurückzustellen, und wenn ich mich mit einigem Seufzen daranmachte, so drängte doch, wie damals, als ich aus Zürich an die Bonner Fakultät schrieb, vieles zur Sprache, was hier Gelegenheit hatte, eine haltbar dokumentarische Form anzunehmen. Beschämenderweise brauchte ich nicht weniger als acht Tage zur Fertigstellung der Replik; denn obgleich ich sie am fünften schon abschloß, erwies eine kontrollierende Vorlesung die Notwendigkeit, den Schluß, eigentlich die zweite Hälfte, umzuschreiben; ein Tag noch galt »geniertem Herumexperimentieren«, ein weiterer neuem Abschließen, und an wieder einem heißt es: »Tatsächlich noch einmal.« Dann war es denn doch getan, – in humanem Geist, wie mir schien, einem Geist der Versöhnlichkeit und tröstlicher Haupterhebung zum Schluß, wie ich mich bereden wollte, obgleich ich mir hätte vorhersagen können, daß man drüben ›von allem nur das Nein‹ vernehmen werde, – und das Schriftstück ging ab nach Deutschland, an den New Yorker ›Aufbau‹ und an das OWI.

»Das laufende Kapitel nachgelesen. Endlich an diesem weiter.« Ein altes Buch war mir damals zugekommen: ›Die Sage vom Faust. Volksbücher, Volksbühne, Puppenspiele, Höllenzwang und Zauberbücher‹ von J. Scheible, Stuttgart 1847, Verlag des Herausgebers. Es ist eine dickleibige Anthologie aller vorkommenden Formungen des populären Stoffes und der erdenklichsten Betrachtungen darüber, mit Einschluß etwa des Aufsatzes von Görres über die Zaubersage, den Geisterbann, den Bund mit dem Bösen aus seiner ›Christlichen Mystik‹ und eines sehr merkwürdigen Stückes aus dem 1836 erschienenen Werk ›Über Calderons Tragödie vom wundertätigen Magus. Ein Beitrag zum Verständnis der Faustischen Fabel‹ von Dr. Karl Rosenkranz, worin folgende Äußerung aus Franz Baaders Vorlesungen über religiöse Philosophie zitiert wird: »Der wahre Teufel muß die äußerste Erkältung seyn. Er muß ... die höchste Genügsamkeit in sich selbst, die extreme Gleichgültigkeit, sich selbst genießende Verneinung seyn. Es ist nicht zu leugnen, daß eine solche Erstarrung der leeren Selbstgewißheit, welche allen Inhalt außer diesem Sich-Haben von sich ausschließt, die vollendete Nullität ist, der alles Leben mit Ausnahme der stechendsten Egoität entwichen ist. Aber eben durch dies Eisige würde die Darstellung des Teuflischen in der Poesie unmöglich gemacht. Hier kann nicht eine Entblößung von allem Pathos eintreten, sondern ist zum Handeln ein Interesse des Satans nothwendig, dessen Äußerung eben als Ironie über die Wirklichkeit erscheint ...«

Das sprach mich nicht wenig an, und überhaupt las ich viel in dem alten Pappband. Außerdem beschäftigte Adalbert Stifter mich wieder einmal aufs angelegentlichste. Ich las seinen ›Hagestolz‹ wieder, den ›Abdias‹, den ›Kalkstein‹, den ich »unbeschreiblich eigenartig und von stiller Gewagtheit« fand, und solche erstaunlichen Dinge wie den Hagelschlag und die Feuersbrunst in der ›Geschichte vom braunen Mädchen‹. Man hat oft den Gegensatz hervorgekehrt zwischen Stifters blutig-selbstmörderischem Ende und der edlen Sanftmut seines Dichtertums. Seltener ist beobachtet worden, daß hinter der stillen, innigen Genauigkeit gerade seiner Naturbetrachtung eine Neigung zum Exzessiven, Elementar-Katastrophalen, Pathologischen wirksam ist, wie sie etwa in der unvergeßlichen Schilderung des gewaltigen Dauer-Schneefalls im Bayerischen Wald, in der berühmten Dürre im ›Heidedorf‹ und in den vorhin genannten Stücken beängstigend zum Ausdruck kommt. Auch die Gewitter-Verwandtschaft des Mädchens im ›Abdias‹, ihre Anzüglichkeit für den Blitz, gehört in diesen unheimlichen Bereich.

Wo fände man dergleichen bei Gottfried Keller? – an dessen Humoristik eine Geschichte wie ›Der Waldsteig‹ doch auch wieder so auffallend anklingt. Stifter ist einer der merkwürdigsten, hintergründigsten, heimlich kühnsten und wunderlich packendsten Erzähler der Weltliteratur, kritisch viel zu wenig ergründet. –

Damals also nahm ich mir die robuste Sudelei eines C. Barth in der New Yorker ›Neuen Deutschen Volkszeitung‹ recht wie ein Tor zu Herzen, und gleichzeitig ging über das OWI ein schiefer und aufreizender Artikel von Frank Thiess aus der ›Münchener Zeitung‹ ein, jenes Dokument, worin eine Körperschaft, genannt ›Innere Emigration‹, sich mit vieler Anmaßung etablierte: die Gemeinde der Intellektuellen, die »Deutschland die Treue gehalten«, es »nicht im Unglück im Stich gelassen«, seinem Schicksal nicht »aus den bequemen Logen des Auslandes zugesehen«, sondern es redlich geteilt hatten. Sie hätten es redlich geteilt, auch wenn Hitler gesiegt hätte. Nun war über den Ofenhockern der Ofen zusammengebrochen, und sie rechneten es sich zu großem Verdienste an, ergingen sich in Beleidigungen gegen die, welche sich den Wind der Fremde hatten um die Nase wehen lassen und deren Teil so vielfach Elend und Untergang gewesen war. Dabei wurde Thiess in Deutschland selbst durch die Veröffentlichung eines Interviews aus dem Jahre 33, worin er sich begeistert zu Hitler bekannt, aufs schwerste bloßgestellt, so daß die Truppe ihr Haupt verlor. Illiterate Schimpfereien gegen mich persönlich in deutsch-amerikanischen Winkelblättern setzten meinen Nerven zu. Heimgekehrte Emigranten schrieben gegen mich in der deutschen Presse. »Die Angriffe, Falschheiten, Dummheiten«, gesteht das Tagebuch, »ermüden mich wie schwere Arbeit.«

HANS HENNY JAHNN
Fluß ohne Ufer

Brief Gustav Anias Horns an seine verstorbene Mutter

Meine liebe Mutter, soeben hat mich die Nachricht erreicht, daß du gestorben bist. Nun ist es töricht, dir diesen Brief zu schreiben, den ich so lange erwogen und immer wieder verworfen habe. Die Worte hätten dich längst auf die eine oder andere Weise erreichen müssen; aber sie sind nicht geschrieben worden, und so gibt es keine Gewißheit über ihren Abgang und ihren Empfang. Ich habe dich geliebt, aber ich habe es niemals zeigen können. Ich bin dir ein schlechter Sohn gewesen; doch ich fühle mich nicht eigentlich schuldig. Meine liebe Mutter, ich glaube, du hast es nicht richtig abgeschätzt, wie schwer es ist, Sohn zu sein. Man erwartet sich etwas von den Söhnen. Man erwartet sich von ihnen, daß sie die Mädchen lieben und aus den Eltern Großeltern machen. Das ist, so meint man, außerordentlich leicht und ebenso natürlich. Ich erkenne an, ich sehe, es ist das Allgemeine. Und doch, je mehr ich das Natürliche bestaune, desto schwerer erscheint es mir. Es scheint mir, auch all die anderen Söhne, denen man nichts vorwirft, haben einen schweren Weg. Denn sie wissen ja nicht, so wenig wie ich es wußte, was die Liebe ist. Man nimmt an, sobald wir ein sichtbar reifes Alter erreicht haben, daß wir es wissen müßten; aber wir wissen es nicht. Die Vogelmännchen, die Stiere und Hengste wissen es; es ist ihnen leichter gemacht als uns Menschen, denn sie grübeln nicht. Wir – zum wenigsten ich, dein Sohn, blieb sehr unwissend, trotz seines Wissensdurstes. – Fürchte nicht, daß ich dich bezichtigen wollte, du wärest mir nicht an die Hand gegangen, oder du hättest mich gründlicher belehren sollen. Nein, Mutter, ich weiß, daß man Söhne nicht belehren soll noch kann; man soll sie beschützen. Es gibt sehr rohe, recht allgemeine Gefahren für sie; darauf soll man sie aufmerksam machen. Und das hast du nicht versäumt. Du hast es auf deine Weise getan, mit Vorurteilen, mit dem geringen Maß deiner Erfahrung. Du konntest nicht wissen, daß das Schicksal mir etwas Ungewöhnliches zuteilen würde, ein recht schweres Leben zu lernen – und daß es Alfred Tutein sein sollte, den ich lieben lernen mußte –, den Sohn einer anderen Mutter.

Du schlägst die Hände vors Angesicht (du tust es nicht mehr). Du denkst, es sei das Unnatürliche, das Frevelhafte, und ich hätte Gott und meine Eltern enttäuscht. Ich will versuchen, mich vor dir zu rechtfertigen. (Nicht vor Gott, an den ich nur auf meine Weise glaube, und glaubte ich ihn, wie es die anderen tun, so müßte ich in ihm den Urheber meines Schicksals vermuten und wäre von aller Verteidigung befreit. Auch nicht vor den Menschen, denn sie haben ihr Urteil über mich.)

Als ich noch nicht dein Sohn war, sondern nur dein Kind, das kleinere oder größere (du weißt besser als ich selbst, was das für ein Wesen war, dein Kind), verlangte niemand von mir, daß ich die Mädchen lieben sollte. Man erwartete nur, daß ich meine Eltern, dich und den Vater, liebte – und allenfalls Walter (ich war, als er zu uns ins Haus kam, schon ein großes Kind) ein guter Kamerad wäre, ihm niemals Schaden zufügte, ihm hülfe und sogar, falls notwendig, seinetwegen löge. (Es wurde mir einmal erklärt, daß man um eines Kameraden willen die Wahrheit verschweigen und lügen dürfe. Ich habe diese Lehre behalten. Ich habe erfahren, daß sie mehr Weisheit enthält als die vielen schönen Sittengesetze, die ihr widersprechen. Ich danke Vater, daß er so mutig war, mir diese Lehre nicht zu verschweigen. Ich habe später oftmals kosten dürfen, wie süß die Lüge für einen anderen schmeckt. Freilich, Vater selbst hat unter meinem Verschweigen leiden müssen.) Man erwartet von einem Kinde die großen und später so natürlichen Dinge des Daseins nicht. Sieh, Mutter, wenn ich alt geworden bin, spätestens, wenn ich im Grabe liege, erwartet man sie nicht mehr. Nur eine kurze Spanne Zeit soll ich sein wie alle Söhne. Nur um diese Spanne handelt es sich, wenn ich mich zu rechtfertigen versuche. Als Kind fällt keine Anklage auf mich, als Toter bin ich freigesprochen.

Alfred Tutein erdrosselte meine Geliebte, und das war der Anlaß, daß ich in wechselvollen, bitteren und beschwingten Jahrzehnten lernen mußte, ihn zu lieben. Du meinst sicherlich, ich hätte dem entgehen oder ausweichen können. Hätte er ein anderes Mädchen ermordet, und wäre es vor meinen Augen gewesen, ich zweifle nicht, ich wäre ihm entgangen. Es scheint mir sehr selbstverständlich, daß ich niemals etwas mit ihm würde zu schaffen bekommen haben. Aber es war Ellena, um deren Hals sich seine Hände legten. Ich hatte nur die Wahl, ihn den Menschen, die nur wenig vom Verbrechen verstehen, auszuliefern oder den Versuch zu beginnen, ihn lieben zu lernen. Ich wählte (ich glaube, es wurde für mich gewählt) das Schwerere. Nach meiner Entscheidung habe ich mit wachsender Heftigkeit gefühlt, daß meines Wesens Anlage auf die Katastrophe, auf das Elend Alfred Tuteins gewartet hat, damit die Verwirrung meines Herzens erfüllt werde, wie es seit jeher vorgezeichnet war.

Ich habe Ellena ein wenig geliebt. Ich will diese Liebe nicht größer machen als sie war. Aber sie war eine Fülle sehr natürlicher und auch dich zufriedenstellender Regungen. Wochen- und monatelang habe ich neben ihr täglich ein oder zwei oder drei Stunden lang auf dem grünen Plüschsofa ihres kleinen Studierzimmers gesessen, während sie griechische Vokabeln lernte oder Verse skandierte. Ich habe ihre seidigen halblangen Haare um meine Finger gewickelt, habe ihren Hals gestreichelt und geküßt, habe ihre Brüste gedrückt. Du entsinnst dich solcher törichten und schönen Handlungen, die wir in bestimmten Jahren beginnen und nur schwer lassen können. Ich bin als blinder Passagier davongefahren, weil Ellena auf dem

Schiffe war und die Umstände es mir untragbar erscheinen ließen, von ihr getrennt zu sein. Aber sie wurde von mir, wenige Wochen später, durch den Mord getrennt. Ich war zu dieser Liebe befähigt, die du von mir als deinem Sohn erwartetest – und auch bereit dazu. Es war kein Fehler an mir, zum wenigsten kein sichtbarer. (Das Allergeheimste unserer Veranlagung und der außer uns liegenden Absichten erfahren wir immer nur spät und stückweis.) Mitten in meinem Anlauf zum natürlichen Dasein wurde ich angehalten. Es wurde mir gezeigt, daß das scheinbar so Folgerichtige und Gesetzmäßige nicht für jedermann gilt. An meiner Seite war plötzlich dieser Sohn einer anderen Mutter und erbat von mir eine Gnade; die Gnade, daß ich ihm den Mord verziehe und mich seiner annehme. Ich bekam den ganzen Menschen mit seinen Schrecknissen und seiner Anmut. Ich wußte anfangs gar nicht, daß ein Mensch gleichermaßen so viel und so wenig ist. Darum währte es so lange, ehe ich die Liebe lernte (denn was ich bis dahin gewußt, mußte ich wieder vergessen). Du darfst nicht glauben, daß ich unfähig geworden wäre, die Mädchen zu bedienen. Was die großen männlichen Tiere erfahren, es ist mir nicht vorenthalten worden. Du verstehst mich doch recht? Ich hätte dich, wie jeder andere, zur Großmutter machen können. Doch Ellena war tot, und hernach hatte ich diese Aufgabe, einen Menschen ganz und gar mit meinem Verstand, mit meiner Seele und meinen Sinnen zu durchdringen. Es war nicht nur schwer, es war auch berauschend und ekelhaft. Wir haben es einander nicht leicht gemacht. Man denkt an die Mädchen, man denkt immer wieder an sie; aber wenn man aufblickt, ist es der Sohn einer Mutter. Man lernt es nur allmählich, daß das Fleisch immer Fleisch ist und gar nicht verschieden vom anderen Fleisch. Doch man kann diese Lehre lernen. Und ich mußte sie lernen. Meine liebe Mutter, in dieser Schule habe ich andere Augen bekommen. Ich wußte am Ende, daß ich Ellena ein wenig geliebt habe. Und ein weiteres halbes Dutzend Mädchen habe ich ein wenig geliebt. Und viele Tiere habe ich ein wenig geliebt. Ich habe Bäume ein wenig geliebt, Steine und das Gestade des Meeres habe ich ein wenig geliebt. Ich habe Josquin und Mozart, Cabezon, Scheidt und Buxtehude ein wenig geliebt, ägyptische Tempel und grusische Kuppelbauten, romanische Kirchen habe ich ein wenig geliebt. Dann habe ich auch Alfred Tutein ein wenig geliebt – um eine Kleinigkeit mehr, bestimmt nur um eine Kleinigkeit mehr als die Mädchen, die Tiere, die Bäume, die Steine, die Musik, die Tempel, und dich, meine liebe Mutter. Diese Kleinigkeit war sehr winzig, und es sah oft so aus, als ob eine größere Kleinigkeit einem anderen zufallen sollte. (Und es war auch wohl so, daß sie einem Mädchen, einem Pferd, Mozart oder Josquin zufiel.) Das wußte Alfred Tutein, das wußten wir beide, und darum wandten wir uns gegen den einfachen Plan der Natur; darum schreckten wir vor der Ausschweifung nicht zurück. (Das Wort ist viel schwerer als die Sünde selbst; alles was wir Menschen tun, ist leichter als der Begriff oder die Beschreibung davon. Gestehe es mir nur, du selbst hast es geahnt, daß wir mit unserem Körper nicht viel ausrichten können, nicht einmal in der Sünde; daß es die Gedanken sind, in denen wir verworfen werden.) Wir taten ein Übriges, indem wir das Blut in unseren Adern zusammengossen und es mischten. Das brachte die Entscheidung. Meine liebe Mutter, so erhieltest du zwei halbe Söhne. Du verlorst mich endgültig; ich wurde unwiderruflich dein schlechter Sohn, der dich zwar nicht vergaß, der sich doch weigerte, dich wiederzusehen. Von dem anderen halben Sohne erfuhrst du nichts. Das ist gewiß eine schwere Kränkung; aber ich hätte nicht gewußt, wie ich es dir hätte begreiflich machen sollen. Wie hätte ich dir begreiflich machen sollen, daß er, mein halber Bruder, mein halber Geliebter, dieser Mörder, dieser Zerstörer meines natürlichen Lebens ein gleich guter oder gar besserer Mensch wie ich es bin, war? Wie hätte ich dir erklären können, daß die Natur viele Absichten hat und ihre Geschöpfe variiert wie das Schicksal die Spanne zwischen Geburt und Tod? Man hat dich dazu erzogen, zu glauben, daß das Leben etwas Einfaches sei. Wenn das Einfache nicht ausreicht, müsse das Falsche oder Schlechte oder gar Böse beginnen. Unser Schicksal, Tuteins und das meine, ist genau so diamantenhart und mit fleischigen Händen nicht abschabbar wie das aller anderen Menschen. Mit welchen Worten hätte ich es dir sagen können? Du hast also einen Vorwurf gegen mich. Aber ich habe auch einen gegen dich. Du liegst jetzt im Grabe und widersetzest dich der Natur nicht. Warum verlangst du, daß ich mich hätte widersetzen sollen? (Du verlangst es nicht mehr.) Du weißt jetzt, Widerstreben hilft nicht. Solange du lebtest, glaubtest du an den freien Willen und an die Möglichkeit des Widerstrebens. Darum konnte ich dir diesen Brief nicht schreiben. Nun ist unsere Anklage wider einander fast gleich. Du verdirbst, und ich lernte eine schwere Liebe. Vielleicht ist an dem Wort ein Fehler. Ich müßte es noch einfacher sagen können. Wir haben einander das getan, was nach Meinung der Menschen nur Gott zukommt: das ganze Leben, den ganzen Irrtum, das ganze Tun verziehen. Dich bitte ich um die gleiche Verzeihung für ihn und mich, weil du mich geliebt hast. (Auch das ist vorbei, ich weiß es wohl.) Als Kind hast du mich geliebt; in deinem Grabe sollst du mich auch als deinen erwachsenen Sohn lieben und ihn, den anderen, als deinen zweiten.

Wolf von Niebelschütz
Der blaue Kammerherr
Galanter Roman in vier Bänden

XX. Capitel

Ein volles Mal hatte der Mond seinen Lauf vollendet, und unablässig seit jenem Tage, da er untergegangen, um nie mehr über Myrrha zu scheinen, belagerte die Menge das Palais des Königs: schwarze Fluten Volkes, träge und stockig wie Brackwasser, standen rings auf der Hafenfreiheit, düstere Gruppen, deren Seelen sich duckten. Sie Alle wußten, daß sie sterben konnten, eh man es recht bedacht; daß es sie treffen würde in dieser oder jener Form. Ein Blick in den pechfarbenen Himmel, ein Blick auf den schwefligen Wolkensaum, den brandroten Feuerhut am Vulcan – und sie waren ermahnt, ihres Todes zu gedenken, mit dem sie nun schon eine hübsche Zeit lebten und doch nicht lange genug, um ihn nicht immer noch zu fürchten und zu hassen.

Plötzlich aber kam Bewegung in die Menge. »Die Prinzessin!« rief jemand, so gellend ekstatisch, als könne sie das Wunder bringen – und wie wenn die ganze Stadt nur auf diesen Ruf gewartet hätte, begann aus allen Häusern, allen Gassen und Ruinen ein brodelnder Haufe hervorzuquellen, dickflüssige Ströme Menschen wälzten sich über den Platz, man stolperte, schrie, raste mit dem Nachbarn um die Wette dahin, Einige fielen zu Boden, rafften sich wieder auf, irre Augen, hängende Zungen, der Atem flog, und wie Wellen schäumte es um die Sänfte, die auf den Schultern vierer athletischer Träger ihres Weges schwankte. Da sah man sie sitzen, die Zukunft, in ihren tiefblauen Polstern, aufrecht, schwermütig und abweisend saß sie in einem Coupé, das man gewöhnlich zu Condolenz-Besuchen benutzte, schwarz war ihr Kleid, schwarz die Samtnelke in dem sehr hellen Haar, und unruhig, bläulich, geisterhaft, tanzten die Flammen. Neugierig drängte man näher – ganz Myrrha sprach von den Irrlichtern –, aber kaum, daß eine Nase sich an das Fensterglas drückte, sprang ein dreifacher Cordon von Feuer aus dem Boden, mitten zwischen den Menschen, es versteinerte sie für Secunden, als blicke ein Basilisk sie an, dann winselndes Jaulen: »Es brennt!«, rücklings warf sich weichendes gegen flutendes Volk, ein wüster Strudel, Jeder fiel über Jeden her, und wieder zertrat und zertrampelte man Nachbarn, Brüder, Freunde – nur um Platz zu schaffen, nur um davonzukommen. »Rette uns!« schrie ein ausgemergeltes Mädchen, »Rette uns!« schrie es rings um die Sänfte, man hatte den Grund unter den Füßen verloren, das Ende der Welt stand bevor, da wollte man noch einmal an die Hoffnung sich klammern, säße sie auch noch so schwermütig, noch so einsam in ihrem schwarzen Coupé.

Die Prinzessin zog die Vorhänge zu.

Und überall, aus den Maulbeer-Pflanzungen, den Straßen der Vorstädte, aus den Parken und Lorbeer-Hainen, aus Häusern und unter Brücken hervor quoll neues Volk, schrie, tobte, gesticulierte, brauste und stampfte dem Zeus-Tempel entgegen. »Rette uns! Rette uns!« tobte man und ergoß sich, eine Sintflut von wimmelnden Lemuren, auf das Blachfeld.

Und dann erstarb jeder Laut.

Aus dem Krater des Vulcans, wallend, schoß eine steile Lohe empor, stülpte sich durch die Nachtwolke ins Firmament, und während aufblitzender Funkenfall neuerlich von der furchtbaren Heimsuchung eines Aschenregens kündete, griff der Himmel nach der Prinzessin Danae. Blendende Helle zuckte aus der Wetterbank, ein langer, weißgreller Strahl krachte in die Sänfte – Staub, Rauch, Entsetzen, und schon hagelte es glühende Lava. In dem Bersten des Donners knickten die Träger langsam ins Knie, noch im Sterben voll anerzogener Rücksicht, aus den Fenstern wehten brennend die Gardinen, und während das Coupé auseinander sank – säuberlich in Teilen, wie eine zerlegte Orange –, sah man die Prinzessin unverletzt stehen, totenblaß .. worauf sie, fast gleichgültig, durch den Steinregen auf den Tempel zu schritt.

Dort überreichte sie dem Standbilde des Zeus ein von gewichtigen Siegeln beschwertes Schreiben, hörte höflich zu, wie der Erzpriester, fünfzehn Minuten lang, es dem Gotte vorlas, und verneigte sich. Man sah es deutlich in der erleuchteten Halle, deren Türflügel offen geblieben waren: sie verneigte sich knapp und ceremoniös, wandte sich um, verließ das Heiligtum.

Auf den Stufen zwischen den marmornen Säulen hielt sie an. »Einen Wagen«, sagte sie. Zum ersten Male erklang dem Volk die Stimme seiner demnächstigen Herrscherin, befehlsgewohnt, reinlich und angenehm, wie man es von sechzehn Lenzen erwarten darf.

»Einen Wagen« – mehr sagte sie nicht. Und man gab den Auftrag weiter. Schneller als der schnellste Läufer setzte der Ruf über die Köpfe der Menschen hinweg; flügelschlagend von Gruppe zu Gruppe, flog er durch die Alleen und Vorstädte: »Einen Wagen für die Prinzessin«, brauste ins Schloß, in den Marstall, die Stallmeister eilten. Ja, man liebte sie, die Prinzessin, sie war die Rettung und die Zuversicht, und aufrecht stand sie im Untergang.

Eine Pause trat ein. Die Natur schwieg seit dem Blitzschlag mit ausgesprochener Andacht, aber es war klar, nicht lange würde dies dauern, nicht mehr würde es sein als ein kurzes Besinnen, denn die Stille, man fühlte es, braute neues Unheil. Vielleicht überdachte der Gott den Inhalt jenes Schreibens ..

Nun, wenn es sich derart verhielt, beim Zeus, so war er ein Schnelldenker, der Brief schien nicht von Pappe zu sein: ein Windstoß griff in die See, schmetterte sie hochauf gegen die Felsenküste, Gischt stäubte in Wolken über die Menge; der Vulcan spie einen puffenden Feuerstrom in den pechschwarzen Tag, flammenzüngige Lava rann kochend über den Abhang, tief unter der Erde grollte es von fürchterlichen Eruptionen, die ihren Ausgang nach oben suchten, unaufhörlich bebte es unter den Füßen der Menschen, die immer nur ihre zwei Worte zu schreien wußten: »Rette uns! Rette uns!«, über der Stadt waberten dicke Rauchpilze, und immer weiter fraß sich der Lavastrom hinab ins Land. Die Wälder begannen zu brennen.

Auf den Stufen des Tempels, ruhig und kühl, als stünde sie in ihrem Salon, schenkte die Prinzessin dem, was die Elemente ihr vortrugen, souverän gelangweilte Aufmerksamkeit. Auch das Schreien nach Rettung war ein Element; sie ließ es tosen. Mit dem Fächer spielend, zeigte sie, wie man Haltung bewahrt – oder wünschte sie das Überpersönliche ihrer Sendung auszudrücken, indem sie so erkältend der schaurig erhabenen Pracht-Beleuchtung beiwohnte?

Müßige Speculationen. Natürlich wartete sie auf den Wagen – weiter gar nichts. Und dann fuhr sie davon.

Es war eine offene, vierspännige Carrosse mit ausgesucht schönen Pferden, Rappen, die Bereiter in Scharlach und Weiß, taubengraue Polster, Heiducken auf den Rücksitzen. Man nahm den directen Weg, ein Wagnis, das der Stallmeister verantwortete. Wohl kamen ihm Bedenken, als er den Rauch sich aufwölben sah, aber es hatte schließlich an zu vielen Stellen gezündet, und auf dem Herweg, jedenfalls, war die Vorstadt passabel gewesen – hindurch also! carrière. Er saß erhöht schräg hinter der Prinzeß, blickte auf ihre illuminierten Locken und verwunderte sich nicht wenig über die Irrlichter, die rings um die Robe, teils auf dem Fußteppich, teils auf den Kissen, Platz fanden, ohne sich ungebührlich, nach Art von normalen Flammen, zu betragen. Hübsche Spielzeuge, man sollte den Kinderlein ihrer einige mitbringen. Man sollte – oh là! und er blickte auf Anderes. Die Rauchwand! Bisher blutig untermalt, lohte sie plötzlich wütend in grellem Cinnober, der Wind schlug um, eine steife Bö fegte die Straße herauf, ah! ah! die Pferde –

»Stallmeister«, bemerkte die Prinzessin, »die Pferde gehen durch.«

– »Zu Befehl, Königliche Hoheit, ich sah es auch schon, bitte um meine Bestrafung.«

»Seh Er lieber zu, wenden zu lassen, wenn es noch Zeit ist.«

– »Halten! wenden die Pferde!«

Zu spät. Die Carrière artete in regellose Flucht aus, an Halten war gar nicht zu denken, das Volk stob aus der Bahn, die nächste Biegung mußte Roß und Rad gegen die Mauern schmettern, oder man raste in ein feuriges Grab.

Da endlich gewannen die Bereiter noch einmal die Herrschaft zurück, eine despotische Herrschaft, die aller Vorschrift Hohn sprach, der Stallmeister litt – schreckliches Candaren-Gezerre – Aufbäumen, Hochreißen, Funkenstieben von sechzehn Hufen auf dem Pflaster, schon waren die Heiducken herab, sie hängten sich in die Trensen, ohne zu fragen danach, was sie taten, ein Etwas in ihnen tat es, die Pferde standen, nur für Secunden vielleicht, und in wilder Hast schirrte man aus, das Gespann trabte einzeln davon, feldherrngleich befehligte der Stallmeister den Rückzug, »Anfassen da! herum mit der Deichsel, Alles anfassen!«, aus den Türen huschten verstörte Einwohner, treppauf, treppab ging ein Gejage, Schleppen und Schleifen, aus allen Fenstern flog letztes Besitztum, Betten, Möbel, Ballen Wäsche, Gerätschaft, dummer Kram und sinnlose Andenken.

An die Prinzessin dachte niemand, man durfte von Glück sagen, wenn man sich selber ins Kühle brachte. Es war ja ein Gebirge von Rauch, ein Ocean von donnernden Flammen, sengend und glosend fuhr der Atem Vulcans herauf, tobte die Straßen entlang, prasselte durch Sparren und Gauben, hüpfte auf Gesimse, Balcone, Portale, der Rote Hahn stand über Myrrha und schlug mit den prächtigen Flügeln.

Die ganze Vorstadt brannte.

»Sehr brav gemacht!« sagte der Stallmeister, »sehr brave Garçons, man wird es zu lohnen wissen .. O je, die Polster! das hat ja üble Löcher gesetzt!« Dann aber, heißer noch als die rotglühende Wand vorhin, schoß ihm der Schreck durch die Seele, nein, daß er so kopflos gewesen! ihm war sie anvertraut! »Die Prinzessin! Wo habt Ihr die Prinzessin gelassen? Ausgestiegen? ja, wann denn, wo denn, das kostet mich Kopf und Charge!« – und keiner Gefahr achtend, saß er auf, zurück! dem brodelnden Chaos entgegen. Wenn sie umkam, wenn er den Wagen leer nach Myrrha fuhr .. nicht vorzustellen, was ihm da blühte.

Nun, er war ein mutiger Mann, doch nutzte ihm das wenig, der Rappe wünschte kein derartiges Abenteuer, man hatte schließlich seinen Stil als Kutschpferd, und der Stallmeister glitt aus den Bügeln. »Lauf! Drecksgaul ..« Mühsam kämpfte er sich voran in dem Qualm, der ihm die Tränen ins Auge trieb – Gott Lob und allen Heiligen: da vorne sah er sie stehen, die hohe Staats-Person, was wollte sie dort, in drei Teufels Namen? was tat sie? Buh: jetzt wurde es aber gräßlich, einen Augenblick mußte er anhalten. Er sah Menschen dort vorne, ach was! er *hörte* sie – wie sie schrieen! Schreie, daß Einem das Blut gefror – Menschen, lebende Fackeln, hingen über den Fensterbrüstungen – verkohlte Leichen, ganz zusammengeschnurrt, lagen vornüber im Schmutz und in der Gosse – auf den Treppen lagen sie, vor ihren Türen lagen sie, aus Dachstühlen wirbelten sie empor, Balken und Latten drehten sich, mit ihnen, brennend durch die Luft, die Luft sauste, heulte, und der Brandsturm, pfeifend, langte nach weiteren Opfern, Menschen, die hilfreich bemüht waren, zwei Kinder zu retten, ja, er langte nach ihnen, wie sie auch immer sich wehrten, sog sie in seine Lungen, am Boden hin, und sie wehten davon ..

Da wurde dem Stallmeister klar, was sie wollte, die schöne Dame, endlich begriff er: sie *wollte* umkommen, hier gab es nichts zu rätseln. Welche Vermessenheit! und ihn angehend, so änderte das keinen Deut an der Aussicht, daß er Amt und Brot verlor, wenn er sie nicht zurückbrachte.

In diesem Moment beugte sich die Prinzessin nieder, eine Person aufzuheben, die, ebenso starr wie sie, in das Feuermeer geblickt hatte, bevor sie lautlos zusammenstürzte. Inzwischen freilich bekam sie Leben: ein markerschütterndes, gellendes Kreischen »Meine Kinder!!« entrang sich ihr, »meine Kinder!« kreischte sie, schlug um sich, schluchzte, winselte »meine Kinder ..« Und die Königliche Prinzessin des Hauses Myrrha nahm die ziemlich gering gekleidete Frau so fest in die Arme, daß ihr der Stallmeister – er war nun keuchend heran – den gewaltigen Kraftaufwand ansah, den sie benötigte, dies zuckende Bündel Elend zu halten. »Königliche Hoheit« – er hustete. »Darf ich untertänigst bitten, ich bin ja selig, Königliche Hoheit gefunden zu haben.«

Es war übrigens weniger heiß hier, als angenommen. »Schon gut«, sagte sie. »Hat Er Angst gehabt um mich .. Helf Er mir jetzt die Frau zu meinem Wagen führen.« Und sie küßte nach Art der Souveräne – ein wenig abwesend, wie die Tradition es vorschrieb – die Wangen der völlig Erschöpften, wobei sie, die Ruinengasse entlang, auf den fernen Vulcan blickte.

Fern an den Flanken des Berges hielt der Lavastrom ein, die Lohe sank zusammen, es donnerte nicht mehr, die Asche hörte auf zu fallen.

Die Prinzessin wandte sich zum Gehen. Man hatte den Wagen sehr weit abgestellt, eine halbe englische Meile gewiß mußte sie durch die Trümmer steigen, und viel Volk begleitete sie – mit stummem zwar, doch bitterem Vorwurf. Ja, während sie darauf wartete, daß man die Pferde einschirrte, trat ein Verwundeter an sie heran, ohne sich zu verneigen oder sonst ein Zeichen von untertäniger Gesinnung, trat dicht heran und sagte: »Machen Sie ein Ende« – in einem Tonfall, der nicht zu dulden war –, »Sie sind uns das schuldig.«

Auf ihrer Stirn erschien eine scharfe Falte. »Gar nichts bin ich schuldig«, erwiderte sie beherrscht. »Ich leide so gut wie Ihr und habe ein reines Gewissen. Wo kein Verbrechen war, kann keine Sühne gefordert werden. Und selbst *wenn* ein Zusammenhang sich finden sollte zu meinem Leben: es gibt eine Grenze, hinter der das Nachgeben zur Feigheit wird. Möge das Volk nicht verlangen, daß seine Fürsten sich erniedrigen.«

Ach, aber dem Volke gelten Tapferkeit und Würde nichts, wenn es umkommen muß. »Wir wollen leben!« schrie eine zahnlose Greisin, »wir wollen leben!« schrie man im Chor und stampfte dazu mit den Füßen, man drängte näher an die Carrosse, und fester umschlossen unter dem Geheul der Menge die Bereiter ihre Peitschen.

Die Prinzessin bestieg den Wagen, einen offenen, vierspännigen Gala-Wagen, von dessen Polstern, taubengrau, ihre Heiducken inzwischen Steine und Asche fortgeräumt hatten, die vergoldeten Schläge fielen zu, während sich, oben an den Hängen des Kraters, feuriger Schlamm aufs Neue in Bewegung setzte – so langsam und müde, als bedaure ein enttäuschter Gott, daß er nun wieder zu den erprobten Mitteln seiner Macht greifen sollte. Eh bien, ihr Charakter war nicht darauf angelegt, zu bereuen, auch gehörte es zum Beruf des Fürsten, enttäuschen und verletzen zu müssen.

Sie gab das Zeichen zur Abfahrt.

Ein ausgehöhlter, von Kummer, Zorn und Haß flackernder Mann, offenbar aus niedrigsten Ständen, sprang auf das Trittbrett und schrie ihr, verzerrt vom Geiste des Aufruhrs, mitten in die Augen hinein: »Opfere dich, schöne Hure, das Sterben tut dir nicht weher als uns!« Die Heiducken rissen ihn herab, er wurde von den Rädern zermalmt und war tot.

Die Prinzessin ließ nicht anhalten.

HERMANN KASACK

Starnberger See

Schon auf die dunstenen Wasser
Fällt schwer die Abendhand.
Die fernen Glocken schwingen
Aus einem blauen Land.

Der See hebt seine Schale
Und greift den schlafenden Baum.
Die Linien der Erde verrinnen.
Die Berge sind nur noch Traum.

Verschneiter Park

Die Welt ist nur ein leichtes
Gerinnsel noch von Schnee.
Über die Hügel streicht es
Und fällt als weißer Klee.

Kein Vogelruf wird hörbar,
Der Wind löst keinen Ast.
Als wäre unzerstörbar
Die weiße Last.

Peter Gan
Bist Du fern …

Bist Du fern, gehörst Du mir wie nie.
Bist Du da, wie bist Du mir verloren!
O die sonderbare Travestie:
Wunsch als aller Gaben Gabe! Nie
hat die Gegenwart ein Glück geboren!

Bist Du fern, wie flehe ich die Zeit:
fortzueilen, Dich herbeizubringen!
Doppelt dann die Einsamkeit zu zweit!
Und doch flehe ich: »Verweile, Zeit!«
Aber Lieder leben vom Verklingen.

Hans Egon Holthusen
Liebesreim

Und wolltest du mein Schatten sein,
Mein Becher und mein Gulden,
Nie gehn wir ineinander ein:
Das wollen wir erdulden.

Es wirft uns eine große Hand
Wie Körner in die Winde,
Wir haben nicht Besitz noch Pfand,
O trauriges Gesinde!

So laß uns wie ein schöner Reim
Noch ein Weile brennen.
Dann fallen wir der Zeit anheim,
Bis wir uns nicht mehr kennen.

Karl Krolow
Katze im Sprung

Sie schlägt mit den Krallen den spitzen Mond,
Die fliegende Mondspur im Laub.
Durch Blumenwände, von Schreien bewohnt,
Fegt ihr Leib wie gewittriger Staub.

Luft schwankt wie Spinnweb, und flammig zuckt
Sie auf unterm federnden Sprung.
Wie den Lichtfleck, der sich im Graben duckt,
Zieht's sie mit in den lautlosen Schwung:

Schwebt der knisternde Balg, das elektrische Tier
Durch die Stille, die duftende Nacht,
Verteilt an die Schwärze, nicht dort und nicht hier,
Vom Fluge gewichtlos gemacht.

Fährt mit glimmenden Lichtern als Sternfackel hin,
Die im flatternden Äther brennt,
Wie die Windsbraut ins Leere, mit schwindendem Sinn,
Der den rasenden Absturz nicht kennt.

Heinz von Cramer
Crazy Boogie

Der eine oder andre liebt es, Frauen zu zerschneiden,
nicht anders, als verließe er ein Bett.
Er teilt sie säuberlich in Fleisch und Fett
und wickelt Kopf und Füße in verblaßte Seiden.

Vielleicht küßt er die Knie noch zum Scheiden,
bevor er sie in braune Koffer packt
und lächelnd zusieht, wie's im Fluß versackt
mit kleinen Kreisen unter starren Weiden.

Am nächsten Morgen schreien es die Rotationsmaschinen:
In braunen Koffern … einzeln eingepackt …
am Fluß gefunden … Frauenleiche … nackt …

Beim Frühstück lesen es, von müdem Licht beschienen,
die steuerzahlenden Ästheten – und
erinnern sich an einen marmornen Museumsfund.

GOTTFRIED BENN
Epilog 1949

1

Die trunkenen Fluten fallen –
die Stunde des sterbenden Blau
und der erblaßten Korallen
um die Insel von Palau.

Die trunkenen Fluten enden
als Fremdes, nicht dein, nicht mein,
sie lassen dir nichts in Händen
als der Bilder schweigendes Sein.

Die Fluten, die Flammen, die Fragen –
und dann auf Asche sehn:
»Leben ist Brückenschlagen
über Ströme, die vergehn.«

2

Ein breiter Graben aus Schweigen,
eine hohe Mauer aus Nacht
zieht um die Stuben, die Steigen,
wo du gewohnt, gewacht.
In Vor- und Nachgefühlen
hält noch die Strophe sich:
»Auf welchen schwarzen Stühlen
woben die Parzen dich,

aus wo gefüllten Krügen
erströmst du und verrinnst
auf den verzehrten Zügen
ein altes Traumgespinst.«

Bis sich die Reime schließen,
die sich der Vers erfand,
und Stein und Graben fließen
in das weite graue Land.

3

Ein Grab am Fjord, ein Kreuz am goldenen Tore,
ein Stein im Wald und zwei an einem See –:

ein ganzes Lied, ein Ruf im Chore:
»Die Himmel wechseln ihre Sterne – geh!«

Das du dir trugst, dies Bild, halb Wahn, halb Wende,
das trägt sich selbst, du mußt nicht bange sein
und Schmetterlinge, März bis Sommerende,
das wird noch lange sein.

Und sinkt der letzte Falter in die Tiefe,
die letzte Neige und das letzte Weh,
bleibt doch der große Chor, der weiterriefe:
die Himmel wechseln ihre Sterne – geh.

4

Es ist ein Garten, den ich manchmal sehe
östlich der Oder, wo die Ebenen weit,
ein Graben, eine Brücke und ich stehe
an Fliederbüschen, blau und rauschbereit.

Es ist ein Knabe, dem ich manchmal trauere,
der sich am See in Schilf und Wogen ließ,
noch strömte nicht der Fluß, vor dem ich schauere,
der erst wie Glück und dann Vergessen hieß.

Es ist ein Spruch, dem oftmals ich gesonnen,
der alles sagt, da er dir nichts verheißt –
ich habe ihn auch in dies Buch versponnen,
er stand auf einem Grab: »tu sais« – du weißt.

5

Die vielen Dinge, die du tief versiegelt
durch deine Tage trägst in dir allein,
die du auch in Gesprächen nie entriegelt,
in keinen Brief und Blick sie ließest ein,

die schweigenden, die guten und die bösen,
die so erlittenen, darin du gehst,
die kannst du erst in jener Sphäre lösen,
in der du stirbst und endend auferstehst.

HARALD POELCHAU
Die Todeszelle

Wenn der Tag der Hinrichtung feststand, wurde der zum Tode Verurteilte am Tage vorher oder auch schon einige Tage früher in eine Sonderzelle gelegt – in die Todeszelle. In Plötzensee und Brandenburg waren im Erdgeschoß besondere Zellen zu Todeszellen bestimmt und eingerichtet. Die Verlegung in diesen Gefängnisflügel und in eine dieser Zellen machte es dem Verurteilten schon vor der Verkündung des Urteils klar, daß seine Stunde geschlagen hatte.

Die Todeszellen im Gefängnis Plötzensee waren klein und kalt; kalt, weil man die Heizkörper herausgenommen und in die Innenwand eingebaut hatte. Das sollte den Anreiz zum Selbstmord nehmen. Ein solcher Versuch war schon vorgekommen, ein Gefangener hatte in seiner letzten Nacht vergeblich versucht, sich den Schädel am Heizkörper einzuschlagen. Nun spendete die eingebaute Heizung kaum noch Wärme.

Die Beleuchtung war schwach. Die Lampe war in dem Ventilationsloch über der Tür angebracht und erhellte den kleinen Raum nur dürftig. Die Schaltung erfolgte, wie immer in Gefängnissen, von außen. Das Licht mußte die ganze Nacht über brennen, damit man die »selbstmordgefährdeten« Gefangenen stets beobachten konnte. Bis zum letzten Augenblick war die Justiz ängstlich um die Lebenssicherheit ihrer Opfer bemüht.

Die Ablehnung des Gnadengesuches und den Beschluß des Gerichtes mit dem genauen Zeitpunkt der Urteilsvollstreckung erhielt der Verurteilte am letzten Abend oder sehr früh am Morgen des Todestags. Das geschah in offizieller Form durch einen Vertreter der Staatsanwaltschaft oder, bei militärisch Verurteilten, durch einen Militärbeamten im Offiziersrang. Der Vertreter des Gerichtsherrn blieb von der Verkündung an im Hause, um anwesend zu sein, falls irgendwelche Wiederaufnahmeanträge eingereicht würden.

Auch ich, als Geistlicher, war bei dieser Mitteilung meist zugegen. Von nun an durfte der Verurteilte keine Sekunde mehr allein gelassen werden. Er blieb unter der Aufsicht von zwei Wachleuten oder – was ich allmählich durchsetzen konnte – allein mit mir. Seine Hände wurden vorne gefesselt. Die Fesseln durften in der Regel nur beim Waschen, Anziehen und zum Essen abgenommen werden.

Als ein altes Gewohnheitsrecht des Delinquenten galt die Henkersmahlzeit. Der Gefangene hatte das Recht, sich noch einmal, das letztemal in seinem Leben, eine Speise nach seinem Geschmack auszuwählen. Allerdings wurde dieses Recht mit der Verknappung der Lebensmittel von Kriegsbeginn an immer mehr eingeschränkt und entfiel schließlich ganz. In den ersten Jahren gab es noch warmes Essen, auf Wunsch auch gebratenes Fleisch. Später erhielten die Insassen der Todeszelle nur noch Brot mit Wurst, zusätzlich zu der an jenem Tag gerade ausgegebenen Mahlzeit. Kaffee und Bier wurden geduldet, besonders in den Sommermonaten. Sogar zu rauchen gab es in Tegel und Plötzensee, mitunter auch in Brandenburg.

In diesem Zusammenhang möchte ich an einen stillen Mann erinnern, der die Kantine des Gefängnisses Plötzensee versorgte: Willi Kranz. Ich lernte ihn kennen, als er mich bat, ich möchte doch darauf achten, daß die Verurteilten auch wirklich die Brote und die Wurst bekämen, die er für sie zurechtgeschnitten hätte. Es bestand die Gefahr der Unterschlagung dieser »letzten« Nahrungsmittel, da es genug ungetreue Beamte – es waren manche SA-Leute als Hilfsbeamte angestellt – im Gefängnis gab. Vater Kranz wachte eifersüchtig darüber, daß nichts verlorenging, und er steckte den Verurteilten, sooft er konnte, unbemerkt Nahrungsmittel zu. Er war ein Mann, der wenig sprach und gern nur durch Gebärden andeutete, was er wollte. Er hat mir viel geholfen. Ein jüdisches Kind verbarg er ein Jahr bei sich. Einen Mann, dessen Eltern in Auschwitz ermordet wurden, verpflegte er lange Zeit heimlich. Und er tat das alles selbstlos. Sein Wirken erstreckte sich weit über Plötzensee hinaus. Es gelang ihm, Verbindungen bis in das Zuchthaus Brandenburg hinein anzuknüpfen. Durch seine Hilfe hatten wir in der größten Hungerzeit 1944 immer einen Vorrat von Lebensmitteln für die Gefangenen bereit. 1945 brannte ihm bei den Kämpfen sein gesamtes Warenlager ab, Tabak und andere Utensilien. Ich traf ihn erst im Juli 1945 wieder. Er war Altwarenhändler geworden; mit einem Handwagen fing er ganz von vorn an und klaubte sich das Papier in alten, leeren Kasernen und an anderen Orten zusammen …

Was geschah in den langen Stunden der letzten Nacht? Ich mußte mich vor allen Dingen um die Abschiedsbriefe kümmern. Primitive Menschen konnten sich oft in ihrer starken Aufregung nicht mehr geistig konzentrieren. Ich mußte daher häufig die Briefe diktieren. Selbstverständlich bemühte ich mich, das auszudrücken, was der Schreiber noch sagen wollte, aber nicht mehr sagen konnte. In Plötzensee durften die Fesseln beim Schreiben der Briefe entfernt werden. Auch Tinte und Feder waren gestattet. In Brandenburg dagegen durften die Briefe nur gefesselt und mit Bleistift geschrieben werden.

Die Anwesenheit der Gefängnisbeamten wurde von den Verurteilten verschieden aufgenommen. Diese Beamten waren keineswegs böswillig oder brutal. Es handelte sich meist um altgediente Unteroffiziere, die selbst erschüttert waren – besonders in den ersten Jahren, als es selten Todesurteile gab – und die nun ihre Nervosität auf den Gefangenen übertrugen. Sie pflegten, um ihre Unruhe zu betäuben, ununterbrochen, oft mit lauter Stimme, von ihren Kriegserlebnissen und anderen derben Abenteuern zu erzählen. Unter den wegen krimineller Vergehen Verurteilten beobachtete ich Leute, die gern auf einen derartigen Ton eingingen, die sogar bewußt mit Gesprächen sensationeller Art über die Nacht hinwegkommen wollten. Stumpfe oder Erschöpfte warfen sich wohl auch auf die Pritsche und schliefen einige Stunden, scheinbar ungerührt vom nahen Tod. Wir ließen sie schlafen, es war für sie der leichteste Weg.

Aber die mehr geistigen Menschen empfanden die Gegenwart der Beamten als lästig. Ich meine nicht nur gebildete, besonders differenzierte Gefangene, sondern auch Menschen einfacher Art. Sie wünschten, schweigen zu können und jemand gegenüber zu sitzen, der sie nicht ständig zur Unterhaltung zwang. Sie waren dankbar, wenn es mir gelang, die Beamten zu entfernen und die letzte Nacht mit ihnen allein zu verbringen.

Es gab Menschen, die kaum ein Wort sprachen und in tiefe Gedanken versanken. Es gab andere, die mir ihre persönlichsten Geheimnisse anvertrauten. Sie taten in diesen Stunden ihre Seele auf, ihren Reichtum an Liebe, Schmerz und Enttäuschungen. Sie ließen mich teilhaben an ihrem Lebensweg. Sie wußten, daß sie mir vertrauen durften. Hier lag meine wahre Aufgabe. Denn kaum jemand wird mit gleicher Verschwiegenheit und Offenheit die Beichte eines Menschen entgegennehmen wie ein Seelsorger. Mancher Gefangene fand in solchen Nachtstunden die Gelassenheit für den letzten Gang...

Wenn Todesurteile an Ehepaaren zur Vollstreckung kamen – und dies ist 1944 allein fünfzehnmal und 1943 vierzehnmal vorgekommen – wurde die Bitte der Eheleute, einander nochmals sehen zu dürfen, regelmäßig abgelehnt. Es blieb mir nichts anderes übrig, als Grüße und Briefe zu überbringen und auf diese Weise noch eine gewisse Verbindung herzustellen.

Auch der Wunsch des Verurteilten, nach Verkündung des Vollstreckungstermins seine Angehörigen vor dem Tode noch einmal sehen zu dürfen, verfiel der Ablehnung. Ich konnte das bis zu einem gewissen Grade verstehen. Schon der Verurteilte vermochte den unnatürlichen Zustand, den Augenblick seines Todes im voraus genau zu wissen, kaum zu ertragen. Die Angehörigen wären dem seelischen Druck in keinem Fall gewachsen gewesen. Anders lag es, wenn mir und der Anstaltsleitung der Zeitpunkt des Todes bereits bekannt war, dem Verurteilten aber noch nicht. In solchen Fällen habe ich mich bemüht, eine Begegnung zwischen ihm und den Seinen noch rasch zustande kommen zu lassen …

Die Nacht verging. Und wenn der Morgen in die Todeszelle graute, kam die Krise für den Gefangenen. Niemand wurde von ihr verschont. Gewöhnlich drang dann in das Schweigen oder in das halblaut geführte Gespräch plötzlich der Amselruf von draußen herein, ein Warnruf, weil auf dem Hof besonders viel gegangen wurde. Der Gefangene zuckte zusammen und fragte: »Wie spät ist es? Wieviel Zeit habe ich noch?« Ich mußte ihm dann die Armbanduhr zeigen. Ich hielt sie ihm vor die Augen. Worte nutzten nichts, denn jeder Gefangene glaubte, ich wolle ihn schonen.

Es galt nun, in den letzten zwei Stunden alle Kräfte zusammenzunehmen. Die beiden Beamten – wenn ich mich mit dem Gefangenen nicht allein befand – waren meist in der Morgendämmerung erschöpft und abgefallen. Die Abschiedsbriefe mußten um diese Zeit fertig geschrieben sein. Der Gefangene hatte nicht mehr die Nerven dazu. Ich versuchte noch, mit kleinen Mitteln zu helfen. Zigaretten wurden bis zuletzt gewünscht, ich hatte sie stets vorrätig, wenn die amtlich ausgegebenen Zigaretten längst verbraucht waren. Und dann hatte ich Wein von meinem Abendmahlswein zur Verfügung. Es war eigentümlich, wie gerade solche scheinbaren Nebensächlichkeiten die geistige und körperliche Haltung des Verurteilten strafften.

In den ersten Jahren, als Hinrichtungen noch nicht zum alltäglichen oder allnächtlichen Ereignis gehörten, nahm eine Vollstrekkung die Nachbarzellen, ja, das ganze Gefängnis seelisch stark in Anspruch. Es kam darauf an, in der Nacht möglichst leise zu sein, um die Genossen in den Nebenzellen nicht zu beunruhigen.

Man möge sich den riesigen Bau des Gefängnisses vorstellen, in dem sechshundert Menschen in halberleuchteten Zellen nachts schlafen sollen. Das hatte etwas Unheimliches und Triebhaftes, wie ein großes Tier, das im unruhigen Halbschlaf zusammengeduckt liegt. Es war nicht so, als herrsche dort Totenstille, sondern man spürte, wie hinter jeder dieser verriegelten Eisentüren ein Mensch mit aller Inbrunst um sein Leben und sein Recht rang.

Ich fühlte das fast körperlich, wenn ich in den Nächten einen Verurteilten zu betreuen hatte und durch die matt erleuchteten, hallenden, langen Korridore des Gefängnisses schritt.

ALBRECHT GOES
Unruhige Nacht

5

»Herr Pfarrer?«

»Jawohl.«

»Oberleutnant Ernst.«

»Guten Abend, Herr Ernst.« Ich empfand bei diesem Gruß das Wohltätige meiner Dienststellung, daß sie mir erlaubte, die meisten Einheitsführer zivilistisch anzureden. Man war nicht eigentlich eingestuft, rangierte aber doch ungefähr bei den Majoren und war ohnehin fast wie aus einer eigenen Welt. Für Hitler war die Feldseelsorge ein überflüssiges Anhängsel, oft war er drauf und dran, sie ganz abzuschaffen. So war die Einrichtung als solche bedeutungslos, aber jeder einzelne Träger des Amts konnte noch immer nicht wenig ausrichten.

»Ich bin Kompaniechef in einem Baubataillon, wir haben von der Oberfeldkommandantur den Auftrag bekommen, für morgen früh das Erschießungskommando, eins/zehn, zu stellen, ich selbst bin als Führer dieses Kommandos bestimmt.«

»Ein trübseliger Auftrag.«

»Ich vermute, wir haben uns beide nicht um unsren Dienst zu beneiden, Herr – Kollege.«

»Ach, Sie sind –«

»Ja, ich bin Pfarrer. In einem Dorf bei Soest. Ich – verzeihen Sie, Herr Bruder, aber dieser Auftrag geht über meine Kraft.«

Er hielt inne, und so gingen wir eine Weile schweigend unseres Wegs. Ich konnte das Gesicht des Mannes nicht erkennen, die Stimme nur kam auf mich zu, und sie ging mich an. Er konnte zwölf, vielleicht auch fünfzehn Jahre älter sein als ich, gehörte also noch zu der Generation, die am ersten Weltkrieg beteiligt war. Er hatte ein wenig Mühe, sich aufrecht zu halten. Nun blieb er stehen.

»Ich kann es nicht.«

Das klang so wie ein Schlußwort nach langem Streit, erschöpft und schwer.

»Das Ganze ist eine Schikane, eine bewußte Schikane von Major Kartuschke.«

»Hat der Major etwas gegen Sie?«

Oberleutnant Ernst kam noch einen halben Schritt näher, senkte die Stimme und antwortete: »Wir kennen uns, Kartuschke und ich. Wir kennen uns nicht einmal ganz flüchtig. Leider, muß ich sagen. Kartuschke war nämlich vor zweiundzwanzig Jahren, Anno zwanzig, einige Monate lang mein Hausgenosse und mein Vikar.«

»Ja, aber – um Gott, Kartuschke ist Theologe!«

Ich hatte vor Schrecken fast aufgeschrien.

»Nicht so laut, Herr Kollege, der Wind hat Ohren. Kartuschke *war* Theologe. Nur kurze Zeit – ein, zwei Jahre. Es war ein Mißverständnis, er selbst sah es nach kurzer Zeit so an. Er ist dann bald abgeschwenkt, ich glaube zu einer ganzen Anzahl von Berufen. Wir hatten ihn aus den Augen verloren. Da, Anno dreiunddreißig, als Hitler kam, kam auch Kartuschke wieder. Sie kennen das ja. Der Diener der Kirche geht, und der Kirchenspitzel kommt. Es war eine böse Zeit. Wir haben aufgeatmet, als zwei Jahre später bei der Wiedereinführung der Wehrpflicht Kartuschke endlich Gelegenheit fand, etwas zu werden. Er ist jetzt Major. Nun, von mir aus. Aber wie konnte ich denken, daß ich ihn einmal so treffen würde, daß ihm das Leben Gelegenheit geben sollte, mich zu quälen.«

Nach einer Pause fuhr er fort: »Ich habe noch heute nachmittag versucht, diesen Auftrag abzuschütteln. Kartuschke war nicht da, oder, wahrscheinlicher, er ließ sich verleugnen. Einen Fußfall tu ich nicht. Ach, ich kann mir denken, wie sehr es ihn freut, mir das antun zu können. Sehen Sie, Herr Bruder, ich habe Kinder. Haben Sie auch Kinder? Auch. Nun, dann verstehen Sie das ja. Ich kann es nicht.«

Wieder eine Pause.

»Sie sagen nichts?«

»Ich komme einfach noch nicht darüber hinweg, daß Kartuschke das gleiche Ordinationsgelübde –«

»Lieber Herr Bruder, entschuldigen Sie, wenn ich Sie unterbreche. Wir sollten Kartuschke beiseite lassen. Was tun *wir* denn? Morgen früh soll ich sagen: Gebt Feuer! Sie haben den Delinquenten schön zurechtgeknetet, und ich gebe ihm dann vollends den Rest. Wir essen Hitlers Brot und singen Hitlers Lied.«

»Sie bringen mich da in eine merkwürdige Lage. Oder nein: das Leben bringt mich in diese Lage. Ich soll Sie ermutigen, morgen früh zur Stelle zu sein. Ich soll Ihnen so etwas geben wie das gute

Gewissen zu Ihrem argen Dienst. Was soll ich Ihnen sagen? Soll ich sagen: wenn Sie, Bruder Ernst, es *nicht* tun, so hilft das dem Baranowski keinen Deut; der muß doch dran glauben, und Sie kostet's das Offizierspatent oder mehr. Dürfen Sie das wollen? Im Effekt hieße das: ein menschlicher Offizier weniger in diesem düstren Krieg und ein unmenschlicher mehr; denn Ersatz, das wissen Sie ja, Ersatz ist gleich gestellt, er ist billig wie Zuckerrüben. Oder soll ich Sie an einen gewissen Martin Luther erinnern, der schon vor vierhundert Jahren gefragt hat: ›ob Kriegsleute auch in seligem Stand sein können‹, und geantwortet hat: ›Ja‹?«

»Nun ja; Böses tun, um Böseres zu verhüten: ist es diese Melodie? Das Amt des Schwertes als das Amt der Ordnung. Aber was für eine Ordnung halten wir denn aufrecht mit unsrem Krieg? Die Ordnung der Friedhöfe. Und den letzten Friedhof, den größten dann, den belegen wir selbst. Und wenn wir je doch übrigbleiben sollten, dann wird man uns fragen: was habt ihr getan? Und dann werden wir alle daherkommen und sagen: wir, wir tragen keine Verantwortung, wir haben nur getan, was uns befohlen wurde. Ich sehe es schon im Geist, Herr Bruder, das ganze Heer der Beteuerer, die Händewäscher der Unschuld. Da muß ein Handtuch her, groß wie ein Leichentuch, für so viel Hände. Aber nein, ganz im Ernst. Das wollte ich Sie fragen: haben wir denn nun irgend etwas voraus vor Kartuschke und seinesgleichen, sind wir nicht noch verdorbener, weil wir wissen, was wir tun?«

Wir waren über den Munizipalplatz weg in eine Anlage gekommen und hatten ein paarmal das Rondell umgangen. Ernst blieb von Zeit zu Zeit stehen und beugte sich vor, wie als müsse man im Duft der Oktobernacht, dem wohligen Duft von feuchtem Wind, sich an das einzig Wirkliche, Beständige und Gute halten, was einem hier geblieben war. Plötzlich schien er sich noch eines anderen zu erinnern und fragte mich: »Haben Sie ein Verhältnis zur Musik?«

»Ja, ein starkes.«

»Sie lieben den Fidelio?«

»Und wie ich ihn liebe! Ich kann keinen Gang in meine Gefängnisse tun, ohne daß mich das trifft: – ›den Atem frei zu heben‹.«

»Ja, und nun sehen Sie: Deutschland und Fidelio, Deutschland 1942!«

»Lieber Herr, der Fidelio gehört keinem Volk. Er gehörte auch den Wiener Trafikbesitzern von Anno dazumal nicht zu eigen. Der Fidelio gehört dem ewigen Geist, und der ist ein Fremdling auf dieser Erde.«

»Nun ja – aber es ist doch so: wir haben diese Musik, *diese* Musik im Ohr, und dann gehen wir hin und tun die berühmte Pflicht und Schuldigkeit. Sie geben das Plätzchen der trostreichen Worte und ich dann, nicht ganz so zuckerig, die trostreichen Kugeln.«

»Bruder Ernst, ich gehe morgen früh um vier zu Baranowski in die Zelle und bringe ihm kein Plätzchen, sondern, wenn es sich so gibt, Christi Brot und Wein, und Sie wissen, daß das ein Unterschied ist.«

»Ja, ich weiß, ich weiß. Verzeihen Sie, halten Sie es meiner Ratlosigkeit zugute, wenn ich ungereimtes Zeug rede. Aber sagen Sie doch selbst: schreit es nicht gen Himmel? Da laufen wir, Diener am Worte Gottes, in unseren widerwärtigen Verkleidungen, das Mordzeichen auf die Litewka gestickt, durch die finstren Straßen einer russischen Stadt, und morgen früh schießen wir einen Jungen tot –?« Der Wind war so heftig geworden, daß ich nicht hören konnte, ob hier der Satz zu Ende war; ich wartete, bis wir wieder zwischen den Häusern liefen und sagte dann:

»Sie haben mich vorhin gefragt, worin wir uns denn von Kartuschke und den Seinen unterscheiden und was wir tun sollen. Vielleicht unterscheiden wir uns wirklich nur dadurch, daß wir nie, zu keiner Stunde gutheißen, was nicht gut ist. Wahr, bitter wahr: wir sind hineinverstrickt, der Hexensabbat findet uns schuldig, uns alle. Auch Baranowski ist ja nicht ohne Schuld, und kein englischer Chaplain kommt daran vorbei, einen Fahnenflüchtigen auf solchem Gang zu begleiten. Unsere Schuld aber ist, daß wir leben. Nun müssen wir leben mit dieser unsrer Schuld. Eines Tages dann, da wird es vorbei sein, alles, der Krieg und Hitler, und da haben wir eine neue Aufgabe, und wir wollen redlich mir ihr zu Rate gehen. Dann geht es um das innere Bild aller dieser Dinge und dieses Krieges überhaupt. Es kommt nicht darauf an, den Krieg dann zu hassen. Haß ist, wenn man so sagen kann, ein positiver Affekt. Es ist notwendig, ihn zu entzaubern. Man muß es dem Bewußtsein der Menschen eintränken, wie banal, wie schmutzig dieses Handwerk ist. Die Ilias mag die Ilias bleiben, und das Nibelungenlied bleibe, was es war, aber wir müssen wissen, daß der Dienst mit Schaufel und Hacke ehrenwerter ist als die Jagd nach dem Ritterkreuz. Krieg, so muß man es ausdrücken, Krieg, das ist Fußschweiß, Eiter und Urin. Übermorgen wissen das alle und wissen es für ein paar Jahre. Aber lassen Sie nur erst das neue Jahrzehnt herankommen, da werden Sie's erleben, wie die Mythen wieder wachsen wollen wie Labkraut und Löwenzahn. Und da werden wir zur Stelle sein müssen, jeder ein guter Sensenmann.«

»Hier ist das Wehrmachtheim. Ich danke Ihnen, lieber Bruder. Bringen Sie dem Jungen die ewige Wegzehr und beten Sie für meine arme Seele.«

»Für *unsre* armen Seelen.«

»Auf Wiedersehen. ›Gute Nacht‹ können wir uns ja wohl wechselseitig nicht wünschen.«

Wir gaben uns die Hand und nickten uns zu. Oberleutnant Ernst wandte sich zum Gehen. Ich sah ihm nach. Ein wenig vornübergeneigt ging er, wie einer, der Schweres trägt. Und erst jetzt kam mir zum Bewußtsein, was sein Gruß, was dieses »Auf Wiedersehen« diesmal bedeutete: daß er entschlossen war, sich in seinen Auftrag zu schicken.

6

Der zuverlässige Landsmann hatte heizen lassen. Die Wärme tat gut nach dem kalten Gefängnis und dem windigen Gang durch die Stadt. Ich zog die Stiefel aus, schlüpfte in die Kletterschuhe und beschloß, mir noch zwei Tassen echten Kaffee zu bereiten. ›Für besondere Fälle‹ hatte mir neulich mein Oberzahlmeister ein kleines Quantum verschrieben; dies heute, dachte ich, sei ein besonderer Fall. Heißes Wasser ist bald beschafft, in der Küche wirken noch zwei Ukrainerinnen, sie sind verständig und gefällig, und mit den freundlichsten »dobre vetsche« und »spassivo« gehen wir auseinander.

Ich hatte mich gerade nur erst wieder gesetzt, als es klopfte. Der Balinger trat ein. »Herr Pfarrer, so leid es mir tut, aber ich muß hier noch einen Schlafgast unterbringen. Es handelt sich um einen Hauptmann, der morgen früh von hier aus zur Ostfront weiterfliegen muß.«

»Bitte sehr«, konnte ich gerade noch sagen, da stand auch schon der Angekündigte in der Tür.

»Brentano«, sagte er und grüßte; ich nannte meinen Namen und gab ihm die Hand. Er wandte sich, nicht ohne gleichzeitig eine ganz leichte, verbindliche Bewegung zu mir her zu machen, an den Gefreiten und sagte:

»Klopfen Sie mir bitte morgen früh sechs Uhr dreißig.«

»Jawohl, Herr Hauptmann, sechs Uhr dreißig klopfen.«

»Wann gibt es bei Ihnen unten Kaffee zu trinken?«

»Von viertel vor sieben an, Herr Hauptmann.«

»Sehr schön. Dann reicht es ja gerade noch. Ich danke.« Der Gefreite, jetzt militärisch korrekt vom Scheitel bis zur Sohle, grüßte und trat ab. Ich hatte während des winzigen Zwiegesprächs auf nichts so achtgegeben wie auf die Stimme dieses jungen Offiziers, und wieder ging es mir so wie vor einer Stunde, als Oberleutnant Ernst neben mir her gegangen war: mit der Stimme schloß ich Freundschaft. Sie war gewöhnt zu befehlen, diese Stimme, nun freilich, wie sollte sie auch nicht? Aber sie war dabei eine leichte, schwebende Stimme geblieben. Sie legte sich nicht auf den Befehl. Es ist selbstverständlich – schien diese Stimme ausdrücken zu wollen – es ist selbstverständlich, daß man es so macht, wie ich es sage; was verliere ich viele Worte, wir wollen es uns so leicht wie möglich machen. Und hinzu kam: diese Stimme gehörte dem ganzen Mann in Wahrheit zu. Hier wurde sichtbar, daß der gleiche Krieg, dem ich soeben die bösen Namen gegeben hatte – und ich gedachte, keinen davon zurückzunehmen –, doch auch dem ritterlichen Glanz Raum gewährte, einem achilleischen Licht. Dies freilich, so wollte mir scheinen, einzig fast unter dem Vorzeichen des Opfers: Hauptmann Brentano kommt nicht zurück.

»Ich muß sehr um Entschuldigung bitten, daß ich störe, Herr Kamerad. Ich störe ungern.«

Ich sah ihn an, und mit einem kam mir zum Bewußtsein, daß ich vorhin den Oberleutnant Ernst überhaupt nicht wirklich zu Gesicht bekommen hatte. Ich würde ihn morgen früh kaum kennen. Da war unser Gang durch die dunkle Stadt gewesen, unser Gespräch, dieses doch nicht alltägliche Gespräch, und alles war geschehen, ohne daß man des anderen Gesicht betrachtet hatte. Gut, daß ich dieses neue Gegenüber wenigstens in Wahrheit zu sehen bekam. Unwillkürlich, vom Namen her dazu angetrieben, suchte man in dem dunkelernsten Jünglingsantlitz nach Zügen von Clemens oder Bettina. Etwas Loderndes war in dem Gesicht, Todesernst und Lebensglanz wunderlich vermengt.

Ich erwiderte: »Das ist doch selbstverständlich, daß Sie hier Unterkunft finden so gut wie ich. Es gibt keine Privilegien. Ich schlage vor, Sie nehmen diese Nische hier. Wir werden dann das Licht ein wenig abschirmen, damit Sie schlafen können. Ich selbst habe nämlich noch einiges Unaufschiebbare zu tun.«

Brentano war ans Fenster getreten und hatte sich, von einer seltsamen Unruhe befallen, an den Verdunkelungsvorhängen zu schaffen gemacht. Nun kam er an meinen Tisch und bemerkte die Akte, die, noch verschnürt, vor mir lag. Sichtbar genug war die römische Drei auf dem Deckblatt angebracht.

»Römisch drei in den Händen eines Geistlichen – das kann nichts Gutes bedeuten«, sagte er nun.

»Es bedeutet genau das, was Sie vermuten.«

»Da –!« rief er plötzlich und legte mit einer ungestümen Handbewegung auf mein Konvolut ein Blatt Papier, das er aus dem Waffenrock gezogen hatte. »Todesurteile gefällig? Man kann sich die Schreiberei da ersparen und das auch kürzer sagen –«

Ich entfaltete das Papier. Es war einer von den Marschbefehlen, wie sie zu Tausenden durch alle Hände gingen. Er besagte, daß Hauptmann Brentano von der Einheit – folgte ein Pentagramm – sich unverzüglich – jetzt mit Schreibmaschine eingefügt: auf dem Luftweg – zur Einheit – folgte ein zweites Pentagramm – zu begeben habe. Punkt. Unterschrift. Oberstleutnant und Divisionsadjutant.

»Sie können das auch so lesen: Hauptmann Brentano begibt sich im Flugzeug zur sechsten Armee nach Stalingrad auf Nimmerwiedersehen.« Seine Stimme war klirrend, als sie das sagte. Und kaum anders klang der Zusatz: »Na, keine falsche Übertreibung. Wie stehen die Chancen? Sagen wir: fünfundneunzig zu fünf.«

Er kehrte zum Fenster zurück. Clemens oder Bettina? fragte ich mich von neuem. Nicht auszumachen. Höchstens vielleicht so zu verstehen, wie es das Schicksalslied des Clemens meint: ›Hab die Sehne ich gezogen, du gezielt, so triffts ins Herz.‹ Ich wurde abgelenkt – man kennt das ja, gerade in den erregendsten Augenblicken gibt es das: Brentanos Wolljacke fiel mir auf. Es war nicht die graugrüne Überziehjacke aus Wehrmachtbeständen. Sie war fast weiß, schafwollen, handgestrickt, ein Stück persönlicher Liebe. Ich gedachte der Pflockschafe auf Sylt, ihres warmen, schweigenden Lebens.

»Ich muß Ihnen etwas sagen, Herr Kamerad«, fing nun die Stimme von neuem an, und jetzt war nichts Klirrendes mehr in ihr. »Ich konnte nicht wissen, wen ich in dieser Nacht hier treffen würde. Oder vielmehr: ich mußte hoffen, ein Zimmer für mich zu finden. Ich fand es nicht. Nun habe ich eine Bitte. Ich muß eine Bitte aussprechen. Ich muß sagen, daß es mir einem Geistlichen gegenüber nicht ganz leicht fällt, diese Bitte auszusprechen. Ich muß sie aussprechen. Und ich will sagen, daß es mir Ihnen gegenüber, so wie ich Sie da sehe, auch wieder nicht sehr schwer wird – mit zwei Worten gesagt: meine Verlobte, Schwester Melanie, ist unten. Sie ist von ihrem Lazarett Bjala-Zerkow hergefahren, ich konnte sie durch ein Fernschreiben davon verständigen, daß ich für knapp zwölf Stunden hier sein werde. Ich fliege morgen früh nach Stalingrad. Wir haben in dieser unruhigen Nacht keine Bleibe, wenn nicht hier. Und die hier haben wir nur dann, wenn Sie einverstanden sind, wenn Sie uns decken. Ich weiß, ich belaste Sie, Herr Kamerad, es ist – «

»Um mich geht es gar nicht«, gab ich zur Antwort. »Natürlich müssen Sie hier beisammen sein können. Nur ich, ja, ich bin betrübt, daß ich jetzt nicht gehen und Sie beide, wie es nötig und richtig wäre, allein lassen kann. Ich kann es nicht. Diese Akte, Herr Brentano, muß gelesen werden. Jetzt auf der Stelle. Der Mann, von dem sie handelt, liegt morgen früh um sechs Uhr in seinem kümmerlichen Sarg. Vorher aber muß ich noch mit ihm sprechen. Sub specie aeternitatis, Sie verstehen. Es ist ein eigenartiges Zusammentreffen, aber hier ist wirklich so wenig Aufschub möglich wie bei Ihnen. Was aber Sie beide angeht, so lassen Sie mich sagen: ich bin da, als wäre ich nicht da.«

Brentano ging auf mich zu und gab mir die Hand. Wortlos. Aber jeder von uns beiden empfand, daß es Jahre des Anstiegs bedurfte, um diesen Augenblick auf dem Gipfel zu bestehen. Und daß es Jahre lohnte, um diesen Augenblick zu gewinnen.

»Schwester Melanie steht im Sturm.« Ich war es, der zuerst das Schweigen brach.

Darauf Brentano: »Ja, gleich. Nur noch dies. Ich stamme aus einem Haus, in dem man schwer lebt. Oder: in dem man es sich nicht leicht macht. Mein Vater hat mich in diesen Krieg entlassen mit dem Wort des alten Claudius: ›Tue keinem Mädchen etwas zuleide und denke, daß deine Mutter auch ein Mädchen gewesen ist.‹ Ich habe viel an dieses Wort gedacht und nicht nur gedacht. Aber jetzt – «

»Jetzt, Herr Brentano, nein, jetzt müssen Sie die Schwester holen und ihr sagen, daß sie sich nicht fürchten soll.«

Er ging. Ich löste die Bänder von der Akte Baranowski und schlug auf. Aber ich vermochte fürs erste nichts zu erkennen als Stempel und Vermerke, Unterschriften und Zahlenreihen. Die Gedanken irrten ab. Ich sollte vielleicht den Liebenden behilflich sein. Es herrschte zwar seit kurzem Ruhe im Haus, aber ganz sicher konnte man doch nicht sein, daß nicht auf der Treppe oder im Gang ein mißtrauisch prüfender Blick ihnen begegnen würde. Ich ging hinunter und öffnete die Hintertüre; den Platz, an dem der Schlüssel hing, hatte ich Brentano vorsorglich beschrieben. Da kam vom Hof her der Hauptmann, ihm folgte festen Schritts eine große, in ein Regencape gehüllte Gestalt. Wir nahmen die Verhüllte in die

Mitte und gingen ohne falsche Hast die Treppe hinauf, ich tauschte sogar mit Brentano ein leises, belangloses Wort. Niemand sah uns. Ich meinte zwar, noch während wir den Korridor entlanggingen, einen leisen Schritt zu hören, aber da waren wir schon an der Schwelle unsres Zimmers. Wir traten ein, ich schloß die Türe und schob den Riegel vor. Die Gestalt, noch immer in ihrer Vermummung, hielt sich einen Augenblick am Tisch fest, wie als müßte sie sich überzeugen, daß die Wirklichkeiten da sind: Stuhl, Tisch, der Geliebte. Dann legte sie die Verhüllung ab und wandte sich mir zur Begrüßung zu. Sie strahlte. Aber das sagt nichts, wenn ich schreibe: sie strahlte. Ich müßte schreiben: der ganze Mensch war zusammengefaßt in diesem einen, in diesem Strahlen. Befangenheit, Scheu, Sorge, Bangnis, das Wissen um Abschied und Tod –: so groß kann das Strahlen in einem Angesicht sein, daß es dies alles aufnimmt, löst und verwandelt.

»Eigentlich wie aus Mozarts Figaro«, sagte ich, während ich den Mummenschanz-Mantel an einen Nagel hängte, und fügte nur halb einschränkend hinzu: »wenn es nicht so ernst wäre.« Natürlich war das falsch ausgedrückt; aber es gibt Augenblicke, in denen auch aus einem ungenauen Wort nur das zum Klingen kommt, was dann doch richtig ist: die Anrufung nämlich jener herrlichen Musik mitten in dieser Nacht. Melanie lachte, und auch Brentano stand mitten im Lachen Cherubinos. Im Lachen Cherubinos? Cherubino lacht nicht, aber er singt. Mozart singt im Angesicht der Abgründe, im Vorgefühl des Todes.

»Ich habe noch eine Tasse guten Kaffee, nur keinen Becher.«

»Ich habe eine Feldflasche mit schwarzem Tee.« Es war das erste Wort, das ich von Schwester Melanie hörte. Und ich dachte, wie gut diese Stimme sagen könnte, drüben an den Betten von Bjala-Zerkow: ›Schlafen Sie wohl.‹

»Und ich habe Wein«, ließ sich Brentano vernehmen.

»Das gibt ja das reinste Gelage«, gab Melanie zurück. Sie hatte einen Stuhl hergezogen, ihren Brotbeutel geöffnet, Keks, Weißbrot und Honig herausgenommen, nun begann sie uns vorzulegen. »Darf ich?« Wir sprachen nicht. Das Gespräch verstummt auf den Gipfeln und in den Schluchten, und wie weit die beiden voneinander sind, das weiß keiner als Gott allein. Gott und die Liebenden. So also ist das, denkt Brentano. Und Melanie: so also hätte das sein können, ein ganzes Leben lang. Und beide: aber es war doch einmal. Ein paarmal. Und zuletzt noch einmal in Proskurow in der Nacht. Und dann: es ist noch immer.

»Wie machen wir das mit dem Licht, Brentano?« fragte ich, als Schwester Melanie aufstand und die Dosen wieder verstaute; den ›Herrn‹ in der Anrede hatten wir wechselseitig stillschweigend fallen lassen, und wäre noch eine halbe Stunde unser gewesen, so hätten wir uns wohl ›Du‹ gesagt, alle drei: so stark war die Verzauberung dieser Nachtstunde und dieses Mahls. »Wir müssen da jetzt ein Appartement schaffen, Schwester Melanie. Etwas bescheidene Mittel, muß man sagen. Im Adlon hätten Sie's besser.«

Vielleicht ist das ein Gesetz, daß dort, wo es wirklich schwer ist, nur noch der leichte Ton hinfindet. Es war nicht vorgesehen in den Plänen der Liebenden, daß es so gehen würde; daß man drei Schritte nur von einem Unbekannten entfernt und durch keine Tür von ihm getrennt seinen Abschied halten müßte, Hochzeit und fast schon Tod.

Aber nun waren wir, die eben noch aus einem Becher getrunken hatten, unversehens auseinandergeführt. Die beiden hatten das Ihre zu tun, ich das Meine. Und es erwies sich, daß dieses Meine, das Studium der Akte Baranowski nämlich, nicht weniger einen Menschen umfassen konnte, als nur je Liebesarme dergleichen vermögen.

FRIEDO LAMPE
Schwanentod

Es ist die dicke schwere Nacht, es ist ein Bündel schwarzblauer Trauben, es ist das Summen einer dunklen Sarabande, es ist Wein, es ist Gesang, es ist das dumpfe Rauschen des Bluts. Wie tot und still liegt das Moor, Mond bricht aus grauem Gewölk und spiegelt sich im schlammigen Morast, in dem die dicken umgestürzten Eichenstämme modern und phosphorisch glimmen. Da erwacht der Schwan aus dem Traum, sanft erschimmernd im Mondenschein und reckt sich hoch, schlägt weit und königlich mit den Flügeln, streckt den Hals und schreit gell auf zum Mond, hebt sich auf aus dem Schlamm in das bleiche Licht, hebt sich auf aus dem schweren Morast und schwebt, schwebt mit ruhigen starken Flügelschlägen über das Schilf, über die uralten Wälder, höher und höher auf zum lichtgesättigten Gewölk –

Aber der Jäger, klein und gedrungen, mit hartem, beutegierigem Sinn, auf der Lauer sitzend in dem alten vermorschten Kahn, verborgen im Schilf, hebt das Gewehr, es kracht, und das scharfe Eisen saust in den Schwan, er taumelt, schwankt und kreist und fällt, fällt platschend zurück in den schlammigen Morast, Spritzen, Zucken, klagender Schrei, Blut, das über das weiße zerrissene Gefieder fließt ins braune Gewässer, dann treibt er hin mit gelöstem Flügel, schmutzig und blutig, und er wird still.

Es ist die dicke schwere Nacht, es ist ein Bündel schwarzblauer Trauben, es ist das Summen einer dunklen Sarabande, es ist Wein, es ist Gesang, es ist das dumpfe Rauschen des Bluts. Es ist Mond, Moor und Tod.

MARIELUISE FLEISSER
Der starke Stamm
Ein Volksstück in vier Akten

SCHWAGER Das heiße ich einen Leichenschmaus!

BITTERWOLF Legts euch nur hinein, Leut, legts euch nur hinein. – Ja, meine Zenta war eine grundgute Frau.

BALBINA Und einen braven Mann hat sie gehabt.

BITTERWOLF Das schon. Ich bin auch nicht zuwider.

SCHWAGER Und recht gut habts gelebt miteinander. Es war direkt eine Freud.

BITTERWOLF Eine Freud darf man halt nicht lang haben. *Er stößt mit dem Schwager an.* Auf daß sie gut hinüberkommt, meine Zenta! Grad gut solls ihr gehn beim himmlischen Vatter. Ein bissel ein Fegfeuer wirds ja schon mitmachen, aber unser Herrgott wird ein Einsehn haben. Meine Zenta hat gewiß niemand was getan. Bloß meinen Buben hats mir verzogen.

Hubert rückt unwillig weg.

VETTER Wißts das Neueste? In Heroldsbach ist die Muttergottes erschienen. Ein ganzer Haufen Kinder soll sie gesehen haben.

BALBINA Was Kinder sagen! Auf das muß man nicht gehn.

VETTER Nein, nein, das soll wahr sein. Da fahren eine Masse Leut hin.

BALBINA Das werden schon die Richtigen sein.

VETTER Du natürlich, du bist eine Kalte. Meine Frau glaubts.

BALBINA Ich glaubs einmal nicht. Das müßt schon ganz anders kommen, daß mich das reißt.

VETTER Warten wirs ab. Vielleicht sagst noch einmal anders.

Annerl hat die Straße gekehrt und kommt mit ihrem Vater ins Haus.

Annerl Der Vatter hätt was zum Reden mit dem Herrn.

Bitterwolf geht zu Schindler auf den Hausgang hinaus.

Bitterwolf Wo fehlts denn, Herr Schindler?

Schindler Mein herzliches Beileid. Zur Beerdigung bin ich halt reingefahren.

Bitterwolf Mögens nicht eintreten auf ein Glaserl?

Schindler Nein, ich muß zum Zug.

Bitterwolf Geschwind ists gangen mit meiner Zenta.

Schindler Es ist halt ein Kreuz. Und eins gibt das andere. Ich muß kündigen für meine Tochter. Meine Tochter steht bei Ihnen aus.

Bitterwolf Seien Sie so gut!

Schindler Indem daß es mir nimmer recht ist, wenn mein Annerl noch bleibt.

Bitterwolf Herr Nachbar, das werden Sie doch nicht tun. Aber warum denn, Herr Nachbar?

Schindler Ein Witwer und keine Frau dabei, das ist mir für meine Tochter nicht recht.

Bitterwolf Was fallt Ihnen denn da ein? Das wär das erste Wort.

Schindler Es ist mir so zuwider.

Bitterwolf Sie werden mir die Person doch lassen. Das ist ja das Geschickte, daß die alles weiß, wies meine Zenta gemacht hat. Sie werden mich doch nicht aufsitzen lassen. Die Person laßt sich überhaupt nicht ersetzen. Passieren tut da nichts, da bin ich Ihnen gut.

Schindler Schon.

Bitterwolf Sie sind nicht von selber gekommen. Das hat Ihnen wer eingespieben.

Schindler Die Schwester von der seligen Frau wirds schon wissen.

Bitterwolf Die liebe Schwägerin wars! Auf meine Schwägerin brauchens nicht gehn. Unter uns gesagt, die hat den Teufel. Fragen Sie die Person selber, und wenn sie mag, lassen Sies da. Annerl!

Annerl Fahrst gleich heim?

Schindler Ja, ich muß zum Zug. Wie gefallts dir dann auf deinem ersten Platz?

Annerl Wies einem halt gefallt.

Schindler Hat er dir Augen gemacht?

Annerl Wer?

Schindler Frag nicht so dumm. Der Herr.

ANNERL Geh, das ist doch der Herr.
SCHINDLER Hat er gekratzt an der Tür?
ANNERL Da hätte ich doch auch was gemerkt.
SCHINDLER Hat er dich hineingezwickt in den Hintern?
ANNERL Das hätte ich doch gespürt.
SCHINDLER *betrachtet sie mit verkniffenem Gesicht, ob er ihr trauen kann.* Wir lassens, wies ist.
BITTERWOLF Es hätte mich schon arg verdrossen.
SCHINDLER Ich hab ja nicht dergleichen gemeint, aber die Weiber bringen einen dann durcheinander. Nichts für ungut, Herr Bitterwolf. Ich habe die Ehre!
BITTERWOLF Grüßgott, Herr Schindler.
SCHINDLER Laß dir nichts anhängen, Annerl, ich hab dirs gesagt. *Ab.*
BITTERWOLF Siehst, so sinds, die Leut. Alles möchtens schlecht machen und alles wissens gewiß. *Er betrachtet sie zum ersten Mal genau.* Es ist schon recht. Geh nur zu.
Annerl mit leisem Triumph ab.
Bitterwolf in die Stube zurück.
BALBINA Was schaust denn so überzwerch?
BITTERWOLF Oh, nix.
BALBINA Was druckt dir denn die Seele ab?
BITTERWOLF Gut hast mirs gemeint, Balbina, das muß ich schon sagen. Ist dir bloß nicht hinausgegangen.
BALBINA Ich muß doch aufpassen.
BITTERWOLF Weißt, ich bin alt genug.
SCHWAGER Ihr werdet doch nicht das Streiten anfangen?
BALBINA Das ist nicht gestritten. Ich sag bloß, daß ich auf ihn aufpassen muß.
BITTERWOLF Ist nur gut, daß meine Schwägerin in Wasserzell drüben gut aufgehoben ist und ich bin herüben in der Schanz.
BALBINA Könnt erst noch sein, daß ich dir in deine Nähe komm, weil ich hier mit einem arbeite.
BITTERWOLF Mach Danz!
BALBINA Ich mach keine Danz. Es tät mir halt passen, weil ich hier mit einem arbeite.
BITTERWOLF Mit wem arbeitest dann?
BALBINA Oh, den kennst du net. Der muß für mich in die Dörfer umeinanderfahren und meine Automaten ausleeren.
BITTERWOLF Hast du Automaten?
BALBINA Überall in die Dörfer umeinander. Ich werd jetzt reich.

BITTERWOLF *Ironie*. Wirst d u reich!

BALBINA Wär net wild. Ich kenn einen in Neumarkt hinten, der macht das Gleiche. Der hat schon einen Haufen Geld beisammen.

SCHWAGER Schwager, da schaust.

BITTERWOLF Was sind nachher das für Automaten?

BALBINA Oh, die kennst du net. Lotterieautomaten.

BITTERWOLF Wo man die Leut damit ausschmiert.

BALBINA Da überlegt eins nicht lang, wenn man so wo reinspringen kann.

BITTERWOLF Wo hättst du das Geld her? So Automaten schmeißens einem doch net nach.

BALBINA Zur Anzahlung hats gelangt. Das Andere zahlt sich von selber.

BITTERWOLF Pfüatdegod, schöne Bäuerin!

BALBINA Wenn ich dir sag, die werden ausgerauft. Die jungen Leut bringst gar nimmer weg.

BITTERWOLF Das halt ich für kein Gewerbe.

BALBINA So was werde ich auslassen! Was der in Neumarkt kann, das können wir schon lang.

SCHWAGER Prost, Schwager, sollst leben.

VETTER Die Balbina hat halt eine Schneid.

BITTERWOLF Bist du auch dabei?

VETTER Ich net. Ich hab net soviel Schneid.

SCHWAGER Aber gewußt haben wir es. Wir haben nichts dabei gefunden.

BITTERWOLF Aber Schwager, das ist doch ein Schwindel.

BALBINA Das ist ein Gewerbe. Ich hab meinen Gewerbeschein bezahlt.

BITTERWOLF Der Onkel von Rottenegg tät dir deinen Gewerbeschein zerreißen.

BALBINA Dem darf ichs halt net auf die Nasen naufbinden.

BITTERWOLF Der tät dich hinausschmeißen aus dem Testament. Und das hat Hand und Fuß, was der tut.

BALBINA Aber jetzt laßt er aus.

SCHWAGER *scheinheilig*. Wird er denn gar nimmer gesund?

BITTERWOLF Der wird schon wieder. Ohne den wären wir aufgeschmissen.

BALBINA Ganz so aufgeschmissen wären wir schon net. Wir sind auch Leut. Was ist, Schwager? Hast keine warme Hosen net übrig von meiner Schwester? Eine warme Hosen hätt ich halt gebraucht. Es ist bloß, daß man darüber redet.

BITTERWOLF Da müssen wir erst sehn, was da ist.

SCHWAGER *legt die Gabel weg.* So, der Hunger ist gestillt und der Wille ist erfüllt. Trinkts euch zusammen, Leut, wir dürfen uns nimmer halten.

BALBINA Meiner Tochter tät der Wintermantel passen. Ich wär dir schon dankbar.

BITTERWOLF Da müssen wir erst sehn, was da ist.

BALBINA Und überhaupt, die Schwester kriegt die Leibwasch.

SCHWAGER Die schaut an! Die möcht alles packen.

VETTER Die Meinige hat mir auch was angeschafft. Meinst nachher, wir brauchen kein Gewand?

Der Vetter wird langsam besoffen.

BITTERWOLF Da müssen wir erst sehn, was da ist. Umkommen laß ich nix.

SCHWAGER Weils gleich ist! Ich hätte die Nähmaschin im Sinn. Ist ja doch bloß ein alter Teufel.

BITTERWOLF Was? Meine Nähmaschin ist ein alter Teufel?

SCHWAGER Wir wissens, wie sich die Zenta damit hat herumärgern müssen.

BITTERWOLF Du brauchst dich nicht herumärgern mit meiner Nähmaschin. Du kriegst meine Nähmaschin net. Ich könnt meine Nähmaschin auch noch brauchen.

SCHWAGER Willst leicht selber nähn? Bei dir gibts bloß Knöpf.

VETTER Geh zu, Vetter, ich bin mit dem blauen Gewand stad.

SCHWAGER Ja, die Nähmaschin muß her!

BALBINA Die Schwester kriegt die Leibwasch.

SCHWAGER *wird rabiat.* Kruziment! Die Nähmaschin, sag ich! Ich bin ein friedlicher Mensch.

BITTERWOLF Schreits net so, daß man ausgerichtet wird. Schämts euch. Sind die Kränz noch net amal welk.

VETTER Das blaue Gewand könntst schon rausrücken. Die Zenta brauchts ja nimmer.

BITTERWOLF *dreht den Schlüssel um.* Die Kommode wird jetzt zugesperrt und zugesperrt bleibts. Es könnt eine Zeit kommen, wo wir es selber brauchen.

SCHWAGER Das Weibersach wirst du brauchen.

BITTERWOLF Das ist nicht gesagt. Ich könnt grad zumal heiraten.

SCHWAGER Was willst? Halt dich fein zurück im Wittiberstand. Laß du deine Zenta erst kalt sein.

BITTERWOLF Wer redt denn von jetzt? Das Leben ist noch lang. Ich bin ja net alt. Ich bin in den besten Jahren.

Schwager Ein Luder bist. Du hast unsere Zenta ins Grab gebracht.

Bitterwolf Ich hätt meine Zenta ins Grab gebracht? Schauts lieber, daß ihr so gut mit eure Weiber lebts.

Balbina Warum ist sie dann gestorben?

Bitterwolf Weil man halt stirbt, dumme Kuh, wenns einem aufgesetzt ist. Ich hab gut gelebt mit meiner Zenta, das bitt ich mir aus. Ich hab kein Luder net gemacht.

Balbina Wirst es halt nimmer wissen.

Schwager *hinterhältig.* Haltaus! Der Bitterwolf ist schon recht. Was wahr ist, muß wahr sein. Der Bitterwolf ist recht. Bloß sein Bub ist kein Bursch net. Dich mein ich, Hubert.

Hubert *kalt.* Wie kommst denn auf mich?

Schwager Die ganze Zeit, wo wir beieinander sind, hat der Bub kein Sterbenswörtel gesagt. Bloß angeschaut hat er uns der Reihe nach. Ich möcht wissen, was gibts da zum Sehn?

Bitterwolf Sag nur grad was, daß ich dich net bis in Sonn und Mond hineinschlagen muß, Bub.

Hubert Sind wir unter die Räuber gefallen mit unsere Verwandten?

Schwager Oha, Gschnappen!

Hubert Wenn man die Wahrheit sagt, wär man die Gschnappen.

Schwager Du hast es genau beinander. A so verdreht schon! Heißt das bei dir eine Frisur?

Hubert Wird dir schon recht sein.

Schwager Brauchst du Haar im Gesicht? Gehst du als Maschkra?

Hubert Das ist eine Aussage.

Schwager Ich lauf net so rum und wenn man mich dafür zahlt.

Hubert Vielleicht bin ich noch stolz darauf.

Schwager Entweder ich komm da net mit oder der ist weit hinten, dein Bub.

Hubert Ja oder vorn!

Bitterwolf Daß ich dir fein eine stier!

Hubert Ich könnts euch schon geben, ich könnt euch schon was erzählen. Wie habt ihrs denn gemacht im Krieg mit die Eier? Die habt ihr alle den Aufkäufern geben, eure Hennen haben ja nie gelegt.

Vetter *versucht aufzustehn.* Jetzt kommts über uns, jetzt wirds pressant.

Schwager Das waren nicht wir, das waren unsere Weiber.

Hubert Eure Gäns haben sich selbständig gemacht, ganze Heerscharen, wenn eine Kontroll kommen ist, und haben niemand gehört.

Schwager Das waren net die unseren, das waren die vom Nachbar.
Hubert Die Stadtfrack haben können verhungern.
Balbina Die Hauptsach ist, daß du gut durchkommen bist.
Schwager Das gehört sich net, daß Buben schon vorlaut werden, merk dirs. Wo ist mein Hut?
Bitterwolf Was der Bub sagt, braucht euch nichts abgeben. Der hat nur so gemeint.
Schwager *sucht seine Sachen zusammen.* Wir haben auch bloß gemeint.
Bitterwolf Ihr werdet mir doch net heimgehn?
Schwager Nix für ungut, Schwager, wir haben einen weiten Weg, wir müssen heim. *Allgemeiner Aufbruch.*
Vetter Alsdann, Vetter, dein Essen hat uns geschmeckt. Vergönnt wars uns auch. Allen Respekt!
Balbina Ich komm schon wieder.
Bitterwolf *ungern.* Mußt halt kommen, wennst meinst.
Balbina Siehst, der Schwager sagts auch, daß ich kommen muß.
Schwager Tu, was du magst. Renn dir dein Hirn nur ein.
Vetter Schön ists gewesen. Deine Zenta kann zufrieden sein. Es war eine schöne Leich.

Irmgard Keun
Ferdinand, der Mann mit dem freundlichen Herzen

Wie wär's mit einer Liebesgeschichte? Ich setze voraus, daß ein Mann und ein Mädchen einander lieben und beginne meine Geschichte mit einem realistischen Dialog.

»Liebst du mich, Liebling?«

»Ja, ich liebe dich, Liebling.«

»Liebst du mich sehr, Liebling?«

»Ja, ich liebe dich sehr, Liebling – Du mich auch, Liebling?«

»Das weißt du doch, Liebling.«

»Hast du auch manchmal Sehnsucht nach mir, Liebling?«

»Wäre ich sonst hier, Liebling?«

»Bist du mein Liebling?«

»Ja, ich bin dein Liebling, Liebling.«

Ich habe gehört und gelesen, daß ein Schriftsteller sich unablässig mühen solle, wahr zu sein. So ein Liebesgespräch ist die lautere Wahrheit, aber es kommt mir, vom literarischen Standpunkt aus gesehen, etwas dürftig vor. Ich glaube, je verliebter Leute sind, um so schlichter und einfältiger reden sie. Liebe läßt den üppigsten Wortschatz dahinschmelzen wie glühende Lava den Schnee. Ich entsinne mich, gelegentlich das zusammenhanglose Gestammel eines Schwachsinnigen vollbracht zu haben. Ich möchte dem keinen dokumentarischen Wert beimessen und es nicht für ewige Zeiten im Druck festhalten.

Es ist nicht einfach, heute in Deutschland eine Liebesgeschichte zu schreiben. Es herrschen strenge Gesetze.

Außereheliche Liebesereignisse darf man nur unter bestimmten Voraussetzungen stattfinden lassen. In Verbindung mit Naturereignissen sind erotische Ausschreitungen geduldet. Zum Beispiel: die herb-blonde Erdmute und der seelisch leidende Horst Dieter reiten durch Wald und Feld. Ein Gewitter überrascht sie. Es hagelt, blitzt, schneit. Man muß schreiben: »die Elemente waren entfesselt«. Erdmute und Horst Dieter flüchten in eine Scheune, die sich zufällig in der Nähe befindet. In der Scheune ist Heu. Dunkel ist es auch. Horst Dieter reißt Erdmute an sich. Alles versinkt um sie. Der Leser verzeiht ihnen, weil Gewitter, Scheune und Heu mildernde Umstände bedeuten.

Ich kenne Scheunen. Sie sind unromantisch und gar nicht anregend. Rostige Gießkannen und Spitzhacken fallen einem auf den Kopf. Das Heu ist stachlig und staubt, daß man niesen muß. Für einen normal veranlagten Menschen ist eine Liebesszene in einer Scheune kein Vergnügen. Wahrscheinlich ist das der Grund, warum die Gewitter-Scheunen-Liebe literarisch gestattet ist. Was keinen Spaß macht, ist weniger sündig. Auch läßt starke Naturverbundenheit dem Leser Entgleisungen in verzeihlicherem Licht erscheinen. Manch einer ist bereit, ein Auge zuzudrücken, wenn das gequälte Paar zum Opfer eines würzig duftenden Waldesbodens wird. Auch ein Waldesboden ist kein reines Vergnügen. Ameisen kriechen einem in die Ohren, Tannennadeln pieken, Mücken stechen. Ein Vogel singt in den Zweigen und läßt was fallen. Jeden Augenblick muß man mit dem Auftauchen von Förstern, Jagdgehilfen, Vagabunden, lyrischen Dichtern, beerensuchenden Kindern rechnen. Im Wald kann man sich nicht einschließen. Wenn irgendwo Zweige knacken, erschrickt man. Vielleicht ist es nur ein Reh. Auch von einem Reh möchte ich nicht belauscht werden, wenn ich der Dame meines Herzens mein Geheimnis anvertraue. Mag sein, daß ich übertrieben schamhaft bin. Mag sein, daß ich in meinem Unterbewußtsein das Reh für die Reinkarnation einer einstmals verdienstvollen Jugendfürsorgerin halten würde. Zu allem übrigen dürfte das lichte Sommerkleid der fehltretenden Dame unter der Waldesvegetation leiden. Man sollte meinen, daß für die breite Öffentlichkeit Fehltritt Fehltritt ist, gleichgültig, wo er nun stattfindet. Ich gönne jedem liebenden Paar ein nettes Zimmer mit Couch oder Paradiesbett. Ich glaube aber nicht, daß man das schreiben darf, ohne dem Paar die Sympathien der Leserschaft zu nehmen. In Gedichten darf man etwas großzügiger sein und am großzügigsten in Versen, die gesungen werden. Meine ehrbarsten und strengsten Tanten bekamen verträumte Augen und summten leise die Melodie mit, wenn im Radio ein samtener Tenor sang: »Nur eine Nacht sollst du mir gehören ...« Oder: »Ich weiß auf der Wieden ein kleines Hotel ...« Oder: »Heute nacht oder nie ...« Singen darf man das alles, sprechen nicht und unter gar keinen Umständen in Prosa aufgelöst schreiben. Warum? Gelegentlich werde ich mal darüber nachdenken. Jedenfalls getraue ich mich nicht, eine Liebesgeschichte zu schreiben. Es würde auch verlangt werden, daß ich die Liebenden für ihre Sünden furchtbar leiden lasse. Das mag ich nicht.

Erwin Strittmatter
Ochsenkutscher

Es klatscht. Lope fährt aus seinem Traum in die Wirklichkeit. Seine rechte Wange brennt. Er ist quellwach und setzt sich im Bett auf. Mutters wehende Rockfahne verschwindet bei der Tür. Das Türschloß schnappt knallend ein. – Eine Ohrfeige. Er hat eine Ohrfeige erhalten, weiter nichts. Lope kennt das: Mutter hat ihn geweckt, er schlief wieder ein, sie wurde ärgerlich.

Trude spielt mit einem Käferchen. Ein Viereck des rotweiß gemusterten Bettbezuges ist für Trude ein Zaun. Darüber darf das Insekt nicht hinaus. Trudes dünner Zeigefinger wacht darüber. Der Nagel an Trudes Finger ist abgeknabbert und feucht. Lope lugt zum Waschkorb. Der Säugling schläft. Die Mutter hat ihn trockengelegt. Sie ist schon aufs Feld gegangen. Lope ist zufrieden. Er bewegt sich ganz leise. Die Kleine muß bis zum Mittag schlafen. Das erspart ihm das Trockenlegen. Er flüstert zu Trude hinüber: »Du bist still. Ich nehm dir sonst den Käfer weg.« Trude nickt. Er läßt sich wieder zurückfallen. Einschlafen. Vielleicht findet er seinen Traum wieder. Der Traum war so:

Er saß auf der Schulbank. Es war der Platz des Klassenersten. Sonst sitzt er auf der Läusebank. Er verhielt sich still. Der Lehrer mußte gleich eintreten. Die Klasse lärmte. Er lispelte die Hausaufgabe vor sich her. Er wollte den Lehrer nicht enttäuschen. Der Lehrer trat ein. Die Klasse brüllte: »Guten Morgen!«

Der hagere Lehrer sagte schrill und drahtig:

»Moan!«

Sein geschwungener, glatt angedrückter Schnurrbart zitterte ein wenig. Ein Wetterzeichen. Der Lehrer warf die Bücher aufs Katheder. Er stellte sich davor, schlug die Augen nieder, faltete die Hände am unteren Rockrand, er begann zu beten: »Lieber Gott ...«

»... mach mich fromm«, brummte die Klasse, »daß ich in den Himmel komm!«

Die grellgrauen Augen des Lehrers wurden wieder sichtbar. Er räusperte sich. Er begann zu singen:

»Ich hab von ferne ...«

»... Herr, deinen Thron erblickt«, kreischte die Klasse, »und hätte gern mein Herz vorausgeschickt und hätte gern mein müdes Leben ...«

Der Lehrer senkte den Blick nicht mehr. Er ließ ihn durch den Schulraum schweifen. Er hängte ihn an die Kindermünder und suchte solche, die nicht sangen. Er fiel auf Lope. Die Brauen des Lehrers rutschten auf die oberen Augenlider. Seine Nasenwurzel verwandelte sich in eine Hautkerbe. Er gab der Klasse ein Zeichen: Weitersingen! Er sang selbst noch im Gehen ... »Schöööpfer der Geister, dir hingegeben.« Dann duckte er sich katzig: »Was fällt dir ein?« Seine Stimme schrillte zwischen die letzten Töne des Gesanges, »was fällt dir ein, dich – auf den ersten Platz zu setzen? Willst mir wohl die ganze Bande verlausen, he?«

Lope sprang auf. Er wollte dem Wütenden seine Hausaufgabe entgegenschnurren.

Zu spät. Der Lehrer war schon bei ihm. Er hob seine Hand. Lope fühlte den leisen Luftzug. Eine Ohrfeige knallte auf seine Wange. Die Ohrfeige war von Mutter. Der Traum hätte anders ausgehen können, sie war dazwischengetreten. Vielleicht hätte er den Lehrer mit der Hausaufgabe überzeugen können. Er saß nicht ohne Kenntnisse auf dem Platz des Klassenersten.

Er müht sich, wieder einzuschlafen. Dabei wird er immer wacher. Trude beginnt auf ihren Käfer einzureden. Schließlich gibt er Schlaf und Traum auf. Er kullert sich aus dem Bett. Der Steinfußboden der Schlafkammer ist kalt. Er hüpft auf einem Bein in die Küche.

Dort macht er sich das Haar naß. So sieht er wie gewaschen aus. Seine dünnen, blassen Beine fahren in die Hose. Ein Loch. Der große Zeh bleibt darin haken. Gestern riß er sich's ein. Das war am Stacheldrahtzaun an der Viehkoppel. Die Hose sagte: Praatsch! Das Loch war wie ein Maul. Das Hemd blitzte dahinter wie Zähne. Gestern abend steckte er die Hose hinter den Küchenofen. Er mußte das wegen der Mutter. Jetzt muß er sie flicken. Er schiebt den Besenstiel unter den Türgriff. Trude muß ausgesperrt werden. Sie ist noch klein und klatscht ... Der schwarze Zwirn ist aufgebraucht. Da nimmt er Ofenruß und schwärzt den weißen. Er zieht das Loch zusammen. Die Falten reibt er zwischen den Ballen seiner mageren Hände glatt. Wieder flutschen seine Beine durch die Hosenröhren, wie weiße Pfeile. Jetzt kann er den Besen vom Türgriff nehmen. Trude hat bereits am Türgriff gerappelt. Er fegt geschäftig die Asche beim Küchenherd zusammen. Trude kommt. Sie hat die dünne Rechte zur Faust geballt. Sie grinst: »Ich will eine Schachtel!«

Er gibt ihr eine leere Streichholzdose für ihren Käfer.

»Mußt dich selber waschen, keine Zeit heute.«

»Kaltes Wasser?«

»Ja.«

Trude heult. In Lope rührt sich Mitleid. Manchmal sitzt es bei ihm in der Brust, manchmal in den Augen. Heute spart er Arbeit und Zeit durch das Mitleid.

»Na, laß, aber sag Mutter nichts.«

Dieser Traum aber auch! Er hat zu lange im Bett gelegen. Er muß jetzt Windeln waschen und spülen, sie stehen eingeweicht im Waschzober am Ofen. Er arbeitet hastig und halb.

Die Windeln kochen. Der urinige Wrasen durchwalmt die Küche. Lope schneidet Brot für sich und die Schwester ab. Auf den Brotlaib hat die Mutter mit dem Daumennagel ein Zeichen eingeritzt, das tut sie jeden Morgen, bevor sie zur Arbeit geht. Bis zu dieser Marke darf er abschneiden. Es ergibt zwei Scheiben. Er gießt die vorgekochte Suppe aus Roggenschrot in die Eßnäpfe. Sie essen pustend und klappernd. Sie schmatzen die Teller leer. Sie verspeisen den Rest aus dem Topfe, kratzen mit den Löffeln jedes Krümelchen heraus und sind noch nicht satt. Lope versetzt mit seinem schwarzrandigen Daumennagel das Zeichen am Brotlaib. Das ergibt eine dünne Scheibe. Er teilt sie mit der Schwester.

»So, das muß jetzt reichen!« Er sagt es, um den eigenen Appetit einzudämmen. – Dann hängt er die gelbgestriemten Windeln auf die Schnur. Das Kind im Wäschekorb schläft. Gott sei Dank, schläft noch. Trude muß hinaus auf den Gutshof. Sie macht sonst die Kleine mit ihrem Singsang von »Fliegmariechen« wach. Lope legt seine Schiefertafel zwischen Lese- und Rechenbuch. Er klemmt sie mit dem Schieferkasten zusammen unter den Arm. Dann schließt er die Wohnung ab. Den Schlüssel hängt er sich mit einer Schnurschlinge um den Hals.

In der Schulpause springt Lope nach Hause. Die Kleine ist wach. Sie schreit. Er muß sie trockenlegen. – Er kommt in die Klasse zurück. Die anderen sitzen schon mit gefalteten Händen auf ihren Plätzen. »Wo treibst du dich herum?«

Die Stimme des Lehrers ist wie eine Peitsche.

»Ich ... war zu Hause zum Essen.« Lope lügt es. Er will von den anderen nicht gehänselt werden. Nur Mädchen legen sonst Kinder trocken.

»Da hast du wieder zu lange gefressen.« Es kommt wie vergiftet. Der Lehrer stakt durch den Klassenraum. Seine Augen sind graugrüne Glasknöpfe. Er steht am Papierkorb.

»Wer hat sein Butterbrot wieder da hineingeworfen?«

Kurt Krumme, der Häuslersohn, duckt sich. Die dickpatschigen Hände einiger Mädchen weisen auf ihn. Die Augen des Lehrers bohren sich in Kurt Krummes Gesicht. Kurt Krumme zieht sich zögernd mit eingeknickter Hüfte vom Sitz hoch.

»Wie oft habe ich gesagt, daß Brot nicht in den Papierkorb gehört? Wie oft soll ich's noch sagen? – Wer sein Brot nicht essen mag, lege es aufs Katheder. Ich geb's meinen Hühnern.«

»Mensch, der ist verrückt ... Schinkenbrot.« Paule Wenskat flüstert es in der vordersten Bank. Der schmächtige Paule Wenskat. Trine Fürwell, eine Bergmannstochter, legt ihr Margarinebrot dazu. Orge Pink klatscht seine Pflaumenmusschnitte darauf. Die Habichtaugen des Lehrers stieren zum Katheder. Lope hat sich über die vordere Bank gelegt. Er erwartet Stockhiebe für seine Verspätung. Der Lehrer ist mit den Frühstücksbroten beschäftigt. Lope liegt ergeben auf der pultigen Bank. Ein Gelächter taut auf. Die Hautkerbe an der Nasenwurzel des Lehrers wird flacher. Er geht zu Lope, richtet ihn auf, gibt ihm nur ein fahriges Kopfstück: »Morgen pünktlicher, verstanden?«

Lopes Pünktlichkeit regelt die kleine Schwester. Ein Glücksspiel mit den Hieben! Wenn die Kleine naß bleibt, schreit sie. Die Mutter prügelt ihn mittags mit dem Holzpantoffel. Legt er das Kind trocken, kommt er zu spät zum Unterricht, prügelt ihn der Lehrer mit dem Stock. Heute ging es gut. Er entscheidet sich für die Prügel des Lehrers. Er legt die Kleine lieber trocken.

Lope setzt sich in seine Läusebank. – Das war schon eine Weile her, da hatte Trude Läuse bei den Zigeunern aufgelesen. Die Zigeuner rasteten auf dem Dorfanger und brieten einen Igel. Das Erlebnis war gerade in die Erinnerung der Kinder eingeklungen, da gewahrte der Lehrer eine Kopflaus auf Lopes dickem Haarwulst. Mit seinem Raubvogelblick erspähte er sie. Er setzte Lope auf die Läusebank. Sie steht abgesondert an einer Längsseite des Schulzimmers. Viele Läusebrüder haben aus Langeweile die Anfangsbuchstaben ihrer Namen in sie eingeritzt. Klobige Buchstaben, mit Tinte ausgeschmiert.

Läuse also! Die Mutter durchsuchte damals alle getragenen und hängenden Kleidungsstücke der Familie. Sie fand hin und wieder eine Kleiderlaus. Eine bei sich, eine beim Vater. Kopfläuse bei Trude. An diesem Tage ging sie weder aufs Feld, noch in den Herrschaftsgarten. Mag werden, was da will, aber Läuse, nä! Es hob ein großes Kochen und Säubern an. Der Vater schnitt Lope das Haar. Er war ausnahmsweise einmal nüchtern dabei. Deshalb überzogen Absätze, Stufen und Treppen den schmalen Schädel des Jungen. Ein Rebhügel im Kleinen. Trudes Haar wurde mit Sabadillessig durchtränkt. Für Tage trug sie ein Tuch. Danach hätte die gnädige Frau in ihrem besten Pelzmantel bei den Kleinermanns auf dem Fußboden frühstücken können. Sie hätte keine Läuse in das Schloß getragen. Die Mutter durchsuchte noch wochenlang allabendlich Trudes wüste Haarzotteln. Es rührte sich nichts mehr. – Lope blieb aber auf der Läusebank sitzen. Der Unterricht zog an seinen Augen vorüber. Er fühlte sich wie damals, als er krank im Bett lag. Die Familie setzte sich an den Tisch, aß Pellkartoffeln, und er mußte zuschauen. Er war Gast in der Schule. Ein Junge aus dem Wagen eines Puppenspielers, der nach wenigen Tagen wieder weiterzog. Der nicht die richtigen Bücher hatte und niemals gefragt wurde. Lope benutzte Gelegenheiten. Er stellte sich vor den Lehrer. Sein kahlgeschorener Schädel mußte auffallen. Eine Laus darauf wäre wie ein Elefant in der Wüste gewesen. Der graugrüne Blick des Dorflehrers schien an der glatten Fläche abzugleiten. Er fiel auf andere Dinge. Als das mit den Läusen passierte, ging Gottlieb Kleinermann, der Vater, unrasiert umher. Er wollte sparen. Er wollte nicht mehr saufen. Der Deibel soll wissen, weshalb er sich das vornahm. Wollte er dem gnädigen Herrn vielleicht zwei alte Pferde abkaufen? Wollte er sich selbständig machen, freikaufen damit?

Später ging alles wieder normal zu. Liepe Kleinermann soff wieder. An Feiertagen arbeitete er grundsätzlich nicht, verdammt nochmal! An normalen Sonntagen arbeitete die Frau, Mathilde, im Herrschaftsgarten, in den Gewächshäusern oder in der Schloßküche. Liepe ging dann zum Barbier und ließ sich rasieren.

Allerlei Neuigkeiten beim Barbier: Die Kaiserin ist krank. Die Frau des Kaisers, mein' ich. Ach herrje! – In Sachsen wird mit richtigen Gewehren auf die Roten geschossen. – Auf die Roten? – Warum nicht, das sind solche, die bloß nicht arbeiten wollen. Sie wollen alles teilen. Aber wenn niemand nicht arbeitet, gibt es nichts zu teilen, bitte. Im Wirtshaus bei Wilm Tüdel bestellt Liepe einen Schnaps. – Weshalb nicht? – Ist etwa nicht Sonntag? – Weshalb arbeiten sie nicht, wie vernünftige Deutsche, die Roten, mein' ich. – Einen Pfefferminz noch! – Wenn man nicht arbeitet und streikt, kommt man bloß auf dußlige Gedanken. – Einen Bitteren zum Schluß, einen Magentrost!

Dann geht Liepe heim. Er ist seinen Bart los. Er hat eine schwere Zunge. Mit dieser Zunge versucht er, hochdeutsch zu sprechen. Er verlangt auch hochdeutsche Antworten von den Kindern. Nach seiner »Konfürmation« wollte er eigentlich »Handwörker« werden. Fleischer wollte er werden. Schon im letzten Schuljahr half er im Schlachthaus des Dorfschlächters mit. Seinen Wunsch zerfraßen die Ochsen des gnädigen Herrn.

»Oordnung und Saubakeit im Schlachthaus!« Er nimmt den Eimer von der Wasserbank und kippt ihn einfach auf den Fußboden der Küche. Alles geht, wie oft erprobt: Trude greift leise jammernd nach Birkenbesen und Scheuerlappen, sie verteilt damit das Wasser im Raum.

»Der Stift rennt wieda mit langen Loden um den Wurstkössel herum! Sollen die Läuse vülleicht in die Grützwurst fallen, wie?« Das ist das Einsatzzeichen für Lope. Er holt Handtuch und Schere. Dann setzt er sich auf den wackligen Ofenhocker. Er legt das Handtuch über seinen Rockkragen. Den Kamm holt der Vater selbst torkelnd aus dem Versteck. Versteck? – Ja. Was brauchen die Kinder den Kamm? Sie brechen nur die Zähne aus. Das Haarschneiden beginnt. Liepe verrichtet es in betrunkenem Zustand mit Geschick und Ausdauer. Nichts von einem Rebhügel! Alles ist glatt. Dabei berichtet er munter von seinen Erlebnissen im Schlachthaus und beim Viehtreiben. Und was er alles kann! Er kann Wurst machen und einen ausgewachsenen Bullen abstechen. Einen, den man mit Blende und gefesselten Vorderfüßen über die Landstraße treibt. Die Kinder sind vergnügt. Wenn der Vater besoffen ist, ist er lustig. Sie versäumen nicht, ihn an manche Vorfälle zu erinnern. Sie kennen seine Geschichten.

»Das war, die Kuh hatte zu kleene Beine ... äh, kleine Beene ... oder bleine Keene ...« verbessert sich Liepe. – Einmal schor er vor Begeisterung und Eifer auch das heulend abwehrende Mädchen. »Bei dir höcken doch auch die Läuse, denke ich. Jaaa, Oodnung und Saubakeit im Schlachthaus ist Grundbedüngung.«

An normalen Tagen ist Liepe unspürbar. Wenn er abends vom Hofe hereinkommt, ißt er schweigend. Dann setzt er sich auf die Ofenbank. Er kaut Priem und bindet Rutenbesen. Oder er bessert etwas an seinen Pferdegeschirren aus. Seine kleinen, grauen, zuweilen traurigen Augen sehen selten von der Arbeit auf. Er denkt sich an seinem Schicksal wund. Das paktiert mit dem gnädigen Herrn. Sonntäglich betäubt er das Brennen der Wunden mit Alkohol. An den Abenden der Woche erfummelt er sich mit dem Besenbinden das Geld für die betäubende Medizin. Manchmal nickt er bei der Arbeit ein. Sein Kopf sinkt nach vorn. Speichel rinnt aus seinem Mund. Die Lippen entblößen die Stoppelzähne. Schließlich sinkt sein Kopf auf die Ruten des Besens. Dann wirkt Liepe wie ein besenbartiger Ginstergreis. Die Kinder schlüpfen belustigt in die Schlafkammer. Liepe sucht an solchen Tagen sein Bett gar nicht auf. Er schläft, wie er ist, auf der breiten Ofenbank. Die Frau, Mathilde, spricht mit ihm wie mit einem Kinde. Sie ist der Kapitän des kleinen Familienschiffes. Er ist nicht einmal ein Steuermann. Er fuhr mit dem Familienschiff um eine Boje herum. Es ist sein siebzehntes Lebensjahr, diese Boje. Seine Gedanken, diese pickenden Möwen, umkreisen diesen Zeitpunkt seines Lebens. Als er die Frau heiratete, als sie ihn nahm, flammten seine Wünsche nach einem anderen Leben noch einmal in ihm auf. Das war um sein fünfundzwanzigstes Lebensjahr. Sie hatte es damals so eilig. Sie war so bienig geschäftig. Was sie anpackte, ächzte unter ihren harten Händen. Er hoffte, daß sie ihm helfen würde. Aber da kamen schon die Kinder. Viel zu früh. Freilich tauchten Wege aus der Enge manchmal blitzlang hinter seiner schmalen Stirn auf. Sie wurden aber immer wieder von diesen kleinen, ewig hungrigen, schreienden Wänstern versperrt. Er sprach über seine Gedanken nicht zu seiner Frau. Sie ahnte sie wohl. Nein, er widersprach nicht. Die Kinder waren eben da. Sie wurden zur Feder des Uhrwerks, das in den Arbeitstagen ablief, sich abnutzte. –

Er ist selten gereizt oder patzig, der Liepe. Ausgenommen an den Sonntagen, wenn er vom Barbier kommt. Dann schweigt eben Mathilde. Mag er mit dem Wasser planschen, der alte Esel. Wenn er nur sonst keine Dummheiten macht. An solchen Tagen findet sie sich auch mit seiner albernen Wichtigtuerei ab.

Liepe arbeitet auf dem Gutshofe mit zwei Pferden. Er ist dabei, das zweite Gespann aufzubrauchen. Also ein guter Kutscher! Tiere, Geschirr und Gerät gehen gepflegt aus seinen rissigen Händen hervor. Selten, daß er abends seinen Platz auf der Ofenbank nicht einnimmt. Die Familie wartet dann mit dem Abendbrot. Mathilde läuft unruhig in der Küche auf und ab. Sie schaut unauffällig aus dem Fenster. Rein aus Gewohnheit. Im Fenster steht ein viereckiges Stück Finsternis.

»Wird wohl wieder was verschieben.« Sie brummt das mit ihrer halben Männerstimme. Die Worte nehmen ihre fleischigen Lippen kaum in Anspruch. Verschieben? Das ist eine Arbeit, die Lope noch nicht kennt. Es scheint nichts für Kinder zu sein. Auch das Decken und Kalben der Kühe geht die Wänster nichts an. Lope muß also warten, bis er groß ist. Dann wird er wohl das Verschieben lernen.

Er braucht nicht zu warten. Eines Abends ruft ihn der Vater vom Abendbrottisch weg. Sie gehen auf den Hof. Lope muß sich vor die Stalltür stellen.

»Du bist jetzt schon groß genug und kannst mir dies und das helfen!« Auf dem Hofe hantiert nur noch die Frau des Vogtes mit Eimern am Brunnen. Der Vater weist mit einer Neigung seines schmalen, schlotternden Körpers nach dort hin.

»Wenn sie weg ist, pfeifst du ein Lied!«

Sie geht, sie schlägt die Tür ihrer Wohnung zu. Lope pfeift: »Ein Mädchen wollte Brombeern pflücken ...«

Der Vater kommt. Er trägt einen gefüllten Sack. Er hat ihn über Schultern und Nacken liegen. Auch er schaut sich noch einmal prüfend um. Er muß die Augen verdrehen unter der Last. Sie gehen durch die Viehkoppel. Lope muß so um dreißig Schritte vorausgehen. Er soll wieder pfeifen, wenn jemand kommt.

»Wieder das gleiche Lied?«

»Ist doch quarkegal«, ächzt der Vater.

Sie haben die Koppel durchquert. Jetzt gehen sie am Dorfrand entlang. »Zum Bäcker«, stöhnt der beladene Liepe. Der Junge stapft hurtig voran. Er tut es unbefangen, wie am hellichten Tage. Was kann geschehen? Vater ist bei ihm. Das ist ein neues, gutes Gefühl. Die Wiesen sind taufeucht. Die Sterne liegen im rabigen Dunkel wie aneinandergefallene Funken im Ofenloch. Es grillt im Grase. Es grischelt in den Bäumen. Etwas Schwarzes steht am Rande des Feldes. Lope zuckt. Der Schreck zerrt seine Lippen breit. Sie wollen sich nicht zur Pfeifründe formen.

»Harre meine Seele ...« pfeift er dann doch. Nach den ersten Tönen ein dumpfes Aufschlagen im Grase. Der Vater hat den Sack abgeworfen. Er hat sich in einen kleinen Graben rollen lassen. » ... harre des Herrn!« pfeift Lope weiter. Er starrt auf das länglich dunkle Ding. Es bleibt stehen. Lope rupft einen Grasbüschel aus und wirft verspielt nach dem schwarzen Ding. Liepe ist herangekommen. Er berührt mit kratziger Hand die Schulter des Sohnes: »Wo?« Sein Atem geht noch keuchend von der Last. Der Junge erschrickt. Er fängt sich aber wieder und weist mit der in der Schreckbewegung aufgeflogenen Hand zitternd auf das schwarze Etwas vor sich.

»Dummlack«, kommt es raunzig, »der alte Pflaumenbaum. Der letzte Hagel hat ihm die Krone abgeschlagen.« Liepe nimmt den Jungen bei der Hand. Er führt ihn. Lope geht zum ersten Male mit dem Vater Hand in Hand.

Die große, rissige Hand des Vaters zittert ganz leise. Nur so unter der Haut. Lope versucht, im Dunkeln das Gesicht des Alten zu erkennen. Der wischt mit der Linken den Schweiß von Stirn und Augen.

»Wenn da doch jemand steht, dann sagst du: ›Jetzt müssen wir gleich an dem Nest sein. Da sitzt ein Rebhühnchen auf Eiern‹, ja?«

»Wie, welches Rebhühnchen?«

»Na, bloß so ..«

Es ist nichts anderes als der Rest eines Pflaumenbaumes. Liepe atmet auf.

»Ja, da kannst du sehen, man muß nicht immer gleich solche Bange haben, hä, hä!«

Der Vater geht zurück, huckt den Sack wieder auf. Sie kommen zum Hofe des Bäckers. Liepe findet sich gut zurecht. Das hintere Tor ist nur angelehnt. Er stößt mit dem Fuß dagegen. Sie gehen über den Hof in die Backstube. Dort steht der weißbeschürzte Bäcker. Er wirft einen unwilligen Blick auf den Jungen. Liepe nimmt den Bäcker beiseite. Sie flüstern miteinander.

»I wo, denk' doch nicht!« Liepe stößt unruhig mit dem Fuß an den Sack. Es raschelt trocken darin. Lope ist nie in einer Backstube gewesen. Das Brot für die Familie holt er im Laden ab. Neue Eindrücke fallen durch seine glänzenden Augen. Ihr verwaschenes

Blau zwischen den skrofulösen Lidrändern läßt sie aussehen wie kleine bunte Fenster. Da sind nun der Backofen, die Tröge, die Teigteilmaschine. Der bauchige Bäcker schlürft davon. Der Vater keucht noch. Der Bäcker kommt wieder zurück.

Er hält Lope eine Zuckerstange unter die Nase. Der sieht nur noch die Zuckerstange, keine Brotschieber, keine Kuchenbleche mehr.

Sie gehen den gleichen Weg zurück. Die Bäckerei verschwindet im Abendnebel. Liepe beginnt mit gestrafften Knien auszuschreiten. »Iß jetzt deine Zuckerstange, sie gehört dir allein. Du hast dafür gearbeitet. Du brauchst den Weibern nichts abzugeben.«

Lope nickt zufrieden. Er beißt ab. Der Vater ist stehengeblieben. Er klimpert mit dem losen Gelde. Er hat es aus der Tasche gezogen und versucht es im Dunkeln zu zählen. Auch Lope hält ein. Er sieht sich kauend nach dem Vater um.

»Daß du der Trude nichts erzählst, wo wir waren! Du bist jetzt schon bald ein Mann. Das Weibervolk muß den Dreck wissen.«

Lope läßt die Zuckerstange im Ärmel verschwinden. Männer essen keine Zuckerstangen. Liepe steckt in jede Tasche etwas von dem Gelde. Sie gehen nicht wieder Hand in Hand. Weshalb auch? Den Pflaumenbaumstumpf kennen sie ja.

Liepe wird froh und gesprächig. Alles in allem, Lope sei jetzt schon erwachsen. Er muß so manches wissen und lernen, was Kindern verheimlicht werde. Nächstens solle er beim Kalben der Kühe zusehen dürfen. Lope ist wieder mit seiner Zuckerstange beschäftigt. Sie glitzert speichelnaß im Mondlicht. »Denkst du, ich habe etwas Unrechtes getan?« fragt der Vater mehr sich selbst. Er habe das Pferdefutter den Monat über gut eingeteilt, das sei nun der Hafer gewesen, der übrig blieb. Lope steckt den Rest seines Naschwerkes in den Mund.

»Es kann doch niemand sagen, daß meine Pferde Dürrländer sind, oder?« will der Vater wissen.

»Mmmnein«, sagt Lope.

Er versteht noch wenig von Pferden.

»Jaja, da kannst du sehen, was das ausmacht: Kartoffeln, Sonnenblumenkerne. Fett wie Schnecken werden die Pferde davon.«

Lope schaut auf den Mond. Er leckt sich die Lippen und nickt stumm. »Wie?« fährt der Vater herum, »den übrigen Hafer dem Inspektor zurückgeben?«

Lope hatte eigentlich nichts gesagt. Nein, für so ungescheit solle er den Vater doch nicht halten, hä, hä! Das fehlt noch gerade! Die

Worte seines Selbstgesprächs hüpfen Liepe wie Frösche aus dem Munde:

Kein Kutscher gäbe zurück, was er herausgewirtschaftet habe. Was würde geschehen, wenn er, Liepe, damit begänne? – sie würden doch über ihn herfallen. Wie? Ja, punktum und basta.

Die Mutter empfängt sie mürrisch:

»Alles ist kalt geworden. Was soll der Fratz so lange in der Nacht draußen?« Liepe bläst mit vollen Backen auf die dampfende Kartoffel, die er pellt. »Wovon hast du so rote Finger, hast du geblutet?«

Lope schüttelt den Kopf. Er leckt die Finger nachgenießend ab. Nach dem Essen schlüpft er in die Kammer. Trude und die Kleine schlafen schon. Das Bett steht im grausilbernen Mondlicht. Es ist immer noch das kurze Kinderbett. Trude und er haben es zusammen. Nun muß er wohl ein langes bekommen. »Du bist jetzt schon bald ein Mann.« – Ein Mann kann nicht mit dem »Weibervolk« zusammen schlafen.

Liepe sitzt mit übergeschlagenen Beinen auf der Ofenbank. Seine Augen verfolgen die Bewegungen, die sein rechter Fuß mit dem Holzschuh ausführt. Seine Hände liegen auf den Rocktaschen.

»Ich dächte, du bist ganz und gar verrückt.« Mathilde stützt die Hände in die Hüften. Ihre klumpige Nase ist blaß. Die Mundwinkel sind wie Drähte aus Zorn. Alle Falten des Gesichts hängen daran.

»Was mußt du den Jungen mitnehmen? Bloß weil du allein die Hosen voll Angst hast.«

»Er hat bessere Augen, ich wollte ... hier ist mein Geld für deine Schuhe.« Liepe sieht sie von unten herauf an. Er faßt in die Tasche.

»Schuhe, Schuhe? Quark, Schuhe! Schnaps. Behalt deine Silberlinge. Ich verdien mir meine Schuhe selbst. Das kannst du dir merken. Mach ich selber, und wenn ich auf die Nase falle.«

»Eben ...«

»Ach, eben! Ich pfeif auf solche Schuhe. Wenn sie dich schnappen, dann haste deine Schuhe! Und dann der Junge, nein, geh mir los.« Freilich, die Hälfte des Erlöses vom verschobenen Hafer sollte Liepe gehören. Wer aber kann wissen, ob er wirklich vorhatte, das Geld für Schnaps auszugeben? Kann er vielleicht keine Pläne haben? Jeder andere Mensch auf Erden hat auch Pläne. – Es glaubt niemand mehr an seine Pläne. –

So sitzt er; er würde die Nacht auf den Zinken einer Egge geschlafen haben, wenn er die Frau damit von der Redlichkeit seiner Absicht hätte überzeugen können.

Werner Bergengruen
Heim in den Anbeginn

Färben die Wolken sich zarter?
Wo gewahrst du noch Nacht?
Schließe die Augen, Bejahrter,
und so ist es vollbracht.

Fühle: die Ströme vergleiten
rückwärts zum goldenen Quell.
Die verwitterten Zeiten
baden sich jung und hell.

Trauernde Weidenruten
heben sich grün ins Licht,
netzen mit Tropfenfluten,
blinkenden, dein Gesicht.

Uralte Göttersagen
wehen über dich hin.
Und so wirst du getragen
heim in den Anbeginn.

Wilhelm Lehmann
Atemholen

Der Duft des zweiten Heus schwebt auf dem Wege,
Es ist August. Kein Wolkenzug.
Kein grober Wind ist auf den Gängen rege,
Nur Distelsame wiegt ihm leicht genug.

Der Krieg der Welt ist hier verklungene Geschichte,
Ein Spiel der Schmetterlinge, weilt die Zeit.
Mozart hat komponiert, und Shakespeare schrieb Gedichte,
So sei zu hören sie bereit.

Ein Apfel fällt. Die Kühe rupfen.
Im Heckenausschnitt blaut das Meer.
Die Zither hör ich Don Giovanni zupfen,
Bassanio rudert Portia von Belmont her.

Auch die Empörten lassen sich erbitten,
Auch Timon von Athen und König Lear.
Vor dem Vergessen schützt sie, was sie litten.
Sie sprechen schon. Sie setzen sich zu dir.

Die Zeit steht still. Die Zirkelschnecke bändert
Ihr Haus. Kordelias leises Lachen hallt
Durch die Jahrhunderte. Es hat sich nicht geändert.
Jung bin mit ihr ich, mit dem König alt.

Georg Britting
Rabenweisheit

Auf der Wiese glänzt der bleiche
Bovist und die Krähe schreitet
Mit dem Kopfe nickend zu dem
Garten, wo das Wirtshaus steht.

Weisheit ist beim Volk der Raben:
In der Küche klirrt die Pfanne!
Wein wird dir den Gaumen feuchten!
Schönen Heimweg wirst du haben
Auf der abendlichen Wiese,
Und der Bovist wird, ein Riese,
Seine bleiche Lampe heben,
Dir den Graspfad zu beleuchten!

Karl Krolow
Die Laubgeister

Roter Staub hängt in der Braue,
Der sich mit den Lüften mischte.
Gaumig flüstern Schatten rauhe
Laute, die der Wind verwischte.

Die ich mit der Hand verscheuche,
Laubige Gespenster, Wesen,
Jenseits atmend durch Gesträuche
Und als Schrift im Sand zu lesen:

Mit vergrößerter Pupille
Seh ich aus dem Kalk sie fahren,
Stöhnend in der grünen Stille,
Und mit alten Weidenhaaren,

Fadenlippen, ganz aus Tusche,
Schnell wie Traum vorüberfließen
Und die helle Blätterdusche
Als ein leichtes Bad genießen.

Hinter den gespreizten Fingern
Winken die gehauchten Wangen
Wie Gewölle im geringern
Licht, das wegwärts aufgegangen.

Wie ein Echo stehn die Stimmen
– Ferne Sensen – hinterm Hange,
Rollen zischend sich im schlimmen
Netz des Schweigens auf als Schlange.

An die Dolche ihrer Augen,
Die sich aus dem Nußholz bohren
Und mich durchs Gedörne saugen,
Fühle ich mich jäh verloren.

Mir zu Füßen, mir zu Häupten,
Wie die Geister von Makaken,
Masken, die sich grün betäubten,
Hör' ich sie im Laube knacken.

Elias Canetti
Komödie der Eitelkeit

Die Straße bei Nacht

Der Prediger Brosam *geht über die Straße. Es ist sehr dunkel, seine rechte Hosentasche leuchtet. Er trägt darin den Spiegel und die brennende Lampe, die er in der Eile zu löschen vergaß. Manchmal neigt er sich auf die andere Seite, wie um die Schwere rechts auszugleichen. Seine Hand fährt des öfteren bis vor die Tasche, immer aber rasch zurück.*

Heiß. Heiß. Mein Gott, ist das heiß!

An seiner Tasche zieht er die Straße mit. Sie ist schlecht beleuchtet. Die wenigen Laternen sind so hoch, daß ihr Licht nicht viel stärker scheint als das in seiner Hose. Mitten in das finstere Schweigen der Luft stöhnt es plötzlich. Brosam bleibt stehen. Nicht weit von ihm leuchtet ein ähnliches Licht wie das seine, aber tiefer, wohl am Boden. Zögernd nähert er sich, das Stöhnen wird stärker. Nach wenigen festeren Schritten steht er neben dem Licht.

Was ist Ihnen? Sind Sie verletzt?

Stöhnen.

Ich will Ihnen helfen. Was haben Sie?

Stöhnen.

Armer Mensch! So starke Schmerzen! Kommen Sie, ich will Ihnen helfen.

Stöhnen, dem man »Licht! – Licht!« entnimmt.

Sie wollen Licht? Gleich, guter Mann, gleich!

Er kniet nieder, holt aus der Tasche des Liegenden eine Lampe hervor und leuchtet ihn damit ab.

Blutig ist er nicht. Ich seh nirgends Blut.

Stöhnen.

Sie müssen schwere Verletzungen haben, innere wohl. Kommen Sie, guter Mann.

Stöhnen. Licht! Licht! *Brosam steckt die Lampe des Liegenden rasch ein, in die eigene linke Tasche, und hebt ihn mit Mühe hoch. Dann trägt er ihn mehr, als er ihn stützt, bis unter die nächste Laterne, gegen die er ihn behutsam stellt. Hier holt er die Lampe des Mannes hervor und leuchtet, diesmal gründlicher, sein Gesicht wieder ab. Der Mann aber taumelt.*

Brosam So, jetzt wollen wir's ein wenig anschaun, guter Mann. Ich paß gut auf. Haben Sie keine Angst, ich tu Ihnen gewiß nicht weh. Kommen Sie, beruhigen Sie sich. Es ist ja nicht so arg. Nicht einmal blaß sind Sie! So ein junger Mensch! So ein starker Kerl! Das blühende Leben! Wie alt können Sie sein? Dreißig höchstens. Die roten Backen nur! Ein Gesicht wie ein Apfel! Das übersteht man, glauben Sie mir, guter Mann, alles übersteht man. Was hat man denn mit Ihnen gemacht? So, jetzt machen Sie mal schön den Mund auf! Diese Zähne! Ein Labsal, ein wahres Labsal! Ich kann den Herrgott lange bitten, daß er mir solche Zähne schenkt, es nutzt nichts, bei mir ist es vorbei. Aber Sie! Diese Zähne! Einer schöner wie der andere und keiner fehlt. Eine Pracht! Ein Labsal! Das blühende Leben! Wo tuts denn weh? Wo? *Der Mann stöhnt nicht mehr und schweigt.* Das Sprechen fällt Ihnen so schwer, natürlich. Bleiben Sie jetzt hier. Ich hole Hilfe. Ich bin gleich wieder da, gleich.

DER MANN *ganz trocken.* Meine Lampe!

BROSAM So, Sie wollen Ihre Lampe. Da haben Sie.

Der Mann knipst die Lampe ab, sagt »Danke« und geht als vollkommen Gesunder davon

BROSAM *ihm nachstarrend.* Ja, was war denn das? Dem war ja gar nichts! Armer, verlogener Sünder!

Beim Worte »Sünder« greift er sich rasch an seine Tasche. Dann geht er weiter, viel langsamer als früher, so als hoffe er noch auf die Rückkehr des Mannes, auf sein Licht und auf sein Stöhnen. Statt e i n e s Lichtes tauchen aber viele auf, immer mehr, die Straße bevölkert sich mit Lichtern, und vielfaches Stöhnen erfüllt die Nacht. Je mehr es werden, um so besser versteht man sie. Eine Drohung übertrumpft die andere.

»Hilfe! Ich ersticke!«

»Ich verdurste! Wasser!«

»Ich sterbe!«

»Ich verblute!«

»Ooooo!«

BROSAM Was wollt ihr? Was wollt ihr? Ich bin allein. Ich kann euch nicht helfen.

Plötzlich springt etwas neben ihm hoch und schreit.

Was haben Sie in der Tasche?

BROSAM *fährt zusammen. Er geht rascher. Er seufzt. Nach einer Weile sagt er laut:* Mein Gott, mein Gott, ist es denn gar so schrecklich, sich nicht zu sehen?

Im selben Augenblick taucht ein Mann vor ihm auf.

BLEISS Sie wollen sich sehen!

Brosam Wa-as?
Bleiss Ob Sie sich sehen wollen!
Brosam Aber wo – woher?
Bleiss Es kostet nicht viel. Es wird Sie nicht reuen.
Brosam Guter Mann …
Bleiss Machen Sie keine Geschichten! Soviel haben Sie noch!
Brosam Aber ich …
Bleiss Zehn Schilling, zwei Minuten. Für Beleuchtung ist gesorgt.
Eine kleine Taschenlampe flammt auf. Man erkennt S. Bleiß.
Brosam Mann, Mann!
Bleiss Kommen Sie unters Haustor, haben Sie keine Angst!
Brosam Wissen Sie auch, was Sie tun?
Bleiss Das ist meine Sache. Wollen Sie sich sehen?
Brosam Blicken Sie um sich! Haben Sie gar kein Herz? Betrachten Sie diese vielen Lichter!
Bleiss Gesindel. Da hat keiner Geld. Was glauben Sie! Von den Leuten hat sich seit Jahren keiner gesehn. Das wartet auf ein paar gute Worte. Gesindel.
Brosam Fürchten Sie sich denn gar nicht, Mann?
Bleiss Ach so. Sie gehen selber. Was halten Sie mich auf? Sie sind verrückt! In der Hosentasche haben Sie's! Ihre Lampe brennt. Man kennts an der Tasche. Ich mach Sie aufmerksam. Sie sind verrückt!
Er verschwindet. Brosam beginnt zu laufen. Jemand kommt ihm entgegen. Er springt zur Seite. Er fällt und stöhnt. Beim Aufstehn leuchtet seine Lampe noch immer. Er legt beide Hände darüber und versucht, sehr behindert, so auszuschreiten. Da begegnet ihm wieder jemand. Er rettet sich unter ein großes, hell beleuchtetes Erkerfenster. Er faltet die Hände über sein eigenes, hier recht geschwächtes Licht, und ist so beinah nicht da.
Oben, in einem Salon, dessen Fenster weit geöffnet sind, geht ein Herr auf und ab. Der Mensch, vor dem Brosam floh, geht ins Haus hinein und betritt bald den Salon. Es ist eine Dame.
Leda Föhn-Frisch Das ist ja schrecklich! Das halt ich nicht aus! Das geht so nicht weiter, Heinrich!
Heinrich Föhn Was hast du denn wieder, Leda?
Leda Ich fürchte mich. Diese Menschen! Das liegt da herum und stöhnt. Entsetzlich! Das ist so sinnlos, alles.
Heinrich Beruhige dich, es ist nicht so arg.
Leda Was redest du? Du weißt es nicht. Ich weiß es. Jede Nacht ist es dasselbe. Den ganzen Tag zittere ich schon vor dem Heimweg.

Ich hab solche Angst. Wenn ich drauftrete, könnt ich schreien vor Angst!

HEINRICH Dann paß eben auf!

LEDA Es sind doch so viele. Die meisten sind gar nicht beleuchtet. Sie legen sich einfach über die Straße, und man kommt nicht weiter. Bemerkt man einen vorher, dann darf man lang bitten und schön tun, damit er sich endlich aus dem Weg legt. Bemerkt man einen nicht und tritt drauf, dann ist der Teufel los. Der Kerl schreit, wie wenn er am Spieß steckte. Du mußt ihn aufheben, ihn untersuchen, du mußt trösten und schmeicheln. Die Leute lauern förmlich drauf, daß man ihnen was sagt über sie. Sie kennen sich ja gar nicht. Sie sehen sich nicht. Sie wissen nichts über sich. Kein Mensch, der sprechen kann, spricht mit ihnen. Ihr Leblang hat sie niemand beachtet. Drum legen sie sich ja bei Nacht auf die Straße, damit man über sie stolpert. So erzwingen sie sich Beachtung. Eine Erpressung eigentlich. Ausgehungert sind diese Menschen, unglaublich! Ich hab solche Angst! Einmal wird mir so ein Kerl einfach über den Kopf haun und fertig.

HEINRICH Das wird er gewiß nicht tun, Leda. Da wäre er ja dumm. Wenn du stumm bist, kannst du ihm gar nichts mehr geben: Er wird im Gegenteil immer besonders nett zu dir sein.

LEDA Du kennst diese Leute nicht. Da geht es nicht so vernünftig zu. Ich kann mir nicht helfen, ich hab eine schreckliche Angst vor ihnen!

HEINRICH Eine Ärztin sollte bessere Nerven haben, Leda.

LEDA Du machst dir sehr falsche Vorstellungen von meinen Patienten, Heinrich. So was gibt es in unserm Sanatorium gar nicht. Gott sei Dank gibt es das bei uns nicht. Ich weiß viel, ich weiß vielleicht alles, ich bin sehr geschickt, aber wie ich einen solchen Fall behandeln sollte, das weiß ich wirklich nicht.

HEINRICH Kann man auch nicht. Das kann man nur im großen und ganzen behandeln. Dazu ist ja die Politik da.

LEDA Ich sage dir, Heinrich, hör mich gut an, wenn das noch lang so weitergeht mit dem Heimweg nachts – ich sterbe dir hin wie nichts!

HEINRICH Das wirst du nicht tun. Du weißt, ich brauche dich.

LEDA Hör mich an, Heinrich! Ich arbeite gern für dich. Ich hab dir nie einen Vorwurf daraus gemacht, daß du nichts verdienst. Ich weiß, du bist was Besondres. Etwas Großes bereitet sich in dir vor. Ich weiß alles. Aber in dieser Gegend halt ich es nicht mehr aus. Wir sind die einzigen kultivierten Menschen hier. Glaube mir, außer uns gibt es hier nur Gesindel. Du bist so verträumt. Du merkst es nicht. Ich weiß es. Ich beschwöre dich, Heinrich, ziehn wir weg von hier!

Heinrich Es tut mir sehr leid, Leda. Aber ich kann darauf nur sagen, was ich dir gestern und vorgestern und vorvorgestern gesagt habe: es geht nicht. Schluß.

Leda Du liebst mich nicht.

Heinrich Ich liebe dich, aber ich brauche diese Atmosphäre. Diese Menschen wissen zwar nicht, wer hier wohnt. Aber sie ahnen es. Ich bin ihre Sonne. Ich leuchte. Ein Leuchten geht von mir aus. Täglich arbeite ich an mir. Ich habe mich gefunden. Ich lasse die Fenster offen nachts und spüre, wie sie auf jedes meiner Worte lauschen. Ist dieses Leben nicht herrlich, Leda? Wenn ich genug habe, schließ ich das Fenster wieder und ziehe die Vorhänge drüber.

Vor dem Fenster hat sich Gesindel angesammelt. Menschen in Lumpen und auf Zehenspitzen drängen sich vor dem Erker. Das Licht aus dem gesprächigen Salon fällt auf viele verzückt lauschende Köpfe.

Leda Ja, das ist herrlich, aber ich …

Heinrich Es tut mir sehr leid, Leda. Daran ist nicht zu rütteln. Das ist ein Naturgesetz. Aber ich habe ein Geschenk für dich.

Leda Für mich? Du weißt, es gibt für mich nur ein Geschenk, und das bekomm ich ja doch nicht.

Heinrich Ich habe darüber nachgedacht, Leda. Jeder Mensch hat heute sein Lied, das ihm allein gehört und das ihm niemand wegnehmen kann. Ich begreife das. Man will sich doch wenigstens hören, auf eine ganz bestimmte Weise hören, wenn man sich nicht sehen kann.

Leda Ja. Ja.

Heinrich Du sollst dein Lied haben, Leda. Ich mußte es dir bisher versagen, es hätte mich zu sehr gestört. Heute bin ich so gefestigt, daß mich nichts aus meiner Bahn schleudern kann – es sei denn eine Sonne, die mächtiger ist als ich, und die müßte ich erst finden.

Leda Wie? Ich darf mein Lied haben? Mein eigenes Lied? Für mich allein? Und ich darf es auch singen?

Heinrich Ja, mein Gutes, ich denk oft an dich, du spürst es nur nicht.

Leda Ich danke dir, Heinrich. Du liebst mich ja doch.

Heinrich Siehst du, ich liebe dich. Aber ich hab auch eine kleine Gegenbitte an dich. Ich möchte dich bitten, mich nicht mehr zu duzen. Es stört mich in meiner Entwicklung. Ich bin nicht irgendein Mann, dem das gleichgültig ist. Es gibt mir jedesmal einen Stich, wenn du mir »Du« sagst. Ich brauche dann Zeit und Nervenkraft, um mich davon zu erholen. Es wirft mich oft um Wochen und Monate zurück. Ist das nicht sinnlos? Eigentlich ist ja das »Du« eine Anmaßung, in solchen Ausnahmefällen meine ich. Du brauchst mir aber drum nicht »Sie« zu sagen. Man kann das ja umschreiben. Einverstanden?

Er geht ans Fenster und schließt es. Er zieht die Vorhänge darüber. Es sieht jetzt aus wie eine leere Filmleinwand. Die Köpfe draußen wenden sich ab. Das Licht erlischt. Die Menschen verschwinden. Auf allen Seiten stöhnt es wieder vom Boden. Brosam schleicht sich, gebückt, als krieche er, und selber stöhnend davon.

CARL ZUCKMAYER
Der Gesang im Feuerofen

PIERRE Da kommt er!

MICHELLE Wer kommt?

Sie läuft nach hinten. Dort ist eine Bewegung entstanden, alles drängt zum rückwärtigen Eingang.

LEISE RUFE Der Tambour! Der Tambour!

MARCELS STIMME Salut, Kameraden!

RUFE Salut! Salut Tambour!

Pierre und Castonnier sind auch nach hinten gelaufen. Sie stemmen Marcel auf die Schultern, der so aus den Schatten der andern herauswächst, und, während einige gedämpft und mit den Füßen stampfend die Marseillaise intonieren, rasch nach vorne geschleppt wird. Er trägt einen alten Soldatenmantel, rückt sich die Baskenmütze aus der Stirn.

FRANCIS *hat seinen Arm um Francine gelegt.*

MARCEL *springt von den Schultern der beiden herunter, steht vor Francis. Der Gesang und das Stampfen hört auf.* Willkommen, Schloßherr! Ich hoffe, du hast nichts gegen unsre stille Einquartierung. *Er streckt beide Hände aus, die Francis und Francine ergreifen.*

FRANCIS Willkommen, Jakobiner. Solang das Schloß nicht dabei in die Luft fliegt, keineswegs. Ich sehe, es geht dir nicht schlecht.

MARCEL Gut genug, nach fünf Stunden Nachtmarsch über die Berge.

CASTONNIER *Nimmt ein Schnapsfläschchen aus der Tasche, reicht es ihm.* Erste Hilfe.

MARCEL Gott sei Dank. *Tut einen tiefen Zug.* – Michelle! *Er küßt sie.* Was macht Papa Constable?

MICHELLE Er hat seine Sorgen.

MARCEL Wenn er zu uns hierher käme, wär er sie los. Aber dazu fehlt ihm der Schwung. *Haut Castonnier auf die Schulter.* Die Waffen schon eingelagert?

CASTONNIER Samt der Munition. Fünftausend Schuß. Louis hat tadellos funktioniert, der Nachrichtendienst lief wie Öl.

MARCEL Ja – wenn man lautlos gehen will, braucht man Katzenpfoten. *Reibt Francines Hände.* Du zitterst ja. *Er schlägt seinen Mantel um sie.*

FRANCINE Sag es ihm jetzt, bitte.

CASTONNIER Ich muß den Proviant ausgeben. *Geht mit Pierre nach hinten.*

MARCEL *setzt sich auf eine Stufe, zieht Francine neben sich.* Wir müssen reden, Francis. Komm zu uns. *Er nimmt ein Stück Brot heraus, beginnt zu essen.*

FRANCIS *bleibt stehen, Michelle neben ihm.* Ja – wir müssen reden. Du weißt, Marcel, daß ich zu euch halte. Und daß ich die äußeren Folgen nicht fürchte. Aber da sind andere Dinge – die fürchte ich.

MARCEL Wovon sprichst du jetzt?

FRANCIS Von den Waffen. Ihr habt hier eine Zuflucht gefunden, das ist in Ordnung, was mich anlangt. Aber es werden hier Waffen versteckt, von vielen Händen, und wer das Versteck weiß, kann sie benutzen. Das ist nicht in Ordnung.

MARCEL Francis, du bist kein Narr, obwohl du dich manchmal so stellst. Sollen wir mit Dessertgabeln kämpfen? Sollen wir Schneeballen schmeißen und Kirschkerne spucken, wenn es losgeht?

FRANCIS Es mag ein Kampf bevorstehn, den die Waffe entscheidet. So weit sind wir noch nicht. Ich bin für den Widerstand – aber ich bin nicht für Meuchelmord.

MARCEL Ziehst du Geiselmord vor?

FRANCIS Darauf muß ich dir keine Antwort geben. – Ich kenne die Aktionsgruppen, Marcel – besonders die unseren hier, in den Savoyer Bergen. Ich habe Lager besucht, ich habe dort Messen gelesen und Sterbende versehn. Ich weiß, da gibt es viele wie dich, Patrioten und Freiheitskämpfer. Aber, da sind auch andere. Jede Bewegung, die sich verbergen muß, zieht die Lichtscheuen an. Die werden morden um des Mordens willen, und sich dann auf den Widerstand herausreden.

MARCEL Es sind nicht lauter Heilige. Aber sie werden schon Disziplin halten. Dafür wird gesorgt.

FRANCIS Von wem? Wer trägt die Verantwortung? Wer sagt diesen Leuten, worum es geht, wer gibt die Parole aus? Bist du es?

MARCEL Ja, zum Teufel – und ich stehe für alles ein – selbst wenn mal ein bißchen zu viel geschossen wird. Hauptsache, daß geschossen wird!

FRANCIS Halt! Das haben die anderen auch gesagt – und auch bei denen gab es Gutgläubige, die Disziplin meinten und Schindknechte erzeugten. Sobald man so denkt, entfesselt man die Roheit und wird zum Komplicen der Henker, die man bekämpft.

MARCEL Es sind rohe Zeiten, Kaplan. Mit zarten Händen kann man sie nicht verändern.

FRANCIS Aber mit reinen Händen! Sonst verändert man nichts. – Man zählt von alters her die Völker nicht nach Fäusten, sondern nach Seelen.

MARCEL Der Gegner zählt nach Panzern, Gewehren und Handgranaten. Und nach Leichen, waggonweise.

FRANCIS Drum wird er verlieren. Wer an Mengen glaubt, erliegt dem Gesetz der Menge. Die Quanten-Energie entscheidet, und nicht die Anzahl!

MARCEL Das ist Philosophie. Bleiben wir bei der Wirklichkeit.

FRANCIS Es war Physik – das ist die Wirklichkeit. Und das Fünkchen Himmel oder Hölle in jedem deiner Leute ist ebenso wirklich, wie eine Sprengladung, und wie ihre Muskelkraft. Auch dafür mußt du einstehen.

MARCEL Du solltest dir so was für den Sonntag sparen.

FRANCIS Wir haben Sonntag. Es ist der letzte Advent.

MARCEL Willst du hier Seelsorge treiben? Dazu bin ich nicht hergekommen.

FRANCIS Aber ich. Warum hast du mich gerufen?

FRANCINE Du kannst ihm vertrauen, Francis. Auch wenn er hart redet, meint er das Rechte. Wir wollten mit dir von etwas anderem sprechen.

MARCEL Das kommt später. Jetzt muß erst Klarheit werden zwischen uns. Du glaubst, ich mache hier Bandenkrieg ohne Plan und Idee? Ich sei der Verantwortung nicht gewachsen?

FRANCIS Das sage ich nicht. Aber du kannst sie nicht auf *einer* Schulter tragen, wie eine Flinte. Du kannst nicht einen Teil davon eingraben und für später aufsparen, wie eure Munition. Du kannst deinen Leuten auf die Finger schauen, aber nicht ins Herz. Deshalb mußt du dein eigenes prüfen.

MARCEL Francis, du weißt, wie ich denke. Himmel und Hölle sind mir unbekannt. Für mich sind die guten und die bösen Mächte durchaus von dieser Welt, und wenn wir die bösen bekämpfen wollen, brauchen wir klare, direkte Ziele, wie auf dem Schießplatz. Ich bin dagegen, daß man sie vernebelt.

FRANCIS Das tue ich nicht. Ich sehe sie klarer als du. Denn sie sind nicht aus Holz, wie auf dem Schießplatz, sondern aus Fleisch und Blut, und in jedem lebt eine Seele. Bevor man die Waffen ergreift, muß man wissen, wofür man tötet. Wogegen genügt nicht.

MARCEL Und genügt das nicht: für unser Volk? Für sein freies, friedliches Leben? Genügt das nicht, hier und heute?

FRANCIS Es genügt nicht, Marcel. Es geht um eine Entscheidung, die schneidet mitten durch alle Völker und alle Menschen hindurch.

MARCEL Das ist die Entscheidung gegen die Ausquetscher, und für die Ausgequetschten! Eine andere gibt es nicht, heutzutage!

FRANCIS Es gibt eine andere, und du kennst sie. Warum wirst du sonst so heftig?

MARCEL Weil ich nicht leiden kann, wenn man das Einfache verwirrt. Wir haben die Wahl zu treffen, ob wir frei leben wollen oder versklavt. Das ist alles.

FRANCIS Wir haben die Wahl zu treffen, hier und heute, ob wir das Leben erniedrigen wollen zu einer blinden Funktion – oder ob wir es lieben können, als Gottes Geschenk, in jedem seiner Geschöpfe, noch im Feind, noch in Tod und Vernichtung. Es muß eine Liebe sein, die stärker brennt als der Haß. Alles andere ist zu wenig.

MARCEL Und wer trägt dann die Verantwortung, von der du redest? Wenn wir Geschöpfe sein sollen, Kreaturen Gottes, statt Funktionäre des Volkes und unserer Vernunft? Wer trägt dann die Verantwortung, für Gut und Böse? Der Himmel womöglich?

FRANCIS Jeder, der lebt. Wir haften für dieses Leben mit unsrer Seele, die ein Teil ist vom Wunderbaren, von der geheimen Schönheit und Ordnung, der sie entstammt. Wir sind noch für den Zufall verantwortlich, wenn er mit Steinen wirft – denn es kommt nicht darauf an, was uns trifft, – nur, wie wir es bestehn, und was wir uns daraus machen. Das ist die Freiheit, Marcel – die einzige, die allen gemeinsam ist. Dafür mußt du kämpfen.

MARCEL Nein, Bruder, da mach ich nicht mit. Das Wunderbare kann mir gestohlen bleiben, und ich brauche kein Gottesgeschenk. Der Sperling fällt vom Dach, wenn ihn der Schrotschuß trifft, dem Armen wird sein Lamm genommen, wenn er die Steuer nicht zahlen kann, und das Scherflein der Witwe macht die Prälaten fett. So ist die Welt, und wir kämpfen, damit's unserer Mutter nicht in die Stube regnet, wenn sie alt ist, und damit unsre Kinder nicht in Angst leben, daß morgen kein Brot mehr da ist, und damit unsre Frauen nicht mit schlaffen Brüsten gehn, wenn sie dreißig sind, sondern uns mit ihrem Leib und ihrer Wärme erfreuen. Das ist mir Liebe genug – und wenn du mehr von mir willst, dann trennen sich unsre Wege.

FRANCIS Dann müssen sie sich trennen, Marcel – bis das Ende sie wieder zusammenzwingt. Denn es gibt nur ein Ende und eine Mündung.

FRANCINE *springt auf.* Und wozu bist du Priester geworden, Francis? Weshalb hast du die Armut gewählt? Ist es recht, daß du ihn unsicher machst in seinem Kampf und ihn mit Fragen bedrängst, die in die Kammer des Herzens gehören? Ihr wißt doch beide, daß ihr das gleiche wollt!

FRANCIS Es ist nicht das gleiche. Wir müssen es erst dazu machen.

WALTER JENS
Nein. Die Welt der Angeklagten

Die Hände des Angeklagten griffen in die Sparren seiner Bahre und schlossen sich dort klammernd an.

Nein, er durfte jetzt nicht zittern! Walter Sturm richtete sich wieder etwas auf, preßte das Kinn aufs Brustbein, stemmte die Zähne gegeneinander. Seine Zehen verkrampften sich, die Oberschenkel waren übereinander gespreizt.

»Ich bin der oberste Richter«, sagte die Stimme. »Aber du weißt nicht, was das heißt. Bis heute ist es dir verborgen geblieben, daß es auf der ganzen Welt nur Angeklagte und Zeugen und Richter gibt. So haben wir es bestimmt und so wird es bleiben. Denn wir haben uns nichts erdacht, sondern nur etwas Bestehendes, aber Verborgenes zum Prinzip erhoben. Es hat lange gedauert, und viele Systeme kleinbürgerlicher Narren mußten vergehen, ehe es soweit war.«

Die Stimme sagte: »Es gibt drei Klassen von Menschen auf der Erde, siehst du, drei riesige Klassen. Da ist zunächst die Klasse der

Richter. Es gibt sie in jedem Lande und in jeder Stadt. Auch die hohen Offiziere und Beamten sind Richter. Sie alle, in sich vielfach unterteilt und abgestuft, bilden die unterste Gruppe der Richter. Über ihr erhebt sich die zweite Richtergruppe, die man in den höchsten Kreisen im Unterschied zur ersten, der stillen, auch die bewegte nennt. Es ist das Kollegium der 125. Über dem Kollegium, man nennt es auch das lautere, steht der Rat der Fünf. Der Rat, der aus dem Präsidenten, dem höchsten Offizier, dem höchsten Beamten und zwei Berufsrichtern besteht. Über dem Rat der Fünf, dem unfehlbaren, steht der oberste Richter. In seinen Händen laufen seit zweiundzwanzig Jahren die Geschicke der Erde zusammen. Er steht an der Spitze der Obrigkeit und nicht der Präsident, dessen Stimme selbst im Rat der Fünf weniger gilt als die der beiden Berufsrichter. Niemand außer den Fünfen weiß, daß über ihnen noch der Richter steht. Schon die 125 halten den Präsidenten für die Spitze des Staates. Übrigens kennen die 125 schon nicht einmal alle Mitglieder des Rates der Fünf. Jede Kammer kennt nur einen von den Fünfen, den sie für den höchsten nächst dem Präsidenten hält. Die Kammer aber, die dem Präsidenten unmittelbar unterstellt ist, glaubt, es sei ein Nebenamt des Präsidenten, gleichzeitig Vorsitzender einer Kammer zu sein.«

Eine Sekunde lang schien der Richter zu lächeln. »Sie halten sich für die vornehmste und bedeutendste Kammer, weil an ihrer Spitze der Präsident steht, während sie doch ihrer Bedeutung nach erst an dritter Stelle stehen. Wichtiger sind die beiden Richterkammern, weniger wichtig die Beamtenkammer, während die Kammer, der der höchste Offizier vorsteht, geradezu verachtet ist. Seit der Beendigung des Krieges ist sie in ihrer Bedeutung immer mehr gesunken. Es muß dich übrigens nicht irremachen, wenn ich von der Beamtenkammer spreche. Natürlich sind in dieser Kammer nicht nur Beamte, im Gegenteil, in jeder Kammer sind alle Berufe vertreten. Nur die Eingeweihten, aber das sind, wie du jetzt weißt, nur sechs Leute, nur diese Eingeweihten sprechen nach den verantwortlichen Kammerführern, den Mitgliedern des Rates der Fünf, von der Beamten-, von der Präsidenten-, von der Offiziers- und von den beiden Richterkammern.

Die zweite Klasse – das heißt eigentlich die dritte, aber um der Deutlichkeit willen muß ich jetzt die Reihenfolge vertauschen, womit ich mich freilich sehr ins Unrecht setze – bildet der Stand der Angeklagten. Er ist naturgemäß der bei weitem größte. Die Angeklagten sind die Schuldigen. In dem Augenblick, wo sie Angeklagte sind, ist ihre Schuld offenbar, und sie sind für die höheren Richter als Angeklagte sichtbar. Ich werde dir später erklären, warum das so ist, einstweilen merke dir folgendes und unterbrich mich nun nicht durch das kleinste Zeichen, denn wenn ich jetzt noch einmal einhalten müßte, so würde das die furchtbarsten Folgen für dich haben. Das, was ich dir jetzt sage, ist so wichtig – wenn es auch an der Wirklichkeit gemessen noch immer in den Vorhöfen bleibt –, daß ich es sehr schwer über mich bringe, davon zu sprechen. Denn ich habe bisher noch niemandem gegenüber davon gesprochen. Wenn ich nicht ein genaues Ziel im Auge hätte, das ich, seit du bei mir bist, mir ständig vorhalte, so wäre ich jetzt zu der Annahme gezwungen, ich sei wahnsinnig geworden. Wisse, daß du alles bald verstehen wirst, und denke daran, daß es in meiner Hand liegt, dich jetzt jede Minute sechzigmal in die Todeskammern führen zu lassen.

Ich spreche von der zweiten oder der dritten Klasse, der der Angeklagten. Jedermann auf der Erde müßte, wenn unser System vollendet wäre, an jedem Tag angeklagt werden. Ich nehme nicht einmal mich aus. Denn jedermann begeht jeden Tag eine Handlung, die gegen die Gesetze der Obrigkeit verstößt. Aber erst in dem Augenblick, wo ein Mensch von einem anderen oder von der Obrigkeit selbst angeklagt wird, kann seine Schuld sichtbar werden, und erst an diesem Punkt setzt der Gegenschlag der Obrigkeit ein.

Du mußt dir vorstellen«, sagte der Richter, und nun flüsterte er, »daß es eine Maschine gibt, die aus zwei einander genau gegenüberliegenden Eisenbändern besteht. In das eine Eisenband sind Milliarden von Kerben eingelassen. Dem anderen Band, gegenüber, sind genausoviel kleine Hämmerchen aufgesetzt, die, sobald ein Kontakt ausgelöst ist, in die Kerben einschlagen. Stelle dir nun vor, die Milliarden Kerben wären Menschen. Sobald ein Mensch angeklagt wird, ist der Kontakt ausgelöst, und der Hammer schlägt zu. Das Entscheidende dabei ist, daß immer ein Hammer sich im gleichen Augenblick automatisch an das Band ansetzt, in dem sich, gegenüber, eine neue Kerbe bildet. Der Richterapparat aber hat die Aufgabe, die Maschine in Gang zu halten und dafür zu sorgen, daß die Hämmer im Takt sind und genau in die Kerben passen.«

Der Richter sagte: »Ich habe lange darüber nachgedacht, ehe ich dieses Bild gefunden habe. Niemand sonst weiß um dieses Bild – wie sollte er auch, da er noch nicht einmal die äußerlichsten Grundsätze des Systems kennt? Ich sage dir schon jetzt, daß ich der einzige bin, der dieses alles durchschaut. Doch ich habe weit vorgegriffen.

Ich muß dir aber noch sagen« – hier kam sekundenlang ein Lachen auf; aber es war nur ein greisenhaftes Meckern –, »daß natürlich auch die Richter aus dem Kollegium und der Rat, ja, auch ich, eine Kerbe bilden, auf die seit unserer Geburt der Hammer gerichtet ist ... Aber das ist es eben, was die anderen Richter niemals begreifen werden. Und vielleicht – dieser Gedanke beschäftigt mich in meinen Mußestunden am allermeisten – dürfen sie es auch gar nicht, wenn die Maschine weiter arbeiten soll. Doch auch darüber ein andermal.

Die Angeklagten haben also im Augenblick ihrer Vorladung den Hammer ausgelöst«, sagte der Richter, »sie sind von da an gezeichnet und werden nie mehr in ihr altes Leben zurückkehren können, und je mehr sie es wünschen, desto unmöglicher wird es ihnen sein. Fast alle haben diesen Wunsch. Weil die Menschen um die Folter wissen, die die Obrigkeit jederzeit für sie zur Verfügung hat, bleibt ihnen kein anderes Bestreben, als niemals Angeklagter zu werden. Zu diesem Zweck brauchen sie ihr ganzes Leben.

Sie wissen aber nicht«, und wieder kam das meckernde Lachen, »um die drei Klassen. Sie glauben, wenn sie ihren Beruf gut ausfüllen und ihr Leben nur auf diesen Beruf hinlenken, kämen sie am leichtesten davon; sie haben recht, je mehr Sorgfalt sie auf ihren Beruf verwenden, desto sicherer sind sie!«

Wieder lachte der Richter. »Dennoch gelingt es nur den allerwenigsten, niemals Angeklagter zu werden. Ich sehe die Frage auf deinen Lippen, aber spürst du denn nicht, daß ich schon schneller spreche? Nein, nicht jeder Angeklagte wird getötet. Die meisten entläßt man nach kurzer Haft, einer Haft, die freilich eine besondere ist. Das werde ich dir zeigen, aber ich sage dir schon jetzt, daß es nicht die Narben und Peitschenstriemen sind, die die meisten ihr altes Leben nicht wiederfinden lassen. Es ist der Hammer, der seine Rille sucht. Freilich, auch die höchsten Richter sind der Ansicht, daß allein die Marter genügte. Erst in der letzten Großratsitzung sprach der Präsident davon, und er sagte es voller Stolz. Der Präsident ist sehr dumm.

Wenn nun die Angeklagten zurückkommen«, der Richter fuhr sich mit der Hand über den kahlen Maskenkopf, »so suchen sie sich meistens einen neuen Beruf, in dem sie nun noch viel eifriger und unermüdlicher sind als vorher. Denn sie wissen, wenn sie noch einmal einen Fehler machen, ist es um sie geschehen. Aber etwas anderes, sehr viel Bedeutsameres kommt hinzu.«

Die Stimme des Richters hob sich wieder. »Der Angeklagte

bleibt, auch nachdem er seine Strafe abgebüßt hat, im Stande des Angeklagten. Ich sagte dir ja, er ist gezeichnet. Er kann sich aber, jedenfalls scheinbar, in die Stufe der Zeugen emporarbeiten. Wenn es ihm gelingt, einen anderen eines Verbrechens der Obrigkeit gegenüber zu bezichtigen, so wird er dadurch zum Zeugen. Es ist also verständlich, daß ein aus der Haft entlassener Angeklagter für die anderen eine außerordentliche Gefahr bedeutet. Andererseits muß der Angeklagte, der einen anderen anklagt und so zum Zeugen wird, darauf gefaßt sein, daß der von ihm Angezeigte, wenn er entlassen ist, alles aufbieten wird, um seinen Ankläger wieder in die alte Gruppe zurückzustoßen. Dieses ist der einzige Grund, warum bisweilen Angeklagte zu ihrem alten Arbeitsplatz zurückkehren: um Rache an ihren Anklägern zu nehmen, deren Namen – das können wir uns seit sechs Jahren leisten, es hat sehr viel Mühe gekostet, bis wir uns diesen besonders wichtigen Zug erlauben durften – ihnen mehrfach in den Verhandlungen genannt wird. Es gibt Angeklagte, die die Hölle auf sich nehmen – denn das ist es: nach der Haft an die alte Stelle zurückkehren zu müssen –, nur um ihren Ankläger zu treffen. Du siehst, so wird sich einer immer mehr als der andere bemühen, seinen Beruf bis zum letzten ernst zu nehmen und das Äußerste zu leisten, was ihm möglich ist. Von Jahr zu Jahr steigen die Arbeitsleistungen. Sie steigen ins Riesenhafte.«

Der Richter schwieg einen Augenblick. »Wenn es einem Angeklagten gelungen ist, zwei Jahre lang in der Zeugengruppe zu bleiben, so erlischt der Zustand des Angeklagten. Wird er jetzt noch einmal angeklagt, dann beginnt das Spiel für ihn von vorn. Wenn er sich aber mehrere Jahre in der Zeugengruppe bewährt, kann er ein kleiner Richter werden. Damit entschwindet er den Blicken seiner Angehörigen, er siedelt in die Organisationsdörfer über und beginnt scheinbar ein neues Leben. Jedermann hat also das höchste Ziel, Richter zu werden, einerlei, ob er zum unmittelbaren Richter ernannt wird oder in seinem Beruf eine Stellung übernimmt, die ihm das Recht zum Richten gibt. Aber die Vergehen dieses Mannes hören nicht auf. Man richtet wieder über ihn, er wird angeklagt und als Richter, wie ich es dir sagte, in der gleichen Stunde erschossen, in der man ihn anklagt. Aber es gibt erheblich weniger Anklagen unter den Richtern als in den anderen Gruppen. Es hat sich seit langem eine Solidarität des Richterkorps herausgebildet. Dennoch würde niemand es sich so sehnsüchtig wünschen, Oberbeamter und damit Richter zu werden, wenn er um die Gefahr dieser Stellung wüßte. Aber sie wissen es ja nicht!«

Wieder lachte der Richter, aber jetzt lange und fistelnd hoch. »Die Menschen wissen nur, daß sie sich nicht gegen die Obrigkeit vergehen dürfen. Gut.

Sie wissen, daß man sie in Zwangslager einliefert. Gut.

Sie wissen, daß sie etwas wieder gutmachen müssen und daß sie das nur können, wenn sie noch mehr arbeiten und zugleich einen anderen anklagen. Gut.

Sie bemerken, daß sie befördert werden, wenn sie sehr fleißig sind. Gut.

Sie wissen, daß die Oberbeamten nach Dienstschluß in den Organisationsstädten leben und es besser haben als die andern. Sehr gut.

Sie wissen, daß die Oberbeamten häufig versetzt werden. Gut. Auch wenn die Richter erschossen werden, sprechen sie von Versetzungen. Auch die Richter selbst, die Oberbeamten, die Berufsrichter, die Offiziere wissen nicht, ob einer ihrer Kollegen versetzt worden ist ... oder nicht, wenn er plötzlich verschwindet. Außer dem Rat der Fünf und mir kennt niemand das Gesetz. Das Gesetz von den drei Klassen. Sie wissen nur, was sie zu tun haben. Sie wissen, daß man, wenn man sich bewährt hat, nebenbei auch Recht sprechen darf.«

Wieder das Lachen, das heisere, sanfte Lachen. »Niemand außer mir kennt das Gleichnis von den Hämmern. Niemand außer mir weiß, daß die Hämmer nicht ganz wieder in ihre alte Lage zurückfallen, wenn ein Angeklagter, scheinbar endgültig, in den Zeugenstand aufgerückt ist. Er mag oberster Richter werden, der Hammer wird einen Zentimeter vor seinem Ausgangspunkt verharren, und er wird einen kürzeren Weg haben, er wird schneller zuschlagen, wenn man den Kontakt ausgelöst hat. Er wird die Rille zerspalten müssen. Die Hämmer und die Rillen. Die Hämmer, wartend in der Lage des Anfangs, die Hämmer in den Rillen ruhend, die Hämmer kurz vor dem Ausgangspunkt, die Hämmer, die die Rillen zerschlagen. Die Hämmer ...«

Der Richter schleuderte die Arme nach vorn: »Das ist das Leben, mein Freund: der Takt zuschlagender Hämmer und die zur Empfängnis bereiten Kerben. Das ist Geschichte, mein Freund: der Rhythmus der Hämmer. Seit Menschen leben: nur Hämmer und Rillen. Einmal warten die meisten Hämmer, einmal hat die Mehrzahl schon die Kerben zerspalten, einmal ruht der größte Teil in den Rillen: Phasen der Geschichte. Und jetzt ist das Ziel erreicht, und erst jetzt hat die Maschine ihren Sinn gefunden. Die Maschine, mein Freund, vergiß das nicht. Nie ist so viel geleistet worden wie jetzt.«

Der Richter ging zum Fenster. Walter Sturm hörte, wie seine Schritte sich langsam entfernten. Die Stiefel knarrten; dabei trat er ganz leise auf, fast schien es, als ginge er auf Zehenspitzen. Der Richter schlug seine Robe auseinander, so daß das blaue Seidenhemd und die Hose sichtbar wurden, die von einem schmalen durchbrochenen Gürtel gehalten wurde. Er setzte sich auf die Fensterbank, ließ das eine Bein herabpendeln und schob das andere auf die Fensterbank hinauf. Er stützte die Ellbogen auf das Knie und verharrte so eine Weile. Der Richter schaute, scheinbar gedankenlos, aus dem Fenster, auf die graugekalkte fensterlose Wand gegenüber. Dann sprach er weiter, aber jetzt so leise, daß Walter Sturm sich aufrichten und den Kopf vorbeugen mußte, um jedes Wort zu verstehen. Der Angeklagte stemmte die Hände hinter seinem Rücken auf die Matratze der Bahre. Die Bahre machte einen winzigen Ruck, wippte aber sogleich in die alte Stellung zurück.

»Ein Letztes«, sagte der Richter flüsternd. »Ich werde dir bald die Kammer zeigen, in der meine Nachfolger leben. Paß jetzt gut auf und denke daran, daß ich einen Nachfolger brauche. Halte dich aber auch nicht für zu wichtig. Das Gesetz besteht, und das System ist unaufhebbar; aber ich glaube, daß es gut wäre, wenn immer einer da wäre, der das Gesetz kennt. Ich bin der einzige. Niemand außer mir ist wissend. Ich sehe, daß du mich jetzt fragen willst, ob ich mir den Nachfolger selbst auswählen darf. Ich darf es, aber nur, um ihn in das Amt des obersten Richters einzuführen. Nicht, um ihm mein Wissen zu übermitteln. Du hast recht mit dem, was du denkst. Natürlich weiß niemand von meinen Gedanken. Niemand würde sie auch verstehen, und wenn ich sie hundertmal ausspräche. Noch einmal: denke jetzt nicht zu wichtig von dir, weil du meine Gedanken hören darfst; denn einmal weißt du erst sehr wenig, und zum andern ist es dir verborgen, warum ich so zu dir spreche.

Glaube nicht«, sagte der Richter zu dem Angeklagten, »daß ich es nur deshalb tue, um einmal verstanden zu werden. Ich bin zu sehr Teil des Systems, als daß ich solche Bedürfnisse fühlen könnte. Außerdem ist mir deine Person höchst gleichgültig. Aber ich bin wieder abgekommen. Du weißt jetzt, daß der Richter der Diktator ist; auch, daß niemand außer mir und den im Rat versammelten fünf Männern davon Kenntnis hat, den einzigen, die, wenn sie auch bis auf mich im letzten unwissend sind, noch einen Überblick über das System haben und die Klasseneinteilung im vollen Bewußtsein vorgenommen haben.«

Wieder hielt der Richter einen Augenblick inne. »Meine Hauptaufgabe muß also die Wahl meines Nachfolgers sein. Vor zwölf Jahren habe ich mir drei Männer ausgewählt, die der oberste Rat billigte: der eine war zwanzig, der zweite dreißig, der dritte vierzig Jahre alt. Der oberste Richter muß bei dem Antritt seines Amtes mindestens vierzig, er darf aber nicht älter als einundfünfzig Jahre alt sein. Der damals Vierzigjährige ist also vor kurzer Zeit ausgeschieden, nachdem er mit einundfünfzig Jahren zu alt für das Richteramt geworden ist. Ich glaube, du bist jetzt so weit mit unserer Sprache vertraut, daß du weißt, was ich meine, wenn ich sage: er ist ausgeschieden. An seine Stelle ist ein Zwanzigjähriger getreten, da der damals Zwanzigjährige jetzt dreißig, der Dreißigjährige jetzt vierzig Jahre alt ist. Sterbe ich heute, so tritt der Vierzigjährige an meine Stelle. Sterbe ich in zwölf Jahren, so wird der jetzt Vierzigjährige nicht mehr leben und der nun Dreißigjährige an meine Stelle treten. Stirbt einer der drei Anwärter, so tritt an seine Stelle ein anderer Gleichaltriger aus dem Ersatzgremium. Diese sorgfältige Auswahl ist bei der Stellung, die der oberste Richter einnimmt, notwendig. Die Macht des obersten Richters ist so groß, daß er nur im Falle einer schweren geistigen Krankheit durch den Rat der Fünf seines Amtes enthoben werden kann. Dieser Fall wäre gegeben, wenn jemand etwas von unserer Unterhaltung erführe. Der Rat der Fünf hätte recht, obwohl er nicht wüßte, weshalb. Denke über meinen Satz nicht nach, du wirst ihn erst ganz am Ende verstehen.«

Der Richter stand auf und ging auf die Bahre zu. Der Angeklagte legte sich wieder zurück. Es wurde kälter in dem großen Raum. Der Richter räusperte sich, dann sagte er, und nun hatte er wieder die weiche monotone Stimme des Anfangs: »Sie werden morgen früh um zehn Uhr wieder hier sein. Sie werden sich daran gewöhnen müssen, daß Sie noch öfter hierherkommen werden.«

Der Richter sagte: »Denken Sie an das, was ich Ihnen erzählt habe. Es ist sehr wichtig, daß Sie von meinen Worten Gebrauch machen. Leben Sie wohl.«

Die letzten Worte hörte Sturm nur noch von ferne. Der Prellbock wurde zurückgeschoben, eine Falltür öffnete sich, die Bahre glitt durch einen schmalen Gang abwärts. Bald erlosch jeder Lichtschein. Die Bahre schlängelte sich durch einen langen feuchten Gang. Am Ende des Ganges in einem kleinen Raum mit vielen Schalttafeln an den Wänden und einer Drehscheibe in der Mitte stieß die Bahre wiederum auf einen Prellbock. Im gleichen Augenblick fuhr eine Bahre in der entgegengesetzten Richtung den Gang hinauf.

Man nahm dem Liegenden die Binde von den Augen. Er taumelte etwas, als er einem vorangehenden Mann, der die gleiche Uniform trug wie die anderen Wächter, folgen mußte. Es ging einige Stufen hinab; dann öffnete der Wächter eine rostige Eisentür, die in den Hof hinausführte.

Sturm schloß geblendet die Augen und griff nach der Türklinke, um sich festzuklammern. Aber der Wächter packte ihn an den Armen und schob ihn hinaus.

»Träumen Sie nicht«, sagte der Wächter, »dahinten ist die Straße.«

Walter Sturm stand auf dem Hof, im grellen Licht des Tages. Er murmelte: »Träumen Sie nicht, hat er gesagt.«

Rolf Schroers
Das Schlüsselloch

Mein Zimmer hat zwei Türen. Eine öffnet sich zum Flur. Dies ist die Tür, durch die ich seit zwanzig Jahren mein Zimmer betrete. Es ist die Tür, durch die sich die Parteien zu mir drängen mit ihren mannigfachen Anliegen.

Es ist die Tür, an die ich denke, wenn mir das Ende meiner Berufstätigkeit, das Ende meines Lebens das Herz betrübt. Nie werde ich sie dann wieder öffnen, sie wird mir verschlossen bleiben; ich höre förmlich den Ton ihres letzten, unbarmherzigen Zuschlagens. Wie sonst auch sollte ich mir meinen Tod vorstellen. Kein Schauder verknüpft sich mit dem Zuhämmern des Sargdeckels, mit dem Poltern der Erdschollen auf dem Sarg, der meinen Leichnam birgt. Was sollte mich an solchen Vorgängen schrecken, auch nur bedenklich stimmen, die jedermann widerfahren und die ich nur aus Büchern, aus dem Geschwätz der Leute kenne. Ich habe Erfahrung im Umgang mit Büchern, das Geschwätz der Leute ist mir durchsichtig und kein Aufwand verdeckt seine Leere. Der Türe Schlag klingt stündlich an meine Ohren, wie der langsame Gang der Totenuhr.

Wie glücklich bin ich, daß ich mich rüstig weiß, daß es noch lang hin ist zum fürchterlichen, letzten Mal; und damit tröste ich mich.

Hinter der zweiten Tür sitzt der *Chef*. Niemand kann zu ihm hinein, ohne daß er mein Zimmer durchschreitet. Niemand ist in den zwanzig Jahren meiner Arbeit in diesem Zimmer durch die zweite Tür gegangen, selbst ich nicht.

Da werden vielerlei Geschichten erzählt über den *Chef*, wie das bei einem großen Manne wohl Brauch ist. Es sind alles gute Geschichten. Einen Teil davon habe ich zu seinem Ruhme ersonnen, einen Teil meine Freunde und Untergebenen. Den letzten Teil das einfache Volk der Straßen, von dem ich hin und wieder höre. Wenn auch dieser Teil viele Unschicklichkeiten zeigt und höchsten Anforderungen nicht genügt, ich lasse sie gewähren; beweist er doch, wie beliebt der *Chef* selbst in den niederen Schichten des Volkes ist, wie das Volk um seine gute Meinung buhlt, wie es ihm in seinen Schmeicheleien den angemessenen Gehorsam erweist. So untersagen wir denn diese Geschichten nicht und sind nachsichtig gegen ihre Schwächen. Was uns alle verbindet, ist die Liebe zum *Chef*. Sie bestimmt unser Leben, sie weist uns unser Verhältnis zueinander, sie spannt und spornt unsre Schaffenskraft, sie erhält uns in Demut.

Wenn ich am Morgen meine Wohnung verlasse, zwingt mich die Sehnsucht zu geschwinden Schritten. Niemals habe ich mich umgesehen nach Weib und Kind, von denen ich weiß, daß sie mir nachwinken und daß sie mir kräftigende Grüße zurufen. Sollen sie mir winken, ich bin schon auf dem Wege, sollen sie mir wünschen, ich bedarf keiner Kräftigung. Den Anblick der Türe vollends vertrage ich nicht, ohne sogleich auf sie zuzulaufen. Wie könnte ich zögern und mich über einer Belanglosigkeit versäumen, wenn ich um die scharfe Ecke des Ganges gebogen bin, und die Tür erscheint! Immer steht jemand im Gang, der mich anspricht, an meinem Ärmel zupft: ich sehe ihn nicht. Ich stürze auf die Tür zu, den Schlüssel halte ich schon in der Hand, ich drehe um, drücke die Klinke und öffne, leise, feierlich. Niemals fand ich eine Veränderung in meinem Zimmer, stets die gleiche Ruhe, die gleiche unverrückte Ordnung, schon von Ewigkeit her.

Auf den Fußspitzen durchschreite ich den Raum, eile auf die andere Tür zu, beuge mich herab und sehe durch das Schlüsselloch. Nichts ist meinem Blick vergleichbar. Keine Beruhigung, kein Trost kann diesem gleichen, den ich aus meinem Blick ziehe; kein Genuß ist denkbar, der neben dem Genuß solchen Blickes noch spürbar wäre. Durch das Schlüsselloch sehe ich den *Chef*.

Nicht ganz ist er zu sehen. Ein Teil seines Kopfes, seiner Hände, seiner rechten Seite oder seiner linken Seite bleiben durch den Rand des Schlüsselloches verdeckt, je nachdem ich das Auge ansetze. Aber nacheinander, durch ein leises Kreisen des Kopfes, wird er mir in seiner ganzen Fülle sichtbar. Niemals habe ich eine Bewegung an ihm gesehen, obwohl ich nicht nur beim Kommen, sondern immer auch während meiner Arbeit mich über das Schlüsselloch beuge und mich am Anblick des *Chefs* weide, oft Stunden lang. Niemals hat er sich bewegt.

Vielleicht macht er manchmal die Andeutung einer Bewegung. Darüber grübele ich. Ich kann ihn nicht immerfort beobachten, und vielleicht nutzt er gerade die Pausen, um einen Finger zu heben, die Richtung seines Blickes zu ändern, die Lippen zu öffnen, ein Wort zu flüstern! Wirklich vernehme ich manchmal einen Laut, einen dröhnenden Ruf, ich stürze zur Tür, presse meine Auge an das Schlüsselloch und kreise mit dem Kopf. Niemals fand ich eine Veränderung, niemals eine Vernachlässigung des erhabenen Zuges seiner Mienen.

Selbst dann aber noch besteht eine unergründliche Möglichkeit, daß er sich rührt. Irgendein Teil seiner Erscheinung bleibt ja verdeckt durch die schwarzen Ränder des Schlüsselloches, und gerade diesen Teil könnte er recken und dehnen, könnte ihn verrenken und verlagern, und es bliebe mir unsichtbar. Ich muß mich beschwichtigen: Hätte er denn eine solche, auch nur geringfügige Bewegung für nötig erachten können? Schon ein Winken, etwa für die Durchführung eines Befehls, ist bei ihm undenkbar. Wäre er so groß, wenn nicht einer seiner Leute ihm diesen Wink abnehmen könnte?

Viele bedrängten mich, ich solle ihn zu einem Lobspruch für ihre Eitelkeit veranlassen. Doch wie wäre es lächerlich, müßte er ein Lob aussprechen in einer Sache, deren Durchführung selbstverständlich ist, und die ihn im Letzten nicht einmal völlig befriedigen kann. Ebenso lächerlich wie die Verhängung einer Strafe, obwohl ein Krausziehen seiner Stirn uns alle in den Staub werfen müßte. Wahrhaftig, eine solche Auffassung von der Größe des *Chefs* ist ahnungslos, kindlich und unwürdig.

Gelegentlich kamen hämische Zweifel selbst an seiner Existenz auf. Sogar mich haben einige, deren Namen an meinen Ohren verklungen sind, mit der Bitte um gewisse, handgreifliche Auskunft behelligt; diese Toren haben sich erkühnt, einmal flüchtig nur durch das Schlüsselloch sehen zu wollen. Bis in mein Zimmer sind sie frech und rücksichtslos vorgedrungen und haben mich mit kläglichen Tränen, mit frevelhaftem Geschrei bedrängt: wie hätten diese *Seinen* Anblick ertragen! Kaum hatte ich sie entfernt, taumelte ich zur Tür und heftete mein Auge auf den *Chef*, ich fand ihn unverändert! Von neuer Kraft ob seiner Langmut beglückt, ließ ich die Eindringlinge vor mich rufen und sprach ihnen von diesem neuen Zeichen *Seiner* Größe. Die Besseren knieten nieder, gelobten

Besserung und rührten mein Herz durch ihre zerknirschte Reue. Die anderen schlichen heimtückisch davon. Für einen Augenblick machten sie Lärm auf den Gassen. In meinem Zimmer vernahm ich verworrenes Geschrei, und die Scheiben der Fenster klirrten leise. Schon nach Stunden war Ruhe; neue Geschichten kamen in Umlauf.

Zwanzig Jahre hüte ich die Tür zum Zimmer meines *Chefs*. Keinen Gedanken kenne ich außer ihm. Selbst in der Nacht richte ich mich manchmal auf, beuge mich über das Ohr meines schlafenden Weibes und schildere ihr das Antlitz des *Chefs*, *Sein* Antlitz. Unerschöpflich ist diese Schilderung und aller Herrlichkeiten voll, und doch, auch mit den begeisterten Worten der Nächte erfasse ich nicht den Abglanz *Seiner* Wahrheit. Eigentlich aber schildere ich ja keineswegs das Antlitz des *Chefs*, – wer vermöchte das? – sondern irgendeines, das ich ihm verleihe, um auch fern von ihm seiner denken zu können.

Morgens aber steht dann mein Weib mit dem Kinde und winkt mir nach auf meinem eiligen Wege. Ungetrübt ist mein Glück, bis auf die Stunden, da mich der Tod bedrückt.

Wer wird die Türe hüten, grübele ich, wer wird den *Chef* durch das Schlüsselloch betrachten, wird ihn lieben?

Sicher öffnet er selbst einmal seine Tür, läßt mich eintreten und bei ihm niedersitzen, das ist meine Hoffnung. Wohl weiß ich, daß solche Hoffnung sträflich ist. Wenn aber der Gedanke an den Tod kommt und ich das Schlagen der Tür dröhnend vernehme, weine ich vor Verlassenheit, und ich schäme mich, daß er es hört, nur durch eine Türe von mir getrennt. Daß er weiß, selbst ich bin seiner nicht würdig!

ULRICH BECHER
Nachtigall will zum Vater fliegen

7

»Angenommen ...«, sagte Schutzhaftlagerführer Schachtzabel und roch sinnierend an einer Rose, von deren Stengel die Dornen sorgfältig heruntergeschält waren. »Angenommen, Seine Exzellenz General Ritter von Epp, Reichsstatthalter von Bayern ...« Er stelzte gemächlich, mit abrupt durchgedrückten Knien den Gang des Führers nachahmend, immer an der Rose schnuppernd, vor den zum Appell versammelten, im Karree strammstehenden Lagerhäftlingen auf und ab; seine spiegelblank gewichsten Reitstiefel blitzten in der Pfingstsonne. »... hm, stattet unsrem Erziehungslager blitzartig einen Inspektionsbesuch ab. Angenommen, dieser große Deutsche – dieser unerschütterliche Alte Kämpfer – der Treuesten der Treuen einer ...«, diese letzte wohlgesetzte Floskel brachte SS-Obersturmführer Schachtzabel vor, nachdem er sich ausgiebig und sehr andächtig am Rosenduft delektiert hatte, »läßt sich dazu herbei, einen von euch Herrschaften ...« Scharführer Mengershausen, ein breitschultriger Bauernklachel mit übergehängtem Gewehr, grinste pflichtschuldig auf: die KZ-Insassen ›Herrschaften‹ zu titulieren, war einer der gelungenen Leibwitze des Schutzhaftlagerführers. »... von euch Herrschaften nach seinen Personalien zu befragen. Was erwidert da zum Beispiel – der da!« Der Rosenstengel wippte stracks auf Klopstock zu.

»Vortreten, Sauhund, infamichter!« hörte jener den Scharführer hinter sich zischen. Zugleich prellte ein wuchtiger Kolbenstoß sein Kreuz und schleuderte ihn aus der Reihe vor. Er fing sich auf, stand stramm und schwieg in krampfhaftem Überlegen.

»Nun? Wie stellst du dich Seiner Exzellenz vor?« erkundigte Schachtzabel sich, ein andächtiger Rosenliebhaber.

Damals war Klopstock noch im Vollbesitz seines Gehörs. Er schluckte zweimal und meldete: »Doktor Klopstock, aus dem Dienst entlassener Oberstudienrat.«

Er hörte den Scharführer hinter, auch über sich schnaufen; Mengershausen war anderthalb Köpfe größer als er. Doch der Rosenstengel winkte gelassen ab.

»So? Alsdann s-o willst du dich Seiner Exzellenz vorstellen?« fragte Schachtzabel nachsichtig interessiert.

»Melde gehorsamst jawohl, Herr Schutzhaftlagerführer«, rapportierte Klopstock und erhaschte das gemeißelte Grinsen der umherpostierten Sturmmänner.

»Aber das geht doch nicht an«, dozierte Schachtzabel seelenruhig, ganz nah vor dem Kleinen auf und ab stelzend. »Oberstudienrat ... Das ist doch wirklich nicht die kommentmäßige Ausdrucksweise ... Ich werde dich aufklären, wie du dich Seiner Exzellenz vorzustellen hast ...«

Er blieb ruckhaft vor dem Kleinen stehn; sein sonngebräuntes jugendliches Gesicht (er war zwanzig Jahre jünger als Klopstock) straffte sich hart, und plötzlich schnarrte er: »Du trittst vor und meldest auf Befragen: ›Ich bin bis auf weitres eine gottverdammte

Judensau!‹« Ebenso unvermittelt wieder milde: »Alsdann – wie meldest du dich?«

Klopstock schwieg. Schachtzabel umpackte behutsam die Blüte und ließ den geschälten Stengel in einem ganz leichten kitzelnden, fast zärtlichen Schlag über Klopstocks Wange fahren. »Wie meldest du dich im Fall einer Inspektion bei Exzellenz Ritter von Epp?«

Die Pfingstsonne gleißte mir mit eins so hell, so überhell. So unwahrscheinlich, so gefährlich hell hatte sie vor fünf Minuten nicht gestrahlt. Und in diesem tollen Strahlen wirbelten verdächtige dunkle Schatten wie hühnergroße Fliegen ...

»Bei Herrn von Epp melde ich mich überhaupt nicht«, murmelte der kleine Sträfling störrisch. »Er hat meinen Freund Gustav Landauer –«

Das war das Ende. Sie schleppten ihn, auf Schachtzabels Nicken hin, ihrer fünf vom Appell weg in den Bunker und prügelten seinen Kopf mit Gewehrkolben und Gummiknüppeln, bis ihm das Blut aus beiden Ohren stürzte. Als er in der ersten Frühe des nächsten Morgens mit seinem Arbeitskommando zur Kiesgrube hinauszog, wankend wie ein Angetrunkener, lachte ihn sein Capo Krüger, ein ›Grüner‹, ein wegen Hehlerei, Erpressung und Notzucht vorbestrafter Gewohnheitsverbrecher, der Spitzeldienste für die Kommandantur verrichtete und dafür mit einer beschränkten Befehlsgewalt über die ›Politischen‹ belohnt wurde, schallend aus. Der kleine Jude mit dem leichenblassen verfallenen Gesicht und dem rasierten Schädel, von dem sich zwei hochgeschwollene Ohren unförmig und krebsrot blähten – Notzüchter Krüger fand's über die Maßen drollig.

Schutzhaftlagerführer Obersturmführer Schachtzabel war ein Schöngeist. Das ›stärkende Stahlbad‹ des ersten Weltkriegs hatte er, anfangs des Jahrhunderts geboren, zu seiner geheimen Kümmernis ums Haar verpaßt. Die Scharte auszuwetzen, war er mit Zwanzig in der Brigade Ehrhardt zum Leutnant avanciert und hatte eine angenehme Zeit damit verbracht, im Reich herum ›allerhand Spartakisten und ähnliches Ungeziefer‹ parforce zu jagen. Später, zur kurzen Blütezeit der ›Weimarer Judenrepublik‹, hatte er sich mit mehr oder weniger Glück als Automobilschieber betätigt und war beizeiten zu seinem Führer gestoßen. Sohn eines niederbayrischen Gymnasialprofessors, der, strenger Katholik, eine gewisse Rolle in der Lokalfraktion der Bayrischen Volkspartei gespielt, hatte er eine schöne Bildung mitbekommen auf seinen – etwas blutsumpfigen –

Lebensweg. Vater Schachtzabel konnte Goethe dessen pantheistisches Weltbürgertum, vor allem aber den ›Reineke Fuchs‹ nicht verzeihen.

»Goethe und Heine,
Das sind unsre Schweine«,

pflegte der Gymnasialprofessor in der Deutschstunde zu zitieren (in markiger Offenheit auch noch zu Zeiten des ›Goethe-Staates‹), zu Nutz und Frommen der deutschen Jugend, und sein Sohn reichte solche väterlichen Weisheiten weiter. Der Schutzhaftlagerführer verwandte seinen Bildungsfundus, um seinesgleichen stichhaltigst über die Ermordung Mozarts durch die Juden und Freimaurer zu belehren, über die Echtheit der ›Protokolle der Weisen von Zion‹ oder die Tatsache, daß Heine die ›Lorelei‹ bei einem unbekannten deutschstämmigen Dichter abgeschrieben, den er gleich darauf hatte vergiften lassen. Seine innigste Neigung aber galt dem Ziehen von Rosen. Vor den Fenstern seiner Dienstwohnung hatte er sich einen Rosengarten anlegen lassen, in dem einige wenige auserwählte Häftlinge Rosen begießen, aufbinden, beschneiden durften. ›Wußten Sie, daß Rosenheim bei Dachau liegt? Nicht? Dann fahren Sie mal hinaus zu Obersturmführer Schachtzabel‹ – derlei in Münchner Parteikreisen umgehende ›Bonmots‹ gereichten ihm zur chronischen Schmeichelei. Bei den im Braunen Haus verkehrenden Damen vom BDM aber hieß er ›Der Rosenkavalier‹.

Durch sein ›undiszipliniertes Verhalten‹ beim Appell hatte Klopstock, der erst vor kurzem ins Konzentrationslager Dachau eingeliefert worden war, Schachtzabels besonderes Interesse erweckt. Er ließ sich den Akt des Häftlings reichen und stellte fest, daß dieser anarchobolschewistische Jude (so war Klopstock qualifiziert worden) nicht allein den klingenden Familiennamen eines unzweifelhaft voll-arischen großen deutschen Dichters trug, sondern daß seine Eltern sich erdreistet hatten, jenem gar die beiden Vornamen des berühmten Barden zu verleihen. Diesmal wurde der Kleine von Scharführer Mengershausen zu einer ›Privataudienz‹ geführt, die eines langhellen lauen Frühsommerabends des Fünfunddreißigerjahrs in der Rosenlaube des Schutzhaftlagerführers stattfand.

Auf dem angepflockten Holztisch der Laube ein Biermaßkrug und ein Aktenstück, drin Schachtzabel blätterte, ohne aufzublikken. Die Rosen umrankten die Laube in voller Blüte und hüllten das Innere in rosige Dämmerung.

»Schutzhaftjude Fritz Klopstock zur Stelle.«

»Klopstock, hmmmmm. Ist das ein jüdischer Name?«

Der Kleine überlegte hastig. »Ein jüdischer ebensowohl wie ein nichtjüdischer Name, Herr Schutzhaft–«

»So, häm. Also ›ebensowohl ein nichtjüdischer Name‹ ...« unterbrach Schachtzabel ihn mit einem lässig vielsagenden Seitenblick zum gewehrtragenden Scharführer. »Und der werte Vorname?« Mengershausen grinste pflichtschuldig. »Fritz?«

»Melde gehorsamst, jawohl, Herr –«

»Hier steht was andres. Hier steht ausdrücklich: Friedrich Gottlieb. Stimmt das, oder ist das ein Schreibfehler?«

Der Kleine schluckte. Es war ihm nicht zum erstenmal hochnotpeinlich, daß seine Eltern, wenn auch in bester Absicht, brave deutsch-jüdische Kulturspießer, ihm den hochtrabend-anzüglichen Vornamen gegeben hatten; er selber hatte sich stets Fritz genannt. »Melde gehorsamst, nein«, erwiderte er leise, »kein Schreibfehler, Herr Schutzhaftla–«

»So!« Schachtzabel sah ihn erstmals aus seinen farblosen, fast bleichen Augen an, erhob sich hinterm Tisch, lehnte sich, unentwegt seinen bleichen Blick auf dem Häftling ruhen lassend, an die Tischkante, verschränkte die Arme. »Da schau her.« Er bestarrte die geschwollenen Ohren des Kleinen. »Also Friedrich – Gottlieb – Klopstock persönlich, mit dem ich die Ehre habe ...« Der Scharführer gestattete sich ein Kichern. »Statt daß so ein volksfremdes – asoziales – staatszersetzendes – kleines jüdisches Schwein«, dozierte er ganz ruhig, »Isaak Kanalgitter heißt oder Moische Latrinenduft ...« Der Scharführer kicherte vernehmlicher. »... stellt er sich«, fuhr Schachtzabel in steinernem Ernst fort, »als Friedrich Gottlieb Klopstock vor. Wie reizend!« Der Blick des Schutzhaftlagerführers ruhte völlig reglos auf ihm: »Haben der werte Herr Jud auch den ›Messias‹ geschrieben?«

»Melde gehorsamst, nein, Herr Schutz–«

»So! Das denn doch nicht. Das hat anscheinend immerhin ein Nichtjude vollbringen dürfen, ein kerndeutscher Genius. Aber gelesen?«

»Jawohl, Herr Schutzhaftlagerführer. Natürlich. Als Doktor der Philosophie und Germanist –«

»Halt deine dreckige Schnauze«, sagte Rosen-Schachtzabel ganz unerregt. Der Scharführer näherte sich ihm blitzschnell und trat ihm mit seinem schweren Schaftstiefel ans Schienbein. Klopstock taumelte ein wenig. Es tat weh. Noch weher taten die Ohren, weher als all den langen, langen Tag. Zudem fühlte er sich mit eins todmatt vor Müdigkeit; er hatte seit fünf Uhr früh unter der Last der Julisonne in der Kiesgrube gearbeitet, zwölf Stunden. Es wurde ihm zum Weinen zumut. Er verbiß es wie ein sehr kleiner Junge, der eben erst gelernt hat, daß Weinen nur kleinen Mädchen ansteht.

»Also – wenn ich recht verstehe – gelesen, aber nicht geschrieben. Den ›Messias‹. Bestimmt nicht geschrieben?«

»Nein«, hauchte Klopstock.

Schachtzabel erhob sich flüchtig von der Tischkante, schnitt mit einer großen Gartenschere einen Rosenstengel vom Gerank, begann die Dornen abzuschnipseln. »Aber du glaubst an ihn, was?« fragte er beschäftigt.

Klopstock verstand die Frage nicht. Er schwieg.

»Du glaubst an den Messias?« fragte der Obersturmführer, angelegentlich mit Schnipseln beschäftigt.

Der Kleine wußte keine Antwort. Wieder wuchtete der Scharführer näher, doch der Verhörende wies ihn mit faulem Blinzeln zurück. »Glaubst du zum Beispiel an Jesus?« erkundigte er sich, während er den entdornten Stengel zärtlich durch die Finger ziehend polierte.

Der Kleine mühte sich, nicht mehr zu taumeln. Er atmete den betörend süßen Rosenduft, der die Laube erfüllte, und stemmte sich so fest als irgend möglich auf seine kurzen Beine. »Ja«, sagte er einfach.

»W-a-s?« Rosen-Schachtzabel blitzte ihn jäh an. Obschon er, dem Beispiel seines Führers folgend, aus der Römischen Kirche ausgetreten war (ein Schritt, den sein alter Vater zwar bedauert, jedoch gutgeheißen hatte im Interesse der ›völkischen Mission‹ des Sohns), chokierte die Antwort sein anerzogenes ›katholisches Empfinden‹. »Solch ein anarchobolschewistischer Stinkjud glaubt an Jesus?«

Die Rosen dufteten so trächtig süß. Der Kleine atmete ein. Er stand nun so fest auf den Beinen wie auf zwei fühllosen Sockeln. »Auf meine Weise, Herr Schutzhaftlagerführer. Jesus war ein großer Mensch-schenfreund«, sagte er atemlos hell. »Er wollte helfen, er wollte es – anders – anders machen ...«

Schachtzabel hatte den Stengel ruckzuck über seine Schulter geworfen. Es war, als trachte sein bleicher Blick, den Häftling mit Mokerie zu hypnotisieren: »Und an welchen Messias glaubst du noch?« fragte er vorlauernd. »Glaubst du an den Messias Karl Liebknecht? Antwort!« preßte er hervor.

Scharführer Mengershausen stand dicht bei Klopstock, stierte mit verdutzt-ungläubig-breit-verkniffnem Maul zu ihm nieder.

Die Rosen dufteten so süß, so furchtbar süß. »Ja!« röhrte es erstickt aus Klopstock. »Es ist dasselbe! Ich glaube auch an den Messias Karl ...«, stammelte er ganz außer Atem, »... Karl – Lieb ...«

Das war wieder das Ende. Ja. Seit jener Sommernacht waren meine Ohren für immer verkrüppelt. Seit jener Nacht war ich taub.

Immer wieder war es das Ende, ohne das Ende zu sein. Die Thebanische Sphinx unterhielt sich damit, unlösbare Rätsel aufzugeben, und wer sie falsch beantwortete – es gab keine richtige Antwort –, wurde geschunden oder vertilgt. Klopstock aber hörte die Fragen der Sphinx nicht mehr; das war sein Schutz.

Kaum von der schweren Hirnerschütterung hergestellt, die er bei seiner Taubprügelung erlitt, ward er in der Kiesgrube von einer schwerbeladenen Lore rücklings angefahren, weil er die Warnungsrufe seiner Leidgefährten nicht vernahm, und stürzte abermals in Bewußtlosigkeit. Nein, für die Kiesgrube taugte er nicht mehr. So ward er der ›Kolonne 47.11‹ zugeteilt, die aus der Kläranlage Jauche in ausgedienten Marmeladeneimerchen zur Gärtnerei zu transportieren hatte. Doch da seine Taubheit, die der Lagerarzt Dr. Häncke – Der Henker, wie die Häftlinge ihn unter sich titulierten – zu behandeln für unter seiner Würde befand, ihn auch hier der Vollverwendungsfähigkeit beraubte, wurde er eine Art stocktaubes Mädchen-für-alles – Bodenwachser, Strümpfestopfer usw. –, das eines Tags gar Aufnahme unter Schachtzabels Leibrosengärtner fand.

Nein, die Thebanische Sphinx stellte lange keine besonderen Fragen mehr an ihn. Für lange blieb er verschont von den kontinuierlichen Quälereien, die manch anderer auszustehen hatte bis zu seinem letzten Atemzug. Keine Gelegenheit versäumte er vorzutreten, sobald er des Obersturmführers ansichtig wurde, strammzustehn und, gewappnet mit dem Alibi seiner Taubheit, ohne befragt oder aufgefordert zu werden, schallend zu rapportieren: »Melde gehorsamst, ich bin bis auf weitres eine gottverdammte Judensau!« Zunächst hatte Schachtzabel solches mit einem verschmunzelten Rosenbeschnuppern quittiert; später, wenn er vorbeistiefelte oder -ritt auf seinem prächtigen, blitzblank gestriegelten Rappen, kaum mit flüchtigem Nicken. Eines Tages aber hatte Klopstock einen speziellen Ukas erhalten, einen mit dem Briefkopf des Schutzhaftlagerführers bedruckten Zettel, auf dem gekritzelt stand: ›No. 1127 hat antisemitische Bemerkungen zu unterlassen‹.

Vier Jahre existierte Klopstock in Dachau, und es geschah das Sonderbare, daß er sich an diese Existenz gewöhnte, und das noch Sonderbarere: daß er zu gewissen Stunden zufrieden war. Etwa eine kleine Sonntagnachmittagspromenade den mit Starkstrom geladenen, tödlich drohenden Drahtzaun entlang in Gesellschaft eines Freundes, der leise sprach vom unabwendbar nahen fürchterlichen Ende der Schreckensherrschaft, und Klopstock durfte ihn beglückt verstehn, weil er ihm unverwandt, in höchster Aufmerksamkeit auf die Lippen guckte (er hatte gelernt, mit den Augen zu hören). Hie und da ein Nicken des Einverständnisses. Aufundabwandeln, ohne der Wachtürme, auf denen maschinengewehrbewaffnete SS-Posten lungerten, zu achten. Von der Zufahrtsallee her das Strömen des Lindendufts, das Rauschen der Baumwipfel – fast ein goethischer Spaziergang. Doch stets dabei, zuweilen ins Unterbewußtsein gescheucht, das Wissen, daß diese Baumwipfel ein teilnahmsloses Totenliedchen gesäuselt hatten manch einem, der durch die idyllische Zufahrt hereingefahren war auf seiner letzten Fahrt …

Allmählich faßte Klopstock zu seinem eignen Befremden Mitbesitz von der Dachauer Galeere, auf der Demütigung zuhause war in allen Ausgeburten der Phantasie. Folterei, Lustmord und verspielter Totschlag, all das exerzierend in der schauerlichen Narrenuniform der Korrektheit und Properkeit (Disziplin und Hygiene die Steckenpferde des Rosenkavaliers). Wenn Schutzhäftlinge aus andern Lagern überstellt wurden und er von ihren Lippen die Bemerkung ablas, daß etwa das KZ Sachsenhausen unschöner situiert, auch weit unsauberer sei, vermochte er einer peinlichen Regung stolzer Genugtuung nicht zu widerstehn. Er war wie ein Fischer, wohnhaft an einem mit immer gefährlichem Seegang verfluchten Strand, und jeder Tag, der verstrich, ohne daß einer seiner Mitfischer über Bord geschwemmt, von einem Haifisch gebissen wurde oder ertrank, war des Danklobs wert. Er war wie ein kleiner Hofhund, der, wenn auch oft getreten von seinem greulichen Herrn, zäh und unanfechtbar nach dem Rechten sieht auf dem verruchten Hof, der sein Zuhaus geworden war.

FELIX HARTLAUB
Führerhauptquartier 1943/44

Die Zeit im Sperrkreis

Die Zeit hier, das ist eine Sache für sich, mit gewöhnlicher Zeit hat das nichts zu tun, schon eher mit Ewigkeit. Es ist immer derselbe Tag, dieselbe Kurve und dasselbe Jahr, das alle sechs Kriegsjahre vertritt. Alle Zeitpunkte des Krieges sind hier auf Haufen, die vergangenen sind nicht richtig vergangen und die gegenwärtigen sind nicht voll da, der Kalender wurde nur zur Verständigung mit der Außenwelt gebraucht, zur Feststellung von X-Tagen, Meldeterminen, aber hier innerhalb des Sperrkreises gilt er nur in beschränktem Maße.

Der Krieg ist ein Ganzes und muß als Ganzes erlebt, nicht in einzelne Strähnen zerlegt werden. Nur nicht den Überblick verlieren. Und auch der beschwingte Kriegsanfang ist noch da, der steckt noch in den zierlich gefalteten Servietten, die der Küchenfeldwebel vor die Gedecke stellt, der ist noch längst nicht zu Ende ausgekostet. Dieser Tag heute vor einem Jahr ist nicht weiter weg als der gerade eben vergangene, oder vielmehr sind beide schon gleichweit weg. Das welke Laub, durch das man am Mittag zum Kasino schlürft, ist immer dagewesen, der Reif am Morgen auf den Latten mit blauen und rosa Tönen darin, abends der bittere Geruch der Mondstrahlen und der Rauch aus dem Aschenkasten vor der Sauna, der so gut schmeckt. Man spürt noch die verwunschene Stille, die damals herrschte, das satte Grün der Rasenfläche, obwohl heute alles durch den Bunkerbau der OT. zerwühlt, von Rohrleitungen, Feldbahngleisen und hundert Trampelpfaden zerschnitten ist. Dabei hielten wir damals am Dnjepr und am Volturno, von Petsamo bis zur spanischen Grenze; die Festung Europa strotzte noch von Abwehrbereitschaft oder mindestens von lückenlosen Dispositionen des OKW. Viele deutsche Städte standen noch, und die Briefe von zu Hause klangen ganz anders. Aber darauf kommt es gar nicht an, das ist der wechselnde Inhalt, der verarbeitet wird, farbloses gleichgültiges Wasser, das durch ein Sieb läuft. Das Schrumpfen der Fronten und das Schwinden der Städte, im Grunde berührt uns das hier gar nicht, das ist ein »beinahe organischer Vorgang«. Die Erde, als sie noch gasförmig war, hatte auch die zehnfache Größe, sie ist dann fortwährend geschrumpft und tut es noch weiter, das stört den Kern gar nicht weiter; und im Kern, das wissen die wenigsten, ist ein Hohlraum, geladen mit besonders konzentrierter Luft, oder vielleicht ist die Luft auch außergewöhnlich dünn und fein, geladen auch mit einer anderen Zeit. Hier heben sich die Naturgesetze gegenseitig auf, Expansion, Kompression, Fliehkraft und wie sie alle heißen. Vor einem Jahr waren auch die meisten Gesichter hier anders, aber darauf kommt es noch viel weniger an. Es gibt nur ein paar Gesichter und Figuren, die hier Wirklichkeit besitzen, die das bleibende Skelett bilden, Figuren zweiten Ranges, auch ganz Unbekannte, aber die einzigen, die zählen, z.B. der traurige hängebackige Einheimische mit der Schirmmütze, der jahraus, jahrein das Laub von den Wegen fegt. Sicher wohl k.v., aber niemand dachte daran, ihn an die Front zu schicken. In dem Tannendickicht hinter der Kurierstelle hatte er eine kleine Holzbude und Kaninchenställe. Der Küchenfeldwebel war natürlich auch von der Sorte mit seinem priesterlichen Gebaren und den tausend glänzenden Löckchen auf dem Kopf, vielleicht auch der Oberfeldintendant. Und der magensaure, herzkranke General mit der näselnden Stimme, der Stellvertreter des stellvertretenden Chefs, der schon im Sommer vor Stalingrad, ja schon vor dem Rußlandkrieg gewarnt hat, und der immer weg soll, weil er es gesundheitlich nicht mehr schafft oder weil er nicht genehm ist, und doch immer noch weiter bleibt und vortritt und warnt und auf die angespannte Kräftelage hinweist. Und der stumme Stabsgefreite von der Kurierstelle mit dem roten, gelbgestreiften G-Kdos.-Quittungsbuch unter dem Arm, der immer den muskulösen Hals einzieht, als ob es regnete. Und Putzi, der Küchenhund, der in Wirklichkeit mindestens der vierte Putzi seit Kriegsbeginn ist. Der Spitz von Marras, dem inzwischen längst gerichteten italienischen Militärattaché, und der kluge Dackel von Admiral S., der in Schweden weilt oder nicht mehr unter den Lebenden, haben sich dem Putzi verbunden, aber es ist doch immer wieder derselbe Putzi dabei herausgekommen, scheckig, übelriechend und mit verwaschenem Charakterbild. Vielleicht gehört auch der Kriegstagebuchführer dazu, nur daß er immer weniger wird trotz des guten Essens, immer durchsichtiger; bald kann er nicht mehr die Panzerschranktür aufziehen. »Sie zählen hier wohl zum Inventar, Sie werden hier sicher noch rumgespenstern, wenn die russischen Fremdenführer hier die amerikanischen Reisegesellschaften durchschleusen.« Der junge Rittmeister hatte es gesagt, der hier mal ganz kurz V.O. Ausland war mit viel Charme und wenig Außenpolitik, und dann kurz an der Front und jetzt bei dem General-Kommando LXX, den Sonderwaffen, zum Schlichten der Streitigkeiten zwischen den verschiedenen Erfindergenerälen zwischen Sp. und M. und dem General der Artillerie beim OKH und noch vielen anderen. Ein hübscher, geistvoller Bursche ohne Zweifel, immer Leben in der Bude; hält Cercle in der Kasinoecke; das Gelächter beruhigt sich nur für Augenblicke. Der magensaure General kommt mit seinem Stühlchen, will auch mitlachen, aber im Grunde doch ein armer Irrwisch, er gehörte nicht zu diesem unscheinbaren, zähblütigen Rahmenpersonal, auf dem das eigentliche Leben dieses Stabes beruht. Mag er sich einstweilen noch so viele Kurierfahrten hierher zusammenorganisieren, eines Tages ist er weg wie alle die anderen, wie so viele schneidige Chefs mit noch schneidigeren neuen Dienstanweisungen und spiegelnden Limousinen, wie so mancher eisgraue Abwehrexperte, Völkerrechtler und Treibstoffreferent, wie die hochklassigen Stabshelferinnen mit ich weiß nicht wieviel hundert Silben pro Minute, die sich binnen vier Wochen verlobten, wie die in Gefreitenuniform gesteckten Köche aus dem Adlon, die Masseure vom Kurfürstendamm …

Gottfried Benn
Doppelleben

Ich blieb also 1933 in Deutschland, und zwar zunächst in Berlin. Sofern dies Verbleiben in Deutschland einer Begründung bedarf – hier sind einige Begründungen.

1. Den Begriff der Emigration gab es damals in Deutschland nicht. Man wußte, Marx, Engels, hatten sich ihrer Zeit nach London begeben, um ihre Stunde abzuwarten. In neuerer Zeit waren einige Spanier nach Paris gereist, um den politischen Verhältnissen in ihrer Heimat zu entgehen. Man kannte politische Flüchtlinge, aber den massiven, ethisch untermauerten Begriff der Emigration, wie er nach 1933 bei uns gang und gäbe wurde, kannte man nicht. Man kannte natürlich auch die russischen Emigranten, aber bei denen lag Flucht vor gegenüber Ermordetwerden, das war eine vitale Reaktion, kein gesinnungshafter Protest gegen eine andere Gesinnung – und wer war 1933 fähig und bereit, den 30. Januar in Berlin mit dem 8. November 1917 in Petersburg zu vergleichen? Wenn nun also Angehörige meiner Generation und meines Gedankenkreises Deutschland verließen, emigrierten sie noch nicht in dem späteren polemischen Sinne, sondern sie zogen es vor, persönlichen Fährnissen aus dem Wege zu gehen, die Dauer und die Intensität

dieses Fortgehens sah wohl keiner von ihnen genau voraus. Es war mehr eine Demonstration als eine Offensive, mehr ein Ausweichen als eine Aktion. Emigration als Führerfronde war kein bei uns bekannter Begriff. Wobei mir übrigens einfällt, daß die meisten, die damals Deutschland verließen, keineswegs sich als Kameraden der russischen Emigranten fühlten, vielmehr im Gegenteil als Kameraden derer, vor denen jene flohn. Ich persönlich hatte keine Veranlassung, Berlin zu verlassen, ich lebte von meiner ärztlichen Praxis und hatte mit politischen Dingen nichts zu tun.

2. Was heute die Staatsrechtslehrer, Politiker, Philosophen über die Angelegenheit denken, weiß ich nicht, aber daß sie überhaupt darüber argumentieren, beweist die Schwierigkeit der Position – ich jedenfalls und viele andere mußten die neue Regierung als legal zur Exekutive gekommen betrachten. Gegenargumente lagen eigentlich gar nicht vor. Der vom Volk gewählte Reichspräsident hatte, offenbar nach sehr schweren inneren Bedenken, die neue Regierung ernannt, sie war ihrer Zusammensetzung nach in keiner Weise totalitär, Zentrum und Konservative waren im Kabinett, der Reichstag bestand weiter, die Presse erschien, die Gewerkschaften waren noch im Gange. Ob der Reichspräsident ein kluger und weitsichtiger Mann war, oder ein unkluger und unweitsichtiger, wie man es heute behauptet, wurde damals nicht erörtert, es stand nirgends zur Diskussion. Auch hatte das Vorspiel zu diesen Vorgängen im Jahre 1932 mit einer Entscheidung des Reichsgerichts in Leipzig geendet, eine höhere Instanz war in Deutschland hierzu nicht bekannt. Also, es war eine legale Regierung am Ruder, ihrer Aufforderung zur Mitarbeit sich entgegenzustellen lag zunächst keine Veranlassung vor.

3. Das Parteiprogramm. Ich hatte es nie bis zu Ende studiert, war auf keiner der NS-Versammlungen gewesen, hatte weder vor noch nach 1933 eine NS-Zeitung oder -Zeitschrift abonniert, aber ich wußte natürlich, es enthielt unter seinen zahlreichen Punkten einen üblen antisemitischen, aber wer nahm politische Parteiprogramme ernst? Es gab, glaube ich, 22 Parteien, also ebensoviel Parteiprogramme, alle beschimpften sich untereinander und gegeneinander, sehr fein war keines, und wie sich dann später zeigte, das Senecasche Qui potest mori, non potest cogi – galt für keins. Daß die Parteiprogrammpunkte verwirklicht würden, das konnte man nach den Erfahrungen mit den politischen Verhältnissen überhaupt auf keinen Fall erwarten. Z.B. enthielt das NS-Parteiprogramm auch jenen Punkt: »Brechung der Zinsknechtschaft« – und die Zinsen spielten dann doch eine größere Rolle als je, und die Kapitalien und

Investitionen wurden reichlich verteilt und ausgenutzt und durch Schlösser und Brillanten ergänzt, und was gebrochen wurde, war etwas ganz anderes, aber nicht der Zins – also wörtlich konnte man diese Parteiproklamationen doch wirklich zunächst nicht nehmen, zunächst – dann allerdings, als sie ihre Rassentheoreme praktizierten, schauerten einem die Knochen, aber das war noch nicht 1933.

Der Antisemitismus ist eine so ernste Frage, daß ich mir erlaube, ihm einige weitere Sätze zu widmen. Ein »Judenproblem« hatte ich nie gekannt. Es wäre völlig ausgeschlossen gewesen, daß in meinem Vaterhaus ein antisemitischer Gedanke gefaßt oder ausgesprochen worden wäre, ein Gedanke gegen ein Volk, aus dem Christus hervorgegangen war, und mein Vater hielt, um 1900, den »Vorwärts«, kein Stöckersches Blatt – den »Vorwärts« in einem Dorf Ostelbiens, damals ein starkes Stück! Auf der Schule, während des Studiums war es nicht anders. Auf der militärärztlichen Akademie, der ich meine Ausbildung verdanke, gab es nicht wenige »Mischlinge«, aber man erfuhr das erst nach 1933, als sie aus den Listen der Sanitätsoffiziere gestrichen werden mußten, vorher hatte sich niemand um diese Herkunftsfragen gekümmert. (Bei dieser Gelegenheit und nebenbei, ich hatte während meiner 2. Dienstzeit Gelegenheit, die Ehrenliste der im I. Weltkrieg gefallenen Sanitätsoffiziere einzusehen, die erst während der Nazizeit als Prachtband erschienen war, die Namen waren alphabetisch geordnet, und es fanden sich acht Cohns.) In den entscheidenden Jahren hatte ich dann in Berlin viele jüdische Bekannte. Derjenige Arzt, dem ich körperlich und seelisch die meiste Hilfe verdanke, war eine jüdische Ärztin. Der einzige Mensch, der mir in den Jahren um 1930 wirklich nahestand, mit dem ich am häufigsten meine damaligen Junggesellenabende verbrachte, der einzige, den ich vielleicht als Freund bezeichnen könnte, war ein Jude, auch während meiner Wehrmachtsjahre hielt das an, und heute – von New York aus – ist es nicht anders. Betrachte ich das Judenproblem statistisch, würde ich sagen, während meiner Lebensperiode sah oder las ich drei Juden, die ich als genial bezeichnen würde: Weininger, Else Lasker-Schüler, Mombert. Als Talente allerersten Ranges würde ich nennen: Sternheim, Liebermann, Kerr, Hofmannsthal, Kafka, Döblin, Carl Einstein, dazu Schönberg, und dann kam die unabsehbare Fülle anregender, aggressiver, sensitiver Prominenten, von denen ich einige kennen lernte: S. Fischer, Flechtheim, Cassirer, die Familie Ullstein – meine Auswahl ist gering und unzulänglich, ich verkehrte nicht viel in hohen Kreisen. Von Büchern lebender jüdischer Autoren, die mich aufs stärkste beeindruckt haben und meinen inneren Weg bestimmten, nenne ich: Semi Meyer, Probleme des menschlichen Geisteslebens; Erich Unger: Mythos, Wirklichkeit, Erkenntnis; Levi-Bruhl: Das Denken der Primitiven.

Zusammenfassend: Ich hatte nie daran einen Zweifel und bezweifele es auch heute nicht, daß die Periode meines Lebens ohne den nichtarischen Anteil an der Zeit völlig undenkbar wäre. Der Glanz des Kaiserreichs, sein innerer und äußerer Reichtum, verdankte sich sehr wesentlich dem jüdischen Anteil der Bevölkerung. Die überströmende Fülle von Anregungen, von artistischen, wissenschaftlichen, geschäftlichen Improvisationen, die von 1918 – 1933 Berlin neben Paris rückten, entstammte zum großen Teil der Begabung dieses Bevölkerungsanteils, seinen internationalen Beziehungen, seiner sensitiven Unruhe und vor allem seinem todsicheren Instinkt für Qualität. Alles dies durch politische Regelungen oder gar Gewaltmaßnahmen auslöschen oder gar ausrotten zu wollen oder zu können erschien 1933 wohl nicht nur mir ausgeschlossen. Das hieß, Europa ausrotten, die Geschichte blockieren, den Kulturkreis destruieren – dies traute man 1933 keiner Macht der Erde zu. Das liberale Zeitalter, schrieb ich, »konnte die Macht nicht sehen«, sie sah ihr nicht ins Auge, sie sah von ihr weg, und in diese Bemerkung schließe ich mich ein. Dann aber sah es die Macht, und ich sah sie auch.

(...)

IV. Block II, Zimmer 66

(1944)

Dies war die Bezeichnung des Quartiers, das mir für eine Reihe von Monaten angewiesen war. Die Kaserne lag hoch, burgartig überragte sie die Stadt. Montsalvat, sagte ein Oberleutnant, der offenbar Opern gehört hatte, und in der Tat, unnahbar war sie zum mindesten den Schritten von Müßiggängern: 137 Stufen mußte man steigen, wenn man von der Bahnhofstraße endlich an den Fuß des Hügels gelangt war.

Nichts Träumerischeres als eine Kaserne! Zimmer 66 geht auf den Exerzierplatz, drei kleine Ebereschen stehn davor, die Beeren ohne Purpur, die Büsche wie braunbeweint. Es ist Ende August, noch fliegen die Schwalben, doch zu den großen Zügen schon versammelt. Eine Bataillonskapelle übt in einer Ecke, die Sonne funkelt auf Trompeten und Schlagzeug, Die Himmel rühmen spielt sie und Ich schieß den Hirsch im wilden Forst. Es ist das fünfte Kriegsjahr, und hier ist eine völlig abgeschlossene Welt, eine Art Beguinage, die Kommandorufe sind etwas Äußerliches, innerlich ist alles sehr gedämpft und still. Eine Stadt im Osten, über ihr dies Hochplateau, darauf unser Montsalvat, hellgelbe Gebäude und der riesige Exerzierplatz, eine Art Wüstenfort. Auch die nächste Umgebung voll Seltsamkeiten. Straßen, die Hälfte im Grund, die Hälfte auf Hügeln, ungepflastert; einzelne Häuser, an die kein Weg führt, unerfindlich, wie die Bewohner hineingelangen; Zäune wie in Litauen, moosig, niedrig, naß. Ein Zigeunerwagen als Wohnhaus hergerichtet. Ein Mann kommt gegen Abend, eine Katze auf der linken Schulter, die Katze hat einen Bindfaden um den Hals, steht schief, möchte herunter, der Mann lacht. Niedrigziehende Wolken, schwarz und violettes Licht, kaum helle Flecken, ewig regendrohend, viel Pappeln. Vor einer Häuserwand, gärtnerisch unmotiviert, leierhaft angeordnet, drei blaue Rosen. Morgens über der Siedlung ein besonders weiches, aurorenhaftes Licht. Auch hier überall das Unwirkliche, Gefühl des Zweidimensionalen, Kulissenwelt.

Um den Exerzierschuppen die Wohnblocks: Träume. Nicht die Träume des Ruhms und der Siege, der Traum der Einsamkeit, des Flüchtigen, der Schemen. Das Wirkliche ist in die Ferne gerückt. Am Kopf des Eingangsblocks, der sogenannten Ehrenhalle, steht groß der Name eines Generals: »General-von-X-Kaserne.« Ein General des I. Weltkrieges. Drei Tage lang fragte ich jedesmal beim Passieren den präsentierenden Posten: Nach wem heißt diese Kaserne? Wer war der General von X.? Nie eine Antwort. Völlig unbekannt General von X. Verschollen. Gesunken sein Wimpel, seine Autostandarte, sein Gefolge von Generalstäblern, das ihn umschwirrte. Es wirkt nicht über zwei Jahrzehnte. Sehr fühlbar hier der Mörtel, das Ephemere, die falschen Wertungen, das Verzerrte.

Die Blöcke werden durchflutet von den Wellen Eingezogener. Zwei Sorten unterscheiden sich: die Sechzehnjährigen, unterernährt, dürftig, armselige Arbeitsdiensttypen, ängstlich, ergeben, beflissen, und die Alten, die Fünfzig- bis Sechzigjährigen aus Berlin. Am ersten Tage sind diese noch die Herren, tragen Zivil, kaufen sich Zeitungen, flotter Gang, der besagt: Wir sind Syndikusse, selbständige Handelsvertreter, Versicherungsagenten, haben hübsche Frauen, Zentralheizung, dieser vorübergehende Zustand berührt uns nicht, sogar ganz humoristisch – am zweiten Tag sind sie eingekleidet und der letzte Dreck. Jetzt müssen sie durch die Gänge flitzen, wenn ein Unteroffizier brüllt, auf dem Kasernenhof springen, Kasten schleppen, Stahlhelme aufquetschen. Die Ausbildung ist kurz, zwei bis drei Wochen; interessant dabei, sie lernen schon vom zweiten Tag an schießen, früher begann das erst nach vier bis sechs Wochen. Dann, eines Nachts, wird angetreten mit Tornister, zusammengerolltem Mantel, Zelttuch, Gasmaske, Maschinenpistole, Gewehr – fast ein Zentner Gewicht –, und fort geht es zur Verladung, ins Dunkle. Dieser Abmarsch im Dunkeln ist unheimlich. Eine Kapelle, die man nicht sieht, führt vorneweg, spielt Märsche, flotte Rhythmen, hinter ihr der lautlose Zug, der für immer ins Vergessen zieht. Das Ganze geht sehr schnell, es ist nur ein Riß in Schweigen und Schwarz, dann liegt das Plateau wieder in der dunklen, erde- und himmellosen Nacht. Am nächsten Morgen kommen Neue. Auch diese gehen wieder. Es wird kälter draußen, beim Exerzieren. Jetzt erhalten sie Befehl, die Handflächen zu reiben, mit den Fäusten auf die Knie zu schlagen, Anregung der Zirkulation, das Leben wird wachgehalten, militaristische Biologie. Die Blöcke stehn, die Wogen rauschen. Immer neue Wogen von Männern, neue Wogen von Blut, bestimmt, nach einigen Schüssen und Handgriffen in Richtung sogenannter Feinde in den östlichen Steppen zu verrinnen. Unbegreiflich das Ganze, stände dahinter nicht so eindrucksvoll der General, hinreißend in seinem Purpur und Gold, und der schießt und läßt schießen, sein Ruhegehalt ist noch nicht unmittelbar bedroht. Mittags treffen sich die Offiziere bei Tisch. Einen Unterschied im Essen zwischen Offizier und Mann gibt es seit Kriegsbeginn nicht mehr. Ein Oberst erhält wie der Grenadier wöchentlich zwei Kommißbrote, dazu Margarine und Kunsthonig auf Papierstreifen zum Mitnehmen, mittags auf tiefem Teller Kohlsuppe oder einen Haufen Pellkartoffeln, diese muß man sich auf der Tischplatte schälen (Wachstuch darauf, soweit es das noch gibt, sonst »organisiertes Bettlaken«), man legt die gepellten Kartoffeln neben sich und wartet auf die Suppe oder die Sauce. Der Oberst, der meine Abteilung führt, erscheint eines Tages – unrasiert. Es gibt keine Klingen mehr, auch nichts zum Schleifen. Einer weiß in Berlin einen Ort, wo es in dieser Richtung etwas zu organisieren gibt. Ein österreichischer Kamerad trägt die Erzählung bei, daß in der k.u.k. Armee nur die Windisch-Grätzer Dragoner das Recht hatten, glattrasiert zu gehen – Erinnerung an Kolin, wo die eben eingetroffenen Rekruten, die Milchbärte, die Schlacht entschieden. Ein Stück Rasierseife muß vier Monate langen. In der

Mannschaftsfriseurstube darf nicht mehr rasiert werden aus Materialmangel. In Amerika wird im Liegen rasiert – typisches faules Plutokratenpack.

Die Gespräche sind die von netten, harmlosen Leuten, von denen keiner ahnt, was ihm und dem Vaterland droht. Badoglio ist ein Verräter, der König ein rachitisch verkürzter Schuft. Dagegen fand sich in einem holsteinischen Grabhügel eine germanische Festmütze, die von der hochentwickelten Mützenmacherkunst unserer Ahnen vor 3500 Jahren zeugte. Auch die Griechen waren Arier. Prinz Eugen überlebte seinen Ruhm, was er zum Schluß in Frankreich tat, war nicht sehr doll. Wer den neumodischen kurzen Dolch trägt, ist Demimonde – Kavallerie trägt immer noch den langen Säbel – Kavallerie! – alles jetzt Radfahr-Schwadron – Rittmeister – das war einmal, jetzt Radmeister!

Alle diese Leute, so zackig sie sich geben, denken im Grunde nur daran, wie sie ein Gericht Pilze ihrer Frau mitbringen können, wenn sie auf Urlaub gehen, ob der Sohn in der Schule mitkommt, und daß sie nicht wieder auf die Straße fliegen wie 1918, falls – dies ist der Ausdruck, der manchmal fällt und den sie sich gestatten – falls »es schief geht«. Es sind fast alles Offiziere der alten Armee, den Jahren nach um die Fünfzig herum, Weltkriegsteilnehmer. In der Zwischenzeit waren sie Vertreter von Zigaretten- oder Papierfirmen, landwirtschaftliche Beamte, Stallmeister von Reitervereinen, haben sich alle durchgeschunden. Jetzt sind sie Majore. Keiner spricht eine fremde Sprache, sah ein fremdes Land außerhalb der Kriege. Allein der k.u.k.-Bundesbruder, immer wach und mißtrauisch, nicht als voll angesehen zu werden, ist etwas weiträumiger, wohl infolge der Adria- und Balkanbeziehungen Altösterreichs. Abends lesen sie Skowronnek, sie debattieren darüber: »Interessant gehalten.« Obschon es keine große geistige Welt erschließen konnte, versuchte ich, in meine Umgebung mit Aufmerksamkeit einzudringen. Wen beschäftigte sie nicht unaufhörlich, die eine Frage, wie es möglich gewesen sei und heute noch möglich war, daß Deutschland dieser sogenannten Regierung unentwegt folgte, diesem halben Dutzend Krakeeler, die seit nunmehr zehn Jahren dasselbe Geschwätz in denselben Sälen vor denselben gröhlenden Zuhörern periodisch abspulten, diesen sechs Hanswürsten, die glaubten, daß sie allein es besser wüßten als die Jahrhunderte vor ihnen und als die Vernunft der übrigen Welt. Spieler, die mit einem trüben System nach Monte gereist waren, um die Bank zu sprengen, Bauernfänger, so töricht anzunehmen, die Mitspieler würden ihre gezinkten Karten nicht bemerken – Saalschlacht-Clowns, Stuhlbeinheroen. Es war nicht der Traum der Staufen, der Norden und Süden vereinigen wollte, nicht die immerhin solide kolonisatorische Idee der Ordensritter, die nach dem Osten zogen, es war reiner Ausfall an Wurf und Form, primärer Regenzauber, der vor requirierten Särgen Heinrichs des Löwen nächtlichen Fakkeldunst zelebrierte.

Das war deutlich erkennbar die Regierung, und nun ist das fünfte Kriegsjahr, das düster daliegt mit Niederlage und Fehlberechnungen, geräumten Erdteilen, torpedierten Schlachtschiffen, Millionen Toten, ausgebombten Riesenstädten, und trotzdem hört die Masse weiter das Geschwätz der Führer an und glaubt es. Darüber kann eine Täuschung nicht bestehn. Zumindest die außerhalb der gebombten Städte glauben fest an neue Waffen, geheimnisvolle Revancheapparate, todsichere Gegenschläge, die unmittelbar bevorstehn. Hoch und Niedrig, General und Küchensoldat. Eine mystische Totalität von Narren, ein prälogisches Kollektiv von Erfahrungsschwachen – etwas sehr Germanisches zweifellos und nur in diesem ethnologischen Sinn zentral zu erklären. Periphere ethnologische Erklärungen drängen sich vielleicht zwei auf, erstens, daß die mittelgroßen Städte und das Land selbst heute wenig vom Kriege merken, sie haben zu essen, organisieren das Weitere hinzu, Bombenangriffe haben sie nicht erlebt, stimmungsmäßig liefert Goebbels alles für Stall und Haus, und das Wetter spielte auf dem Land immer eine größere Rolle als Gedankengänge. Zweitens, Familienverluste werden viel leichter verschmerzt, als die Nation es wahrhaben will. Tote sterben schnell, und je mehr sterben, umso schneller werden sie vergessen. Zwischen Vater und Sohn bestehen außerdem wohl grundsätzlich ebensoviel Antipathien wie ihr Gegenteil, sie sind ebenso von Haß in Spannung gehalten wie durch Liebe verbunden. Ja, gefallene Söhne können im Fortkommen behilflich sein, bringen Steuererleichterungen, machen das Alter wichtig. Dies die Jugend zu lehren, wäre gut und erzieherisch, sie würde sich dann das Nötige dabei denken, wenn sie von der Unsterblichkeit der Helden und dem Dank der Überlebenden später etwas vorgesetzt bekommt.

An Einzelheiten war folgendes festzustellen: Die Armee im fünften Kriegsjahr wird von zwei Dienstgraden getragen, den Leutnants und den Feldmarschällen, alles andere ist Detail. Die Leutnants, hervorgegangen aus der HJ., also mit einer Erziehung hinter sich, deren Wesen systematische Ausmerzung von gedanklichem und moralischem Lebensinhalt aus Buch und Handlung war und deren Ersatz durch Gotenfürsten, Stechdolche – und für die Marschübungen Heuschober zum Übernachten. Ferngehalten von etwa noch gebildeten, im alten Sinne geschulten Eltern, Erziehern, Geistlichen, humanistischen Kreisen, kurz Bildungsträgern irgendwelcher Art, und zwar dies schon im Frieden: bewußt, zielgerecht und gut durchdacht, übernahmen sie so wohlausgerüstet die Erdteilzerstörung als arischen Auftrag. Über die Feldmarschälle nur ein Wort: Es ist wenig bekannt, daß sie lebenslänglich ihr Marschallgehalt bekommen, und zwar ohne Steuerabzug, ferner für immer einen Stabsoffizier als Adjutant und beim Ausscheiden aus dem aktiven Dienst ein Landgut oder ein fair proportioniertes Grundstück im Grunewald. Da der Marschallernenner in unserem Rechtsstaat auch der Marschallentzieher ist und in letzterer Funktion kräftig mit Entziehung von Titeln, Orden, Versorgungsansprüchen und positiv mit Sippenhaftung um sich spuckt, stehen die Marschälle als gute Familienväter nahezu gerechtfertigt da, für Dämonen wird sie sowieso keiner gehalten haben.

Wenn man über diesen Krieg und den vorhergehenden Frieden nachdenkt, darf man eines nicht außer acht lassen: die ungeheure existentielle Leere des heutigen deutschen Mannes, dem nichts gelassen war, was den inneren Raum bei andern Völkern füllt: anständige nationale Inhalte, öffentliches Interesse, Kritik, gesellschaftliches Leben, koloniale Eindrücke, echte traditionelle Tatsachen – hier war nur Vakuum mit geschichtlichem Geschwätz, niedergehaltener Bildung, dummdreist politischen Regierungsfälschungen und billigem Sport. Aber Uniform tragen, die die Blicke auf sich lenkt, Meldungen entgegennehmen, sich über Karten beugen, mit Gefolge durch Mannschaftsstuben und über weite Plätze traben – verfügen, besichtigen, bombastisch reden (»ich befehle nur einmal«, es handelte sich um Latrinenreinigen), das schafft die Vorstellung von Raumausfüllung, individueller Expansion, überpersönlicher Auswirkung, kurz jenen Komplex, dessen der durchschnittliche Mann bedarf. Die Kunst verboten, die Zeitungen ausgerottet, eigene Meinung durch Genickschuß beantwortet – menschliche und moralische Maßstäbe an die Raumausfüllung anzulegen, wie es die Kulturvölker taten, dazu waren die Voraussetzungen im Dritten Reich nicht mehr gegeben. Hier herrschte die Raumvortäuschung; bei Übergängen über Pontonbrücken, kurz vor Sprengungen, vor Zielfernrohren fühlte sich der Individualist als unmittelbare kosmische Katastrophe.

Beim Oberkommando der Wehrmacht gibt es eine Presseabteilung, die die »wehrgeistige Führung« lenkt. An der Spitze natürlich ein General. Mitarbeiter zahlreiche Schriftsteller aus System- und Nazizeit. Ich verfolge ihre Produktion aufmerksam, diese »Mitteilungen an die Truppe«, »Mitteilungen für das Offizierkorps«, »Vorlage für Unterrichtszwecke«, »Anweisungen für Kompaniebesprechungen« und dergleichen. Übrigens erscheint dies alles öffentlich. Als Ganzes gesehen ist diese Abteilung eine Filiale des Goebbelsschen Ministeriums, spezialisiert auf soldatische Kraftausdrücke: Lump, Hundsfott, Schweinehund, Scheißkerl – das ist die eigene geistige Zutat und bezieht sich auf jene, die etwa anders denken könnten. Da also tauchen regelmäßig die »jungen Völker« auf, denen der Sieg gebühre. Junge Völker! Selbst das Oberkommando wird wohl schon von Caesar gehört haben, der im Jahre 44 v. Chr. ermordet wurde, unter ihm war dies junge Volk damals schon recht kräftig. Wenn nicht alle Völker gleich alt sind, ist das heutige russische jedenfalls erst 27 Jahre alt, muß also nach der Nazi-Hypothese schon aus diesem Grunde besonders siegen. Die Japaner traten 660 v. Chr. aus der Sage heraus, sie sind uralt, ihre heute herrschende Shinto-Religion verliert sich in mystische Ferne. USA ist auf jeden Fall rassisch wie staatlich erst im 17. Jahrhundert entstanden, zu der Zeit also, als in Italien das Hochbarock verklang und in Deutschland Leibniz bereits eine Geschichtsphilosophie entwickelte. Also reines Geschwätz dies mit den jungen Völkern, berechnet auf den staatlich gezüchteten deutschen Bildungsschwund. Sich selbst bezeichnet diese wehrgeistige Führung als »königliche Kunst«, die »die edelsten und stolzesten Charakterwerte im Deutschen anspricht«, schon der dienstliche Gruß habe zu sein »die Ehrenbezeugung vor der Idee des wehrhaften Deutschlands« usw. Andere Themen sind: »Dem Sieg der Waffen folge ein Sieg der Wiegen!«, »die Nürnberger Gesetze nicht nur ein Schutz des deutschen Bluts, sondern der deutschen Ehre«; ferner die »tödliche Gefahr«, in der wir uns befanden und die »Rettungsaktion des Führers in letzter Stunde«. Diese wehrgeistige Führung allein befähigt den Soldaten, selbst wenn er in Gefangenschaft gerät, der Feinde »geistigen Terror« zu brechen. Selbstverständlich ist die jüdisch-bolschewistische Revolverpresse auszurotten; vor allem (im Dezember 1943) ist den Soldaten klarzumachen (»so einfach wie möglich und so plastisch wie möglich«), »daß Stalin in den letzten 10 Jahren einen großen politischen Rückschlag erlitten hat«. Ferner wird geistig geführt: *Italien*: Verräter, schamloses Tun, Lumpenhunde; die *Russen*: Meeting der Rache, perverser Sadismus, Haßräusche der Steppe; Uhren, Geldbörsen, Füllfederhalter stehlen den Verwundeten die *Amerikaner*. Stalin, die Echse, der Bankräuber aus Tiflis, Roosevelt, Chief-Gangster, der mit »Sechsschüssigen« Ecuador und Bolivien in den Krieg treibt; Churchill, Whiskysäufer, der schon als Jüngling ein ehrbares englisches Bürgermädchen sitzen ließ, um eine amerikanische Plutokratin zu kapern. Bloß nicht auf die »sanfte Tour« einlassen: Witzeerzähler anzeigen; selbst Tischdamen sofort verhaften lassen; Rundfunkabhörer, Scheißkerl, Genickschuß!

Es gibt aber trotzdem auch eine sanfte Tour, die arbeitet mit Hölderlin und Rilke. Es ist äußerst interessant zu verfolgen, wie stark diese beiden Lyriker in der gesamten politischen Propaganda der letzten Jahre Verwendung finden. »Dir ist, Liebes, keiner zu viel gefallen« ist das am häufigsten gebrauchte Zitat des einen, dazu bei Hinweisen auf erwünschte Staatsumstürze: »Auch hier sind Götter.« Während hinsichtlich Rilkes die Einführung eines Kornetts in den Kreis der Armen, der Mönche und der weißen Fürstinnen das Sanfte und Fromme des übrigen Werks in einem günstigen Licht erscheinen läßt. Hören wir: In der Marine-Rundschau vom November 1943 (Verlag Mittler & Sohn, Herausgeber natürlich ein Admiral), die hier in den Blocks durchläuft, behandelt ein Professor für Kirchen- und Völkerrecht an einer bayerischen Universität Seekriegsfragen (ein Kirchenrechtler?), und zwar »militärisch, ökonomisch, politisch, geistig-moralisch«. Zu ersterem: »Als Dauergewinn muß uns für alle Zeiten gesichert werden die Möglichkeit freien Zugangs zum Atlantik und damit die Gewähr blühenden Wirtschafts- und Kulturlebens für uns wie für Europa. Wir erinnern uns hier an das Wort Hölderlins: ›Es beginnet nämlich der Reichtum im Meere.‹« Zu letzterem: »Die neue Lehre ist gelebtes Leben. Den einen oder den anderen wird es interessieren, daß vor der Wissenschaft auf seine Weise bereits ein Künstler die neuen Gesichter entworfen hat. Rainer Maria Rilke in seinen Duineser Elegien.«

An dieser Bemerkung ist interessant die Floskel »auf seine Weise«, d.h. natürlich so gut er es eben kann, halt ein Künstler, die Wissenschaft kann es besser. Über das »gelebte Leben« als neue Lehre an dieser Stelle kein Wort. Dagegen, die Duineser Elegien kann man bestimmt von vielen Seiten betrachten, so vielfältig sind sie, aber sie in irgendeinem auch noch so versteckten Sinne militaristisch zu deuten, rückt sie in eine schiefe Beleuchtung. Der Bezug auf Rilke ist also eine reine Bauernfängerei für die, wie der Professor mit Recht annimmt, allmählich schwachsinnig gewordene deutsche Intelligenz.

Hans Carossa
Ungleiche Welten
Aus einem Lebensbericht

Spätherbst 1941

Eine gut unterrichtete Leserin schrieb streng vertraulich aus Berlin, ein paar Herren in der Schrifttumskammer hätten Bedenken gegen mich geäußert, weil ich nie jene Weimarer Tagungen besuchte, die dort unter der Bezeichnung »Buchwoche« oder »Dichtertreffen« alljährlich in Gegenwart des Propagandaministers veranstaltet wurden. Ich empfing die sorgliche Mahnung im Herbst 1941, für den ich bereits einige Leseabende in West- und Mitteldeutschland versprochen hatte. Diese Fahrt ging ohnedies durch Thüringen; ich konnte mich auf dem Weg nach Dessau in Weimar aufhalten und sagte meinen Besuch bei Professor Kippenberg an, der neben Goethes Gartenhaus am Stern ein Sommerhäuschen besaß, das er um diese Jahreszeit vermutlich noch bewohnte. Mir wurde bewußt, wie sehr lang ich den Freund und Verleger nicht mehr von Angesicht zu Angesicht gesehen hatte, und nahm mir vor, zwei Tage zu bleiben.

Überraschend, ja befremdend war die unübersehbare Menge von Dichtern, die sich durch die Straßen der einst so stillen, so zur Andacht stimmenden Stadt bewegten; man konnte glauben, es hätte nie ein so poetisches Zeitalter gegeben. Unerwünscht aber war mir dieses Gedränge nicht; man durfte hoffen, sich darin unbemerkt zu verlieren. Sah man aber nun die Entstellungen, die durch neue Parteigebäude dem Stadtbild zugefügt waren, las man die unwahren Aufschriften, die in riesigen Lettern den Angekommenen überfielen, so wurde spürbar, wie wenig dieses Weimar noch mit Goethe, Herder, Schiller und Jean Paul zu tun hatte, ja daß es diesen Genien feindlich war und nur ihre Namen mißbrauchte. Mit dem Vorsatz, am Abend des folgenden Tages weiterzureisen, kam ich ins Hotel »Erbprinz« zurück und fühlte mich erst wieder freier, als ich an einem abgesonderten Tischchen mit Kippenberg das Mittagessen einnahm. Wir versprachen uns für den Abend ein Beisammensein mit Professor Hans Wahl, den liebevollumsichtigen Verwalter der klassischen Stätten, der uns manche kostbare, nicht allgemein zugängliche Zeichnungen, Bilder und Briefe aus der Goethezeit zu zeigen bereit war. Es kam jedoch anders, und ich erfuhr die Gegenwärtigkeit der Dämonen, die es einem nachtragen, wenn man sie zu wenig ernst genommen hat.

Seit elf Uhr vormittags befand ich mich in Weimar und schon fünf Stunden später war ich Präsident einer »europäischen Schriftstellervereinigung«, also Vorsitzender einer Gesellschaft, von der ich gleich wußte, daß alle wahrhaft schöpferischen Geister des Erdteils ihr in weitem Bogen ausweichen würden.

Die Beamten des Propagandaministeriums, die beauftragt waren, mich mit dieser neugeschaffenen Dienststellung zu behaften, wußten recht gut, wie jedes auch nur scheinbare Teilhaben an weltlicher Macht mir auch in ganz normalen Zeiten unerträglich gewesen wäre; deshalb verfuhren sie behutsam und ließen mir zunächst den Glauben, es läge wirklich in meinem Belieben, ja oder nein zu sagen. Der erste, der mich ansprach, erwähnte die geplante Gründung vorerst gar nicht, sondern plauderte nur unverbindlich von einem Beisammensein mit Ausländern nach dem Abendessen, wobei ich, wie etwa bei einem Studentenkommers, den Vorsitz führen sollte. So machte ich mir denn die Abwehr leicht, indem ich einige der Partei angehörende Schriftsteller als eher geeignet vorschlug, ohne zu merken, daß ich als unpolitischer Mann für den politischen Zweck, den man im Auge hatte, gerade der geeignetste war. Verfolgte man aber wirklich ein Ziel? Ein ernsthaftes gewiß nicht. Dem jungen Oberregierungsrat, der den Auftrag hatte, mich zu bedrängen, lag an dieser Schriftstellervereinigung sicherlich genau so wenig wie seinem allmächtigen Chef; das ganze war nur eine jener Scheinbemühungen, die den Weg des Dritten Reiches vom Anfang bis zum bitteren Ende begleiteten und ihm so oft das Gepräge eines bösartigen Karnevals gaben. Und gerade dieses Gefühl, von einem gefährlichen Phantomenspiel umschlungen zu sein, lähmte den Widerstand. Je unausweichlicher der Chor der Erinnyen sich näherte, um so grimmiger war ja die Führung entschlossen, jeden als Feind zu behandeln, der bei ihren gespenstischen Maskenbällen nicht mittanzen wollte. Nach dem Kaffee nahm mich ein Ministerialdirigent ins Gebet und erklärte mir höflich aber sehr bestimmt, worum sichs handelte. Meine schüchternen Einwände hörte er schweigend an, sah jedoch zerstreut und bekümmert aus, und es klang halb flehend, halb drohend, als er schließlich sagte: »Bedenken Sie, daß die Sache für Deutschland wichtig ist und mit Ihnen steht und fällt!« Ich wußte nun, daß ein weit Mächtigerer aus ihm sprach und spürte zugleich die Ratlosigkeit, aus der ein so unausführbarer Plan hervorgegangen sein mußte.

In einer anderen, mit meiner Art vertrauteren Umgebung wäre mir gewiß eine scherzhafte oder auch eine sachlich begründete Form der Zurückweisung eingefallen; aber hier befand ich mich in einer Welt, deren Sprache nicht die meinige war: Jedes Wort, auch das wahrste, hätte unehrlich geklungen. Ich dachte an die glücklichen Dichter, die in Ländern lebten, wo man vor innerlichst bemühten Geistern zuviel Achtung hatte, um ihre Namen zu trügerischen Tageszwecken zu mißbrauchen, und fast fühlte ich mich aufgelegt, den Herrn zu fragen, ob es nicht geziemend wäre, Paul Claudel oder Paul Valéry oder André Gide das europäische Ehrenamt anzutragen; aber für Ironie gab es kein Organ in dieser Körperschaft, und was ich Ernsthaftes zu sagen hatte, wäre dem Beamten, der ungeduldig auf Antwort wartete, geziert und wichtigtuerisch vorgekommen.

Während ich aber seinen Begründungen zu folgen versuchte, erwachten sehr klare Erinnerungen an weit zurückliegende Erlebnisse; rumänische, galizische und flandrische Gegenden stiegen auf, und ich verfluchte meine dreiundsechzig Jahre, die mich für den truppenärztlichen Dienst untauglich machten.

War doch in diesem zweiten Weltkrieg jeder Wissende beneidenswert, der sich in dem grauen Waffenrock des nicht allzu hoch im Range stehenden Frontsoldaten wie in einen Tarnmantel zu flüchten vermochte: er blieb von ungemäßen Zumutungen der Behörden verschont, lernte fremde Länder und Städte kennen, und wenn er fiel, so wars ein rühmlicher Tod. War dagegen ein älterer Mann in bürgerlicher Kleidung durch Verdienst und Glück zu einigem Ansehen gelangt, so schlug für ihn irgendwann einmal die Stunde, wo der neue Staat seinen Namen auf die Waagschale legte und, falls er ihn genügend schwer befand, für einen billigen Preis verhandelte.

(...)

In kaum einer Minute vollzog sich die Wahl, und zwar auf eine Weise, die deutlich verriet, daß alles von langer Hand vorbereitet war. Ein österreichischer Autor stellte den Antrag, und weder ein Deutscher noch ein Ausländer schlug einen anderen Namen vor. In den Augen meiner heimischen Berufsgenossen glaubte ich manchem teilnehmenden Blick zu begegnen; die meisten mochten froh sein, daß der Kelch an ihnen vorübergegangen war. Jemand flüsterte mir zu, die Anwesenden erwarteten sich nun noch ein paar gesprochene Worte von mir, und diesmal fehlte es mir nicht an Geistesgegenwart; ich stand auf und sagte: »In Ihnen allen, meine Herren, lebt sicherlich so fest wie in mir selber der Glaube, daß eine Erneuerung des Abendlandes nur vom Geist und von der Seele her erfolgen kann. In dieser Gesinnung nehme ich den Ausdruck Ihres Vertrauens dankbar entgegen.«

(...)

Der folgende Tag brachte Regen und Sturm. Doktor Goebbels sandte einen Offizier mit einem Wagen und ließ um einen Besuch bitten. Der junge Leutnant war ein stiller, zurückhaltender Mann; ich hatte, etwas unüberlegt, zu ihm gesagt: »*Muß* denn das sein?«, als er die Einladung überbrachte; das schien ihn erheitert zu haben –, »ich bitte *sehr* darum« antwortete er und sah mich während der Fahrt von Zeit zu Zeit mit freundlicher Neugier an, schwieg jedoch und überließ mich meinen Gedanken.

Ein Zufallsblick auf Goethes herbstlaubumwirbeltes Gartenhaus machte mich noch stärker fühlen, in welche Unordnung mein Leben geraten war. Mochte ich mir noch so oft sagen, den Weg, den ich seit meiner Ankunft in Weimar ging, sei nur ein Umweg und nähere sich dem Ende, so war dies doch nur eine Beschwichtigung für den Augenblick; bei tieferem Nachdenken kam ich nicht um gewisse Selbsterkenntnisse herum, an denen leider nichts zu ändern war. Sekundenlang hielt ich es wohl für möglich, den Mann, der mich erwartete, durch ein offenes Wort unter vier Augen über meine wahren Daseinsbedingungen aufzuklären und ihn um Befreiung von dem so genannten Ehrenamt zu bitten; aber das hätte bedeutet, daß ich Goebbels bitten wollte, nicht Goebbels zu sein. Jemand hatte mir vorausgesagt, er werde mich zum Eintritt in die Partei bewegen wollen, ein anderer von seinem reizbaren Wesen gesprochen, so daß ich mich auf einen kategorischen Ton gefaßt machte; doch weder vom einen noch vom andern war die Rede. Dem Alternden zeigt sich das Leben gern in abgemilderter Form. Nicht nur, daß er selbst es weniger heftig aufnimmt; die Leute haben auch schon eine gewisse ererbte Scheu vor den grauen Haaren; sie glauben sich vor ihnen verbindlicher zeigen zu müssen als sie sind. Goebbels und seine Frau, die eben von einer Ausfahrt zurückgekehrt war, noch Regenperlen an dem blauen Hut, sie waren beide geübt in jener Höflichkeit, die den denkenden Menschen schweigsam macht, weil er einen Zweck dahinter spürt. Sie sprachen zu mir bald wie zu einem Sonderling vom Lande, bald wie zu dem Gesandten einer neutralen Macht, mit der sie einen Pakt zu schließen wünschten. Für die Übernahme des Präsidiums dankten sie beide mit einer Ernsthaftigkeit, die mir das Fatale dieser Wahl aufs neue zu fühlen gab. Ich schlug nachträglich zwei Schriftsteller vor, die ich vor allem für geeignet hielt, einer solchen Vereinigung vorzustehen; er schien nicht überrascht, schüttelte aber den Kopf, lächelte schlau, als ob ich ihn hereinlegen wollte, und entkräftete meinen Widerstand, den er vielleicht für unecht hielt, mit einer Schmeichelphrase, die er mit einer verneinenden Handbewegung begleitete.

An seiner Erscheinung war eigentlich nichts, was ihn zum Rassenhochmut berechtigte; denn was man an ihm schön nennen konnte, die ungemein lebhaften dunklen Augen, wäre in Ländern wie Polen, Italien und Frankreich keine Seltenheit gewesen. Seinem Kopf war trotz des normalen Umfangs etwas Knabenhaftes geblieben, und dieses stand in eigentümlichem Gegensatz zu der biedermännischen sonoren Stimme, die so dämonisch berückend auf die Massen wirkte, daß sie ihr alles glaubten, auch die greifbarsten Lügen, wenn sie nur mit ein paar Tröpfchen Wahrheit versetzt waren. Wieder einmal fragte man sich, wieviel dieser Mann von allem, was er öffentlich aussprach, selbst glauben mochte; sobald er jedoch auf die letzten Kriegsereignisse zu reden kam, die ihn augenscheinlich beunruhigten, machte man sich darüber keine Gedanken mehr. Der gesunde Wahrheitssinn, der im gutgearteten Mann von Jahr zu Jahr empfindlicher wird, schien bei diesen Parteiführern schon in der Anlage gestört. Sie hatten eine eigene Logik, innerhalb derer sie oft richtige Schlüsse zogen; aber die Grundvoraussetzungen waren falsch. Ihr Leben verlief längst nur noch auf einer Bühne, deren Kulissen und Hintergründe aus fälschenden Spiegeln bestanden, und es bedeutete daher nicht viel, wenn sie mitunter auch die Wahrheit sagten. Hätte mich eine mutwillige Regung verführt zu erklären, es wäre mir vor drei Tagen leider zur Gewißheit geworden, daß ich von jüdischen Eltern abstammte, so würde jedes von mir geschriebene Wort in den Augen des Mannes, der es noch eben gelobt hatte, jeden Wert verloren haben. Es ist begreiflich, daß Menschen, die unablässig andere treiben müssen, nie dazu kommen, den Dingen auf den Grund zu gehen und so das Wachstum ihres eigenen Wesens zu vollenden; sie sind die wahrhaft Unfreien, jeder Tag schmiedet ihnen eine Fessel, in die sie der folgende schlägt. Sie bleiben auf einer mittleren Stufe stehen, auch wenn sie sich noch so viel Wissen aneignen, und an Wissen fehlte es Goebbels wahrlich nicht. Man merkte dies, wenn er sich über Entlegenes äußerte, wenn ihm also jene Verdunklung der seelischen Gesichtsfläche nicht im Wege stand. Im Gedächtnis geblieben ist mir seine Bemerkung, es gäbe wenige Deutsche, die sich nicht in Anakoluthen unterhielten: die meisten unterbrächen jeden begonnenen Satz und überließen es dem Gesprächspartner, ihn zu vollenden. Auch hob er den Wert der Vokale hervor und bewies, daß er, ohne Ernst Jünger zu nennen, dessen bekannte geistvolle Schrift ›Lob der Vokale‹ aufmerksam gelesen hatte. Die immer wieder aufflimmernde Intelligenz machte jedoch den Mann doppelt unheimlich; sie stand im krassen Widerspruch zu vielen seiner öffentlichen Äußerungen und bestätigte die Gespaltenheit seiner Natur.

Frau Magda Goebbels hatte schweigend zugehört. Nun öffnete sie lächelnd und errötend ihre Ledertasche und fragte, ob es mich nicht freuen würde, ein Bild von ihren Kindern zu sehen. Ihrer Erscheinung nach unterschied sie sich durchaus von der mannweiblichen Form, die sich bei den Führerinnen der Partei herausgebildet hatte. Gesichtsausdruck und Stimme waren sanft; jede betont gebieterische Gebärde schien ihren schönen Händen zu widerstreben. Ein Argloser, Unwissender, der in der Minute, wo wir auf der schon etwas verblaßten Photographie die anmutigen Geschöpfe bewunderten, den Raum betreten hätte, konnte den Eindruck empfangen, als wäre hier alles in bester bürgerlicher Ordnung, Familienglück und erfreuliche Zukunft gesichert, kein Dämon im Hause. Ich benützte die nächste Pause des Gesprächs, um mich zu empfehlen. So geht wohl ein erfahrener Arzt von Kranken fort, denen er's nicht sagen darf, daß er sie nur als *Noli me tangere* behandeln kann: noch halten sie sich für heilbar, machen große Pläne und wollen sich dem Doktor in besonders guter Verfassung zeigen, während in seinem Tagebuch die trostlose Prognose des merkwürdigen Falles längst verzeichnet steht.

*

Jede Gewissensbeunruhigung ruft auch gute Geister herbei, und ehe ich Weimar verließ, durfte ich mich mit einem Schriftsteller aussprechen, der die deutschen Dinge viel genauer kannte als ich, und ihnen mit freier Gesinnung gegenüberstand. Es war Dr. Carl Rothe, der Verfasser des Buches ›Olivia‹, nicht nur begabter Autor, sondern auch sprachenkundiger Weltmann, der mit manchem französischen, italienischen und bulgarischen Kollegen gute Kameradschaft pflegte. Ihn hatte die Kammer zu meinem Gehilfen ausersehen, ja ihm eigentlich die ganze Arbeit zugedacht. Aus besonderer Zuneigung tat sie das nicht; sie mißtraute ihm vielmehr gründlich und fürchtete seinen kritischen, stets zum Widerspruch bereiten Verstand, wußte jedoch keinen, der seine Auslandskenntnis hätte ersetzen können, und nahm sich jedenfalls vor, ihm im Notfall die Flügel zu stutzen. Zweiundzwanzig Jahre jünger als ich, war er frei von den Nachdenklichkeiten, die mich oft aufhielten, und zu meiner Beruhigung erfuhr ich nun, daß wir im wesentlichen übereinstimmten. Er hatte einige Wochen früher als ich von der geplanten Gründung gewußt und von einem seiner Freunde den Rat erhalten, das ihm angetragene Ehrenamt auf keinen Fall abzulehnen. Dieser Freund hieß Reichwein, ein Name, der mir damals nichts bedeutete; erst als er nach dem 20. Juli 1944 hingerichtet wurde, erfuhr ich, wer er war. Rothe sah die Würden, die man uns übertragen hatte, mit recht nüchternen Augen an; er wußte genau, warum die Wahl auf ihn, der ebenfalls der Partei nicht angehörte, und mich gefallen war, und nannte es verdienstlich, daß wir uns nicht versagt hatten. »Wir tun es«, sagte er, »nicht für heute, nicht für morgen, aber vielleicht für übermorgen. Bedenken Sie, wieviel Unheil wir verhüten, wieviele törichte Vorsätze wir vereiteln werden! Stellen Sie sich vor, was geschehen könnte, wenn ehrgeizige Eiferer unsere Stellen einnähmen! Wie sie durch Aktivität glänzen würden! Von Ihnen und mir wird niemand ein unwürdiges Wort vernehmen. Wir haben in jedem Land Gesinnungsverwandte; nach dem Krieg werden wir einander suchen und helfen.«

Von dieser Seite war mir der Vorgang bisher nicht sichtbar gewesen, und gern hörte das verstörbare Alter auf den gläubigen jungen Feuergeist.

Während ich auf dem Weimarer Bahnhof den Zug erwartete, stand, von mir abgewandt, ein Herr mit weißem Bart bei einem jungen Mädchen und deutete zu grauen Gebäuden hinüber, die vor dunstigen Wäldern standen: »Das soll ein Konzentrationslager sein, und zwar eins der schlimmsten«, sagte er zu seiner Begleiterin. Als die beiden mich bemerkten, gingen sie schweigend weiter bis zum anderen Ende des Bahnsteigs.

FRANZ TUMLER
Heimfahrt

Der Gefreite in dem Afrikahemd glich nicht den andern Leuten, von denen jeder kleinlaut und störrisch hervorkehrte, wie lächerlich unrecht gerade ihm geschehe. Zwar sagte auch der Afrikamann, daß er eine Stunde hinter Erfurt wohne und nun gespannt sei, ob man ihn so nahe der Heimat in Gefangenschaft setzen werde, aber bei ihm hieß es: Gespanntsein; in dem Volontär Knülle dagegen rief der Umstand, daß er in seine Vaterstadt Mühlhausen als Gefangener zurückkehren solle, nur ein sonderbares Grübeln hervor. Auch Seifert ermunterte sich nicht sobald: als der Wagen losfuhr, gewahrte er, daß Mühlhausen und Kassel einander entgegengesetzt lagen, er kam noch einmal ab von seinem Ziel, darüber fluchte er; – wenn nur, sagte er, meine Frau mir nicht nachkommt! Es schien ihm nun doch ungewiß, ob der Kerkermeister die Botschaft richtig bestellen werde.

Sogar der Bayer, dem Regensburg wahrlich weit genug ablag, so daß ihm Fragen der Entfernung und Richtung gleichgültig sein konnten, fand etwas heraus, mit dem er den andern seinen Fall als besonders abgeschmackt darzutun vermochte: er zeigte ihnen sein Bestellungsdekret, mit dem er im Jahre sechsunddreißig als alter Schupo in den ordentlichen Beamtenstand übernommen worden war. Im Namen des Reichsführers SS und Chefs der Deutschen Polizei, – so begann in verschnörkelten Druckbuchstaben dieses auf geriffeltem Papier wohlausgeführte Dekret, und der Hoheitsadler, der es schmückte, erschien nicht etwa als hingehauener Stempel, er war als Wasserzeichen, haltbar und zuverlässig, in das Papier selber gedruckt. Den Bayern erboste es, daß er, der Schupo, im Gefängnis gesessen hatte, und in einem fort, während der Wagen längst mit voller Geschwindigkeit fuhr, und die Stadt mit den vielen Kirchtürmen hinten blieb, redete er davon.

Leberecht hörte ihm zu. Er redete nicht. Aber wenn schon der Bayer immer mit seinem Dekret fackelte, – so viel konnte er gleichfalls: er kramte die Bestätigung des Bürgermeisters hervor und legte sie griffbereit in den Führerschein. Auch Leberecht hielt im stillen sein Eigenes, Besonderes, nämlich, daß es zu einem Verhör kommen müsse, darauf er sich ja vorbereitet habe, für allein wichtig. Sie hielten alle ihr Eigenes hoch, eine zusammengewürfelte Gesellschaft, in der jeder davonkommen und keiner zu dem andern gehören wollte.

So fuhren die Leute in Mühlhausen ein, sie sahen von der Stadt nicht viel. An einer Villa bogen sie ein, in ihrem Hinterhof erst hielten sie. Den Hof umgaben Werkstätten und Ställe, an einer Seite schloß ihn eine Mauer ab, vor der Mauer lagerte ein Misthaufen. Der Hof mochte mehreren Gewerben zugleich gehören, einem Fuhrwerkunternehmen, einer Tischlerei vielleicht, so schätzten die Leute den Ort ab, während sie vom Wagen stiegen. Als sie den Fuß auf die Erde setzten, unterschieden sie, daß sie doch nicht die ersten hier waren. Sie sahen einen LKW, einen deutschen Wehrmachtwagen, der an der Mauer abgestellt parkte, von dem Wagen trat ein einzelner Mann auf sie zu, er trug eine Lederjacke, er sagte: Haben sie euch auch geschnappt? – Dich auch? fragten die Leute. Ja, mich, und noch dazu mit meinem Wagen! antwortete der Mann in der Lederjacke und deutete auf den LKW zurück.

Es blieb keine Zeit zu einer Unterhaltung, von der Villa vorne kamen amerikanische Soldaten heran, sie trugen weißberingte Helme, über den weißen Ringen waren die Buchstaben MP gemalt. Die Leute fragten sich, was dies nun bedeute. Der Bayer sagte: Das heißt Maschinen-Pistole! Auch Leberecht glaubte, hier trüge eine bevorzugte Truppe ihre Waffe am Helm angeschrieben. Der Bayer sagte: Echt amerikanisch! Da meldete sich der Gefreite im Afrikahemd: Du Affe, zischte er, MP ist Military-Police!

Der Bayer lächelte unsicher, aber noch einmal blieb keine Zeit, die Leute mußten sich in einem Glied aufstellen, weil ein solcher Militärpolizist es befahl. Viel lieber wären sie freilich mit unaufschiebbarer Rede auf ihn eingedrungen, jeder mit dem eigenen Wichtigen, das dem Wichtigen des andern vorging, und mit dem er davonzukommen trachtete, der eine als Zivilist, der andere als einer, der in dieser Stadt wohnte, der dritte in weißer Jacke als ein weltmännischer Bürger, der zu seiner Frau nach Kassel wollte, der vierte als ein Schupo, der auf seinen Stand pochte; – so also, zerfahren und kindisch, nach einem Vorzug gierend, stellte sich das Häuflein Deutscher dem einen Mann dar, der vor ihnen stand und sie verächtlich musterte. Dabei rechtfertigte an dem Manne selber nichts die Verachtung, die er zur Schau trug: der weißgeränderte Helm saß ihm schief über dem jungen, fleckig aufgeschwemmten Gesicht, zwischen geschwollenen Lidsäcken lauerten ihm unstet flackernd die Augen, auf jedem der glatten Finger trug er etliche dicke Ringe, und zusammen zwirbelten die Finger mit einem Stöckchen.

Dieses Stöckchen endlich schnellte vor und fiel zu Füßen der Leute in den Sand. Ist da niemand, der den Stock aufhebt? schrie der Mann aus dem jungen fleckigen Gesicht in gutem Deutsch. Etliche der Leute, Volontär Knülle darunter, bückten sich, aber schon kam ihnen die beringte Hand zuvor und schnalzte ihnen mit dem Stöckchen über die Finger: Was, ihr glaubt, ein amerikanischer Soldat läßt seine Sachen von einem Deutschen anrühren!

Die Leute stutzten, aber dann demütigten sie sich noch einmal und taten, als sei es ihnen höchst willkommen, daß sie sich hier wenigstens verständlich machen könnten, sie: Zivilisten und nahe Wohnende, und mit Frauen nach Hause Reisende, und Standespersonen. Sie tauschten diese Meinung untereinander aus und schielten dabei nach dem Mann mit dem Stöckchen; – der, da er sie doch verstand, mußte daran ja erkennen, daß ihnen ordentliche Behandlung gebühre!

Aber diese Anbiederung wirkte nicht, wie die Leute es wünschten. Geben Sie bloß acht, schrie der Mann, der deutsch sprach, ich verstehe genau, was Sie sagen, ich bin Lothringer, und heute bin ich den Deutschen dankbar, daß sie mich gezwungen haben, ihre Sprache zu lernen, deshalb bin ich hier und bin in der amerikanischen Armee, damit ich besser aufpassen kann. Wo waren Sie Soldat? wandte er sich an den ersten Mann, das war wiederum Volontär Knülle, wo waren Sie bei den besten Soldaten der Welt?

Ich war nicht, antwortete Knülle leise.

So, Sie wollen nicht gewesen sein, aber bis vor kurzem war es doch eine Ehre, oder nicht?

Die Leute schwiegen. Der Bayer nestelte aufgeregt in der Brusttasche. Der Gefreite in dem Afrikahemd indessen stieß den weißbejackten Seifert an und flüsterte: Ruhig, der will bloß reden! und Seifert faßte sich und stieß den Bayern an: Ruhig, der redet nur! Und sie behielten recht, der Lothringer, weil niemand ihm antwortete, holte selber aus. Er erzählte: wenn er nicht nein gesagt hätte seinerzeit, wäre er selber deutscher Soldat geworden mit gutem Essen und neuer Einkleidung, aber dieses Nein, von ihm gesprochen, weil die Deutschen seine Heimat Lothringen bedrückt hätten, habe ihn in den Kerker gebracht mit sechzehn Jahren. Er sagte mit fremdländischem Anklang: in Lüxembuhrg in den Kerker; aber daraus sei er entflohen, habe den Wärter niedergestochen und sei Partisan geworden mit siebzehn Jahren, und dann sei er mit der amerikanischen Armee gegangen, das heißt, ihr voran im Westwall, und habe wieder deutsch gesprochen, und habe die Deutschen niedergemacht, Bunker gestürmt mit Handgranate und MPi, dreißig Deutsche getötet mit achtzehn Jahren, – dabei rollte er die

Augen, als wolle er den dreißig gleich etliche hinzufügen, – und dafür sei er in die amerikanische Armee aufgenommen worden. Er schnappte nach Luft, und die Leute atmeten auf: wer sich mit abgestandenen Reden als Held aufspielte, den brauchten sie nicht zu fürchten!

Dies galt für eine Weile: der Stöckchenträger schickte sich an, die Leute zu durchmustern, aber wenn der Posten in Heiligenstadt wenigstens noch die achtzehn Namen an Hand der Liste abgezählt hatte, so verzichtete der deutsch sprechende Lothringer durchaus auf diesen Rest einer Ordnung. Ob Zivilist oder Soldat, ob hier oder anderswo daheim, das sei ihm scheißegal, erklärte er, er befahl den Leuten, ihr Gepäck vor sich auf den Boden zu legen, und begnügte sich damit, daß er an ihnen entlang ging und hier und dort ein Gepäckstück mit dem Fuße anstieß. Sodann pfiff er in der Art eines Großstadtjungen mit dem Finger zwischen den Zähnen, darauf sprangen zwei andere MPis herbei und durchwühlten die Gepäckstücke. Daraus erkannten die Leute, daß sich der Stöckchenträger die Stellung eines Vorgesetzten, wenn er auch keine Abzeichen trug, zumindest anmaßte; schon nämlich trauten sie ihm, wie die leise knarrende Stimme des Afrikagefreiten es durch das Glied raunte, zu, daß er überhaupt log und weder Handgranate noch Bunker je gesehen hatte. Sie hörten, wie die herzugekommenen MPis den Stöckchenträger beim Namen nannten. Louis, sagten sie zu ihm. Er aber mochte spüren, daß auch dieser Name in den Ohren der Deutschen etwas Herabsetzendes enthielt und daß den Leuten die Furcht vor ihm schwand. Darum stellte er sie wieder her: Ein paar der Leute bückten sich, um ihr durchwühltes Gepäck in Ordnung zu bringen. Darauf lauerte Louis, er fuhr mit dem Stöckchen aus und hieb den Leuten über die Finger.

Sodann redete er mit lautem Schwall zu den andern Posten, dabei prahlte er in der englischen Siegersprache und tat, als ob er die Leute nicht sähe, obgleich er doch ihretwegen prahlte. Zuletzt hieß er sie in einen Schuppen wegtreten, der längsseits mit doppelflügeliger Tür und breiten kleinscheibigen Fenstern den Hof abschloß. Dorthin eilte er ihnen voraus, er lümmelte sich in die Tür und stellte den Leuten, wie sie dicht an ihm vorbeigingen, das Bein. Der Bayer stürzte, das konnte nicht anders sein, er fiel immer auf. Louis lachte und lauerte auf den nächsten Mann. Aber die Gewarnten sahen sich vor, immerhin waren sie froh, als sie drinnen anlangten, und niemand mehr verspürte nach diesem Eintritt das Bedürfnis, sich mit seinem besonderen Anliegen vorzudrängen. In den Leuten schichtete sich etwas um, sie wußten selber noch nicht, wo es hinaus wollte, vorerst schieden sie sich nur von ihrer Gier und drückten sich möglichst von der Tür fort, sie stellten ihr Gepäck auf den Betonfußboden und setzten sich selber auf Bretterstapel und Eisenstangen, die in dem Raum lagen. Sie sahen, daß sie in einer geplünderten Werkstatt saßen. Ein zweiter kleinerer Raum schloß sich an den ersten, mit einer dritten schmalen Kammer endete der Schuppen. Die Leute blickten, anders als zuvor, jeder auf ihren Nachbarn, sie trachteten nicht mehr danach, einander auszustechen. Sie sahen auf die beiden MPis, die vordem das Gepäck durchwühlt hatten, die zogen nun, ein rundgesichtiger mit aufgedrehter Nase, und ein blaßhäutiger, der gutmütig und gleichgültig schaute, als Posten an der Tür auf, die vom Hof hereinführte. Louis aber, der dort niemandem mehr ein Bein stellen konnte, trat vor, das Stöckchen in der Hand und die Pistole am Gürtel, und begann zu reden. Zunächst schien es den Leuten, als wolle er sie nur mit Worten erniedrigen. Er sagte ihnen, daß die Frauen und Mädchen, zu denen sie nach Hause strebten, auf sie nicht gewartet hätten, die Frauen in Deutschland hätten es rasch gelernt, sich für Schokolade zu verkaufen. Er selber habe drei Frauen in dieser kleinen Stadt Mühlhausen, und sie kosteten ihn nicht viel, jede Nacht schlafe er in einem andern Bett.

Die deutschen Mädchen sind alle Huren, sagte Louis, ich erzähle ihnen, daß ich die Gefangenen schlage, aber das macht ihnen nichts aus.

Die Leute schluckten diese Rede hinunter, zum ersten Male hörten sie das Wort »schlagen« aus dem Munde des Siegers, sie starrten auf den Mann, der es aussprach. Aber noch kam es ihnen vor, als ob der mit Wörtern nur prahlte. Denn auch das Wort »amerikanische Armee« wiederholte Louis nun wieder, wie wenn es ihn liebkoste. Mit verdächtigem Eifer sagte er, er sei Amerikaner oder so gut wie Amerikaner, wenn er in der Armee ausgedient habe, gehe er hinüber. In drei Monaten, das sei schon fest, von Cherbourg aus gehe er hinüber.

Etwas lenkte ihn ab, es kam von der Sucht zu prahlen, er sagte, zu Anfang habe er kein Wort englisch verstanden, aber jetzt spreche er es schon so gut wie jeder andere. Wie zum Beweise wandte er sich gegen die Posten an der Tür. Einer von ihnen könne wegtreten, sie sollten einander ablösen, sagte er gönnerisch und fließend. Die Posten nickten und redeten in der Siegersprache zurück. Der Mann, der blieb, lehnte seine Maschinenpistole an die Tür. Er blickte wie zuvor teilnahmslos aus blassem schläfrigem Gesicht. Den Leuten entging nicht, daß sich etwas veränderte: der rundgesichtige Posten mit der aufgedrehten Nase, der sich entfernte, hatte des öftern prüfend auf Louis geschaut.

Der begann wieder: Ich gehe hinüber, aber zuvor werde ich mir noch ein paar Nazis greifen. Ich finde sie heraus, und die bekommen dann einen dicken Kopf.

Die Leute verstanden nicht, was dieses Wort bedeutete, aber Louis erklärte es ihnen: Da war ich in einem Gefangenenlager und sehe ein Gesicht und denke: Wo habe ich es schon gesehen? Aber ich wäre vorbeigegangen, wenn der Mann nicht bleich geworden wäre und das Gesicht weggesteckt hätte. Plötzlich erkenne ich ihn: der war bei der SS in Lothringen. Ich gehe auf ihn zu, er zittert, er hat mich erkannt. Ich frage ihn: Wieviel Franzosen hast du erschlagen? Er sagt: Keinen! Da hat er die Faust schon im Gesicht. Ich frage: Wieviel Juden hast du erschlagen? Keinen! Ich sage: Ich könnte dich gleich niederknallen, aber ich lasse mir Zeit, du mußt zuvor noch einen dicken Kopf bekommen!

Während Louis so redete, zitterte er selber, sein aufgeschwemmtes Gesicht rötete sich, und den Leuten schien es, als stelle er sich seine Wörter gefährlich auf, um sich anzutreiben, er sagte: Daran habe ich ihn erkannt, ganz bleich ist er geworden.

Plötzlich fragte er: Wer ist von Ihnen bei der SS? und blickte in die Runde. Weil niemand antwortete, trat Louis auf den Mann zu, der zunächst an der Tür saß, und verlangte von ihm den Ausweis. Der Mann hielt ihm das Soldbuch hin.

Bellmann Karl, Oberleutnant, las Louis mit peinlich untersuchender Stimme und sprach dabei den Namen Bellmann in englischem Ton aus.

Technischer Oberleutnant, verbesserte der Angesprochene kleinlaut und beeilte sich, in fließendem Oxford-Englisch den Unterschied zu erläutern, daß er nicht Offizier, sondern nur Beamter im Offiziersrang gewesen sei. Er gebrauchte Wörter und Wendungen, die in des Louis Partisanen-Englisch nicht vorkamen. Aber Louis schob, was ihn hätte verblüffen können, beiseite, er sagte: Mit Ihnen rede ich deutsch! und warf dem Oberleutnant, der es nicht sein wollte, das Soldbuch vor die Füße. Die Leute reckten den Hals, sie sahen zu, wie der plötzlich verstummte Mann einen roten Kopf bekam und sich zu der Schuhspitze des Louis bückte und von dort das Soldbuch aufhob.

So begann das Verhör, auf das Leberecht gewartet hatte und auf das sich seine Hoffnungen gründeten, er hatte es sich anders vorgestellt. Was hier stattfand, diente nicht dazu, daß für den einzelnen, der es verstand, die Weichen zu stellen, ein Vorteil vielleicht herauskam, es war kein Verhör. Es geschah etwas, das zeigte, ob der einzelne Mann standhielt. Die achtzehn Leute lernten einander kennen. Sie wußten nun: Bellmann hieß dieser Oberleutnant, er trug eine blaue Trainingsjacke, er blickte sorgenvoll aus grünlichen Augen und saß steif und gerade. Das gefiel den Leuten. Weniger gefiel ihnen, was er gesagt hatte. Aber bekannte sich denn ein anderer als Offizier?

Seifert tat es nicht, er erklärte weltmännisch, er komme aus Berlin, seine Dokumente seien verloren gegangen. Seine Frau, so sagte er, sitze im Gefängnis zu Heiligenstadt.

Dort gehört sie hin, höhnte Louis und legte seine abgebrauchte Rede von zuvor wieder auf über die Frauen, die sich für Schokolade verkauften. Aber dann ging er weiter, und die Leute merkten: er wollte von der hitzigen Erregung, in der er sich mit den künstlich gestellten Wörtern gesteigert hielt, nicht herunter; er wollte auf etwas Bestimmtes zu mit dieser Erregung.

Der Mann in dem Afrikahemd weigerte sich aufzustehen, er schnarrte seinen Namen, und den Leuten prägte sich der Name nachdrücklich ein. Obergefreiter Runge, sagte die schnarrende Stimme.

Wollen Sie hochkommen! brüllte Louis und stieß mit dem Stöckchen zu, daraufhin stand Runge schnell auf. Er ließ ein wenig den Kopf hängen, dies machte, daß seine große Nase bedeutend vorsprang unter den leicht quellenden Augen in dem jungen Gesicht.

Sie werden es noch lernen! schrie Louis, doch wich er zurück und benutzte nun die gestellten Wörter zu doppeltem Zweck; er lenkte mit ihnen von seinem Rückzug ab und trieb sich zugleich weiter in Hitze: Sie glauben wohl gar, ich darf Sie nicht anrühren!

Es ist verboten zu schlagen, sagte Runge und schielte über die hängende Nase hinweg auf das Stöckchen des Louis.

Der schrie, aber nicht zu Runge, sondern zu den andern Leuten, die auf den Brettern und Eisenstangen saßen:

Oh, ich darf schlagen, ich weiß, daß es die andern nicht dürfen, aber das gilt für mich nicht. Ich habe Bunker geknackt und dreißig Deutsche getötet, ich habe die Erlaubnis zu schlagen. Und nicht so mit dem Stöckchen, wie Sie vielleicht denken, sehen Sie sich meine Hände an, die genügen mir, wo ich hinschlage, wird der Kopf dick!

Der vierte Mann, der aufstand, zitterte, in seinem schmalen jungen Gesicht zuckten die blauen Augen.

Sie waren bei der SS, sagte Louis.

Vier Monate, stieß der Mann hervor, im Februar sind wir überstellt worden von der Luftwaffe …

Er kaute mit den Lippen. Die Leute hielten den Atem an. Aber Louis blätterte noch in dem Soldbuch: Hier steht Januar!

Fünf Monate, sagte der Mann.

Warum lügen Sie? schrie Louis, und dieses Wort lügen kam ihm wieder zustatten als ein gestelltes auftreibendes Wort, – alle Deutschen lügen, brüllte er, die deutschen Lügner, ich frage jetzt noch einmal, wer war SS?

Plötzlich meldete sich der Bayer, er zeigte das britische Entlassungspapier vor. Louis sah es, er fragte: Was wollen Sie damit?

Ich bin auch überstellt worden, sagte der Bayer unbehilflich und zog, weil das Entlassungspapier nicht genügte, diensteifrig das Dekret mit den verschnörkelten Buchstaben hervor. Die Leute erschraken, Runge saß dem Bayern am nächsten, er drehte sich zu ihm um und sagte: Mann, steck doch das ein! Auch die andern redeten, sie wandten sich an den schon mißtrauisch äugenden Louis: Das ist kein Ausweis, der Mann ist Beamter. Aber Louis las bereits am Kopf des Papiers die in Zierbuchstaben gedruckte Überschrift, und nun, nach den antreibenden Wörtern zuvor, tobte er los: Was ist das, schrie er, im Namen des Reichsführers-SS, das ist Scheiße, sagen Sie mir das nach!

Der Bayer schwieg. Leberecht saß auf dem Bretterstapel zwei Schritte von dem Bayern ab, er sah die braunen, mit Gummi besetzten Schuhe des Louis vor sich, plötzlich hörte er einen dumpfen Schlag. Er sah, wie die genagelten Stiefel des Bayern nach vorn taumelten, er hörte wieder die Stimme: Sagen Sie, der Reichsführer-SS ist Scheiße!

Es kam keine Antwort, es kam noch einmal der dumpfe Schlag, nach dem die Stiefel taumelten. Nun sah Leberecht auf. Der Bayer stand in dem freien Viereck zwischen den Bretterstapeln auf dem Betonboden, er zwinkerte mit den Augen, ein Haarsträhn klebte ihm auf der Stirn fest. Vor ihm, klein, federnd, den weiß beringten Helm auf dem Kopf, die weißen Buchstaben MP auf dem Helm, stand Louis. In der gelben Uniform, unter dem gelben Helm mit der weißen Zeichnung sah er aus wie eine Wespe. Er fragte: Wieviel Juden haben Sie erschossen?

Nie einen.

Louis schlug zu. Aber geschlagen? fragte er.

Ich habe nie geschlagen.

Nie? fragte Louis und schlug.

Wieviel Polen haben Sie erschlagen? fragte Louis und schlug, weil die Antwort Nein kam. Wieviel Tschechen? fragte er, wieviel Franzosen? Er schlug zwei- und dreimal nach jeder Frage, weil ihm nicht genug Fragen einfielen, er schlug mit der Faust und der flachen Hand, er schlug auf die Backen, auf den Mund, auf Kiefer und Nase.

Die Schläge fielen dumpf, der Bayer gab keinen Laut von sich, nur seine Stiefel taumelten. Stehen! schrie Louis. Der Bayer hob die Arme vor das Gesicht. Arme herunter! Haben Sie schon genug? Wehe Ihnen, wenn Sie ja sagen!

Nein, sagte der Bayer.

Louis höhnte: Habt es gehört, wandte er sich an die Leute und schlug wieder zu, links, rechts, zehn Schläge. Der Bayer ging in die Knie. Aufstehen, befahl Louis, sagen Sie, daß der Reichsführer-SS Scheiße ist!

Dem Bayern rann das Blut von der Nase, auch auf der Wange und von den Lippen blutete er. Er schwieg. Louis schlug zu. Die Stiefel taumelten.

Aufstehen, sagte Louis, haben Sie genug?

Ja, sagte der Bayer.

Ich nicht, sagte Louis. Er hob die Hände und drehte sie den Leuten zu: Sehen Sie nur her, ich halte noch aus. Zwar haben mich die Deutschen verhungern lassen wollen in dem Gefängnis von Lüxembuhrg. Aber die Amerikaner haben mich wieder hochgebracht. Ich habe wieder starke Hände, und wenn es auch brennt, das macht mir nichts, ich schlage gern einen Deutschen!

Es kam den Leuten vor, als ob Louis dieses Reden gebrauchte, um sich anzustacheln. Immer wieder, wenn sie glaubten, nun sei Schluß, schaltete Louis eine Rede ein. Er erzählte von dem SS-Führer in Lothringen, den er wieder erkannt habe, ihn, sagte er, habe er auch den ganzen Tag geschlagen und am Abend dann in den Wald hinaufgeführt und dort eine Grube ausheben lassen und über der Grube niedergeschossen.

Die Leute regten sich unterschiedlich auf diese Rede. Seifert rutschte auf dem Bretterstapel nahe an Leberecht und flüsterte, er hielte das für eine Aufschneiderei und leere Drohung. Leberecht zuckte die Achseln. Waren ihnen nicht zuvor auch diese Wörter »schlagen« und »dicker Kopf« als bloße Androhung des Unmöglichen erschienen? Indessen bekam der Bayer den dicken Kopf schon. Die Augen verschwanden ihm hinter den blau gedunsenen Backen, aus Mund und Nase rann ihm das Blut, die Lippen quollen ihm langsam auf zu einer unförmigen dicken Masse. Der Mann in der Lederjacke, der im Hof von dem Wehrmacht-Lastkraftwagen gestiegen war, drehte sich um. Er saß halb schräg vor Leberecht, er sagte: Den macht er fertig heute, der sieht den morgigen Tag nicht mehr!

Wieder antwortete Leberecht mit Achselzucken. Er sah, daß dem Manne in der Lederjacke an der rechten Hand drei Finger fehlten, der Mann blickte mit scharfen brennenden Augen aus dem ausgemergelten Gesicht, auf der Stirnglatze standen ihm Schweißtropfen. Seifert beugte sich zu ihm vor und sagte: Du bist der Älteste, willst du nicht reden?

Der alte Mann blickte mit sonderbar brennenden Augen. Ich, – sagte er, – immer nur Artillerist Arsch gewesen, heiße Hühnack, und wenn ich den Mund aufmache, solltet ihr euch wundern!

Nun rutschte auch der Obergefreite Runge, der einer jeden Rede aufmerkte, auf dem Bretterstapel heran. Inzwischen ruhte sich Louis aus, er tat es auf seine Weise, indem er seine Hände schonte, dafür aber den weißberingten Helm abnahm und mit ihm auf des Bayern Kopf schlug. Die Leute zuckten zusammen, aber mit leicht quellenden Augen neigte sich Runge zu ihnen und sagte: Das ist nicht, wie ihr glaubt, der Helm ist aus Pappe!

Leberecht und Seifert erfuhren etwas Neues. Wieso aus Pappe? fragten sie. Runge erklärte es ihnen, die Amerikaner trügen bei ihren gewöhnlichen Diensten immer nur diese nachgemachten Papphelme.

Seifert blickte unruhig, seit ihn der Artillerist in der Lederjacke, wie hieß er doch bloß, Hühnack, zurückgewiesen hatte. Seifert blickte wie jemand, der sich zum Wort melden will, dennoch stand er nicht auf. Die Reden des Louis hinderten ihn daran. Wohlberechnet, waren diese Reden dazu angetan, den Leuten einen Rechtsgrund zu nehmen. Wieviel Juden, wieviel Polen, wieviel Franzosen, – so hämmerte es auf die Leute ein, und darum rührte sich niemand, darum stand auch Seifert nicht auf. Juden, Polen, Franzosen, so lautete des Louis Rechtfertigung für die Schläge, die er austeilte, und: wieviel erschossen, erschlagen, vergast, – mit diesen Worten sprach er sich los, noch ehe ihm jemand vorwarf, daß er hier einen Menschen quälte. Je länger freilich dies dauerte, um so leichter wogen die Worte des Louis in den Gedanken der Leute. Mit jedem

Schlag nahm ihr Gewicht ab, da schichtete sich noch einmal etwas um. Gardelegen, sagte Louis, wir haben Bilder vorne aus dem KZ Gardelegen, ich kann sie Ihnen zeigen, da hat man Leute zu Brei geprügelt und dann mit Genickschuß eingescharrt.

Runge richtete sich auf. Zeigen Sie! sprach er laut und blickte voll Hohn.

Am Nachmittag, sagte Louis, bringe ich die Bilder. Da werden Sie es schon sehen: so hat der Deutsche den Menschen hergerichtet.

Das interessiert uns, sagte Runge kalt. Louis stutzte, aber er begriff nicht, was sich in den Leuten vor ihm verwandelte. Oder begriff er doch, – er änderte sein Verfahren. Er setzte den Helm wieder auf und schlug, wie zu Anfang, mit den Händen, inzwischen ausgeruhten, dem Bayern in das blutbesudelte Gesicht. Der Bayer ging bei jedem Schlag nun in die Knie, aber: Auf! brüllte Louis ihn an und schrie: Diese Leute, dieser peuple von SS hat allen Deutschen das Unglück gebracht, und da gibt es noch dumme Deutsche, denen ein SSler leid tut!

Auf solchen Ton stimmte Louis nun seine Rede, er trat mit dem gummibesohlten Schuh den Bayern ins Kreuz und wartete, bis der hinflog auf den klirrenden Eisenstäben. Dann sagte er: Da war doch noch einer! Alle Leute sahen auf den jungen Mann, der an der Tür saß. Louis hieß ihn aufstehen, der Junge zitterte und preßte die Lippen aufeinander. Louis aber faßte plötzlich den Oberleutnant Bellmann an dem Bändel der Trainingsbluse und zog ihn hoch und fragte: Warum schauen Sie so wütend, haben Sie etwa Mitleid mit diesem Schwein? Er deutete mit dem Daumen auf den Bayern, der sich mit einem Taschentuch das Blut abtupfte: Sind Sie traurig über sein Schicksal?

Bellmann in der blauen Trainingsbluse stotterte: Ich ..., – aber dann saß er steif und gerade und blickte ins Leere und sagte in fließendem Englisch: I'm not sorry about his fate!

Nicht die Hälfte der Leute verstand die schnell hingesprochene Rede, den andern aber schwebte sie wie ein schrecklicher Ball, der ihnen den Blick lähmte, in der Luft. Leberecht spürte, wie Seifert und Runge mit dem Kopf ruckten. Louis lächelte höhnisch und nun erst forderte er den jungen SSler auf hervorzutreten. Aber da zeigte sich plötzlich, daß Bellmann mit seiner Rede noch nicht zu Ende war. Bellmann stand sogar auf, und als wolle er des SSlers Stelle besetzen, trat er einen Schritt voran und erklärte, immer auf englisch, daß dieser Mann ohne eigenes Zutun zur SS überstellt worden sei zu Anfang des Jahres erst, das sei überall so geschehen. Bellmann wich nicht von dem Platz, an dem vordem der Bayer gestanden war, er wandte sich auch zu dem hasengesichtigen Posten an der Tür, und der, als sei er selber froh, daß sich endlich jemand rühre, stimmte ihm zu, und Louis auf einmal, als ob es ihm mit dem Jungen gar nicht ernst gewesen sei, gab nach. Ich weiß das, sagte er, das sind die zwangsweisen Rekruten, weiß sehr gut, Waffen-SS, und das sind auch die einzigen, die gekämpft haben in dem letzten halben Jahr, was sonst Wehrmacht war, ist ohnedies nur gelaufen!

Leberecht vernahm die Worte und konnte sich den Widerspruch nicht erklären, in dem der Mensch lebte, zusammengestückt aus Teilen, die niemals zueinanderpaßten. Er dachte an das Dorf Ganderkese, er hörte den Louis plötzlich die SS loben. Aufblickend sah er Seifert und Runge, er sah, daß die beiden, ähnlich wie er selber, mit streng gefalteten Brauen über etwas nachdachten; er sah, wie sich Bellmann, mit rotem Kopf wieder und grünschimmernden, sorgenvollen Blicken, setzte, und wie sich auch der junge SS-Mann auf dem Bretterstapel niederließ.

Diesem war geholfen, der Bayer hingegen gewann nichts von der Milde, die den Jungen errettete. Zwar ereiferten sich nun alle Leute und wollten dem Louis einreden, der Bayer sei ein Verkehrspolizist oder Sperrstunden-Schutzmann gewesen, nur seine Unbehilflichkeit habe ihn auffliegen lassen. Louis ging nicht darauf ein. Es schien vielmehr, daß ihn gerade die Unbehilflichkeit reizte, oder er scheute sich, einen Irrtum einzugestehen, dessen Folgen er doch nicht mehr gutmachen konnte. Das zerschlagene Gesicht des Bayern wog schwer, dagegen kam eine etwa geänderte Meinung nicht auf, wie ja auch seltsamerweise den Leuten das Geschehene so nachwirkte, daß ihnen allmählich an dem Bayern Zweifel hängen blieben: wer wußte es, vielleicht war er wirklich ein Bewacher gewesen in einem KZ? Die Leute verteidigten den Bayern, Louis wies die Verteidigung zurück. Seifert nahm sich ein Beispiel an Bellmann und sagte, eine Schuld des Bayern sei doch nicht erwiesen. Was Schuld! schrie Louis, dieser peuple von SS ist an allem schuld, auch daran, daß ihr jetzt nicht heimgehen könnt!

Mit schlau berechneten Worten drehte er alles nun auf diese Seite: müßten wir nicht die Verbrecher heraussuchen unter euch, wir ließen euch längst gehen. Hier habt ihr einen solchen, der schuld dran ist, daß ihr gefangen sitzt, daß ihr, statt heimzugehen, in die Bergwerke nach Frankreich kommt.

Das hörten die Leute nicht gern, da mußte auch Seifert schweigen, er las es ab von den erschrockenen Gesichtern in der Runde.

Louis aber blickte von einem Mann zum andern: Wollt ihr euch nicht bedanken bei dem peuple? Plötzlich wagte er etwas: er zerrte den Bayern vor; der schwankte und blieb, halb eingeknickt in den Knien und mit hängenden Armen, stehen.

Wer will ihn schlagen?

Aber mit dieser Rechnung hatte sich Louis zu viel erdreistet, er merkte es sofort und blickte unlustig umher in der Stille, die ihn besiegte. Er zog auch gleich wieder zurück: Niemand, – dann geschieht euch recht, dann habt nur euer Mitleid!

Plötzlich meldete sich halbschräg vor Leberecht eine tief ächzende Stimme, sie preßte sich hervor aus dem gekrümmten ledernen Rücken des einzelnen Mannes Hühnack:

Ich schlage nicht, aber Mitleid, das ist zuviel!

Die Stimme fuhr trotzig hoch: Mich haben sie geschlagen nämlich!

Die Leute zuckten zusammen, immerhin kam es ihnen im ersten Augenblick so vor, als wolle hier der Mann in der Lederjacke nur auf seine Weise den Louis ablenken. Aber bald erfuhren sie, wie Hühnack es meinte. Da habe er gelebt in Hannoversch-Münden, erzählte er, wenn das jemand wisse, nicht weit von hier, Autounternehmer mit zwei LKWs, mit Transporten und Fernfahrten und mit Häuschen und Frau und Sohn! Und sei SPD gewesen, aber das könne man ihm glauben, habe niemandem etwas zuleide getan. Aber da seien sie gekommen, damals am ersten Mai dreiunddreißig, frisch in Blüte, und hätten ihn gefragt, warum er das Hakenkreuz nicht ausgesteckt habe? Habe er nicht auf Lager, das wäre seine Antwort gewesen. Und da seien sie neidisch in die Garage und hätten ihm die Garage zertrümmert. Und dann hätten sie ihn abgeführt, Saboteur, ein Prangerschild umgehängt: Bekenne mir nicht zur Volksgemeinschaft! Und aufgestellt links und rechts, die Gasse herunter, Spießrutenlaufen, Ohrfeigen und Fußtritte. Und in der Turnhalle hätten sie ihn Heil Hitler! üben lassen, immer mit Ohrfeigen dazwischen. Und da solle er Mitleid haben?

Noch immer sprach Hühnack gepreßt und schwer, als höbe er nur mit Mühe die Schicht der Jahre von dem Ereignis. Aber dann schien es, als erfüllte sich auch an ihm die Kraft, mit der sich Wort an Wort entzündet, und gar einer solchen Rede, die, lang abgedeckt, niemals zum Wort bestimmt, plötzlich laut wird: sie beginnt zu brennen, ähnlich dem Phosphor, der an die frische Luft kommt. Nun ließ sich das auf einmal sagen:

Volksgemeinschaft, – daß mir drei Finger fehlen an der rechten Hand vom ersten Krieg her, das hat sie nicht gekümmert. Und hat auch den Stabsarzt nicht gekümmert, der mich neununddreißig gemustert hat. SPD war immer tauglich, dafür hat schon der Kreisleiter gesorgt. Und mein Sohn war auch kv, so lange, bis er in Rußland gefallen ist. Und meiner Frau zu Hause haben sie die Familienunterstützung gestrichen, bloß weil ihr die Genossen ein wenig geholfen haben, Lasten ziehen mit dem Trecker!

Hühnack sprach nun schon dieses Wort Genossen aus, das ihn befeuerte, aber unversehens fiel er in einen anderen Ton zurück: Und befördert haben sie mir auch nicht, nur in der Scheiße habe ich liegen dürfen, könnt ihr mir glauben, viermal hat mich der Ko-Chef vorgeschlagen, aber: rote Unteroffiziere brauchen wir nicht, hat die Heimat telefoniert!

Hühnack zog aus dem Lederrock eine Geldbörse, die verziert war mit kleinen Schwertern und Kanonenrohren als Beschlägen, er hielt sie mit den zwei Fingern der rechten Hand hoch, da fielen EK II und Infanterie-Sturmabzeichen heraus.

Dies wirkte nicht günstig auf Louis, der blickte mit Stielaugen, als ob ihn sein Kronzeuge zum besten habe. In den Leuten aber rangen Schmerz und Scham unkenntlich gegeneinander. Leberecht schnürte es die Kehle zu. Er sah in Hühnacks Gesicht, wie der es ihm zukehrte: das war ein von der fressenden Zeit mit Fleiß zerstörtes Gesicht, aber nicht von ungefähr brannten in ihm die Augen. Von Voreltern und durch Jahrhunderte herab mochten sie so glühen: lutherisch zuerst unter zerwühltem Haar und verzweifelt gefurchter Stirn, auf Gott gerichtet, und später auf die Stelle, die von Gott leer geworden war, und von Glücksverheißung betrogen zum andernmal, und hatten doch, weil geboren bei den grüblerischen Menschen in dem grünen Herzland der Deutschen, immer nur Gottes Finger sehen wollen, ob er auch auf Erden das Leben richtig mache.

Bis zuletzt hier dieselben Augen unerbittlich über der Lederjacke brannten, und die wenigstens schloß noch dicht an dem ausgemergelten Hals, warum sollten die Augen nun anders sagen, als: Mitleid nicht! zu dem zweiten Mann, der unter Blutbeulen hervorstierte aus dem zerschlagenen Gesicht?

Der dritte Mann aber, der sich zum Richter aufwarf, wunderte sich über das deutsche Schauspiel:

Trotzdem hast du gekämpft? Und jetzt willst du ihn nicht schlagen?

Hühnack errötete jäh: Schlagen, nein! Heimfahren will ich mit meinem Dreitonner, den stehlen mir sonst auch noch die Polacken!

In des Louis Augen zuckte ein Blitz, endlich leuchtete ihm etwas ein, wo ihn zuvor Sturmabzeichen und EK II schon verwirrt hatten an einem Mann, den er für gut zählte. Auch die Leute begriffen: das mit Hühnack lag nicht so einfach wie bei ihnen, denen jemand bloß die Fahrräder davontrug; hier ging es darum, ob ein großer Lastwagen heimkam in das Geschäft nach Hannoversch-Münden!

Hühnack blickte unsicher. Bieder erzählte er, wie sein Ko-Chef ihm gesagt habe, er solle Wagen und Anhänger in den Bach rollen lassen, da habe er bei sich gedacht, schade um den Wagen, schöner Dreitonner, gute Bereifung, und sei statt dessen losgefahren, immer herein, über die Mulde, Schleiz und Greiz, und habe den Wagen auch abgestellt in den Wäldern.

Das einzelne langweilte den Schläger Louis. Er klopfte Hühnack auf die Schulter: Wird sich herausstellen, was sich machen läßt mit deinem Wagen!

Will nachsehen bei ihm, er steht draußen! verlangte Hühnack. Louis hielt ihn zurück. Ihm stand etwas anderes im Sinn, er zeigte auf den Bayern: Du sollst ihn schlagen!

Hühnack stierte auf die Leute, nun brannten ihm umgekehrt deren Augen entgegen. Da nahm er, wie zuvor Louis schon, die Wörter zu Hilfe, die einen Mann über die Dämme der Scham hinwegtreiben konnten. Ich habe kein Mitleid mit ihm, brüllte er, mich haben sie durch die Gasse gejagt mit Schlägen, haben mir die Garage zerhauen, das Geschäft gesperrt, die Frau hungern lassen, haben mir den Sohn von ihrem Krieg fressen lassen, haben mich selber hineingeschickt trotz dem da, – er ballte die Rechte zur Faust, aber es wurde mit den zwei Fingern nur eine ganz kleine, unfleischliche Faust, ähnlich den Greifknollen eines aus stählernen Stücken zusammengesetzten Roboters, – mit dieser kleinen Faust stieß Hühnack dem Bayern ins Gesicht. Der Bayer taumelte, Hühnack ließ die Faust sinken. Er zitterte und schlug nicht ein zweitesmal. Aber das sollte er vorerst auch nicht tun, Louis selber drängte ihn ab und klopfte ihm auf die Schulter, als verstehe er, daß sich ein Deutscher immerhin scheue, es dem andern Deutschen heimzuzahlen. Ich werde es besser tun, schrie er und schon stürzte er los gegen den Bayern, dem von dem einen Schlag des Hühnack das kaum gefestigte Blut wieder rann. Da rief plötzlich der hasengesichtige Posten von der Tür dazwischen, es sei Mittag und die Ablösung komme, Zeit sei es, zum Essen zu gehen. Mürrisch sagte er das, Louis lenkte erst ein, als er auf seine Weise Verspottung und Drohung daran knüpfen konnte: Ich bin noch nicht müde, aber ja, jetzt werde ich essen, gutes amerikanisches Essen, damit ich kräftig wieder komme, um zwei Uhr, dann machen wir weiter!

Er ging. Die Leute sahen ihm nach. Nun erst fiel ihnen ein, daß sie selber seit dem Abend zuvor nichts mehr gegessen hatten. In der Früh, in dem Gefängnis zu Heiligenstadt, hatten sie nur die dünne Kaffeebrühe empfangen. Aber sie verspürten keinen Hunger, ebensowenig, wie sie sich zu einem Wort schon eratmeten oder sich etwa von ihrem Platze rührten nun, da der Quäler sie nicht mehr umfittichte. Wie ein dumpfes Band lasteten Zeugenschaft, Scham und Not des Gewissens auf ihnen, kaum ein Gedanke löste sich davon, die Blicke, mit denen sie einander begegneten, räumten Bewußtes nicht ein, die Blicke sprachen noch so: Das wissen wir jetzt, wie der Besiegte dran ist!

Nur der Bayer wankte zurück in den Winkel, dort, auf den eisernen Stangen, sackte er zusammen.

Oda Schaefer
An meinen Sohn

Wo bist du? Ach, ich höre dich nicht mehr,
Die Kinderstimme, die mich nächtlich rief,
Wenn ich im Arm des Alptraums schlief,
Nun ist die Nacht so blind und leer.

Das Bergwerk hat wie Tuch den Schritt verschluckt,
Die öde Steppe deinen Ruf verweht,
Die Sümpfe fraßen dein Gebet,
Dein Herz am Stacheldrahte zuckt.

Wo flog dein Lachen hin, der Amselton,
Und deine Tränen ruhn in welchem Teich?
Dein Kleid, dem grauen Nebel gleich,
Verhüllt dich ganz, mein lieber Sohn.

Ich frage jede Stunde nach dir aus,
Die mit dem Ostwind kommt und weitergeht,
Doch stumm hört sie, was schweigend fleht,
Leer bleibt die Nacht, leer bleibt das Haus.

Wenn du noch lebst, von Hunger und von Not
Den Mund erfüllt wie vom erstickten Schrei,
Dir selbst nur ein Gewicht von Blei,
So ist es besser als der Tod,

Ist besser als das Nichts aus schwarzem Samt.
Ein neuer Atem hebe deine Brust,
O fühle, daß du kommen mußt,
Du Leben, das von meinem stammt!

Bertolt Brecht
Kinderhymne

Anmut sparet nicht noch Mühe
Leidenschaft nicht noch Verstand
Daß ein gutes Deutschland blühe
Wie ein andres gutes Land.

Daß die Völker nicht erbleichen
Wie vor einer Räuberin
Sondern ihre Hände reichen
Uns wie andern Völkern hin.

Und nicht über und nicht unter
Andern Völkern wolln wir sein
Von der See bis zu den Alpen
Von der Oder bis zum Rhein.

Und weil wir dies Land verbessern
Lieben und beschirmen wirs
Und das liebste mags uns scheinen
So wie andern Völkern ihrs.

Marie Luise Kaschnitz
Zukunftsmusik

O wie mich dürstet nach Zukunftsmusik!

Wenn ich meine Augen schließe und stille sitze,
Tu ich es nicht, um das Lied der Erinnerung zu hören,
Nicht um der Stimme des alten Gewissens zu lauschen.
Zu dem was ich suche, verhält sich mein eigenes Wesen
Wie ein Tropfen Tau zu dem Frühlingsregen der Erde,
Wie der Hauch des schlafenden Kindes zum Frühlingssturmwind.
Mit dem Atem des Kommenden trachtet mein Herz sich zu füllen,
Hören will ich die Zukunftsmusik.

Die aber sendet kein Sender. Nicht gibt es Geräte,
Die man in Gang setzt, damit sie ins Zimmer flute.
Ihr Klang ist verborgen in Wellen von Wohllaut und Mißton,
Im Rauschen der Welt, das aus Gestern und Morgen gemischt ist.
Schwer zu vernehmen ist Zukunftsmusik.

Voll Beharrlichkeit müßte man sein, um sie aufzufinden.
Wie ein Engel geschlechtslos, wie die Nordnadel unabdrängbar,
Wie der Schattenschnee kühl, ohne Lust, ohne Furcht, ohne
Hoffnung.

Doch neugierig sind wir wie Eva im Garten Eden,
Wie die Frauen des Blaubart am Tor der verbotenen Kammer,
Wie der Knabe vor dem verschleierten Bilde zu Sais.
Neugierig sind wir, erkühnen uns, Gott zu versuchen,
Wehe –

Wehe den Neugierigen,
Den Apfelpflückern,
Den Schleierzerreißern,
Den Schlüssellochguckern,
Die die verborgene Stimme hervorrufen wollen,
Daß sie aussage,
Daß sie vergangene Leiden als Stufen enthülle,
Daß sie vergangene Freuden als ewig enthülle.
Wehe den Ungeduldigen.

Die ihre Augen ausreißen, damit sie Vergangenes nicht sähen.
Die ihre Ohren verschließen, damit sie Verklungenes nicht hören,
Die von dem Alten sich wenden, ein Ärger ist ihnen das Alte,
Alles was aufsteigt in Zeiten der Not nach den Kriegen,
Der Menschen verträglichen Geist und sanfte Gemütsart zu künden,
Und der Marschtritt hat es dann wieder, wie bald, übertönt.

Die hören wollen das Lied, aber nicht von den alten Stimmen.
Die sehen wollen das Licht, aber nicht auf den alten Bildern.
Erblühen soll es im Schutt, auf der Trümmerstraße,
Aufleuchten soll es aus den verbrauchten Gesichtern,
Hervorbrechen soll es aus den erschütterten Herzen,
Ein Niegesungenes,
Ein Neues.

Und immer wird einer kommen und sagen, laß ab.
In ewigen Zeiten werden die Menschen nicht anders.
Solange sie da sind, wird einer den andern verdrängen,
Wie Tiere einander verdrängen, vom Weideplatz, von der Tränke.
Natur ist Natur.

Aber hörten wir nicht eine Kunde von großer Verwandlung?
Und hörten es raunen, daß die alten Gesetze nicht gelten,
Daß sie nicht alles mehr reinlich zur Deckung bringen,
Daß sie schon lang überwachsen sind, riesig, von Neuem.
Auf welche Weise, verstehen wir nicht.

Doch wir sehen im Traume den ewigen Pendel des Grauens
Den Weltraum durchfliegen und sehen ihn zitternd verweilen.
Wir sehen im Traume den ewigen Felsblock des Unheils
Aufgehalten im Sturz, ein Gewicht, das nicht fällt.

Engelshände nur, sagt Ihr, können sein Fallen verhindern?
O daß wir doch Hände der Engel geliehen bekämen
Und bauten aus klingenden Steinen das Bauwerk des Friedens.
Das ist mein Traum von der Zukunftsmusik.

Aber begierig sind immer die Träumer, nach Wirklichkeit lüstern.
Nach den Plänen, dem Aufriß, dem Grundriß der neuen Siedlung
Mit den Flachhäusern, Hochhäusern, den rund gezeichneten
Bäumen,
Nach dem Bild der Tomatenstaude, der neuen üppigen Züchtung,
Nach dem Bild der Maschine, die hinfährt über den Acker
Und preßt mit der flinken Metallhand die Pflänzchen ins Land.

Und stärkend ist immer den Träumern, vom Reichtum des
Bodens zu hören,
Von den Säuren und Salzen, die dreifache Ernte bringen,
Von der Austrocknung, Aufschwellung, Gärung, Erhitzung,
Vereisung.
Von der Sonne, die scheint, wo Sonne nicht scheinen will,
Von dem Regen, der fällt, wo Regen nicht fallen will,
Von der Klugheit des Menschen.

Und ein Trotz ist in ihnen, der will nicht mehr warten, nicht
umgehen
Mit den Traurigen,
Mit den Klagenden,
Mit den Zweiflern.

Umgehen will er mit denen, die Zukunft bereiten,
Mit dem Gärtner, dem Bauherrn, dem Schöpfer der
Pflanzmaschine,
Des künstlichen Regens,
Der Zaubersonne.

Abreißen will er die Maske der Zukunft, ihr Antlitz sehen,
Ihr Ohnetodgesicht,
Ihr Ohnemühegesicht,
Ihr Ohnefurchtgesicht.

Aber wehe den Neugierigen.
Die unter der Maske erblicken eine Fratze, ein Schreckhaupt,
Die in Früchten der Zukunft die bittere Galle schmecken
Und vernehmen in Klängen der Arbeit Fanfaren des Krieges
Und wollen das Leben ertasten und spüren den Tod.

O Töne der Zukunftsmusik, verloren in Wohllaut und Mißklang,
Im Rauschen der Welt, das aus Gestern und Morgen gemischt ist.
Verworrener Klang –

Aber hören wir denn, wie ein Baum wächst?
Hören wir denn, wie die Liebe im Herzen sich auftut,
Wie ein Werk sich entfaltet und wächst in des Schaffenden Brust?

Still wird das Bauwerk des Friedens gebaut einst mit wissenden Händen,
Anstelle der Kirchen, der alten, nach strengen Gesetzen wie diese.
Maß wird ihm eignen und rechtes Verhältnis der Glieder,
Sehnsucht wird es emportreiben wolkennahe,
Schönheit wird es verklären.

Aus Menschenseelen wird es gebaut,
Schwer zu glättenden,
Ungefügigen,
Edelen.

Denn Steine auch wollten fallen und wuchsen doch hoch auf
Farben auch wollten verblassen und leuchten zeitüber.
Immer war einer, der sagte
Fürchtet Euch nicht.

Vom Kommenden hör ich sie flüstern, die ewige Stimme.
Nicht von Maschinen spricht sie.
Nicht von Vermehrung der Ernten,
Nicht von gewonnenem Schiffsraum.

Zusammenklang, sagt sie, und Würde des Menschen und Freiheit.
Hoffnung, sagt sie, und Liebe, das süßeste Wort.

GOTTFRIED BENN

Reisen

Meinen Sie Zürich zum Beispiel
sei eine tiefere Stadt,
wo man Wunder und Weihen
immer als Inhalt hat?

Meinen Sie, aus Habana,
weiß und hibiskusrot,
bräche ein ewiges Manna
für Ihre Wüstennot?

Bahnhofsstraßen und rue'en,
Boulevards, Lidos, Laan –
selbst auf den fifth avenue'en
fällt Sie die Leere an –

ach, vergeblich das Fahren!
Spät erst erfahren Sie sich:
bleiben und stille bewahren
das sich umgrenzende Ich.

RUDOLF LEONHARD

St.-Etienne

Die Sonne schneidet den Wind wie Glas,
Der Wind schneidet den Nebel, denn
die Bäume sind von der Nacht her naß
in den kleinen Tälern um St.-Etienne.

Die Plätze sind reich in der schmalen Stadt
und blähn sich groß ineinander, denn
die Armut ist groß, und ist klein und matt
in den kurzen Straßen von St.-Etienne.

Die Leute, krumm, gehn kurzlinig her,
viel stürzt in den vielen Kneipen, denn
der Tag ist schwarz und die Arbeit schwer
in den dunklen Mauern von St.-Etienne.

Bis einmal die Sonne ganz wird, wenn
der Wind straßein in den Platz stößt; wenn
die Mauern aufblühn wie Bäume; wenn
die Männer sich sammeln in St.-Etienne.

Johannes Mario Simmel
Das geheime Brot

Das erste Kapitel,

in welchem von der großen Traurigkeit berichtet wird, die alle Menschen in jenem Jahr ergriff, und worin wir Jakob Steiner kennenlernen, der einen Strick sucht, um sich daran zu erhängen; in welchem vom Krieg, vom Hunger und der Sehnsucht gesprochen wird, und das uns in die Hütte einer alten Frau führt, wo Jakob Steiner zu einem unerwarteten Abendessen kommt.

Der Karfreitag ist schon immer ein trauriger Tag gewesen, aber in diesem Jahr war er ganz besonders traurig. Die Bäume und Sträucher blühten, auf den Wiesen verbreitete sich frisches, grünes Gras, und die Sonne schien aus einem wolkenlosen Himmel auf alle Häuser, auf alle Straßen der großen Stadt. Und dennoch hielt eine ungeheure, maßlose Traurigkeit die Menschen gefangen, so daß sie die Blumen nicht sahen und nicht die Spatzen in den rußigen Ästen der Bäume im Park, die hellen Kleider der Frauen nicht und nicht die vielen Geschäfte, in deren Auslagen die kostbarsten Dinge lagen. Die Arbeiter in den Fabriken fühlten, daß ihre Hände schwer waren wie Blei, die Angestellten in den Büros der großen Ämter legten in der Mittagspause ihre bleichen, verzagten Gesichter auf die verschränkten Arme und schliefen vor Müdigkeit ein, und die Bauern auf dem Lande gingen mit großer Bitterkeit im Herzen über ihre gepflügten Felder.

Niemand konnte in diesem Jahre wirklich froh werden. Sogar die Kinder hatten Sorgenfalten auf den Stirnen, und kleine Hunde, die immer vergnügt gewesen waren, schlichen bedrückt herum und wagten kaum mehr zu bellen. So traurig war alles geworden. Wer darüber nachdachte, der fand, daß die Menschen deshalb nicht mehr fröhlich zu sein vermochten, weil sie sich fürchteten. Sie fürchteten sich vor der Zukunft und vor allem, was diese Zukunft bringen sollte an Gewalttat, neuerlicher Zerstörung, Rechtlosigkeit, Schmerz und Tod. Sie fürchteten sich nicht nur in der großen Stadt Wien, in der die Geschichte, die hier erzählt werden soll, spielt, sondern auch in allen anderen Städten des Kontinents, auf allen Kontinenten, auf der ganzen Welt. Es gab niemanden, der sich nicht gefürchtet hätte.

Tag für Tag, Stunde um Stunde überschwemmte eine Flut von Nachrichten die Erde, die geeignet war, neue Furcht, neuen Schrekken in den Herzen der Menschen zu wecken. In Europa, dessen Gesicht noch die frischen Wunden eines grauenhaften Krieges trug, standen Soldaten vieler Nationen Gewehr bei Fuß und wären gerne zu Hause gewesen. Sie beargwöhnten und mißtrauten einander, und ihre Führer, die gekommen waren, um ein besiegtes Volk zu befrieden, sprachen von Krieg. In Palästina töteten die Araber täglich viele Juden, und die Juden überfielen täglich arabische Siedlungen. Und beide riefen die Weltöffentlichkeit zum Zeugen ihres gerechten Kampfes an. In Italien schossen Arbeiter ebenso aufeinander wie in der Tschechoslowakei und auf dem Balkan. In Frankreich streikten Hunderttausende. In China töteten sich seit vielen Jahren Menschen gleichen Blutes, und Millionen hungerten nach einer Handvoll Reis. Und über die ganze Erde dröhnte das Donnern von Schlachtflugzeugen und der Marschtritt fanatisierter Kolonnen.

In Amerika führte man die allgemeine Wehrpflicht ein, und in den Laboratorien des Ostens arbeiteten Wissenschaftler Tag und Nacht an dem furchtbarsten aller Zerstörungsmittel, um jenen Vorsprung wettzumachen, den die Vereinigten Staaten hier hatten. In der ganzen Welt befehdeten sich politische Parteien und versprachen ihren Anhängern einen Himmel auf Erden, an den sie selbst nicht zu glauben vermochten. Eine große Verwirrung hatte die Menschen ergriffen und manche begannen zu verstehen, daß die Zeit gekommen war, in der alles anders werden mußte, daß sie sich in einer großen Wende befanden, die mit dem Ende des zweiten christlichen Jahrtausends einherging. Man konnte nicht mehr fliehen und man konnte sich nicht bewahren – mit jeder Minute, mit jedem Atemzug der Menschheit, schneller und schneller, näherten sich Ereignisse, von denen man wußte, daß sie vieles beenden, aber von denen man nur ahnen und hoffen konnte, daß sie manches neu erstehen lassen würden.

Es war möglich, diesen allgemeinen Aufbruch der Seelen eine Zeitlang zu ignorieren und weiterzuleben wie bisher. Aber es war unmöglich, sich ihm auf die Dauer zu entziehen. Jeden, die Gerechten und die Ungerechten, zwangen schließlich unfaßbare Mächte, welche die Menschen »die Umstände« nannten, dazu, sich zu bekennen, und damit war es ein großes Elend. Denn die Fähigkeit des Bekennens war seit vielen Jahren bei den meisten fast gänzlich abhandengekommen. Sie sträubten und weigerten sich, sie zögerten und versuchten eine Bedenkzeit zu erhalten, aber es half alles nichts. Hin und wieder schoß sich einer von denen, die durch Wahl oder Bestimmung ihre Völker führten, eine Kugel durch den Kopf, sprang aus dem Fenster oder floh ins Exil, um dort dicke Bücher zu schreiben, die niemand las, oder lange Reden zu halten, die niemandem halfen. Es gab keinen Zweifel: die Mächtigen wußten nicht mehr aus und ein, und die Machtlosen glaubten sich verloren. Die Starken fühlten, wie die Kraft sie verließ, und die Schwachen verloren ihr Leben, Tag für Tag.

Die Natur selbst war in Aufruhr geraten durch die jahrelange wahnsinnige Verwendung von Sprengstoffen auf der Erde, im tiefen Winter war es sommerlich warm, und Blumen begannen zu blühen, im späten Frühling schneite es plötzlich, und man schrieb Ende Mai, als die großen Stürme über die ausgebrannten Ruinen eines zerstörten Europa brausten. Die Menschen gingen in alten Kleidern, sie wohnten in Kellern und Höhlen, sie hatten zu wenig Brot. Und viele von denen, die glaubten, daß ihnen Unrecht geschah, dachten bei sich: Es soll wieder Krieg kommen! Wir haben nichts zu gewinnen. Aber wir haben auch nichts zu verlieren, und es wird gut sein, den Untergang jener noch mitanzusehen, die unsere Richter waren.

Das Geld, das die Menschen für ihre Arbeit erhielten, war wenig wert und seine Kaufkraft gering. Viele Unternehmen mußten ihre Angestellten entlassen, und inmitten einer Welt von Trümmern, deren Aufbau allen hätte Brot geben können, entstand ein neues Heer von Arbeitslosen. Wie alle anderen hatten auch sie das Gefühl, daß ihr Zustand nur provisorisch und nicht von Dauer sein konnte, daß es sich kaum verlohnte, irgend etwas Neues zu beginnen, eine Familie zu gründen, Kinder in die Welt zu setzen oder auch nur einen Schrebergarten zu bebauen. Wie alle anderen fragten sie sich oft nach dem Sinn dieses seltsamen Karnevals, den man das Leben nannte, und danach, ob es wohl wirklich eine herrschende Kraft des Guten über das Chaos gab. Und es existierte niemand, der diese beiden Fragen hätte tröstend beantworten können. Manche versuchten inmitten der allgemeinen Traurigkeit dennoch fröhlich zu bleiben, und sie bedienten sich dazu der Frauen, des Alkohols und vielerlei Aberglaubens. Aber so groß der Taumel, so tief der Rausch, so geheimnisvoll die Beschwörungsformeln auch waren: in allem und jedem leuchtete jener fahle Widerschein des nahenden Untergangs auf, der sich wie ein makabres Nordlicht über der ganzen Schöpfung verbreitete. In seinem Schein wurden alle Dinge unwirklich und wesenlos. Es gab keine Echtheit der Empfindung mehr, keine Tiefe des Gefühls, nur noch Oberflächlichkeit, Verzweiflung, Langeweile und Ekel, Ekel. Die großen Städte starben, und wenn ein Auto mit heulender Sirene durch ihre zerschlagenen Straßen raste, begannen kleine Kinder zu weinen. In Nürnberg, einer Stadt Deutschlands, spielten ein paar Jungen »Kriegsverbrecherprozeß«, und einer von ihnen wurde aus Versehen gehängt …

Der Karfreitag dieses Jahres war ein besonders trauriger Tag. Die Sonne schien, der Wind wehte ganz leise, und kleine Tiere dehnten sich auf warmen Steinen. Die Gesichter der Menschen aber blieben finster und verschlossen. In einem großen Park im Westen der Stadt spielten am Nachmittag Kinder auf dem Rasen und den kiesbestreuten Wegen. Ihre hellen Rufe drangen weithin in der klaren, herben Luft des Frühlings, bis hinauf zu einem Mann, der auf dem Gipfel einer mäßigen Anhöhe im Gras saß und in das Tal zu seinen Füßen sah, wo er drei kleine Mädchen erblickte, die sich an den Händen hielten und einen Ringelreihen tanzten. Der Mann lauschte lange dem Lied, das sie sangen. Der Himmel über ihm war hell und silbrig geworden. Viele kleine Wolken trieben nach Westen. Die Sonne ging unter. Das Gesicht des Mannes war ganz still, und er atmete tief. Er dachte darüber nach, wie es sich wohl am besten sterben ließ.

WOLFDIETRICH SCHNURRE
Das Brot

Der Mann hatte einen Bart und war schon etwas älter; zu alt beinahe für die Frau. Und dann war auch noch das Kind da, ein ganz kleines; das schrie dauernd, denn es hatte Hunger. Auch die Frau hatte Hunger; aber sie war still, und wenn der Mann zu ihr hinsah, dann lächelte sie; oder versuchte es doch wenigstens. Der Mann hatte auch Hunger.

Sie wollten in ihre neue Heimat. Die alte war ihnen verboten; man durfte nicht in ihr bleiben, die Eroberer wollten es nicht. Sie wußten nicht, wo ihre neue Heimat lag. Sie wußten nur, daß es ein Land sein müßte, in dem niemand mehr verfolgt werden dürfe.

Sie waren in einem Lager gewesen, einer Stadt aus Baracken; einmal am Tag gab es Suppe.

Jetzt waren sie frei; der Mann hatte dem Soldaten am Eingang eine Uhr gegeben.

Sie liefen durch Wald, durch Kiefern; in denen knisterte es. Beeren gab es nicht; die hatte die Sonne verbrannt.

Über den Schneisen flackerte Hitze. Das bißchen Wind wehte nur oben. Es war für den Bussard gut; Reh und Hase lagen hechelnd im Farn.

»Kannst du noch?« fragte der Mann.

Die Frau blieb stehn. »Nein«, sagte sie.

Sie setzten sich. Die Kiefern hatten den Nonnenfraß. Blieb der Wind weg, hörte man die Raupen die Nadeln schmatzen. Das knisterte. Auch rieseln tat es; wie Regen.

»Nonnen«, sagte der Mann; »sie fressen den Wald auf.«

»Wo sind die Vögel?« fragte die Frau.

»Ich weiß nicht«, antwortete der Mann; »ich glaube, es gibt keine Vögel mehr.«

Die Frau legte das Kind an die Brust; aber die Brust war leer. Da schrie das Kind wieder.

Der Mann schluckte. Als das Kind anfing, heiser zu werden, stand er auf.

Er sagte: »Es geht so nicht länger.«

Die Fau nickte, sie versuchte zu lächeln. Bis auf die Augen, in denen stand Wasser.

»Ich hol was zu essen«, sagte der Mann.

Dann ging er.

Er ging durch den sterbenden Wald. Er machte sich Zeichen an den Bäumen.

Er kam an eine Sandrinne; die war ein Bach gewesen. Er lief über einen schwarzen Platz; der war eine Wiese gewesen.

Er lief zwei Stunden. Dann fing die Sandheide an.

Auf einem Stein lag eine Kreuzotter; sie war verdorrt. Das Heidekraut staubte.

Später kam unbestellter Acker; einmal ein Dorf, das war tot.

Der Mann setzte sich auf eine Wagendeichsel. Er schlief ein. Im Schlaf fiel er herunter. Als er aufwachte, hatte er Durst; sein Gaumen brannte.

Er stand auf, er taumelte in ein Haus. In dem Haus war es kahl; die Schublade war aus dem Tisch gerissen und lag auf der Erde. Die Töpfe waren zerschlagen; auch die Fenster. Auf der Ofenbank lag ein Tuch; in das Tuch war ein halbes Brot eingeschlagen, es war hart.

Der Mann nahm es und ging. In den anderen Häusern fand er nichts, auch kein Wasser; in den Brunnen lag Aas.

Von dem Brot getraute er sich nichts zu brechen; er wollte es der Frau lassen. Feldfrüchte fand er nicht; die hatten die Eroberer verfüttert. Auch Tiere gab es nicht; nur tote; Katzen, ein paar Hühner. Sie westen.

Ein Gewitter lag in der Luft.

Auf dem Feld zertrat der Mann eine Eidechse. Sie zerfiel in Staub.

Es donnerte. Vor dem Wald standen Glutwände.

Der Mann ging vornübergebeugt. Das Brot hatte er unter dem Arm. Schweiß troff ihm in den Bart. Seine Fußsohlen brannten. Er lief schneller. Er blinzelte; er sah in den Himmel. Der Himmel war schweflig, es blitzte; Nachtwolken kamen.

Die Sonne verschwand.

Der Mann lief. Er hatte das Brot in den Hemdausschnitt geschoben. Wie über eine Reliquie hielt er die Arme darübergepreßt.

Wind kam auf. Tropfen fielen. Sie knallten wie Erbsen auf den dörrenden Boden.

Der Mann rannte. Das Brot, dachte er, das Brot.

Aber der Regen war schneller: weit vor dem Wald noch setzte er ein.

Blitze zerrissen das Himmelswehr; es goß.

Der Mann preßte die Arme an das Brot; es klebte. Der Mann schrie. »Aufhören!« brüllte er, »aufhören!« Doch der Regen nahm zu.

Der Wald vorn und das Dorf hinter ihm waren wie weggewischt. Dunstfahnen flappten über die Heide. In den Sand gruben sich Bäche.

Der Mann blieb stehen; er keuchte. Er stand vornübergeneigt. Das Brot hing ihm im Hemd, unter der Brust. Er wagte nicht, es anzufassen; es war weich; es trieb auf; es blätterte ab.

Er dachte an die Frau, an das Kind. Er knirschte mit den Zähnen. Er verkrampfte die Hände. Die Ellbogen preßte er eng an den Leib. So glaubte er es besser schützen zu können.

Ich muß mich über es beugen, dachte er; ich muß ihm ein Dach machen. Er darf mir's nicht schlucken, der Regen; er darf nicht.

Er kniete sich hin. Er neigte sich über seine Kniee. Der Regen rauschte; keine zehn Schritt weit konnte man sehen.

Der Mann legte die Hände auf den Rücken. Dann beugte er die Stirn in den Sand. Er sah sich in den Halsausschnitt, er sah das Brot; es war fleckig; es bröckelte; es sah aus wie ein Schwamm.

Ich werde warten, dachte der Mann, so werd ich warten, bis es vorbei ist.

Er wußte, daß er log. Das Brot hielt nicht fünf Minuten zusammen. Dann würde es sich auflösen; würde wegfließen, vor seinen Augen.

Er sah, wie ihm der Regen um die Rippen herumfloß. Auch unter den Achseln schossen zwei Bäche hervor. Alles spülte über das Brot hin; sickerte in es ein, nagte an ihm. Was abtropfte, war trüb, und Krümel schwammen darin.

Eben noch war es geschwollen, das Brot; jetzt nahm es ab; Stück um Stück, und zerrann.

Da begriff er: Frau hin, Frau her; er hatte die Wahl jetzt: entweder es sich auflösen zu lassen oder es selber zu essen.

Er dachte: wenn ich es nicht esse, geht es kaputt, ich bleibe schlapp, und wir gehn alle drei vor die Hunde. Eß ich es aber, bin wenigstens ich wieder bei Kräften.

Er sagte es laut, er mußte es laut sagen; wegen der anderen Stimme in ihm, der leisen.

Er sah nicht zum Himmel, der im Westen sich aufhellte; er gab nicht acht auf den Regen, der nachließ: er sah auf das Brot.

Hunger, dachte es in ihm, Hunger; Brot, dachte es, Brot.

Da tat er es.

Er ergriff es mit beiden Händen. Er drückte es zu einer Kugel zusammen. Er preßte das Wasser heraus. Er biß hinein; er schlang; er schluckte. Knieend, würgend; ein Tier.

Seine Finger krallten sich in den Sand, in die Heide. Die Augen hielt er geschlossen; er zitterte. Vieh, sagte etwas in ihm, Vieh.

Dann fiel er in sich zusammen; seine Schultern zuckten. Als er auftaumelte, knirschte ihm Sand zwischen den Zähnen.

Er fuhr sich über die Augen, er blinzelte; er starrte in den Himmel. Er schrie. »Hund!« schrie er, »Hund!«

Sonne brach durch das Grau. Die Regenfahnen hatten sich in Dunst aufgelöst; ein paar Tropfen noch, dann war er vorüber, der Guß. Helles Blau; der Regen verdampfte.

Der Mann stolperte weiter. Die Handgelenke schlenkerten ihm an die Hüften. Das Kinn lag auf der Brust.

Am Waldrand lehnte er sich an eine Kiefer. Von fern scholl der Regenruf des Buchfinken her; auch ein Kuckuck schrie kurz.

Der Mann suchte die Zeichen an den Bäumen; er tastete sich an ihnen zurück. Im Farn, im Blaubeerkraut gleißten die Tropfen. Die Luft war dick vor Schwüle und Regendampf.

Den Nonnen war das Gewitter gut bekommen; sie wanderten an den Stämmen.

Der Mann machte oft halt. Er fühlte sich schwächer als auf dem Herweg; sein Herz, seine Lunge beengten ihn. Und Stimmen; die vor allem.

Er lief noch einmal drei Stunden, die Rastpausen eingerechnet. Dann sah er sie sitzen; sie hatte den Oberkörper an einen Baumstamm gelehnt, das Kind lag ihr im Schoß.

Er ging auf sie zu.

Sie lächelte. »Schön, daß du da bist.«

»Ich hab nichts gefunden«, sagte der Mann. Er setzte sich.

»Das macht nichts«, sagte die Frau und wandte sich ab.

Wie grau sie aussieht, dachte der Mann.

»Du siehst elend aus«, sagte die Frau; »versuch was zu schlafen.«

Er streckte sich aus. »Was ist mit dem Kind«, fragte er heiser; »warum ist es so still?«

»Es ist müde«, sagte die Frau.

Der Atem des Mannes fing an regelmäßig zu gehen.

»Schläfst du?« fragte die Frau.

Der Mann schwieg. Nur die Nonnen raspelten jetzt.

Als er aufwachte nach einer Stunde, hatte die Frau sich ausgestreckt und sah in den Himmel. Die Arme hatte sie unter dem Kopf verschränkt. Das Kind lag neben ihr, sie hatte es in ihre Bluse gewickelt.

»Was ist?« fragte der Mann.

Die Frau rührte sich nicht; sie sah in die Wipfel. »Es ist tot«, sagte sie dann.

Der Mann fuhr auf. »Tot«, fragte er, »tot?«

»Es ist gestorben, während du schliefst«, sagte die Frau.

»Warum hast du mich nicht geweckt?«

»Warum sollt ich dich wecken?« fragte die Frau.

Heinrich Böll
An der Brücke

Die haben mir meine Beine geflickt und haben mir einen Posten gegeben, wo ich sitzen kann: ich zähle die Leute, die über die neue Brücke gehen. Es macht ihnen ja Spaß, sich ihre Tüchtigkeit mit Zahlen zu belegen, sie berauschen sich an diesem sinnlosen Nichts aus ein paar Ziffern, und den ganzen Tag, den ganzen Tag, geht mein stummer Mund wie ein Uhrwerk, indem ich Nummer auf Nummer häufe, um ihnen abends den Triumph einer Zahl zu schenken. Ihre Gesichter strahlen, wenn ich ihnen das Ergebnis meiner Schicht mitteile, je höher die Zahl, um so mehr strahlen sie, und sie haben Grund, sich befriedigt ins Bett zu legen, denn viele Tausende gehen täglich über ihre neue Brücke …

Aber ihre Statistik stimmt nicht. Es tut mir leid, aber sie stimmt nicht. Ich bin ein unzuverlässiger Mensch, obwohl ich es verstehe, den Eindruck von Biederkeit zu erwecken.

Insgeheim macht es mir Freude, manchmal einen zu unterschlagen und dann wieder, wenn ich Mitleid empfinde, ihnen ein paar zu schenken. Ihr Glück liegt in meiner Hand. Wenn ich wütend bin, wenn ich nichts zu rauchen habe, gebe ich nur den Durchschnitt an, manchmal unter dem Durchschnitt, und wenn mein Herz aufschlägt, wenn ich froh bin, lasse ich meine Großzügigkeit in einer fünfstelligen Zahl verströmen. Sie sind ja so glücklich! Sie reißen mir förmlich das Ergebnis jedesmal aus der Hand, und ihre Augen leuchten auf, und sie klopfen mir auf die Schulter. Sie ahnen ja nichts! Und dann fangen sie an zu multiplizieren, zu dividieren, zu prozentualisieren, ich weiß nicht was. Sie rechnen aus, wieviel heute jede Minute über die Brücke gehen und wieviel in zehn Jahren über die Brücke gegangen sein werden. Sie lieben das zweite Futur, das zweite Futur ist ihre Spezialität – und doch, es tut mir leid, daß alles nicht stimmt …

Wenn meine kleine Geliebte über die Brücke kommt – und sie kommt zweimal am Tage –, dann bleibt mein Herz einfach stehen. Das unermüdliche Ticken meines Herzens setzt einfach aus, bis sie in die Allee eingebogen und verschwunden ist. Und alle, die in dieser Zeit passieren, verschweige ich ihnen. Diese zwei Minuten gehören mir, mir ganz allein, und ich lasse sie mir nicht nehmen. Und auch wenn sie abends wieder zurückkommt aus ihrer Eisdiele – ich weiß inzwischen, daß sie in einer Eisdiele arbeitet –, wenn sie auf der anderen Seite des Gehsteiges meinen stummen Mund passiert, der zählen, zählen muß, dann setzt mein Herz wieder aus, und ich fange erst wieder an zu zählen, wenn sie nicht mehr zu sehen ist. Und alle, die das Glück haben, in diesen Minuten vor meinen blinden Augen zu defilieren, gehen nicht in die Ewigkeit der Statistik ein: Schattenmänner und Schattenfrauen, nichtige Wesen, die im zweiten Futur der Statistik nicht mitmarschieren werden …

Es ist klar, daß ich sie liebe. Aber sie weiß nichts davon, und ich möchte auch nicht, daß sie es erfährt. Sie soll nicht ahnen, auf welche ungeheure Weise sie alle Berechnungen über den Haufen wirft, und ahnungslos und unschuldig soll sie mit ihren langen braunen Haaren und den zarten Füßen in ihre Eisdiele marschieren, und sie soll viel Trinkgeld bekommen. Ich liebe sie. Es ist ganz klar, daß ich sie liebe.

Neulich haben sich mich kontrolliert. Der Kumpel, der auf der anderen Seite sitzt und die Autos zählen muß, hat mich früh genug gewarnt, und ich habe höllisch aufgepaßt. Ich habe gezählt wie verrückt, ein Kilometerzähler kann nicht besser zählen. Der Oberstatistiker selbst hat sich drüben auf die andere Seite gestellt und hat später das Ergebnis einer Stunde mit meinem Stundenergebnis verglichen. Ich hatte nur einen weniger als er. Meine kleine Geliebte war vorbeigekommen, und niemals im Leben werde ich dieses hübsche Kind ins zweite Futur transponieren lassen, diese meine kleine Geliebte soll nicht multipliziert und dividiert und in ein prozentuales Nichts verwandelt werden. Mein Herz hat mir geblutet, daß ich zählen mußte, ohne ihr nachsehen zu können, und dem Kumpel drüben, der die Autos zählen muß, bin ich sehr dankbar gewesen. Es ging ja glatt um meine Existenz.

Der Oberstatistiker hat mir auf die Schulter geklopft und hat gesagt, daß ich gut bin, zuverlässig und treu. »Eins in der Stunde verzählt«, hat er gesagt, »macht nicht viel. Wir zählen sowieso einen gewissen prozentualen Verschleiß hinzu. Ich werde beantragen, daß Sie zu den Pferdewagen versetzt werden.«

Pferdewagen ist natürlich die Masche. Pferdewagen ist ein Lenz wie nie zuvor. Pferdewagen gibt es höchstens fünfundzwanzig am Tage, und alle halbe Stunde einmal in seinem Gehirn die nächste Nummer fallen zu lassen, das ist ein Lenz!

Pferdewagen wäre herrlich. Zwischen vier und acht dürfen überhaupt keine Pferdewagen über die Brücke, und ich könnte spazierengehen oder in die Eisdiele, könnte sie mir lange anschauen oder sie vielleicht ein Stück nach Hause bringen, meine kleine ungezählte Geliebte …

Anna Seghers
Die gerechte Verteilung

Im Jahre 1928, auf Grund der Beschlüsse des XV. Parteitages, reiste eine Kommission aus Moskau an die Wolga. Sie wollte die dort getroffenen Maßnahmen prüfen, die die Kollektivierung beschleunigten.

Ein gewisser Kusmin war Mitglied der Kommission. Er war jung. Er freute sich nicht nur auf die Reise, weil man ihm eine ziemlich hohe Verantwortung zutraute. Er freute sich auch, weil er dabei die Gegend wiedersah, in der er geboren und aufgewachsen war.

Es schien ihm zuweilen auf der Fahrt, er fahre wie früher auf Ferien nach Hause, dann kam es ihm wieder vor, nicht Jahre, sondern Jahrzehnte seien vergangen, seitdem er zum Studium nach Moskau geschickt worden war. Als Schuljunge war ihm schon die kleine Provinzstadt gewaltig erschienen, verglichen mit seinem abgelegenen Dorf. Mit schweigsamem Stolz, mit unverletzbarem Selbstbewußtsein hatten die Eltern bei seinen Besuchen die neugierig staunenden Nachbarn abgewimmelt, die dummen und gehässigen Frager, die nicht begriffen, warum sie ihren Sohn auf höhere Schulen schickten. Besonders der Großvater nicht; der verschmerzte nie, daß seine Tochter sich schließlich doch noch mit diesem schäbigen Tagelöhner verbunden hatte.

Stepanow, der Mann seiner Mutter, war Kusmins Stiefvater. Sein richtiger Vater war im ersten Weltkrieg gefallen. Der war der Schwiegersohn nach dem Geschmack des Alten gewesen. Als sich das Mädchen heimlich und offen mit dem Stepanow getroffen hatte, war ihr befohlen worden, sie müßte den Kusmin nehmen. Der Alte hatte es gar nicht fassen können, daß der von ihm ausgesuchte Mann fiel und Stepanow gesund zurückkam.

Der Stiefvater ging mit dem kleinen Jungen aus erster Ehe um wie mit seinem eigenen Sohn. Der Kleine haßte von vornherein, was seiner Mutter zuwider war und liebte, was ihr gefiel. Sein neuer Vater war stark und strahlend. Was dieser Mensch in ihr Zimmer brachte, erregte ihn bis ins Innerste. Der rote Stern auf der Mütze, sein Lächeln und seine Worte. Er saugte die neue Welt in sich ein, die mit Stepanow ins Dorf einbrach.

Kusmin erzählte das alles seinem Freund Iwanow, als sie gemeinsam im Auto nach B. fuhren. Iwanow war ungefähr so alt wie sein Stiefvater. Er war sein Freund und sein Lehrer. Iwanow fühlte, wie sich Kusmin bei seiner Erzählung erregte und wie es ihm wohltat, sich auf alles genau zu besinnen.

Die Mutter gebar noch zwei Knaben. Sie blieb immer gleich froh und stark. Sie ging mit dem Mann durch dick und dünn. Es gab auch in einem fort genug, wodurch sie durchgehen mußten. Die Herren waren von ihren Gütern verjagt worden. Sie hatten damit noch längst nicht ihre Ansprüche aufgegeben. In Kämpfen rund um die kleine Stadt, in Überfällen von weißen Banden, in Drohungen, Verrat und Gebeten belebte sich und versickerte ihre Hoffnung. Maschinengewehre und Pflüge, und manchmal beides zusammen.

Das Land war vom Bürgerkrieg, vom Für und Wider zerwühlt, – die Dörfer, die einzelnen Bauernhäuser und manchmal die einzelnen Herzen.

Stepanow hatte sich mit den ärmsten und zähesten Bauern zusammengetan. Sie fingen gemeinsam an, ein großes Stück Land zu bebauen. Der Sowjet in der Stadt half ihnen mit Rat und Tat. Was im Dorf einen Brocken sein eigen nannte, machte sich über sie lustig. Der Schwiegervater, solche Bauern wie der, freuten sich, wenn es schiefging. Am Anfang ging viel schief. Sie hatten keine Maschinen und keine Pferde. Sie hatten nicht genug Arbeitskräfte. Oft traten Bauern bei ihnen ein, probierten das gemeinsame Leben im Kolchos aus, verzogen sich wieder, weil sie merkten, es war viel schwerer als sie sich's vorgestellt hatten. Manchmal sah es aus, als sei selbst die Erde gegen sie erbost. Es gab Dürre und Hungersnot. Es gab Menschen- und Tierseuchen. Stepanow hätte hundert Arme und hundert Stimmen gebraucht, um überall anzupacken und anzuspornen. Er glaubte, wenn die härteste Zeit überstanden und schließlich einmal eine gute Ernte eingebracht sei, dann laufe das andere von selbst. Es lief aber nichts von selbst. Er glaubte, sie könnten aus ihrem Kolchos etwas machen, was viele zögernde Menschen zu ihnen zog. Statt dessen sah es dann wieder so aus, als könnte ihre Gemeinschaft jeden Augenblick platzen. Sie stritten im engsten Kreis um dieses und jenes. Kusmin erlebte alles mit, wenn er an freien Tagen ins Dorf kam. Der Stiefvater war ruhiger und trockener geworden. Er wurde aber bei seinen Berichten vor dem gespannten Gesicht des Jungen so strahlend und flammend wie immer.

Das Leben hatte es mit sich gebracht, daß Kusmin jetzt alles lernte, was Stepanow sich einmal selbst zu lernen gesehnt hatte. Seine zwei kleinen Stiefbrüder wuchsen im Dorf auf den Feldern auf.

Während Kusmin das alles erzählte, bog ihr Auto von der Landstraße ab. Er wurde im Dorf abgesetzt. Iwanow fuhr in die Provinzstadt B. voraus. Kusmin hatte seinen Besuch angekündigt, aber nicht die Stunde. Die Mutter saß vor dem Haus auf der Bank. Sein Herz schlug stark. Es war ihm zuerst, als sei er sonntags daheim und gleich darauf, als sei er Jahrzehnte nicht hier gewesen. Mit stolz zusammengezogenen Brauen wies seine Mutter die neugierigen Nachbarn ab. Wie schmal ihre Lippen waren, wie winzig das Häuschen war, wie niedrig die Tür! Das Pflänzchen auf dem Fensterbrett hatte sich aber derartig ausgebreitet, daß das Nachmittagslicht nur gebrochen eindrang.

So still wie in diesem Zimmer war es nirgendwo mehr gewesen. Und doch hatte jedes Wort hier gedröhnt wie ein Hammerschlag mit uneindämmbarem Echo, das jetzt noch nicht in ihm verhallt war.

Der Vater kam mit den kleinen Brüdern heim. Er hatte sich kaum verändert. Ein wenig verwittert vom Wetter und vom Leben. Sein Blick war stolz und froh auf den Gast gerichtet mit aufmerksamem Glanz. In Kusmins Erinnerung waren die Eltern ein strahlendes, beinahe hochmütiges Paar gewesen; sie waren jetzt Bauersleute, die in Arbeit und Sorgen seit langem zusammengehörten.

Stepanow erzählte: »Das schlimmste Jahr fing erst an, als du schon weg warst. Die besten Leute, die damals die besten waren, sind von uns weg. Du erinnerst dich doch noch an Ossjenin? Wir hatten im Krieg und im Bürgerkrieg alles zusammen durchgemacht. Wir hatten hier auf der Erde als erste zusammen alles begonnen. Ich habe gemeint, uns zwei wird nie etwas trennen. Solange wir zwei zusammen sind, halten wir zwei auch alle anderen zusammen. Er hat sich aber mit mir verzankt, er ist weg und andere sind mit ihm weg. Er hat sich in B. beschwert über mich.«

Kusmin erinnerte sich an diesen Ossjenin. Der Zank mußte seinem Stiefvater wehgetan haben, er tat ihm beim Erzählen frisch weh. Es war spät nachmittags. Die Sonne stand schräg. Sie leuchtete in die verborgensten Winkel, als wollte sie Kusmin schnell noch zeigen, was er bereits vergessen hatte. Der größte Teil der Stube war schon dämmerig, so daß er sich anstrengen mußte, das zu erkennen, woran er immer gedacht hatte. Das Gesicht der Mutter war still. Es sah jetzt so aus wie früher.

Stepanow fuhr fort: »Ich habe zwar in B. zuletzt recht bekommen. Und Ossjenin hat unrecht bekommen. Er hat aber vorher einige gute Menschen dazu überredet, mit ihm zusammen von uns wegzugehen.«

Er erzählte auf Kusmins Fragen, warum sie sich in den Haaren gelegen hätten:

»Das war, als die Ernte sehr gut war und wir unseren neuen Plan aufstellten. Es ging um die *gerechte Verteilung*. Sie haben mich zwar das tun lassen, was ich vom Anfang an sagte. Man muß es nach der Arbeit veranschlagen, die jeder einzelne leistet. Was ist dann unser reiner Gewinn? Wieviel kann jeder für sich behalten? Wieviel alle zusammen? Soll Pawel soviel wie Artem bekommen? Er hat doch zehnmal soviel geleistet. Wenn wir einen Traktor bekämen, sagt Artem, wie in L., und ich könnte lernen, wie man damit umgeht, dann könnte ich auch soviel leisten wie Pawel. Ossjenin sagte, wir sind jetzt gleich, ein Tag Arbeit ist ein Tag Arbeit. Ich sagte, ein Tag ist nicht wie der andere Tag, der Ertrag ist anders.«

Die Mutter drehte das Licht an. Wie vor ein paar Jahren elektrische Drähte gelegt worden waren und die Glühbirnen eingeschraubt, da hatte Kusmin in ihrem Licht die Nähnadel wiedergefunden, die am vorigen Sonntag in eine Ritze gefallen war. Es schien ihm, es würde jetzt durch das Licht kaum heller im Zimmer.

Stepanow fuhr fort: »Und dann. Was muß man zurücklegen für die neue Saat, für Mißernte, für alle möglichen Unglücke? Was muß man denen zurückzahlen, die uns auf die Beine geholfen und uns Maschinen geliehen haben?«

Als Stepanow auf diese Sachen zu sprechen kam, glitzerte etwas listig in seinen Augen. Bei einzelnen Namen fiel ein Schatten auf sein Gesicht.

»Und Woronin, den kennst du noch gar nicht. Der war zu deiner Zeit noch nicht in B. Ihr werdet jetzt mit ihm viel zu tun haben. Das ist ein ganz Vorsichtiger. Er war nie sofort richtig auf meiner Seite; nicht, weil er anderer Meinung war, sondern weil er nie eine eigene hat. Er hat eine gute Nase. Das hat er. Er schnüffelt, was oben die Meinung sein wird. Dann tut er, als sei es immer seine eigene Meinung gewesen.«

Er konnte Kusmins Lächeln nicht genau sehen. »Jetzt hat dein Großvater Angst, er könnte bald von hier weggejagt werden. Wie ich den großen Krach mit Ossjenin hatte« – bei diesem Namen verfinsterte sich sein Gesicht, doch Kusmin hatte nicht Lust zum Lächeln, weil er fühlte, wie weh dem Stiefvater der Name jedesmal tat – »da habe ich ihn zuletzt angebrüllt: Du bist also einer Meinung mit dem Alten? Denn damals, als ich ausrechnete, was man vor der Teilung abziehen muß und weglegen, hat mich auch dein Großvater ausgelacht und gequietscht: ›Nach deiner Aufstellung ist es dir ja bei den Herren als Tagelöhner besser gegangen als heute‹.«

Das elektrische Lämpchen schien wie ein Irrlicht in der verrauchten Stube zu schweben. Es schien noch schwächer geworden zu sein. Der Samowar, den die Mutter vor dem Besuch poliert hatte, glänzte stärker.

Stepanow schlug mit dem Knöchel drauf und sagte: »Den hat deine Mutter von daheim. Der Großvater hat die ganze Zeit gequietscht und lamentiert. Jetzt wird ihm bang, daß das Blatt sich wendet. Er kann sich denken, was euer Besuch zu bedeuten hat. Ja, was wir aber durchgemacht haben! Wieviel Haare wir gelassen haben! Wenn ihr jetzt gutheißt, was wir ausprobiert haben, dann wird Woronin vergessen, daß er gar nicht immer dafür war. Wenn wieder was schiefgeht, wird er wieder vorsichtig werden.«

Die Mutter horchte schon auf das Auto, das von der Landstraße abbog. »Sie holen mich«, sagte Kusmin, »wir sehen uns in der Versammlung wieder.«

Iwanow wartete in der Stadt, in ihrem gemeinsamen Zimmer. Ein Fremder war mit ihm. Das war Woronin, der Vorsitzende. Er gefiel Kusmin ganz gut. Er dachte lächelnd an Stepanows Beschreibung.

Iwanow sagte später: »Dieser Woronin macht einen guten Eindruck. Er hat unsere Arbeit gut vorbereitet. Wir haben noch alle Vorschläge durchgesprochen und die Erfahrungen, die sie hier bereits machten. Das meiste ist uns bekannt. Es ist schon geprüft worden und verwertet. Da gibt es hier in der Nähe ein Kolchos, da führen sie schon im großen ganzen von selber durch, was wir vorschlagen wollen. Dort wird sich nichts mehr nach unserem Plan zu ändern haben. Dort hat ein Stepanow ...«

Kusmin machte eine Bewegung.

»Was? Ach. Mir fiel dabei gar nicht ein, daß das dein Stiefvater ist. Weil du seinen Namen nicht hast.«

Kusmin erblickte in der Versammlung Stepanow von der Tribüne. Wie ruhig und wie zäh er geworden war. Er mischte sich selten ein, und was er sagte, riß weder sofort stark mit, noch stieß es stark ab. Er stimmte den Maßnahmen, die die Kommission vorschlug, ein wenig ungeschickt, ein wenig mürrisch zu, als ob er bei der Begründung dächte: Wie oft muß man euch das noch wiederholen? Es war, als hätte er gar nicht gemerkt, daß das, was die Kommission vorschlug, dasselbe war, was er schon durchgesetzt hatte. Kusmin erkannte auch den Ossjenin. Der verteidigte oft und geschickt seinen Standpunkt. Er war nach dem Krach, der Stepanow so tief verletzt hatte, zum Kolchos L. übergegangen. Er war noch immer ein packender, leidenschaftlicher Redner. Kusmin erinnerte sich sogar, daß Ossjenin von jeher ein wenig, wenn er in Eifer geriet, mit der Zunge anstieß.

Sie saßen nach der Versammlung wieder zu dritt im selben Zimmer zusammen, Kusmin, Woronin und Iwanow.

Iwanow sagte: »Der Plan dieses Stepanow war gut. Sie konnten ihn wahrscheinlich damals allein kaum durchführen.«

Woronin sagte: »Das habe ich ihm oft gesagt.«

Als Kusmin herausging, stieß er auf seinen Stiefvater. Stepanow saß im Flur auf einer Bank neben der Tür. Er wollte seinen Sohn nicht verfehlen, aber auch nicht klopfen und stören.

»Nun, siehst du«, sagte Kusmin, »jetzt haben sie alle eingesehen, dein Vorschlag war richtig.«

Stepanow sagte: »Ich habe mir schon immer gedacht, daß es so gemacht werden muß.«

Sie redeten noch eine Weile über dieses und jenes. Stepanow sah manchmal seinen Stiefsohn verstohlen an. Wenn Kusmin Stepanows Blick auffing, kam es ihm vor, der alte Glanz sei darin, der ihn als Kind aufgewühlt hatte.

Kusmin sah seinen Stiefvater noch einmal kurz vor der Abfahrt. Stepanow wartete wieder vor der Tür. Im Zimmer saßen, um einen Tisch voll Papiere und Bücher, ein paar Mitglieder der Kommission.

Kusmin rief Stepanow herein. Er sagte: »Komm. Hör' mal. Ich will dir etwas zeigen. Wir haben eben nachgelesen, was sich Karl Marx unter gerechter Verteilung vorgestellt hat, wenn einmal das Land den Bauern gehören wird.« Er nahm ein Buch vom Tisch. »Marx zählt hier auf, was man abziehen muß, bevor man den Arbeitsertrag verteilt ...«

Stepanow trat einen Schritt näher. »Verstehst du, der Plan, den sich Karl Marx dafür ausdachte, ist ganz dasselbe wie der, dem unsere Versammlung beigestimmt hat. Er denkt, man muß zuerst abziehen, was den Ersatz für das darstellt, was schon verbraucht worden ist, zum Beispiel: Geräte, Maschinen, Saatgut.

Dann, zweitens, was verbraucht werden soll, um eure Wirtschaft zu erweitern. Drittens, was man bereitlegen muß, wenn etwas Unvorhergesehenes passiert, zum Beispiel ein Unwetter oder ein Brand.«

Stepanow sah ihn aufmerksam an.

»Was muß man außerdem abziehen, bevor jeder seinen Anteil bekommt? Erstens, zum Beispiel, was die Verwaltung der Wirtschaft kostet, zweitens, was solch eine Schule kostet, ein Krankenhaus und so weiter. Je mehr ihr dafür aufbringen könnt, desto besser. Drittens, die Unterstützung für solche, die krank oder arbeitsunfähig werden.

Erst wenn das alles sichergestellt ist, fängt die Verteilung an.«

Als Kusmin ihn ansah und auf eine Äußerung wartete, sagte Stepanow: »Ja.«

»Dieselbe Menge«, fuhr Kusmin fort, »die jeder an Arbeit geleistet hat, bekommt jeder zurück. Der Maßstab, an dem man mißt, ist für alle derselbe; er ist für alle die Arbeit.«

Stepanow gab nicht darauf acht, oder es war ihm gleichgültig, daß alle am Tisch sein Gesicht betrachteten.

»Verstehst du«, fuhr Kusmin fort, »Marx stellt sich dasselbe vor wie du. Ein jeder bekommt genau zurück, was er an Arbeit geleistet hat. Die Leistung ist aber nicht bei jedem dieselbe. Der eine kann dümmer oder schlauer sein als der andere; er kann stärker sein oder schwächer. Der eine leistet an einem Tag halb soviel Stunden, oder zehnmal soviel wie ein anderer. Darum bekommt jeder einen Schein, auf dem steht, wieviel Arbeitsstunden er hergab. Verstehst du, du selbst hast alles so eingeteilt, wie Marx es sich vorgestellt hat, wenn der Sozialismus gesiegt haben wird. Wir haben also auf unserer Versammlung beschlossen, was Marx damals vorschlug.«

Stepanow sah ihn listig an. Er sagte noch einmal: »Ja.«

Er fühlte, Kusmin wartete auf eine Äußerung. Er sagte: »Wir haben dich nicht umsonst so weit weggeschickt, du hast sehr viel gelernt.«

Er wurde aus dem Gesicht seines Stiefsohnes nicht klug. Er fuhr fort: »Jetzt weißt du, wo das Richtige steht. Du kannst es lesen.«

Es kam ihm vor, als hätte er immer noch nicht gesagt, was von ihm erwartet wurde. Er fügte hinzu: »Du hast deine Zeit gut ausgenutzt. Deine Mutter hat zuerst oft geweint, weil du so weit weg warst.« Er fügte leise hinzu: »Bis all das ausprobiert war und die anderen davon überzeugt waren, und es wirklich zustande kam, das hat auch lange gedauert, das war auch schwer.«

Kusmin fühlte auf einmal zusammen, was er auf der Herfahrt nacheinander gefühlt hatte. Er war inzwischen groß und erwachsen geworden. Und gleichzeitig stand sein Stiefvater mächtig vor ihm in der verrauchten Stube, den Kopf in Wolken.

Wilhelm Lehmann
Deutsche Zeit 1947

Blechdose rostet, Baumstumpf schreit.
Der Wind greint. Jammert ihn die Zeit?
Spitz das Gesicht, der Magen leer,
Den Krähen selbst kein Abfall mehr.

Verlangt nach Lust der dürre Leib,
Für Brot verkauft sich Mann und Weib.
Ich lache nicht, ich weine nicht,
Zu Ende geht das Weltgedicht.

Da seine Strophe sich verlor,
Die letzte, dem ertaubten Ohr,
Hat sich die Erde aufgemacht,
Aus Winterohnmacht spät erwacht.

Zwar schlug das Beil die Hügel kahl,
Versuch, versuch es noch einmal.
Sie mischt und siebt mit weiser Hand:
In Wangenglut entbrennt der Hang,
Zu Anemone wird der Sand.

Sie eilen, grämlichen Gesichts.
Es blüht vorbei. Es ist ein Nichts.
Mißglückter Zauber? Er gelang.
Ich bin genährt. Ich hör Gesang.

Johannes R. Becher
Seid euch bewußt

Ihr wißt es, was es heißt:
Sein Leben lang sich schinden.
Ihr wißt es, wie das ist:
Nicht wissen aus noch ein.
Die Heimat war verwaist,
Wir konnten heim nicht finden …
Wer je *die* Zeit vergißt,
Wird selbst vergessen sein.

Ihr wißt es, wie es kam,
Es mußte nicht so kommen.
Sind wir für alle Zeit
Verloren und verflucht?
Es brennt das Herz vor Scham,
Es schweigt das Herz beklommen,

Wir haben weit und breit
Nach einem Weg gesucht.

Ihr wißt es, was es hieß:
Den Weg, den schweren, gehen.
Es lagen an dem Rand
Des Wegs der Toten viel.

Wir aber wußten dies:
Wir *müssen* auferstehen!
Ein freies deutsches Land
War unsrer Sehnsucht Ziel.

Seht, Großes wird vollbracht!
Das Volk schafft sich sein Leben.
Und war der Weg auch schwer,
Ein Jubel sich erhebt.
Seid euch bewußt der Macht!
Die Macht ist euch gegeben,
Daß ihr sie *nie, nie mehr*
Aus euren Händen gebt!

GÜNTER KUNERT
Gedicht

Ich kann keine Arbeit finden
und habe doch gelernt.
Ich habe doch gelernt,
auf zweihundert Meter genau
einem Menschen
die Stirn unter dem Helm
zu durchschlagen
und bei Wind
die Schußbahn anders zu legen –
als meine Schuhe noch nicht
vom Mörtel
der nachkriegszeitigen,
der neubauenden Straße
zerfressen waren.

Abgewiesen von Türen,
die gestrichen sein wollen,
nicht verbrannt
mit visiertem Flammenwerfer.

Lehmgrau überzieht das Gesicht
des um Arbeit gefragten Metzgers
zwischen Koteletts und Würsten,
wenn ich sage,
daß ich schlachten könne
und wie ich es gelernt
bei Metzgern,
die einen größeren Laden betrieben
als er seinen
mit den zwei Stufen
und der kleinen Kundschaft.

Ich habe gelernt
in einem rasenden, schlingenden
Werk.
Ohne Glauben an dessen Schließung.
Ohne Ahnung an ein Entzweibrechen
der griffigen Werkzeuge.

Und nun hier
in hingewürfelter Vorstadt
durfte ich wieder die Hand
daran legen
in einer Arbeit
schwesterlich verwandt der einstigen.

Hier fand ich Arbeit im Zerstören
der Werkzeuge des Wütens,
im Auseinanderbrechen der Kampfwagen
im Regen ohne Ende.
Einen nach dem anderen.
Tag über Tag.
Heute einen,
heute einen weniger,
morgen wieder, wieder Schrott mehr,
einen weniger, immer
weniger.

Bis zum letzten Wagen,
mit dem ich sterben müßte,
um
Geldbriefträger,
Brotläden,
Schaufensterscheiben,
Metzgerschädel
zu schonen.
Weil es keine Arbeit
mehr geben wird
für mich
und keinen Weg zurück.

Wolfgang Bächler

Die Erde bebt noch

Die Erde bebt noch von den Stiefeltritten.
Die Wiesen grünen wieder Jahr für Jahr.
Die Qualen bleiben, die wir einst erlitten,
ins Antlitz, in das Wesen eingeschnitten.
In unsren Träumen lebt noch oft, was war.

Das Blut versickerte, das wir vergossen.
Die Narben brennen noch und sind noch rot.
Die Tränen trockneten, die um uns flossen.
In Lust und Fluch und Lächeln eingeschlossen
begleitet uns, vertraut für immer, nun der Tod.

Die Städte bröckeln noch in grauen Nächten.
Der Wind weht Asche in den Blütenstaub
und das Geröchel der Erstickten aus den Schächten.
Doch auf den Märkten stehn die Selbstgerechten
und schreien, schreien ihre Ohren taub.

Die Sonne leuchtet wieder wie in Kindertagen.
Die Schatten fallen tief in uns hinein.
Sie überdunkeln unser helles Fragen.
Und auf den Hügeln, wo die Kreuze ragen,
wächst säfteschwer ein herber neuer Wein.

MAX FRISCH
Tagebuch 1946 – 1949

Der andorranische Jude

In Andorra lebte ein junger Mann, den man für einen Juden hielt. Zu erzählen wäre die vermeintliche Geschichte seiner Herkunft, sein täglicher Umgang mit den Andorranern, die in ihm den Juden sehen: das fertige Bildnis, das ihn überall erwartet. Beispielsweise ihr Mißtrauen gegenüber seinem Gemüt, das ein Jude, wie auch die Andorraner wissen, nicht haben kann. Er wird auf die Schärfe seines Intellektes verwiesen, der sich eben dadurch schärft, notgedrungen. Oder sein Verhältnis zum Geld, das in Andorra auch eine große Rolle spielt: er wußte, er spürte, was alle wortlos dachten; er prüfte sich, ob es wirklich so war, daß er stets an das Geld denke, er prüfte sich, bis er entdeckte, daß es stimmte, es war so, in der Tat, er dachte stets an das Geld. Er gestand es; er stand dazu, und die Andorraner blickten sich an, wortlos, fast ohne ein Zucken der Mundwinkel. Auch in Dingen des Vaterlandes wußte er genau, was sie dachten; sooft er das Wort in den Mund genommen, ließen sie es liegen wie eine Münze, die in den Schmutz gefallen ist. Denn der Jude, auch das wußten die Andorraner, hat Vaterländer, die er wählt, die er kauft, aber nicht ein Vaterland wie wir, nicht ein zugeborenes, und wiewohl er es meinte, wenn es um andorranische Belange ging, er redete in ein Schweigen hinein, wie in Watte. Später begriff er, daß es ihm offenbar an Takt fehlte, ja, man sagte es ihm einmal rundheraus, als er, verzagt über ihr Verhalten, geradezu leidenschaftlich wurde. Das Vaterland gehörte den andern, ein für allemal, und daß er es lieben könnte, wurde von ihm nicht erwartet, im Gegenteil, seine beharrlichen Versuche und Werbungen öffneten nur eine Kluft des Verdachtes; er buhlte um eine Gunst, um einen Vorteil, um eine Anbiederung, die man als Mittel zum Zweck empfand auch dann, wenn man selber keinen möglichen Zweck erkannte. So wiederum ging es, bis er eines Tages entdeckte, mit seinem rastlosen und alles zergliedernden Scharfsinn entdeckte, daß er das Vaterland wirklich nicht liebte, schon das bloße Wort nicht, das jedesmal, wenn er es brauchte, ins Peinliche führte. Offenbar hatten sie recht. Offenbar konnte er überhaupt nicht lieben, nicht im andorranischen Sinn; er hatte die Hitze der Leidenschaft, gewiß, dazu die Kälte seines Verstandes, und diesen empfand man als eine immer bereite Geheimwaffe seiner Rachsucht; es fehlte ihm das Gemüt, das Verbindende; es fehlte ihm, und das war unverkennbar, die Wärme des Vertrauens. Der Umgang mit ihm war anregend, ja, aber nicht angenehm, nicht gemütlich. Es gelang ihm nicht zu sein wie alle andern, und nachdem er es umsonst versucht hatte, nicht aufzufallen, trug er sein Anderssein sogar mit einer Art von Trotz, von Stolz und lauernder Feindschaft dahinter, die er, da sie ihm selber nicht gemütlich war, hinwiederum mit einer geschäftigen Höflichkeit überzuckerte; noch wenn er sich verbeugte, war es eine Art von Vorwurf, als wäre die Umwelt daran schuld, daß er ein Jude ist –

Die meisten Andorraner taten ihm nichts.

Also auch nichts Gutes.

Auf der andern Seite gab es auch Andorraner eines freieren und fortschrittlichen Geistes, wie sie es nannten, eines Geistes, der sich der Menschlichkeit verpflichtet fühlte: sie achteten den Juden, wie sie betonten, gerade um seiner jüdischen Eigenschaften willen, Schärfe des Verstandes und so weiter. Sie standen zu ihm bis zu seinem Tode, der grausam gewesen ist, so grausam und ekelhaft, daß sich auch jene Andorraner entsetzten, die es nicht berührt hatte, daß schon das ganze Leben grausam war. Das heißt, sie beklagten ihn eigentlich nicht, oder ganz offen gesprochen: sie vermißten ihn nicht – sie empörten sich nur über jene, die ihn getötet hatten, und über die Art, wie das geschehen war, vor allem die Art.

Man redete lange davon.

Bis es sich eines Tages zeigt, was er selber nicht hat wissen können, der Verstorbene: daß er ein Findelkind gewesen, dessen Eltern man später entdeckt hat, ein Andorraner wie unsereiner –

Man redete nicht mehr davon.

Die Andorraner aber, sooft sie in den Spiegel blickten, sahen mit Entsetzen, daß sie selber die Züge des Judas tragen, jeder von ihnen.

Du sollst dir kein Bildnis machen, heißt es, von Gott. Es dürfte auch in diesem Sinne gelten: Gott als das Lebendige in jedem Menschen, das, was nicht erfaßbar ist. Es ist eine Versündigung, die wir, so wie sie an uns begangen wird, fast ohne Unterlaß wieder begehen –

Ausgenommen wenn wir lieben.

(...)

Prag, März 1947

Ich wußte nicht, daß Theresienstadt, das wir gestern auf unsrer Durchreise besucht haben, eine alte historische Anlage war, benannt nach Maria Theresia. Um das ganze Städtlein ziehen sich die hohen und schweren Wälle aus rötlichem Ziegelstein, ebenso ein breiter Graben mit allerlei Unkraut und Wasser, das in braunen Tümpeln versumpft. Außerhalb der kleinen Stadt, die als Ghetto diente, befindet sich das Fort; das eigentliche Todeslager. Eine schöne und alte Allee verbindet die beiden Anlagen; daneben ein Feld von hölzernen Kreuzen, die man später gemacht hat. Im ersten Hof, wo die deutschen Mannschaften wohnten, gibt es noch Bäume; es war ein warmer und märzlicher Tag, es zwitscherten die Vögel, und auf den rötlichen Wällen, die uns plötzlich von aller Umwelt trennen und von aller Landschaft, wippen die einzelnen Halme, die letzte Natur. Über dem inneren Hof, wo nun die Häftlinge waren, thront ein Häuslein mit Scheinwerfer und Maschinengewehr; die Zellen reihen sich wie Waben; sie sind aus Beton; die Pritschen darin erinnern an Flaschengestelle, und am Ende dieses Hofes, wo wir die Kugellöcher bemerken, fanden jene besonderen Hinrichtungen statt, denen sämtliche Häftlinge beizuwohnen hatten. Das Ganze, so wie es sich heute zeigt, vermischt die Merkmale einer Kaserne, einer Hühnerfarm, einer Fabrik und eines Schlachthofes. Immer weitere Höfe schließen sich an. Durch das sogenannte Todestor, eine Art von Tunnel, kommen wir zu einem Massengrab von siebenhundert Menschen; später benutzte man die Öfen einer nahen Ziegelei. Hier steht der Galgen, ein einfacher Balken mit zwei Haken, wo die Häftlinge sich selber den Strick einhängen mußten, und darunter zwei hölzerne Treppenböcke. Auch hier sehen wir nichts als die rötlichen Wälle, die wippenden Halme darauf. Unweit von dem Galgen, dessen einfache Machart fast lächerlich ist, befindet sich der Platz für die reihenweisen Erschießungen; vorne ein Wassergraben, der die Schützen und die Opfer trennt, und hinten eine gewöhnliche Faschine, damit die Erde, welche die Kugeln fängt, nicht mit der Zeit herunterrutscht. Es ist Platz für zehn oder zwölf Menschen. In einer Deckung, wie wir sie als Zeigermannschaft in einem Feldschießen kennen, befand sich der sogenannte Leichentrupp, ein Grüpplein von Juden, welche die Erschossenen abräumen, nötigenfalls für ihren gänzlichen Tod sorgen mußten. Wir gehen weiter; jenseits des Walles, aber immer noch inmitten unseres Lagers, stehen wir pötzlich vor einem tadellosen Schwimmerbecken, und an der Böschung jenes Walles, dessen Gegenseite wir eben betrachtet haben, gibt es sogar ein Alpinum, ein Gärtlein mit schönen Steinen und Pflanzen, das heute allerdings verwildert ist; hier haben die deutschen Wachen ihre sommerliche Freizeit verbracht zusammen mit ihren Frauen und Kindern. In dem nächsten Hof, wo die Häftlinge zu jeder Führerrede antreten mußten, sind es einmal nicht die rötlichen Wälle, die uns umgeben, sondern alte Stallungen. Eine davon betreten wir. Hier war die Folterkammer. Im steinernen Boden sind zwei eiserne Ringe verschmiedet, an der Decke ist ein Flaschenzug, und genau darunter, eingelassen in der steinernen Bodenplatte, befindet sich ein eiserner Dorn in der Größe eines Zeigefingers. Es ist ein Raum mit alten Gewölben, und zwischen den Pfeilern hängt ein Vorhang aus dünnem Sacktuch, ein Schleier, der die Zuschauer verbarg. Indem wir auf der andern Seite aus der Stallung hinausgehen, stehen wir auf einer Brücke, also wieder im Freien, und blicken in den sogenannten Judengraben. Zwischen zwei besonders hohen Wällen, so daß man wieder nur den Himmel sieht und nichts als den Himmel, befindet sich ein Kanal mit grünem Wasser, ein Wiesenbord zu beiden Seiten. Ferner ist noch eine hölzerne Leiter da. Zehn Juden wurden hinuntergeschickt, versehen mit Heugabeln und mit dem Versprechen, daß die beiden letzten, die ihre Kameraden überlebten, in die Freiheit entlassen würden. Von der eisernen Brücke, wo die Zuschauer standen, blickt man wie in einen Bärenzwinger. Die Freiheit für die beiden Letzten, sagt uns ein begleitender Insasse, bestand in einem Genickschuß. Endlich kommen wir an den letzten Ort. Wir stehen vor den Urnen. Es ist das erstemal, daß ich die menschliche Asche sehe; sie ist grau, aber voll kleiner Knöchelchen, die gelblich sind. Die Urnen sind aus Sperrholz, neuerdings, während das deutsche Modell, das wir in die Hand bekommen, einfacher und sparsamer war, eine Düte aus starkem Papier, jede mit einer handschriftlichen Nummer versehen, wenn sie gefüllt ist. Das Lager von Terezin, als es befreit wurde, hatte einen Vorrat von zwanzigtausend solchen Düten. Natürlich nehmen wir den Hut in die Hand, aber ich würde lügen, wenn ich von Erschütterungen spräche; der Anblick dieser Urnen, die man öffnen kann, verbindet sich mit nichts; sie reihen sich wie Büchsen in einer Drogerie, sie reihen sich wie Töpfe in einer Gärtnerei. Was mich an diesem Ort am meisten beschäftigte, waren die beiden Bildnisse, die über den namenlosen Urnen hingen: Benesch und Stalin.

Der Tag geht weiter.

Wir fuhren nach Leitmeritz, wo wir einen Imbiß nahmen, und in einer Amtsstube, die uns wieder die gleichen Bildnisse zeigt, lassen wir uns unterrichten, warum man die Sudetendeutschen, insgesamt drei Millionen, aus dem Lande verschickt hat und was mit ihren Häusern geschieht, mit ihren Feldern. Man zeigt uns die Pläne. Vor allem aber bleibt es die Amtsstube, die mich bedrückt wie alle Amtsstuben der Welt. Tod oder Hochzeit oder Geburt, was spielt es für eine Rolle; was gilt es für den Staat, der nicht ein Mensch ist und dennoch mit einer behaarten Menschenhand arbeitet? Ich sehe die wechselnden Bildnisse an der Wand, die Kaiser und Feldherren und Erlöser, die dem Staat, damit es nicht bei der behaarten Hand bleibe, ein menschliches Gesicht leihen wollen, und dennoch bleibt alles Menschliche, was man in solchen Amtsstuben vorzubringen hat, unwirklich wie die gelbliche Asche, die wir eben gesehen haben; man fühlt sich beklommen noch da, wo man nichts will. Die Pläne, die man auf dem Tisch entrollt, sind voll Vernunft und Willen, daß alles besser wird. Während wir jedesmal auf die französische Übersetzung warten, denke ich an die Flüchtlinge in Frankfurt, damals vor einem Jahr; ich denke an den Waggon in München, der bei der Ankunft, als man ihn öffnete, einfach voll Tod war, und ich denke an die beiden Ringe im steinernen Boden, an den Flaschenzug, an den eisernen Dorn; auch daran. Es ist wichtig, daß man vieles zusammensieht. Da ich nichts sage, vielleicht erscheint es wie Mißtrauen, was nur Besorgnis ist; es täte mir leid; von Herzen wünsche ich dem arbeitsamen Mann, daß der Rotstift, womit er auf seiner Landkarte zeichnet, nicht das Blut seiner Söhne bedeutet –.

Was am meisten bleibt, wenn ich an das Lager denke, und was gleichsam immer näher kommt, während man es an Ort und Stelle kaum bemerkte, jedenfalls nicht mehr als alles andere: die wippenden Halme auf den rötlichen Wällen, und daß man überall, wo immer wir standen, nichts als den Himmel sieht.

(…)

Unterwegs

Nationalistisch: wenn ich die Forderung, die meine Nation an mich stellt, allen anderen Forderungen überordne und einen anderen Maßstab als den Vorteil meiner Sippe nicht anerkenne; wenn ich sittliche Gebote, zum Beispiel christliche, zwar im Munde führe und sogar vertrete, solange meine Nation nichts dagegen hat, aber nie und nimmer, wenn sich diese Gebote einmal gegen meine Nation richten; wenn ich zu jeder Tat bereit bin, selbst wenn sie nach meinen sittlichen Begriffen ein Verbrechen ist, und wenn ich sie dennoch mit Stolz, mindestens mit Gehorsam verrichte, um ein guter Hottentotte zu sein; wenn ich nichts Höheres kenne als meinen Trieb und vor diesem auf die Knie falle, indem ich meinen Trieb, ins Millionenfache meiner Nation vergrößert, für etwas Geistiges halte, für das Geistige schlechthin, dem alles und endlich auch sein Gewissen aufzuopfern rühmlich ist, tugendhaft – kurzum, wenn ich ein Nihilist bin: ohne den Mut dazu.

Eifersucht

Wenn der Unselige, der mich gestern besucht hat, ein Mann, dessen Geliebte es mit einem andern versucht, wenn er ganz sicher sein könnte, daß die Gespräche eines andern, die Küsse eines andern, die zärtlichen Einfälle eines andern, die Umarmung eines andern niemals an die seinen heranreichen, wäre er nicht etwas gelassener?

Eifersucht als Angst vor dem Vergleich.

Was hätte ich sagen können? Eine Trauer kann man teilen, eine Eifersucht nicht. Ich höre zu und denke: Was willst du eigentlich? Du erhebst Anspruch auf einen Sieg ohne Wettstreit, verzweifelt, daß es überhaupt zum Wettstreit kommt. Du redest von Treue, weißt aber genau, daß du nicht ihre Treue willst, sondern ihre Liebe. Du redest von Betrug, und dabei schreibt sie ganz offen, ganz ehrlich, daß sie mit Ihm verreist ist – Was, mein Freund, willst du eigentlich?

Man will geliebt sein.

Nur in der Eifersucht vergessen wir zuweilen, daß Liebe nicht zu fordern ist, daß auch unsere eigene Liebe, oder was wir so nennen, aufhört, ernsthaft zu sein, sobald wir daraus einen Anspruch ableiten …

Wie ist es möglich, daß sich die Eifersucht, wie es denn öfter vorkommt, sogar auf Tote beziehen kann, die mindestens als leibliche Gestalt nicht wiederkommen können?

Nur aus Angst vor dem Vergleich.

Ferner weiß jeder, daß er für die Frau, der er in Eifersucht gegenübertritt, alles andere als gewinnend ist. Seine Eifersucht, offensichtliche Angst vor dem Vergleich, ist für sie nicht selten die erste Ermunterung, sich umzusehen, Vergleiche anzustellen. Sie wittert plötzlich seine Schwäche. Sie blüht geradezu unter seiner Eifersucht – mit Recht findet er sie schöner als je! – blüht in neuer unwillkürlicher Hoffnung, daß ihre Liebe (denn warum hätte er sonst solche Angst?) offenbar noch ganz andere Erfüllungen erfahren könnte ...

Männer, die ihrer Kraft und Herrlichkeit sehr sicher sind, wirklich sicher, und Weiber, die ihres Zaubers sicher sind, so sicher, daß sie beispielsweise nicht jedem Erfolg ihres Zaubers nachgeben müssen, sieht man selten im Zustand der Eifersucht. Dabei fehlt es auch ihnen nicht an Anlaß! Aber sie haben keinen Grund zur Angst, und zwar kennen sie den Verlust, die brennende Wunde, die keiner Liebe erspart bleibt, doch kommen sie sich darum nicht lächerlich vor, nicht verhöhnt, nicht minderwertig. Sie tragen es, nehmen es nicht als Niederlage, so wenig wie das Sterben eine Niederlage ist, machen kein Geheul über Untreue, und die Frau, der sie eines Tages nicht mehr genügen, beschimpfen sie nicht als Hure, was sowieso meistens ein falsches, unpassendes Wort ist –

Der Raub der Sabinerinnen – welcher gesunde und einigermaßen aufrichtige Mensch, Mann oder Weib, ist nicht auf seiten der Räuber? Umsonst besinne ich mich auf ein Kunstwerk, das uns die armen Sabiner zeigte, um uns zu erschüttern.

Und die Tugend?

Sabiner, die sich auf die Tugend ihrer Sabinerinnen verlassen müssen, tun uns leid, selbst wenn die Tugend hält. Sie sind Inhaber ihrer Weiber, gesetzlich geschützt, von Staat und Kirche versichert gegen jeden Vergleich, und damit sollen sie nun glücklich sein: bis die Räuber über den Berg kommen, bis die Welt es hören wird, wie die Sabinerinnen jauchzen, wenn ihre Tugend endlich nichts dagegen vermag, daß sie in den Armen der Stärkeren liegen.

Oh, die Angst vor diesem Jauchzen!

Die Sprache schon meint es nicht gut, wenn sie vom Gehörnten redet oder vom Hahnrei, ein besseres Wort hat sie nicht, und es ist kein Zufall, daß die Eifersucht, wie bitter sie auch in Wahrheit schmeckt, so viele Possen füllt. Immer droht ihr das Lächerliche. Sogar Kleist, der Tragiker, muß es in eine Komödie wenden, wenn er den Amphitrion zeigt, der immerhin von einem Zeus betrogen wird. Offenbar ist die Eifersucht, obschon sie Entsetzliches anzurichten vermag, nicht eine eigentlich tragische Leidenschaft, da ihr irgendwo das Anrecht fehlt, das letzte, das ihr die Größe gäbe –

Othello?

Was uns an Othello erschüttert, ist nicht seine Eifersucht als solche, sondern sein Irrtum: er mordet ein Weib, das ihn über alles liebt, und wenn dieser Irrtum nicht wäre, wenn seine Eifersucht stimmte und seine Frau es wirklich mit dem venezianischen Offizier hätte, fiele seine ganze Raserei (ohne daß man ein Wort daran ändern müßte) unweigerlich ins Komische; er wäre ein Hahnrei, nichts weiter, lächerlich mitsamt seinem Mord.

Warum übrigens ein Mohr?

Othello oder Der Mohr von Venedig, heißt der ganze Titel. Othello ist in erster Linie nicht ein Eifersüchtiger, sondern ein Mohr, also ein Mensch aus verachteter Rasse. Sein persönlicher Erfolg, den er soeben errungen hat, ändert nichts an seinem verwundeten Selbstvertrauen. Man achtet ihn zwar: obschon er ein Mohr ist. Es bleibt das Obschon, das er spürt, es bleibt seine andere Haut. Er leidet an seinem Anderssein; hier wurzelt die Tragödie, scheint mir, und so entwickelt sie sich auch. Noch handelt es sich nicht um Eifersucht; aber hinter allem, wie ein Schatten, steht jenes Gefühl von Minderwert, und der Mohr ist ehrgeizig, wie wir es alle sein müssen in dem Grad, als wir Mohren sind. Der einzige, der dafür eine Nase hat und die Wunde wittert, ist der verwundete Jago, dessen erste Worte, soviel ich mich erinnere, Worte eines verletzten Ehrgeizes sind. Er wie kein anderer weiß, wie er den erfolgreichen Mohren vernichten kann: durch seine eigne Mohrenangst, seine Angst vor dem Minderwert. Mit diesem Gefühl muß Jago arbeiten, wenn er sich rächen will, und das will er ja. Das allgemeinste Gefühl von Minderwert, das wir alle kennen, ist die Eifersucht, und der Griff auf beide Tasten, den Shakespeare hier macht, ist ungeheuer. Er deutet das eine mit dem andern. Das besondere, scheinbar fremde Schicksal eines Mannes, der eine andere Haut oder eine andere Nase hat, wird uns erlebbar, indem es in einer verwandten Leidenschaft gipfelt, die uns bekannt ist; die Eifersucht wird beispielhaft für die allgemeinere Angst vor dem Minderwert, die Angst vor dem Vergleich, die Angst, daß man das schwarze Schaf sei –.

Wenn Othello kein Mohr wäre?

Man könnte es versuchen – um festzustellen, daß das Stück zusammenbricht, daß es seine wesentliche Metapher verliert; um einzusehen, daß der Eifersüchtige immer ein Mohr ist.

Café Odeon

Rußland hat ebenfalls die Atombombe.

Nochmals Eifersucht

Einmal habe ich die Eifersucht bis zum Rande erlebt, gräßlich, habe eine Waffe gekauft und im Wald, nach einem zehnstündigen Marsch, Probeschüsse veranstaltet. Bisher kannte ich nur das Schießen mit Gewehr und Haubitze; dagegen hatte die Handwaffe etwas Flinkes, Lustiges, Persönliches, etwas Sportliches. Im übrigen war es mir natürlich sehr ernst. Es war November, Vollmond, Nebel über den Feldern. Um Mitternacht, bevor die Wirtschaften geschlossen würden, betrank ich mich nochmals in einem Dorf, wanderte dann weiter, bis ich vor Erschöpfung erbrechen mußte. Das war im Morgengrauen. Etwas leichter war mir schon, leichter als in all den vergangenen Wochen, deren Abende ich oft als Wachposten verbracht hatte. Ich wusch mich an einem kalten Brunnen auf offenem Feld, das Lächerliche war mir sehr bewußt, dennoch war das Ganze, worüber man nach Jahren ein etwas billiges Lächeln hat, alles andere als eine Schnurre. Nüchtern in jedem Sinn, zu müde für jede Pose, entsicherte ich nochmals die erprobte Waffe, ging weiter auf der morgengrauen Straße, bis ich etwas Lebendiges erspähte, eine Krähe, die auf einem elektrischen Mast hockte. Ich schoß. Die Krähe, aufflatternd, verließ die Isolatoren, deren einen ich, nach dem Geklirr zu schließen, getroffen hatte, und landete nach einer kurzen Schleife, als ginge die Geschichte sie nichts an, gelassen auf einem kleinen kahlen Birnbaum, näher als zuvor. Ich schoß. Die Krähe, aufflatternd wie zuvor, taumelte auf den Acker. Also getroffen. Als ich hinzutrat, flatterte sie neuerdings mit wilden Schlägen, flog, als wäre nichts gewesen, mindestens hundert Meter, bis sie in die Weiden eines angrenzenden Sumpfes taumelte. Ich stapfte auch dorthin. Stacheldraht, Gräben, Umwege. Meine Schuhe waren Lehmklumpen, meine Hosen klatschnaß, bis ich das Biest, das immer wieder einmal auf dem Boden umherwirbelte, endlich hatte, so, daß ich meinen Fuß auf seinen verschmutzten Flügel setzen und ihm die dritte Patrone geben konnte, die letzte, die ich hatte. Auf der Landstraße erschien der erste Radfahrer, ein Arbeiter mit Rucksack. Damit war die Geschichte erledigt. Indem ich die tote Krähe, die, an den Flügelspitzen ergriffen, eine überraschende Spannweite zeigte, ihrem Totsein überließ und auf die Straße zurückstapfte, erinnerte ich mich zwar sofort wieder an die Geschichte; aber sie erschien bereits in großer Ferne, nicht von heute, eine Erinnerung. Den Mann, dem sie plötzlich den Vorzug gegeben, habe ich nicht gekannt; ich wußte nur, daß er erheblich älter war … Ein nächstes

Mal, könnte ich mir denken, wird er erheblich jünger sein ... Jedenfalls wird er immer eine Eigenschaft haben, die wir ihm um nichts in der Welt streitig machen können und es wird immer, wenn es so weit ist, ein satanischer Schmerz sein.

Wenn es so weit ist: wenn der Blick zweier Augen, der Glanz eines vertrauten Gesichtes, den du jahrelang auf dich bezogen hast, plötzlich einem andern gilt; genau so. Ihre Hand, die dem andern in die Haare greift, du kennst sie. Es ist nur ein Scherz, ein Spiel, aber du kennst es. Gemeinsames und Vertrautes, jenseits des Sagbaren, sind an dieser Hand, und plötzlich siehst du es von außen, ihr Spiel, fühlend, daß es für ihre Hand wohl keinen Unterschied macht, wessen Haar sie verzaust, und daß alles, was du als euer Letzteigenes empfunden hast, auch ohne dich geht; genau so. Obschon du es aus Erfahrung weißt, wie auswechselbar der Liebespartner ist, bestürzt es dich. Nicht allein daß es nicht weitergeht, es bestürzt dich ein Verdacht, alles Gewesene betreffend, ein höhnisches Gefühl von Einsamkeit, so als wäre sie (du denkst sie auch schon ohne Namen) niemals bei dir gewesen, nur bei deinem Haar, bei deinem Geschlecht, das dich plötzlich ekelt, und als hätte sie dich, sooft sie deinen Namen nannte, jedesmal betrogen ...

Anderseits weißt du genau:

Auch sie ist nicht die einzigmögliche Partnerin deiner Liebe. Wäre sie nicht gewesen, hättest du deine Liebe an einer anderen erfahren. Im übrigen kennst du, was niemanden angeht, nur dich: deine Träume, die das Auswechselbare bis zum völlig Gesichtslosen treiben, und wenn du nicht ganz verlogen bist, kannst du dir nicht verhehlen, daß alles, was man gemeinsam erlebt und als ein Letzt-Gemeinsames empfunden hat, auch ohne sie gegangen wäre; genau so. Nämlich so, wie es dir überhaupt möglich ist, und vielleicht, siehe da, ist es gar nicht jenes Auswechselbare, was im Augenblick, da ihre Hand in das andere Haar greift, einen so satanischen Stich gibt, im Gegenteil, es ist die Angst, daß es für ihre Hand vielleicht doch einen Unterschied macht. Keine Rede davon: Ihr seid nicht auswechselbar, du und er. Das Geschlecht, das allen gemeinsame, hat viele Provinzen, und du bist eine davon. Du kannst nicht über deine Grenzen hinaus, aber sie. Auch sie kann nicht über die ihren hinaus, gewiß, aber über deine; wie du über die ihren. Hast du nicht gewußt, daß wir alle begrenzt sind? Dieses Bewußtsein ist bitter schon im stillen, schon unter zwei Augen. Nun hast du das Gefühl wie jeder, dessen Grenzen überschritten werden und dadurch sozusagen gezeigt, das Gefühl, daß sie dich an den Pranger stellt. Daher bleibt es nicht bei der Trauer, hinzu kommt die Wut, die Wut der Scham, die den Eifersüchtigen oft gemein macht, rachsüchtig und dumm, die Angst, minderwertig zu sein. Plötzlich, in der Tat, kannst du es selber nicht mehr glauben, daß sie dich wirklich geliebt habe. Sie hat dich aber wirklich geliebt. Dich! – aber du, wie gesagt, bist nicht alles, was in der Liebe möglich ist ...

Auch er nicht!

Auch sie nicht!

Niemand!

Daran müssen wir uns schon gewöhnen, denke ich, um nicht lächerlich zu werden, nicht verlogen zu werden, um nicht die Liebe schlechthin zu erwürgen –.

Hermann Broch
Die Schuldlosen

Stimmen
1933

Neunzehnhundertdreiunddreißig –, warum mußt du's dichten?
Verheißnes Land des Abschieds, oh Ahnung tiefrer Schichten!

*

Wir wollen uns nicht täuschen,
wir werden niemals gut;
uns treibt's von Rausch zu Räuschen,
zu Folterung und Blut.

Die Todesstraf wir lieben
mit Knute, Strick und Schrei;
nach fünfzig braven Hieben
liegt Ripp und Wirbel frei.

Das Eisen der Garotte
bricht langsam das Genick,
und aus des Sünders Zotte
hängt blau ein Zungenstück.

Den tücht'gen Guillotinen
dankt unser Fortschritt viel;
Elektrostühle dienen
qualstumm dem gleichen Ziel.

Stahlgalgen-Konstruktionen,
des deutschen Heeres Stolz,
für zwei bis vier Personen
auf Gummireifen rollt's.

Am Reißbrett zeichnen Federn,
und keiner, keiner scheut's,
blitzblank fahrbar auf Rädern
Golgathas neues Kreuz
aus Muffen und aus Röhren
präzis, damit man's glaubt,
und dann von Ingenieuren
wird Jener drangeschraubt.

*

Entblöße das Haupt und gedenke der Opfer.
Denn nur der, der am Hals den Strick schon spürt,
Bemerkt den Halm, der im Wind sich rührt
im Pflastergestein unterm Galgen.
Oh die Genießenden, die Blutvergießenden!
Das Dämonische ist blind,
Das Unerlaubte ist blind,
Gespenster sind blind,
blind vor dem Sprießenden,
weil selber ohne Wachstum.
Und doch,
einstens war jeder ein Kind.
Preise nimmer den Tod,
preise nicht den Tod, den einer dem andern zufügt;
preise nicht das Unanständige.
Doch habe den Mut Scheiße zu sagen, wenn einer
um sogenannter Überzeugungen willen
zum Mord am Nebenmenschen aufhetzt; wahrlich,
der dogmenlose Raubmörder ist da der bessere Mann:
oh der erniedrigende, der selbsterniedrigende Ruf
nach dem Henker, der Ruf geheimer Angst,
der Ruf aller schlechtgestützten Dogmen.

Mensch, entblöße das Haupt und gedenke der Opfer!
Schlechtes wendet sich an Schlechtes:
das gespenstische Menschenopfer,
wer bringt es dar? – ein Gespenst;
es steht im Zimmer, ein Unerlaubtes steht da,
pfeift vor sich hin, das Spießergespenst,
das ordnungsgewöhnte Gespenst!
Es hat lesen und schreiben gelernt,
es benützt eine Zahnbürste,
es geht zum Arzt, wenn es krank ist,
es ehrt manchmal Vater und Mutter,
ist ansonsten lediglich um sich selber besorgt
und ist trotzdem Gespenst.

Der Gestrigkeit entstiegen, romantisierend dem Gestrigen zugetan, doch heutigen Vorteil witternd und auf ihn bedacht, ein Gespenst, das kein Geist ist, ein Fleischgespenst ohne Blut und ebendarum blutrünstig in schier haßloser Sachlichkeit, erpicht auf Dogmen, erpicht auf geeignete Schlagworte und drahtpuppig von ihnen bewegt (mitunter auch von denen des Fortschritts), immer aber feigmörderisch und durch und durch tugendboldisch, das ist der Spießer: Oh wehe, wehe!

Oh, der Spießer ist das Dämonische schlechthin; sein Traum ist eine unentwegt auf gestrige Ziele gerichtete höchstentwickelte und höchstmoderne Technik; sein Traum ist der technisch äußerst vollkommene Kitsch; sein Traum ist die professionelle Dämonie des für ihn geigenden Virtuosen; sein Traum ist die im romantischen Feuerzauber glühend strahlende Opernmagie; sein Traum ist schäbige Brillanz.

Ach, wie waren wir erschrocken,
flitzte durch Gespenst-Berlinen
Spießer-Kaisers schwapse-schwipse
Purpurkitsch-Apokalypse
motorisiert und hermelinen,
tutend weiß und stink-barocken
in der großen Limousinen;
wir stießen uns an mit der Schulter
und unser Entsetzen war Lachen.
Dabei war's nur Anfang, und als drei Dezennien danach
das Untier sich nahte und das Maul voll nahm,
hergebend eine Spreche, die wie Schleim war,
verloren wir unsere Rede; Wort wurde trockenes Etwas,

und es war als sei Verständigung uns für immer
genommen:
wer noch dichtete, war ein verächtlicher Narr,
der aus Früchten welke Blumen erzeugt.
Das Lachen war uns vergangen, und wir sahen
die Schreckmaske, den fünebren Kitsch,
dem Henker vors Spießergesicht gebunden,
Maske vor der Maske, Unnatur die Unnatur deckend,
das Antlitz der Tränenlosigkeit.

Aber die Revolutionen, Auflehnungen der Natur gegen die Unnatur, gegen das Gespenstische und radikal Unerlaubte, aber auch gegen die Überzeugungsvielfalt, die sie mit Hilfe der düster-zornigen Flamme des Terrors und der Zwangsbekehrung restlos ausbrennen wollen, die Revolutionen werden selber gespenstig, denn jeder Terror ruft neues Spießertum auf den Plan, aufrufend den Revolutions-Profiteur, den Revolutions-Spießer, den virtuosen Terror-Fachmann, ewig verruchten Schänder aller Gerechtigkeit: Wehe, oh wehe!

Oh revolutionäre Gerechtigkeit! Aus der Revolution wird des Spießers dämonische Imitations-Revolution, raubmörderisch und trotzdem noch ärger, da ihre Dogmenlosigkeit die der nackten Macht ist; nicht um Bekehrungen oder Zwangsbekehrungen geht es da mehr, sondern nur noch um die allen Überzeugungen innewohnende Infamie, um das technisch vollkommenste Terror-Instrument als solches, um das Konzentrationslager und um die Laboratoriums-Folterkammer, auf daß mit der zum obersten Gesetz erhobenen Gesetzlosigkeit, mit der zur Wahrheit erhobenen Gespenster-Lüge eine geradezu abstrakte All-Versklavung erzielt werde, fremd allem Menschentum.

Verlorenen Seins, wir können's nicht ermessen:
Eins war ich damals in der Wiege,
Eins werde ich in meiner Sterbestunde sein,
vielleicht auch schon wenn hinter Stacheldrähten
ich warten werde, daß sie mich zur Richtstatt holen,
denn sind auch unsere Seelen bloß dem Nichts empfohlen
und wissen sie auch keine Richtung hinzubeten,
sie rauschen doch im frommen Einsamsein,
als wär's im Nichts, daß sich das Sein verschwiege.
Oh, laß mich's nicht vergessen.

Darum, du noch Lebender, entblöße das Haupt
und gedenke der Opfer, nicht zuletzt der künftigen;

die Menschenschlachtung ist noch nicht beendet:
Wehe über die Konzentrationslager im Erdenrund!
sie vermehren sich, wie immer sie sich nennen;
ob revolutionär oder antirevolutionär,
ob fascistisch oder antifascistisch,
sie sind des Spießers Herrschaftsform,
da er Sklaverei ausüben und erleiden will.
Wehe über die Blindheit!
  Wald und Wiese reichen bis zum Lagergitter,
  und in den Henkerheimen zwitschern Kanariensänger;
  groß wölbt der Blütenhimmel sich über Jahreszeiten,
  und hoffnungsfarben steht der Regenbogen –,
  der Kosmos höhnt in Unvereinbarkeiten
  und fragt den Menschen: trägst du es noch länger?
  was ist dir sichtbar? was gelogen?
  Der Todgeweihte sieht's; nichts macht ihn bitter,
  und der Genickschuß ist echt.
Entblöße das Haupt und gedenke der Opfer.

*

Der Schnitt im Irdischen – nochmals. Steil fällt das Ufer zur See;
die Landschaft ist kein Ganzes mehr, und über den Horizonten draußen
liegt meerbedeckend der Nebel der Verwandlung.

Denn zum Maß des Menschen sind die Dinge geworden und
das Gestern entflieht eh noch die Barke es aufnimmt. –
Gehe zum Hafen;
allabendlich warten die Barken, unsichtbar freilich
die Flotte des Menschlichen ausfahrend ins östlich Unbekannte
der Nacht: oh Schnitt durch die Zeit!
Gab's je ein Gestern? will's dich äffen?
Gab's je die Mutter? Oh, gab es je was einst dich hielt?
Gibt es ein Heimwärts? Oh, nie ist heimwärts, immer Treffen
triffst du das was auf dich zielt.
Darum suche nicht, doch blicke; erblicke das ruhende Verströmen,
erblicke die Verwandlung an der Schneide,
die Pause zwischen dem Sichtbaren und Unsichtbaren, in der
es sich auflöst, die Dinge aus Hand-Werk geboren zu ihm zurückkehren
machtlos am Ende der Macht. Hier reicht es hinüber. –

Gehe zum Hafen;
wenn der Abend die Mole berührt und den ruhenden Spiegel des Meeres,
blicke dorthin wo das Gestern eintreffen und zum Morgen werden wird
eh es noch eingetroffen ist.

Die Landschaft ist zerschnitten, aber
größer als du ist dein Wissen; sporne dein Erkennen an, nochmals,
daß es dein Wissen erreiche, eh der Abend sich senkt.

*

Es genügt nicht, daß du dir kein Bild von Mir meißelst;
du denkst trotzdem in Bildern, auch wenn du Meiner gedenkst.
Es genügt nicht, daß du dich scheust Meinen Namen zu nennen;
dein Denken ist Sprache, ein Nennen deine schweigende Scheu.
Es genügt nicht, daß du an keine Götter neben Mir glaubst;
dein Glaube vermag bloß Götzen zu formen,
stellt Mich in eine Reihe mit ihnen,
wird dir bloß von ihnen anbefohlen,
nimmer von Mir.
Ich bin, und Ich bin nicht, da Ich bin. Deinem Glauben
bin ich entrückt;
Mein Antlitz ist Nicht-Antlitz, Meine Sprache Nicht-Sprache,
und dies wußten Meine Propheten:
Anmaßung ist jegliche Aussage über Mein Sein oder Nicht-Sein,
und die Frechheit des Leugners wie die Unterwerfung des Gläubigen
sind gleicherweis angemaßtes Wissen;
jener flieht die Prophetenrede, und dieser mißversteht sie,
jener lehnt sich gegen Mich auf, dieser will sich Mir anbiedern
mit bequemer Verehrung,
und darum
verwerfe Ich jenen, während dieser Mein Zürnen entfacht –,
eifervoll bin Ich gegen die Zutraulichen.
Ich bin der Ich nicht bin, ein brennender Dornbusch und bin es nicht,
aber denen, welche fragen
Wen sollen wir verehren? Wer ist an unserer Spitze?
denen haben Meine Propheten geantwortet:
Verehret! Verehret das Unbekannte, das außerhalb ist,

außerhalb eures Lagers; dort steht Mein leerer Thron
unerreichbar im leeren Nicht-Raum, in leerer Nicht-Stummheit
grenzenlos.
Schütze deine Erkenntnis!
Versuche nicht dich zu nähern. Willst du den Abstand verkleinern,
so vergrößere ihn freiwillig, und freiwillig verkrieche dich
in Zerknirschung, in die Annäherungslosigkeit deines Selbst;
dort allein bist du ebenbildhaft.
Sonst nämlich wird es dich zerknirschen. Nicht Ich werde die
Geißel über euch schwingen; ihr selber werdet sie herbeiholen,
und unter ihren Streichen werdet ihr eure Ebenbildhaftigkeit
verlieren, eure Erkenntnis.
Denn soferne Ich bin und soweit Ich für dich vorhanden bin,
habe Ich den Nicht-Ort Meines Wesens in dich eingesenkt,
das äußerste Außen in dein innerstes Innen –,
auf daß
dein Erkennen zur Ahnung deines Wissens gelange,
du aber in deinem Nicht-Glauben glauben kannst;
erkenne dein Erkennen-Können, frage dein Fragen-Können,
die Helle deiner Dunkelheit, die Dunkelheit deiner Helle,
unerhellbar, unverdunkelbar: hier ist Mein Nicht-Sein,
nirgendwo anders.
So haben es, als die Zeit reif war, Meine Propheten gelehrt,
und widerspenstig, lediglich um ihrer Auserwähltheit willen
und dennoch auserwählt, haben einige aus dem Volke
es verstanden und sich daran gehalten.
Lausche ins Unbekannte, lausche den Zeichen der neuen Reife,
daß du da seist, wenn sie anbricht für dein Erkennen. Dahin
richte deine Frömmigkeit, dein Beten. Mir jedoch gelte kein
Gebet; Ich höre es nicht: sei fromm um Meinetwillen, selbst
ohne Zugang zu Mir; das sei dein Anstand, die stolze Demut,
die dich zum Menschen macht.
Und siehe, das genügt.

*

Oh, alles ist dem Menschen die Sonnenwelt,
und das Abschiednehmen fällt ihm schwer,
es sei denn, daß er das gelobte Land,
freilich ohne es betreten zu dürfen, ohne
es betreten zu müssen, im Abschiedsblick
erschaue.

Fremder Bruder, den in meiner Einsamkeit
ich noch nicht kenne,
wir wollen – es ist an der Zeit – uns
daranmachen den Berg Pisgah zu erklimmen,
ein wenig atemlos zwar (wie auch sonst
in unserm Alter) aber immerhin wir werden
es schaffen, und dann auf dem Gipfel Nebo
da wollen wir rasten.
Weder sind just wir die ersten dort droben
noch die letzten; nein, fortwährend werden
etliche unserer Art sich dazugesellen, und
mit einem Male werden wir Wir sagen, werden
das Ich vergessen. Solcherart aber mögen
wir hier sprechen:
Wir auserwähltestes Geschlecht, wir das
Geschlecht inmitten der erneuten, höchst
mächtigen Wandlung,
wir hungernde, dürstende, dreckverstaubte,
arg ermattete Wüstendurchquerer (ganz zu
schweigen von dem Ungeziefer und all den
Krankheiten, die uns wahrlich recht böse
zugesetzt haben) wir Umhergestoßene,
wir Heimgesuchte und darum Heimsuchende,
wir dem Entsetzen Entkommene, aufgespart
dem Glück der Aufsparung und des Schauens,
aufgespart dem Entsetzen der wachen Schau,
wir sind die Begnadeten, denen die Nacht
so kurz geworden ist,
daß uns das Gestern in das Morgen reicht
und wir beides in einem sehen, wundersam
das Geschenk der Gleichzeitigkeit.
Und so mag es uns auch beschieden sein
(während die drunten im wilden Gezänk
des Aufbruchs ihre Koffer packen) hier
oben zu warten glückhaft hoffnungsbefreit
im großen Abschied des Schauens,
den Kuß der Unbekanntheit starkmilde
auf unsern Stirnen, auf unsern Augen.

HERMANN BROCH
Brief an einen Kritiker

Den folgenden Brief schrieb der Dichter Hermann Broch im Mai an unseren Mitarbeiter Dr. Karl August Horst, der im April-Heft des ›Merkur‹ (Nr. 38) das Romanwerk Brochs kritisch gewürdigt hatte. Der Tod des Dichters am 31. Mai verleiht diesen letzten Äußerungen über sein eigenes Schaffen sowie dem uns gleichzeitig anvertrauten Gedicht ›Der Urgefährte‹ den Charakter eines Vermächtnisses.

Ihre Ausführungen zu meinen Roman-Bemühungen sind so überaus scharfsinnig, daß es mich sehr drängt, Ihnen nicht nur zu danken, sondern Ihnen auch ein paar mehr oder minder autobiographische Feststellungen zum Thema zu liefern.

Vorerst freilich etwas Theoretisches: Ihrer fruchtbaren Grundunterscheidung zwischen Epos und Roman stimme ich natürlich zu, ja möchte sie sogar noch etwas verschärfen, nämlich mit dem Hinweis auf die mythische Ur-Struktur des Epos, die dem Roman mangelt; schon bei Vergil ist das Kosmogonische des Ur-Epos nicht mehr vorhanden, im mittelalterlichen Kunstepos erst recht nicht, und gerade von diesem Mangel rührt das von Ihnen hervorgehobene Walten des Zufalls her: wo noch der Mythos wirkt, da gibt es keinen Zufall, denn weder die Götterbefehle noch das über ihnen stehende Fatum dürfen als Zufall aufgefaßt werden. Und gleichwie sich der Mythos zum Märchen verkleinert hat, sind die besten Qualitäten des Spät-Epos in seiner Märchenhaftigkeit, oftmals Legendenhaftigkeit zu entdecken. Für den echten Epiker ist das ein unbehaglicher, ein unhaltbarer Zustand, und von hier aus ist zweierlei zu verstehen, nämlich erstens das Zurückdrängen eines Milton, eines Klopstock zu den – vermeintlichen – epischen Anfängen, also zur Bibel, und zweitens die Säkularisierung der »Zufallslosigkeit« im Roman, wovon der Don Quixote vielleicht als erster monumentale Kunde gibt, da hier erstmalig ein Geschehen mit rigoroser Eindeutigkeit aus einer seelischen Situation abgeleitet wird. Mit Zola wurde die Zufalls-Ausschaltung »wissenschaftlich«, d.h. die Mythos-Kraft wurde in die Wissenschaft verlagert, und die ›Rougon-Macquart‹ wollten ihr Epos werden. Seitdem strebt der Roman zunehmend deutlicher, zunehmend absichtlicher, aber meines Erachtens auch zunehmend erfolgloser dem Mythos zu. Aber mit Absichtlichkeit – und daran ändert auch die Verehrungswürdigkeit der Joyceschen Leistung nichts – gelangt man nicht in den heiligen Bezirk. Kein noch so künstlerischer Eklektizismus, keinerlei Technik nützt da, vielmehr braucht es hierfür eine Echtheit, die bisher nur ein einziger aufgebracht hat, und das war Kafka.

Oberflächliche Beobachter glauben, daß ich Joyce nachstrebe, weil ich mich theoretisch mit ihm befaßt habe. Nach dem Gesagten brauche ich nicht eigens zu beteuern, daß mir derlei fern liegt. Ich müßte, soferne ich seinen Wegen folgte, meine eigene Methode, meine eigene Technik zu einer Intensität bringen, die sich an der seinen messen ließe, doch abgesehen davon, daß meine Kräfte wahrscheinlich hiefür nicht ausreichen, es ist auch nicht mein Ehrgeiz; ich will in der mir noch verbleibenden Lebensspanne meine Erkenntnistheorie und meine sonstigen wissenschaftlichen Arbeiten fertigbringen, einfach weil ich sie für wichtiger als Literatur halte. Gewiß, wäre meine dichterische Stärke so groß wie die Kafkasche, so würde ich vielleicht in diese sehr unjoycesche Richtung getrieben sein, aber derlei arrogiere ich nicht; in einer einzigen Generation gibt es keine zwei Kafkas. Warum also schreibe ich romanartige Gebilde? Und damit bin ich bei den obengedeuteten autobiographischen Bemerkungen.

Alle produktiven Denkprozesse beginnen mit dem Erahnen neuer Realitätszusammenhänge, und was im Stadium der Ahnung verbleibt, ist quälend; alle produktive Arbeit dient der Qualbefreiung, ist Selbstbeweis, und das gilt ebensowohl für die Mathematik wie für das Malen eines Bildes wie für die musikalische Komposition usw. Und auf welchem Gebiet immer, die erste Ahnung ist geradezu lyrisch vor Irrationalität, und die Ausarbeitung, auch in der Kunst, sucht ein Maximum an Rationalität zu erreichen. Über die Typologie der dabei entstehenden Gebilde, insbesondere der Systeme, brauche ich hier nicht zu reden, wohl aber von dem unauflöslichen lyrischen Rest, der in jeder Produktion enthalten ist, auch in der mathematischen, und sich nicht systemisieren läßt. Je undogmatischer ein Denken ist, desto größer ist der verbleibende lyrische Rest. Nietzsche ist hiefür ein Beispiel unter tausenden. Und was ich in meine Erkenntnistheorie, Mathematik usw. nicht unterbringe, wird zu den Romangebilden.

Wäre aber da Lyrik strackwegs nicht ehrlicher? Das gehört schon zur Problematik der Rationalisierungen und Systemisierungen; nicht immer ist der Gedichtausdruck auch schon der direkteste. Für Kafka z. B. war er es nicht. Meine eigenen, ziemlich zahlreichen Versversuche sind versteckt und sollen (wahrscheinlich mit Recht) der Hauptsache nach versteckt bleiben. Aber ich bin vollkommen überzeugt, daß die lyrische Ahnung das *Movens* all meines Schreibens ist; von ihnen (also von mir) her gesehen ist z. B. der ›Vergil‹ nichts als ein ausgewalztes lyrisches Gedicht.

Und hiezu gleich das Problem des Humors, denn Sie sind so liebenswürdig, mir den modernen komischen Roman zuzutrauen. Ob ich ihn tatsächlich zusammenbrächte, kann ich natürlich nicht sagen, doch richtig ist, daß der Witz und das Lyrische sehr eng miteinander verwandt sind; beides sind Abkürzungswege, wenn auch in entgegengesetzter Richtung. Und beides kann sowohl tragisch wie humorig ausfallen, nämlich je nachdem, ob ein tragischer oder komischer Konflikt getroffen wird. Nimmt man nun mit einiger Simplifikation an, daß Konflikte immer dann entstehen, wenn ein privates Wertsystem gegen das jeweilig milieugültige durchgesetzt werden soll (Don Quixote), so möchte man glauben, daß es sich da immer um ein tragisches Schema handelt. Und trotzdem ist es nicht so. Oder genauer: in jeder Tragik sind die Unterhosen des Königs versteckt und treiben ihr Unwesen. Es handelt sich um das Phänomen der Nacktheit. So weit *ich* davon affiziert bin, *weiß* ich, daß alle meine von mir gezeichneten Gestalten zuerst traumartig mir aufgestiegen sind, niemals nach freier Wahl, niemals aus der Außenwelt herangeholt (oder eben nur mittelbar), und daß ich sie daher immer zuerst von innen her gesehen habe, also in stärkster, in lyrischer Identifikation. Wenn meine Figuren naturalistisch auf der Erde stehen, so verdanken sie das dieser Identifikation und dieser Nacktheit, durch die sie zugleich auch komisch werden, nicht zuletzt mir selber.

Aber kann mir das genügen? Darf es mir genügen? Wo bleiben da die eigentlichen Realitätsahnungen? Mit einem Amüsierbetrieb ist vielleicht den Lesern, aber nicht mir gedient. Wenn der Irrationalrest, der mir aus philosophischen, erkenntniskritischen, mathematischen Bemühungen übrig bleibt, sich auf die Komik meiner Mitmenschen (zu denen ich mich selbstverständlich auch selber zähle) beschränkte, so wäre das eine traurige Angelegenheit. Nein, da geht es um echte Seins-Phänomene, zwar nicht im Sinn des Existentialismus, wohl aber – wenigstens annäherungsweise – im Sinn Husserls. Und wenn ich das, was sich der rationalen Behandlung entzieht, in einer Art Roman zu fangen mich bemühe, so hat das noch einen weitern Sinn: jede neue Realitätsaufdeckung muß notwendigerweise auch moralische Konsequenzen in sich schließen, denn es gibt nichts Isoliertes in dieser Welt; gelingt es mir also, im

Leser eine neue Realitätsahnung zu erwecken, so helfe ich ihm auch, eine neue Moralitätsahnung zu gewinnen, und daß das die heute wohl dringlichste Weltaufgabe ist, brauche ich nicht weiter zu beweisen. Um dieser Aufgabe willen bin ich von der Erkenntnistheorie zur Massenpsychologie und von ihr zur theoretischen Politik getrieben worden. Eins gehört zum andern. Einiges hievon ist ja auch schon veröffentlicht worden; leider bin ich ein zu zögernder Veröffentlicher.

Nun zu den ›Schuldlosen‹: um welche Realitätsahnungen geht es da? Als ich vor zwei Jahren die Fahnen der fünf Ursprungsstücke bekam, habe ich überhaupt nichts derlei entdecken können, sondern bin bloß über ihre gemeinsame Scheußlichkeit erschrocken. Gewiß hat es mit dem ihnen gemeinsamen »Zeitgeist« gestimmt, aber das ist ein äußerliches Motiv, also sicherlich keines, um dessentwillen man sich in Bewegung setzt. Nichtsdestoweniger mußten die nun schon einmal gedruckten Stücke irgendwie gerettet werden. Und das konnte bloß geschehen, wenn etwas wirklich *Neues* hinzutrat, um sie allesamt in sich aufzunehmen. Da fiel mir auf, daß die ›Leichte Enttäuschung‹ ein allerdings höchst unzureichender Versuch zur Gestaltung des Erlebnisses absoluter Leere gewesen ist. Das war der Ansatzpunkt, und ich stellte daher diese Novelle in den Mittelpunkt des Buches, das Vakuum, die leere Zeit als Zentrum eines Geschehenssystems. Und es ist auch das moralische Zentrum, denn daraus ergibt sich der Agnostizismus des Prophetengedichtes, das seinerseits wieder durch die ›Parabel‹ des Eingangs und die ›Vorüberziehende Wolke‹ des Endes im Sinnzusammenhang gehalten wird. All das wäre jedoch kaum möglich gewesen, wenn ich nicht etwa 1941 dem ›Imker‹ begegnet wäre; ich habe ihn damals in einem Gedicht festgehalten, das ich beifüge. Erst durch ihn – weil er eben »Person« ist – konnte der Vorstoß ins Moralische gelingen.

Trotz aller Weitschweifigkeit – die ich leider nicht umgehen konnte – sind das bloß Andeutungen, doch schon aus diesen Andeutungen werden Sie entnehmen, daß das Buch keineswegs in Ausschrotung der Dreieckssymbole und ihrer Strukturen entstanden ist. Mit einem solchen Verfahren wäre ich höchstens zu leeren Allegorien gelangt, und wenn auch ihre Leere ontologisch als Symbol jener Leere genommen werden könnte, welche zur Darstellung gebracht werden soll, es wäre ein für mich unbefriedigendes Verfahren gewesen; rein technische Hilfsmittel erschrecken mich. Natürlich können, dürfen, sollen Sie nun fragen, wieso es trotzdem zu all den von Ihnen aufgezeigten Dreieckskonstruktionen gekommen ist. Dazu möchte ich eine Geschichte erzählen: ich habe den ›Vergil‹ während einer gewissen Zeit nicht für Veröffentlichung geschrieben, doch als ich ihn später zu einem richtigen Buch umgestaltete, hat die Trance der Arbeit – eine richtige Trance – nicht nachgelassen; dabei stellte sich heraus, daß eine kontrapunktische Knabengestalt eingefügt werden mußte, und das geschah mit der Person des Lysanias. Hier in Yale erfuhr ich nun von meinem Kollegen Faber du Faur, daß dieser Lysanias bis ins kleinste Detail die Attribute des Knabengottes Telesphoros (aus dem Kreis des Aeskulap) trägt, einer für mich bis dahin völlig unbekannten Göttergestalt. Solche Dinge kann man bloß als Richtigkeitsbeweise hinnehmen. Und nicht anders verhält es sich mit den Dreiecken. Für mich war und ist das Grundsymbol der ›Schuldlosen‹ das Nichts-Erlebnis, die leere Zeit, das leere Auge und ebendarum der Allblick der Blindheit, und ich kann daher all die Dreiecks-Konstellationen, die sich *notwendig* und *unbewußt* daraus ergeben haben, bloß als Beweis für die Richtigkeit der alten Dreiecksumrahmung des Gottesauges anerkennen. Es sind eben archetypische Vorgänge.

Ihr
Hermann Broch

Hermann Broch
Der Urgefährte

Als ich traumschwer heut im Schlafe
deine Hand in meine nahm:
war es Lohn da, war es Strafe,
daß noch schwereres Wachen kam? – –

Schnee lag in der dunklen Stube,
und der Fluß war still vereist;
offne Tür in leichtem Hube
zeigte den, der lang verreist,
und ich wußte, was er brachte,
wußte Sinn und die Gestalt;
aber unaussprechlich sachte
war das Wissen rückverhallt.

Kreuzen sich in mir noch Reime,
Sprache und das Menschenwort?
Wo sich's kreuzt ist das Geheime,
wo sich's öffnet ist es fort;
zwischen ihm und mir gesponnen
ist was keiner mehr versteht,
mir genommen, mir vernommen
weiser Sinn erst wenn verweht.

Hand wird flockenleichte Handlung,
Wissen stetes Eingehändnis;
Wand um Wand weicht zur Verwandlung
Irrtum reicht ins Unbeirrte,
denn zum Wissen-Einverständnis
harrt dort vor dem Türgevierte
eisumkleidet er, der Hirte,
alterslos der Ahn-Gefährte
mahnend mich zur strengen Reise:
weckte er mich auf zum Greise,
da er mich Entwissen lehrte? – –

Schließt in meiner Sterbestunde
deine Hand die meine ein,
wird mein Lallen dir nicht Kunde
sondern leere Stummheit sein.

ERNST JÜNGER
Der Waldgang

13
Die Furcht gehört zu den Symptomen unserer Zeit. Sie wirkt um so bestürzender, als sie sich an eine Epoche großer individueller Freiheit anschließt, in der auch die Not, wie etwa Dickens sie schildert, fast unbekannt geworden war.

Wie kam es zu solchem Übergang? Wollte man einen Stichtag wählen, so wäre wohl keiner geeigneter als jener, an dem die »Titanic« unterging. Hier stoßen Licht und Schatten grell zusammen: die Hybris des Fortschritts mit der Panik, der höchste Komfort mit der Zerstörung, der Automatismus mit der Katastrophe, die als Verkehrsunfall erscheint.

Tatsächlich hängen wachsender Automatismus und Furcht ganz eng zusammen, und zwar insofern, als der Mensch zugunsten technischer Erleichterungen sich in der Entscheidung beschränkt. Das führt zu mannigfaltiger Bequemlichkeit. Notwendig muß aber auch der Verlust an Freiheit zunehmen. Der Einzelne steht nicht mehr in der Gesellschaft wie ein Baum im Walde, sondern er gleicht dem Passagier in einem sich schnell bewegenden Fahrzeug, das »Titanic« oder das auch Leviathan heißen kann. Solange das Wetter gut ist und die Aussicht angenehm, wird er den Zustand minderer Freiheit kaum gewahren, in den er geraten ist. Es tritt im Gegenteil ein Optimismus auf, ein Machtbewußtsein, das die Geschwindigkeit erzeugt. Das wird dann anders, wenn feuerspeiende Inseln und Eisberge auftauchen. Dann wechselt nicht nur die Technik vom Komfort auf andere Gebiete über, sondern es wird zugleich der Mangel an Freiheit sichtbar – sei es im Sieg elementarer Kräfte, sei es dadurch, daß Einzelne, die stark geblieben sind, absolute Kommandogewalt ausüben.

Die Einzelheiten sind bekannt und vielfach beschrieben; sie gehören unserer eigensten Erfahrung an. Es ließe sich der Einwand denken, daß es auch Zeiten der Furcht, der apokalyptischen Panik gegeben hat, ohne daß dieser automatische Charakter sie instrumentierte und begleitete. Wir wollen das dahingestellt sein lassen, denn das Automatische wird fürchterlich erst, wenn es sich als eine der Formen, als der Stil, des Verhängnisses offenbart, wie Hieronymus Bosch das schon so unübertrefflich geschildert hat. Möge es sich nun bei der modernen um eine ganz besondere Furcht handeln oder nur um den Zeitstil der Weltangst, die wiederkehrt – wir wollen uns bei dieser Frage nicht aufhalten, sondern wir wollen die Gegenfrage stellen, die uns am Herzen liegt: Ist es vielleicht möglich, die Furcht zu vermindern, während der Automatismus fortbesteht oder sich, wie vorauszusehen, weiterhin der Perfektion annähert? Wäre es also möglich, zugleich auf dem Schiff zu verbleiben *und* sich die eigene Entscheidung vorzubehalten – das heißt, die Wurzeln nicht nur zu wahren, sondern auch zu stärken, die noch dem Urgrund verhaftet sind? Das ist die eigentliche Frage unserer Existenz.

Es ist auch die Frage, die heute hinter jeder Zeitangst sich verbirgt. Der Mensch fragt, wie er der Vernichtung entrinnen kann. Wenn man in diesen Jahren an jedem beliebigen Punkt Europas mit Bekannten oder Unbekannten im Gespräch zusammensitzt, so wird die Unterhaltung sich bald dem Allgemeinen zuwenden, und das ganze Elend wird auftauchen. Man wird erkennen, daß fast alle diese Männer und Frauen von einer Panik erfaßt sind, wie sie seit dem frühen Mittelalter bei uns unbekannt geworden war. Man wird beobachten, daß sie sich mit einer Art Besessenheit in ihre Furcht hineinstürzen, deren Symptome offen und schamlos hervortreiben. Man wohnt da einem Wettbewerb von Geistern bei, die darüber streiten, ob es besser sei zu fliehen, sich zu verbergen oder Selbstmord zu verüben, und die bei voller Freiheit schon darauf sinnen, durch welche Mittel und Listen sie sich die Gunst des Niederen erwerben können, wenn es zur Herrschaft kommt. Und mit Entsetzen ahnt man, daß es keine Gemeinheit gibt, der sie nicht zustimmen werden, wenn es gefordert wird. Darunter sieht man kräftige, gesunde Männer, die wie die Wettkämpfer gewachsen sind. Man fragt sich, wozu sie Sport treiben.

Nun sind aber dieselben Menschen nicht nur ängstlich, sondern fürchterlich zugleich. Die Stimmung wechselt von der Angst zu offenem Hasse, wenn sie jenen schwach werden sehen, den sie eben noch fürchteten. Und nicht nur in Europa trifft man solche Gremien. Die Panik wird sich noch verdichten, wo der Automatismus zunimmt und sich perfekten Formen nähert, wie in Amerika. Dort findet sie ihre beste Nahrung; sie wird durch Netze verbreitet, die mit dem Blitz wetteifern. Schon das Bedürfnis, mehrere Mal am Tage Nachrichten aufzunehmen, ist ein Zeichen der Angst; die Einbildung wächst und lähmt sich in steigenden Umdrehungen. All diese Antennen der Riesenstädte gleichen dem gesträubten Haar. Sie fordern zu dämonischen Berührungen heraus.

Gewiß macht der Osten keine Ausnahme. Der Westen hat vor dem Osten, der Osten hat vor dem Westen Angst. An allen Punkten der Welt lebt man in der Erwartung entsetzlicher Angriffe. An vielen kommt die Furcht vor dem Bürgerkrieg hinzu.

Der grobe politische Mechanismus ist nicht der einzige Anlaß dieser Furcht. Es gibt zahllose Ängste außerdem. Sie ziehen jene Ungewißheit nach sich, die stets auf Ärzte, Retter, Wundermänner hofft. Alles kann ja zum Gegenstand der Furcht werden. Das ist dann ein deutlicheres Vorzeichen des Unterganges als jede physische Gefahr.

SIEGFRIED LENZ
Es waren Habichte in der Luft

Drittes Kapitel. Petrucha

Sie hatten ihn mitten aus der Arbeit heraus fortgeholt, als er in den Kiefernwäldern bei Kalaa seine Axt schwang und die Säge an die Baumstämme legte. Sie kamen zu ihm und hielten ihm ein Dokument unter die Nase. Da wischte er sich die nassen Haare aus der Stirn, wickelte einen Lappen um die Säge, band seine Axt ein und ging mit ihnen. Petrucha hörte noch einmal auf das knorrige Rauschen der Baumwipfel, wie sie sich dehnten und ächzend Zwiesprache hielten. Er verwahrte das metallene Werkzeug in einem hölzernen, schiefen Schuppen, hieß die Männer vor seiner Hütte warten, ging selber hinein und tröstete seine junge Frau, die er sich erst vor kurzem genommen hatte. Er müsse jetzt fortgehen, für 12 Jahre, als Soldat, nach Odessa – wie die Männer sagten – und er werde ihr schreiben. Sie solle sich nur an seinen Bruder halten, den Holzschiffer, der werde schon für sie sorgen. So sagte Petrucha und umarmte sein junges Weib und ging dann hinaus zu den Männern, die in einem Wagen saßen und ungeduldig auf ihn warteten.

Sie brachten ihn aber nicht nach Odessa, sondern nach Petersburg, und da fragten sie ihn, was er gelernt habe und was er könne.

»Ach«, sagte Petrucha, »ich kann die Axt gebrauchen und mit der Säge umgehen, und um mein Augenmaß ist es nicht schlecht bestellt.«

Da schickten sie ihn in die Werft hinüber, wo er als Schiffszimmermann arbeiten mußte.

Nach einem halben Jahr schrieb er mit Hilfe eines Beamten den ersten Brief, in dem er mitteilte, daß das Essen kräftig und der Verdienst gering sei, aber deswegen kein Grund zur Beunruhigung vorliege, denn in elf-ein-halb Jahren werde er ja wieder zu Hause sein, in elfeinhalb Jahren. Auch fragte er an, ob der Bruder sich als rechter Helfer erweise, und wie es um die Geräte im schiefen Schuppen bestellt sei. Und zum Schluß fügte er ein, daß er nicht mit einem Urlaub in den zwölf Jahren rechnen könne, das verböten die Bestimmungen.

Nach mehreren Monaten erhielt er eine Antwort. Die Frau schrieb ihm, daß der Bruder nun bei ihr wohne, und daß es ihr an nichts fehle. Da wurde Petrucha für einen Herzschlag lang unruhig. Dann aber sagte er sich, daß dies nur zum Besten sei, und daß man es dabei belassen sollte.

Sieben Jahre blieb er in Petersburg, und viermal hatte er noch Briefe abgeschickt. Bis auf den letzten waren ihm alle beantwortet worden. Sieben Jahre – das war mehr als die Hälfte der Zeit, die er fortzubleiben hatte, und die letzten Jahre vergehen ja schneller als die ersten.

Eines Morgens weckte man ihn aus seinem Schlaf und befahl ihm, alles, was ihm gehörte, in einen Beutel zu stecken, diesen mit einer Nummer zu versehen, ihn abzugeben und sich selbst unverzüglich am Hafen einzufinden.

Zwei Linienschiffe hatten an der Pier festgemacht, und vor ihnen standen schon einige Männer, denen er sich zugesellte. Sie sprachen von großer Reise, von Murmansk und Wladiwostok, bis auf einmal ein Offizier zwischen sie trat, die Männer zur Ordnung rief und sie auf die Schiffe gehen hieß. Auf dem Schiff erhielt Petrucha eine Hängematte und ließ sich zu einer Wache einteilen. Als Zimmermann ging es ihm insofern gut, als er seine Wache unter Deck halten mußte, und das war, zumal da draußen der Winter herrschte und der Frost seine Peitsche ständig in Gebrauch hatte, eine große Erleichterung. Noch am gleichen Tag wurden die Leinen losgeworfen, der Schiffsrumpf erzitterte, und als die Schlepper entlassen worden waren, ging es mit eigener Kraft der See zu. – Sie hatten kein schweres Wetter zu überstehen und gelangten nach einigen Tagen, nachdem sie sich von den anderen Schiffen getrennt hatten, in das nördliche Eismeer. Petrucha stand auf dem hinteren Aufbaudeck und sah verwundert in die weiße, betäubende Stille, auf die mächtigen Eisgletscher, die sich gemächlich treiben ließen, während sie die zerklüfteten, kreuz und quer gespaltenen Rücken in die Luft hoben. Hier und da wurde die weiße Stille zerrissen, wenn das Eis donnernd barst. Robben und Seelöwen fuhren auf den Schollen spazieren und lauschten mit erhobenem Kopf in die Einsamkeit, während ihre dunklen, klugen Kinderaugen zu dem Schiff hinüberblickten. Einige flüchteten erschreckt, andere ließ die Neugierde verweilen.

Petrucha dachte an den Brief, der ja nun fällig war, und an das Gerät in dem schiefen, hölzernen Schuppen. Sie hatten ihm nicht gesagt, wo die Fahrt hingehen sollte und wie lange er auf dem Schiff würde bleiben müssen. Er wußte ja, daß es nur noch fünf Jahre waren, bis er zurückkehren konnte in die Karelischen Wälder. Dann würde er seinerseits dem Bruder alle Hilfe angedeihen lassen und ihm zur Hand gehen, wo immer es vonnöten sein sollte. Er würde es ihm schon zu danken wissen!

Am zweiten Tage des Februar gingen sie auf der Reede von Port Arthur vor Anker. Außer ihnen ankerten da schon manch andere Schiffe: Kreuzer, Torpedoboote, Zerstörer und Linienschiffe.

Petrucha sah zum ersten Male in seinem Leben gelbe Menschen mit schmalen Mandelaugen, die sich flink in kleinen Booten näherten und manch seltene Kleinigkeit zum Verkauf feilhielten. Es interessierte ihn aber wenig, er stand auf dem hinteren Aufbaudeck und sah auf den lustigen Markt, der da veranstaltet wurde. Er wußte nicht, daß die kleinen, bebrillten Beamten der japanischen Botschaft in Petersburg vor einigen Tagen ihre Koffer gepackt hatten und ohne Gruß und Erklärung abgereist waren, und er wußte auch nicht, daß in einem gar nicht so entfernten japanischen Hafen schmale, dunkelgrüne Torpedoboote lagen, die schon beladen waren.

Und als sie an einem Abend ein Bordfest gefeiert hatten und sich gerade in die Hängematten legten, da schien denn wirklich der Weltuntergang begonnen zu haben. Ein mächtiges Dröhnen, Knallen und Schreien weckte Petrucha. Er eilte an Deck, und da sah er, daß die Luft rot war, daß fast alle Schiffe brannten, einige sogar schon gekentert waren – und von allen Seiten her drangen Schreie an sein Ohr. Am Horizont kreuzten schmale, dunkelgrüne Boote, und dann und wann blitzte es in ihnen auf, um nach wenigen Sekunden mächtig heranzupfeifen und sich dröhnend in ein Schiff einzulassen. Petrucha stand ratlos, bis ihm auf einmal eine stählerne Hand vor die Brust schlug, so daß er auf die Planken fiel und von sich und dem wilden Vorgang nichts mehr wußte.

Als er die Augen wieder öffnete, lag er in einem Zug. Neben ihm, über ihm, unter ihm, überall lagen Männer, von denen manche stöhnten oder weinten. Er wollte aufstehen, der Petrucha, da fühlte er einen Verband um die Brust. Aus seinem Schlund pfiff es. Es wird meiner Lunge etwas passiert sein, dachte er. Er blieb ruhig liegen, und wenn die Träume kamen, wenn er in phantastische Niederungen hinabstieg, um zu vergessen, dann glaubte er, er sei ein Vogel und alle Menschen, denen er begegnete, seien auch Vögel, wenn sie sich nur reckten und ihren Kopf genügend über die Wolken hielten.

Zweimal am Tag bekam er aus einer Schüssel zu essen, Suppen meistens, die mit wenig Salz zubereitet waren.

Mehrere Wochen blieb er in diesem Zug und er rechnete sich aus, wieviele Jahre ihm noch blieben, bis er nach Hause konnte, und er dachte an das metallene Werkzeug in dem hölzernen, schiefen Schuppen und an seinen Bruder, den Holzschiffer.

Sie brachten ihn in ein Lazarett, wo es nach Karbol roch, nach Schweiß und nach Eiter. Sie pflegten ihn so lange, bis er aufstehen und aus seiner Schüssel essen konnte, einer gelben, nicht zu großen Schüssel, aus der man ihn bereits im Zug gefüttert hatte. Er fühlte keine Schmerzen mehr, aber wenn Petrucha schnell sprach, dann pfiff es aus seinem Schlund. An warmen Nachmittagen wagte er kleine Spaziergänge, wobei es ihn immer zum Wald zog. Schreiben wollte er nicht, man war ihm ja noch einen Brief schuldig. Es gefiel ihm gut in dem Lazarett, wenn ihm auch dann und wann die Arbeit fehlte.

An einem Vormittag rief man ihn zur Ärztestube, und da erfuhr er, daß man ihn entlassen wolle, weil er wieder gesund sei, aber wiederum nicht so gesund, daß er auf die Schiffe hätte zurückmüssen. Um seine Tage hinzubringen, dafür sei er gesund genug; er solle nur schon all das, was ihm gehöre, langsam zusammensuchen und sich auf seine Heimreise vorbereiten. Das Eigentum des Lazarettes, Decken, Wäsche, Seife und das Eßgeschirr, müsse er natürlich zurücklassen.

Petrucha ging hin und band alles in einen Beutel und dachte an die Karelischen Wälder, und als er schon unterwegs war und seinen Beutel zum ersten Male öffnete, da entdeckte er, daß er die gelbe Schüssel nicht abgegeben, sondern sie in den Verwirrungen der letzten Stunden vor der Abreise mitgenommen hatte. Vielleicht werden sie mir folgen, dachte er, und die Schüssel zurückfordern. Aber kehrt machen werde ich auch nicht deswegen. Und er saß in einem Güterwagen, kaute auf einem Streichholz und war ganz froh über den Besitz der Schüssel, denn mit ihr besaß er zumindest etwas, das er seiner jungen Frau nach so langem Fernbleiben schenken konnte.

Kniehoch lag der Schnee, als Petrucha, einen Leinwandbeutel in der Hand, durch den Wald ging. Die Seen waren gefroren. In der Luft lag flimmerndes Weiß, und das Auge wurde geblendet. Hier und da löste sich von den Kiefern – wenn ein Vogel dagegenstieß oder das Gewicht zu groß wurde – eine Schneegestalt und tanzte glitzernd zur Erde. Der Frost saß in der Borke und hielt den Harzgeruch, der sich einem sonst süß und schwer auf die Lunge legte, in seiner unsichtbaren, harten Umarmung gefangen. Petrucha ging langsam, er war einen längeren Fußmarsch noch nicht gewohnt.

Ob sie ihn gleich erkennen würde? Er hatte sich den Bart wachsen lassen und die Haare, und wenn man ihn nur flüchtig ansah, konnte er leicht für einen alten Mann genommen werden. Was sie wohl sagen würde, wenn er schon vor der Frist nach Hause käme? Petrucha ging und ging, bis er auf einmal stehen blieb und horchte. Es war sein früheres Revier, in dem er stand. Axtschläge drangen an sein Ohr. Wer wird das sein, der da arbeitet, dachte Petrucha. Jetzt bin ich ja wieder hier, jetzt kann der fortgehen. Ich werde mich bald erholen. – Als die Axtschläge für einen Augenblick aussetzten, ging er weiter. Es war nicht mehr weit bis zu seiner Holzhütte, er kannte den Weg genau, jeden Baum, der ernst auf ihn hinuntersah, glaubte er wiederzuerkennen.

Da schimmerte zwischen den Stämmen auch schon der schiefe Schuppen hervor, auf seinem Dach lag eine dicke Schneedecke. Petrucha blieb stehen, entnahm seinem Leinwandbeutel die gelbe Schüssel und sah sie prüfend an. Er wischte mit dem Ellenbogen über den Rand und ging quer über den Hof. Niemand war zu sehen, auf den Fenstern blühten die Frostblumen. Er klopfte nicht mit seinem Knöchel an die Tür, sondern drückte einfach die Klinke hinunter und stand unversehens in dem halbdunklen, engen Gang. Das Feuer knisterte im Herd, die Tür zur Küche war nur angelehnt. Auf einem Nagel, den er selbst in das Holz geschlagen hatte, hing die Mütze seines Bruders, des Holzschiffers. Im Flur war es still und kalt. Da stieß Petrucha die Küchentür auf: am Herd stand seine Frau, die aufsah, als sie das Geräusch vernahm. Sie erkannte ihn nicht gleich. Petrucha sah, daß sie mager geworden war. Neben dem Herd stand ein Hocker, und darauf saß ein Kind, wenige Jahre alt. Es war ein Mädchen. Petrucha hielt die gelbe Schüssel in der Hand und starrte auf seine Frau. Da erkannte sie ihn und wollte ihm mit ihren mageren, ausgestreckten Händen entgegen gehen, – aber er sagte: »Bleibe Du da stehen! Rühre Dich nicht von der Stelle!«

Die farblosen Lippen der Frau öffneten sich, sie wollte etwas sagen. Petruchas Augen waren auf den Hocker gerichtet. Auf einmal schrie er:

»Wem gehört das Kind? Woher kommt es?«

Die Frau zitterte am ganzen Körper.

»Von wem dieses Mädchen ist, will ich wissen!?«

»Von Deinem Bruder«, sagte die Frau leise und blickte auf den Fußboden. Petrucha ließ den Leinwandbeutel fallen und preßte eine Hand auf die Brust. Die Frostblumen am Fenster begannen wegzusterben, während es im Herd knackte und zischte. »Wo ist mein Bruder?«

Die Frau zuckte mit den Schultern.

Da fuhr die Hand mit der Schüssel zurück, und plötzlich flog das gelbe Geschirr auf die Frau zu, die schnell zur Seite trat. Klirrend zersprang das Gefäß am Herd, nahe am Kopf des kleinen Mädchens. Petrucha ließ seinen Beutel auf der Schwelle liegen und wandte sich um. Er stürzte über den engen Gang und lief zu dem schiefen Schuppen hinüber. Die Frau in der Küche beugte sich über das weinende Kind, dem aus einer Wunde über dem rechten Ohr unaufhörlich Blut drang.

Das metallene Gerät lag da, wie Petrucha es vor Jahren in ein Tuch eingebunden und im Schuppen verwahrt hatte. Er zog die Axt hervor, riß den Lappen ab, versuchte, den Rost zu entfernen, alles in unsäglicher Hast, mit wilden, eckigen Bewegungen. Dann trat er aus dem Schuppen und schlug mit der stumpfen Seite gegen das Dach, daß der Schnee nur so herunterstob. Er blickte nicht mehr zum Haus hinüber, sondern lief keuchend in sein Revier, wo er vor kurzem noch Axtschläge vernommen hatte.

Im Schnee entdeckte er auch bald Fußspuren, denen er nachging, bis er einen Mann bei der Arbeit erblickte, der ihm den Rücken zukehrte. ›Das wird er sein‹, dachte Petrucha, ›mein feiner Bruder, der hilfsbereite Holzschiffer. Das wird er sein.‹

»He«, rief er, als er dicht hinter dem arbeitenden Mann stand und die Axt erhoben hatte, »drehe Dich nur um, Du Vogel!«

Der Mann drehte sich um, sah Petrucha mit der erhobenen Axt vor sich stehen und blickte ihn ruhig an. Als er aber das Flackern in den Augen des Bärtigen entdeckte, sprang er schnell einige Schritte zurück.

Petrucha ließ die Axt sinken und keuchte:

»Was tust Du hier in meinem Revier, Du Vogel. Willst dem Frühling eine Hütte bauen, wie? Nimm Dein Werkzeug und verschwinde. Sonst wirst Du Deinen Kopf nicht dranbehalten. Hast Du meinen Bruder nicht gesehen?«

»Ich kenne Deinen Bruder nicht«, sagte der Mann, sammelte sein Werkzeug zusammen, steckte es in einen Sack und ging. Petrucha sah ihm nach, wie er durch den Schnee stapfte und zwischen den Bäumen verschwand. Dann blickte er sich prüfend um und näherte sein Gesicht einem Kiefernstamm, roch daran, löste, indem er die Axt zu Hilfe nahm, Borkenstückchen ab und steckte diese in die Tasche. Er setzte sich auf eine Kiefer, die am Boden lag, und saß so mehrere Stunden, bis in den Nachmittag hinein; dann lief er hinunter zum See. Mit wütenden Schlägen hackte er ein Loch in das Eis und lauerte, eine Stockgabel in der Hand, auf Fische. Dabei dachte er an seinen Bruder, den Holzschiffer, und es war ihm nicht möglich, seine Gedanken woanders hinzuschicken. ›Ich werde ihn schon finden‹, sagte er sich, ›ich werde diesen feinen Bruder schon finden.‹

Erich Arendt
Der Albatros

Sonnen sanken um mein Schiff und stiegen:
Wochen stiller großer Wiederkehr!
Wolkenwände sah ich ferne liegen,
und sie sanken lautlos in das Meer.
Immer aber hört ich's oben fliegen:
Über mir, der weiten Fahrt Genoss',
seine Schwingen schlug ein Albatros.

Lag im weißen Ganz der Meeresspiegel
um mein Schiff, so senkte sich sein Flug.
Seine schmalen weitgespannten Flügel
glitten wassernah um Heck und Bug,
segelleicht, als ob das Licht ihn trug.
Wenn die tiefe Stille ihn verdroß,
flog mit Zornesschrei der Albatros.

Mittags schwand in leeren Himmelshellen
er empor, steil, über grüner See.
Plötzlich löste sich ein Stein im schnellen
Schlag und streifte dicht das Schiff in Lee,
und ein Schnabelhieb drang in die Wellen.
Während Wasser ihm vom Leib noch floß,
floh mit blutgem Fang der Albatros.

Erst im Sturmwind, der mit weißem Biß
in die Tiefen fuhr, daß Nacht und Meer aufschäumten,
kam er wieder, als mein Segel riß,
Blitze lachten, schwarz die Wogen bäumten,
als die Meergruft auf mein Schiff sich schmiß:
Dunkler Pfeil, der durch den Himmel schoß,
schwang durch Sturm und Licht der Albatros.

Und sein Schrei brach aus dem Herz des Sturmes
hell und heiß, unfaßbar und inständig,
von Empörung heiß, von Zorn lebendig:
Wilde Kraft des auferstandenen Sturmes.
    Meiner Seele tapferster Genoss',
    rief er ihren Zorn, der Albatros.

In den Abenden der heißen Meere,
wenn der Purpurhimmel jäh verging
und des Dunkels schwarze Tropenschwere
undurchdringbar vor den Augen hing,
flog sein Schatten hörbar überm Meere.
    Wenn die Nacht die Sternensicht verschloß,
    trug die Nacht doch stets den Albatros.

Eines Tages um die Mittagswende
stieg aus ständgem Glanz das harte Riff.
Palmen wuchsen aus dem Lichtgelände,
und die Bai umrauschten grüne Wände,
in die Bucht lief einsam ein mein Schiff.
    Fern am Horizont, der nackt und groß,
    flog für immer fort der Albatros.

Nur in Träumen noch am Strand nach Jahren
zog er wie ums Schiff im stillen Flug.
Und – da Not und Knechtschaft unerträglich waren,
daß das Herz den Haß nicht mehr ertrug,
stieg sein Schrei, dem großen Zorn entfahren:
    Wilder Ruf, der durch den Himmel schoß,
    über mir, wie einst – mein Albatros!

Georg Britting
Bei den Tempeln von Paestum

Hier läßt sichs atmen. Und hier stirbt sichs leicht.
Die weißen Ochsen tragen ihr Gehörn.
Der Falke jagt im dunklen Himmel.
Die Tempel stehen still erhaben da.

Es blüht der Löwenzahn, grad wie bei uns,
Mit goldner Farbe und in großer Zahl:

Die Götter mögen auch den Löwenzahn?
In Bayern steht er so auf jeder Wiese.

Mein Schatten wirft sich schwarz.
Und Schatten, Himmel und der Löwenzahn
Sind wie bei uns.

Die Tempel sind mir gar nicht fremd.
Sie stehen still erhaben da.
Hier läßt sichs atmen,
Und hier stirbt sichs leicht –
So denkt das Herz,
Und hört der Säulen weißes Wort
Im leichten Wind
Wie Zitherspiel am Tegernsee.

Wilhelm Lehmann
Göttersuche

Die Ammer spielte sommers hier Gitarre,
Frost rief der Erde zu: Erstarre!
Eisgraue Wege, höckerig von Treckerstriemen,
Särge die Mieten, Mal aus Stroh ein Diemen.
Der Wind geht um. Er sucht. Er sucht die Hohen, Alten.
Er weiß: sie walteten, sie walten.
Er sucht, was sie bezeugt.
Im Schlamm des Weges fror und blieb
Der Winkel, den der Fuß der Ziege schrieb.
Amalthea hat Zeus gesäugt.
Er fingert alte Honigwabe,
Sie tropfte Zeus die zweite Labe.
Gebückten Leibes Wintereiche
Zeigt ihm die Wunde in der Weiche,
Die ihr die Hand des Gottes schlug.
Sein Fuß scharrt unter Hecken, zwischen Steinen.
Adonis starb. Er horcht. Er hört ein Weinen.
Genug, genug!
Der Wind steht still. Die Lüfte ruhn. Und Aphrodites Tränen rinnen.
Der Anemone helfen sie die Wurzelfäden spinnen.

ANNETTE KOLB
Präludium zu einem Traumbuch

Es nahm seinen Anfang, der nie ein Ende fand, nach einem vergnügten Abend, einem Gartenfest; hernach ein kleiner Ball. Zum Schluß mußte jedes Mädchen seine Lieblingsbeschäftigung nennen. »Lachen!« rief ich. Der Mond stand am Himmel, und wir waren alle sehr sehr jung.

Und ich war entzückend gewesen, wenigstens kam es mir so vor. Mein Leben versprach interessant und genußreich zu verlaufen, warum auch nicht? »Sei nicht kleinlaut«, sagte ich nachträglich zu meinem Bild im Spiegel.

Die Sommernacht war vorgeschritten, die Dämmerung nicht mehr fern, aber kaum eingeschlafen, wachte ich jäh wieder auf. Denn ein Elefant hatte sich mitten in meinem Zimmer aufgepflanzt, und ein kleiner weißer Elefant stand neben ihm; aber nur der alte graue Elefant hielt seinen Blick auf mich gerichtet.

Nun hatte ich aber noch nie – und hier lag das Verblüffende – einen lebenden Elefanten gesehen. In München war neuerdings ein Zoologischer Garten angelegt worden; malerisch, in einem Park am Fluß, mit einem für Gemsen sehr geeigneten Felsenhügel. Sie schienen sich auf ihren teils echten, teils künstlichen Steinblöcken heimisch zu fühlen und schauten unnahbar von ihrer Höhe hinab. Es waren noch nicht viele Tiere vorhanden: exotische Enten in einem Teich, Flamingos, die sich auf unendlich graziösen Stelzen ergingen, hatten zu den ersten Gästen gehört, und aus einem richtigen Waldesdickicht äugten Rehe hervor. Allen stand viel Raum zur Verfügung, um ihnen die Illusion der Freiheit zu geben. Ein besonders hübscher Zoo, welcher der Stadt zur Ehre gereichte.

Dies war der Eindruck, bis ein Zufall den Besucher abseits führte und er die schmähliche Behausung eines mächtigen Steinadlers entdeckte, der, in einem viel zu engen Käfig eingezwängt, seine Flügel nicht rühren konnte. Er litt unendlich, immer wachsam starrte er voll Haß und Verzweiflung hinter eisernen Stäben, so daß man ihn auf der Stelle hätte totschießen mögen, um seiner Pein ein Ende zu setzen.

Nach Hause zurückgekehrt, schloß ich mich ein und verfaßte in Feuereifer zu Händen der Redaktion von Münchens größter Tageszeitung einen Protest gegen den Käfig dieses Adlers. Dabei waren mir immer die unbegrenzten Weiten vor Augen, durch die er zu schweifen gewohnt war, ohne zu bedenken, daß es sich immerhin um ein recht grausames Tier handelte, das ja nicht aus Beschaulichkeiten seine Schwingen in den Äther hob, sondern um ein Opfer für seine Gier zu erspähen, sich darauf zu stürzen, um seine Klauen in das unschuldigste Tier der Welt zu schlagen: eine Ente, ein Kaninchen, ein Häschen, das er blutend und zerfetzt im goldenen Tagesschein emportrug.

Aber nicht *darum* ging es hier, sondern daß der zu enge Käfig wirklich eine Untat war. Wer kann voraussagen, was das Herz eines Redakteurs rühren wird? Ich verbrachte die Nacht über diesem Artikel und bastelte noch am Morgen daran. Welch herrliche Überraschung war es, ihn schon am nächsten Tag an erster Stelle abgedruckt zu sehen! Nicht nur dies. Sehr bald erhielt mein Schützling einen seiner Größe angemessenen Raum. Ich sah ihn nicht selbst: Eine Abneigung gegen Zoologische Gärten hielt mich von weiteren Besuchen ab. Aber ich sonnte mich in allerlei beifälligen Zuschriften und Äußerungen, unter anderem eine Ansichtskarte aus Meran, deren Absender den Adler auch gesehen hatte und sich vorwarf, keinen Einspruch erhoben zu haben. Ich hingegen hatte das getan, es war *mein* Adler gewesen. Oft und oft las ich diesen meinen ersten Artikel und wurde nicht müde, ihn loben zu hören. Als nach einer Weile niemand mehr darauf zurückkam, fand ich, es sei zu früh. Um so mehr freute ich mich, daß mein Tänzer jenes heiteren Abends ihn wieder erwähnte, ja mir sogar prophezeite, ich würde im Leben mein Wort zu sagen haben. War das nicht noch besser als zu lachen?

Da meine literarische Laufbahn einen so vielversprechenden Anfang genommen hatte, zweifelte ich keinen Augenblick an ihrem weiteren, ununterbrochenen und glänzenden Aufstieg.

Doch jener befremdend unvermittelte Traum, so blitzartig aus dem Nichts entstanden – der Blick aus den Augen des alten Elefanten, dieser beunruhigende, um nicht zu sagen unheimliche Blick –, warum blieb die Erinnerung wie ein Echo, das nicht verhallen wollte, in mir haften? Und war er durch das »hörnerne« oder das »elfenbeinerne« Tor zu mir gelangt? So unwissend ich in vielen Dingen – wie zum Beispiel den Turnus eines Adlerlebens – war, Dinge die nicht auf lapidaren Tatsachen beruhten, waren mir dank unserer Bibliothek vertrauter. Sie enthielt unter anderen pièces de résistance Plutarchs ›Vie des Hommes illustres‹ und eine prächtige vierbändige von Gustave Doré illustrierte französische Bibel: das richtige Weideland für ein Gemüt, welches für die schwankenden Regionen mehr Verständnis aufbrachte als für die unerbittlichen Folgerungen der Wirklichkeit. Sie, die keinen Sinn erkannte in einem Sinn, den sie seit so vielen Jahrhunderten verkümmern ließ. Stelle man sich in unseren Zeiten einen Krieger vor, der, wie in der Antike, weil er im Schlaf am Vorabend einer Schlacht seine Zähne verstreut auf der Erde liegen sah, deshalb einen Traumdeuter berufen würde! Wohl kann ein zufälliger Schatten der Träger einer frohen Botschaft sein, dennoch sind Träume vorwiegend ominös, ja sie sind trügerische Gesellen. Sie schwelgen in ihrer Sinnlosigkeit, doch sie sind auch die Meute, welche das Wild umstellt, sie spielen Verstecken mit uns, teils nehmen sie uns in die Lehre, teils sind sie als Verführer in ihrem Element.

Weder allein noch in Begleitung des jungen Albinos jedoch erneuerte der Elefant seinen Besuch. Statt dessen schob sich bald darauf vor Morgengrauen ein gigantischer Korb voller Kirschen zu mir herein. Ohne sie zu kosten, wußte ich, wie reif und köstlich sie waren. Doch blieb keine Zeit, nach diesen Superkirschen zu greifen; sie verschwanden, und ich erwachte. In ihrer überzeugenden Süße konnten sie gewiß nur Gutes bedeuten. Neue Erfolge vermutlich. Ein neuer, angriffslustiger Artikel aus meiner Feder befand sich ja unterwegs zu dem Redakteur, welcher den ersten mit so viel Animo gebracht hatte. Diesmal war eine von der Gunst des Publikums verwöhnte Operndiva mein Opfer. Sie hatte eine kreuzbrave, stadionfüllende und geschulte Stimme, allen edlen Klanges bar, und wenn sie als Brünhilde mit dem Speer über die Bühne fegte, war es, als ob sie einen Kochlöffel schwinge. Allein dies in einer Zeitung äußern zu wollen, deren Musikkritiker bei jeder Darbietung dieser Sängerin sämtliche Superlative der deutschen Sprache der »hehren Frau« – er nannte sie nie anders – auftischte, war das Unterfangen eines Einfaltspinsels. Glaubte ich doch allen Ernstes, weil mein erster Beitrag einschlug, ich hätte schon festen Fuß bei dieser Zeitung gefaßt, und sie würde mir wieder beistimmen, denn ich hatte ja recht.

Doch was wußte ich noch von den Menschen, insbesondere den Redakteuren, ihrem zögernden Pulsschlag, ihrer Solidarität? Mein Artikel wurde mit einem bündigen Schreiben abgewiesen, das keinen Zweifel beließ: ich hatte es hier ein für allemal verscherzt.

Die Gartenfeste des Jahres waren Dinge der Vergangenheit. Der Sommer war verblichen, Herbstwinde wehten durch die Gassen, als ich eines Morgens die Staatsbibliothek aufsuchte, mit einer Empfehlung an einen der Kuratoren.

»Ich möchte ein Traumbuch«, sagte ich.

»Träume sind Schäume«, erwiderte er. Es war ein alter Herr.

»Ich glaube es auch, möchte mich aber dessen vergewissern.«

Er ging durch viele Räume voran, kletterte zuletzt eine Leiter hinauf und kam mit einem sehr vergilbten Buch herunter. »Ein kostbarer Band«, bemerkte er.

Es war nicht gestattet, ihn nach Hause zu nehmen. Ich ging in den Saal, setzte mich an einen Fensterplatz und fing an zu lesen. Kunterbunt reihten sich hier die Bezeichnungen an, eine alphabetische Ordnung war nirgends, aber seltsam, gleichsam dematerialisiert, gab hier eine materielle Welt sich kund: das Gegenständliche hatte hier sozusagen mehr Farbe und war melodischer als die Alltäglichkeit. »Ich bin ein Tisch«, meldete der Tisch. »Hüte dich«, pfiff die Eidechse. »Rühr mich nicht an«, warnte der Efeu. Unglückliche Liebe ist der Sonnenblume Lied, unerfüllte Hoffnung die Klage des Mohns. »Gesegnet bist du«, haucht der Jasmin, und Wonne entströmt den Rosen, ob sie einzeln oder in Büschen stehen. Aber nicht verwelkt dürft ihr ihnen begegnen, noch dürfen Veilchen sich vertrocknet vor euch zeigen, sondern taufrisch unter Blättern müssen sie sein. Und erblickt die aufgehende nie die untergehende Sonne. – In der Tat ein herrliches Buch: beim ersten flüchtigen Einblick beschwichtigten so manche Offenbarungen über Bäume und ihre Schatten. Und in der Art Verzauberung, einem mir neuen Zustand sanft entspannter Melancholie, ging ich nach Hause. Übrigens war weder der Elefant noch waren Kirschen vorgekommen, und ich hatte sie ganz vergessen. Aber ich kehrte jetzt oft zu dem merkwürdigen Buch zurück und entdeckte sie bald.

Mühsal des Herzens, ein Leben der Ausdauer und Geduld bedeutete der wissende Glanz, der mich aus den kleinen Augen des Elefanten getroffen hatte. Gott im Himmel! Ungeduld, Gier nach Abwechslung, nach Freude und Glück waren die Kompendien meines Wesens. Und was sagten die Super-Kirschen? Jahre vergeblicher Anstrengung verkündeten sie. Aber »Träume sind Schäume« hatte der alte Herr gesagt; außerdem war ihre Botschaft, wenn überhaupt, sicher befristet. Der Mißerfolg der letzten Einsendung hatte sich ja schon bewahrheitet, war also schon geschehen. Mich sollte das nicht hindern, weiterhin meine Meinung zu äußern. Ach, hätte ich doch das Buch lieber nie gesehen! Es hatte mir doch einen Stoß versetzt. Mein Interesse für Träume dämmte ich jetzt zurück; trotzdem ein Notizbuch immer bereit lag, besonders lebhafte Bilder aufzunehmen, blieben die Blätter leer, nicht ein Wort wurde eingetragen.

Denn meine Träume sollten lieber Schäume bleiben. Sie waren von ernster, undurchsichtiger Art, sie sagten gar nicht voraus, was ich wünschte, daß sie voraussagen möchten. Denn nie und nie lassen Träume sich überzeugen. So etwas wie »Wunschträume« gibt es mitnichten. Durch das schiere Aufpassen jedoch hatte sich ein Sinn in mir ausgebildet, der mehr oder minder in allen Menschen latent vorhanden ist. Das wertvolle Traumbuch wurde mir auf kurze Zeit zum Mitnehmen anvertraut, ich machte Notizen daraus, es ließ aber doch viele Rätsel ungelöst. Und eines Tages schleppte ich vier Bände Schopenhauer heim. Vielleicht konnte der Auskunft geben, er war in diesen Dingen erfahren, ich hatte es sagen hören.

Der Diwan in meinem Zimmer stand mit der Längsseite an der Wand. Ich setzte mich auf das an der Fensterecke gelegene Ende. Es war ein grauer Tag, das Licht war stumpf. Ich schlug den ersten Band auf. Von Scotus Erigena war darin viel die Rede, mit vielen lateinischen Worten, ja ganzen Seiten auf Lateinisch, und ich konnte kein Latein. – War es angezeigt, sich trotzdem abzuplagen mit diesen Büchern, sie trotzdem in Angriff zu nehmen? Mit welchem Erfolg? Meine Familie hatte Künstler hervorgebracht, sowie sehr einfache, auch müßige und musische Leute, aber nie einen Gelehrten, einen strengen Wissenschaftler schon gar nicht.

Unser Haus stand gerade unter dem Druck eines Todesfalles, dem meiner Großmutter, und meine Mutter nahm sich den Verlust sehr zu Herzen. – Wir trugen alle Trauer. – Es war drei Uhr, die Pendule hatte eben geschlagen. Wer weiß, wo wir gründen? Ob nicht vielleicht, ähnlich wie im Meer, das Leben nach einem Rhythmus in uns treibt? Wie anders pulsiert es doch in den Adern am Morgen und wieder gegen Abend! Ob die dritte Nachmittagsstunde nicht die der Ebbe ist? Ob sie nicht in minderem Grade als die anderen Tageszeiten den Lebenden gehört? Seht, o seht mich nun, auf einem schmalen Pfad durch eine von Bäumen eingefriedete Gartenwiese gehen, wie man sie in Süddeutschland und Österreich bei Landhäusern antrifft, nicht weit von einem kleinen Bach vielleicht, in der Nähe einer Stadt, jedoch der Umwelt abgekehrt. Auch der Pfad, den ich beging, war grün.

Ein großer Herr, mittleren Alters, kam auf mich zu. Seine Züge waren von einem weiten Hut überschattet; ein Künstler, ein Mann von Welt? Mir unbekannt, so daß ich ihm nicht ins Gesicht sah, als er sich näherte. Auch er schien keine Notiz von mir zu nehmen. Jedoch, als wir uns kreuzten, im Vorübergehen, nahm er den Hut ab. Schopenhauer war es, unverkennbar. Viel ähnlicher als auf seinen Bildern, die nie seine ganze Erscheinung, noch wie er ging und stand, darstellen. –

Verschwunden war der Rasenplatz. In meiner Sofaecke sitzend klappte ich das Buch, das auf meinen Knien lag, mechanisch wieder auf. Der Gruß hatte den Ausschlag gegeben. Es war drei Uhr nach wie vor. Jetzt erst rückte der Zeiger ein wenig vor.

Ja, ich schöpfte Ermutigung aus einem angenehmen Traumbild, das jeder vernünftige Mensch als eine Autosuggestion erkannt hätte. Je nun, er wußte es wohl besser. Doch schon war mein Gemüt isoliert wie die Burg, welche ein Graben umzieht. Aber sie war ein Luftschloß, diese Burg, und stand in einem zweifelhaften, um nicht zu sagen, schaurigen Licht: Sie begriff ein Doppelleben ein, das seine inavouablen Seiten hatte, wie ein heimliches Laster.

Man hätte nicht den Stab gebrochen, sondern ein mitleidiges Lächeln, schlimmer noch, ein besorgter Blick wäre mir zuteil geworden.

Mein Verlangen nach Zerstreuungen wurde nun, statt abzunehmen, größer denn je. Denn oft grauste mir vor dem Alleinsein – dann waren fade Leute besser als gar keine, wenigstens auf kurze Zeit. »Alt wirst du werden müssen, meine Tochter«, sagte ich einmal zu mir in einer Stunde trüber Verfassung, »um Ordnung zu schaffen in deinem Wirrsal.« Ob dies nicht gerade einer jener Lichtblicke war, wie sie bei Irren vorkommen? Sie haben ihre luciden Eingebungen, das war ja bekannt.

Aber eines Tages fand ich mich doch zurecht. Eine neu entdeckte Lehre war damals schon rasch zu großer Berühmtheit gelangt und hatte ganze Schulen gezeitigt. Wie viele Köpfe verheerte sie nicht! Wie es einen Ungeist gibt, so gibt es auch eine Un-Philosophie. – Sie ist, mag Freud ein noch so großer Gelehrter sein, der Stempel seiner Traumtheorie. Bei einem ganz anderen Ratgeber hatte ich in meiner geistigen Verwahrlosung Zuflucht gefunden, und mich einem ganz anderen Lehrmeister verschworen.

Staatsmann und Mann von Welt, ein großer Realist, dem das tägliche Leben zum Canevas diente, klug wie die Schlange.

Bis ins sagenhafte Altertum, so weit oder weiter noch als die Belagerung von Troja, müssen wir zurückgreifen, um jenem zeitlosen, ewig zeitgemäßen Urtyp zu begegnen, der mit den Traditionen brach, ehe es Traditionen gab, empfindsamen Herzens, mit einer femininen Ader sogar – nachdrücklich wird darauf hingewiesen, daß er den Tränen nicht unzugänglich war – der musische Mensch, l'homme artiste (der Veranlagung nach), schön und mit jener Anziehungskraft, die wir charme nennen, aber nicht der charme, dessen auch der Unwürdige teilhaftig sein kann und der nur ein Reflex des Abglanzes der Vollkommenheiten ist, sondern jener charme, welcher der Fülle des Seins entblüht, – Mann ohne Fehl, erster Gentleman in unserer Geschichte, mit einem Wort: erster Vorchrist, denn christlich zu sein ist Sache des Temperaments. So beschaffen weist er auf die Quellen unserer Unrast hin, auf das Rätsel, dessen Lösung uns obliegt; und dies Temperament, das blasserer Formation ist als die der Juden, ist eine jüdische Geburt.

Dies alles und mehr wurde durch jenen einzig dastehenden Menschen personifiziert. Seine geheim unsterbliche Ähnlichkeit hat Raffael wahrgenommen, in einer begnadeten Stunde in den Loggien des Vatikans ihn gemalt. Reckt die Hälse, nehmt das Opernglas, seht ihn vor Pharao stehend dessen Träume deutend, selbst ein Träumer: Joseph von Ägypten.

YVAN GOLL
Die Hochöfen des Schmerzes

In den Hochöfen des Schmerzes
Welches Erz wird da geschmolzen
Die Eiterknechte
Die Fieberschwestern
Wissen es nicht

Tagschicht
Nachtschicht allen Fleisches
Blühn die Wunden und die Feuer
Wild in den Salpetergärten
Und den heißen Rosenäckern

Asphodelen meiner Angst
An den Abhängen der Nacht
Ach was braut der Herr der Erze
In den Herzen? Den Schrei
Den Menschenschrei aus dunklem Leib

Der wie ein geweihter Dolch
Unsre Totensonne schlitzt

Ozeanlied

Schwesternwelle im grünen Haar
Salzwelle die nie sich versäult und versäumt
Daß von euch Tausenden nur eine
Den Schicksalsarm um mich rundete
Nur eine das Haupt mir tragen hülfe
Und wir zusammen niedertaumelten
Die todlose Treppe
Des Zeit-Ozeans
Dem Pole des Gehorsams zu

Gottfried Benn
Fragmente

Fragmente,
Seelenauswürfe,
Blutgerinnsel des zwanzigsten Jahrhunderts –

Narben – gestörter Kreislauf der Schöpfungsfrühe,
die historischen Religionen von fünf Jahrhunderten zertrümmert,
die Wissenschaft: Risse im Parthenon,
Planck rann mit seiner Quantentheorie
zu Kepler und Kierkegaard neu getrübt zusammen –

aber Abende gab es, die gingen in den Farben
des Allvaters, lockeren, weitwallenden,
unumstößlich in ihrem Schweigen
geströmten Blaus,
Farbe der Introvertierten,
da sammelte man sich
die Hände auf das Knie gestützt
bäuerlich, einfach
und stillem Trunk ergeben
bei den Harmonikas der Knechte –

und andere
gehetzt von inneren Konvoluten,
Wölbungsdrängen,
Stilbaukompressionen
oder Jagden nach Liebe.

Ausdruckskrisen und Anfälle der Erotik:
das ist der Mensch von heute,
das Innere ein Vakuum,
die Kontinuität der Persönlichkeit
wird gewahrt von den Anzügen,
die bei gutem Stoff zehn Jahre halten.

Der Rest Fragmente,
halbe Laute,
Melodienansätze aus Nachbarhäusern,
Negerspirituals
oder Ave Marias.

HEIMITO VON DODERER
Die Strudlhofstiege oder Melzer und die Tiefe der Jahre

»Die staatliche Verwaltung«, sagte der Amtsrat Zihal, »ist als eines der heikelsten und schwierigsten Gebiete des menschlichen Daseins überhaupt anzusehen. Wenn man heute sagt, die Ämter breiten sich zu sehr aus und vergrößern sich überall, dann hat man schon die Amts-Ehre in Zweifel gezogen. Denn eben diese besteht darin, daß alles im bescheidenen Rahmen der reinen Zweckmäßigkeit bleibe: der allerhöchste Dienst fordert für sich immer nur den allerkleinsten Raum; für dessen Bemessung sind in der überwiegenden Mehrzahl der Fälle Richtlinien, wenn nicht geradezu Vorschriften, an die Hand gegeben. Dem gegenüber aber bleibt gleichwohl irrtümlich jedes Vermeinen, daß ein Amt nur ein Mittel zu einem praktischen Zwecke darzustellen, bzw. abzugeben habe.«

»Das versteh ich jetzt nicht ganz, Herr Amtsrat«, brachte Pichler bescheiden hervor.

»Wir werden uns sicherlich gleich verstehen, lieber Herr Werkmeister, wenn ich Sie daran zu erinnern mir erlaube, daß jeder wirklichen Ordnung, im Hause wie im Staat, eines eigentümlich ist: man merkt von ihr gewissermaßen nichts. Unsere beiden vorbildlichen Hausfrauen hier werden das bestätigen (kleines, aber zeremoniöses Kompliment durch leichte Vorbeugung). Ordnung machen ist nicht schwer, Ordnung halten aber sehr. Die gemachte Ordnung kommt von seitwärts an alle diesbetreffenden Gegenstände heran. Die gehaltene Ordnung jedoch hält sich im Hintergrunde. Von der Seiten kann man, wegen der verzerrten Perspektive, nicht Ordnung machen. Diese muß erfließen aus einem höheren Prinzip, sozusagen, das sich selbst schon genug ist: nämlich aus der Liebe zur Ordnung als solcher, nicht zu ihren vorteilhaften Folgen nur. Also, Herr Werkmeister: nicht rein zweckmäßig – aber nur so kann auch den Zwecken gedient werden. Angemessen ist keineswegs, daß die Ämter einen Zweck vortäuschen, indem sie überflüssige Agenden – zum Teil mit Kompetenz-Überschreitung – künstlich an sich ziehen. Sondern im Gegenteil: die reine und innerhalb der knappen Zweckmäßigkeit sich haltende Erfüllung des wirklich unumgänglich Notwendigen ist ihrerseits wieder eine ganz gegenteilige Vortäuschung, im höheren Sinne, denn nur unter solchem Pilgerkleide kann sich, mit Verlaub gesprochen, der blanke Schild der Amts-Ehre und des allerhöchsten Dienstes verborgen halten. Aber was spiegelt dieser Schild? Zwecke?! Das ist als irrtümlich anzusehen! Er spiegelt die Ordnung als solche und die Liebe zu ihr – damit aber auch zu den geltenden Vorschriften, und keineswegs nur ihrem Zwecke nach angesehen! – ja, er spiegelt die Ordnung nicht nur, sondern er leuchtet selbsttätig im eigenen Wirkungskreise von ihr. Zur Ordnung aber gehört es, daß sie verborgen sei. Sie ist als ein Amts-Geheimnis anzusehen. Das einzige wirkliche Amts-Geheimnis und streng reservat. Das Geheimnis der Amts-Ehre. Wer sie nicht unter einer peinlich-sparsamen reinen Zweckmäßigkeit verborgen hält, verrät sie. Und darum beansprucht der allerhöchste Dienst immer den allerkleinsten Raum. Weil man von der wirklichen Ordnung beinah überhaupt nichts merken darf.«

»Ja«, sagte Pichler, »das hab' ich jetzt verstanden. Bei uns in der Staatsdruckerei geht es eigentlich genau so zu. Aber Herr Amtsrat sprechen von einem ›allerhöchsten Dienst‹ – so hat man in der k. k. Zeit g'sagt, damals wie ich gelernt hab', ich erinner' mich noch. Heut' aber ist das doch was anderes.«

»Ich glaub', da irren Sie sich, lieber Herr Werkmeister«, entgegnete Zihal freundlich. Er hob das kleine grüne Glas zum Munde, worin als ein blanker Funken Goldes der Wein lag, den man aufgetragen hatte. Die Sonne des sich neigenden Nachmittages schwoll jetzt im Gärtchen zu einer sonoren Pracht, die alles auseinander zu drängen schien und sich zugleich selbst schärfer interpunktierte durch die hervortretenden Schlagschatten der Obstbäume auf dem Grün-Gold des Rasens. Pichler sah gespannt auf Zihal und schien den Wein überhaupt vergessen zu haben. Die Zigarette in seiner ruhig auf dem Knie liegenden Hand baute eine lange freischwebende Aschenbrücke. »Weil ein Thronsessel in Schönbrunn oder in der Hofburg leer ist? Dafür kann der Himmel durch's Fenster besser in den Sessel fallen, möcht' ich fast sagen. Sie wissen, ich war k. k. Beamter mit Leib und Seele, ein winziges Raderl, ein ganz kleiner Schabsel Ihrer Majestät. Sie ist abberufen worden. Vielleicht sollen wir Ihrer derzeit gar nicht bedürfen. Wenn, wer immer, beiseite tritt, sieht man mehr. Der Herrscher ist gewissermaßen anonym geworden, wenn Sie mir diesen Ausdruck erlauben, sozusagen durchsichtig. Er entzieht die Quellen der Amts-Ehre keineswegs durch Seinen Weggang dem Auge, weil dieses Geheimnis des allerhöchsten Dienstes keineswegs als aus einer Person erfließend anzusehen ist, allfällig aber durch sie verdeutlicht werden kann. Wenn ich so sagen darf: die Republik ist vielleicht aus einem feineren, weniger sichtbaren Stoff gemacht als die Monarchie. In meinem Alter freilich bleibt man mit seiner Liebe und seinen Erinnerungen bei den früheren Zeiten. Aber warum soll ich nicht sehen, was mich heutigentags freut. Ich leb' recht gern.«

BERTOLT BRECHT
Das Verhör des Lukullus

SPRECHER DES TOTENGERICHTS
Schatte, verneige dich.
Dies sind deine Zeugen.
LUKULLUS
Ich beschwere mich.
SPRECHER DES TOTENGERICHTS
Dies sind deine Zeugen.
LUKULLUS
Aber das sind Feinde!
Da seht ihr einen, den ich besiegt habe.
In den wenigen Tagen zwischen Neumond und vollem Mond
Habe ich sein Heer geschlagen mit all seinen
Streitwagen und Panzerreitern.

In diesen wenigen Tagen
Ist sein Reich zerfallen, wie eine Hütte, in die der Blitz fährt.
Als ich auftauchte an seiner Grenze, begann er die Flucht.
Und die wenigen Tage des Krieges
Langten kaum aus für uns beide,
Die andere Grenze seines Reiches zu erreichen.
So kurz dauerte der Feldzug, daß ein Schinken,
Den mein Koch im Rauchfang aufhing,
Noch nicht durchgeräuchert war, als ich zurückkam,
Und von sieben, die ich schlug, war der nur einer.

Totenrichter
Ist das wahr, König?

Der König
Es ist wahr.

Totenrichter
Eure Fragen, Schöffen.

Sprecher des Totengerichts
Hier, der Schatte
Sklave, der einst Lehrer war, hat eine Frage:

Der Lehrer
Wie geschah das?

Der König
Wie er sagt: Wir wurden überfallen.
Der Bauer, der sein Heu auflud,
Stand noch mit erhobener Gabel, und schon
Wurde sein Wagen, der kaum vollgeladene,
Ihm weggefahren.
Noch war des Bäckers Brotlaib nicht gebacken,
Als schon fremde Hände nach ihm griffen.
Alles, was er euch sagt über den Blitz,
Der in eine Hütte fuhr, ist wahr. Die Hütte
Ist zerstört. Hier
Steht der Blitz.

Der Lehrer
Und von sieben warst du …

Der König
Nur einer.

Sprecher des Totengerichts
Totenschöffen, bedenkt
Das Zeugnis des Königs!
Stille.

Sprecher des Totengerichts
Und der Schatte, der einst Kurtisane war,
Hat eine Frage:
Die Kurtisane
Du dort, Königin,
Wie kamst du hierher?
Die Königin
Als ich einst in Taurion ging
Früh am Tag zum Baden,
Stiegen vom Olivenhang
Fünfzig fremde Männer,
Haben mich besieget.

Hatt' als Waffe einen Schwamm,
Als Versteck klar Wasser,
Nur ihr Panzer schützte mich,
Und nicht allzu lange,
Wurde schnell besieget.

Schreckensvoll versah ich mich,
Schrie nach meinen Mägden,
Und die Mägde schreckensvoll
Schrien hinter Sträuchern,
Wurden all' bekrieget.
Die Kurtisane
Und warum gehst du nun hier im Zug?
Die Königin
Ach, den Sieg zu zeigen.
Die Kurtisane
Welchen Sieg? Den über dich?
Die Königin
Und das schöne Taurion.
Die Kurtisane
Und was nannte er Triumph?
Die Königin
Daß der König, mein Gemahl,
Nicht mit seinem ganzen Heer
Seine Habe schützen konnte
Vor dem ungeheuren Rom.
Die Kurtisane
Schwester, gleich ist unser Los,
Denn das ungeheure Rom

Konnte mich dereinst nicht schützen
Vor dem ungeheuren Rom.
Als ich auf dem Liebesmarkt war,
Und ich war's mit sechzehn Jahren,
Beugt ich mich dem Schimpfwort und dem Faustschlag täglich.
Und für wenig Öl und schlechte Paste.
Darum kenne ich dein Leiden
An dem einen schlimmen Tage,
Und ich fühle mit dir, Frau.

SPRECHER DES TOTENGERICHTS
Totenschöffen, bedenkt
Das Zeugnis der Königin!
Stille.

TOTENRICHTER
Schatte, wünschest du fortzufahren?

LUKULLUS
Ja. Ich merke wohl, die Geschlagenen
Haben eine süße Stimme, jedoch
Einst klang sie anders. Dieser König da,
Der euer Mitleid fängt, als er noch oben,
War auch er nicht billig. An Zinsen und Steuern
Nahm er nicht weniger als ich.

DER LEHRER *zum König.*
Warum dann
Bist du hier bei uns, König?

DER KÖNIG
Weil ich Städte baute.
Weil ich sie verteidigte, als ihr
Römer sie uns abverlangtet.

DER LEHRER
Nicht wir. Er.

DER KÖNIG
Weil ich Mann und Frau aufrief
In Hecke und Wasserloch,
Ihr Land zu beschützen
Mit Beil, Hacke und Pflugschar
Am Tag, in der Nacht,
In der Rede, im Schweigen,
Frei oder gefangen,
Im Angesicht des Feinds
Im Angesicht des Todes.

Der Lehrer
Ich schlage vor, daß wir
Uns erheben vor diesem Zeugen
Und zum Lobe derer,
Die ihre Städte verteidigten.

Die Schöffen erheben sich.

Lukullus
Was seid ihr für Römer?
Eurem Feind spendet ihr Beifall!
Ich ging nicht für mich,
Ich ging auf Befehl.
Mich schickte
Rom.

Der Lehrer
Rom! Rom! Rom!
Was ist Rom?
Schickten dich die Maurer, die es bauen?
Schickten dich die Bäcker und die Fischer
Und die Bauern und die Ochsentreiber
Und die Gärtner, die es nähren?
Waren es die Schneider und die Kürschner
Und die Weber und die Schafescherer, die es kleiden?
Schickten dich die Säulenschleifer
Und die Wollefärber, die es schmücken?
Oder schickten dich die Steuerpächter
Und die Silberfirmen und die Sklavenhändler
Und die Forumbanken, die es plündern?

Stille.

Lukullus
Wer mich immer schickte,
Dreiundfünfzig Städte
Unterwarf ich Rom.

Der Lehrer
Und wo sind sie?
Schöffen, fragen wir die Städte.

Zwei Kinder *mit einer Tafel.*
Mit Straßen und Menschen und Häusern,
Mit Tempel und Wasserwerk
Standen sie in der Landschaft. Heute
Stehen nur noch ihre Namen auf der Tafel da.

Der Bäcker
Warum das?
Zwei Kinder
Mittags brach da ein Getöse los,
In die Straßen schwemmte da ein Fluß,
Der hatte menschliche Wellen und trug
Ihre Habe hinweg. Am Abend
Zeigte nur noch ein Säule Rauch,
Daß an dem Ort einst eine Stadt war.
Der Bäcker
Berichtet weiter.
Zwei Kinder
Und in den Städten waren
An Kindern zweihundertfünfzigtausend –
Sie sind jetzt nicht mehr. Der große Lukullus
Kam über uns auf seinem erzenen Streitwagen
Und besiegte uns alle.
Lukullus
Ja, ich zerschlug ihre frechen Städte,
Und ich nahm ihr Gold und vielerlei Reichtum,
Und ich führte weg ihr Volk als unsere Sklaven.
Denn sie zinsten falschen Göttern.
Ich aber stürzte sie.
Also daß der Erdkreis unsere Götter
Größer sah als alle andren Götter.
Sprecher des Totengerichts
Hier der Totenschöffe, der einst Bäcker war
In Marsilia, der Stadt am Meer,
Stellt einen Antrag:
Der Bäcker
Also schreiben wir zu deinen Gunsten, Schatte,
Einfach nieder: Brachte Gold nach Rom.
Sprecher des Totengerichts
Totenschöffen, bedenkt
Das Zeugnis der Städte!
Stille.
Totenrichter
Der Verhörte scheint müde
Ich mache eine Pause.

*

Sprecher des Totengerichts
Hier der Schatte, einst ein Fischweib,
Hat eine Frage:
Das Fischweib
Da war von Gold die Rede.
Ich lebte auch in Rom.
Doch ich habe nichts bemerkt von Gold da, wo ich lebte,
Wüßte gerne, wo es hinkam.
Lukullus
Welche Frage!
Sollte ich mit meinen Legionen
Ausziehn, einem Fischweib
Einen neuen Schemel zu erbeuten?
Das Fischweib
Brachtest du uns so nichts auf den Fischmarkt,
Holtest du dir doch vom Fischmarkt etwas:
Unsere Söhne.
Sagt, was trieb er mit euch in den beiden Asien?
Erster Krieger
Ich entrann.
Zweiter Krieger
Ich wurde verwundet.
Erster Krieger
Ich schleppte ihn nach.
Zweiter Krieger
Und so fiel er denn auch.
Das Fischweib
Warum ließest du Rom?
Erster Krieger
Ich habe gehungert.
Das Fischweib
Und was holtest du dort?
Zweiter Krieger
Ich holte mir nichts.
Das Fischweib
Du streckst deine Hand aus.
War's, den Feldherrn zu grüßen?
Zweiter Krieger
Es war, ihm zu zeigen,
Daß sie immer noch leer war.

Lukullus

Ich lege Verwahrung ein.
Ich beschenkte die Legionäre
Nach jedem Feldzug.

Das Fischweib

Aber nicht die Toten.

Lukullus

Ich lege Verwahrung ein.
Wie sollen den Krieg beurteilen,
Die ihn nicht verstehen!

Das Fischweib

Ich verstehe ihn. Mein Sohn
Ist im Kriege gefallen.
Ich war Fischweib auf dem Markt am Forum.
Eines Tages hieß es, daß die Schiffe
Der Zurückgekommnen aus dem Asienkriege
Eingelaufen sei'n. Ich lief vom Markte,
Und ich stand am Tiber viele Stunden,
Wo sie ausgebootet wurden, und am Abend
Waren alle Schiffe leer. Mein Sohn war
Über ihre Planken nicht gekommen.
Faber, mein Sohn Faber,
Den ich trug und den ich aufzog,
Mein Sohn Faber.
Da es zugig war am Hafen, fiel ich
Nachts in Fieber. Und im Fieber suchte
Ich nun meinen Sohn, und tiefer suchend
Fror ich mehr, und dann gestorben, kam ich
Hier ins Schattenreich und suchte weiter.
Faber, rief ich, denn das war sein Name.
Und ich lief und lief durch Schatten,
Und vorbei an Schatten hin zu Schatten,
Faber rufend, bis ein Pförtner drüben
In den Lagern der im Krieg Gefallnen
Mich am Ärmel einhielt und mir sagte:
Alte, hier sind viele Faber. Vieler
Mütter Söhne, viele, sehr vermißte.
Doch die Namen haben sie vergessen.
Dienten nur, sie in das Heer zu reihen,
Und sind nicht mehr nötig hier. Und ihren

Müttern wollen sie nicht mehr begegnen,
Seit die sie dem blutigen Kriege ließen.
Faber, mein Sohn Faber,
Den ich trug und den ich aufzog,
Mein Sohn Faber.
Und ich stand, am Ärmel eingehalten,
Und mein Rufen blieb weg mir im Gaumen.
Schweigend kehrt ich um, denn ich begehrte nicht mehr
Meinem Sohne ins Gesicht zu sehn.

Totenrichter
Das Gericht erkennt: Die Mutter des Gefallnen
Versteht den Krieg.

Sprecher des Totengerichts
Totenschöffen, bedenkt
Das Zeugnis der Krieger!
Stille.

Johannes R. Becher
Aus dem Tagebuch 1950

11. Februar
Samstag
Marsch der 500 000 durch Moskau

Dieses Bild will nicht von mir lassen und bedrängt mich als großartige Vision immer wieder von neuem, als ob es eine tiefe geschichtliche Wahrheit enthalte und ich diese noch deuten müsse ... Es war ein Sommertag des Jahres 44, als 500 000 Deutsche, die beim Zusammenbruch der Mittelfront in Kriegsgefangenschaft geraten waren, den Marsch durch die Straßen Moskaus antraten. In Sechzehnerreihen, Generale und Stabsoffiziere an der Spitze, *wogte* der Zug voran. Ja eine graue Menschenwoge war es, von einem widerwärtigen Geruch begleitet, welcher den verschmutzten Kleidungsstücken, den verdreckten Körpern anhaftete. Was mochte in diesen Männern vorgehen, die als Sieger in diese Stadt hatten einziehen wollen? O, einen außerordentlichen Vorgang bemerkte ich, ein gewaltiges Ereignis, schien mir, hatte stattgefunden, eine Wandlung war erfolgt, verheißungsvoll für mein Volk über alle Maßen: Diese Männer, in Sechzehnerreihen marschierend, trotz all der Strapazen, die sie hinter sich hatten, gut ausgerichtet und aufrecht: diese Männer hatten ein aufrichtiges, menschliches Wesen angenommen – Menschen waren es, Haufen und verlorene Haufen von Menschen, die, wären sie aus Reih und Glied herausgenommen und wäre mit ihnen als mit einzelnen gesprochen worden, das Sture ganz abgelegt hätten und menschlichen Erwägungen zugänglich gewesen wären. Als Gefangene begannen sie zu Menschen zu werden, die Niederlage schien unserem Volk große *menschliche* Möglichkeiten zu bieten – der Marsch der 500 000 durch Moskau schien mir solch einen Vermenschlichungsprozeß damals anzudeuten. (Wehe unserem Volk, wären diese 500 000 als Sieger in Moskau eingezogen.)

Die einen wurden als Besiegte zu Menschen, und die andern blieben Menschen – als Sieger. Vielleicht doppelt so viele Russen standen zu beiden Seiten der Straße, durch welche die 500 000 Deutschen zogen. Jeder besitzt Phantasie, um sich einigermaßen vorstellen zu können, was in diesen russischen Menschen vor sich ging, als die Urheber ihrer namenlosen Leiden durch die Straßen Moskaus geführt wurden. Und keine Hand erhob sich, keine zu einem Steinwurf, keine zu einem Schlag, nicht eine zu einem Fluch. Und auch der Mund dieses Volkes blieb in diesem Augenblick verschlossen. Nur lautloses Weinen, die Straße entlang, weithin. Stumm ließen diese schwergeprüften russischen Menschen diesen stummen Zug ihrer gefangenen Feinde vorübergehen.

Die Größe zweier Völker begegnete sich – so schien es mir damals. Deutschland, durch seine Niederlage hindurch zur Neugeburt eines großen Volkes berufen. Die Sowjetunion als Sieger das große Volk geblieben, das sie war, und durch ihren Sieg und durch ihr Verhalten dem Besiegten gegenüber in ihrer Größe sich noch übersteigend, zu unendlichem menschlichem Ruhm sich erhöhend …

Wenn diese beiden Völker … nur diesen Wenn-Satz wagte ich damals auszusprechen, den Satz zu Ende zu denken, war mir noch nicht gegeben …

STEPHAN HERMLIN
Die Asche von Birkenau

Leicht wie später Wind, wie die Kühle,
Vorm Regen die Schwalbenbahn,
Wie Gewölk nach getränkter Schwüle,
Wie der Pollen vom Löwenzahn,
Leicht wie der Schnee auf den Lidern der Toten,
Wie ein alter Kinderreihn,
Wie Schmetterlingslast am roten
Mund der Nelke, leicht wie ein
Gericht, das die Kranken essen,
Wenn sie am Sterben sind,
So leicht ist das Vergessen,
Wie Kühle und später Wind …

Wo Tag sich und Nacht verflechten,
Der Rost am Geleise frißt,
Ist die Asche der Gerechten, Ungerächten
Am Mast der Winde gehißt.
Birkenau ohne Birken
Liegt abends ganz allein,
Und die Disteln wirken
Zeichen über den Stein.
Als über den Feldern von Polen
Die Mittagsdistel erblich,
Hieß die Erde an meinen Sohlen
Entsinnedich …

Schwer wie im Berg das Eisen,
Wie das Schweigen vor dem Entschluß,
Wie der Baumsturz an Nebelschneisen,
Wie auf unsern Lippen der Ruß
Von denen, die man verbrannte,
Schwer wie das letzte Fahrwohl,
Die man ins Gas sandte,
Waren des Lebens voll,
Liebten die Dämmerung, die Liebe,
Den Drosselschlag, waren jung.
Schwer wie vorm Sturm Wolkengeschiebe
Ist die Erinnerung.

Doch die sich entsinnen,
Sind da, sind viele, werden mehr.
Kein Mörder wird entrinnen,
Kein Nebel fällt um ihn her.
Wo er den Menschen angreift,
Da wird er gestellt.
Saat von eisernen Sonnen
Fliegt die Asche über die Welt.
Allen, Alten und Jungen,
Wird die Asche zum Wurf gereicht,
Schwer wie Erinnerungen
Und wie Vergessen leicht.

Die da *Frieden* sagen
Millionenfach,
Werden die Herren verjagen,
Bieten dem Tode Schach,
Die an die Hoffnung glauben,
Sehen die Birken grün,
Wenn die Schatten der Tauben
Über die Asche fliehn:
Lied des Todes, verklungen,
Das jäh dem Leben gleicht:
Schwer wie Erinnerungen
Und wie Vergessen leicht.

Auschwitz-Birkenau, Sommer 1949

Marie Luise Kaschnitz
Hiroshima

Der den Tod auf Hiroshima warf
Ging ins Kloster, läutet dort die Glocken.
Der den Tod auf Hiroshima warf
Sprang vom Stuhl in die Schlinge, erwürgte sich.
Der den Tod auf Hiroshima warf
Fiel in Wahnsinn, wehrt Gespenster ab
Hunderttausend, die ihn angehen nächtlich
Auferstandene aus Staub für ihn.

Nichts von alledem ist wahr.
Erst vor kurzem sah ich ihn
Im Garten seines Hauses vor der Stadt.
Die Hecken waren noch jung und die Rosenbüsche zierlich.
Das wächst nicht so schnell, daß sich einer verbergen könnte
Im Wald des Vergessens. Gut zu sehen war
Das nackte Vorstadthaus, die junge Frau
Die neben ihm stand im Blumenkleid
Das kleine Mädchen an ihrer Hand
Der Knabe der auf seinem Rücken saß
Und über seinem Kopf die Peitsche schwang.
Sehr gut erkennbar war er selbst
Vierbeinig auf dem Grasplatz, das Gesicht
Verzerrt von Lachen, weil der Photograph
Hinter der Hecke stand, das Auge der Welt.

GÜNTER EICH
Träume. Hörspiel

Der erste Traum

In der Nacht vom 1. zum 2. August 1948 hatte der Schlossermeister Wilhelm Schulz aus Rügenwalde in Hinterpommern, jetzt Gütersloh in Westfalen, einen nicht sonderlich angenehmen Traum, den man insofern nicht ernst nehmen muß, als der inzwischen verstorbene Schulz nachweislich magenleidend war. Schlechte Träume kommen aus dem Magen, der entweder zu voll oder zu leer ist.

Ein langsam fahrender Zug. Die Stimmen im Waggon.

URALTER Es war vier Uhr nachts, als sie uns aus den Betten holten. Die Standuhr schlug vier.
ENKEL Du erzählst immer dasselbe. Das ist langweilig, Großvater.
URALTER Aber wer war es, der uns holte?
ENKEL Vier Männer mit undurchdringlichen Gesichtern, nicht wahr? So wärmst du uns deine Vergangenheit jeden Tag auf. Sei still und schlaf!
URALTER Aber wer waren die Männer? Gehörten sie zur Polizei? Sie trugen eine Uniform, die ich nicht kannte. Es war eigentlich keine Uniform, aber sie hatten alle vier die gleichen Anzüge.

Uralte Ich glaube bestimmt, daß es die Feuerwehr war.

Uralter Das sagst du immer. Aber warum sollte einen die Feuerwehr nachts aus dem Bett holen und in einen Güterwagen sperren?

Uralte Es ist nicht merkwürdiger, als wenn es die Polizei gewesen wäre.

Uralter Mit der Zeit gewöhnt man sich daran. Das Leben, das wir bis zu jenem Tag geführt hatten, war eigentlich viel merkwürdiger.

Frau Weiß Gott, es muß ziemlich merkwürdig gewesen sein.

Uralter Am Ende ist das Dasein im Güterwagen das gewöhnliche?

Uralte Still, das darfst du nicht sagen.

Frau Ja, seid still da! Dieses dumme Geschwätz! *Leiser.* Komm näher, Gustav, wärme mich.

Enkel Ja.

Uralter Es ist kalt. Rück auch näher, Alte!

Uralte Ich tauge nicht mehr viel zum Wärmen.

Uralter Wie lange ist es her, daß wir unser Haus verlassen mußten? Wie lange ist es her, daß wir in diesem Wagen fahren?

Uralte Keine Uhr, kein Kalender, – aber die Kinder sind inzwischen groß geworden, und die Enkel sind groß geworden, und wenn es etwas heller ist –

Uralter Du meinst, wenn Tag draußen ist.

Uralte – wenn es etwas heller ist und ich dein Gesicht sehen kann, lese ich aus den Falten, daß du ein alter Mann bist und ich eine alte Frau.

Uralter Es sind sicher an die vierzig Jahre her.

Uralte Ja, so lange ungefähr. Leg deinen Kopf auf meinen Arm. Du liegst so hart.

Uralter Ja, danke.

Uralte Kannst du dich erinnern: Es gab etwas, was wir Himmel nannten und Bäume.

Uralter Hinter unserm Haus stieg der Weg etwas an bis zum Waldrand. Auf den Wiesen blühte im April der Löwenzahn.

Uralte Löwenzahn, – was du für merkwürdige Wörter gebrauchst!

Uralter Löwenzahn, erinnere dich doch, eine gelbe Blume, die Wiesen waren gelb davon, in den Stengelwänden war ein milchiger weißer Saft. Und wenn er abgeblüht war, saßen wollige weiße Kugeln auf den Stengeln, und der gefiederte Same flog davon, wenn man hineinblies.

URALTE Ich hatte das ganz vergessen, aber jetzt erinnere ich mich.

URALTER Und erinnerst du dich an die Ziege, die wir im Stall hatten?

URALTE Die weiß ich noch. Ich molk sie jeden Morgen.

URALTER Im Schlafzimmer stand der Kleiderschrank, und ich hatte einen dunkelblauen guten Anzug darin. Warum denke ich daran? Als ob der dunkelblaue Anzug das Wichtigste, das Beste gewesen wäre!

URALTE Was war das Beste?

URALTER Alles war gut, die Akazie vorm Haus und die Himbeeren am Zaun.

URALTE Das Beste war, daß wir glücklich waren.

URALTER Aber wir wußten es nicht.

URALTE Wie hieß die Blume, von der du vorhin sprachst, die gelbe?

URALTER Löwenzahn.

URALTE Löwenzahn, ja, ich erinnere mich.

Ein Kind beginnt zu weinen.

URALTE Was hat die Kleine?

FRAU Was hast du, Frieda?

KIND Sie sprechen immer von gelben Blumen.

ENKEL Sie sprechen immer von Sachen, die es nicht gibt.

KIND Ich möchte eine gelbe Blume haben.

ENKEL Das kommt von deinem Gerede, Großvater. Das Kind will eine gelbe Blume haben. Niemand von uns weiß, was das ist.

FRAU Es gibt keine gelben Blumen, mein Kind.

KIND Aber sie erzählen es immer.

FRAU Das sind Märchen, mein Kind.

KIND Märchen?

FRAU Märchen sind nicht wahr.

URALTER Das solltest du dem Kind nicht sagen. Es ist doch wahr.

ENKEL Dann zeig sie her, die gelbe Blume!

URALTER Ich kann sie nicht zeigen, das weißt du.

ENKEL Es ist also Lüge.

URALTER Muß es deswegen Lüge sein?

ENKEL Nicht nur die Kinder, uns alle machst du verrückt mit deinen Erzählungen. Wir wollen diese Märchen nicht kennen, wollen nicht wissen, was du dir Tag und Nacht zusammenträumst.

URALTER Es ist nicht geträumt. Es ist das Leben, das ich früher geführt habe. Stimmt das nicht, Alte?

URALTE Ja, es stimmt.

ENKEL Gleichgültig, ob es stimmt oder nicht, meinst du, wir werden glücklicher davon, wenn du uns erzählst, daß es einmal schöner war und daß es irgendwo schöner ist als bei uns? Daß es etwas geben soll, was du gelbe Blume nennst, und irgendwelche Wesen, die du Tiere nennst, und daß du auf etwas geschlafen hast, was du Bett nennst, und daß du etwas getrunken hast, was du Wein nennst? Alles Wörter, Wörter, – was sollen wir damit?

URALTER Man muß es wissen, man kann nicht aufwachsen ohne eine Ahnung von der wirklichen Welt.

ENKEL Es gibt keine andere Welt außer dieser hier.

URALTER Außer diesem Käfig, in dem wir leben? Außer diesem ewig rollenden Eisenbahnwagen?

ENKEL Einen schwachen Wechsel von Hell und Dunkel, sonst nichts.

URALTE Und dieser schwache Lichtschein, woher kommt er?

ENKEL Durch die Klappe, durch die man uns das Brot hereinschiebt.

URALTER Das schimmelige Brot.

ENKEL Brot ist immer schimmelig.

URALTER Weil du kein anderes kennst.

URALTE Nun hör zu, mein Enkel: Wer aber schiebt das Brot herein?

ENKEL Ich weiß es nicht.

URALTE Also gibt es doch etwas außer diesem Raum, wo wir sind.

ENKEL Gewiß, aber es wird nicht besser sein als das hier.

URALTER Es ist besser.

ENKEL Wir wissen nichts davon und wollen keine Phantasien darüber hören. Das hier ist unsere Welt, in der leben wir. Sie besteht aus vier Wänden und Dunkelheit und rollt irgendwohin. Ich bin sicher, daß draußen nichts anderes ist als die gleichen dunklen Räume, die sich durch die Finsternis bewegen.

FRAU Er hat recht.

STIMMEN Ja, er hat recht.

FRAU Wir glauben nicht an die Welt, von der ihr immer redet. Ihr habt sie nur geträumt.

URALTER Haben wir nur geträumt, Alte?

URALTE Ich weiß nicht.

FRAU Schaut euch um: keine Spur von eurer Welt.

URALTER Wenn sie nun recht hätten? Mein Gott, es ist lange her. Vielleicht habe ich wirklich alles geträumt, den blauen Anzug, die Ziege, den Löwenzahn –

URALTE – und ich weiß das alles nur von dir –

URALTER Aber wie kamen wir in diesen Wagen? War es nicht vier Uhr nachts, als sie uns aus den Betten holten? Ja, die Standuhr schlug vier.

ENKEL Jetzt fängst du die Geschichte von vorn an, Großvater.

Das Kind beginnt wieder zu weinen.

FRAU Was ist, mein Kind?

KIND Da, schaut doch, da, am Boden!

ENKEL Ein glühender, glänzender Stab. Aber – man kann ihn nicht anfassen. Er besteht aus nichts.

URALTER Ein Lichtstrahl. Irgendwo hat sich ein Loch in der Wand gebildet, und ein Sonnenstrahl fällt herein.

FRAU Ein Sonnenstrahl, was ist das?

URALTER Glaubt ihr mir jetzt, daß draußen etwas anderes ist als hier?

URALTE Wenn ein Loch in der Wand ist, müßte man hinausschauen können.

ENKEL Gut, ich schaue hinaus.

URALTE Was siehst du?

ENKEL Ich sehe Dinge, die ich nicht verstehe.

FRAU Beschreib sie.

ENKEL Ich weiß nicht, welche Wörter dazu gehören.

FRAU Warum schaust du nicht weiter hinaus?

ENKEL Nein, ich habe Angst.

FRAU Ist es nicht gut, was du siehst?

ENKEL Es ist fürchterlich.

URALTER Weil es neu ist.

ENKEL Wir wollen das Loch verschließen.

URALTER Wie? Wollt ihr die Welt nicht sehen, wie sie wirklich ist?

ENKEL Nein, ich habe Angst.

URALTER Laßt mich hinaussehen.

ENKEL Sieh hinaus, ob es die Welt ist, von der du immer sprichst.

Pause.

URALTE Was siehst du?

URALTER Das ist die Welt draußen. Sie fährt vorbei.

URALTE Siehst du den Himmel, siehst du Bäume?

URALTER Ich sehe den Löwenzahn, die Wiesen sind gelb davon. Da sind Berge und Wälder, – mein Gott!

ENKEL Kannst du das ertragen zu sehen?

URALTER Aber – *zögernd* – aber etwas ist anders.

FRAU Warum siehst du nicht mehr hinaus?

URALTER Die Menschen sind anders.

URALTE Was ist mit den Menschen?
URALTER Vielleicht täusche ich mich. Sieh du hinaus!
URALTE Ja.
Pause.
URALTER Was siehst du?
URALTE *erschrocken.* Es sind keine Menschen mehr, wie wir sie kannten.
URALTER Siehst du es auch?
URALTE Nein, ich will nicht mehr hinaussehen. *Flüsternd.* Es sind Riesen, sie sind so groß wie die Bäume. Ich habe Angst.
URALTER Wir wollen das Loch verschließen.
ENKEL Ja, wir wollen es verschließen. So.
FRAU Gott sei Dank, daß es wieder ist wie vorher.
URALTER Es ist nicht wie vorher.
URALTE Der Gedanke an die gelben Blumen macht mich frösteln.
URALTER An was können wir jetzt noch denken?
URALTE Die Erinnerungen machen mir Angst.
ENKEL Seid still! Merkt ihr nichts?
Pause.
FRAU Was?
Das Kind fängt wieder an zu weinen.
URALTE Was hast du, Frieda?
ENKEL Merkt ihr es nicht? Etwas hat sich verändert.
URALTER Ja, die Welt draußen.
ENKEL Nein, hier bei uns.
Pause, während der man deutlich das Rollen der Räder hört.
FRAU Warum hast du geweint, mein Kind?
KIND Ich weiß nicht.
ENKEL Etwas hat sich verändert. Das Kind hat es gemerkt.
URALTE Ich weiß, was es ist. Spürt ihr es nicht?
FRAU *flüsternd, voll Entsetzen.* Wir fahren schneller.
URALTE Ja, wir fahren schneller.
Pause.
Das Rollen der Räder beschleunigt sich etwas.
URALTER Was kann das bedeuten?
FRAU Ich weiß nicht was, aber bestimmt nichts Gutes.
URALTER Ihr müßt herausfinden, ob die Geschwindigkeit nun so bleibt.
ENKEL Oder?
URALTER Oder ob sie noch größer wird.
URALTE Horcht!

Pause.
Das Rollen der Räder beschleunigt sich weiter.
Uralter *flüsternd.* Es wird immer schneller.
Frau Ja, es wird immer schneller.
Das Rollen der Räder beschleunigt sich und wird lauter.
Uralter Ich glaube, es geschieht ein Unglück. Hilft uns denn niemand?
Enkel Wer?

Das Zuggeräusch schwillt zu höchster Lautstärke an, entfernt sich dann in großer Geschwindigkeit und verklingt immer ferner.

Max Frisch
Graf Öderland

II.
Gefängnis

Doktor Hahn sitzt auf der Pritsche, Akten auf den Knien, und raucht. Der Mörder, ein durchschnittlicher Mann von etwa vierzig Jahren, steht genau so, wie der Staatsanwalt im ersten Bild gestanden hat, und blickt zum vergitterten Fenster hinaus, die Hände in den Hosentaschen.

Mörder Lebenslänglich –?
Doktor Hahn Wenn Sie keine Antwort geben auf meine Fragen, wie soll ich helfen? Ich frage nicht als Staatsanwalt. Seine Verhöre haben Sie erschöpft, das kann ich verstehen, seine Verhöre sind berühmt. Immerhin! Dem Staatsanwalt haben Sie eine ganze Reihe von Einzelheiten erzählt, die ich nie vernommen habe. Wie stehe ich da? Vergessen Sie nicht, daß ich Ihr Verteidiger bin. Ich tue, was ich kann.
Mörder Also – lebenslänglich.
Der Mörder geht dreimal durch die Zelle, wobei Hahn ihn aufmerksam verfolgt, Antwort erwartend; dann bleibt der Mörder stehen.
Haben Sie noch eine Zigarette?
Hahn greift in die Tasche.
Das stimmt übrigens nicht, lieber Doktor, was Sie vorher gesagt haben. Daß er es mit Zigaretten gemacht hat, der Staatsanwalt –

Doktor Hahn Sondern?
Mörder Ich weiß nicht.
Hahn gibt Feuer.
Mörder Danke sehr.
Der Mörder raucht.
Er versteht mich einfach …
Der Mörder steht wieder wie zuvor.
Doktor Hahn Ich komme auf meine Frage zurück. Was haben Sie gedacht oder empfunden, als Sie damals, ich spreche vom dritten Februar des vergangenen Jahres, auf dem Klosett saßen?
Mörder Schnee …
Doktor Hahn Wie meinen Sie das?
Mörder Schnee, meine ich, nichts als Schnee. Von Morgen bis Abend …
Doktor Hahn Wir müssen bei der Sache bleiben! In drei Stunden beginnt unsere letzte Verhandlung. Unsere Zeit ist kostbar.
Mörder Das ist sie immer, lieber Doktor, das ganze Leben lang.
Doktor Hahn Heute wird das Urteil gefällt.
Der Mörder schweigt, steht, raucht.
Warum und zu welchem Zweck haben Sie an jenem Abend, als Sie von dem besagten Ort kamen, eine Axt in die Hand genommen?
Mörder Das fragen Sie mich seit drei Monaten.
Doktor Hahn Erinnern Sie sich!
Mörder Das ist leicht befohlen, Herr Doktor –
Doktor Hahn Ich muß es wissen. Was dachten Sie? Was empfanden Sie? Sie gingen auf das Klosett, heißt es –
Mörder Wie manchmal noch.
Doktor Hahn Ich stütze mich auf die Akten!
Mörder Mit der Zeit, fürchte ich, ist auch das nicht mehr wahr.
Doktor Hahn Wieso?
Mörder Wenn es wahr ist, lieber Doktor, was in diesen sauberen Akten steht, man könnte bald meinen, ich verbrachte mein ganzes Leben auf dem Klosett.
Doktor Hahn Was in diesen Akten steht, sind Ihre eigenen Aussagen, nichts mehr und nichts weniger.
Mörder Ich weiß.
Doktor Hahn Also.
Mörder Mag sein –!
Doktor Hahn Was mag sein?
Mörder Daß es wahr ist. Gewissermaßen. Daß ich mein Leben ge-

wissermaßen auf dem Klosett verbracht habe. Ich erinnere mich, oft hatte ich durchaus so ein Gefühl. Vor allem in den letzten vierzehn Jahren, seit ich einen Beruf habe, seit ich in der Bank gearbeitet habe –

DOKTOR HAHN Daß Sie stets die Arbeitszeit dafür genommen haben, das sagten Sie schon. Das ist ein Spaß, worüber die Geschworenen gelacht haben, und ich habe wirklich nichts dagegen, wenn man die Geschworenen zum Lachen bringt. Aber wesentlich ist das nicht; das machen fast alle Angestellten.

MÖRDER Dieses Gefühl hatte ich auch, lieber Doktor. Daß es nicht wesentlich ist. Auch wenn ich vor dem Spiegel stand und mich rasierte, wir mußten immer tadellos rasiert sein, oder wenn ich meine Schuhe nestelte und zwischenhinein frühstückte, wenn ich Schlag acht Uhr an meinen Schalter trat, jeden Morgen, und so …

DOKTOR HAHN Was wollten Sie sagen?

MÖRDER Im Frühling wäre ich Prokurist geworden, am ersten April.

DOKTOR HAHN Das wissen wir.

MÖRDER Auch das, Sie haben schon recht, hätte nichts verändert, überhaupt nichts. Es fällt mir nur so ein: Prokuristen haben ein eigenes Klosett, und überhaupt, wie gesagt, ich beklage mich in keiner Weise über die Bank, die ganze Organisation war musterhaft, das muß man sagen, unser Hauswart hatte einen Kalender, wo man nachsehen konnte, wann er die Flügeltüren zum letzten Male geschmiert hatte und wann die nächste Schmierung fällig war. Diesen Kalender habe ich mit eigenen Augen gesehen. Da gibt es keine girrende Türe und nichts. Das muß man sagen.

Der Mörder zertritt seine Zigarette.

DOKTOR HAHN Um auf unsere Frage zurückzukommen: –

MÖRDER Ja. Was ist wesentlich?

DOKTOR HAHN Am Abend des dritten Februars verlassen Sie die Bank um achtzehn Uhr zwanzig, nachdem Sie die Abrechnung für Januar erledigt haben. Die Abrechnung stimmt.

MÖRDER Bis auf sechzig Groschen –

DOKTOR HAHN Bei einem Betrag von neun Millionen! Die sechzig Groschen ersetzen Sie sofort aus eigener Tasche, dann besuchen Sie ein Kino, aber der Film fesselt Sie nicht. Sie gehen zu Fuß nach Hause.

MÖRDER Was sollte ich tun.

DOKTOR HAHN Sie empfanden, ich frage Sie nochmals, keinerlei Unwohlsein oder so?

MÖRDER Nur Langweile –.
DOKTOR HAHN Das sagten Sie.
MÖRDER Ich hatte das Radio eingestellt, aber da gab es auch nichts, was mich fesselte.
DOKTOR HAHN Um elf Uhr nachts kleiden Sie sich abermals an, Sie rasieren sich und gehen abermals in die Stadt, abermals zu Fuß, und melden sich in der Bank. Elf Uhr vierunddreißig. Als der Hauswart öffnet, erklären Sie, Sie müßten auf das Klosett –
MÖRDER Ja, darum kommen wir nicht herum.
DOKTOR HAHN Weiter!
MÖRDER Vielleicht wäre alles anders gekommen, wenn ich mehr verstanden hätte vom Geld.
DOKTOR HAHN Verstehe.
MÖRDER Millionen sind durch meine Hände gegangen, Tag für Tag, hinaus und hinein –
DOKTOR HAHN Verstehe.
MÖRDER Was ist Geld?
DOKTOR HAHN Sie meinen: wenn Sie gerissener gewesen wären, wenn Sie selber mehr verdient hätten – Ein heikles Argument! Sehr heikel! Wir dürfen nie vergessen: Es ging Ihnen nicht um Geld.
MÖRDER Nein.
DOKTOR HAHN Darauf fußt meine ganze Verteidigung. Sie hätten eine Million unterschlagen können, ohne zur Axt zu greifen. Es ist ein Mord, aber kein Raubmord. Und das setze ich durch!
Pause.
MÖRDER Ich meine es auch nicht so, lieber Doktor.
DOKTOR HAHN Sondern?
MÖRDER Wenn ich etwas vom Geld verstanden hätte, meine ich, vielleicht hätte ich mich nicht so gelangweilt vierzehn Jahre lang.
DOKTOR HAHN Gelangweilt?
MÖRDER Klar.
DOKTOR HAHN Wollen Sie dem Gericht vielleicht sagen, daß Sie den alten Hauswart aus purer Langeweile erschlagen haben?
MÖRDER Sie verstehen mich nicht.
DOKTOR HAHN Nein!
MÖRDER Wie sollten Sie, lieber Doktor. Sonst hätten Sie schon lang ein gleiches gemacht –
DOKTOR HAHN Ich?
MÖRDER Geben Sie mir noch eine Zigarette?
Hahn bietet an.

MÖRDER Er ist der einzige, der mich verstanden hat, glaube ich.
DOKTOR HAHN Wer?
MÖRDER Der Staatsanwalt.
Hahn gibt Feuer.
Danke.
Der Mörder raucht.
DOKTOR HAHN Wenn Sie vor den Geschworenen so reden, wird es heißen, daß Sie jede Reue vermissen lassen, und ich sage Ihnen immer wieder, was die Reue für eine Rolle spielt, und zwar gerade bei den Geschworenen!
MÖRDER Reue?
DOKTOR HAHN Warum lachen Sie?
MÖRDER Ich begreife nicht, warum sich plötzlich die ganze Menschheit um diesen Hauswart kümmert, alle, die ihn mit keinem Blick bemerkt haben, wenn er die lautlose Flügeltüre hielt.
DOKTOR HAHN Mensch ist Mensch.
MÖRDER Ja.
DOKTOR HAHN Das ist nicht zum Lachen.
MÖRDER Nein.
Es klopft.
DOKTOR HAHN Herein!
Es kommt ein Wärter, der einen Brief bringt.
Was ist denn?
WÄRTER Herr Doktor Hahn?
DOKTOR HAHN Unsere Zeit ist noch nicht vorbei.
WÄRTER Ich solle auf Ihren Bescheid warten.
Hahn erbricht den Brief und liest.
MÖRDER Wie spät ist es denn?
WÄRTER Das Essen kommt gleich.
Hahn scheint sehr überrascht.
DOKTOR HAHN Was soll das bedeuten?
WÄRTER Keine Ahnung.
DOKTOR HAHN Der Gerichtshof ist unterrichtet?
WÄRTER Jawohl.
DOKTOR HAHN Näheres weiß man nicht?
WÄRTER Einfach verschwunden.
DOKTOR HAHN Einfach verschwunden …
WÄRTER Die gnädige Frau, die Frau Staatsanwalt möchte Sie sprechen.
DOKTOR HAHN Sagen Sie, ich komme sofort.
WÄRTER Die gnädige Frau wartet draußen.

DOKTOR HAHN Danke.
WÄRTER Bitte.
Der Wärter entfernt sich wieder, Hahn schüttelt unwillkürlich den Kopf, während er rasch seine Akten zusammennimmt. Der Mörder blickt zum vergitterten Fenster hinaus, die Hände in den Hosentaschen, rauchend.
DOKTOR HAHN Sie haben Glück!
MÖRDER Wie das schneit.
DOKTOR HAHN Das Gericht ist vertagt.
MÖRDER Sie können sich nicht vorstellen, Doktor, wie vertraut mir dieser Anblick ist: wenn man so durch das Gitter schaut und die Flocken sieht, Sommer, Herbst, Winter. Und immer diese fünf Stäbe davor. Woher soll unsereiner die Reue nehmen? Im Ernst. So war es auch hinter dem Schalter, wo ich arbeitete – als ich noch frei war.
DOKTOR HAHN Haben Sie nicht gehört, was ich sage?
Indem er seine Mappe packt.
Das Gericht vertagt, weil man den Herrn Staatsanwalt nicht finden kann, das ist mir auch noch niemals vorgekommen!
Indem er die Mappe unter den Arm nimmt.
Überlegen Sie sich, was ich Sie fragte. Überlegen Sie es sich in aller Ruhe. Was haben wir heute? Freitag. Wir sprechen uns wieder am nächsten Montag.
Indem er dem Mörder die Hand gibt.
Ich bin sehr eilig.
MÖRDER Lassen Sie sich nicht aufhalten, lieber Doktor.
DOKTOR HAHN Überlegen Sie es sich in aller Ruhe –
Hahn öffnet die Türe.
WÄRTER Fertig?
DOKTOR HAHN Fertig. –
Hahn geht hinaus, zugleich kommt der Wärter mit dem Essen herein, nämlich mit einem blechernen Teller und einem großen Eimer, woraus er die Suppe schöpft.
WÄRTER Was sagen Sie jetzt?
MÖRDER Wieder Bohnensuppe?
WÄRTER Das meine ich nicht …
Er schöpft die Suppe.
Einfach verschwunden und verschollen, ein Staatsanwalt! Zu mir hat er immer gesagt, ich sehe aus wie ein Bienenzüchter …
Er gibt dem Mörder die Suppe.
Was sagen Sie denn dazu?

MÖRDER Schade.
WÄRTER Schade?
MÖRDER Ein Brot gibt es auch?
WÄRTER Entschuldigung.
Er gibt dem Mörder ein Brot.
Wieso schade?
MÖRDER Der einzige, der mich begriffen hat –.
Der Mörder beißt ins Brot, dann löffelt er die Suppe, und der Wärter wartet umsonst auf ein weiteres Gespräch.
WÄRTER Mahlzeit!
MÖRDER Danke.
Der Wärter nimmt den Eimer und geht hinaus, der Mörder sitzt auf der Pritsche und ißt. Man hört, wie die Türe dreifach verschlossen wird. Eine ziemliche Weile lang sieht man zu, wie der Mörder ißt: alltäglich, wortlos, einsam.

HEINRICH BÖLL
Die schwarzen Schafe

Offenbar bin ich ausersehen, dafür zu sorgen, daß die Kette der schwarzen Schafe in meiner Generation nicht unterbrochen wird. Einer muß es sein, und ich bin es. Niemand hätte es je von mir gedacht, aber es ist nichts daran zu ändern: ich bin es. Weise Leute in unserer Familie behaupten, daß der Einfluß, den Onkel Otto auf mich ausgeübt hat, nicht gut gewesen ist. Onkel Otto war das schwarze Schaf der vorigen Generation und mein Patenonkel. Irgendeiner muß es ja sein, und er war es. Natürlich hatte man ihn zum Patenonkel erwählt, bevor sich herausstellte, daß er scheitern würde, und auch mich, mich hat man zum Paten eines kleinen Jungen gemacht, den man jetzt, seitdem ich für schwarz gehalten werde, ängstlich von mir fernhält. Eigentlich sollte man uns dankbar sein, denn eine Familie, die keine schwarzen Schafe hat, ist keine charakteristische Familie.

Meine Freundschaft mit Onkel Otto fing früh an. Er kam oft zu uns, brachte mehr Süßigkeiten mit, als mein Vater für richtig hielt, redete, redete und landete zuletzt einen Pumpversuch.

Onkel Otto wußte Bescheid; es gab kein Gebiet, auf dem er nicht wirklich beschlagen war: Soziologie, Literatur, Musik, Architektur, alles; und wirklich: er wußte was. Sogar Fachleute unterhielten sich gern mit ihm, fanden ihn anregend, intelligent, außerordentlich nett, bis der Schock des anschließenden Pumpversuches sie ernüchterte, denn das war das Ungeheuerliche: er wütete nicht nur in der Verwandtschaft, sondern stellte seine tückischen Fallen auf, wo immer es ihm lohnenswert erschien.

Alle Leute waren der Meinung, er könne sein Wissen »versilbern« – so nannten sie es in der vorigen Generation, aber er versilberte es nicht, er versilberte die Nerven der Verwandtschaft. Es bleibt sein Geheimnis, wie er es fertig brachte, den Eindruck zu erwecken, daß er es an diesem Tage nicht tun würde. Aber er tat es. Regelmäßig. Unerbittlich. Ich glaube, er brachte es nicht über sich, auf eine Gelegenheit zu verzichten. Seine Reden waren so fesselnd, so erfüllt von wirklicher Leidenschaft, scharf durchdacht, glänzend witzig, vernichtend für seine Gegner, erhebend für seine Freunde, zu gut konnte er über alles sprechen, als daß man hätte glauben können, er würde ...! Aber er tat es. Er wußte, wie man Säuglinge pflegt, obwohl er nie Kinder gehabt hatte, verwickelte die Frauen in ungemein fesselnde Gespräche über Diäten bei gewissen Krankheiten, schlug Pudersorten vor, schrieb Salbenrezepte auf Zettel, regelte Quantität und Qualität ihrer Trünke, ja, er wußte, wie man sie hält: ein schreiendes Kind, ihm anvertraut, wurde sofort ruhig. Es ging etwas Magisches von ihm aus.

Genau so gut analysierte er die Neunte Sinfonie von Beethoven, setzte juristische Schriftstücke auf, nannte die Nummer des Gesetzes, das in Frage kam, aus dem Kopf ...

Aber wo immer und worüber immer das Gespräch gewesen war, wenn das Ende nahte, der Abschied unerbittlich kam, meist in der Diele, wenn die Tür schon halb zugeschlagen war, steckte er seinen blassen Kopf mit den lebhaften schwarzen Augen noch einmal zurück und sagte, als sei es etwas Nebensächliches, mitten in die Angst der harrenden Familie hinein, zu deren jeweiligem Oberhaupt: »Übrigens, kannst du mir nicht ...?«

Die Summen, die er forderte, schwankten zwischen 1 und 50 Mark. Fünfzig war das allerhöchste, im Laufe der Jahrzehnte hatte sich ein ungeschriebenes Gesetz gebildet, daß er mehr niemals verlangen dürfe. »Kurzfristig!« fügte er hinzu. Kurzfristig war sein Lieblingswort. Er kam dann zurück, legte seinen Hut noch einmal auf den Garderobenständer, wickelte den Schal vom Hals und fing an zu erklären, wozu er das Geld brauche. Er hatte immer Pläne, unfehlbare Pläne. Er brauchte es nie unmittelbar für sich, sondern immer nur, um endlich seiner Existenz eine feste Grundlage zu geben. Seine Pläne schwankten zwischen einer Limonadenbude, von der er sich ständige und feste Einnahmen versprach, und der Gründung einer politischen Partei, die Europa vor dem Untergang bewahren würde.

Die Phrase: »Übrigens, kannst du mir …« wurde zu einem Schreckenswort in unserer Familie, es gab Frauen, Tanten, Großtanten, Nichten sogar, die bei dem Wort kurzfristig einer Ohnmacht nahe waren.

Onkel Otto – ich nehme an, daß er vollkommen glücklich war, wenn er die Treppe hinunterraste – ging nun in die nächste Kneipe, um seine Pläne zu überlegen. Er ließ sie sich durch den Kopf gehen bei einem Schnaps oder drei Flaschen Wein, je nachdem, wie groß die Summe war, die er herausgeschlagen hatte.

Ich will nicht länger verschweigen, daß er trank. Er trank, doch hat ihn nie jemand betrunken gesehen. Außerdem hatte er offenbar das Bedürfnis, allein zu trinken. Ihm Alkohol anzubieten, um dem Pumpversuch zu entgehen, war vollkommen zwecklos. Ein ganzes Faß Wein hätte ihn nicht davon abgehalten, beim Abschied, in der allerletzten Minute, den Kopf noch einmal zur Tür hereinzustecken und zu fragen: »Übrigens, kannst du mir nicht kurzfristig …?«

Aber seine schlimmste Eigenschaft habe ich bisher verschwiegen: er gab manchmal Geld zurück. Manchmal schien er irgendwie auch etwas zu verdienen, als ehemaliger Referendar machte er, glaube ich, gelegentlich Rechtsberatungen. Er kam dann an, nahm einen Schein aus der Tasche, glättete ihn mit schmerzlicher Liebe und sagte: »Du warst so freundlich, mir auszuhelfen, hier ist der Fünfer!« Er ging dann sehr schnell weg und kam nach spätestens zwei Tagen wieder, um eine Summe zu fordern, die etwas über der zurückgegebenen lag. Es bleibt sein Geheimnis, wie es ihm gelang, fast sechzig Jahre alt zu werden, ohne das zu haben, was wir einen richtigen Beruf zu nennen gewohnt sind. Und er starb keineswegs an einer Krankheit, die er sich durch seinen Trunk hätte zuziehen können. Er war kerngesund, sein Herz funktionierte fabelhaft, und sein Schlaf glich dem eines gesunden Säuglings, der sich vollgesogen hat und vollkommen ruhigen Gewissens der nächsten Mahlzeit entgegenschläft. Nein, er starb sehr plötzlich: ein Unglücksfall machte seinem Leben ein Ende, und was sich nach seinem Tode vollzog, bleibt das Geheimnisvollste an ihm.

Onkel Otto, wie gesagt, starb durch einen Unglücksfall. Er wurde von einem Lastzug mit drei Anhängern überfahren, mitten im Getriebe der Stadt, und es war ein Glück, daß ein ehrlicher Mann ihn aufhob, der Polizei übergab und die Familie verständigte. Man fand in seinen Taschen ein Portemonnaie, das eine Muttergottes-Medaille enthielt, eine Knipskarte mit zwei Fahrten und vierundzwanzigtausend Mark in bar sowie das Duplikat einer Quittung, die er dem Lotterie-Einnehmer hatte unterschreiben müssen, und er kann nicht länger als eine Minute, wahrscheinlich weniger, im Besitz des Geldes gewesen sein, denn der Lastwagen überfuhr ihn kaum fünfzig Meter vom Büro des Lotterie-Einnehmers entfernt.

Was nun folgte, hatte für die Familie etwas Beschämendes. In seinem Zimmer herrschte Armut: Tisch, Stuhl, Bett und Schrank, ein paar Bücher und ein großes Notizbuch, und in diesem Notizbuch eine genaue Aufstellung aller derer, die Geld von ihm zu bekommen hatten, einschließlich der Eintragung eines Pumps vom Abend vorher, der ihm vier Mark eingebracht hatte. Außerdem ein sehr kurzes Testament, das mich zum Erben bestimmte.

Mein Vater als Testamentsvollstrecker wurde beauftragt, die schuldigen Summen auszuzahlen. Tatsächlich füllten Onkel Ottos Gläubigerlisten ein ganzes Quartheft aus, und seine erste Eintragung reichte bis in jene Jahre zurück, wo er seine Referendarlaufbahn beim Gericht abgebrochen und sich plötzlich anderen Plänen gewidmet hatte, deren Überlegung ihn soviel Zeit und soviel Geld gekostet hatte. Seine Schulden beliefen sich insgesamt auf fast fünfzehntausend Mark, die Zahl seiner Gläubiger auf über siebenhundert, angefangen von einem Straßenbahnschaffner, der ihm dreißig Pfennig für ein Umsteigebillett vorgestreckt hatte, bis zu meinem Vater, der insgesamt zweitausend Mark zurückzubekommen hatte, weil ihn anzupumpen Onkel Otto wohl am leichtesten gefallen war.

Seltsamerweise wurde ich am Tage des Begräbnisses großjährig, war also berechtigt, die Erbschaft von zehntausend Mark anzutreten, und brach sofort mein eben begonnenes Studium ab, um mich andern Plänen zu widmen. Trotz der Tränen meiner Eltern zog ich von zu Hause fort, um in Onkel Ottos Zimmer zu ziehen, es zog mich zu sehr dorthin, und ich wohne heute noch dort, obwohl meine Haare längst angefangen haben, sich zu lichten. Das Inventar hat sich weder vermehrt noch verringert. Heute weiß ich, daß ich manches falsch anfing. Es war sinnlos zu versuchen, Musiker zu werden, gar zu komponieren, ich habe kein Talent dazu. Heute weiß ich es, aber ich habe diese Tatsache mit einem dreijährigen vergeblichen Studium bezahlt und mit der Gewißheit, in den Ruf eines Nichtstuers zu kommen, außerdem ist die ganze Erbschaft dabei draufgegangen, aber das ist lange her.

Ich weiß die Reihenfolge meiner Pläne nicht mehr, es waren zu viele. Außerdem wurden die Fristen, die ich nötig hatte, um ihre Sinnlosigkeit einzusehen, immer kürzer. Zuletzt hielt ein Plan gerade noch drei Tage, eine Lebensdauer, die selbst für einen Plan zu kurz ist. Die Lebensdauer meiner Pläne nahm so rapid ab, daß sie zuletzt nur noch kurze, vorüberblitzende Gedanken waren, die ich nicht einmal jemand erklären konnte, weil sie mir selbst nicht klar waren. Wenn ich bedenke, daß ich mich immerhin drei Monate der Physiognomik gewidmet habe, bis ich mich zuletzt innerhalb eines einzigen Nachmittags entschloß, Maler, Gärtner, Mechaniker und Matrose zu werden, und daß ich mit dem Gedanken einschlief, ich sei zum Lehrer geboren, und aufwachte in der felsenfesten Überzeugung, die Zollkarriere sei das, wozu ich bestimmt sei …!

Kurz gesagt, ich hatte weder Onkel Ottos Liebenswürdigkeit noch seine relativ große Ausdauer, außerdem bin ich kein Redner, ich sitze stumm bei den Leuten, langweile sie und bringe meine Versuche, ihnen Geld abzuringen, so abrupt, mitten in ein Schweigen hinein, daß sie wie Erpressungen klingen. Nur mit Kindern werde ich gut fertig, wenigstens diese Eigenschaft scheine ich von Onkel Otto als positiv geerbt zu haben. Säuglinge werden ruhig, sobald sie auf meinen Armen liegen, und wenn sie mich ansehen, lächeln sie, soweit sie überhaupt schon lächeln können, obwohl man sagt, daß mein Gesicht die Leute erschreckt. Boshafte Leute haben mir geraten, als erster männlicher Vertreter die Branche der Kindergärtner zu gründen und meine endlose Planpolitik durch die Realisierung dieses Plans zu beschließen. Aber ich tue es nicht. Ich glaube, das ist es, was uns unmöglich macht: daß wir unsere wirklichen Fähigkeiten nicht versilbern können – oder wie man jetzt sagt: gewerblich ausnutzen.

Jedenfalls eins steht fest: wenn ich ein schwarzes Schaf bin – und ich selbst bin keineswegs davon überzeugt, eins zu sein –, wenn ich es aber bin, so vertrete ich eine andere Sorte als Onkel Otto: ich habe nicht seine Leichtigkeit, nicht seinen Charme und außerdem, meine Schulden drücken mich, während sie ihn offenbar wenig beschwerten. Und ich tat etwas Entsetzliches: ich kapitulierte – ich bat um eine Stelle. Ich beschwor die Familie, mir zu helfen, mich unterzubringen, ihre Beziehungen spielen zu lassen, um mir einmal, wenigstens einmal eine feste Bezahlung gegen eine bestimmte Leistung zu sichern. Und es gelang ihnen. Nachdem ich die Bitten losgelassen, die Beschwörungen schriftlich und mündlich formuliert hatte, dringend, flehend, war ich entsetzt, als sie ernst genommen und realisiert wurden, und ich tat etwas, was bisher noch kein schwarzes Schaf getan hat: ich wich nicht zurück, setzte sie nicht drauf, sondern nahm die Stelle an, die sie für mich ausfindig gemacht hatten. Ich opferte etwas, was ich nie hätte opfern sollen: meine Freiheit!

Jeden Abend, wenn ich müde nach Hause kam, ärgerte ich mich, daß wieder ein Tag meines Lebens vergangen war, der mir nur Müdigkeit eintrug, Wut und ebensoviel Geld, wie nötig war, um weiterarbeiten zu können; wenn man diese Beschäftigung Arbeit nennen kann: Rechnungen alphabetisch zu sortieren, sie lochen und in einen nagelneuen Ordner zu klemmen, wo sie das Schicksal, nie bezahlt zu werden, geduldig erleiden; oder Werbebriefe zu schreiben, die erfolglos in die Gegend reisen und nur eine überflüssige Last für den Briefträger sind; manchmal auch Rechnungen zu schreiben, die sogar gelegentlich bar bezahlt wurden. Verhandlungen mußte ich führen mit Reisenden, die sich vergeblich bemühten, jemand jenen Schund anzudrehen, den unser Chef herstellte. Unser Chef, dieses rastlose Rindvieh, der nie Zeit hat und nichts tut, der die wertvollen Stunden des Tages zäh zerschwätzt – tödlich sinnlose Existenz –, der sich die Höhe seiner Schulden nicht einzugestehen wagt, sich von Bluff zu Bluff durchgaunert, ein Luftballonakrobat, der den einen aufzublasen beginnt, während der andere eben platzt: übrig bleibt ein widerlicher Gummilappen, der eine Sekunde vorher noch Glanz hatte, Leben und Prallheit.

Unser Büro lag unmittelbar neben der Fabrik, wo ein Dutzend Arbeiter jene Möbel herstellten, die man kauft, um sich sein Leben lang darüber zu ärgern, wenn man sich nicht entschließt, sie nach drei Tagen zu Anmachholz zu zerschlagen: Rauchtische, Nähtische, winzige Kommoden, kunstvoll bepinselte kleine Stühle, die unter dreijährigen Kindern zusammenbrechen, kleine Gestelle für Vasen oder Blumentöpfe, schundigen Krimskrams, der sein Leben der Kunst eines Schreiners zu verdanken scheint, während in Wirklichkeit nur ein schlechter Anstreicher ihnen mit Farbe, die für Lack ausgegeben wird, eine Scheinschönheit verleiht, die die Preise rechtfertigen soll.

So verbrachte ich meine Tage einen nach dem andern – es waren fast vierzehn – im Büro dieses unintelligenten Menschen, der sich selbst ernst nahm, sich außerdem für einen Künstler hielt, denn gelegentlich – es geschah nur einmal, während ich da war – sah man ihn am Reißbrett stehen, mit Stiften und Papier hantieren und irgendein wackliges Ding entwerfen, einen Blumenständer oder eine neue Hausbar, weiteres Ärgernis für Generationen.

Die tödliche Sinnlosigkeit seiner Apparate schien ihm nicht aufzugehen. Wenn er ein solches Ding entworfen hatte – es geschah, wie gesagt, nur einmal, solange ich bei ihm war –, raste er mit seinem Wagen davon, um eine schöpferische Pause zu machen, die sich über acht Tage hinzog, während er nur eine Viertelstunde gearbeitet hatte. Die Zeichnung wurde dem Meister hingeschmissen, der sie auf seine Hobelbank legte, sie stirnrunzelnd studierte, dann die Holzbestände musterte, um die Produktion anlaufen zu lassen.

Tagelang sah ich dann, wie sich hinter den verstaubten Fenstern der Werkstatt – er nannte es Fabrik – die neuen Schöpfungen türmten: Wandbretter oder Radiotischchen, die kaum den Leim wert waren, den man an sie verschwendete.

Einzig brauchbar waren die Gegenstände, die sich die Arbeiter ohne Wissen des Chefs herstellten, wenn seine Abwesenheit für einige Tage garantiert war: Fußbänkchen oder Schmuckkästchen von erfreulicher Solidität und Einfachheit; die Urenkel werden auf ihnen noch reiten oder ihren Krempel darin aufbewahren: brauchbare Wäschegestelle, auf denen die Hemden mancher Generation noch flattern werden. So wurde das Tröstliche und Brauchbare illegal geschaffen.

Aber die wirklich imponierende Persönlichkeit, die mir während dieses Intermezzos beruflicher Wirksamkeit begegnete – war der Straßenbahnschaffner, der mir mit seiner Knipszange den Tag ungültig stempelte; er hob diesen winzigen Fetzen Papier, meine Wochenkarte, schob ihn in die offene Schnauze seiner Zange, und eine unsichtbar nachfließende Tinte machte zwei laufende Zentimeter darauf – einen Tag meines Lebens – hinfällig, einen wertvollen Tag, der mir nur Müdigkeit eingebracht hatte, Wut und ebensoviel Geld, wie nötig war, um weiter dieser sinnlosen Beschäftigung nachzugehen. Schicksalhafte Größe wohnte diesem Mann in der schlichten Uniform der städtischen Bahnen inne, der jeden Abend Tausende von Menschentagen für nichtig erklären konnte.

Noch heute ärgere ich mich, daß ich meinem Chef nicht kündigte, bevor ich fast gezwungen wurde, ihm zu kündigen; daß ich ihm den Kram nicht hinwarf, bevor ich fast gezwungen wurde, ihn hinzuwerfen: denn eines Tages führte mir meine Wirtin einen finster dreinblickenden Menschen ins Büro, der sich als Lotterie-Einnehmer vorstellte und mir erklärte, daß ich Besitzer eines Vermögens von 50 000 DM sei, falls ich der und der sei und sich ein bestimmtes

Los in meiner Hand befände. Nun, ich war der und der, und das Los befand sich in meiner Hand. Ich verließ sofort ohne Kündigung meine Stelle, nahm es auf mich, die Rechnungen ungelocht, unsortiert liegenzulassen, und es blieb mir nichts anderes übrig, als nach Hause zu gehen, das Geld zu kassieren und die Verwandtschaft durch den Geldbriefträger den neuen Stand der Dinge wissen zu lassen.

Offenbar erwartete man, daß ich bald sterben oder das Opfer eines Unglücksfalles werden würde. Aber vorläufig scheint kein Auto ausersehen, mich des Lebens zu berauben, und mein Herz ist vollkommen gesund, obwohl auch ich die Flasche nicht verschmähe. So bin ich nach Bezahlung meiner Schulden der Besitzer eines Vermögens von fast 30 000 DM, steuerfrei, bin ein begehrter Onkel, der plötzlich wieder Zugang zu seinem Patenkind hat. Überhaupt die Kinder lieben mich ja, und ich darf jetzt mit ihnen spielen, ihnen Bälle kaufen, sie zu Eis einladen, Eis mit Sahne, darf ganze riesengroße Trauben von Luftballons kaufen, Schiffsschaukeln und Karusselle mit der lustigen Schar bevölkern.

Während meine Schwester ihrem Sohn, meinem Patenkind, sofort ein Los gekauft hat, beschäftige ich mich jetzt damit zu überlegen, stundenlang zu grübeln, wer mir folgen wird in dieser Generation, die dort heranwächst; wer von diesen blühenden, spielenden, hübschen Kindern, die meine Brüder und Schwestern in die Welt gesetzt haben, wird das schwarze Schaf der nächsten Generation sein? Denn wir sind eine charakteristische Familie und bleiben es. Wer wird brav sein, bis zu jenem Punkt, wo er aufhört, brav zu sein? Wer wird sich plötzlich anderen Plänen widmen wollen, unfehlbaren, besseren? Ich möchte es wissen, ich möchte ihn warnen, denn auch wir haben unsere Erfahrungen, auch unser Beruf hat seine Spielregeln, die ich ihm mitteilen könnte, dem Nachfolger, der vorläufig noch unbekannt ist und wie der Wolf im Schafspelz in der Horde der anderen spielt ...

Aber ich habe das dunkle Gefühl, daß ich nicht mehr so lange leben werde, um ihn zu erkennen und einzuführen in die Geheimnisse; er wird auftreten, sich entpuppen, wenn ich sterbe und die Ablösung fällig wird, er wird mit erhitztem Gesicht vor seine Eltern treten und sagen, daß er es satt hat, und ich hoffe nur insgeheim, daß dann noch etwas übrig sein wird von meinem Geld, denn ich habe mein Testament verändert und habe den Rest meines Vermögens dem vermacht, der zuerst die untrüglichen Zeichen zeigt, daß er mir nachzufolgen bestimmt ist ...

Hauptsache, daß er ihnen nichts schuldig bleibt.

Marie Luise Kaschnitz
Das dicke Kind

Es war Ende Januar, bald nach den Weihnachtsferien, als das dicke Kind zu mir kam. Ich hatte in diesem Winter angefangen, an die Kinder aus der Nachbarschaft Bücher auszuleihen, die sie an einem bestimmten Wochentag holen und zurückbringen sollten. Natürlich kannte ich die meisten dieser Kinder, aber es kamen auch manchmal Fremde, die nicht in unserer Straße wohnten. Und wenn auch die Mehrzahl von ihnen gerade nur so lange Zeit blieb, wie der Umtausch in Anspruch nahm, so gab es doch einige, die sich hinsetzten und gleich auf der Stelle zu lesen begannen. Dann saß ich an meinem Schreibtisch und arbeitete, und die Kinder saßen an dem kleinen Tisch bei der Bücherwand, und ihre Gegenwart war mir angenehm und störte mich nicht.

Das dicke Kind kam an einem Freitag oder Samstag, jedenfalls nicht an dem zum Ausleihen bestimmten Tag. Ich hatte vor auszugehen und war im Begriff, einen kleinen Imbiß, den ich mir gerichtet hatte, ins Zimmer zu tragen. Kurz vorher hatte ich einen Besuch gehabt und dieser mußte wohl vergessen haben, die Eingangstüre zu schließen. So kam es, daß das dicke Kind ganz plötzlich vor mir stand, gerade als ich das Tablett auf den Schreibtisch niedergesetzt hatte und mich umwandte, um noch etwas in der Küche zu holen. Es war ein Mädchen von vielleicht zwölf Jahren, das einen altmodischen Lodenmantel und schwarze, gestrickte Gamaschen anhatte und an einem Riemen ein paar Schlittschuhe trug, und es kam mir bekannt, aber doch nicht richtig bekannt vor, und weil es so leise hereingekommen war, hatte es mich erschreckt.

Kenne ich Dich? fragte ich überrascht.

Das dicke Kind sagte nichts. Es stand nur da und legte die Hände über seinem runden Bauch zusammen und sah mich mit seinen wasserhellen Augen an.

Möchtest Du ein Buch? fragte ich.

Das dicke Kind gab wieder keine Antwort. Aber darüber wunderte ich mich nicht allzu sehr. Ich war es gewohnt, daß die Kinder schüchtern waren und daß man ihnen helfen mußte. Also zog ich ein paar Bücher heraus und legte sie vor das fremde Mädchen hin. Dann machte ich mich daran, eine der Karten auszufüllen, auf welchen die entliehenen Bücher aufgezeichnet wurden.

Wie heißt Du denn? fragte ich.

Sie nennen mich die Dicke, sagte das Kind.

Soll ich Dich auch so nennen? fragte ich.

Es ist mir egal, sagte das Kind. Es erwiderte mein Lächeln nicht, und ich glaube mich jetzt zu erinnern, daß sein Gesicht sich in diesem Augenblick schmerzlich verzog. Aber ich achtete darauf nicht.

Wann bist Du geboren?, fragte ich weiter.

Im Wassermann, sagte das Kind ruhig.

Diese Antwort belustigte mich, und ich trug sie auf der Karte ein, spaßeshalber gewissermaßen, und dann wandte ich mich wieder den Büchern zu.

Möchtest Du etwas Bestimmtes? fragte ich.

Aber dann sah ich, daß das fremde Kind gar nicht die Bücher ins Auge faßte, sondern seine Blicke auf dem Tablett ruhen ließ, auf dem mein Tee und meine belegten Brote standen.

Vielleicht möchtest Du etwas essen, sagte ich schnell.

Das Kind nickte, und in seiner Zustimmung lag etwas wie ein gekränktes Erstaunen darüber, daß ich erst jetzt auf diesen Gedanken kam. Es machte sich daran, die Brote eins nach dem andern zu verzehren, und es tat das auf eine besondere Weise, über die ich mir erst später Rechenschaft gab. Dann saß es wieder da und ließ seine trägen kalten Blicke im Zimmer herumwandern, und es lag etwas in seinem Wesen, das mich mit Ärger und Abneigung erfüllte. Ja gewiß, ich habe dieses Kind von Anfang an gehaßt. Alles an ihm hat mich abgestoßen, seine trägen Glieder, sein hübsches, fettes Gesicht, seine Art zu sprechen, die zugleich schläfrig und anmaßend war. Und obwohl ich mich entschlossen hatte, ihm zuliebe meinen Spaziergang aufzugeben, behandelte ich es doch keineswegs freundlich, sondern grausam und kalt.

Oder soll man es etwa freundlich nennen, daß ich mich nun an den Schreibtisch setzte und meine Arbeit vornahm und über meine Schulter weg sagte, lies jetzt, obwohl ich doch ganz genau wußte, daß das fremde Kind gar nicht lesen wollte? Und dann saß ich da und wollte schreiben und brachte nichts zustande, weil ich ein sonderbares Gefühl der Peinigung hatte, so, wie wenn man etwas erraten soll und errät es nicht, und ehe man es nicht erraten hat, kann nichts mehr so werden, wie es vorher war. Und eine Weile lang hielt ich das aus, aber nicht sehr lange, und dann wandte ich mich um und begann eine Unterhaltung, und es fielen mir nur die törichtsten Fragen ein.

Hast Du noch Geschwister, fragte ich.

Ja, sagte das Kind.

Gehst Du gern in die Schule, fragte ich.

Ja, sagte das Kind.

Was magst Du denn am liebsten?

Wie bitte? fragte das Kind.

Welches Fach, sagte ich verzweifelt.

Ich weiß nicht, sagte das Kind.

Vielleicht Deutsch? fragte ich.

Ich weiß nicht, sagte das Kind.

Ich drehte meinen Bleistift zwischen den Fingern, und es wuchs etwas in mir auf, ein Grauen, das mit der Erscheinung des Kindes in gar keinem Verhältnis stand.

Hast Du Freundinnen? fragte ich zitternd.

O ja, sagte das Mädchen.

Eine hast Du doch sicher am liebsten? fragte ich.

Ich weiß nicht, sagte das Kind, und wie es dasaß in seinem haarigen Lodenmantel, glich es einer fetten Raupe, und wie eine Raupe hatte es auch gegessen und wie eine Raupe witterte es jetzt wieder herum.

Jetzt bekommst Du nichts mehr, dachte ich, von einer sonderbaren Rachsucht erfüllt. Aber dann ging ich doch hinaus und holte Brot und Wurst, und das Kind starrte darauf mit seinem dumpfen Gesicht, und dann fing es an zu essen, wie ein Raupe frißt, langsam und stetig, wie aus einem inneren Zwang heraus, und ich betrachtete es feindlich und stumm.

Denn nun war es schon soweit, daß alles an diesem Kind mich aufzuregen und zu ärgern begann. Was für ein albernes, weißes Kleid, was für ein lächerlicher Stehkragen dachte ich, als das Kind nach dem Essen seinen Mantel aufknöpfte. Ich setzte mich wieder an meine Arbeit, aber dann hörte ich das Kind hinter mir schmatzen, und dieses Geräusch glich dem trägen Schmatzen eines schwarzen Weihers irgendwo im Walde, es brachte mir alles wässerig Dumpfe, alles Schwere und Trübe der Menschennatur zum Bewußtsein und verstimmte mich sehr. Was willst Du von mir, dachte ich, geh fort, geh fort. Und ich hatte Lust, das Kind mit meinen Händen aus dem Zimmer zu stoßen, wie man ein lästiges Tier vertreibt. Aber dann stieß ich es nicht aus dem Zimmer, sondern sprach nur wieder mit ihm, und wieder auf dieselbe grausame Art.

Gehst Du jetzt aufs Eis? fragte ich.

Ja, sagte das dicke Kind.

Kannst Du gut Schlittschuhlaufen? fragte ich und deutete auf die Schlittschuhe, die das Kind noch immer am Arm hängen hatte.

Meine Schwester kann gut, sagte das Kind, und wieder erschien auf seinem Gesicht ein Ausdruck von Schmerz und Trauer und wieder beachtete ich ihn nicht.

Wie sieht Deine Schwester aus? fragte ich. Gleicht sie Dir?

Ach nein, sagte das dicke Kind. Meine Schwester ist ganz dünn und hat schwarzes, lockiges Haar. Im Sommer, wenn wir auf dem Land sind, steht sie nachts auf, wenn ein Gewitter kommt und sitzt oben auf der obersten Galerie auf dem Geländer und singt.

Und Du? fragte ich.

Ich bleibe im Bett, sagte das Kind. Ich habe Angst.

Deine Schwester hat keine Angst, nicht wahr? sagte ich.

Nein, sagte das Kind. Sie hat niemals Angst. Sie springt auch vom obersten Sprungbrett. Sie macht einen Kopfsprung, und dann schwimmt sie weit hinaus ....

Was singt Deine Schwester denn? fragte ich neugierig.

Sie singt, was sie will, sagte das dicke Kind traurig. Sie macht Gedichte.

Und Du? fragte ich.

Ich tue nichts, sagte das Kind. Und dann stand es auf und sagte, ich muß jetzt gehen. Ich streckte meine Hand aus, und es legte seine dicken Finger hinein, und ich weiß nicht genau, was ich dabei empfand, etwas wie eine Aufforderung, ihm zu folgen, einen unhörbaren dringlichen Ruf. Komm einmal wieder, sagte ich, aber es war mir nicht ernst damit, und das Kind sagte nichts und sah mich mit seinen kühlen Augen an. Und dann war es fort, und ich hätte eigentlich Erleichterung spüren müssen. Aber kaum, daß ich die Wohnungstür ins Schloß fallen hörte, lief ich auch schon auf den Korridor hinaus und zog meinen Mantel an. Ich rannte ganz schnell die Treppe hinunter und erreichte die Straße in dem Augenblick, in dem das Kind um die nächste Ecke verschwand.

Ich muß doch sehen, wie diese Raupe Schlittschuh läuft, dachte ich. Ich muß doch sehen, wie sich dieser Fettkloß auf dem Eise bewegt. Und ich beschleunigte meine Schritte, um das Kind nicht aus den Augen zu verlieren.

Es war am frühen Nachmittag gewesen, als das dicke Kind zu mir ins Zimmer trat, und jetzt brach die Dämmerung herein. Obwohl ich in dieser Stadt einige Jahre meiner Kindheit verbracht hatte, kannte ich mich doch nicht mehr gut aus, und während ich mich bemühte, dem Kinde zu folgen, wußte ich bald nicht mehr, welchen Weg wir gingen, und die Straßen und Plätze, die vor mir auftauchten, waren mir völlig fremd. Ich bemerkte auch plötzlich eine Veränderung in der Luft. Es war sehr kalt gewesen, aber nun war ohne Zweifel Tauwetter eingetreten und mit so großer Gewalt, daß der Schnee schon von den Dächern tropfte und am Himmel große Föhnwolken ihres Weges zogen. Wir kamen vor die Stadt hinaus, dorthin, wo die Häuser von großen Gärten umgeben sind, und dann waren gar keine Häuser mehr da, und dann verschwand plötzlich das Kind und tauchte eine Böschung hinab. Und wenn ich erwartet hatte, nun einen Eislaufplatz vor mir zu sehen, helle Buden und Bogenlampen und eine glitzernde Fläche voll Geschrei und Musik, so bot sich mir jetzt ein ganz anderer Anblick. Denn dort unten lag der See, von dem ich geglaubt hatte, daß seine Ufer mittlerweile alle bebaut worden wären: er lag ganz einsam da, von schwarzen Wäldern umgeben und sah genau wie in meiner Kindheit aus.

Dieses unerwartete Bild erregte mich so sehr, daß ich das fremde Kind beinahe aus den Augen verlor. Aber dann sah ich es wieder, es hockte am Ufer und versuchte, ein Bein über das andere zu legen und mit der einen Hand den Schlittschuh am Fuß festzuhalten, während es mit der andern den Schlüssel herumdrehte. Der Schlüssel fiel ein paar Mal herunter, und dann ließ sich das dicke Kind auf alle viere fallen und rutschte auf dem Eis herum, und suchte und sah wie eine seltsame Kröte aus. Überdem wurde es immer dunkler, der Dampfersteg, der nur ein paar Meter von dem Kind entfernt in den See vorstieß, stand tiefschwarz über der weiten Fläche, die silbrig glänzte, aber nicht überall gleich, sondern ein wenig dunkler hier und dort, und in diesen trüben Flecken kündigte sich das Tauwetter an. Mach doch schnell, rief ich ungeduldig, und die Dicke beeilte sich nun wirklich, aber nicht auf mein Drängen hin, sondern weil draußen vor dem Ende des langen Dampfersteges jemand winkte und »Komm Dicke« schrie, jemand, der dort seine Kreise zog, eine leichte, helle Gestalt. Es fiel mir ein, daß dies die Schwester sein müsse, die Tänzerin, die Gewittersängerin, das Kind nach meinem Herzen, und ich war gleich überzeugt, daß nichts anderes mich hierhergelockt hatte als der Wunsch, dieses anmutige Wesen zu sehen. Zugleich aber wurde ich mir auch der Gefahr bewußt, in der die Kinder schwebten. Denn nun begann mit einem Mal dieses seltsame Stöhnen, diese tiefen Seufzer, die der See auszustoßen scheint, ehe die Eisdecke bricht. Diese Seufzer liefen in der Tiefe hin wie eine schaurige Klage, und ich hörte sie, und die Kinder hörten sie nicht.

Nein gewiß, sie hörten sie nicht. Denn sonst hätte sich die Dicke, dieses ängstliche Geschöpf, nicht auf den Weg gemacht, sie wäre nicht mit ihren kratzigen unbeholfenen Stößen immer weiter hinausgestrebt, und die Schwester draußen hätte nicht gewinkt und gelacht und sich wie eine Ballerina auf der Spitze ihres Schlittschuhs gedreht, um dann wieder ihre schönen Achter zu ziehen, und die Dicke hätte die schwarzen Stellen vermieden, vor denen sie jetzt zurückschreckte, um sie dann doch zu überqueren, und die Schwester hätte sich nicht plötzlich hoch aufgerichtet und wäre nicht davon geglitten, fort, fort, einer der kleinen einsamen Buchten zu.

Ich konnte das alles genau sehen, weil ich mich daran gemacht hatte, auf dem Dampfersteg hinauszuwandern, immer weiter, Schritt für Schritt. Trotzdem die Bohlen vereist waren, kam ich doch schneller vorwärts als das dicke Kind dort unten, und wenn ich mich umwandte, konnte ich sein Gesicht sehen, das einen dumpfen und zugleich sehnsüchtigen Ausdruck hatte. Ich konnte auch die Risse sehen, die jetzt überall aufbrachen und aus denen wie Schaum vor die Lippen des Rasenden, ein wenig schäumendes Wasser trat. Und dann sah ich natürlich auch, wie unter dem dicken Kind das Eis zerbrach. Denn das geschah an der Stelle, an der die Schwester vordem getanzt hatte und nur wenige Armlängen vor dem Ende des Steges.

Ich muß gleich sagen, daß dieses Einbrechen kein lebensgefährliches war. Der See gefriert in ein paar Schichten, und die zweite lag nur einen Meter unter der ersten und war noch ganz fest. Alles, was geschah, war, daß die Dicke einen Meter tief im Wasser stand, im eisigen Wasser freilich und umgeben von bröckelnden Schollen, aber wenn sie nur ein paar Schritte durch das Wasser watete, konnte sie den Steg erreichen und sich dort hinaufziehen, und ich konnte ihr dabei behilflich sein. Aber ich dachte trotzdem gleich, sie wird es nicht schaffen, und es sah auch so aus, als ob sie es nicht schaffen würde, wie sie da stand, zu Tode erschrocken und nur ein paar unbeholfene Bewegungen machte, und das Wasser strömte um sie herum, und das Eis unter ihren Händen zerbrach. Der Wassermann, dachte ich, jetzt zieht er sie hinunter, und ich spürte gar nichts dabei, nicht das geringste Erbarmen und rührte mich nicht.

Aber nun hob die Dicke plötzlich den Kopf, und weil es jetzt vollends Nacht geworden und der Mond hinter den Wolken erschienen war, konnte ich deutlich sehen, daß etwas in ihrem Gesicht sich verändert hatte. Es waren dieselben Züge und doch nicht dieselben, aufgerissen waren sie von Willen und Leidenschaft, als ob sie nun, im Angesicht des Todes, alles Leben tränken, alles glühende Leben der Welt. Ja, das glaubte ich wohl, daß der Tod nahe und dies das letzte sei, und beugte mich über das Geländer und blickte in das weiße Antlitz unter mir, und wie ein Spiegelbild sah es mir entgegen aus der schwarzen Flut. Da aber hatte das dicke Kind den Pfahl erreicht. Es streckte die Hände aus und begann sich heraufzuziehen, ganz geschickt hielt es sich an den Nägeln und Haken, die aus dem Holze ragten. Sein Körper war zu schwer, und seine Finger bluteten, und es fiel wieder zurück, aber nur, um wieder von neuem zu beginnen. Und das war ein langer Kampf, ein schreckliches Ringen um Befreiung und Verwandlung, wie das Aufbrechen einer Schale oder eines Gespinstes, dem ich da zusah, und jetzt hätte ich dem Kinde wohl helfen mögen, aber ich wußte, ich brauchte ihm nicht mehr zu helfen – ich hatte es erkannt …

An meinen Heimweg an diesem Abend erinnere ich mich nicht. Ich weiß nur, daß ich auf unserer Treppe einer Nachbarin erzählte, daß es noch jetzt ein Stück Seeufer gäbe mit Wiesen und schwarzen Wäldern, aber sie erwiderte mir, nein, das gäbe es nicht. Und daß ich dann die Papiere auf meinem Schreibtisch durcheinandergewühlt fand und irgendwo dazwischen ein altes Bildchen, das mich selbst darstellte, in einem weißen Wollkleid mit Stehkragen, mit hellen wässrigen Augen und sehr dick.

THEO HARYCH
Dort wurde ich geboren

Dort, wo der dichte Wald beginnt und sich bis an die Grenze des einstigen Zarenreiches erstreckte, standen eingebettet zwischen Wald und Wiesen zwei Bauernhöfe. Der größere gehörte dem Hilfsförster Freitag. Wollte man von hier zum andern Hof gelangen, mußte man dem schmalen Pfad folgen, der in vielen Windungen durch Wiesen und Felder führte. Erst wenn der Pfad in einen zerfahrenen Feldweg mündete, entdeckte man, versteckt hinter wildem Gestrüpp und alten verwucherten Bäumen, das neue Heim Peters und Julkes.

An einem kalten Dezembertage im Jahre 1903 lief ein achtjähriges Mädchen querfeldein, bis an die Knie im Schnee versinkend, zum Nachbarn Freitag. Wenige Minuten später kehrte das Mädchen, begleitet von einer älteren Frau, zurück. Plötzlich blieb es stehen und sagte: »Tante, ich soll gar nicht wieder mit dir zurück, ich sollte heute im Försterhaus bleiben. Warum nur, wenn meine Mutter so krank ist?«

»Ja, Marthel, gehe wieder zurück, ich passe schon auf deine Mutter auf.« Widerwillig kehrte das Mädchen um, während die alte Frau hastig ihren Weg fortsetzte. Kurze Zeit später hielt die Förstersfrau einen neugeborenen Knaben im Arm.

Um Julke, die noch mit verkrampften Händen in dem mit bunten Kissen bedeckten Holzbett lag, kümmerte sich niemand. Wozu auch? Hier kamen die Kinder zur Welt, weil es Gott so wollte. Wozu die Hebamme und den Arzt holen? Gott allein bestimmte, ob das Kind am Leben blieb oder starb. Was konnten diese Menschen schon helfen? Höchstens erleichterten sie einen um die paar Mark, die man so schwer zusammenkratzen mußte. Außerdem war es schon das fünfte, und bisher war alles wie am Schnürchen gegangen. Daran sah man am besten, wie der Segen Gottes auf einem ruhte. Gesund waren die Kinder alle, bis auf den Husten, den sie gerade hatten. Aber woher sollte man Schuhe und Strümpfe nehmen? Die Blagen mußten sich auch immer im Schnee herumtreiben; war die Stube nicht groß genug? Warm war diese Stube, in der sich alles abspielte. Der Wald reichte bis weit ins Zarenreich hinein, und wer weiß, ob dieser Wald überhaupt ein Ende hatte. Wer sollte sich auch um die junge Frau in den bunten Kissen kümmern? Der Vater? Du lieber Gott, soll der sich das Kindergeschrei in dieser armseligen Hütte den ganzen Tag anhören? Im Sommer ist das was anderes, da hat man seine Arbeit auf dem Acker, den man mühselig genug mit der einen Kuh bearbeiten muß. Aber jetzt im Winter, da geht man lieber den weiten Weg ins Wirtshaus unter die Menschen. Das bißchen Kornschnaps trinkt man schon aus Gesundheitsgründen. Gott behüte, man ist deswegen noch lange kein Säufer.

Es wird doch nicht gerade heut ein neuer Kindersegen in der Hütte einkehren, dachte Peter, als er merkte, daß er nicht mehr ganz sicher auf den Beinen war. Aber dann trank er sein Glas aus und tröstete sich: »Na, wenn schon, die Freitag, die alte Klatschbase, kann sich ja um die Frau ein bißchen kümmern, da tut sie ein gottgefälliges Werk, und solch gesunde Frau wie die Julke wird an dem bißchen Kinderkriegen nicht gleich sterben.«

»Wirt, noch eine Lage ›Reinen‹, morgen bringe ich einen Scheffel Korn, da mache ich alles glatt.« Abends torkelte er schwer betrunken durch den Schnee der Hütte zu, fluchte auf Frau und Kinder, auf Gott, den Teufel und die schlechte Welt.

Eine qualmende Petroleumlampe breitete ihr flackerndes Licht auf die Kinder, die um den rohgezimmerten Tisch saßen. Manchmal huschte ein Lichtschein über das bleiche Gesicht der Frau in den Kissen. Am Fußende des Bettes wimmerte leise das Neugeborene.

Die Tür wurde polternd aufgerissen, und der Vater betrat die Stube. Ohne die Kinder anzusehen, torkelte er an das Bett. »Pschakreff«, schrie er, »soll ich mir das Essen vielleicht selber machen? Raus, sage ich!« Entsetzt flüchteten die Kinder in alle Ecken des Zimmers, nur die kleine Martha kam zitternd auf den Vater zu und sagte mit weinerlicher Stimme: »Mutter ist krank, und der liebe Gott hat uns ein kleines Brüderchen gebracht.«

Peter wackelte mit dem Kopf, sagte noch einmal: »Pschakreff« und schwankte wieder zur Tür hinaus. Er ging in den Stall und schlief seinen Rausch aus, ohne sich die geringsten Sorgen zu machen. Kurz darauf betrat die Förstersfrau wieder die Stube, um den Kindern und der Julke die Abendsuppe zu kochen. Julke bat sie leise: »Ach, Frau Freitag, würden Sie so gut sein und auch dem Peter eine Schüssel Suppe bringen, er hat gewiß Hunger.«

»Meinetwegen soll er verhungern, dem bring ich keine Suppe.«

Bittend schaute die Mutter die kleine Martha an, aber auch diese schüttelte heftig den Kopf: »Nein, Mutter, in den Stall zu Vater geh ich nicht. Vater ist ja so betrunken, ich fürchte mich vor ihm.«

Traurig drückte Julke das Neugeborene an ihre Brust und schloß die Augen. Die Förstersfrau brachte die kleinen Kinder ins Bett, nur um die beiden ältesten, die achtjährige Martha und den zehnjährigen Erwin, kümmerte sie sich nicht. Die fanden sich schon allein zurecht. Dann verließ sie ohne Gruß das Zimmer. Sie war ärgerlich über diese Rennerei, wie sie sich ausdrückte, als ob sie nicht zu Hause genug Arbeit hätte. Aber was sollte sie machen? Konnte sie denn die arme Frau mit den vielen Kindern jetzt im Stich lassen? Sie schüttelte den Kopf und humpelte nach Hause.

Am Sonntag darauf wurde ich in der Dorfkirche getauft. Der Förster stand Pate, und weil er Theophil hieß, wurde auch ich, der vierte Sohn Peters, auf diesen Namen getauft.

Thomas Mann
Der Erwählte

Wer läutet?

Glockenschall, Glockenschwall supra urbem, über der ganzen Stadt, in ihren von Klang überfüllten Lüften! Glocken, Glocken, sie schwingen und schaukeln, wogen und wiegen ausholend an ihren Balken, in ihren Stühlen, hundertstimmig, in babylonischem Durcheinander. Schwer und geschwind, brummend und bimmelnd, – da ist nicht Zeitmaß noch Einklang, sie reden auf einmal und alle einander ins Wort, ins Wort auch sich selber: an dröhnen die Klöppel und lassen nicht Zeit dem erregten Metall, daß es ausdröhne, da dröhnen sie pendelnd an am anderen Rande, ins eigene Gedröhn, also daß, wenn's noch hallt »In te Domine speravi«, so hallt es auch schon »Beati, quorum tecta sunt peccata«, hinein aber klingelt es hell von kleineren Stätten, als rühre der Meßbub das Wandlungsglöcklein.

Von den Höhen läutet es und aus der Tiefe, von den sieben erzheiligen Orten der Wallfahrt und allen Pfarrkirchen der sieben Sprengel zu seiten des zweimal gebogenen Tibers. Vom Aventin läutet's, von den Heiligtümern des Palatin und von Sankt Johannes im Lateran, es läutet über dem Grabe dessen, der die Schlüssel führt, im Vatikanischen Hügel, von Santa Maria Maggiore, in Foro, in Domnica, in Cosmedin und in Trastevere, von Ara Celi, Sankt Paulus außer der Mauer, Sankt Peter in Banden und vom Haus zum Hochheiligen Kreuz in Jerusalem. Aber von den Kapellen der Friedhöfe, den Dächern der Saalkirchen und Oratorien in den Gassen läutet es auch. Wer nennt die Namen und weiß die Titel? Wie es tönt, wenn der Wind, wenn der Sturm gar wühlt in den Saiten der Äolsharfe und gänzlich die Klangwelt aufgeweckt ist, was weit voneinander und nahe beisammen, in schwirrender Allharmonie: so, doch ins Erzene übersetzt, geht es zu in den berstenden Lüften, da alles läutet zu großem Fest und erhabenem Einzug.

Wer läutet die Glocken? Die Glöckner nicht. Die sind auf die Straße gelaufen wie alles Volk, da es so ungeheuerlich läutet. Überzeugt euch: die Glockenstuben sind leer. Schlaff hängen die Seile, und dennoch wogen die Glocken, dröhnen die Klöppel. Wird man sagen, daß *niemand* sie läutet? – Nein, nur ein ungrammatischer Kopf ohne Logik wäre der Aussage fähig. »Es läuten die Glocken«, das meint: sie werden geläutet, und seien die Stuben auch noch so leer. – Wer also läutet die Glocken Roms? – *Der Geist der Erzählung.* – Kann denn der überall sein, hic et ubique, zum Beispiel zugleich auf dem Turme von Sankt Georg in Velabro und droben in Santa Sabina, die Säulen hütet vom greulichen Tempel der Diana? An hundert weihlichen Orten auf einmal? – Allerdings, das vermag er. Er ist luftig, körperlos, allgegenwärtig, nicht unterworfen dem Unterschiede von Hier und Dort. Er ist es, der spricht: »Alle Glokken läuteten«, und folglich ist er's, der sie läutet. So geistig ist dieser Geist und so abstrakt, daß grammatisch nur in der dritten Person von ihm die Rede sein und es lediglich heißen kann: »Er ist's«. Und doch kann er sich auch zusammenziehen zur Person, nämlich zur ersten, und sich verkörpern in jemandem, der in dieser spricht und spricht: »Ich bin es. Ich bin der Geist der Erzählung, der, sitzend an seinem derzeitigen Ort, nämlich in der Bibliothek des Klosters Sankt Gallen im Alamannenlande, wo einst Notker der Stammler saß, zur Unterhaltung und außerordentlichen Erbauung diese Geschichte erzählt, indem ich mit ihrem gnadenvollen Ende beginne und die Glocken Roms läute, id est: berichte, daß sie an jenem Tage des Einzugs sämtlich von selber zu läuten begannen.«

Damit aber auch die zweite grammatische Person zu ihrem Rechte komme, so lautet die Frage: Wer bist du denn, der Ich sagend an Notkers Pulte sitzt und den Geist der Erzählung verkörpert? – Ich bin Clemens der Ire, ordinis divi Benedicti, zu Besuch hier als brüderlich aufgenommener Gast und Sendbote meines Abtes Kilian vom Kloster Clonmacnois, meinem Hause in Irland, damit ich die alten Beziehungen pflege, welche seit Columbanus' und Gallus' Tagen fortwalten zwischen meiner Heimat und dieser festen Burg Christi. Ich habe auf meiner Reise eine große Anzahl von Stätten frommer Gelehrsamkeit und Musensitzen besucht, wie Fulda, Reichenau und Gandersheim, Sankt Emmeram zu Regensburg, Lorsch, Echternach und Corvey. Hier aber, wo das Auge sich in Evangeliaren und Psalterien an so köstlicher Buchmalerei in Gold und Silber auf Purpur mit Zutaten von Zinnober, Grün und Blau erlabt, die Brüder unter ihrem Sangesmeister so lieblich im Chor litaneien, wie ich es nirgends vernommen, die Refektur des Leibes vorzüglich ist, des herzigen Weinchens nicht zu vergessen, das dazu geschenkt wird, und man sich im Klosterhofe nach Tische so zuträglich um den Sprudelbrunnen ergeht: hier habe ich für etwas geraumere Zeit Station gemacht, von den immer bereiten Gastzellen eine bewohnend, in welche der hochehrwürdige Abt, Gozbert seines Namens, mir ein irisches Kreuz zu stellen die Aufmerksamkeit hatte, worauf man ein Lamm, von Schlangen umwunden, den Arbor vitae, einen Drachenkopf mit dem Kreuz im Rachen und die Ecclesia abgebildet sieht, wie sie Christi Blut in einem Kelche auffängt, während der Teufel einen Schluck und Bissen davon zu erschnappen sucht. Das Stück zeugt vom frühen Hochstande unseres irischen Kunstgewerbes.

Ich bin meiner Heimat sehr anhänglich, Sankt Patricks buchtenreichem Eiland, seinen Weiden, Hecken und Mooren. Dort gehen die Lüfte feucht und mild, und milde auch ist die Lebensluft unseres Klosters Clonmacnois, will sagen: zugetan einer von mäßiger Askese gezügelten Bildung. Mit unserem Abte Kilian bin ich der wohlgeprüften Ansicht, daß die Religion Jesu und die Pflege antiker Studien Hand in Hand gehen müssen in Bekämpfung der Roheit; daß es die gleiche Unwissenheit ist, die von dem einen und von dem andern nichts weiß, und daß, wo jene Wurzel schlug, immer auch diese sich ausbreitete. Tatsächlich ist die Bildungshöhe unserer Brüderschaft sehr beträchtlich und meiner Erfahrung nach derjenigen des römischen Klerus selbst überlegen, welcher von der Weisheit des Altertums oft allzuwenig berührt ist, und unter dessen Mitgliedern bisweilen ein wahrhaft beklagenswertes Latein geschrieben wird, – wenn auch kein so schlechtes wie unter deutschen Mönchen, von denen einer, allerdings ein Augustiner, mir neulich schrieb: »Habeo tibi aliqua secreta dicere. Robustissimus in corpore sum et saepe propterea temptationibus Diaboli succumbo.« Das ist ja schwer erträglich, stilistisch sowohl wie auch im übrigen, und niemals wohl könnte so bäurisches Zeug aus einer römischen Feder fließen. Überhaupt wäre es fehlerhaft, zu glauben, ich wollte Unrede führen gegen Rom und seine Suprematie, als deren getreuer Anhänger ich mich vielmehr bekenne. Mag es so sein, daß wir irischen Mönche stets auf Unabhängigkeit des Handelns gehalten und in vielen Gegenden des Festlandes zuerst die kristliche Lehre gepredigt, uns auch außerordentliche Verdienste erworben haben, indem wir überall, in Burgund und Friesland, Thüringen und Alamannien Klöster als Bastionen des Glaubens und der Mission errichteten. Das hindert nicht, daß wir seit alters den Bischof im Lateran als Haupt der kristlichen Kirche anerkannt und ein Wesen fast göttlicher Art in ihm gesehen haben, indem wir höchstens nur die Stätte der göttlichen Auferstehung für heiliger als Sankt Peter erachteten. Man kann sagen, ohne zu lügen, daß die Kirchen von Jerusalem, Ephesus und Antiochia älter sind als die römische, und wenn Petrus, bei dessen unerschütterlichem Namen man nicht gern an gewisse Hahnenschreie denkt, das Bistum Rom gestiftet hat (er hat es gestiftet), so trifft unstreitig für die Gemeinde Antiochia das gleiche zu. Aber diese Dinge können nur die Rolle flüchtiger Bemerkungen spielen am Rande der Wahrheit, daß, erstens, unser Herr und Heiland, wie es bei Matthäus, allerdings nur bei diesem, zu lesen steht, den Petrus zu seinem Lehensträger hienieden berufen, dieser aber dem römischen Bischof das Vikariat übertragen und ihm den Vorrang über alle Episkopate der Welt verliehen hat. Lesen wir ja in Dekretalen und Protokollen der Urzeit sogar die Rede, die der Apostel noch selbst bei der Ordination seines ersten Nachfolgers, des Papstes Linus, gehalten hat, was ich als eine rechte Glaubensprobe und als eine Herausforderung an den Geist erachte, seine Kraft zu erweisen und zu zeigen, was alles zu glauben er fertigbringt.

In meiner so viel bescheideneren Eigenschaft als Inkarnation des Geists der Erzählung habe ich alles Interesse daran, daß man mit mir die Berufung zur Sella gestatoria als der Erwählungen höchste und gnadenvollste betrachte. Und ein Zeichen meiner Ergebenheit für Rom ist es denn auch schon gleich, daß ich den Namen Clemens führe. Von Hause aus nämlich heiße ich Morhold. Aber ich habe diesen Namen nie geliebt, da er mich wild und heidnisch anmutete, und mit der Kutte habe ich denjenigen des dritten Nachfolgers Petri angezogen, also daß in der gegürteten Tunika und dem Skapulier nicht mehr der gemeine Morhold, sondern ein verfeinerter Clemens wandelt und sich vollzogen hat, was der heilige Paul ad Ephesios mit so glücklichem Wort das ›Anziehen eines neuen Menschen‹ nennt. Ja, es ist der Fleischesleib gar nicht mehr, der im Wams jenes Morhold herumlief, sondern ein geistlicher Leib ist es, den das Cingulum umwindet, – ein Körper demnach nicht in dem Grade, daß mein früheres Wort, es ›verkörpere‹ sich etwas in mir, nämlich der Geist der Erzählung, ganz billigenswert gewesen wäre. Ich liebe dies Wort ›Verkörperung‹ gar nicht sehr, da es sich ja vom Körper und vom Fleischesleibe herleitet, den ich zusammen mit dem Namen Morhold ausgezogen habe, und der allerwegen eine Domäne des Satans ist, durch ihn zu Greueln befähigt und erbötig, von denen man kaum begreift, daß er sich ihrer nicht weigert. Andererseits ist er der Träger der Seele und Gottesvernunft, ohne den diese der Basis entbehrten, und so muß man den Körper ein notwendiges Übel nennen. Das ist die Anerkennung, die ihm zukommt, eine jubelndere gebührt ihm nicht in seiner Notdurft und Anstößigkeit. Und wie sollte man wohl, im Begriffe stehend, eine Geschichte zu erzählen oder zu erneuen (denn sie ist schon erzählt worden, sogar mehrmals, wenn auch unzulänglich), welche von Körpergreueln überbordet und entsetzlichen Beweis dafür bietet, wozu alles der Körper ohne Zagen und Versagen sich hergibt, – wie sollte man da geneigt sein, viel Rühmens davon zu machen, daß man eine Verkörperung ist!

Nein, indem der Geist der Erzählung sich zu meiner mönchischen Person, genannt Clemens der Ire, zusammenzog, hat er sich viel von jener Abstraktheit bewahrt, die ihn befähigt, von allen Titular-Basiliken der Stadt zugleich zu läuten, und ich werde dafür sogleich zwei Merkmale anführen. Erstens nämlich mag es dem Leser dieser Handschrift wohl entgangen sein, ist jedoch der Bemerkung wert, daß ich ihn zwar mit der Angabe des Ortes versehen habe, wo ich sitze, nämlich zu Sankt Gallen, an Notkers Pult, daß ich aber nicht gesagt habe, zu welcher Zeitenstunde, in dem wievielten Jahre und Jahrhundert nach unseres Retters Geburt ich hier sitze und das Pergament mit meiner kleinen und feinen, gelehrten und schmuckhaften Schrift bedecke. Dafür gibt es keinen festen Anhaltspunkt, und auch der Name Gozbert unseres Abtes hier ist kein solcher. Er wiederholt sich allzu oft in der Zeit und verwandelt sich, wenn man nach ihm greift, auch gar leicht in Fridolin oder Hartmut. Fragt man mich neckend oder boshaft, ob ich selbst etwa zwar wisse, *wo* ich bin, aber nicht *wann*, so antworte ich freundlich: Da gibt es überhaupt nichts zu wissen, denn als Personifizierung des Geists der Erzählung erfreue ich mich jener Abstraktheit, für die ich nunmehr das zweite Merkmal gebe.

Denn da schreibe ich und schicke mich an, eine zugleich entsetzliche und hocherbauliche Geschichte zu erzählen. Aber es ist ganz ungewiß, in welcher Sprache ich schreibe, ob lateinisch, französisch, deutsch oder angelsächsisch, und es ist auch das gleiche, denn schreibe ich etwa auf thiudisc, wie die Helvetien bewohnenden Alamannen reden, so steht morgen Britisch auf dem Papier, und es ist ein britunsches Buch, das ich geschrieben habe. Keineswegs behaupte ich, daß ich die Sprachen alle beherrsche, aber sie rinnen mir ineinander in meinem Schreiben und werden eins, nämlich Sprache. Denn so verhält es sich, daß der Geist der Erzählung ein bis zur Abstraktheit ungebundener Geist ist, dessen Mittel die Sprache an sich und als solche, die Sprache selbst ist, welche sich als absolut setzt und nicht viel nach Idiomen und sprachlichen Landesgöttern fragt. Das wäre ja auch polytheistisch und heidnisch. Gott ist Geist, und über den Sprachen ist die Sprache.

Eines ist gewiß, nämlich, daß ich Prosa schreibe und nicht Verselein, für die ich im ganzen keine übertriebene Achtung hege. Vielmehr stehe ich diesbezüglich in der Überlieferung Kaisers Caroli, der nicht nur ein großer Gesetzgeber und Richter der Völker, sondern auch der Schutzherr der Grammatik und der beflissene Gönner richtiger und reiner Prosa war. Ich höre zwar sagen, daß erst Metrum und Reim eine strenge Form abgeben, aber ich möchte wohl wissen, warum das Gehüpf auf drei, vier jambischen Füßen, wobei es obendrein alle Augenblicke zu allerlei daktylischem und anapästischem Gestolper kommt, und ein bißchen spaßige Assonanz der Endwörter die strengere Form darstellen sollten gegen eine wohlgefügte Prosa mit ihren so viel feineren und geheimeren rhythmischen Verpflichtungen, und wenn ich anheben wollte:

Es war ein Fürst, nommé Grimald,
Der Tannewetzel macht' ihn kalt.
Der ließ zurück zween Kinder klar,
Ahî, war das ein Sünderpaar!

oder in dieser Art, – ob das eine strengere Form wäre als die grammatisch gediegene Prosa, in der ich jetzt sogleich meine Gnadenmär vortragen und sie so musterhaft ausgestalten und gültig darstellen werde, daß viele Spätere noch, Franzosen, Angeln und Deutsche, daraus schöpfen und ihre Rimelein darauf machen mögen.

Soviel vorausgesandt, beginne ich wie folgt.

Hans Lorbeer
Der Dichter

Acht Stunden hab ich Tag um Tag geschafft,
in der Fabrik. Matt wankte ich nach Hause
und machte eine kleine Ruhepause,
dann aber habe ich mich aufgerafft,

und ich schrieb nieder, was mich tief bewegte,
der Arbeit Lied floß stark aus meiner Hand,
mit Werkgeschichten füllt ich Band um Band,
die ungedruckt ich in die Kiste legte.

Heut aber schreibe ich ein freies Lied!
Durch Wälderwogen fahre ich zum Berge,
auf dem mein Herz vor deinem Herzen kniet.

Und was mich da mit neuem Klang erfüllt,
reift still in mir zu einem neuen Werke,
das aller Welt mein rotes Herz enthüllt.

FRANK THIESS
Die Straßen des Labyrinths

Die Nacht

Es war Nacht. Sie verließen das Zimmer, darin Mäurer dem Freunde seine Arbeiten gezeigt hatte. Paulus glaubte Atem schöpfen zu müssen; die Wucht dessen, was sich ihm weniger durch seine Fülle als durch die Unerbittlichkeit der Sinneserfassung aufgedrängt hatte, schien die Luft aufgesogen zu haben. Werturteile verloren hier jedes Gewicht, weil die Kraft einer Persönlichkeit den Erscheinungen ihre Gestalt aufzwang und damit das Ziel aller Kunst erreicht war: die unübersichtliche Masse subjektiver Eindrücke ins Objektive zu transponieren. Doch diese Objektivität ist immer Täuschung, weil sie sich allein in der Form behauptet. Je überzeugender die Form, um so gewisser nur verbirgt sie den Subjektivismus des Schöpfers. Was überzeugt, ist nie das Gestaltete, sondern allein der Gestalter.

Mäurer hatte die Tür zum Nebenzimmer geschlossen, den Vorhang zugezogen und eine Stabelle mit Büchern davorgerückt, also wollte er den Arbeitsraum von dem trennen, der den niederen Zwecken des Schlafens und Essens diente. Doch jedes Zimmer, selbst die Zelle des Gefangenen, wird Abdruck des Menschen, der sich in ihm bewegt. Jetzt erst, nachdem Paulus Einblick in die Werkstatt des Freundes erhalten hatte, verstand er die exzentrische Nüchternheit seiner Behausung als ein Produkt des Ausgleichs zur irrationalen Exzentrizität seines Werks.

Sie nahmen auf den Holzstühlen am Tische Platz, wo noch ein Rest des Weins stand. Durch die halbgeöffneten Fenster drang der Duft des betauten Gartens, hoch am Himmel stand die Halbscheibe des Monds. Innen und außen zerrannen ineinander, und der karge Raum weitete sich in die sanft verdämmernden Konturen der Landschaft. Mäurer entzündete die Bettlampe, deren geringes Licht sich mit dem milchigen des Mondes vermischte und die Gegenstände aus dem Dunkel hob, in den sie gleichwohl jeden Augenblick zu verschwinden drohten. Paulus schien es, als befände er sich immer noch außerhalb der betastbaren Dinge, in einer Zone zwischen Bild und Wirklichkeit, zwischen Erscheinung und Existenz, und vielleicht machte diese leichte Verschiebung nach dem Unwirklichen und Überwirklichen es möglich, daß er ohne Überleitung von dem zu sprechen begann, was der Freund wie einen Keim in ihn gesenkt hatte: die Heimkehr. Mochte der Kreis, welchen er um sich und sein Werk schützend gezogen, noch so fest gerundet sein, er war ein künstliches Gebilde, dessen Bleiben oder Verschwinden nicht von seinem Willen abhing.

Unter allen Sehnsüchten ist die nach Heimkehr die stärkste; Heimkehr nach der frommen Regel des Hauses, Heimkehr nach dem Antlitz des Vertrauten, Heimkehr auch nach dem Hauch der Liebe, der über allen vertrauten Dingen liegt, der aufschimmert in einem Wort, einem Ton, einem Licht, das des guten Wächters Licht ist. Und die Sehnsucht des Heimkehrenden ist zugleich Sehnsucht nach der letzten Heimkehr, umwittert von der Ungewißheit des Todes und dem großen Geheimnis hinter seiner Maske.

Aber jeder Heimkehr geht die Furcht voraus. Mag die Unruhe des Mannes den Hafen ersehnen, immer fürchtet er insgeheim das brackige Wasser des Unbeweglichen. Das Fallen der Tage im Pendelschlag gemessener Ordnung, gleicht es nicht dem rauschenden Schnitt der Sense? Das Verrinnen der Wellen am bleichen Strande der Gewohnheit, gleicht es nicht dem verwehenden Winde der Zeit? Schwächer wird der Pulsschlag, müder das Herz, fahler das Lächeln, und über die schweigend versteckte Bereitschaft zu Neuem und Unerhörtem sinkt der Staub, von dem Kalgan wußte und dem auch er nicht zu entrinnen vermochte. Heimkehr – erfüllte Sehnsucht, entspannter Bogen, niedergefallener Pfeil. Langsamer wird der Schritt über die gewohnten Wege. Am nächtlichen Himmel sucht der Blick das Sternbild der Ferne, Gleichnis ersehnter Unendlichkeit.

Doch auch die Ferne ist Täuschung, Täuschung das Grenzenlose, Täuschung die Freiheit. Jeder Weg endet an der efeuumrankten Mauer des stillen Parks. Unübersteigbar die Grenze, ob du bleibst, ob du gehst, immer wanderst du nur im Kreise.

»Deine Irrfahrt geht zu Ende«, sagte Mäurer. »Die meine wird nie ein Ende finden. Ich verlange von Sylvia, was ich von mir selber fordere, und eben das ist zuviel. Woher sollte sie wissen, daß mein Leben nur in der Maßlosigkeit seinen Sinn erhält? Und wenn sie es wüßte, wie könnte sie es ertragen? Die Ordnung ihres Lebens ist nicht die meine, ich lebe unter strengeren Gesetzen. Und was sie für wichtig hält, erscheint mir geringer als ein Kinderspielzeug. Könnte sie jemals verstehen, was Anita sofort verstand, daß Kunst kein Beruf ist, sondern eine Sonderform des Existenziellen, nämlich potenziertes Leben, dann würde sie begreifen, daß alle ihre rührenden Versuche, mich aus meiner sogenannten Zerrissenheit und Zerspaltenheit zu befreien, genau soviel wert sind wie das Lauwerdenlassen eines Dampfkessels, aus Furcht, er könnte explodieren. Er explodiert nicht! Das Ventil des Überdrucks ist meine Arbeit. Ich verzweifle, sobald die Spannung nachläßt. Wenn in mir die Ahnung neuer Zusammenhänge entsteht, erzeugt sie einen Zustand der Qual, von dem ich mich nur durch produktive Arbeit befreien kann, nicht aber durch Aufteilung in Ordnungsbezirke. Durch das Malen beweise ich mir meine Existenz, es ist Selbstbeweis. Trotzdem bleibt immer ein irrationaler Rest, dessen Auflösung nur in einer maximalen Steigerung des Lebens möglich ist, in Exzessen, wenn du willst, im Amoralischen, in sprunghaften Mutationen aus dem Ich ins Über-Ich, in alledem, was der sogenannte vernünftige Mensch, den es natürlich so wenig gibt wie den ›moralischen‹, für unsittlich oder verrückt oder lästerlich hält. Diese Mutationen haben eine antirationale Qualität, weshalb sie von jedem Menschen, der nicht Künstler ist, mißverstanden werden müssen. Ich habe Sylvia nie eine Sekunde lang dieses Mißverstehen übelgenommen, aber es ist einfach nicht zu ertragen, wenn sie mich auf häusliche Pflichten und das Begriffsvermögen geselligen Übereinkommens festlegen will. Ich habe den Darm eines Tigers und soll mit Gemüse und Früchten zufrieden sein. Meine Gelenke sind für Sprünge geschaffen und nicht für Spaziergänge. Sie wußte es. Ich habe es ihr gesagt, mich enthüllt, schamlos und ohne Rücksicht, sie sollte nicht die Katze im Sack kaufen. Was war die Folge? Daß sie meine Leidenschaft für Donjuanismus hielt und glaubte, auf einem Vulkan könne man Speisen kochen. Ich kenne keinen Augenblick, in dem der Gestaltungswille in mir ruht, nicht einmal im Traum. Aber Sylvia glaubt, daß ich nur arbeite, wenn ich vor der Leinwand sitze. Nie wird sie begreifen, daß die sichtbare Arbeit nur die Schlußphase eines sich pausenlos vollziehenden Prozesses ist, daß Malen nichts mit Abmalen zu tun hat. Daß ich Künstler bin, ist für sie eine Tatsache, die sie nicht anders bewertet, als wenn ich Zollamtsvorsteher oder Zahnarzt wäre. Das Schicksalhafte meiner Existenz ist ihr unverständlich. Du nanntest einst Kunst die schöpferische Form der Anbetung Gottes. Wo beginnt das Gebet? Wo endet es? Unser ganzes Leben ist eine unaufhörliche Jagd nach dem unbekannten Antlitz, das sich hinter Millionen versteckt. Sylvia sieht diese Jagd und glaubt, daß sie dem Dinge gilt. Ich male sie, und sie glaubt, daß sie es ist, die ich male! Wie soll ich den Nichtbesessenen davon überzeugen, was Besessenheit ist? Wie ihr erklären, daß meine Menschenjagd nicht das geringste mit dem zu tun hat, was sie dahinter vermutet, sondern eine Neugier ohne Grenzen ist, eine verzweifelte Neugier danach, wann dem Weltenschöpfer die Einfälle ausgehen? Denn da alles begrenzt ist und ich überall auf die Mauer stoße, muß ich nicht eines Tages auch im Menschenbilde auf die Grenze stoßen? Aber die Variationen sind unendlich, die Formen, die Gesichter, die Leiber, die Farben, die Bewegungen, die Überraschungen, sie nehmen kein Ende. Keines seiner Werke entlehnt vom andern mehr als das Gesetz der Komposition, hinter ihm wächst es ins Ungeheuerliche. Jeder Körper ist einzig, und mit ihm versinkt seine Einzigkeit. Jede Seele mit keiner andern zu vergleichen. Jede Umarmung einmal und nie zu wiederholen. Der Reichtum der Erscheinungen kennt kein Maß, nicht einmal in demselben Menschen gleicht auch nur ein Augenblick dem folgenden. Also gibt es keine Formel, es gibt keine Gewißheit, keine Endgültigkeit, keine Regel, es gibt nur die Freiheit. In dieser Freiheit, die eine nie errechenbare Zahl von Möglichkeiten enthält, in dieser aller Vorstellung spottenden Fülle von Gesichten, Erlebnissen, Abenteuern, Qualen und Seligkeiten begreife ich die Gottheit. Sie selber saugt mich auf, sie peitscht mich durch ihre Bilder, sie jagt mich, indem ich jage, sie schenkt mir in der Winzigkeit meines Tuns die Ahnung der gotterfüllten Riesenhaftigkeit des ganzen Lebens. Und nun soll ich heimkehren, nur weil ich Sylvia liebe? Eben, weil ich sie liebe, muß ich fortbleiben!«

Mäurer atmete tief ein und goß wie verdurstend den Rest seines Glases die Kehle hinab. Seine Sprache, die Gesten, sogar die Bewegung, mit der er trank und das Glas niederstellte, hatten etwas so Unbedingtes und Hartes, daß es Paulus für lächerlich gehalten hätte zu widersprechen oder gar die Frage zu stellen, ob der Anlaß seiner Flucht sich nicht durch alles, was inzwischen geschehen, längst erledigt hatte. Aber er dachte an Sylvia, er sah die welkende

Süße in ihrem Gesicht, die stumpf werdende Trauer in ihren Augen, das Zeichen der Einsamkeit auf ihrer Stirn. Er sah sie in ihrer ratlosen, blinden und tastenden Liebe, er sah, wie ihr alle Träume zwischen den Händen zerrannen und sie schuldlos im Sandmeer der Verlassenheit versank. Er nahm ihr den Sohn. Er mußte ihr den Gatten zurückgeben.

»Deine Logik, Stefan, ist die des trennenden Messers. Du rennst dem Menschenbilde nach und schaffst inmitten der Fülle des Daseins um dich einen leeren Raum. Ob sie dich versteht oder nicht, es ist für das Wachsen deines Werks ohne Belang. Der künstliche Kreis der Stille, den du dir hier geschaffen hast, ist kein sicherer Schutz gegen den Einbruch der Leere, jener fürchterlichen Kontrastschöpfung Gottes, in der es Seraphim zu allen Maßlosigkeiten des Bösen trieb. Eines Tages kann die Fülle umschlagen ins Nichts, du erkennst dich nicht mehr wieder, und aus der Freiheit ist das schrecklichste aller Gefängnisse geworden: die Verlassenheit des Lieblosen. Ich las das Tagebuch des Mannes, den dein Sohn getötet hat. Er ist in allem dein Gegenbild, nur in einem nicht: auch er stellte alle seine Kräfte in den Dienst des maßlosen, jagenden, die Grenze suchenden Ich. Wie du wollte er nichts preisgeben, nichts freiwillig zum Opfer bringen. Eines Tages machte er die Entdeckung, daß die Erlebniswelt eine Hohlkugel sei und die scheinbare Unendlichkeit unseres Weges eine Täuschung. Du stehst vor dieser Entdeckung. Sie ist eine jener unheimlichen Wahrheiten Gottes, die sowohl richtig wie falsch sind. Für Seraphim war sie richtig, denn er leugnete die Liebe, er glaubte, daß alles Leben nur ein Spiel der Natur sei, deren Scheingebilde den Abgrund des Nichts mit Gerümpel füllen. Wenn du aber sagst, daß du Sylvia liebst, wenn du nicht wie Seraphim die Liebe für den Mittelpunkt des großen Lügenkreises hältst, sondern sie nur mit deinem Werke umkreist und umschreibst, weil du Furcht hast, sie zu nennen, dann gilt für dich nicht Seraphims Wahrheit. Dann freilich mußt du das Opfer bringen. Du mußt einen Teil deiner Freiheit der Liebe opfern, um zu verhindern, daß du dorthin gerätst, wohin er geraten ist. Du wirst nie aufhören, deiner Kunst zu dienen, das heißt dem Geiste. Man soll ihm jedes Opfer bringen, nur eines ist verderblich, das Opfer der Liebe. Darum warne ich dich vor deinem Wege, auf dem du Gott anbeten willst, indem du auf die Liebe verzichtest. Er läßt sich nur in der Liebe anbeten, und nur dann schenkt er dem Opfernden die Gabe des Werks, das ihn ja preisen soll. Oder glaubst du, daß die Kunst einen andern Sinn hätte als den religiösen? Nur weil sie Ruhm Gottes ist, konnte sie über Jahrtausende sich erhalten.

Ich bin nicht gekommen, um dich zurückzuholen, sondern um dir zu sagen, daß ich deinen Sohn dir und Sylvia nehmen muß, solange ihr es mir erlaubt, und solange die Umstände es zulassen. Aber ich bin auch in der geheimen Neugier gekommen zu sehen, was du arbeitest. Denn daß du nicht arbeiten würdest, habe ich nie geglaubt, obwohl es Sylvia mir versicherte, weil du es ihr verschwiegen hast. Es war lieblos, es ihr zu verschweigen, dich zurückzuziehen in den fensterlosen Turm deines Ich und das Wichtigste in dir vor ihren Augen zu verschließen. Denn so groß dein Werk ist, eines Tages wird dir seine Armut offenbar werden, die dir heute als Reichtum erscheint. Gewiß, es ist überstrahlt von Farbe und Bewegung, es ist berstendes Leben, stählerne Form, wissender Geist. Aber es ist vollkommen lichtlos.«

Mäurer hatte, während Paulus sprach, langsam den großen Kopf ihm zugewandt. In dem Halblicht des Mondes, das vom rötlichen Schein der Bettlampe durchsickert wurde, als wollte sie seine bleichen Ströme mit Blut füllen, funkelten die Augen des Lauschenden gleich den Lichtern eines Raubtiers. Paulus kannte seine Heftigkeit aus zahllosen Gesprächen, er liebte es, ihn aufspringen zu sehen, seine Einwände zu hören, die er wie aus aufblitzenden Rohren abschoß. Er liebte das Kämpferische, Verwegene, Zornige und Stürmische seines Wesens, und es bestürzte ihn, daß er ruhig auf seinem Platze blieb, den Arm auf den Holztisch gestützt, aufmerksam und fast bedächtig. Auch die Pause, welche nach seinen Worten sich zwischen sie wie eine Nebelbank schob, schien etwas vorzubereiten, das gegenseitigem Verstehen nicht dienlich war.

»Du hast recht«, sagte Mäurer langsam, »meine Bilder sind lichtlos. Lichtlos nicht, weil mir die Liebe fehlt, sondern weil ich erkannt habe, daß die Liebe, welche ich meine, wenn ich es wagen wollte, von ihr zu sprechen, in dieser Welt keinen Raum hat. Ich habe nie daran gezweifelt, daß Sylvia mich liebt, so gut sie kann. Ihre Liebe hat sie bewiesen in Sorgen und Leiden, am erschütterndsten, als sie sich dem Manne hingab, den ich haßte. Ein tragischer Beweis. Sie geriet in einen qualvollen Widerstreit mit sich selber, sie verteidigte nicht mehr Haus und Herd und Kind und mich, sondern sich selber, sie verirrte sich in das grauenvolle Zwischenreich zwischen Liebe und Haß, sie wollte ihn töten, doch es gelang ihr nicht, weil ihr Arm um ein geringes zu schwach war. Hektor gelang es, und in dieser Differenz zwischen beiden Handlungen wird das Geheimnis ihrer Naturen offenbar. Hektor gelang es *vor* der Unterwerfung! Sie wählte den Weg Judiths, die sich Holofernes hingab und dann ihm den Kopf abschlug. Aber nachdem Judith ihm den Kopf abgeschlagen hatte, erkannte sie, daß sie den Weg des Bedingten und Unklaren gegangen war, den Weg der Frau, die Unvereinbares vereinen will. Und doch – was immer in jenen Stunden in ihr vorgegangen sein mochte, sie hatte einmal bewiesen, wer sie ist. Es war ein Aufbruch ins Irrationale und Ungeheure. Ich glaube, sie ist die einzige Frau gewesen, die ihm gewachsen war, und das will was heißen, denn er war kein gewöhnlicher Mensch. Ein Grund also, zu ihr zurückzukehren, sie fester als je an die Brust zu nehmen. Das wirst du mir antworten, und auch ich habe mir die Antwort gegeben. Aber da ist meine Angst, alles könnte vergeblich gewesen sein, weil sie ja nicht weiß, was sie tat! Sie ist aus sich hinausgestürzt bis an die Abgründe des Absoluten, aber ich schwöre dir: sie kehrte mit hängenden Flügeln wieder zurück in den schützenden Raum des großen Hühnerhofs. Wie sollen wir uns da verständigen? Begriffe, mit denen sie wie mit Messer und Gabel umgeht, ›Untreue‹, ›Betrügen‹, ›Verliebtheit‹ (natürlich in eine andere), existieren für mich nicht, und wenn sie wieder anfangen sollte, meinen Schreibtisch zu durchwühlen und meine Aktbilder für gemalte Schäferstündchen anzusehen, müßte ich logischerweise sie für eine Ehebrecherin erklären, die sie ja nicht ist. Aber durch die Anwendung ihres falschen Vokabulars würde sie sich erst dazu machen! Unerträglich! Verstehst du jetzt, warum heute ungezählte Ehen nicht an Lieblosigkeit zerbrechen, sondern an der sinnlosen Verwendung von Begriffen, die aus einem Jahrhundert stammen, in dem die Ehe noch eine gesellschaftsmoralische Institution war? In Wahrheit ist sie heute ungleich weniger und ungleich mehr, nämlich ein Liebesbund, dessen Gesetze in der Eigenart seiner Partner begründet sind. Wer nicht begreift, daß sich die Ehe nach den Menschen zu richten hat und nicht die Menschen nach einem ehelichen Dienstreglement, das für kleine Leute vorzüglich ausgedacht sein mag, aber für den schöpferischen Menschen der reine Kasernenhof ist, der sollte einen fröhlichen Landmann heiraten und Schumanns Musik dazu spielen. Aber Sylvia will ja keinen fröhlichen Landmann! Sie ist keine Henriette Kalgan, sondern ein leuchtender kleiner Stern mit hohen Temperaturen. Wer sie anfaßt, verkohlt, und wer sie liebt, kann sie nicht an den Christbaum hängen. Eine Penthesilea mit der Lebensanschauung einer Hauskatze, das geht nicht zusammen! Und wenn ich heimkehre, so habe ich nicht vor ihrem Messer Angst, sondern vor ihrer Blindheit, denn sie wird meine Rückkehr für Reue halten und die Hölle, durch die sie gegangen ist, für einen Hausbrand, an dem ich schuld war, weil ich uns nicht versichert hatte. Du hast recht, es *war* lieblos, ihr nicht von meiner Arbeit zu erzählen, doch ich gebe dir mein Wort, sie hätte mich sofort gefragt, was man davon verkaufen kann. Sie möchte zwar gern, daß man mich als genialen Maler rühmt, zugleich aber, daß ich Schinken fabriziere, mit denen man Salons von Ozeandampfern ausschmückt. Inzwischen verkauft sie, was das Zeug hält, und meinethalben soll sie's tun, mir liegt nichts dran, doch wenn ich ihr gezeigt hätte, was du gesehen hast, würde sie mir sofort Kunsthändler auf den Hals geschickt haben, und ich fände keine ruhige Stunde mehr. Ich verkroch mich in meine Wüste, ein Besessener unter Verrückten, ich nahm es auf mich, auf alles zu verzichten, was die Menschen Glück nennen, Schale auf Schale fiel von mir ab, ich wurde immer nackter. Die Kälte des leeren Raums fraß mir die Knochen an, die Last der Schuld zerquetschte mich, glaub' mir, es wäre tausendmal leichter gewesen, nach Hause zu rennen und den sorgenden Vater zu spielen, zu tun, was andre tun, zu malen, was andere malen. Statt dessen floh ich immer tiefer in die Angst des Ungenügens und in die Wut des Schaffens. Eines Tages wird die letzte Schale gefallen sein und der Kern bloßliegen – *wenn* es ihn gibt. Dann werde ich sein, der ich bin, dann kann ich heimkehren, denn dann ist es gleichgültig, wo ich lebe.«

»Und daß Hektor dich braucht, daran hast du nie gedacht?«

»Ich weiß nicht, was Hektor von dem brauchen könnte, was ich ihm zu geben hätte, denn meiner Liebe ist er gewiß. Sylvia wollte mich nicht zu *sich* zurückholen – das zu sagen ließ ihr Stolz nicht zu! – sondern zu *ihm.* Sie glaubte, ich liebte ihn nicht, weil ich mich nicht um ihn kümmerte. Aber als ich mich um ihn kümmerte, riß ich mit meinen Krallen die Knospe auf. Nein, mein Lieber, wir wollen nicht in den Irrtum verfallen, alle Väter für die rechten Erzieher ihrer Söhne zu halten. Die wenigsten sind es, weil sie im Kinde sich selbst entdecken und fortsetzen wollen, das heißt, sie lieben im Kinde nur ihr Ich. Und weil sie es in das Kind *hineinlegen,* denn es ist in ihm gar nicht enthalten, darum schießt ihre Liebe in den leeren Raum. Was Hektor bildet, ist das Bild, das er von mir in sich trägt, und dieses Bild wird durch alles, was er von mir sieht und hört, größer und lebendiger werden. Nicht meiner Person bedarf er, sondern des Geistes, aus dem ich schaffe. Er wird wachsen durch deine Nähe, nicht durch die meine. Gerade, weil du nicht sein Vater bist, wird er dir eher glauben als mir. Man mißtraut immer seinen Erzeugern. Du bist ruhiger als ich, gelassener, klarer, gütiger. Durch dich wird er mich erkennen und vielleicht einst das verstehen, was du nicht wahrhaben willst und von dem ich mich nicht freisprechen kann: meine Schuld. Schuld auch an Sylvia, die ich nur lieben, aber nicht glücklich machen konnte. Nimm ihn, als wäre er dein Sohn. Laß aus ihm einen Menschen werden und einen Mann, anständig, klar, klug und tapfer.«

Er stand auf und trat ans Fenster. »Im Osten wird es hell ... Nicht auf die Uhr schauen! Es gibt Augenblicke, in denen Gott die Zeit aufhebt und uns wissen läßt, daß alles in wunderbarer Ordnung ruht. Die Mauern sind gefallen, die Unruhe ist schlafen gegangen, die Seele frei geworden.«

Er wollte die Fensterflügel öffnen und bemerkte, daß sie sich nicht über einen Spalt hinaus bewegen ließen. Lächelnd drehte er sich zu Paulus um und sagte: »Nur die Seele.«

Gottfried Benn
Probleme der Lyrik

Darf ich an dieser Stelle die Bemerkung anknüpfen, daß in der Lyrik das Mittelmäßige schlechthin unerlaubt und unerträglich ist, ihr Feld ist schmal, ihre Mittel sehr subtil, ihre Substanz das Ens realissimum der Substanzen, demnach müssen auch die Maßstäbe extrem sein. Mittelmäßige Romane sind nicht so unerträglich, sie können unterhalten, belehren, spannend sein, aber Lyrik muß entweder exorbitant sein oder gar nicht. Das gehört zu ihrem Wesen.

Und zu ihrem Wesen gehört auch noch etwas anderes, eine tragische Erfahrung der Dichter an sich selbst: keiner auch der großen Lyriker unserer Zeit hat mehr als sechs bis acht vollendete Gedichte hinterlassen, die übrigen mögen interessant sein unter dem Gesichtspunkt des Biographischen und Entwicklungsmäßigen des Autors, aber in sich ruhend, aus sich leuchtend, voll langer Faszination sind nur wenige – also um diese sechs Gedichte die dreißig bis fünfzig Jahre Askese, Leiden und Kampf.

Als *nächstes* möchte ich Ihnen einen Vorgang etwas direkter schildern, als es im allgemeinen geschieht. Es ist der Vorgang beim Entstehen eines Gedichts. Was liegt im Autor vor? Welche Lage ist vorhanden? Die Lage ist folgende: Der Autor besitzt:

Erstens einen dumpfen schöpferischen Keim, eine psychische Materie.

Zweitens Worte, die in seiner Hand liegen, zu seiner Verfügung stehen, mit denen er umgehen kann, die er bewegen kann, er kennt sozusagen seine Worte. Es gibt nämlich etwas, was man die Zuordnung der Worte zu einem Autor nennen kann. Vielleicht ist er auch an diesem Tag auf ein bestimmtes Wort gestoßen, das ihn beschäftigt, erregt, das er leitmotivisch glaubt verwenden zu können.

Drittens besitzt er einen Ariadnefaden, der ihn aus dieser bipolaren Spannung herausführt, mit absoluter Sicherheit herausführt, denn – und nun kommt das Rätselhafte: das Gedicht ist schon fertig, ehe es begonnen hat, er weiß nur seinen Text noch nicht. Das Gedicht kann gar nicht anders lauten, als es eben lautet, wenn es fertig ist. Sie wissen ganz genau, wann es fertig ist, das kann natürlich lange dauern, wochenlang, jahrelang, aber bevor es nicht fertig ist, geben Sie es nicht aus der Hand. Immer wieder fühlen Sie an ihm herum, am einzelnen Wort, am einzelnen Vers, Sie nehmen die zweite Strophe gesondert heraus, betrachten sie, bei der dritten Strophe fragen Sie sich, ob sie das missing link zwischen der zweiten und vierten Strophe ist, und so werden Sie bei aller Kontrolle, bei aller Selbstbeobachtung, bei aller Kritik die ganzen Strophen hindurch innerlich geführt – ein Schulfall jener Freiheit am Bande der Notwendigkeit, von der Schiller spricht. Sie können auch sagen, ein Gedicht ist wie das Schiff der Phäaken, von dem Homer erzählt, daß es ohne Steuermann geradeaus in den Hafen fährt. Von einem jungen Schriftsteller, den ich nicht kenne, und von dem ich nicht weiß, ob er lyrische Werke schafft, von einem gewissen Albrecht Fabri las ich kürzlich im ›Lot‹ eine Bemerkung, die genau diesen Sachverhalt schildert, er sagt: »die Frage, von wem ein Gedicht sei, ist auf jeden Fall eine müßige. Ein in keiner Weise zu reduzierendes X hat teil an der Autorschaft des Gedichtes, mit anderen Worten, jedes Gedicht hat seine homerische Frage, jedes Gedicht ist von mehreren, das heißt von einem unbekannten Verfasser.«

Dieser Sachverhalt ist so merkwürdig, daß ich ihn nochmal anders ausdrücken möchte. Irgend etwas in Ihnen schleudert ein paar Verse heraus oder tastet sich mit ein paar Versen hervor, irgend etwas anderes in Ihnen nimmt diese Verse sofort in die Hand, legt sie in eine Art Beobachtungsapparat, ein Mikroskop, prüft sie, färbt sie, sucht nach pathologischen Stellen. Ist das erste vielleicht naiv, ist das zweite ganz etwas anderes: raffiniert und skeptisch. Ist das erste vielleicht subjektiv, bringt das zweite die objektive Welt heran, es ist das formale, das geistige Prinzip.

Ich verspreche mir nichts davon, tiefsinnig und langwierig über die Form zu sprechen. Form, isoliert, ist ein schwieriger Begriff. Aber die Form *ist* ja das Gedicht. Die Inhalte eines Gedichtes, sagen wir Trauer, panisches Gefühl, finale Strömungen, die hat ja jeder, das ist der menschliche Bestand, sein Besitz in mehr oder weniger vielfältigem und sublimem Ausmaß, aber Lyrik wird daraus nur, wenn es in eine Form gerät, die diesen Inhalt autochthon macht, ihn trägt, aus ihm mit Worten Faszination macht. Eine isolierte Form, eine Form an sich, gibt es ja gar nicht. Sie ist das Sein, der existentielle Auftrag des Künstlers, sein Ziel. In diesem Sinne ist wohl auch der Satz von Staiger aufzufassen: Form ist der höchste Inhalt.

Theodor W. Adorno
Kulturkritik und Gesellschaft

Wer gewohnt ist, mit den Ohren zu denken, der muß am Klang des Wortes Kulturkritik sich ärgern nicht darum bloß, weil es, wie das Automobil, aus Latein und Griechisch zusammengestückt ist. Es erinnert an einen flagranten Widerspruch. Dem Kulturkritiker paßt die Kultur nicht, der einzig er das Unbehagen an ihr verdankt. Er redet, als verträte er sei's ungeschmälerte Natur, sei's einen höheren geschichtlichen Zustand, und ist doch notwendig vom gleichen Wesen wie das, worüber er erhaben sich dünkt. Die von Hegel, zur Apologie von Bestehendem, immer wieder gescholtene Insuffizienz des Subjekts, das in seiner Zufälligkeit und Beschränktheit über die Gewalt von Seiendem richte, wird unerträglich dort, wo das Subjekt selber bis in seine innerste Zusammensetzung hinein vermittelt ist durch den Begriff, dem es als unabhängiges und souveränes sich entgegensetzt. Aber die Unangemessenheit von Kulturkritik läuft dem Inhalt nach nicht sowohl auf Mangel an Respekt vor dem Kritisierten hinaus wie insgeheim auf dessen verblendet-hochmütige Anerkennung. Der Kulturkritiker kann kaum die Unterstellung vermeiden, er hätte die Kultur, welche dieser abgeht. Seine Eitelkeit kommt der ihren zu Hilfe: noch in der anklagenden Gebärde hält er die Idee von Kultur isoliert, unbefragt, dogmatisch fest. Er verschiebt den Angriff. Wo Verzweiflung und unmäßiges Leiden ist, soll darin bloß Geistiges, der Bewußtseinszustand der

Menschheit, der Verfall der Norm sich anzeigen. Indem die Kritik darauf insistiert, gerät sie in Versuchung, das Unsagbare zu vergessen, anstatt wie sehr auch ohnmächtig zu trachten, daß es von den Menschen abgewandt werde.

Die Haltung des Kulturkritikers erlaubt ihm, kraft der Differenz vom herrschenden Unwesen theoretisch darüber hinauszugehen, obwohl er oft genug bloß dahinter zurückfällt. Aber er gliedert die Differenz in den Kulturbetrieb ein, den er unter sich lassen wollte und der selber der Differenz bedarf, um sich als Kultur zu dünken. Es gehört zu deren Prätention auf Vornehmheit, durch welche sie von der Prüfung an den materiellen Lebensverhältnissen sich dispensiert, nie sich vornehm genug zu sein. Die Überspannung des kulturellen Anspruchs, die doch wieder der Bewegung des Geistes immanent ist, vergrößert den Abstand von jenen Verhältnissen um so mehr, je zweifelhafter die Würde der Sublimierung, sowohl der zum Greifen nahen materiellen Erfüllung wie der drohenden Vernichtung ungezählter Menschen gegenüber, wird. Solche Vornehmheit macht der Kulturkritiker zu seinem Privileg und verwirkt seine Legitimation, indem er als bezahlter und geehrter Plagegeist der Kultur an dieser mitwirkt. Das jedoch affiziert den Gehalt der Kritik. Noch die unerbittliche Strenge, mit der sie die Wahrheit übers unwahre Bewußtsein ausspricht, bleibt festgehalten im Bannkreis des Bekämpften, auf dessen Manifestationen sie starrt. Wer auf Überlegenheit pocht, fühlt allemal zugleich sich als einer vom Bau. Ginge man aber dem Beruf des Kritikers in der bürgerlichen Gesellschaft nach, der schließlich zum Kulturkritiker avancierte, so stieße man fraglos auf ein usurpatorisches Element im Ursprung, wie es etwa noch Balzac vor Augen stand. Die berufsmäßigen Kritiker waren vorab »Berichterstatter«: sie orientierten über den Markt geistiger Erzeugnisse. Dabei erlangten sie zuweilen Einsicht in die Sache, blieben stets jedoch auch Agenten des Verkehrs, im Einverständnis wo nicht mit dessen einzelnen Produkten so doch mit der Sphäre als solcher. Davon tragen sie die Spur, selbst wenn sie einmal aus der Rolle des Agenten herausgesprungen sind. Daß ihnen die des Sachverständigen und dann des Richters anvertraut wurde, war ökonomisch unvermeidlich, aber zufällig nach dem Maß der Sache. Ihre Agilität, die ihnen in der Konkurrenz bevorzugte Positionen zuspielte – bevorzugt, weil von ihrem Votum weithin das Schicksal des Beurteilten abhängt –, bringt den Schein der Zuständigkeit des Urteils selber hervor. Indem sie geschickt in die Lücken schlüpften und mit der Ausbreitung der Presse an Einfluß gewannen, erlangten sie eben jene Autorität, die ihr Beruf vorgeblich schon voraussetzt. Ihre Überheblichkeit rührt daher, daß, in den Formen der Konkurrenzgesellschaft, in denen alles Sein bloß eines Für anderes ist, auch der Kritiker selbst nur nach seinem marktmäßigen Erfolg gemessen wird, also daran, daß er es ist. Sachverständnis war nicht primär, sondern allenfalls Nebenprodukt, und je mehr es daran mangelt, um so beflissener wird es stets durch Bescheidwissen, Konformismus ersetzt. Wenn die Kritiker auf ihrem Tummelplatz, der Kunst, am Ende nicht mehr verstehen, was sie beurteilen, und mit Gusto zu Propagandisten oder Zensoren sich erniedrigen lassen, so erfüllt sich an ihnen die alte Unehrlichkeit des Gewerbes. Das Vorrecht von Information und Stellung erlaubt ihnen, ihre Ansicht zu sagen, als wäre sie die Objektivität. Aber es ist einzig die Objektivität des herrschenden Geistes. Sie weben mit am Schleier.

Der Begriff der freien Meinungsäußerung, ja der geistigen Freiheit selber in der bürgerlichen Gesellschaft, auf dem die Kulturkritik beruht, hat seine eigene Dialektik. Denn während der Geist der theologisch-feudalen Bevormundung sich entwand, ist er kraft der fortschreitenden Vergesellschaftung aller Beziehungen zwischen den Menschen mehr stets einer anonymen Kontrolle durch die bestehenden Verhältnisse verfallen, die ihm nicht nur äußerlich widerfuhr, sondern in seine immanente Beschaffenheit einwanderte. Im autonomen Geist setzen jene so unerbittlich sich durch, wie vordem im gebundenen die heteronomen Ordnungen. Nicht nur richtet der Geist auf seine marktmäßige Verkäuflichkeit sich ein und reproduziert damit die gesellschaftlich vorwaltenden Kategorien. Sondern er ähnelt objektiv dem Bestehenden sich an, auch wo er subjektiv nicht zur Ware sich macht. Immer enger werden die Maschen des Ganzen nach dem Modell des Tauschakts geknüpft. Es läßt dem einzelnen Bewußtsein immer weniger Ausweichraum, präformiert es immer gründlicher, schneidet ihm a priori gleichsam die Möglichkeit der Differenz ab, die zur Nuance im Einerlei des Angebots verkommt. Zugleich macht der Schein der Freiheit die Besinnung auf die eigene Unfreiheit unvergleichlich viel schwerer, als sie im Widerspruch zur offenen Unfreiheit war, und verstärkt so die Abhängigkeit. Solche Momente, im Verein mit der gesellschaftlichen Selektion der Träger des Geistes, resultieren in dessen Rückbildung. Seine Selbstverantwortung wird, der überwiegenden Tendenz der Gesellschaft nach, zur Fiktion. Er entwickelt von seiner Freiheit bloß das negative Moment, die Erbschaft des planlos-monadologischen Zustands, Unverantwortlichkeit. Sonst aber heftet er sich immer dichter als bloßes Ornament an den Unterbau, von dem sich abzusetzen er beansprucht. Die Invektiven von Karl Kraus gegen die Pressefreiheit sind gewiß nicht buchstäblich zu nehmen: im Ernst die Zensur gegen die Skribenten anrufen, hieße den Teufel mit Beelzebub austreiben. Wohl aber sind Verdummung und Lüge, wie sie unterm Schutz der Pressefreiheit gedeihen, nichts dem historischen Gang des Geistes Akzidentelles sondern die Schandmale der Sklaverei, in welcher seine Befreiung spielt, der falschen Emanzipation. Das wird nirgends so eklatant wie dort, wo der Geist an den eigenen Ketten zerrt, in der Kritik. Wenn die deutschen Faschisten das Wort verfemten und durch den abgeschmackten Begriff der Kunstbetrachtung ersetzten, so hat sie dabei gewiß nur das handfeste Interesse des autoritären Staates geleitet, der noch in der Schnoddrigkeit des Feuilletonisten das Pathos Marquis Posas fürchtete. Aber die selbstzufriedene Kulturbarbarei, die nach der Abschaffung der Kritik schrie, der Einbruch der wüsten Horde ins Gehege des Geistes, vergalt ahnungslos Gleiches mit Gleichem. In der bestialischen Wut des Braunhemds über den Kritikaster lebt nicht bloß Neid auf die Kultur, gegen die er dumpf aufbegehrt, weil sie ihn ausschließt; nicht bloß das Ressentiment gegen den, welcher das Negative aussprechen darf, das man selber verdrängen muß. Entscheidend ist, daß die souveräne Geste des Kritikers den Lesern die Unabhängigkeit vorspielt, die er nicht hat, und die Führerschaft sich anmaßt, die unvereinbar ist mit seinem eigenen Prinzip geistiger Freiheit. Das innervieren seine Feinde. Ihr Sadismus ward idiosynkratisch von der schlau als Kraft drapierten Schwäche jener angezogen, deren diktatorisches Gebaren es dem der nachfolgenden minder schlauen Machthaber so gern zuvor getan hätte. Nur daß die Faschisten der gleichen Naivetät verfielen wie die Kritiker, dem Glauben an Kultur als solche, der sich nun auf Ostentationen und approbierte Geistesriesen zusammenzog. Sie fühlten sich als Ärzte der Kultur und entfernten aus ihr den Stachel der Kritik. Damit haben sie sie nicht nur zum Offiziellen erniedrigt, sondern obendrein verkannt, wie sehr Kritik und Kultur zum Guten und Schlechten verflochten sind. Wahr ist Kultur bloß als implizit-kritische, und der Geist, der daran vergaß, rächt sich in den Kritikern, die er züchtet, an sich selber. Kritik ist ein unabdingbares Element der in sich widerspruchsvollen Kultur, bei aller Unwahrheit doch wieder so wahr wie die Kultur unwahr. Kritik tut unrecht nicht, sofern sie auflöst – das wäre noch das Beste an ihr –, sondern sofern sie durchs Nichtparieren pariert.

Die Komplizität der Kulturkritik mit der Kultur liegt nicht in der bloßen Gesinnung des Kritikers. Vielmehr wird sie von seiner Beziehung zu dem erzwungen, wovon er handelt. Indem er Kultur zu seinem Gegenstand macht, vergegenständlicht er sie nochmals. Ihr eigener Sinn aber ist die Suspension von Vergegenständlichung. Sobald sie selber zu »Kulturgütern« und deren abscheulicher philosophischer Rationalisierung, den sogenannten »Kulturwerten« gerinnt, hat sie bereits gegen ihre raison d'être gefrevelt. In der Abdestillation solcher Werte, die nicht umsonst an die Sprache des Güteraustauschs anklingen, ist sie dem Geheiß des Marktes zu Willen. Noch in der Begeisterung über fremde Hochkulturen zittert die über das seltene Stück nach, in das man Geld investieren kann. Wenn die Kulturkritik bis hinauf zu Valéry es mit dem Konservativismus hält, so läßt sie insgeheim von einem Kulturbegriff sich leiten, der auf festen, von Konjunkturschwankungen unabhängigen Besitz in der Ära des Spätkapitalismus abzielt. Er behauptet sich als diesem entzogen, gleichsam um inmitten universaler Dynamik universale Sekurität zu gewähren. Das Modell des Kulturkritikers ist der abschätzende Sammler kaum weniger als der Kunstkritiker. Kulturkritik erinnert allgemein an den Gestus des Herunterhandelns, etwa wie der Experte einem Bild die Echtheit bestreitet oder es unter die minderen Werke des Meisters einreiht. Man setzt herab, um mehr zu bekommen. Mit einer von Kulturwerten befleckten Sphäre hat es der Kulturkritiker, als Wertender, unweigerlich zu tun, auch wenn er gegen die Verschacherung der Kultur eifert. In seiner kontemplativen Stellung zu dieser steckt notwendig Durchmustern, Überblicken, Abwägen, Auswählen: dieses paßt ihm, jenes verwirft er. Gerade seine Souveränität, der Anspruch tieferen Wissens dem Objekt gegenüber, die Trennung des Begriffs von seiner Sache durch die Unabhängigkeit des Urteils, droht der dinghaften Gestalt der Sache zu verfallen, indem Kulturkritik auf eine Kollektion gleichsam ausgestellter Ideen sich beruft und isolierte Kategorien wie Geist, Leben, Individuum fetischisiert.

Ihr oberster Fetisch aber ist der Begriff der Kultur als solcher. Denn kein authentisches Kunstwerk und keine wahre Philosophie hat ihrem Sinn nach je sich in sich selbst, ihrem Ansichsein erschöpft. Stets standen sie in Relation zu dem realen Lebensprozeß der Gesellschaft, von dem sie sich schieden. Gerade die Absage an den Schuldzusammenhang des blind und verhärtet sich reproduzierenden Lebens, das Beharren auf Unabhängigkeit und Autonomie, auf der Trennung vom geltenden Reich der Zwecke impliziert, als bewußtloses Element zumindest, die Anweisung auf einen Zustand, in dem Freiheit realisiert wäre. Diese bleibt zweideutiges Versprechen der Kultur, solange deren Existenz von der verhexten Realität, letztlich von der Verfügung über fremde Arbeit abhängt. Daß die europäische Kultur in ihrer Breite, dem, was zum Konsum gelangte und heute von Managern und Psychotechnikern den Bevölkerungen verordnet wird, zur bloßen Ideologie entartete, rührt vom Wechsel ihrer Funktion der materiellen Praxis gegenüber, dem Verzicht auf den Eingriff, her. Dieser Wechsel freilich war kein Sündenfall, sondern historisch erzwungen. Denn nur gebrochen, in der Zurücknahme auf sich selbst geht der bürgerlichen Kultur die Idee der Reinheit von den entstellenden Spuren des zur Totalität über alle Bezirke des Daseins ausgebreiteten Unwesens auf. Nur soweit sie der zum Gegenteil ihrer selbst verkommenen Praxis, der immer neuen Herstellung des Immergleichen, dem Dienst am Kunden im Dienst der Verfügenden sich entzieht und damit den Menschen, hält sie den Menschen die Treue. Aber solche Konzentration auf die absolut eigene Substanz, wie sie in der Dichtung und Theorie von Paul Valéry den großartigsten Niederschlag gefunden hat, arbeitet zugleich an der Aushöhlung jener Substanz. Sobald die gegen die Realität gekehrte Spitze des Geistes von jener abgezogen wird, verändert sich sein Sinn trotz strengster Erhaltung des Sinnes. Durch Resignation gegenüber der Fatalität des Lebensprozesses, und um wieviel mehr noch durch Abdichtung als ein Sonderbereich unter anderen, steht er dem bloß Seienden bei und wird selbst zu einem bloß Seienden. Die Emaskulierung der Kultur, über welche die Philosophen seit Rousseauschen Zeiten und dem Räuberwort vom tintenklecksenden Saeculum über Nietzsche bis zu den Predigern des Engagement um seiner selbst willen sich entrüsten, ist bewirkt vom sich selber zur Kultur Werden der Kultur, damit aber ihrer kräftigen und folgerechten Opposition zur anwachsenden Barbarei der Vorherrschaft von Ökonomie. Was an Kultur Verfall dünkt, ist ihr reines zu sich selber Kommen. Nur als neutralisierte und verdinglichte läßt sie sich vergötzen. Der Fetischismus graviert zur Mythologie. Meist berauschen sich die Kulturkritiker an Idolen, von der Frühgeschichte bis zur dubiosen, mittlerweile evaporierten Wärme des liberalistischen Zeitalters, die im Untergang an den Ursprung mahnte. Weil die Kulturkritik gegen die fortschreitende Integration allen Bewußtseins im materiellen Produktionsapparat sich auflehnt, ohne diesen zu durchschauen, wendet sie sich nach rückwärts, verlockt vom Versprechen der Unmittelbarkeit. Dazu wird sie durch die eigene Schwerkraft genötigt, nicht bloß von einer Ordnung angehalten, die jeden Fortschritt in der Entmenschlichung, die sie herbeiführt, mit Gezeter über Entmenschlichung und Fortschritt übertönen muß. Die Isolierung des Geistes von der materiellen Produktion steigert zwar seine Schätzung, macht ihn aber auch im allgemeinen Bewußtsein zum Sündenbock für das, was die Praxis verübt. Aufklärung als solche, nicht als Instrument realer Herrschaft soll schuld sein: daher der Irrationalismus der Kulturkritik. Hat diese einmal den Geist aus seiner Dialektik mit den materiellen Bedingungen herausgebrochen, so faßt sie ihn einstimmig, geradlinig als Prinzip der Fatalität, und seine eigene Resistenz wird unterschlagen. Versperrt ist dem Kulturkritiker die Einsicht, daß die Verdinglichung des Lebens selbst nicht auf einem Zuviel, sondern einem Zuwenig an Aufklärung beruhe und daß die Verstümmelungen, welche der Menschheit von der gegenwärtigen partikularen Rationalität angetan werden, Schandmale der totalen Irrationalität sind. Deren Abschaffung, die mit der der Trennung körperlicher und geistiger Arbeit zusammenfiele, erscheint der kulturkritischen Verblendung als Chaos: wer Ordnung und Gestalt, welchen Schlages auch immer, glorifiziert, dem wird die versteinerte Trennung zum Urbild des Ewigen. Daß die tödliche Spaltung der Gesellschaft aufhören könnte, setzen sie dem tödlichen Verhängnis gleich: lieber soll das Ende aller Dinge kommen, als daß die Menschheit der Verdinglichung ein Ende machte. Die Angst davor harmoniert mit dem Interesse der Interessenten am Fortbestand der materiellen Versagung. Wann immer Kulturkritik über Materialismus klagt, befördert sie den Glauben, die Sünde sei der Wunsch der Menschen nach Konsumgütern und nicht die Einrichtung des Ganzen, die sie ihnen vorenthält: Sattheit und nicht Hunger. Wäre die Menschheit der Fülle der Güter mächtig, so schüttelte sie die Fesseln jener zivilisierten Barbarei ab, welche die Kulturkritiker dem fortgeschrittenen Stand des Geistes anstatt dem zurückgebliebenen der Verhältnisse aufs Konto schreiben. Die ewigen Werte, auf welche die Kulturkritik deutet, spiegeln das perennierende Unheil. Der Kulturkritiker nährt sich von der mythischen Verstocktheit der Kultur.

Weil die Existenz der Kulturkritik, gleichgültig welchen Inhaltes, vom ökonomischen System abhängt, ist sie in dessen Schicksal verflochten. Je vollkommener die gegenwärtigen gesellschaftlichen Ordnungen, voran die östliche, den Lebensprozeß, die »Muße« inbegriffen, einfangen, um so mehr wird allen Phänomenen des

Geistes die Marke der Ordnung aufgeprägt. Entweder sie tragen als Unterhaltung oder Erbauung unmittelbar zu deren Fortbestand bei und werden als ihre Exponenten, nämlich gerade um ihrer gesellschaftlichen Präformiertheit willen, genossen. Als allbekannt, gestempelt, angetastet, schmeicheln sie beim regredierten Bewußtsein sich ein, empfehlen sich als natürlich und erlauben die Identifikation mit den Mächten, deren Übergewicht keine Wahl läßt als die falsche Liebe. Oder sie werden durch Abweichung zur Rarität und abermals verkäuflich. Durch die liberalistische Ära hindurch fiel Kultur in die Zirkulationssphäre, und deren allmähliches Absterben geht ihr selber an den Lebensnerv. Mit der Beseitigung des Handels und seiner irrationalen Schlupfwinkel durch den kalkulierten Verteilungsapparat der Industrie vollendet sich die Kommerzialisierung der Kultur zum Aberwitz. Als ganz gebändigte, verwaltete, gewissermaßen durchkultivierte stirbt sie ab. Spenglers denunziatorischer Satz, Geist und Geld gehörten zusammen, trifft zu. Aber seiner Sympathie mit der unmittelbaren Herrschaft zuliebe redete er einer der ökonomischen wie der geistigen Vermittlungen entäußerten Verfassung des Daseins das Wort und warf den Geist mit einem in der Tat überholten ökonomischen Typus hämisch zusammen, anstatt zu erkennen, daß Geist, wie sehr auch das Produkt jenes Typus, zugleich doch die objektive Möglichkeit impliziert, ihn zu überwinden. – Wie Kultur, als ein von der unmittelbaren, je eigenen Selbsterhaltung sich Absetzendes, im Verkehr, der Mitteilung und Verständigung, dem Markt entsprang; wie sie im Hochkapitalismus dem Handel verschwistert war, wie ihre Träger zu den »dritten Personen« zählten, als Mittelsmänner sich am Leben erhielten, so ist am Ende die nach den klassischen Spielregeln »gesellschaftlich notwendige«, nämlich ökonomisch sich selbst reproduzierende Kultur wieder auf das zusammengeschrumpft, als was sie begann, auf die bloße Kommunikation. Ihre Entfremdung vom Menschlichen terminiert in der absoluten Fügsamkeit gegenüber der von den Lieferanten in Kundenschaft verzauberten Menschheit. Im Namen der Konsumenten unterdrücken die Verfügenden an Kultur, womit sie über die totale Immanenz in der bestehenden Gesellschaft hinausgeht, und lassen übrig nur, was dort seinen eindeutigen Zweck erfüllt. Die Konsumentenkultur kann sich daher dessen rühmen, kein Luxus, sondern die einfache Verlängerung der Produktion zu sein. Einträchtig stigmatisieren denn auch die auf Massenmanipulation berechneten politischen Tickets als Luxus, Snobismus, highbrow alles Kulturelle, das den Kommissaren mißfällt. Nur wenn die je etablierte Ordnung als Maß aller Dinge akzeptiert ist, wird zur Wahrheit, was sich bei deren bloßer Reproduktion im Bewußtsein bescheidet. Darauf deutet Kulturkritik und empört sich über Flachheit und Substanzverlust. Indem sie jedoch bei der Verfilzung von Kultur mit dem Kommerz stehenbleibt, hat sie an der Flachheit teil. Sie verfährt nach dem Schema der reaktionären Sozialkritiker, die das schaffende gegen das raffende Kapital ausspielen. Während aber in der Tat alle Kultur am Schuldzusammenhang der Gesellschaft teilhat, fristet sie ihr Dasein doch nur, wie, der ›Dialektik der Aufklärung‹ zufolge, der Kommerz, von dem in der Produktionssphäre bereits verübten Unrecht. Darum verlagert die Kulturkritik die Schuld: sie ist soweit Ideologie, wie sie bloß Kritik der Ideologie bleibt. Die totalitären Regimes beider Spielarten, die das Bestehende noch vor der letzten Unbotmäßigkeit behüten wollen, welche sie der Kultur selbst im Lakaienstande zutrauen, können diese und ihre Selbstbesinnung zwingend des Lakaientums überführen. Sie rücken dem an sich schon unerträglich gewordenen Geist zuleibe und fühlen sich dabei auch noch als Reiniger und Revolutionäre. Die ideologische Funktion der Kulturkritik spannt deren eigene Wahrheit, den Widerstand gegen die Ideologie ein. Der Kampf gegen die Lüge kommt dem nackten Grauen zugute. »Wenn ich Kultur höre, entsichere ich meinen Revolver«, sagte der Sprecher der Hitlerischen Reichskulturkammer.

Kulturkritik kann aber nur darum so eindringlich der Kultur ihren Verfall als Verletzung der reinen Autonomie des Geistes, als Prostitution vorwerfen, weil eben Kultur selber in der radikalen Trennung geistiger und körperlicher Arbeit entspringt und aus dieser Trennung, der Erbsünde gleichsam, ihre Kräfte zieht. Wenn Kultur die Trennung bloß verleugnet und unmittelbare Verbundenheit mimt, fällt sie hinter ihren Begriff zurück. Erst der Geist, der im Wahn seiner Absolutheit vom bloß Daseienden ganz sich entfernt, bestimmt in Wahrheit das bloß Daseiende in seiner Negativität: solange nur ein Geringes vom Geiste noch im Zusammenhang der Reproduktion des Lebens verbleibt, wird er auf diesen auch vereidigt. Die athenische Antibanausie war beides: der dreiste Hochmut dessen, der sich die Hände nicht schmutzig macht, gegen den, von dessen Arbeit er lebt, und die Bewahrung des Bildes einer Existenz, die hinausweist über den Zwang, der hinter aller Arbeit steht. Indem die Antibanausie das schlechte Gewissen zum Ausdruck bringt und auf die Opfer als deren Niedrigkeit projiziert, verklagt sie zugleich, was ihnen widerfährt: die Unterwerfung der

Menschen unter die je geltende Form der Reproduktion ihres Lebens. Alle »reine Kultur« ist den Wortführern der Macht unbehaglich gewesen. Platon und Aristoteles haben wohl gewußt, warum sie deren Vorstellung nicht aufkommen ließen, sondern in Fragen der Beurteilung von Kunst einem Pragmatismus das Wort redeten, der zum Pathos der beiden großen Metaphysiken im wunderlichen Gegensatz steht. Die neuere bürgerliche Kulturkritik freilich ist zu vorsichtig geworden, darin offen ihnen zu folgen, obwohl sie insgeheim bei der Scheidung von hoher und populärer Kultur, von Kunst und Unterhaltung, von Erkenntnis und unverbindlicher Weltanschauung sich beruhigt. Sie ist um so viel antibanausischer als die athenische Oberklasse, wie das Proletariat gefährlicher als die Sklaven. Der moderne Begriff der reinen, autonomen Kultur bezeugt den ins Unversöhnliche angewachsenen Antagonismus durch Kompromißlosigkeit gegenüber dem für anderes Seienden sowohl wie durch die Hybris der Ideologie, die sich als an sich Seiendes inthronisiert.

Kulturkritik teilt mit ihrem Objekt dessen Verblendung. Sie ist außerstande, die Erkenntnis ihrer Hinfälligkeit, die in der Spaltung gesetzt ist, aufkommen zu lassen. Keine Gesellschaft, die ihrem eigenen Begriff, dem der Menschheit, widerspricht, kann das volle Bewußtsein von sich selber haben. Es zu hintertreiben, bedarf es nicht erst der subjektiven ideologischen Veranstaltung, obwohl diese in Zeiten des historischen Umschlags die objektive Verblendung zu verstärken pflegt. Aber daß jegliche Form der Repression, je nach dem Stand der Technik, zur Erhaltung der Gesamtgesellschaft erfordert war und daß die Gesellschaft, so wie sie ist, trotz aller Absurdität doch ihr Leben unter den bestehenden Verhältnissen reproduziert, bringt objektiv den Schein ihrer Legitimation hervor. Kultur, als der Inbegriff des Selbstbewußtseins einer antagonistischen Gesellschaft, kann solchen Scheines so wenig sich entäußern wie jene Kulturkritik, welche die Kultur an deren eigenem Ideal mißt. Der Schein ist total geworden in einer Phase, in der Irrationalität und objektive Falschheit hinter Rationalität und objektiver Notwendigkeit sich verstecken. Dennoch setzen die Antagonismen um ihrer realen Gewalt willen auch im Bewußtsein sich durch. Gerade weil Kultur das Prinzip von Harmonie in der antagonistischen Gesellschaft zu deren Verklärung als geltend behauptet, kann sie die Konfrontation der Gesellschaft mit ihrem eigenen Harmoniebegriff nicht vermeiden und stößt dabei auf Disharmonie. Die Ideologie, welche das Leben bestätigt, tritt durch die immanente

Triebkraft des Ideals zum Leben in Gegensatz. Der Geist, der sieht, daß die Realität nicht in allem ihm gleicht, sondern einer bewußtlosen und fatalen Dynamik unterliegt, wird selbst gegen seinen Willen über die Apologie hinausgedrängt. Daß die Theorie zur realen Gewalt werde, wenn sie die Menschen ergreift, gründet in der Objektivität des Geistes selber, der kraft der Erfüllung seiner ideologischen Funktion an der Ideologie irre werden muß. Wenn der Geist Verblendung ausdrückt, so drückt er zugleich, von der Unvereinbarkeit der Ideologie mit dem Dasein bewogen, den Versuch aus, ihr sich zu entwinden. Enttäuscht erblickt er das bloße Dasein in seiner Blöße und überantwortet es der Kritik. Entweder er verdammt, nach dem wie immer fragwürdigen Maß seines reinen Prinzips, die materielle Basis, oder er wird an seiner Unvereinbarkeit mit jener der eigenen Fragwürdigkeit inne. Kraft der gesellschaftlichen Dynamik geht Kultur in Kulturkritik über, welche den Begriff Kultur festhält, deren gegenwärtige Erscheinungen aber als bloße Waren und Verdummungsmittel demoliert. Solches kritische Bewußtsein bleibt der Kultur hörig insofern, als es durch die Befassung mit dieser von dem Grauen ablenkt, aber es bestimmt sie auch als Komplement des Grauens. – Es folgt daraus die doppelschlächtige Stellung der gesellschaftlichen Theorie zur Kulturkritik. Das kulturkritische Verfahren steht selber zur permanenten Kritik sowohl in seinen allgemeinen Voraussetzungen, seiner Immanenz in der bestehenden Gesellschaft, wie in den konkreten Urteilen, die es vollzieht. Denn die Hörigkeit der Kulturkritik verrät sich je an ihrem spezifischen Inhalt und ist nur an diesem verbindlich zu greifen. Zugleich aber hat die dialektische Theorie, will sie nicht dem Ökonomismus verfallen und einer Gesinnung, welche glaubt, die Veränderung der Welt erschöpfe sich in der Steigerung der Produktion, die Verpflichtung, die Kulturkritik in sich aufzunehmen, die wahr ist, indem sie die Unwahrheit zum Bewußtsein ihrer selbst bringt. Zeigt die dialektische Theorie an der Kultur als bloßem Epiphänomen sich desinteressiert, so trägt sie dazu bei, daß das kulturelle Unwesen fortwuchert, und wirkt mit an der Reproduktion des Schlechten. Der kulturelle Traditionalismus und der Terror der neuen russischen Gewaltherrscher sind eines Sinnes. Daß sie Kultur als ganze unbesehen bejahen und zugleich alle nicht eingeschliffenen Bewußtseinsformen verfemen, ist nicht weniger ideologisch, als wenn die Kritik sich dabei bescheidet, die losgelöste Kultur vor ihr Forum zu rufen, oder gar deren vorgebliche Negativität für das Unheil verantwortlich macht. Wird Kultur einmal als ganze akzeptiert, so ist ihr bereits das Ferment der eigenen Wahrheit entzogen, die Verneinung. Kulturfreudigkeit stimmt zum Klima von Schlachtenmalerei und -musik. Die Schwelle der dialektischen gegenüber der Kulturkritik aber ist, daß sie diese bis zur Aufhebung des Begriffs der Kultur selber steigert.

Gegen die immanente Kritik der Kultur läßt sich vorbringen, daß sie das Entscheidende, die jeweilige Rolle der Ideologie in den gesellschaftlichen Konflikten unterschlage. Indem man überhaupt etwas wie eine eigenständige Logik der Kultur, sei's auch bloß methodisch, supponiere, mache man sich zum Mitschuldigen an der Abspaltung der Kultur, dem ideologischen πρῶτον ψεῦδος, denn ihr Gehalt liege nicht rein in ihr selbst, sondern in ihrem Verhältnis zu einem ihr Auswendigen, dem materiellen Lebensprozeß. Sie sei, wie Marx von den Rechtsverhältnissen und Staatsformen lehrte, insgesamt »weder aus sich selbst zu begreifen ..., noch aus der sogenannten allgemeinen Entwicklung des menschlichen Geistes«. Davon absehen, hieße kaum weniger, als die Ideologie zur Sache selbst machen und damit zu befestigen. In der Tat darf die dialektische Wendung der Kulturkritik nicht die Maßstäbe der Kultur hypostasieren. Sie hält sich dieser gegenüber beweglich, indem sie ihre Stellung im Ganzen einsieht. Ohne solche Freiheit, ohne Hinausgehen des Bewußtseins über die Immanenz der Kultur wäre immanente Kritik selber nicht denkbar: der Selbstbewegung des Objekts vermag nur zu folgen, wer dieser nicht durchaus angehört. Aber die traditionelle Forderung von Ideologienkritik unterliegt selber einer historischen Dynamik. Sie war konzipiert gegen den Idealismus als die philosophische Form, in welcher die Fetischisierung der Kultur sich spiegelt. Heute aber ist die Bestimmung von Bewußtsein durch Sein zu einem Mittel geworden, alles nicht mit dem Dasein einverstandene Bewußtsein zu eskamotieren. Das Moment der Objektivität von Wahrheit, ohne das Dialektik nicht vorgestellt werden kann, wird stillschweigend durch vulgären Positivismus und Pragmatismus – in letzter Instanz: bürgerlichen Subjektivismus – ersetzt. Im bürgerlichen Zeitalter war die vorherrschende Theorie die Ideologie und die oppositionelle Praxis stand unmittelbar dagegen. Heute gibt es eigentlich kaum mehr Theorie, und die Ideologie tönt gleichsam aus dem Räderwerk der unausweichlichen Praxis. Kein Satz mehr wird zu denken gewagt, dem nicht explizit, in allen Lagern, eben der Hinweis, für wen er gut sei, fröhlich beigegeben wäre, den einmal die Polemik herauszuschälen suchte. Unideologisch ist aber der Gedanke, der sich nicht auf operational terms bringen läßt, sondern versucht, rein der Sache selbst zu jener Sprache zu verhelfen, welche ihr die herrschende sonst abschneidet. Seitdem jedes avancierte wirtschaftspolitische Gremium es für selbstverständlich hält, daß es darauf ankomme, die Welt zu verändern, und es für Allotria erachtet, sie zu interpretieren, fällt es schwer, die Thesen gegen Feuerbach schlicht zu unterstellen. Dialektik schließt auch das Verhältnis von Aktion und Kontemplation ein. In einer Epoche, in der die bürgerliche Sozialwissenschaft, nach Schelers Wort, den marxistischen Ideologienbegriff »geplündert« und in allgemeinen Relativismus verwässert hat, ist die Gefahr, die Funktion von Ideologien zu verkennen, schon geringer als die, subsumierend, sachfremd und administrativ über geistige Gebilde zu befinden und sie blank in jene geltenden Machtkonstellationen einzugliedern, die zu durchschauen dem Geist obläge. Gleich manchen anderen Elementen des dialektischen Materialismus ist auch die Ideologienlehre aus einem Mittel der Erkenntnis zu einem von deren Gängelung geworden. Im Namen der Abhängigkeit des Überbaus vom Unterbau wird der Einsatz der Ideologien überwacht, anstatt daß diese kritisiert wären. Man kümmert sich nicht um ihren objektiven Gehalt, wofern sie nur zweckmäßig sind.

Aber die Funktion der Ideologien wird offenbar selbst immer abstrakter. Gerechtfertigt ist der Verdacht früherer Kulturkritiker, daß es in einer Welt, in der Bildungsprivileg und Fesselung des Bewußtseins die eigentliche Erfahrung geistiger Gebilde sowieso den Massen vorenthält, nicht mehr so sehr auf die spezifischen ideologischen Inhalte ankomme wie darauf, daß überhaupt irgend etwas da sei, was das Vakuum des expropriierten Bewußtseins ausfüllt und vom offenbaren Geheimnis ablenkt. Für den gesellschaftlichen Wirkungszusammenhang ist es vermutlich weit weniger wichtig, welche besonderen ideologischen Lehren ein Film seinen Betrachtern einflößt, als daß die nach Hause Gehenden an den Namen der Schauspieler und ihren Ehehändeln interessiert sind. Vulgäre Begriffe wie der der Zerstreuung sind angemessener als hochtrabende Erklärungen darüber, daß der eine Schriftsteller Vertreter des Klein- und der andere des Großbürgertums sei. Kultur ist ideologisch geworden nicht nur als Inbegriff der subjektiv ausgeheckten Manifestationen des objektiven Geistes, sondern im weitesten Maße auch als Sphäre des Privatlebens. Diese verdeckt mit dem Schein von Wichtigkeit und Autonomie, daß sie nur noch als Anhängsel des Sozialprozesses sich fortschleppt. Leben verwandelt sich in die Ideologie der Verdinglichung, eigentlich die Maske des Toten.

Darum hat die Kritik oftmals weniger nach den bestimmten Interessenlagen zu fahnden, denen kulturelle Phänomene zugeordnet sein sollen, als zu entziffern, was von der Tendenz der Gesamtgesellschaft in ihnen zutage kommt, durch die hindurch die mächtigsten Interessen sich realisieren. Kulturkritik wird zur gesellschaftlichen Physiognomik. Je mehr das Ganze der naturwüchsigen Elemente entäußert, gesellschaftlich vermittelt, filtriert, »Bewußtsein« ist, um so mehr wird das Ganze »Kultur«. Der materielle Produktionsprozeß als solcher offenbart sich am Ende als das, was er in seinem Ursprung im Tauschverhältnis, als einem falschen Bewußtsein der Kontrahenten voneinander, neben dem Mittel zur Erhaltung des Lebens zugleich immer schon war: Ideologie. Umgekehrt aber wird zugleich das Bewußtsein mehr stets zu einem bloßen Durchgangsmoment in der Schaltung des Ganzen. Ideologie heißt heute: die Gesellschaft als Erscheinung. Sie ist vermittelt durch die Totalität, hinter der die Herrschaft des Partialen steht, nicht jedoch umstandslos reduktibel auf ein Partialinteresse, und darum gewissermaßen in all ihren Stücken gleich nah dem Mittelpunkt.

Die Alternative, Kultur insgesamt von außen, unter dem Oberbegriff der Ideologie in Frage zu stellen, oder sie mit den Normen zu konfrontieren, die sie selbst auskristallisierte, kann die kritische Theorie nicht anerkennen. Auf der Entscheidung: immanent oder transzendent zu bestehen, ist ein Rückfall in die traditionelle Logik, der Hegels Polemik gegen Kant galt: daß jegliche Methode, welche Grenzen bestimmt und in den Grenzen ihres Gegenstandes sich hält, eben dadurch über die Grenzen hinausgehe. Die kulturtranszendente Position ist von der Dialektik in gewissem Sinn vorausgesetzt als das Bewußtsein, welches vorweg der Fetischisierung der Sphäre Geist sich nicht unterwirft. Dialektik heißt Intransigenz gegenüber jeglicher Verdinglichung. Die transzendente Methode, die aufs Ganze geht, scheint radikaler als die immanente, welche das fragwürdige Ganze zunächst sich vorgibt. Sie bezieht einen der Kultur und dem gesellschaftlichen Verblendungszusammenhang enthobenen Standort, einen archimedischen gleichsam, von dem aus das Bewußtsein die Totalität, wie sehr sie auch laste, in Fluß zu bringen vermag. Der Angriff aufs Ganze hat seine Kraft darin, daß um so mehr Schein von Einheit und Ganzheit in der Welt ist, wie gelungene Verdinglichung, also Trennung. Aber die summarische Abfertigung der Ideologie, wie sie heute schon in der Sowjetsphäre als Ächtung des »Objektivismus« zum Vorwand zynischen Terrors wurde, tut jeder Ganzheit wiederum zuviel Ehre an. Sie kauft der

Gesellschaft ihre Kultur en bloc ab, gleichgültig wie sie nun darüber verfügt. Die Ideologie, der gesellschaftlich notwendige Schein, ist heute die reale Gesellschaft selber, insofern deren integrale Macht und Unausweichlichkeit, ihr überwältigendes Dasein an sich, den Sinn surrogiert, welchen jenes Dasein ausgerottet hat. Die Wahl eines ihrem Bann entzogenen Standpunkts ist so fiktiv wie nur je die Konstruktion abstrakter Utopien. Daher sieht sich die transzendente Kritik der Kultur, ganz ähnlich der bürgerlichen Kulturkritik, zum Rückgriff verhalten und beschwört jenes Ideal des Natürlichen, das selber ein Kernstück der bürgerlichen Ideologie bildet. Der transzendente Angriff auf die Kultur spricht regelmäßig die Sprache des falschen Ausbruchs, die des Naturburschen. Er verachtet den Geist: die geistigen Gebilde, die ja doch nur gemacht sein, nur das natürliche Leben überdecken sollen, lassen um solcher vorgeblichen Nichtigkeit willen beliebig sich hantieren und für Herrschaftszwecke verwerten. Das erklärt die Unzulänglichkeit der meisten sozialistischen Beiträge zur Kulturkritik: sie entraten der Erfahrung dessen, womit sie sich befassen. Indem sie das Ganze wie mit einem Schwamm wegwischen wollen, entwickeln sie Affinität zur Barbarei, und ihre Sympathien sind unweigerlich mit dem Primitiveren, Undifferenzierteren, wie sehr es auch im Widerspruch zum Stand der geistigen Produktivkraft selber stehen mag. Die bündige Verleugnung der Kultur wird zum Vorwand, das Gröbste, Gesündeste, selber Repressive zu befördern, zumal den perennierenden Konflikt von Gesellschaft und Individuum, die doch beide gleichermaßen gezeichnet sind, stur zugunsten der Gesellschaft zu entscheiden nach dem Maß der Administratoren, die ihrer sich bemächtigt haben. Von da ist dann nur ein Schritt zur offiziellen Wiedereinführung der Kultur. Dagegen sträubt sich das immanente Verfahren als das wesentlicher dialektische. Es nimmt das Prinzip ernst, nicht die Ideologie an sich sei unwahr, sondern ihre Prätention, mit der Wirklichkeit übereinzustimmen. Immanente Kritik geistiger Gebilde heißt, in der Analyse ihrer Gestalt und ihres Sinnes den Widerspruch zwischen ihrer objektiven Idee und jener Prätention zu begreifen, und zu benennen, was die Konsistenz und Inkonsistenz der Gebilde an sich von der Verfassung des Daseins ausdrückt. Solche Kritik bescheidet sich nicht bei dem allgemeinen Wissen von der Knechtschaft des objektiven Geistes, sondern sucht dies Wissen in die Kraft der Betrachtung der Sache selbst umzusetzen. Einsicht in die Negativität der Kultur ist verbindlich bloß dann, wenn sie sich ausweist im triftigen Befund der Wahrheit oder

Unwahrheit einer Erkenntnis, der Konsequenz oder Lahmheit eines Gedankens, der Stimmigkeit oder Brüchigkeit eines Gebildes, der Substantialität oder Nichtigkeit einer Sprachfigur. Wo sie aufs Unzulängliche stößt, schreibt sie es nicht eilfertig dem Individuum und seiner Psychologie, dem bloßen Deckbild des Mißlingens zu, sondern sucht es aus der Unversöhnlichkeit der Momente des Objekts abzuleiten. Sie geht der Logik seiner Aporien, der in der Aufgabe selber gelegenen Unlösbarkeit, nach. In solchen Antinomien wird sie der gesellschaftlichen inne. Gelungen aber heißt der immanenten Kritik nicht sowohl das Gebilde, das die objektiven Widersprüche zum Trug der Harmonie versöhnt, wie vielmehr jenes, das die Idee von Harmonie negativ ausdrückt, indem es die Widersprüche rein, unnachgiebig, in seiner innersten Struktur prägt. Vor ihm verliert das Verdikt »bloße Ideologie« seinen Sinn. Zugleich jedoch hält die immanente Kritik in Evidenz, daß aller Geist bis heute unter einem Bann steht. Er ist nicht von sich aus der Aufhebung der Widersprüche mächtig, an denen er laboriert. Selbst der radikalsten Reflexion aufs eigene Versagen ist die Grenze gesetzt, daß sie nur Reflexion bleibt, ohne das Dasein zu verändern, von dem das Versagen des Geistes zeugt. Darum vermag die immanente Kritik bei ihrem Begriff sich nicht zu beruhigen. Weder ist sie eitel genug, die Versenkung in den Geist unmittelbar dem Ausbruch aus seiner Gefangenschaft gleichzusetzen, noch auch nur naiv genug, zu glauben, der unbeirrten Versenkung in den Gegenstand fiele kraft der Logik der Sache die Wahrheit zu, wenn nicht das subjektive Wissen ums schlechte Ganze, von außen gleichsam, jeden Augenblick in die Bestimmung des Gegenstandes mit eingeht. Je weniger die dialektische Methode heute die Hegelsche Identität von Subjekt und Objekt sich vorgeben kann, um so mehr ist sie verpflichtet, der Doppelheit der Momente eingedenk zu sein: das Wissen von der Gesellschaft als Totalität, und von der Verflochtenheit des Geistes in jene, zu beziehen auf den Anspruch des Objekts, als solches, seinem spezifischen Gehalt nach, erkannt zu werden. Dialektik läßt daher von keiner Forderung logischer Sauberkeit das Recht sich verkümmern, von einem Genus zum anderen überzugehen, die in sich verschlossene Sache durch den Blick auf die Gesellschaft aufleuchten zu machen, der Gesellschaft die Rechnung zu präsentieren, welche die Sache nicht einlöst. Am Ende wird der dialektischen Methode der Gegensatz der von außen und von innen eindringenden Erkenntnis selber als Symptom jener Verdinglichung suspekt, die anzuklagen ihr obliegt: der abstrakten Zurechnung dort, dem gleichsam verwaltenden Denken, entspricht hier der Fetischismus des gegen seine Genesis abgeblendeten Objekts, die Prärogative des Fachmanns. Wie aber die stur immanente Betrachtung in den Idealismus zurückzuschlagen droht, die Illusion selbstgenügsamen, über sich und die Realität gebietenden Geistes, so droht die transzendente, die Arbeit des Begriffs zu vergessen, und mit der vorschriftsmäßigen Etikettierung, dem gefrorenen Schimpfwort – meist lautet es »kleinbürgerlich« –, dem von oben her abfertigenden Ukas sich zu begnügen. Topologisches Denken, das von jedem Phänomen weiß, wo es hingehört, und von keinem, was es ist, ist insgeheim verwandt dem paranoischen Wahnsystem, dem die Erfahrung des Objekts abgeschnitten ward. Die Welt wird mit leerlaufenden Kategorien in Schwarz und Weiß aufgeteilt und zu eben der Herrschaft zugerichtet, gegen welche einmal die Begriffe konzipiert waren. Keine Theorie, und auch die wahre nicht, ist vor der Perversion in den Wahn sicher, wenn sie einmal der spontanen Beziehung auf das Objekt sich entäußert hat. Davor muß Dialektik nicht weniger sich hüten als vor der Befangenheit im Kulturobjekt. Sie darf weder dem Geistkult sich verschreiben noch der Geistfeindschaft. Der dialektische Kritiker an der Kultur muß an dieser teilhaben und nicht teilhaben. Nur dann läßt er der Sache und sich selber Gerechtigkeit widerfahren.

Die herkömmliche transzendente Kritik der Ideologie ist veraltet. Prinzipiell macht durch ungebrochene Transposition des Kausalbegriffs aus dem Bereich der physischen Natur in die Gesellschaft die Methode eben jene Verdinglichung sich zu eigen, die sie zum kritischen Thema hat, und fällt hinter ihren eigenen Gegenstand zurück. Immerhin kann die transzendente Methode darauf sich berufen, daß sie nur soweit Begriffe verdinglichten Wesens benutzt, wie die Gesellschaft selber verdinglicht ist; daß sie dieser durch die Roheit und Härte des Kausalbegriffes gleichsam den Spiegel vorhält, der sie der eigenen Roheit und Härte wie der Entwürdigung des Geistes in ihr überführt. Aber die finstere Einheitsgesellschaft duldet nicht einmal mehr jene relativ selbständigen, abgesetzten Momente, welche einst die Theorie der kausalen Abhängigkeit von Überbau und Unterbau meinte. In dem Freiluftgefängnis, zu dem die Welt wird, kommt es schon gar nicht mehr darauf an, was wovon abhängt, so sehr ist alles eins. Alle Phänomene starren wie Hoheitszeichen absoluter Herrschaft dessen was ist. Gerade weil es im eigentlichen Sinn von falschem Bewußtsein keine Ideologien mehr gibt, sondern bloß noch die Reklame für die Welt durch deren Verdopplung, und die provokatorische Lüge, die nicht geglaubt werden will, sondern Schweigen gebietet, nimmt die Frage nach der kausalen Abhängigkeit der Kultur, die unmittelbar als Stimme dessen ertönt, wovon sie bloß abhängig sein soll, etwas Hinterwäldlerisches an. Allerdings wird davon am Ende auch die immanente Methode ereilt. Sie wird von ihrem Gegenstand in den Abgrund gerissen. Die materialistisch durchsichtige Kultur ist nicht materialistisch aufrichtiger, nur niedriger geworden. Mit der eigenen Partikularität hat sie auch das Salz der Wahrheit eingebüßt, das einmal in ihrem Gegensatz zu anderen Partikularitäten bestand. Zieht man sie zu jener Verantwortung vor sich, welche sie verleugnet, so bestätigt man nur die kulturelle Wichtigmacherei. Als neutralisierte und zugerichtete aber wird heute die gesamte traditionelle Kultur nichtig: durch einen irrevokablen Prozeß ist ihre von den Russen scheinheilig reklamierte Erbschaft in weitestem Maße entbehrlich, überflüssig, Schund geworden, worauf dann wieder die Geschäftemacher der Massenkultur grinsend hinweisen können, die sie als solchen Schund behandeln. Je totaler die Gesellschaft, um so verdinglichter auch der Geist und um so paradoxer sein Beginnen, der Verdinglichung aus eigenem sich zu entwinden. Noch das äußerste Bewußtsein vom Verhängnis droht zum Geschwätz zu entarten. Kulturkritik findet sich der letzten Stufe der Dialektik von Kultur und Barbarei gegenüber: nach Auschwitz ein Gedicht zu schreiben, ist barbarisch, und das frißt auch die Erkenntnis an, die ausspricht, warum es unmöglich ward, heute Gedichte zu schreiben. Der absoluten Verdinglichung, die den Fortschritt des Geistes als eines ihrer Elemente voraussetzte und die ihn heute gänzlich aufzusaugen sich anschickt, ist der kritische Geist nicht gewachsen, solange er bei sich bleibt in selbstgenügsamer Kontemplation.

Peter Rühmkorf
Ich habe vor, Sie zu bessern

Entschuldigen Sie!
Daß ich mich in der Form eines Gedichtes
bei Ihnen einschlich.
Aber ich konnte Sie anders
nicht erreichen.
Hätten Sie wohl
einen Augenblick Zeit?

Es handelt sich
um Entscheidendes:
Ich habe nämlich
vor, Sie zu bessern.
Jetzt müssen Sie hören,
wagen nicht sich zu wenden.
Nur Stichworte merken.
Alles andere ist Ballast:
Hungernde nähren, Kranke küssen,
Frierende wärmen, Weinende lachen machen.

Was überdauert

Nur wenige Worte werden den Krieg überdauern,
wenige Worte, an die du heut' noch nicht denkst.
Wenn alles zerstört ist, Geschütze und schützende Mauern,
und selbst deren Namen, es lohnt nicht, dies zu betrauern,
dann werden Worte sein, die du liebend verschenkst.

Nur wenige Worte werden Geschlagene sprechen,
wenige Worte, von denen du heut' noch nicht weißt,
vorher noch ist dir gesetzt, Gequältes zu rächen,
bis dein Herz zu wund ward, neuen Haß zu erbrechen.
Dann wird sein ein Gesang, der weinend die Liebe preist.

Horst Bienek
Jetzt sind wir

Die im Winde leben
Von der Frucht reifer Tage zehrend
Die im Winde schwanken
Vorm Gesicht stummer Jahre
Erschreckend
Und angstvoll
Die Arme werfen
Und Augen
Und Ohren
In die Ferne richten.

Die in Furchen keimen
In der Stunde der Wollust gepflanzt
Die in Furchen singen
Vor der Reinheit des Ackers
Erschauernd
Und fürchtig
Die Leiber strecken
Und Träumen
Und Wissen
Im Jetzt verharren.

JETZT SIND WIR

HANNS CIBULKA
Elegie 1945

Schon seit einigen Tagen durchstreichen die Krähen den Garten,
 aus dem nackten Geäst wächst der Gedanke, der Wind.
Langsam neigt sich der Erde silberne Tröstung hernieder,
 beugt den Nacken der Zeit in ihr eisiges Joch.
Gänse, wie segelnde Briefe, durchstreifen mit hartem Gelächter
 fröstelnd die Himmel der Welt, fallen ins klirrende Schilf.
Aus ihren schreienden Hälsen rieseln die Tropfen des Heimwehs,
 gellt ihr bitterer Schrei durch die naßkalte Luft.
Heimwehvögel, so nennt man die fliegenden Keile der Lüfte.
 Schmerzlicher Regen verhängt uns ihren südlichen Flug.
Ach, wo sind unsres Lebens lange und sanfte Gedanken?
 Viele blieben zurück, wenige kehrten nach Haus.
Fremd allen fröhlichen Menschen ließ uns der Krieg aller Kriege,
 selbst die Beere im Wald wurde von uns nicht gepflückt.
Immer nur fremd in der Fremde die Wasser zu schöpfen ist bitter.
 Was in den Händen verblieb, war unser eigener Schrei.

HEINAR KIPPHARDT
In unseren Schlachthöfen zu singen

Der Mensch ist kein Mensch
Der Mensch ist ein Ding
Der Mehrwert im Traum der Gewehre
Der Minotaurus am Nasenring
Unmenschlicher Zukunft Erklärer.

Ein Schlachthaus das Leben
Ein Schlachthaus der Tod
Der Mensch ist ein Ding
Geringer als Brot
Der Mensch ist geduldig eben.

Der Mensch ist kein Mensch
Der Mensch funktioniert
Als Messer der eigenen Klasse
Als Zugtier
Als Peitsche
Als Fleisch kalkuliert
Als Nervengeflecht, das im Dunkeln marschiert
Im Auftrag des Gotts beßrer Rasse.

Geschunden im Frieden
Geschunden im Krieg
Der Mensch ist ein Ding
Das zu lange schwieg
Der Mensch ist geduldig eben.

Der Mensch ist kein Mensch
Der Mensch ist ein Grab
Der Messer am Hals der Geschichte
Die dreimal radierte unkenntliche Zahl
Falliter Börsenberichte.

Fallit immerhin
Fallit
Denn es zeigt
Ein Loch sich im Hut der Profite
Ein Messer der Mensch

Doch ein Messer, das schreit
Ein Messer, das plötzlich den Umstand begreift
Daß besser das Messer er wendet.

An diesem Tag
erblaßte das Kupfer der Kabel
wurden die Telefonstimmen
(heiser vom Haß des Gewinns)
kalt und gefährlich wie Mord.

PAUL WIENS
Matrose von morgen

Matrose von morgen,
hör zu!
Noch ist Stille …
Entscheidender Jahre fünfzackige Törn
beginnt.
Überm Bug
blitzt und brennt wie ein Stern
die Hoffnung der Heimat –
der Plan, unser Wille.

Schlag auf die Atlanten der Planung!
Erlerne
die Navigation auf den Wogen der Zeit!
Die Wege sind offen.
Das Weltmeer ist weit.
Es harren die Häfen in farbiger Ferne.

Läuft aus die Flotille des Friedens,
so sende
als Funker ins funkelnde All dein CQ,
im Äther grüß alle
die jung sind wie du,
und hisse den Wimpel »Verschlungene Hände«!

Zu Ufern der Freundschaft wirst du deine Frachten
hintragen,
von Emden bis Wladiwostok,
und weiter –
zu gelber Gestade Gelock –
und Schanghais buntatmende Freiheit betrachten ...

Und weiter!
Und näher!
Durch Strudel und Engen! –
Welch Wrack sperrt die Einfahrt?
Was trennt noch vom Ziel?
Matrose,
die Brüder von Kronstadt und Kiel,
die wußten's –
und wagten, den Sperrkreis zu sprengen.

Und fielen die Unsern,
die Kieler,
verraten,
nimm du jetzt die Fahne!
Du, Heizer!
Du, Maat!
Und miß dich mit jenen von Leningrad,
zum Wohle der Vielen,
in friedlichen Taten!

Und vorwärts!
Denn vorn
schwimmt auf roter Barkasse,
den Blick zu den Feuern der Frühe gewandt,
den Kurs klug bestimmend,
die Karte zur Hand,
der Käpt'n:
– die kühne Partei deiner Klasse.

Matrose von morgen!
Das Steuer
fasse!

Christa Reinig

Der Henker

Er hat den Kragen frei gemacht
Und stellt sich selbst auf das Gerüst,
Sein Wächter hat ihm Schnaps gebracht,
Weil er sonst nichts zu wünschen wüßt.

Und der Gehilfe legt den Strick
Dem Meister sorgsam um den Hals
Und knotet ihn mit viel Geschick.
Der Meister sagt ihm allenfalls:

Sieh zu, daß du mich gut vertrittst
Und achte, eh du dich entfernt hast,
Daß mir der Knoten richtig sitzt
Und zeig, was du gelernt hast.

Robinson

Manchmal weint er, wenn die Worte
Still in seiner Kehle stehn,
Doch er lernt an seinem Orte
Schweigend mit sich umzugehn,

Und erfindet alte Dinge,
Halb aus Not und halb im Spiel,
Splittert Stein zur Messerklinge,
Schnürt die Axt an einen Stiel,

Kratzt mit einer Muschelkante
Seinen Namen in die Wand,
Und der allzu oft genannte
Wird ihm langsam unbekannt.

Der Morgen

Die Nacht tat ihren tiefen Fall,
Du siehst die Sonne siegreich schreiten,
Es brechen aus dem dunklen All
Die Flammen, die den Tag befreiten.

Sie stehen reglos wie ein Wall
Und bergen neue Einsamkeiten,
Durch Felder, die sich aufwärts breiten,
Fließt Glanz von glühendem Metall.

Dann schwingt durchs Licht ein ferner Schall,
Wenn, je ein Handpferd sich zur Seiten,
Mit Kettenklang und Peitschenknall
Die Bauern zu den Äckern reiten.

Der Hirte

Leute, kommt zu mir ans Feuer,
Wer die Nacht liebt, ist ein Feind,
Fremde seid ihr, wenn nicht euer
Angesicht im Licht erscheint.

Wollte Gott, daß Frieden werde,
Oder uns der Gnadenstoß,
Der Soldat jagt unsre Herde
Und der Hirt ist waffenlos.

Wer hat noch die Hände offen
Und wer lügt nicht, wenn er spricht?
Und wir schweigen und erhoffen
Einen Gott? O glaubt es nicht,

Daß er kommt uns zu erlösen
Und er hat es wohl bedacht,
Denn wir knien vor dem Bösen
Und beneiden seine Macht.

Georg K. Glaser
Geheimnis und Gewalt

XI Die Neue Zeit

Die Neue Zeit kam schweigend und unsichtbar. Wahrzunehmen war nur die Leere, die jeder ihrer Schritte hinter sich ließ.

Man fand Tote in den umgebenden Waldungen, von denen niemand etwas zu wissen wagte. Lautlos verschwanden Leute, und ihre besten Freunde hatten nicht den Mut, nach ihrem Verbleib zu fragen. Nur ganz selten wurden ein Schrei, ein grauenhafter Flüsterbericht über die Umstände eines Todes, eine Verfolgung oder ein Kesseltreiben laut; sie wurden weniger bemerkt als die täglichen Verkehrsunfälle.

Die Mutter Heiner bat mich, ihren Mann zu besuchen. Sie schärfte mir ein: »Sie dürfen nicht sagen, daß ich Sie geschickt habe. Kommen Sie wie im Vorübergehen.«

Als ich ankam, war er nicht zu Hause. Seine Frau bat mich inständig zu warten: »Er muß jeden Augenblick kommen. Bleiben Sie. Er hat es so nötig, andere Gesichter zu sehen.«

Sie beugte sich zu mir nieder und flüsterte, obwohl wir allein waren: »Sie dürfen nicht mit ihm reden über das, was draußen vorgeht –«, und fast unhörbar: »Er hat immer gehofft, den Tag noch zu sehen. Nun will er vor uns verbergen, daß er daran zweifelt. Aber es frißt an ihm wie die Schwindsucht.«

Ich war betreten und hilflos. Sie mißverstand meine Verlegenheit und erläuterte mir, als ob sie eine versehentlich eingestandene Schwäche ihres Mannes entschuldigen wollte: »Vierzehn schon war Liebknecht sein Herrgott. Achtzehn war er bei Spartakus. Sie wissen, wie es ausging. Dreiundzwanzig war er wieder Feuer und Flamme. Er war keinen Abend zu Hause. Die Kinder und ich: er sah durch uns hindurch, wir hätten krank sein oder davongehen können, er hätte es vielleicht nicht gemerkt. Alles war so gut vorbereitet, sogar Sanitäter hatten sie aufgestellt. Am angesetzten Tage haben sie droben Stellungen ausgehoben, und in der allerletzten Minute hat Brandler abblasen lassen. Um zehn Uhr ist er heimgekommen, hat sich an den Platz gesetzt, an dem Sie sitzen; ich sehe es noch wie heute, hat den Kopf in den verschränkten Armen auf den Tisch gelegt und geweint, geweint wie ein Kind.«

Später hörte ich seine Schritte im Gang, und als er in die Türe trat, legte mir sein Blick eine Bürde auf. Ich schämte mich wie noch nie in meinem Leben, aber ich mußte weiterspielen: den jungen Offizier der Roten Armee, den Gelehrten, der alle Bücher gelesen hatte, auf die Heiner schwor, ohne sie zu kennen, wie einstmals gläubige Unbelesene die Heilige Schrift auf eine Wunde gelegt.

Dabei wußte er weit mehr als ich – er hatte sich die Geschichte der Arbeiterbewegung und die Ursachen der Erfolge und Niederlagen und alle Regungen, die einen Menschen zum Aufständischen oder zum Untertanen machen, angeeignet wie ein Bauer sein Wissen um Wetter und Wachstum.

Ich war wie einer, der sich zum Scherz, oder um die Achtung der Leute zu erschleichen, in ein Priestergewand gesteckt hat und den man vor einen wirklich Sterbenden führt – ich konnte seinem Blick nicht standhalten. Ich verfluchte das Gepränge der Bücher.

Er sah nur, daß ich in Bedrängnis war, und mit geheimnisvoller, rauher Stimme flüsterte er mir zu: »Unser Weizen blüht, unser Weizen blüht.«

Nur noch einmal habe ich seitdem die Menschen sich verhalten sehen wie meine Freunde in jenen Tagen: während der Zerschmetterung des französischen Heeres im Mai neunzehnhundertvierzig sah ich eine glorreiche Einheit, eine Brigade Alpenjäger, die berühmten »blauen Teufel«, an einem gefährdeten, wichtigen Abschnitt der Somme Stellung beziehen. Sie waren von Maultieren begleitet und mit Gewehren und leichten Maschinenwaffen ausgerüstet, den besten Werkzeugen, die je erdacht worden waren, um einem Soldaten zu ermöglichen, einen feindlichen Soldaten aus der Entfernung außer Gefecht zu setzen.

Kaum hatten sie begonnen, mit Eifer und Schneid – sie waren die Blüte der französischen Fußtruppen – die vorgeschriebenen Schützenlöcher auszuheben, als die menschenlose, neuzeitliche Kriegsmaschine sie mit entsetzlicher Wucht anfiel, buchstäblich mit Erde und Steinen vermengte und zermalmte. Die Wirkung war um so plötzlicher und vernichtender, als jeder Jäger davon überzeugt war, daß seine Einheit das letzte Wort in einem Kriege von Menschen zu Menschen hatte. Nun waren sie verblutet, noch bevor sie einen einzigen Feind aus Fleisch und Blut gesehen hatten, gegen den sie ihren Krieg hätten führen können. Während der grauenhaften Minuten, in denen die grauen Panzer sich näherten, sie zerdrückten und weiterfuhren, und währenddem die Kampfflieger zum Sturze einschwenkten, erschossen sich die meisten Offiziere. Ich sah, wie sich einige der überlebenden Soldaten, ohnmächtig und wahnsinnig, das Gesicht mit Stroh bedeckten.

Neunzehnhundertdreiunddreißig sahen wir die Maschine, gegen die alle unsere Waffen versagten, einen ganzen Sommer hindurch auf uns zurollen und zwischen uns durchbrausen, und wir hatten den Eindruck, daß ihr Angriff nie mehr enden würde. Wir versteckten uns hinter Sätzen, die wir krampfhaft wie Beschwörungsformeln wiederholten.

Das lächelnde Denkerantlitz des Freundes in der ›Frankfurter‹ war ernst geworden. »Wir haben nur eine Aufgabe«, flüsterte er – alle flüsterten nur noch –, »wir müssen bleiben um jeden Preis.«

»Ich verstehe«, nickte ich verständnisinnig, »zwischen den Zeilen durchblicken lassen, alte Verfasser zitieren und ähnliche geistige Schmuggelei.«

»Nein, um Himmels willen, nein: einzig und allein fortdauern. In der Endsumme erhalten bleiben. Im Jahre Tausend dieses Reiches noch bestehen. Bestehen als einziges Ziel.«

Viele liefen umher und bewiesen, daß Hitler nur ein Hampelmann war, der den eigentlichen Herren der Stunde, Papen, Schacht oder anderen gehorchte. Andere hofften auf das Ausland: »Es kann nicht dauern. Niemals werden die ausländischen Großmächte erlauben, daß ein starkes, im Wettstreit um die Märkte gefährliches Deutschland entsteht. Warte, du wirst sehen ...« Ich glaubte und wiederholte alles getreu, weil alles mir gut war, um die Stunde hinauszuschieben, die Stunde eines neuen Wiedersehens mit meinem Feinde. Und während der ganzen Zeit im Sommer 1933 wußte ich, daß alle Überlegungen Unsinn waren, und daß nichts mich vor der Stunde retten konnte. Ich klammerte mich verzweifelt an meine Freunde und an unsere Meinungen und Hoffnungen, aber alle zusammen glitten wir derselben Stunde zu.

Ich traf noch viele der bekannten Uferbewohner: einen kleinen Bibelforscher in Badehosen, der unermüdlich predigte, bis er in ein Lager gebracht wurde, den jungen Buchdrucker Parrer, den wenig später die Braunen vor seiner Haustüre zusammenschlugen, Bretzel, der seinem Bruder in die SS folgte, die jungen Schauspielerinnen der ›Roten Bänkelbühne‹. Nichts mehr war fest, Wahrheit, Sicherheit, Rat. Ich faßte den Entschluß, nach Berlin zu fahren, um verantwortliche Genossen zu finden, die mir ein Wort, einen Befehl, einen Auftrag, einen Trost, ach nur ein Augenzwinkern schenken konnten. Ich brach alle Brücken hinter mir ab, verkaufte meine Schreibmaschine, die mir nicht einmal gehörte, meine Lederjacke und meine Bücher, für die sich so schwer Käufer fanden, als ob ich Bomben angeboten hätte.

Entweder brachte ich eine Antwort heim, und dann war alles gut. Oder ich kehrte leer zurück, und alles war mir gleich.

Den ersten, den ich in Berlin aufsuchen wollte, war Peter. Vom Bahnhof bis zu seiner Wohnung ging ich noch gelassen, wenn auch vorsichtig. Das Schauspiel des Lebens auf den Straßen war sogar beruhigend. In einer Art Trinkstube wurde der Saft gepreßter Trauben verkauft, die Keltern arbeiteten vor den Augen der Kunden, es erinnerte mich an die Weinlesen meiner ersten Jugend, und ich trank ein Glas oder zwei. Eine vergrämte, verängstigte Frau hielt mich auf der Treppe zu Peters Dachstube an. Peter war tot, einer der ersten, mitten auf der Straße erschlagen. Ich stahl mich aus dem Hause, und von da an begann eine unheimliche Suche, in der ich verfolgt war und doch finden wollte. Ich lernte mich vorsichtig den Wohnungen nähern, von hundert mißtrauischen Hauswarten beobachtet. Ich traf hier und da Bekannte, aber sie waren entsetzt, keiner wollte mir ein Nachtlager gewähren. Um sich meiner zu entledigen, schickten sie mich zu den seltsamsten Leuten. Ich wartete stundenlang auf eine Kindergärtnerin, die mich hatte kommen sehen und den Hauswart beauftragt hatte, mich wegzuschicken. Die Nächte verbrachte ich auf den Straßen und in den Wartesälen, und ich konnte nicht fassen, wie ruhig, fast glücklich alles seinen Gang ging. Um die rauchenden Stände der Wursthändler standen Esser, Freudenmädchen luden Vorübergehende ein. Der Hunger, die Müdigkeit, die Angst und die Verzweiflung schwächten mich. Ich wurde übertrieben vorsichtig und zugleich vertraulich mit Unbekannten, ich wollte Kraft gewinnen aus der Hoffnung, daß eine Unzufriedenheit gärte, daß unsere Sache unterirdisch in einem geheimen Prozeß gewönne. Ich führte ein Hitlermädchen an die Brücke des Landwehrkanals, in deren Nähe die Leiche Rosa Luxemburgs gefunden worden war, und erzählte ihr deren Geschichte. Ich sprach mit einem Musiker auf einer Bank des Tiergartens – er war wie ich von Groll gegen die neuen Herrscher erfüllt.

Endlich fand ich in einem Krankenhaus eine Genossin. Ich weiß nicht mehr, wer mich zu ihr gewiesen hatte. Aber durch sie konnte ich eine uns beiden bekannte Lehrerin erreichen, die ihres Wissens noch nicht überwacht wurde und bereit war, mich verantwortlichen Genossen vorzustellen. Ich klagte ihr mein Leid, und sie erzählte mir von den Zweifeln der Berliner Genossen, von den Versuchen, die Linie der »Massen« weiterzuführen, von der »Massenmanifestation« einiger hundert Opferbereiter, die mit einem entsetzlichen Blutbad geendet hatte.

Aber als ich vor dem Manne saß, vor dem verantwortlichen, lange gesuchten Genossen, brachte ich kein Wort hervor. Erbittert und enttäuscht sah ich die Aussichtslosigkeit jeglicher Bemühungen. Meine Reise und meine Irrfahrten waren umsonst gewesen.

Die Lehrerin wurde bleich vor Wut: »Also heraus mit der Sprache. Du kommst an und willst Rat, gewiß, wir bringen dich mit Genossen in Verbindung. Aber weißt du denn nicht, was es kostet, an Gefahr und Mühe und Zeit …«

Sie suchte mich zu verletzen, sie mußte sich zurückhalten, um mich nicht zu ohrfeigen, fand aber nur: »Sitz nicht da wie ein … wie ein Ölgötze, wie ein – man könnte glauben …«

Ich war guten Willens. Aber ich kam über den Mann nicht hinweg. Er war klein, hager, dunkelhaarig und gelbhäutig, ein lebhafter, unruhig auf seinem Stuhle umherrutschender, südländischer Mensch, aber er schien dick und fett bis zur Unbeweglichkeit, selbstzufrieden wie ein Blutspender. Es war, als lebte er an einem geschützten Ort in einer stets gleichen Wärme und mit der stets gleichen, sorgfältig ausgewogenen Nahrung, einem Ort, den er nur verließ, wenn sein kostbarer Inhalt benötigt wurde. Oh, er war bereit, nicht damit zu kargen. Er wartete auf meine Klage und meinen Bericht, um mir die heilende Wissenschaft, mit der er angefüllt war, in der richtigen Zusammensetzung und Menge einflößen zu können.

Aber ich hätte nicht einen Tropfen davon aufnehmen können. Ich wußte genau, was er in sich hatte: nicht ein einziges eigenes Wort, sondern nur, was hunderttausend mit ihm in Abendschulen gelernt hatten – er war nur ein besonders großer Napf der Wissenschaft gewesen –, dieselbe Geschichte und Erklärung, anwendbar auf die Neger und Napoleon, auf den Burenkrieg und die Kommune, auf Goethe und den »Wahren Jakob«. Ich hätte ihm nicht sagen können, was daran falsch war, und nicht, was ich suchte.

Ich ließ ihn sitzen. Der Mann sah vorwurfsvoll auf die Lehrerin, wie ein großer Zauberer, der, mit seinen steifsten Gewändern angetan und allen Geräten versehen, gekommen ist, um den bösen Geist auszutreiben und sich gefoppt glaubt.

Wieder zu Hause, versteckte ich mich vor meinen Freunden. Ich versuchte zu trinken, aber ich hatte dazu kein Geld. Ich flüchtete mich zu den Frauen. Es war mir gleichzeitig Betäubung und Trost, und ich richtete unablässig eine Frage an den weißen, überreifen Leib Lisas: es war mir, als ob in ihm eine Antwort sei. In ihm war ein Anfang, der sich selbst genügte. Ich wußte nicht mehr, wohin ich wollte.

Ich wurde auch dieses Spiels müde und suchte Rudi auf, dem ich von meinen Landstraßenjahren erzählt hatte, um ihn zu überreden, mit mir zu kommen. Ich traf seinen Vater an, einen alten Arbeiter, der widerstrebend Meister geworden war, nur um Geld genug zu verdienen, seinem Sohne den Besuch der Hochschule zu ermöglichen. Er war mürrisch und trübe. Aber Rudi ließ mich nicht mit ihm allein. Er ging mit übertriebener Freude auf meinen Vorschlag ein, packte sein Bündel, und ich erhaschte im Weggehen einen letzten traurigen Blick, den der Alte seinem Jungen nachschickte.

Ein Lastwagen nahm uns bis in die Pfalz mit. Wir liefen zu Fuß bis nach Speyer, badeten im Rhein, übernachteten in den Herbergen für Handwerksburschen, wanderten weiter nach Schwaben hinunter und kehrten vor Stuttgart um, durch das Neckartal und über die Bergstraße nordwärts nach Hause. Rudi erzählte unaufhörlich. Von seinem Dorfe Kilianstädten, einer jener Arbeitersiedlungen um unsere Stadt, in denen immer nur Angehörige desselben Berufes beisammenwohnten. Es gab Metallarbeiterdörfer, Maurerdörfer. Kilianstädten war eine Gemeinde von Kaminbauern. Die jungen Leute gingen sonntags auf den Kirchweihen der umliegenden Bauerndörfer tanzen. Sie waren an ihrer Tracht erkenntlich, sauber geflickten Streifsamthosen, einem weißen Hemd ohne Kragen, dessen oberster Knopf oft mit einem roten Bierflaschengummi verstärkt war, einer schwarzen Jacke und sehr teuren glänzenden Lackschuhen, worauf sie vor allem Wert legten. Regelmäßig gerieten sie mit den Bauernsöhnen in Streit um die Tänzerinnen – allmählich erst hatten sich die Bauern in die braunen Stürme und die Arbeitersöhne in die Rote Front eingegliedert. Seit Beginn des Dritten Reiches waren die meisten der jungen Kilianstädter zu Hitler übergegangen, verlockt von der Erlaubnis, Waffen tragen und ungestraft wildern zu dürfen.

Einige Monate zuvor noch war nur ein Mann in Kilianstädten Anhänger Hitlers gewesen, ein Bauer, gottgläubig und sanft, voll krauser Gedanken und Erfindungen. Rudi sprach mir von ihm mit Liebe und Freude, der Mann war ein feiner Beobachter der Naturvorgänge, ritterlich und gerecht, wie viele der übelbeleumundeten Landsknechtsführer der Freikorps. Er erzählte mir Beispiele aus der Zeit der Nachkriegskämpfe, und bis dahin hörte ich ihm zu, ich folgte ihm, mir schien, als enthalte sein Bild von Kilianstädten Hinweise und Andeutungen größerer, bisher mißverstandener Ereignisse. Aber er erzählte sie mir, um ein Geständnis vorzubereiten: er war in die SS eingetreten. »Du kannst dir nicht vorstellen«, schoß er los, sobald er sein Geständnis hinter sich hatte, »als wir zum ersten Male eine Ausfahrt auf Lastwagen unternommen haben, da haben einige Kameraden zum Scherz das Lied der Roten Armee gesungen; du weißt: ›Wer macht die ganze Welt erzittern, wer bricht das schwere Sklavenjoch ...‹.« Der Sturmführer hat gefragt, abgehackt und grimmig wie sie sind: »Was ist das für ein Lied?« Und als man es ihm gesagt: »Aufschreiben!« Mir sind die Tränen in die Augen gestiegen.

Nun verstand ich den Gram und die Trauer seines Vaters. Aber ich konnte Rudi nicht böse sein. In wessen Namen hätte ich ihn auffordern können, uns zu folgen? Das ganze Land, das wir seit Tagen durchwanderten, hatte sich in Bewegung gesetzt in eine entgegengesetzte Richtung. Überall waren die Straßen, Plätze und Gassen voll fröhlich harrender Menschen. In den Türen standen nur Leute, die auf einen angesagten Festzug zu warten schienen, müde von einer schweren Arbeit, aber voll Hoffnung, wie am Abend vor einem Kirchweihtag, wenn das Pflaster besprengt und gekehrt ist und der Geruch des sommerlichen Staubes und verdunstenden Brunnenwassers die Luft weich macht. War es möglich, daß Menschen erschlagen worden waren, andere dabei waren zu sterben und noch andere darauf warteten, zum Sterben geholt zu werden?

Vielleicht waren die Greuel im Gewissen der Menschen nur wie die Bilder eine Schaubude, voller Darstellungen der »größten Mörder der Geschichte« und der »schrecklichsten Blutbäder seit den Christenverfolgungen«.

Als ich von der Fahrt nach Hause kam, erzählten mir die Vermieterin und deren Töchter eine verwirrende Geschichte: meine Mutter und meine Schwester, die eigens aus den Vereinigten Staaten herübergekommen waren, hatten mich besuchen wollen. Meine Schwester hatte eine Handtasche gehabt aus schwarzem und weißem Leder, genau wie die Tochter sich eine seit langer Zeit wünschte. Ich hörte nicht zu, was die Schwatzhaften erzählten.

So hatte das große Erdbeben für einen Augenblick längst verschollene Dinge zutage treten lassen. Ja, ich hatte eine Mutter und eine Schwester. Aber es blieb mir fremd, ich konnte mich nicht daran gewöhnen.

Hans Werner Richter
Sie fielen aus Gottes Hand

Spanische Fußsoldaten

Francesco Gerdalles, ehemals rotspanischer Hauptmann, lag auf seinem Bett in der halboffenen Baracke in Saint Cyprien in Südfrankreich. Er konnte die Wellen des Mittelmeers hören, die nicht weit von seiner Baracke entfernt an den Strand liefen. Wenn ich mich nicht freiwillig melde, dachte er, werden sie mich nach Spanien zurückschicken, und ich werde auf irgendeinem Gefängnishof in Barcelona oder Alicante erschossen. Er hatte schlechte Erinnerungen an Alicante. Wenn er die Augen schloß, konnte er die letzten Tage von Alicante vor sich sehen. Er sah die verzweifelte, den Hafen stürmende Menge, die den Truppen Francos entgehen wollte, er sah den englischen Dampfer auf der Reede, an dem die Menschen klebten wie Trauben und der wegen Überlastung nicht auslaufen konnte, er sah die Männer, die sich ins Wasser warfen und schwimmend versuchten, die Boote zu erreichen, er sah die Messer und Beile der Bootsinsassen, die den schwimmenden Männern die Finger abschnitten, wenn sie sich an den Booten hochziehen wollten. Er sah das Kentern der Boote. In solchen Augenblicken der Erinnerung erschien Francesco alles sinnlos. Er hatte damals am Hafen gesessen und der verzweifelten Menge zugesehen, und er hatte gewußt, daß nur wenige das offene Meer erreichen würden. Und jetzt kamen die Franzosen ins Lager von Saint Cyprien und verlangten von ihnen, daß sie wieder kämpften, für die Freiheit der Franzosen. Aber Francesco mußte an Alicante denken. Als er sich damals der Stadt zugewandt hatte, war die Menge in den Straßen an ihm vorbeigestürmt und hatte sich mordend und stehlend in die offenen Häuser ergossen. Mit der verzweifelten Wut der Verlorenen hatten sie alles aufgebrochen. Francesco aber war durch die aufgewühlte und aufgerissene Stadt gegangen, müde und niedergeschlagen, in der Uniform eines Hauptmanns der spanischen republikanischen Armee. Frauen waren aus den Häusern gestürzt und hatten sich an ihn geklammert, Schutz suchen vor denen, für die eine Welt zugrunde ging, aber Francesco hatte sie abgeschüttelt. Bis zur Stadt hinaus hatte ihn das Geschrei der flüchtenden Frauen, der Gesang der Betrunkenen, die Flüche der räubernden Soldaten begleitet. Und jetzt sollten sie wieder kämpfen für jene, die sie im Stich gelassen hatten. Francesco warf sich auf seinem Bett hin und her. Er mußte sich entscheiden für die französische Infanterie. Es gab keinen anderen Ausweg. Die französische Regierung hatte mit dem Rücktransport nach Spanien gedroht, und das war der sichere Tod. Aber da waren immer wieder die Bilder der letzten Tage in Spanien. Seine Flucht über die Pyrenäen, die ersten französischen Senegalneger, die sie auf freiem Feld zusammengetrieben hatten, und die Frauen und Kinder, die in den Tagen und Nächten ohne jede Hilfe vor Ermattung gestorben waren. Francesco kannte den Krieg. Aber er wußte, daß er sich für den Krieg entscheiden mußte.

So lag er auf seinem Bett, hörte die Wellen des Mittelmeers an den Strand laufen und wartete auf Jorgo, der zur französischen Verwaltung gegangen war, um sich genau zu erkundigen.

Als Jorgo hereinkam, richtete er sich auf.

»Was ist, Jorgo?«

Jorgo setzte sich an sein Bett. Er hatte bei Teruel gekämpft, hatte sich mit seinem Geschütz bis an die französische Grenze durchgeschlagen und war schließlich einer der Letzten gewesen, der die französische Grenze überschritten hatte. Jetzt saß er neben Francesco, klein, beweglich, hager, die Hände im Schoß.

»Es wird uns nichts helfen, Francesco, sie gehen alle.«

»Alle?«

»Ja«, sagte Jorgo, »es bleibt uns nichts anderes übrig. Wir werden französische Poilus und werden weiterkämpfen.«

»Und für wen? Für Spanien?«

Jorgo lachte.

»Nimm es nicht so genau, der Faschismus sieht überall gleich aus.«

»Der Faschismus?«, sagte Francesco, »hier geht es doch um Frankreich.«

»Viele Franzosen haben auf unserer Seite gekämpft«, sagte Jorgo.

»Ein Franzose ist nicht Frankreich, so wenig wie du Spanien bist.«

Jorgo schüttelte den Kopf.

»Ich bin ein Teil von Spanien.«

»Du bist ein Mensch, Jorgo, und weiter nichts. Spanien ist eine Illusion.«

Jorgo schwieg und sah vor sich hin, während Francesco in der Brusttasche seines Hemdes nach Tabakresten suchte.

»Die Kommunisten sind gegen den Krieg mit Hitler«, sagte Jorgo.

Francesco warf sich in seinem Bett herum, das aus ein paar Brettern und einem Haufen Stroh bestand. Das Bett knarrte. »Russische Außenpolitik wie in Spanien«, sagte er, »aber ich bin kein Kommunist, ich bin Republikaner.«

»Ja«, sagte Jorgo, »du bist Republikaner und hast auch verloren.«

»Was haben sie denn in Spanien gemacht? Terror gegen alle, die nicht ihrer Meinung waren. Durch sie haben wir den Krieg verloren.«

»Die Revolution«, sagte Jorgo, »nicht den Krieg. Der Krieg beginnt jetzt.«

Er nahm ein paar Tabakreste, die ihm Francesco hinhielt, und begann sich eine Behelfszigarette zu drehen.

Francesco sprang von seinem Bett auf.

»Und jetzt gehen wir zu den Poilus?«

»Ja«, sagte Jorgo, »es bleibt uns nichts anderes übrig.«

Ein paar Spanier kamen aufgeregt in die Baracke hinein.

»Das Lager wird aufgelöst, wir müssen uns fertigmachen.«

»Wohin geht ihr?« fragte Francesco.

»Zur französischen Armee und dann auf nach Berlin.«

»Berlin ist weit.«

»Nicht viel weiter als Madrid«, sagte einer von ihnen und lachte.

»Hoffentlich«, sagte Francesco, und er ging dabei mit Jorgo zur Baracke hinaus, »hoffentlich geht es euch nicht wie bei Madrid.«

Draußen vor den Baracken versammelten sich die Spanier. Sie standen in Gruppen zusammen und sprachen aufeinander ein.

»Wir werden wieder verlieren«, sagte Francesco, »genau wie in Spanien.«

Sie gingen zu der Verwaltungsbaracke hinauf. Der französische Sergeant beachtete sie kaum. Sie blieben an der Tür stehen und warteten.

»Zurück nach Spanien oder zur französischen Armee?«

»Zur französischen Armee«, sagte Jorgo.

»Gut«, sagte der Sergeant, »in einer halben Stunde abmarschbereit.«

Jorgo wollte noch etwas sagen, aber der Sergeant drehte sich kurz um und beachtete sie nicht mehr. Als sie aus der Baracke kamen, sahen sie die Spanier, die sich davor versammelten. Sie gingen in ihre Baracke zurück, stopften ihre Sachen in ihre Bündel, nahmen die Fotografien von den Wänden und machten sich fertig.

»Glaubst du, daß Frankreich siegen wird?« fragte Jorgo, als sie aus der Baracke gingen.

»Nein«, sagte Francesco, »sie unterschätzen ihre Gegner genauso, wie wir es getan haben.«

»Ich verstehe die Kommunisten nicht«, sagte Jorgo, »wenn Frankreich verliert, ist alles verloren!«

»Und wofür willst du kämpfen?« fragte Francesco. Jorgo sah Francesco von der Seite her an. Francesco war größer als er, schwärzer, dunkler und mit dem leidenschaftlichen Gesicht eines Katalanen.

Jorgo zögerte einen Augenblick.

»Für die Gerechtigkeit«, sagte er dann erleichtert.

»Für die Gerechtigkeit, dann mußt du dein ganzes Leben lang kämpfen.«

Sie gingen wieder zu der Verwaltungsbaracke hinauf, vor der sich die Spanier, die sich für die französische Armee gemeldet hatten, versammelten.

»Durch die Maginotlinie kommt kein Deutscher«, sagte einer der Spanier.

»Hast du gehört«, sagte Jorgo, »sie sind alle sehr tapfer.«

Als der französische Sergeant aus der Baracke kam, stellten sie sich in Viererreihen auf.

»Vorwärts, alte Spanienkämpfer«, sagte der Sergeant.

Sie marschierten auf die Straße, ihre Bündel unter dem Arm, in zerrissenen Röcken, mit offenen Schuhen und grauen, eingefallenen Gesichtern. Hinter ihnen blieben die Baracken liegen, verfallene, einstöckige Bretterbuden, die sie sich selbst errichtet hatten, als sie über die Pyrenäen gekommen waren und auf den Feldern Südfrankreichs wochenlang ohne Schutz gegen Regen und Kälte gelegen hatten. Niemand von ihnen drehte sich um. Die Frauen und Kinder liefen neben ihnen her, schrien, weinten und schimpften auf die wenigen französischen Gendarmen, die sie begleiteten.

»Als ich an der Grenze meinen letzten Schuß nach Spanien hineinjagte«, sagte Jorgo, »glaubte ich, dieser Krieg sei für immer vorbei.«

»Es wird noch lange dauern«, sagte Francesco.

Sie gingen schweigend nebeneinander her. Der Krieg kam wieder auf sie zu, der große Krieg, der vor einem halben Jahr begonnen hatte. Francesco dachte an die Hunderttausende von Flüchtlingen, die vor einem Jahr über die Pyrenäen gekommen waren.

Jetzt war es Februar, und in wenigen Wochen konnte die Offensive der Deutschen oder der Alliierten beginnen. Ich werde dabei sein, dachte Francesco, ich, ein rotspanischer Hauptmann, der nicht mehr kämpfen wollte. Und er würde dabei sein, als französischer Fußsoldat, wie er es nannte, ein Poilu unter Poilus.

»Es wird wieder so kommen, Jorgo, genau wie damals.«

Sie gingen auf der Straße am Mittelmeer entlang. Francesco sah auf das Meer hinaus, dessen Wellen aus südwestlicher Richtung kamen und nach Spanien hinüberliefen. Sie kommen bei Barcelona heraus, dachte er, aber er sagte nichts zu Jorgo, der plötzlich zu singen begann.

»Laß das Singen, Jorgo.«

»Aber Francesco.«

»Laß«, sagte Francesco, »es genügt, wenn wir stumm in diesen Krieg gehen.«

»Stumm?«

»Wir sollten auch das Reden lassen«, sagte Francesco, »es versteht uns doch niemand mehr.«

Und Jorgo schwieg, und sie trotteten beide schweigend hinter dem französischen Sergeanten her, der sie in eine französische Kaserne führte, von der sie noch nicht wußten, wo sie sich befand.

LUDWIG RENN
Casto und Ramón

Spanien war um 1900 ein zurückgebliebenes Land, kahl und ausgetrocknet. Nur im Norden sah es etwas grüner aus. Dort senkt es sich vom Küstengebirge nach dem Golf der Biscaya und dem Kantabrischen Meer westlich davon. Auf diesem schmalen Streifen gibt es Kohle und Eisen. In den Tälern Asturiens waren Kohlengruben entstanden und eine Schwerindustrie.

Dort im rußigen Ort Barros in dem Hause des Halbbauern García wurde ein Junge geboren. Es war niedrig und bestand aus wenigen kahlen Räumen voll Flecken im zerfressenen Putz. Die Eltern brachten das Kind zur Taufe in die Kirche. Es erhielt den Namen Casto, das heißt, der Keusche. Das geschah aber nicht, weil man an die Bedeutung des Namens dachte, sondern weil ein Onkel so geheißen hatte. Als später Casto nach diesem Onkel fragte, wußte man nicht viel von ihm zu erzählen. Er war ein Bauer gewesen mit etwas mehr Land als die andern. Aber auch er besaß so wenig, daß er jedes Jahr nach der Mais- und Kartoffelernte in den Nachbarort arbeiten ging, meist in einen der Kohlenschächte.

Außer Casto und García hieß das Kind Roza, da der Spanier auch den Mädchennamen der Mutter zu tragen pflegt. Der Vater plagte sich schwer auf dem Felde und auch in der Grube »El Fondón«. Dort arbeiteten fast alle die Väter aus den verrußten Häusern ringsum, mit deren Kindern der kleine Casto spielte. Besonders gut vertrug er sich mit der Alicia von nebenan. Sie war ein sehr natürliches Mädchen, das gern mit Casto Brombeeren suchen ging, wenn sie reif waren. Sie wuchsen dort, wo die feuchten Wiesen mit den paar weidenden Kühen in den kahl ansteigenden Berg übergingen. Auf diesem Berg konnten die Kinder tun, was sie wollten, denn er gehörte niemand. Oder wenn er doch das Eigentum von irgendwem war, so interessierte man sich nicht dafür, weil dort zwischen den Steinen nichts wuchs, was man brauchen konnte. Da durfte man Steine herumdrehen und nachsehen, ob sich Kellerasseln darunter befanden. Casto dachte, die Alicia würde sich fürchten, solche Tiere anzufassen, und nahm eine Assel in die Hand. »Machst du das auch?« fragte er.

Sie griff sich gleich eine Assel und hielt sie Casto vor die Nase. Da dachte er, sie wolle ihm das Tier auf die Nasenspitze setzen, und ließ seine eigne Assel fallen.

»Du ekelst dich wohl?« sagte sie.

»Ich nicht!« protestierte er mit seiner hohen Kinderstimme, aber konnte dann doch nichts beweisen.

Da warf auch sie ihre Assel weg, möglichst weit, und sagte plötzlich: »Mein Bruder ist Anarchist!«

Casto blickte sie erstaunt an: »Aber gestern hat er doch noch im Schacht gearbeitet!«

Alicia nickte: »Auch heute ist er eingefahren.«

Casto verstand nichts, weil er glaubte, Anarchist sei ein Beruf wie Fleischer oder Schuhputzer.

Sie erklärte ihm eifrig: »Weißt du, das ist, weil er in die Versammlungen geht.« Auch sie hatte nur etwas aufgeschnappt, und Anarchist mußte etwas Großartiges sein, weil ihr Bruder doch schon so groß war, daß er etwas verdiente.

Auch dem Casto imponierte das, und er wollte ebenfalls so einen Bruder haben.

Als am Nachmittag Ramón, Castos großer Bruder, nach Hause kam, schmutzig von der Arbeit im Schacht, und sich die Hände wusch, bevor er sich zu seiner Suppe mit spanischen Erbsen setzte, zupfte ihn Casto am Rock.

Ramón wendete sich halb um: »Mach dich nicht schmutzig! Sei

froh, daß du noch nichts mit der Kohle zu tun hast!«

Durch diese Worte ließ sich der kleine Casto einen Augenblick einschüchtern. Dann stellte er sich neben den Bruder, als der seine Suppe löffelte, und fragte: »Bist du auch Anarchist?«

Ramón ließ den Löffel sinken und blickte Casto an. Als er aber das forschende Kindergesicht sah, dachte er wohl: »Wie soll ich dem kleinen Kerl das erklären?« Er war auch müde und sagte nur: »Das wirst du schon mal erfahren.« Damit löffelte er weiter.

Casto lief nachdenklich aus dem Hause, unter den hohen Kastanienbaum an der Straße. Da blieb er stehen. Dann aber lief er weiter zum Nalón, dem Fluß, der sich durch den Ort schlängelte, ging ganz hinunter und steckte einen Finger in das schwarze Wasser. Als er ihn wieder herauszog, hatte er einen dünnen Rußring um das Fingerchen. Alles war hier schwarz, außer der Wiese und den Kühen. War nun sein Bruder Anarchist? Er hoffte es.

Castos Vater starb und wurde begraben. Die Mutter und ihre sechs Kinder folgten dem fast rohen Sarg, den die Nachbarn trugen. Sie weinte nicht. Der kleine Casto jedoch schluchzte, aber nicht so sehr wegen des Vaters, sondern wegen des Gesichts der Mutter. Denn er liebte sie, obwohl sie nicht viel Sachen mit ihm machte. Er weinte, weil er in ihren tränenlosen Augen ihren Kummer sah und der ihm weh tat. Gar nicht verstand er dagegen das Benehmen seines Bruders.

Ramón hatte sich den guten Rock des gestorbenen Vaters angezogen und schlenkerte unnatürlich mit den Armen. Sein Gesicht sah beinah aus, als ob er lache. Der Grund dafür war aber, daß immer wieder die Tränen kamen. Als der Vater eben gestorben war, hatte ihm die Mutter mit abgewendetem Kopf gesagt: »Ramón, jetzt bist du das Haupt der Familie!«

Er hatte so getan, als hörte er das nicht, war aber sehr erschrocken. Denn das bedeutete, daß er nun für die ganze Familie zu verdienen hatte. Freilich war er für sein Alter sehr kräftig, ja stärker als mancher Vollerwachsene, aber sieben Köpfe zu ernähren? Noch etwas hatte er aus den Worten der Mutter gehört: sie vertraute ihm. Das alles zwang ihn, sich bei der Beerdigung so krampfhaft zusammenzunehmen. Casto sah daran nur das Unnatürliche.

Der Junge kam in die Schule und hatte sich darauf gefreut. Das Klassenzimmer war halb dunkel und verwahrlost. Der alte Lehrer gab seinen Unterricht nach einem zerflederten ABC-Buch. Ab und zu kam seine Frau herein, mit ihrem hängenden Haar und ihrer grauen Hautfarbe, und sagte ihm leise etwas. Er antwortete stets laut. Trotzdem verstanden es die Kinder nicht. Einmal rief er: »Ja, wenn erst die Zeit verstrichen ist, wo ich der Zukunft der Nation den Verdummungswurm in die Falten des Gehirns zu setzen habe!« Darauf lachte er noch längere Zeit, sprang von seinem wackligen Stuhl auf und zog seinen Rock auseinander, als ob er wie ein Mädchen tanzen wollte. Dieser Rock hatte seine Geschichte: Vor Jahren war der Lehrer eines Tages in einem neuen Rock auf die Straße gekommen. Da traf er den katholischen Priester, der mit einer gewissen Eleganz seine Soutane zu tragen pflegte, wenn sie auch voll Ölflecken war von der Knoblauchsuppe und den spanischen Erbsen, die in Öl schwammen. Denn auch er war nicht gerade reich und aß die gewöhnlichen Gerichte des Volkes. Der Priester, Don Macario, also blieb stehen und fragte mit einem Blick auf den neuen Rock: »Eine Erbschaft?«

Der Lehrer wurde rot und antwortete verlegen: »Nein, sondern ich habe dafür zwei Jahre gespart. Man mag doch nicht auf Kosten seiner Familie ...« Er beendete den Satz nicht und hatte auch ein bißchen gelogen. Denn in Wirklichkeit hatte er über vier Jahre für den Rock gespart.

Zu seinem Unglück hörten ein paar Leute die Worte Don Macarios, und nun fragte man ihn von allen Seiten: »Darf man Glück wünschen?« oder: »War es ein Onkel, den Sie in Amerika hatten?«

Wütend kam er nach Hause und sagte zu seiner Frau: »Kannst du mir nicht einen Flicken von dem alten Rock auf den neuen setzen?«

»Das würde ja schön aussehen! Ein echter Männervorschlag! Außerdem kann ich den alten Rock nicht zerschneiden. Denn den trägst du noch in der Schule!«

Diesen Befehl mußte er hinnehmen. Er konnte jedoch den neuen Rock auch an den Sonntagen nicht tragen wegen der Fragerei. Daher blieb das gute Stück in der Truhe liegen, bis die Motten hineinkamen. Das war diesmal ein Glück, denn nun kam der Lehrer in den Genuß seines neuen Rocks. Als Casto in die Schule ging, war das gute Stück schon sehr schäbig geworden. Besonders die Seitentaschen waren ganz ausgebeult.

Mit der Zeit begann Casto die merkwürdigen Witze des Lehrers zu verstehen. Als ihn seine Frau einmal um Geld bat, um Seife zum Waschen der Wäsche zu kaufen, sagte er mit erhobener Stimme: »Es gibt einen Farbton, den man isabellfarben nennt, weil die Königin Isabell geschworen hatte, sie würde ihr Hemd nicht wechseln, bevor der König nicht irgendeine Stadt in irgendeinem Lande erobert hätte. Da aber die Belagerung mehrere Jahre dauerte, bekam das Hemd die schöne Farbe. Wenn eine Königin solche Hemden tragen durfte, weshalb nicht auch wir?« Es schüttelte ihn vor Lachen, während seine Frau entrüstet hinausging.

Casto verstand also, daß der Humor des Lehrers nichts war als Verzweiflung. Obwohl er das so gut begriff, begann er doch den Mann immer mehr zu hassen. Denn wie der Alte seine Frau irgendwie abfertigte, so auch seine Schüler, die immer von neuem die allereinfachsten Dinge schreiben und hersagen mußten. Nur ganz selten ging er darüber hinaus, und dabei merkte man, daß er eine Menge Kenntnisse hatte.

Casto wußte von seinem Bruder, wie wichtig es war, etwas zu lernen. »Wenn wir Arbeiter«, sagte Ramón, »nichts wissen, so können uns die Herren immer weiter ausbeuten. Dabei verrecken wir aber. Deshalb lerne, was du nur lernen kannst!«

»Das tue ich gern«, antwortete Casto. »Aber in der Schule bringt man uns nichts bei.«

»Sage das nicht! Nimm das mit, was du da lernen kannst. Nach dem andern mußt du dich selbst umsehen. So habe ich's auch gemacht. Zwar bin ich nicht reich – ihr Armen habt manchmal nicht genug zu essen! –, aber ich bin doch jetzt gelernter Arbeiter. Mehr ist bisher keiner von uns geworden.«

Den Casto beeindruckten weniger Ramóns Worte. Das wußte er auch schon. Was ihn beeindruckte, war der zuversichtliche Gesichtsausdruck Ramóns. Und wie er die Worte setzen konnte! Das wollte er auch lernen. Er las, was er in die Hände bekam, und dachte darüber nach. Wenn er etwas nicht verstand, ging er zu seinem Bruder. Der hatte freilich nicht immer Zeit. Denn auch er ging in Versammlungen wie Alicias Bruder, der Anarchist. Ramón gehörte nicht zu seiner Partei. Seine Ansichten waren aber ungefähr dieselben wie bei den Anarchisten und den wenigen Sozialisten. Weshalb sie sich untereinander stritten, begriff Casto noch nicht.

Unterdessen war Casto García Roza zwölf Jahre geworden und ein ziemlich großer Junge. Da eines Abends sagte Ramón zu ihm: »Höre mal, ich habe mit Mutter gesprochen. Was wir verdienen, reicht nicht zum Leben. Wir wissen, daß du gescheit bist und etwas Richtiges lernen solltest. Aber das wird für Arbeiterkinder erst möglich sein, wenn wir diese Welt gründlich verändert haben. Du bist auch noch nicht alt genug, um in der Grube zu arbeiten. Das geht nach dem Gesetz erst mit fünfzehn. Wir müssen aber verdienen. Daher fährst du morgen mit mir in die Grube ein und wirst erst einmal als Hilfsschlepper arbeiten.«

So ging für Casto die Arbeit los. Ramón machte sie ihm so leicht wie möglich. Aber leicht war sie eben nicht, sondern sehr schwer, besonders für Kinderarme. Er verdiente aber etwas. Vor allem sah er, wie sich da Alte und Junge tagaus, tagein für Leute plagten, die sie nicht einmal kannten und von denen Ramón sagte, sie lebten in den Seebädern oder in Paris, irgendwo in schönen Zimmern und mit reinen Händen.

Stefan Andres
Die Sintflut

Erstes Kapitel
Ein unangenehmer Besuch bei der Familie Gutmann am Vorabend des Festes von Normerhöhung. Und von den zeitbedingten Sorgen einer Gattin und Mutter.

Aus der Schwarzwälderuhr im Herrenzimmer des Rechtsanwalts Gutmann sprang nach einem kurzen Rumoren und Schnarren der Kuckuck sechsmal aus dem Loch und rief sechsmal »Kuckuck«. Am Schreibtisch einander gegenüber saßen Herr und Frau Gutmann, er war mit dem Kleben von Fähnchen beschäftigt, während sie ihm schweigend zusah und von Zeit zu Zeit mißbilligend den Kopf schüttelte und das bunte Papiergeschnipsel noch weiter von sich schob. Gutmann aber ließ die Schere nach Art der Friseure, auch wenn er nicht in das Papier schnitt, auf und zu schnippen und zeigte in gespieltem Stolz jedes neu entstandene Normfähnchen seiner Frau vor.

Beim Ruf der Kuckucksuhr hob er den Kopf und lachte unvermittelt. »Was meinst du, Berthie, ist das nun nicht der Stumpfsinn in Potenz? Nicht meine Fähnchen, bitte, o nein, ich meine diese Schwarzwälderuhr! Da hat einer mal den Einfall gehabt, einen Kuckucksruf in so einer Uhr einzuwecken, und seit dieser Zeit, seit Nilpferdgenerationen würde unser Clemens sagen, bezieht die ganze Welt Kuckucksstimmen.«

»Aber hör' mal, Max, wir haben auch eine!« Frau Gutmann lächelte.

»Nun – uns kam ja der Kuckuck zupaß, weil er uns an das Kuckucksei erinnerte. Aber was bedeutet es für die durchschnittlichen Kuckucksuhrenbesitzer, die auf die übliche Weise zu ihren Kindern gekommen sind? Darum denke ich über die Uhrenindustrie nach – und frage mich: warum baut man nicht Uhren, aus denen sich beim Stundenschlag etwa Kanonenschüsse lösen? Oder es tritt ein uniformiertes Männlein heraus und ruft: ›Normheil! Normheil! Normheil!‹, genau sovielmal als die Stunde will.«

Derweil er so seine weißen Streifen in Blitzform klebte, seufzte er wohlig: »Jeder sein eigener Flaggenschneider! Flaggenkleben ist gesund! Wäre ich Psychoanalytiker, müßten alle meine an der Norm magen- und nervenkrank gewordenen Patienten Tag und Nacht Flaggen kleben, oder den Normgruß üben unter Zuhilfenahme der eben erwähnten, aber leider noch nicht konstruierten Schwarzwälderuhr. Im Grunde will ja auch der Normer nichts anderes: man soll so tun, als ob man ein Genormter wäre. Tun das alle, braucht man niemanden mehr zu erschießen oder einzusperren. Wieviel haben wir eigentlich? Die Bürofenster im Hochparterre brauchten wir streng genommen nicht zu zieren. Wenn ich hier im ersten Stock die Töpfe der Blumen des Bordes der Fenster alle gewissenhaft bestecke, so ist dem Willen des Normers Genüge getan.«

Gutmann beugte sich gerade über den großen Schreibtisch, und seine Hände sammelten mit einer scharrenden Bewegung die Fähnchen ein, als seine Gattin sich heftig erhob: »Ich kann das nicht mehr mit ansehen, mit anhören, Max, wie du versuchst –«, sie fuhr sich mit dem Zeigefinger über die Lippen und trat mit dem langsamen, schweren Schritt, der ihrer schönen Fülle eigen war, zum Fenster, öffnete es und lauschte hinaus. Kaum aber, daß sie den pochenden Takt einer fernen Marschmusik vernommen hatte, schloß sie den Flügel und zog die Stores dichter zusammen. Sie wandte sich, als müßte sie auch noch mit ihrem Rücken das Fenster verdecken, ihrem Gatten zu und blickte ihn beinahe streng an: »Es ist umsonst, Max«, flüsterte sie, »du kannst mit deiner Ironie diesen Fähnchen nichts von ihrer Wirklichkeit nehmen.«

Gutmann steckte sich mit der Rechten den Rest der Fähnchen in den linken, an die Brust gewinkelten Arm, er blickte dabei seine Frau nicht an. »Das hört sich ja an, als hättest du Angst«, rief er, seine Stimme versuchte noch spöttischer und überlegener zu klingen als zuvor. »Nein, Berthie, komm', schmücken wir unsere Fassade zum großen Fest! Das dritte Mal Normerhöhung! Das dritte Siegesgeschrei, der dritte allgemein genormte Jahresapplaus für den in der Tat großartigen Tritt in den Hintern, den der Normer der demokratischen Germania gab. Was soll ich Se sagen –, se hat nichts Besseres verdient. Und ich schmück' mich und mein Haus gerne zu Ehren des dritten Begehens dieses Festes, denn die vierte Begehung der Normerhöhung ist in den Rauchfang geschrieben. Na ja – rammramm, dschingdara! Marschiert nur! Morgen ist Feiertag! Wie will ich spielen im grünen Hag! Nur nicht verzwatzeln, Berthie, vergiß es keinen Augenblick: dies ist die letzte Normerhöhung. Hörst du, wie der Donner grollt? Wie das Haus erzittert im Marschtritt des anrollenden Staatsbankrottes? Als ob diese Sonntagspolitiker mit diesem ihrem genormten lauten Gejaid den Pleitegeier erlegen könnten! Ein prachtliebender Vogel, noch sitzt er im Kasten, wie unser Kuckuck! Aber warte nur, die Milliarden für Kanonen, Flugzeuge, Straßen, Normpaläste und sonstigen Zierat, das zieht, jede Sekunde, in den Bankrott oder – was dasselbe ist: in den Krieg! Die Weltwirtschaft geht exakt wie eine Uhr – und es schlägt die Stunde der Abrechnung! Da ist der Staatstresor hohl und leer, und die Gelter stehn – mit Gebrumm – drum herum! Und es öffnet sich die Klappe, und der heilige Pleitegeier erscheint – und die Weisen flüstern: ›Endlich!‹ Also nur zu! Lasset uns flaggen!«

Gutmann hatte den Satz noch nicht beendet, als das Telefon klingelte und das Büro einen Besucher anmeldete. Die Sekretärin sagte nur, es sei jemand da. Dies »Jemand« hatte im Gutmannschen Hause bei einer Anmeldung zu bedeuten, daß der Besucher nicht mit dem Normheilgruß eingetreten war. Gutmann warf die Fähnchen auf den Tisch und ließ den Besucher heraufbitten, wiewohl Frau Gutmann unwillig die Augenbrauen hob. Ein Herr Kellner, erklärte er ihr, der ihn dringend und unter vier Augen zu sprechen wünschte.

Der Besuch, den Julie hereinführte, war ein etwa sechzigjähriger, glatzköpfiger Mann mit einem kleinen, geröteten Gesicht. Herr Kellner, der zunächst an der Tür stehenblieb und eine tiefe Verbeugung machte, hatte nicht abgelegt. Auch jetzt, als die Gutmanns ihn noch einmal aufforderten, sich doch seines Hutes und des nassen Regenmantels zu entledigen, betonte er, daß es nicht seine Absicht sei zu stören. Er ließ sich vorsichtig auf dem vorderen Rande des Sessels nieder, lächelte verlegen und zugleich erregt, so kam es Frau Gutmann vor, ihren Gatten an, titulierte ihn ›Herr Pfarrer‹, was Gutmann zu einer genießerischen Bewegung über sein bartloses Gesicht veranlaßte, und begann ohne Einleitung von seinem Sohne Karl zu sprechen, bis Frau Gutmann ziemlich unfreundlich einfiel, daß Herr Kellner wahrscheinlich ihren Sohn Lorenz sprechen wolle. Dieser sei zwar auch kein Pfarrer, doch habe er als Theologiestudent einer Wandergruppe von Gymnasiasten vorgestanden.

Gutmann telefonierte darauf in den oberen Stock. Während sie auf Lorenz warteten, begann Herr Kellner im Herrenzimmer umherzublicken. Seine Neugier drang sogar durch die geöffnete Doppeltür von Zeit zu Zeit in die Bibliothek vor. Kellners schnuppernde Miene bekam immer mehr den Ausdruck einer bedrückten Bewunderung, als er die breiten Bücherschränke, die Teppiche und die in Öl gemalten Vorfahren von Frau Gutmann betrachtete: Schweizer Patrizier und Pastoren in Jabots und Mühlsteinkragen; und die Hauben der Frauen aus feinen Spitzen. Schließlich entrang sich ihm die Frage, als stünde sie mit diesen altersdunklen Porträts auf der weißen Wand in einem unbewußten Zusammenhang: ob der Name Gutmann eigentlich abramitisch sei, was ihm von Frau Gutmann prompt bestätigt wurde. Als er aber weiterfragte, ob ein solch herrschaftliches Haus noch nicht gewisse genormte Ganoven angelockt habe, runzelte Frau Gutmann die Brauen und verneinte kurz, sodaß Herr Kellner das Ungebührliche seiner Frage erkannte und schwieg. Gutmann hatte einen Flügel des Fensters geöffnet, um auf die Straße hinabzublicken, wo seit einiger Zeit ein Geräusch gleich dem regelmäßigen Flatschen eines Transmissionsriemens die Abendstille erfüllte: eine Marschkolonne ohne Gesang auf dem nassen Asphalt. Frau Gutmann warf ihrem Gatten einen Blick zu, und er schloß das Fenster.

Endlich erschien Lorenz mit großen Schritten und begrüßte Herrn Kellner, der sich erneut mit einer Verbeugung vorstellte. Lorenz trug, wie Frau Gutmann es wollte, eine langschößige Hausjoppe aus schwarzem Samt. Das weichliche Gewand paßte ebensowenig wie das goldene Etui, das wiederum ein Geschenk des Vaters darstellte, zu seinen einfachen und starken Gebärden, mit denen er seinem Besucher die Zigaretten anbot.

Herr Kellner hatte wiederum begonnen, von seinem Sohne Karl zu erzählen, von dem glänzenden Abitur, das der Junge gemacht habe und von einer Freistelle auf der Universität Breslau, die man ihm angeboten habe. Hier schob Herr Kellner, seine Hosenfalten an den Knien sorgfältig heraufziehend, einen erklärenden Bericht ein, wie die Mißgunst der Zeit allein die Schuld daran trug, daß er den Sohn nicht aus eigener Tasche studieren lassen konnte. Seine Fabrik, Bürobedarfsartikel, war in der Inflation zusammengebrochen. Mit seinen zahlreichen Töchtern und seiner kranken Frau hatte Herr Kellner ein Maschinenschreibbüro aufgemacht, bis ihm die Weltwirtschaftskrise auch diese Unternehmung zerschlug, sodaß er mit nichts dastand, »mit nichts«, sagte Herr Kellner leise, »und das ist zum Verrücktwerden, Herr Doktor, nicht wahr?«

Rechtsanwalt Gutmann, der mit dieser Anrede gemeint war, hob das Gesicht und nickte. »Wirklich zum Verrücktwerden. Und nun sind sie denn auch endlich verrückt geworden, die meisten, und sogar schuldlos, schuldlos meschugge!«

Aber da hatte sich Herr Kellner in seinem Sessel, in dem er schon lange nicht mehr auf dem vorderen Rand saß, steil aufgerichtet und die Hand abwehrend erhoben. Nein, meschugge waren die Leute nach seiner, wie er sagte, unmaßgeblichen Meinung nun doch nicht. Wenn der Herr Doktor als ein Abramit auf die NOSOKA anspielte, nun, das konnte Herr Kellner verstehen. Aber für einen japhetitischen Deutschen waren die Ideen des Normers keineswegs verrückt. Verrückt waren ganz andere Leute, zum Beispiel die Engländer. Herr Kellner hatte nämlich in seiner äußersten Not vor Jahren nach Kanada auswandern wollen. Dort hatte er einen Verwandten seiner Frau, der für ihn und die Familie haftete. Aber er erhielt von der Kanadischen Gesandtschaft den Bescheid, daß Deutsche in Kanada unerwünscht seien. »Das war fünfzehn Jahre nach dem Ende des Weltkrieges«, sagte Herr Kellner und zeigte, als wäre er über irgendetwas schadenfroh, die kleinen, regelmäßigen Zähne. »Und da trat ich in die NOSOKA ein.«

»Ich sagte ja, die meisten! Also auch Kanada! Schuldlos und total meschugge!« Gutmann lachte meckernd auf.

Frau Gutmann stellte nun Kellner einige Fragen, die ihn an den Zweck seines Besuches erinnern sollten. Doch verharrte er noch eine ganze Weile bei seinem Thema, daß die NOSOKA alles andere als eine Verrücktheit sei. Der Normer und seine Ideen waren einfach notwendig. Die Welt wollte es nicht anders haben. Und er beschrieb das Deutschland vor der Normung. Gutmann nickte einigemal voller Zustimmung, sodaß seine Frau unwillig den Mund verzog. Aber Gutmann nickte ebenso, als Herr Kellner die große Verwandlung darstellte, die mit dem Normer über Deutschland gekommen war: die wieder auf Touren gekommene Wirtschaft; die vom AFDA geleistete soziale Fürsorge; die Fröhlichkeit der jungen Leute; die nationalen Feste; das neue Selbstbewußtsein, – immer aufs neue nickte Gutmann zustimmend.

Durch solchen unerwarteten Beifall in Schwung gekommen, wagte sich Herr Kellner nun sogar an das Thema der politischen

Fürsorgelager. Zuerst lehnte er sie einfach als einen Rückfall in die Barbarei ab. Als aber Gutmann ihn mit schräggehaltenem Kopf anblickte und »Ach, meinen Sie?« fragte, milderte sich Herrn Kellners Abscheu in moralische Vorbehalte und außenpolitische Bedenken. Da ihm aber Gutmann von den sehr positiven Berichten ausländischer Journalisten über die genormten Pofülags erzählte, ging Herr Kellner mit einer bestimmten ausländischen Journalistin, deren Bericht er gut kannte, doch darin einig, daß die Lager notwendig waren und zugleich eine Glanzleistung deutscher Organisationskraft darstellten. Im übrigen waren sie hygienisch einwandfrei, das wußte Herr Kellner aus anderen und noch besseren Quellen.

Lorenz mischte sich an dieser Stelle mit der Frage ein, wie es denn nun eigentlich Karl gehe?

»Karl?« Herr Kellner schien plötzlich zu erwachen. Er schaute Lorenz einige Sekunden aus seinen schwarzen, kleinen Augen mit einem unsicher flimmernden Blick an. »Ja, Karl«, murmelte er, »Karl ist nicht meiner Meinung. In keinem Punkt! Karl will von all dem nichts hören. Für ihn sind die Genormten die Totengräber des deutschen Volkes. Dabei könnte er morgen in die O. W. eintreten, man schickt ihm richtig Einladungen ins Haus. Hab' ich da nicht recht, wenn ich dem Jungen sage: du bist irgendwie verbiestert! Welche Arroganz, sich derart abseits zu stellen. Ich bin ein Mensch, der nachdenkt, was meinen Sie dazu, Herr Doktor? Ich meine, man kann es sich doch nicht derart einfach machen und zu seinen Zeitgenossen und ihren politischen Ideen einfach rundherum nein sagen, vor allem, wenn die anderen, ich meine die Genormten, derart in der Überzahl sind, das gibt doch auch zu denken ... Volkes Stimme, Gottes Stimme, habe ich immer wieder zu Karl gesagt, und daß wir eigentlich gar nicht in einer Diktatur leben, weil das Volk es ja so haben will und für den Normer durchs Feuer geht – oder nicht? Außerdem: die Genormten gehen ja in die Kirche. Neulich hat der Normer wieder einen Bischof zum Normnotablen ehrenhalber ernannt. Aber Karl, der will es besser wissen als der Papst. Seit dem Norm-Konkordat geht er nicht mehr in die Kirche. Und das schrieb der dumme Kerl mir in einem Brief, ohne zu überlegen, daß der Brief geöffnet, gelesen werden und er, der Schreiber, dafür in ein Fürsorgelager kommen kann.«

Lorenz warf ein: »Aber das machte doch nichts, dort hat er doch beste Behandlung, sagten Sie nicht so?«

»Verstehen Sie mich doch!« Herrn Kellners Stimme wurde dünn und inständig. »Was können wir denn tun? Wir sind kleine Leute und haben keine Macht und keinen Ausweg, wir müssen leben und darum gehorchen und das Maul halten. Waren Sie beim Militär?«

Lorenz schüttelte lächelnd den Kopf.

»Das ist ungefähr genau dasselbe. Sie stehen in Reih und Glied, und das ist Ihr Glück, sonst passiert Ihnen etwas. Und das Militär ist doch nötig, nicht wahr, wenn wir auch noch so gerne Pazifisten wären. So ähnlich ist das mit dem Normstaat. Ich bin Geschäftsmann, was sagen Sie, Herr Doktor? Wenn die Diktaturen nur kämen, weil dieser oder jener gerne Diktator wäre, dann kämen sie garnicht, verstehen Sie?« Herr Kellner zog das kleine Kinn ein und versuchte mit einem ermunternden Lächeln Gutmann zu überzeugen.

»Der Witz liegt ja gerade darin, daß sie kommen, weil die Zeit sie braucht. Ich könnte Ihnen darüber vieles sagen, ich bin ein Mensch, der nachdenkt, was sagen Sie, Herr Doktor? Es mußte doch alles endlich einmal einfach werden, übersichtlicher. So ging das doch nicht mehr weiter, kein Mensch kannte sich mehr aus.«

Frau Gutmann war aufgestanden und hinter Herrn Kellners Sessel stehend warf sie dem Gatten und Sohn einen auffordernden Blick zu und sagte: »Ich glaube – es geht auf halb sieben zu, Julie wartet gewiß mit dem Abendessen.«

Ernst von Salomon
Der Fragebogen

13. Art der Ausweiskarte: Deutsche Kennkarte Nr. B 78561. Siehe Anlage

Zu 13. Diese sogenannte Deutsche Kennkarte ist ein vierseitiger Ausweis von grauem Kaliko, dessen einzelne Sparten viersprachig vorgedruckt sind, in deutsch, englisch, französisch und einer Reihe von Buchstaben, die ich als cyrillisch anzusprechen geneigt bin. Auf der ersten Seite der Kennkarte stehen einige Zeilen »Zur Beachtung«, die in Ton und Inhalt ausschließlich der deutschen Sprache angehören. Ich entnehme meiner Kennkarte mit Interesse, daß meine Staatsangehörigkeit »deutsch« ist, was ich entweder als veraltet oder als verfrüht betrachte, daß meine Gestalt als untersetzt bezeichnet wird, und daß die Farbe meiner Augen von dem die Karte ausstellenden Beamten als hellbraun empfunden wurde, – ich muß wohl bei diesem Vorgang lebhaft an Auslandsreisen gedacht haben.

Die Kennkarte ist geschmückt mit einem Bilde, welches ein Photograph von mir gemacht hat, und auf welchem ich dargestellt bin, wie ich nicht aussehe, nie ausgesehen habe und nimmer aussehen werde. Ferner wurden auf der Karte Abdrücke meines linken und meines rechten Zeigefingers gemacht.

Im Gegensatz zu fast allen meinen Landsleuten ist mir bekannt, was es mit diesem Verfahren auf sich hat; mein Vater hat in seiner Eigenschaft als höherer Polizeibeamter in Deutschland die Daktyloskopie einführen helfen. Sie dient als Mittel des polizeilichen Erkennungsdienstes. Fingerabdrücke wurden bislang nur von Verbrechern abgenommen. Nur bei Verbrechern hat es auch Sinn, diese Methode anzuwenden, da nur bei ihnen vorauszusetzen ist, daß die Spuren, die sie hinterlassen, mit ungesetzlichen Handlungen in Zusammenhang stehen.

Es ist bekannt, daß es ganze Völkerschaften gibt, für welche jeder Teil des Körpers seine eigene Magie hat. Abgeschnittene Haare oder Fingernägel gelten bei den Polynesiern als Tabu, sie haben ihre magische Bedeutung, sie üben einen Zauber aus. Bei den Germanen galt das Scheren des langen Schopfes als entehrend, als ein Zeichen der Knechtschaft, den Arabern verbietet heute noch der Islam, sich ihr Bild abnehmen zu lassen. Die Chinesen sagen von einem Menschen, der gegen die Norm eines inneren Vorganges verstoßen hat, gegen die Ehre oder die Würde, er habe sein Gesicht verloren und werten dies als einen höchst bestimmenden Akt. Kinder können sich nur schwer von einem ausgezogenen Backenzahn trennen und Greta Garbo liebt es nicht, im Privatleben photographiert zu werden. Diese Dinge liegen alle auf einer Ebene. Als die Daktyloskopie eingeführt wurde, hüteten sich die Verantwortlichen für dies Verfahren sehr wohl, eines der bedeutungsvollsten Zeichen der menschlichen Substanz, die Scham, zu verletzen, und sie schränkten sehr bewußt das Verfahren auf den Kreis jener ein, von denen anzunehmen war, sie hätten sich dieses edlen Gefühles selber schon begeben.

Die Fingerabdrücke auf meiner Kennkarte beweisen mir, daß entweder vor mir schon mindestens 78 560 Personen von vornherein als Verbrecher betrachtet wurden, oder daß die Zeiten vorbei sind, in denen so subtile Betrachtungen angestellt werden, wie sie etwa zur Zeit des Wirkens meines Vaters noch gebräuchlich waren.

Die Kennkarte wurde in dieser Form während der Zeit der nationalsozialistischen Regierung in Deutschland eingeführt, nur daß sie damals natürlich einsprachig war und sich ein besonderes Dessin entgehen ließ, welches die Vollkommenheit der polizeilichen Methoden in unserer Zeit erstrahlen läßt.

Der Besitz der Kennkarte ist hierzulande Zwang. Niemand konnte bislang seine Lebensmittelkarten erlangen, ohne im Besitz der Kennkarte zu sein. Die Kennkarte wurde aber nur demjenigen ausgehändigt, der nachweisen konnte, daß er seinen Meldebogen abgegeben hatte, den Meldebogen zum sogenannten Spruchkammergesetz, jenem Gesetz zur Befreiung von Nationalsozialismus und Militarismus vom 5. März 1946, über welches ich nicht zu streiten vermag, weil ich niemanden kenne, der über es anderer Ansicht ist als ich. Laut Spruchkammerbescheid bin ich von diesem Gesetz nicht betroffen. Ich halte es trotzdem für politisch dumm, menschlich infam und juristisch unmöglich. Ich bin der festen Überzeugung, daß ich mich durch die Abgabe eines Meldebogens, durch welchen das Gesetz erst imstande wurde, wirksam zu werden, schuldig machte der Teilnahme und Beihilfe an einem Akt, den ich angesichts seiner Qualitäten (politisch dumm, menschlich infam und juristisch unmöglich) nicht anders als ein Verbrechen ansehen kann. Gab ich den Meldebogen aber nicht ab, so wurde ich durch die vortreffliche behördliche Vorsorge zum Tode durch Verhungern verurteilt, eine Strafe, der ich nur durch Begehen einer ganzen Reihe fortgesetzter ungesetzlicher Akte ausweichen konnte. Dies dünkt mich ein hübscher Fall von Gewissenskonflikt, den ich die hochachtbaren Herren mit dem Donnerkeil recht sehr zu bedenken bitte.

Selbstverständlich gab ich meinen Meldebogen ab. Ich kenne niemanden, der bei gleicher Auffassung über dies Gesetz und seine Urheber anders gehandelt hat.

14. Wehrpaß-Nr.: siehe Anlage

Zu 14. Ich kann meine Wehrpaß-Nummer leider nicht angeben. Selbstverständlich war ich wie jeder Deutsche meines Alters im Besitze eines Wehrpasses. Während der Zeit der nationalsozialistischen Regierung in Deutschland habe ich ihn nie vorweisen müssen, aber mit dem Einrücken der Amerikaner wurde das anders, der Wehrpaß wurde für mich ein wichtiges Dokument, weil er das einzige Mittel darstellte nachzuweisen, daß ich nicht Soldat gewesen war und also auch nicht als Kriegsgefangener angesehen und in ein Lager eingeliefert werden durfte. Jeder amerikanische Posten an jeder Straßenecke fragte mich nach meinem Wehrpaß, der mir ermöglichte, mich in jenen Tagen frei zu bewegen, soweit eine freie Bewegung überhaupt möglich war. Ich griff schon ganz mechanisch nach meinem Wehrpaß, wenn ich irgendwo eine amerikanische

Uniform erblickte. Dicht bei meinem Hause, an der Straßenkreuzung, die ich passieren mußte, um in den Ort zu gelangen, hatten sich in einem Zelte amerikanische Posten niedergelassen, die mich, da ich mehrmals am Tage vorüberkam, schon kennen mußten, sich aber unerschütterlich jedes Mal den Wehrpaß vorweisen ließen. So griff ich denn mechanisch in die Brusttasche, als ich eines Tages als Posten einen Mann erblickte, der sich neben dem Postenzelt auf einen Schemel gesetzt hatte und, den Blick auf ein dickes, an einem Zaun lehnendes Mädchen geheftet, gemächlich ein Lied jener Gattung pfiff, welche die Amerikaner »longhaired« nannten. Dieser Mann in seiner prall sitzenden amerikanischen Uniform fiel mir auf, weil er am linken Unterarm nicht weniger als drei Armbanduhren trug, indes auf seinem Rockkragen eine ganze Reihe von kleinen goldenen, mit bunten Steinen verzierten Broschen, wie sie hierzulande die Bäuerinnen und Mägde tragen, angebracht war. Als ich mich näherte, winkte der Mann, nur kurz den Blick von dem Mädchen lösend, mich mit einer Kopfbewegung zu sich heran, ergriff meinen Wehrpaß, blätterte sichtlich gelangweilt einige Sekunden in ihm herum, riß dann mit einer langsamen und genußreichen Bewegung das Dokument zweimal durch und warf die Fetzen in den Straßengraben, ohne sein langhaariges Lied auch nur einen Augenblick zu unterbrechen.

Mir war sofort klar, wie jeder aufrechte Amerikaner auf solches Benehmen reagiert hätte. Ich hatte genügend ähnliche Situationen in genügend vielen amerikanischen Filmen gesehen, um zu wissen, daß es hier nur eines gab, nämlich, den Burschen mit einem wohlgezielten Hieb unter das Kinn ko zu schlagen und gemächlich meiner Wege zu gehen, ein Verfahren, männlich, flott, befriedigend und voll moralischer Unanfechtbarkeit.

Ich gestehe jedoch, nicht den geringsten Versuch unternommen zu haben, um der Vorstellung des großen amerikanischen Volkes vom würdigen Verhalten eines Mannes in solcher Situation zu genügen. Ich ging meiner Wege ohne jedes weitere schmückende Beiwerk, begab mich nach Hause und suchte fortan jede Berührung mit einem Amerikaner tunlichst zu vermeiden.

15. Reisepaß-Nr.: siehe Anlage

Zu 15. Mein Reisepaß lief im Jahre 1938 ab und wurde nicht erneuert. Ich machte auch keinerlei Anstrengung, mir einen neuen Reisepaß zu beschaffen. Damals starben viele Leute, deren Tod amtlich als Selbstmord bezeichnet wurde. Einige Freunde von mir beschlossen daraufhin, sich gegenseitig in die Hand zu versprechen, daß sie zweierlei Dinge niemals unternehmen werden: Sie werden keinen Selbstmord begehen und sie werden nicht emigrieren. Ich schloß mich dieser Abmachung an. Es ist sehr schwer festzustellen, ob meine Freunde alle ihr Versprechen gehalten haben. Einige von ihnen sind tot, einige vermißt, über die Möglichkeit oder die Art ihres Todes ist nichts zu erfahren. Zwei meiner Freunde aus jenem Kreise wurden vom Zusammenbruch des Reiches in Österreich überrascht und haben offensichtlich noch keine Möglichkeit gefunden zurückzukehren. Ein anderer ist Österreicher und befindet sich heute noch in West-Deutschland. Daran gemahnt, daß er versprochen hatte, nie zu emigrieren, erwiderte er, daß er nicht emigriert sei, sondern Österreich.

WOLFGANG KOEPPEN
Tauben im Gras

Flieger waren über der Stadt, unheilkündende Vögel. Der Lärm der Motoren war Donner, war Hagel, war Sturm. Sturm, Hagel und Donner, täglich und nächtlich, Anflug und Abflug, Übungen des Todes, ein hohles Getöse, ein Beben, ein Erinnern in den Ruinen. Noch waren die Bombenschächte der Flugzeuge leer. Die Auguren lächelten. Niemand blickte zum Himmel auf.

Öl aus den Adern der Erde, Steinöl, Quallenblut, Fett der Saurier, Panzer der Echsen, das Grün der Farnwälder, die Riesenschachtelhalme, versunkene Natur, Zeit vor dem Menschen, vergrabenes Erbe, von Zwergen bewacht, geizig, zauberkundig und böse, die Sagen, die Märchen, der Teufelsschatz: er wurde ans Licht geholt, er wurde dienstbar gemacht. Was schrieben die Zeitungen? *Krieg um Öl, Verschärfung im Konflikt, Der Volkswille, Das Öl den Eingeborenen, Die Flotte ohne Öl, Anschlag auf die Pipeline, Truppen schützen Bohrtürme, Schah heiratet, Intrigen um den Pfauenthron, Die Russen im Hintergrund, Flugzeugträger im Persischen Golf.* Das Öl hielt die Flieger am Himmel, es hielt die Presse in Atem, es ängstigte die Menschen und trieb mit schwächeren Detonationen die leichten Motorräder der Zeitungsfahrer. Mit klammen Händen, mißmutig, fluchend, windgeschüttelt, regennaß, bierdumpf, tabakverbeizt, unausgeschlafen, albgequält, auf der Haut noch den Hauch des Nachtgenossen, des Lebensgefährten, Reißen in der Schulter, Rheuma im Knie, empfingen die Händler die druckfrische Ware. Das Frühjahr war kalt. Das Neueste wärmte nicht. *Spannung*, *Konflikt*, man lebte im Spannungsfeld, östliche Welt, westliche Welt, man lebte an der Nahtstelle, vielleicht an der Bruchstelle, die Zeit war kostbar, sie war eine Atempause auf dem Schlachtfeld, und man hatte noch nicht richtig Atem geholt, wieder wurde gerüstet, die Rüstung verteuerte das Leben, die Rüstung schränkte die Freude ein, hier und dort horteten sie Pulver, den Erdball in die Luft zu sprengen, *Atomversuche in Mexiko, Atomfabriken im Ural*, sie bohrten Sprengkammern in das notdürftig geflickte Gemäuer der Brücken, sie redeten von Aufbau und bereiteten den Abbruch vor, sie ließen weiter zerbrechen, was schon angebrochen war: Deutschland war in zwei Teile gebrochen. Das Zeitungspapier roch nach heißgelaufenen Maschinen, nach Unglücksbotschaften, gewaltsamem Tod, falschen Urteilen, zynischen Bankrotten, nach Lüge, Ketten und Schmutz. Die Blätter klebten verschmiert aneinander, als näßten sie Angst. Die Schlagzeilen schrien: *Eisenhower inspiziert in Bundesrepublik, Wehrbeitrag gefordert, Adenauer gegen Neutralisierung, Konferenz in Sackgasse, Vertriebene klagen an, Millionen Zwangsarbeiter, Deutschland größtes Infanteriepotential.* Die Illustrierten lebten von den Erinnerungen der Flieger und Feldherren, den Beichten der strammen Mitläufer, den Memoiren der Tapferen, der Aufrechten, Unschuldigen, Überraschten, Übertölpelten. Über Kragen mit Eichenlaub und Kreuzen blickten sie grimmig von der Wänden der Kioske. Waren sie Acquisiteure der Blätter oder warben sie ein Heer? Die Flieger, die am Himmel rumorten, waren die Flieger der andern.

Der Erzherzog wurde angekleidet, er wurde hergestellt. Hier ein Orden, da ein Band, ein Kreuz, ein strahlender Stern, Fangschnüre des Schicksals, Ketten der Macht, die schimmernden Epauletten, die silberne Schärpe, das goldene Vlies, Orden del Toison de oro, Aureum Vellus, das Lammfell auf dem Feuerstein zum Lob und Ruhm des Erlösers, der Jungfrau Maria und des heiligen Andreas wie zum Schutz und zur Förderung des christlichen Glaubens und der heiligen Kirche, zur Tugend und Vermehrung guter Sitte gestiftet. Alexander schwitzte. Übelkeit quälte ihn. Das Blech, der Tannenbaumzauber, der gestickte Uniformkragen, alles schnürte und engte ihn ein. Der Garderobier fummelte zu seinen Füßen. Er legte dem Erzherzog die Sporen an. Was war der Garderobier vor den blankgewichsten Schaftstiefeln des Erzherzogs? Eine Ameise, eine Ameise im Staub. Das elektrische Licht in der Umkleidekabine, diesem Holzverschlag, den man Alexander anzubieten wagte, kämpfte mit der Morgendämmerung. Was war es wieder für ein Morgen! Alexanders Gesicht war käsig unter der Schminke; es war ein Gesicht wie geronnene Milch. Schnäpse und Wein und entbehrter Schlaf gärten und gifteten in Alexanders Blut; sie klopften ihm von innen den Schädel. Man hatte Alexander in aller Frühe hierher geholt. Die Gewaltige lag noch im Bett, Messalina, seine Frau, das Lustroß, wie man sie in den Bars nannte. Alexander liebte sein Weib; wenn er an seine Liebe zu Messalina dachte, war die Ehe, die er mit ihr führte, schön. Messalina schlief, aufgeschwemmt das Gesicht, die Augentusche verwischt, die Lider wie von Faustschlägen getroffen, die grobporige Haut, ein Droschkenkutscherteint, vom Trunk verwüstet. Welche Persönlichkeit! Alexander beugte sich vor der Persönlichkeit. Er sank in die Knie, beugte sich über die schlafende Gorgo, küßte den verqueren Mund, atmete den Trunk, der nun wie ein reines Spiritusdestillat durch die Lippen drang: »Was ist? Gehst du? Laß mich! Oh, mir ist schlecht!« Das war es, was er an ihr hatte. Auf dem Weg zum Badezimmer trat sein Fuß in Scherben. Auf dem Sofa schlief Alfredo, die Malerin, klein, zerzaust, hingesunken, niedlich, Erschöpfung und Enttäuschung im Gesicht, Krähenfüße um die geschlossenen Augen, mitleiderregend. Alfredo war amüsant, wenn sie wach war, eine schnell verbrennende Fackel; sie sprühte, witzelte, erzählte, girrte, scharfzüngig, erstaunlich. Der einzige Mensch, über den man lachen konnte. Wie nannten die Mexikaner die Lesbierinnen? Es war was wie Maisfladen, Tortilleras, wohl ein flacher gedörrter Kuchen. Alexander hatte es vergessen. Schade! Er hätte es anbringen können. Im Badezimmer stand das Mädchen, das er aufgegabelt, das er mit seinem Ruhm angelockt hatte, mit dieser schiefen Visage, die jedermann kannte. Schlagzeilen der Filmblätter: *Alexander spielt den Erzherzog, Der deutsche Superfilm, Der Erzherzog und die Fischerin*, die hatte er gefischt, aufgefischt, abgetischt. Wie hieß sie noch? Susanne! Susanne im Bade. Sie war schon angezogen. Billiges Konfektionskleid. Strich mit Seife über die Laufmasche im Strumpf. Hatte sich mit dem Guerlain seiner Frau begossen. War mißmutig. Maulig. Das waren sie nachher immer. »Na, gut bekommen?« Er wußte nicht, was er sagen sollte. Eigentlich war er verlegen. »Dreckskerl!« Das war es. Sie wollten ihn. Alexander, der große Liebhaber! Hatte sich was! Er mußte sich duschen. Das Auto hupte unten wie verrückt. Die waren auf ihn angewiesen. Was zog denn noch? Er zog noch. *Alexander, die Liebe des Erzherzogs.* Die Leute hatten die Nase voll; sie hatten genug von der Zeit, genug von den Trümmern; die Leute wollten nicht ihre Sorgen, nicht ihre Furcht, nicht ihren Alltag, sie wollten nicht ihr Elend gespiegelt sehen. Alexander streifte den Schlafanzug ab. Das Mädchen Susanne sah neugierig, enttäuscht und böse auf alles, was an Alexander schlapp war. Er dachte: ›schau dir es an, erzähl was du willst, sie glauben es dir nicht, ich bin ihr Idol.‹ Er prustete. Der kalte Strahl der Dusche schlug seine schlaffe Haut wie eine Peitsche. Schon wieder hupten sie unten. Die hatten es eilig, sie brauchten ihren Erzherzog. In der Wohnung schrie ein Kind, Hillegonda, Alexanders kleines Mädchen. Das Kind schrie »Emmi!« Rief das Kind um Hilfe? Angst, Verzweiflung, Verlassenheit lag in dem Kinderschrei. Alexander dachte, ›ich müßte mich um sie kümmern, ich müßte Zeit haben, sie sieht blaß aus‹. Er rief: »Hille, bist du schon auf?« Warum war sie so früh schon auf? Er prustete die Frage ins Handtuch. Die Frage erstickte im Handtuch. Die Stimme des Kindes schwieg, oder sie ging unter im wütenden Hupen des wartenden Wagens. Alexander fuhr ins Atelier. Er wurde angekleidet. Er wurde gestiefelt und gespornt. Er stand vor der Kamera. Alle Scheinwerfer leuchteten auf. Die Orden glitzerten im Licht der Tausendkerzenbirnen. Das Idol spreizte sich. Man drehte den Erzherzog *Eine deutsche Superproduktion.*

Die Glocken riefen zur Frühmesse. Hörst-du-das-Glöcklein-läuten? Teddybären hörten zu, Puppen hörten zu, ein Elefant aus Wolle und auf roten Rädern hörte zu, Schneewittchen und Ferdinand der Stier auf der bunten Tapete vernahmen das traurige Lied, das Emmi, die Kinderfrau, langgezogen und klageweibisch sang, während sie den mageren Körper des kleinen Mädchens mit einer rauhen Bürste schrubbte. Hillegonda dachte ›Emmi du tust mir weh, Emmi du kratzt mich, Emmi du ziepst mich, Emmi deine Nagelfeile sticht mich‹, aber sie wagte der Kinderfrau, einer derben Person vom Lande, in deren breitem Gesicht die einfache Frömmigkeit der Bauern böse erstarrt war, nicht zu sagen, daß ihr wehgetan wurde und daß sie litt. Der Gesang der Kinderfrau, hörst-du-das-Glöcklein-läuten, war eine immerwährende Mahnung und hieß: klage nicht, frage nicht, freue dich nicht, lache nicht, spiele nicht, tändele nicht, nütze die Zeit, denn wir sind dem Tod verfallen. Hillegonda hätte lieber noch geschlafen. Sie hätte lieber noch geträumt. Sie hätte auch gern mit ihren Puppen gespielt, aber Emmi sagte: »Wie darfst du spielen, wenn dich Gott ruft!« Hillegondas Eltern waren böse Menschen. Emmi sagte es. Man mußte für die Sünden der Eltern büßen. So begann der Tag. Sie gingen zur Kirche. Eine Straßenbahn bremste vor einem jungen Hund. Der Hund war struppig und ohne Halsband, ein herrenloser, verlaufener Hund. Die Kinderfrau drückte Hillegondas kleine Hand. Es war kein freundlicher, beistehender Druck; es war der feste unerbittliche Griff des Wächters. Hillegonda blickte dem kleinen herrenlosen Hund nach. Sie wäre lieber hinter dem Hund hergelaufen, als mit der Kinderfrau in die Kirche gegangen. Hillegonda preßte die Knie zusammen, Furcht vor Emmi, Furcht vor der Kirche, Furcht vor Gott bedrückte ihr kleines Herz; sie machte sich schwer, sie ließ sich ziehen, um den Weg zu verzögern, aber die Hand des Wächters zerrte sie weiter. So früh war es noch. So kalt war es noch. So früh war Hillegonda schon auf dem Wege zu Gott. Die Kirchen haben Portale aus dicken Bohlen, schwerem Holz, eisernen Beschlägen und kupfernen Bolzen. Fürchtet sich auch Gott? Oder ist auch Gott gefangen? Die Kinderfrau faßte die kunstgeschmiedete Klinke und öffnete spaltbreit die Tür. Man konnte gerade zu Gott hineinschlüpfen. Es duftete bei Gott wie am Weihnachtstag nach Wunderkerzen. Bereitete sich hier das Wunder vor, das schreckliche, das angekündigte Wunder, die Vergebung der Sünden, die Lossprechung der Eltern? ›Komödiantenkind‹ dachte die Kinderfrau. Ihre schmalen, blutlosen Lippen, Asketenlippen in einem Bauerngesicht, waren wie ein scharfer, für die Ewigkeit gezogener Strich. ›Emmi ich fürchte mich‹ dachte das Kind. ›Emmi die Kirche ist so groß, Emmi die Mauern stürzen ein, Emmi ich mag dich nicht mehr, Emmi liebe Emmi, Emmi ich hasse dich!‹ Die Kinderfrau sprengte Weihwasser über das zitternde Kind. Ein Mann drängte durch den Spalt der Tür. Fünfzig Jahre Mühe, Arbeit und Sorge lagen hinter ihm, und nun hatte er das Gesicht einer verfolgten Ratte. Zwei Kriege hatte er erlebt. Zwei gelbe Zähne verwesten hinter seinen immer flüsternden Lippen; er war in ein endloses Gespräch verstrickt; er sprach zu sich: wer sonst hätte ihm zugehört? Hillegonda folgte auf ihren Zehen der Kinderfrau. Düster waren die Pfeiler, das Mauerwerk war von Splittern verwundet. Kälte, wie aus einem Grab, wehte das Kind an. ›Emmi verlaß mich nicht, Emmi Hillegonda Angst, gute Emmi, böse Emmi, liebe Emmi‹ betete das Kind. ›Das Kind zu Gott führen, Gott straft bis ins dritte und vierte Glied‹, dachte die Kinderfrau. Die Gläubigen knieten. Sie sahen in dem hohen Raum wie verhärmte Mäuse aus. Der Priester las den Meßkanon. Die Wandlung der Elemente. Das Glöcklein läutete. Herr-vergib-uns. Der Priester fror. Wandlung der Elemente! Macht, der Kirche und ihren Dienern verliehen. Vergeblicher Traum der Alchimisten. Schwärmer und Schwindler. Gelehrte. Erfinder. Laboratorien in England, in Amerika, auch in Rußland. Zertrümmerung. Einstein. Blick in Gottes Küche. Die Weisen von Göttingen. Das Atom fotografiert: zehntausendmillionenfache Vergrößerung. Der Priester litt unter seiner Nüchternheit. Das Flüstern der betenden Mäuse rieselte wie Sand über ihn. Sand des Grabes, nicht Sand des heiligen Grabes, Sand der Wüste, die Messe in der Wüste, die Predigt in der Wüste. Heilige-Maria-bitt-für-uns. Die Mäuse bekreuzten sich.

Philipp verließ das Hotel, in dem er die Nacht verbracht, aber kaum geschlafen hatte, das Hotel zum Lamm, in einer Gasse der Altstadt. Er hatte wach auf der harten Matratze gelegen, dem Bett der Handlungsreisenden, der blumenlosen Wiese der Paarung. Philipp hatte sich der Verzweiflung hingegeben, einer Sünde. Das Schicksal hatte ihn in die Enge getrieben. Die Flügel der Erinnyen schlugen mit dem Wind und dem Regen gegen das Fenster. Das Hotel war ein Neubau; die Einrichtung war fabrikfrisch, gelacktes Holz, sauber, hygienisch, schäbig und sparsam. Ein Vorhang, zu kurz, zu schmal und zu dünn, um vor dem Lärm und dem Licht der Straße zu schützen, war mit dem Muster einer Bauhaustapete bedruckt. In regelmäßigen Abständen flammte der Schein eines Leuchtschildes, das Gäste für den gegenüberliegenden Ecartéclub anlocken sollte, ins Zimmer: ein Kleeblatt entfaltete sich über Philipp und entwischte. Unter dem Fenster schimpften Spieler, die ihr Geld verloren hatten. Betrunkene torkelten aus dem Bräuhaus. Sie pißten gegen die Häuser und sangen die-Infanterie-die-Infanterie, verabschiedete, geschlagene Eroberer. Auf den Stiegen des Hauses war ein fortwährendes Kommen und Gehen. Das Hotel war ein Bienenstock des Teufels, und jedermann in dieser Hölle schien zur Schlaflosigkeit verdammt. Hinter den windigen Wänden wurde gejohlt, gerülpst und Dreck weggespült. Später war der Mond durch die Wolken gebrochen, die sanfte Luna, die Leichenstarre.

Der Wirt fragte ihn: »Bleiben Sie noch?« Er fragte es grob, und seine kalten Augen, todbitter im glatten ranzigen Fett befriedigter Freßlust, gesättigten Durstes, im Ehebett sauer gewordener Geilheit, blickten Philipp mißtrauisch an. Philipp war am Abend ohne

Gepäck in das Hotel gekommen. Es hatte geregnet. Sein Schirm war naß gewesen und außer dem Schirm hatte er nichts bei sich gehabt. Würde er noch bleiben? Er wußte es nicht. Er sagte: »Ja, ja.« »Ich zahle für zwei Tage«, sagte er. Die kalten, todbitteren Augen ließen ihn los. »Sie wohnen hier in der Fuchsstraße«, sagte der Wirt. Er betrachtete Philipps Meldezettel. ›Was geht es ihn an‹, dachte Philipp, ›was geht es ihn an, wenn er sein Geld bekommt.‹ Er sagte: »Meine Wohnung wird geweißt.« Es war eine lächerliche Ausrede. Jeder mußte merken, daß es eine Ausrede war. ›Er wird denken ich versteckte mich, er wird sich genau denken was los ist, er wird denken daß man mich sucht.‹

Es regnete nicht mehr. Philipp trat aus der Bräuhausgasse auf den Böttcherplatz. Er zögerte vor dem Haupteingang des Bräuhauses, am Morgen einem geschlossenen Schlund, aus dem es nach Erbrochenem dunstete. Auf der anderen Seite des Platzes lag das Café Schön, der Club der amerikanischen Negersoldaten. Die Vorhänge hinter den großen Spiegelfenstern waren zur Seite gezogen. Die Stühle standen auf den Tischen. Zwei Frauen spülten den Unrat der Nacht auf die Straße. Zwei alte Männer kehrten den Platz. Sie wirbelten Bierdeckel, Luftschlangen, Narrenkappen der Trinker, zerknüllte Zigarettenpackungen, geplatzte Gummiballons auf. Es war eine schmutzige Flut, die mit jedem Besenstoß der Männer Philipp näherrückte. Hauch und Staub der Nacht, der schale tote Abfall der Lust hüllten Philipp ein.

Frau Behrend hatte es sich gemütlich gemacht. Ein Scheit prasselte im Ofen. Die Tochter der Hausbesorgerin brachte die Milch. Die Tochter war unausgeschlafen und hungrig. Sie war hungrig nach dem Leben, wie es ihr Filme zeigten, sie war eine verwunschene Prinzessin, zu niederem Dienst gezwungen. Sie erwartete den Messias, die Hupe des Erlöserprinzen, den Millionärssohn im Sportwagen, den Fracktänzer der Cocktail-Bar, das technische Genie, den vorausschauenden Konstrukteur, den Knock-out-Sieger über die Zurückgebliebenen, die Feinde des Fortschritts, Jung-Siegfried. Sie war schmalbrüstig, hatte rachitische Gelenke, eine Bauchnarbe und einen verkniffenen Mund. Sie fühlte sich ausgenutzt. Ihr verkniffener Mund flüsterte »die Milch, Frau Obermusikmeister.«

Geflüstert oder gerufen: die Anrede zauberte das Bild schöner Tage. Aufrecht schritt der Musikmeister an der Spitze des Regiments durch die Stadt. Aus Fell und Blech dröhnte der Marsch. Schellen rasselten. Die Fahne hoch. Die Beine hoch. Die Arme hoch. Herrn Behrends Muskeln stemmten sich gegen das Tuch der engen Uniform. Die Platzmusik im Waldpavillon! Der Meister dirigierte den Freischütz. Unter dem Befehl seines ausgestreckten Stabes stiegen Carl Maria von Webers romantische Klänge pianissimo gedämpft in die Wipfel der Bäume. Frau Behrends Brust hob und senkte sich den Wogen des Meeres gleich am Gartentisch der Wirtschaft. Ihre Hände ruhten in Filethandschuhen auf dem buntgewürfelten Leinen der Kaffeetafel. Für diese Stunde der Kunst sah sich Frau Behrend aufgenommen in den Kreis der Damen des Regiments. Leier und Schwert, Orpheus und Mars verbrüderten sich. Frau Major bot liebenswürdig das Mitgebrachte an, das Selbstgebackene, die Schichttorte aus dreierlei Mus, in den Ofen geschoben, während der Major auf dem Pferde saß, den Kasernenhof kommandierte, das Auf-marsch-marsch, und dazu die Paukenwirbel der Wolfsschlucht.

Konnten sie uns nicht in Frieden lassen? Frau Behrend hatte den Krieg nicht gewollt. Der Krieg verseuchte die Männer. Beethovens Totenmaske musterte bleich und streng die enge Mansarde. Ein bronzebärtiger und barettierter Wagner balancierte vergrämt auf einem Stoß klassischer Klavierauszüge, der vergilbenden Hinterlassenschaft des Musikmeisters, der sich in irgendeiner vom Führer besetzten und dann wieder verlorenen Gegend Europas an eine bemalte Schlampe gehängt hatte und nun in Gott weiß was für Kaffeehäusern für Neger und Veronikas Wenn-ich-nach-Alabama-komm spielte.

Er kam nicht nach Alabama. Er entwischte nicht. Die Zeit der Gesetzlosigkeit war vorbei, die Zeit, die meldete *Gruppenführer als Rabbiner in Palästina, Barbier Direktor der Frauenklinik*. Die Akteure waren eingefangen; sie saßen, saßen hinter Gittern ihre neuen, viel zu milden Strafen ab: Kazettler, Verfolgte, Deserteure, Doktortitelschwindler. Es gab wieder Richter in Deutschland. Der Musikmeister zahlte die Mansarde, er zahlte das Scheit im Ofen, die Milch in der Flasche, den Kaffee im Topf. Er zahlte es vom Alabama-Sündenlohn. Ein Tribut an die Ehrbarkeit! Was hilft's? Alles wird teurer, und wieder sind es Schleichwege, die zu den Annehmlichkeiten des Daseins führen. Frau Behrend trank Maxwell-Coffee. Sie kaufte den Kaffee beim Juden. Beim Juden – das waren schwarzhaarige, gebrochenes Deutsch sprechende Leute, Unerwünschte, Ausländer, Hergewehte, die einen vorwurfsvoll aus dunkelschimmernden, nachtverwobenen Augen ansahen, von Gas und Grabgräben wohl sprechen wollten und Hinrichtungsstätten im Morgengrauen, Gläubiger, Gerettete, die mit dem geretteten Leben nichts anderes zu beginnen wußten, als auf den Schuttplätzen der zerbombten Städte (warum mit Bomben beworfen? mein Gott, warum geschlagen? für welche Sünde gestraft? die fünf Zimmer in Würzburg, Heim am Südhang, Blick über die Stadt, Blick über das Tal, der Main schimmernd, die Morgensonne auf dem Balkon, *Führer beim Duce*, warum?) in kleinen schnell errichteten Buden, den windigen Notläden Unverzolltes und Unversteuertes zu verkaufen. »Sie lassen uns nichts«, sagte die Lebensmittelhändlerin, »nichts, sie wollen uns zu Grunde richten.« In der Villa der Lebensmittelhändlerin wohnten die Amis. Sie wohnten seit vier Jahren in dem beschlagnahmten Haus. Sie gaben die Wohnung aneinander weiter. Sie schliefen in dem Doppelbett aus geflammter Birke, dem Schlafzimmer der Aussteuer. Sie saßen im Altdeutschen Zimmer in den Ritterstühlen, inmitten der Pracht der Achtzigerjahre, die Beine auf dem Tisch, und leerten ihre Konservenbüchsen, die Fließbandnahrung *Chikago packt tausend Ochsen pro Minute*, ein Jubel in ihrer Presse. Im Garten spielten die fremden Kinder, tütenblau, dottergelb, feuerrot, angezogen wie Clowns, siebenjährige Mädchen die Lippen wie Huren geschminkt, die Mütter in Schlosserhosen, die Waden aufgekrempelt, fahrende Leute, unernste Menschen. Der Kaffee im Laden der Händlerin verschimmelte, verzollt und übersteuert. Frau Behrend nickte. Sie vergaß nie den Respekt, den sie der Krämerin schuldete, die Furcht, anerzogen in der harten Schule der Markenzeit *Aufruf zweiundsechzigeinhalb Gramm Weichkäse*. Nun gab es wieder alles. Bei uns jedenfalls. Wer konnte es kaufen? *Vierzig Mark Kopfgeld*. Sechs Prozent Aufwertung des Ersparten und vierundneunzig Prozent in den Wind geschrieben. Der eigene Bauch am nächsten. Die Welt war hart. Soldatenwelt. Soldaten packten hart zu. Bewährung. Das Gewicht stimmte wieder. Für wie lange? Zucker verschwand aus den Geschäften. In England fehlte Fleisch. Wo ist der Sieger, ich will ihn bekränzen? Bacon heißt Speck. Ham ist dasselbe wie Schinken. Fett lag das Geräucherte im Fenster des Schlächters Schleck. »Bitte vom Mageren.« Das Schlächtermesser trennte das gelblich weißliche schwabbelnde Fett von der rötlichen Faser des Kerns. Wo ist der Sieger, ich will ihn bekränzen? Die Amis waren reich. Ihre Automobile glichen Schiffen, heimgekehrten Karavellen des Columbus. Wir haben ihr Land entdeckt. Wir haben ihren Erdteil bevölkert. Solidarität der weißen Rasse. Es war schön, zu den reichen Leuten zu gehören. Verwandte schickten Pakete. Frau Behrend schlug das Heft auf, in dem sie gestern vor dem Einschlafen gelesen hatte. Eine spannende Geschichte, ein lebenswahrer Roman: *Das Schicksal greift nach Hannelore*. Frau Behrend wollte wissen, wie es weiterging. Der Dreifarbentitel zeigte das Bild einer jungen Frau, brav, rührend und unschuldig, und im Hintergrund versammelten sich die Schurken, gruben ihre Gruben, Wühlmäuse des Schicksals. Gefährlich war das Leben, voll Fallgruben der Weg der Anständigen. Das Schicksal griff nicht nur nach Hannelore. Aber im letzten Kapitel triumphieren die Guten.

Eduard Claudius
Menschen an unserer Seite

Sind die Kammern mit dem Material gefüllt, so werden sie mit großen viereckigen Deckeln verschlossen. Festgeschraubt, müssen die den Druck und die Glut der Feuerung aushalten. Meist beginnen sie nach drei bis vier Brennprozessen zu zerbröckeln und auseinanderzufallen, und man muß sie neu mauern.

Der Rahmen eines solchen Deckels besteht aus dickem Stahl, und in diesen Rahmen müssen die Schamottesteine freitragend eingesetzt werden. Für die Herstellung eines solchen Deckels gab es zur Zeit, als Hans Aehre in die Fabrik kam, im Frühjahr 1949, fünfzig Maurerstunden. Aehre, durch die Geschichte bei Lampert und den darauffolgenden Ausschluß aus der Partei völlig verstört und niedergeschlagen, sah den alten Feuerungsmaurern der Fabrik zu, die gleichgültig, träge und nur bemüht, ihren »Akkordsatz«, wie sie es noch nannten, nicht zu drücken, an der Arbeit waren. Sie musterten ihn mißtrauisch, wenn er abseits stand, und er dachte immer nur: Fünfzig Stunden! Fünfzig Stunden! Mein Gott, man könnte reich werden! Man könnte sich Bettzeug kaufen und Geschirr, und man könnte die Schlafstube machen lassen und sich in der Woche einmal mehr Fleisch kaufen als gewöhnlich. Und einen Anzug, und ein Kleid, und für das Kind feste Schuhe, all das könnte man kaufen.

Aber für ihn … für ihn war eine solche Arbeit unerreichbar. Er besserte hier die Fahrbahn aus, dort setzte er an einem Ofen ein paar Steine und fuhr, obwohl er als Maurer in die Fabrik gekommen war, sogar Schutt und schaufelte Schamotte.

Matschat, seit zwanzig Jahren in der Fabrik, Meister der Maurergruppe, hatte ihn, als er den Wunsch äußerte, auch einmal einen Deckel zu mauern, mit zusammengekniffenen Augen betrachtet und begütigend genuschelt: »Nun ... wollen mal sehen!« Aber seine Hand lag auf Aehre wie ein Hammer, schwer und nicht wegzureißen.

»Fertig?« gellte wohl seine Stimme durch die Halle. »Komm, fahr mal hier schnell den Schutt weg.« Begehrte Aehre dann auf, so knurrte er: »Bist de nich zur Bewährung hergekommen? Du warst doch ausgeschlossen, ja?« Und der Maurer Aehre fuhr Schutt und schaufelte Schamotte, und Matschat, behaglich, feist und selbstbewußt, saß ihm wie ein Gespenst im Nacken.

Aber eines Tages – Matschat machte blau, und auch die Maurergruppe, die bisher die Ofendeckel gemauert hatte, war nicht anwesend – gelang es ihm, von Oberingenieur Septke den Auftrag für die Herstellung eines Deckels zu bekommen. Septke hatte ihn staunend angesehen, aus gutmütig verstehenden Augen: »Wie meinen Sie, Aehre? In fünfundzwanzig Stunden?«

Aehre, einen Knoten im Hals, nickte nur, und seinen Augen war anzusehen, daß er nicht mehr nur bei den Deckeln war. Hinter den Steingutröhren versteckt, hatte er dutzendemal zugesehen, wie die anderen die Deckel mauerten, hatte sich dutzendemal vorgestellt, wie er arbeiten würde. Jede Bewegung, jeden Hammerschlag, jeden Schritt und jeden Griff hatte er sich ausgerechnet, hatte genau gesehen, wie er sich bewegen würde, ruhig, planvoll, Stein für Stein setzend.

Er nahm sich nur einen Handlanger, und mit ihm gemeinsam bereitete er alles vor: Rund um den Deckelrahmen baute er sich Steine auf, an jeder der vier Längsseiten stellte er einen Mörtelkasten bereit, und dann, als er glaubte, nichts fehle mehr, begann er die Steine zu hauen.

Die konisch aufstrebende, freitragende Steinfläche ruht in dem Stahlrahmen; um sie freitragend zu machen, muß jeder Stein, der in dem Stahlrahmen ruht, abgeschrägt werden. Dazu werden etwa hundert Steine gebraucht. Es gibt zweierlei Arten von Schamottesteinen, hartgebrannte und sehr weiche. Für den Deckel braucht man weiche, und von hundert Steinen, die man zurechthaut, gehen mindestens zwanzig kaputt. Zudem muß man jeden einzelnen, um die Fugen so dünn wie möglich halten und die Steine enggepreßt aneinandersetzen zu können, mit einem Bimsstein gerade und glatt abschleifen.

In dem aufwirbelnden Staub, schweißüberströmt, das schmale Gesicht kalkig im grellen Scheinwerferlicht, begann Aehre zu arbeiten, ruhig, planvoll, jede Bewegung so, wie er sie sich eingeprägt hatte. Schamottestaub sprühte auf, sein Blut pulste freudig im Takt der Hämmerschläge, mit denen er die Steine zurechtstutzte. Zersplitterte einer, so brauste er auf: »Ach, so ein Dreck ... so ein Dreck, verfluchter! Wer hat sich das nur ausgedacht?« Die dunkelgrauen Augen unter der steilen, eigensinnigen Stirn blitzten den Handlanger böse an. »Gibt es denn da nichts anderes?« Als dieser etwas hämisch sagte: »Mußt was Neues erfinden, Aehre«, schrie er auf: »Bist nur still! Schleif deine Steine und halt den Rand!« Und der Stein, den er unter seinem Hammer hatte, zerbrach. Wortlos nahm er einen andern vom Haufen und schickte sich an, ihn vorsichtig zurechtzuhauen.

Er arbeitete Stunde um Stunde, seine Bewegungen wurden ausgeglichener; als der Handlanger am Abend nach Hause ging, blieb er allein am Deckel zurück. Er aß nicht, trank aber eine Unmenge von kaltem Muckefuck, den er sich aus der Werksküche hatte holen lassen, ruhte zwischendurch einige Stunden aus, und gegen Mitternacht wußte er: Nie mehr wird man für diese Art Kammerdeckel fünfzig Stunden brauchen. Nie mehr!

Zwanzig vielleicht, ja! Aber er hatte nur dreizehn Stunden gebraucht. Am Morgen, als die Scheinwerfer aufflammten, fanden die Maurer Aehre neben seinem Kammerdeckel schlafend. Sie schlichen um ihn herum, ohne ihn zu wecken, und Backhans, das ungefüge Gesicht starr vor Staunen, beugte sich über den Deckel. »Was ... nanu ... er hat einen Deckel gemacht?«

Kerbel beugte sich über die Steine und fuhr mit den Fingern den Fugen nach. »Allein ... allein!« knurrte er. Backhans winkte Matschat, der zur Hallentür hereinkam, wie immer unausgeschlafen, das verquollene Gesicht mürrisch, unter den Augen schwere Tränensäcke. Er ging langsam um den Kammerdeckel herum, blieb neben Aehre stehen, und plötzlich stieß er ihn in die Seite. Backhans sah ihn erstaunt an. Kerbel murmelte: »Nun ... gleich so ...«

Aehre schreckte hoch, richtete sich auf, suchte sich zurechtzufinden. Sein Blick traf die starren Gesichter von Backhans und Kerbel, die rotunterlaufenen Augen des Werkmeisters.

Bleich und noch benommen vom Schlaf, fragte er: »Ja, was ...? Was ist?«

Doch dann hellte sich sein Gesicht auf, Blut schoß ihm in die Stirn, seine Augen begannen zu glänzen. Er wischte sich übers Gesicht und fragte, immer noch nicht ganz wach: »Wie spät?«

Zugleich aber hörte er alle Geräusche der beginnenden Arbeit: Hammerklopfen, das rasselnde Rollen der Schubkarren, Scharren von Eisen auf den gebrannten Kohleblöcken; von draußen kam das Rattern der Lastwagen, und nahebei fuhren Schaufeln knirschend in Sand und Schamotte.

Matschat, die breiten, hängenden Schultern vorgeschoben, die Hände in den Taschen vergraben und das schwammige Gesicht völlig ausdruckslos, fragte: »Du hast einen Deckel gemacht?«

»Ja«, antwortete Aehre, »in dreizehn Stunden.«

»Wer hat dir den Auftrag gegeben?«

»Wer? Nun, ich hab mit Septke gesprochen.«

Aehre sah in den kleinen Augen Matschats Spott. Er hörte ihn krächzen: »In dreizehn Stunden? Kriegst die Nadel! Ganz bestimmt! Hört sich nicht schlecht an: Aktivist Aehre! 'ne große Sache! In dreizehn Stunden, keine Kleinigkeit!«

Aehre versuchte zu lächeln, sah unsicher von einem zum anderen. Backhans wich seinem Blick aus. Kerbels Gesicht war wie aus kaltem Glas. Matschat lachte. Man sah seine ungepflegten Zähne. Aehre sagte hilflos: »Nu ja ... es ging. Aber jetzt ... müde bin ich! Mein Gott, bin ich müde!«

Aus allen Ecken der Ringofenhalle kamen Arbeiter herbei. Matschat kicherte: »Müde ist er! Er ist müde.« Mit gepreßter Stimme sagte er zu den Maurern: »Ich seh zu, daß ich für euch den Akkordsatz halte, daß ich mehr Lohn herausschlage, und der versaut alles.« Zu Aehre gewandt: »Was meinst du, was du damit erreicht hast?«

Aehre wußte nicht, was er sagen sollte. Matschat fuhr fort: »Was er erreicht hat? Ich sag's euch grad heraus: Er hat euren Lohn gesenkt. Bis jetzt bekamen wir fünfzig Stunden für den Deckel, wir mußten nicht schuften und verdienten doch gut, und er macht ihn in dreizehn Stunden. Das heißt also, er hat uns alles versaut, reineweg versaut!« Sein Hohn war offensichtlich: »Aktivist Aehre, Aktivist!«

Aehre stand an jenem Morgen, müde und unausgeschlafen und kreisende Schatten vor den Augen, mitten im Lärm und Staub der Ringofenhalle, umringt von den Maurern und ihrem höhnischen Gelächter; er starrte sie an, sagte hilflos: »Ja, aber so ... so kann man das doch nicht sehen?«

Mehr brachte er nicht über die Lippen. Backhans war in der Partei und Matschat, und unter denen, die um ihn herumstanden, waren noch verschiedene Genossen, doch keiner stand ihm bei. Seine ganze strahlendhelle Freude, daß man nun nicht mehr fünfzig Stunden brauchen würde, daß ein klein wenig zur vorfristigen Erfüllung des Zweijahrplanes erreicht war, und der Stolz, daß er es getan hatte, all das erlosch, und mit grauem Gesicht dachte er: Mein Gott, was hab ich nur gemacht? Was nur?

Er fühlte sich stumpf wie ein Messer, mit dem man über rauhen Stein gefahren ist.

Alle im Kreis, Backhans und Kerbel, die Handlanger und die Arbeiter von den Steingutröhren, alle schwiegen mit stumpfen, verschlossenen Gesichtern. Die kreisenden Schatten vor Aehres Augen verschwanden. Er fragte Matschat ruhig: »Hör mal, wir sind doch Genossen ...«

»Genossen? Wir? Und?«

»Und Backhans doch auch ... Wir sind doch in der Partei, und die Partei hat gesagt, nun, sie hat gesagt, der Zweijahrplan, und wir ...«

Aber er brachte all die Worte nicht heraus; brennend starrte er in die Gesichter und konnte doch nicht sagen, was in ihm brannte.

»Belehr mich nicht«, hatte ihm Matschat entgegengebrüllt, »du nicht! Was bist du denn schon für ein Genosse? Warst du nicht ausgeschlossen? Hat man dich nicht bei Lampert wegen deiner ewigen Stänkerei hinausgeworfen?«

Aehre hatte geschluckt, hatte sich Mühe gegeben, ruhig zu bleiben, obwohl es ihm in den Händen zuckte. Er gab nur bissig zurück: »In welcher SED bist du eigentlich?«

Matschat stotterte überrascht: »Was? Wieso?«

»Nun, wahrscheinlich nicht in der, in welcher ich bin«, fuhr Aehre fort, »hast wahrscheinlich deine eigene Partei. Aber die Partei, in der ich bin, die hat gesagt, ... nun, sie hat gesagt ...« Er schwieg, als gehorche ihm die Zunge nicht, aber es war so, daß er all die guten und teuren Worte der Partei, die wie eine rote Fahne vor ihm hergingen und die er in sich fühlte, vor diesem schiefmäuligen, aufgedunsenen Gesicht nicht herausbrachte. Und diese Fahne, diese starken Worte: Unser Leben ist etwas, was wir selbst in der Hand haben. Unsere Arbeit gibt uns erst das Leben, gibt uns das, was wir für unser Leben brauchen. Unsere Arbeit ist nicht etwas, was uns knechtet, sondern was uns befreit, was uns unsere Würde gibt, was uns stolz und erst zu wahren Menschen macht. Wie ein dunkler feuriger Strom gehen diese Worte durch ihn, brennen in ihm mit nicht zu verlöschender Flamme ... Aber konnte man das alles so sagen?

Im Davongehen hörte er die Stimme Matschats hinter sich: »Nimm dich in acht, Aehre! Wir schmeißen dich wieder raus ...«

Arno Schmidt
Brand's Haide

Blakenhof oder die Überlebenden

21.3.1946: auf britischem Klopapier.

Glasgelb lag der gesprungene Mond, es stieß mich auf, unten im violen Dunst (später immer noch).

»*Kaninchen*«, sagte ich; »ganz einfach: wie die Kaninchen!«. Und sah ihnen nach, ein halbes Dutzend, schultaschenpendelnd durch die kalte Luft, mit Stöckelbeinen. Drei derbere hinterher; also Söhnchen der Ortsbauern. Eltern, die immer noch Kinder in diese Welt setzen, müßten bestraft werden (d. h. finanziell: fürs erste Kind müßten sie 20 Mark monatlich zahlen, fürs zweite 150, fürs dritte 800).

»*Wieso gerade 800?*« Ich sah ihn an: ein alter Mann (genauer: älterer). Rauhes Wollzeug, Stiefel, vor ihm ein Karren mit feinstem Herbstlaub, matt, rot und rötlich. Ich nahm vorsichtig ein Blatt herunter (Ahorn) und hielt das durchsichtige gegens Licht: meisterhaft, meisterhaft. (Und welche Verschwendung! Der muß es dicke haben!) »No«, sagte ich leutselig (wollte ja auch noch eine geographische Auskunft!), »also meinetwegen: 1000. – Meinen Sie nicht, daß es gut wäre?« »Hm«, schob er nachdenklich, »von mir aus schon. Es hat viel zu viel auf der Welt: Menschen.« »Na also«, resümierte ich (dies Thema): »auswandern lassen sie uns nicht. Bleibt also nur rigorose Geburtenbeschränkung; Pfaffengequätsch ist quantité négligeable –« (er nickte, zutiefst überzeugt) »– in 100 Jahren ist die Menschheit auf 10 Millionen runter, dann läßt sich wieder leben!« Ich hatte wenig Zeit; auch kam ein hundekalter Wind die schöne verwachsene Schneise herunter; ich fragte den Pelzgestiefelten (solide Arbeit: mir fiel unwillkürlich das Wort »Bärenfell« ein!): »Noch weit bis Blakenhof?« Er zeigte mit dem breiten Kopf: »Da!« pommte er kurz: »kleines Nest« und: »Sie kommwoll aus Gefangenschaft? – Vom Iwan??«. »Nee«, sagte ich bluffig, widrige Erinnerungen kürzend: »Brüssel. Vom Engländer.« »Und? Wie waan die?«. Ich winkte ab: »Einen genommen und den Andern damit geprügelt. Etwas besser als der Russe natürlich.« Aber: »14 Tage lang haben wir manchmal keinen Stuhlgang gehabt. Im Juli haben sie uns Stille Nacht, Heilige Nacht singen lassen: eher durften wir nicht wegtreten.« »Nee, nee: Persil bleibt Persil!« (d. h. Freiheit!) Aus seinen blauen Augen nahm ich weitere Fragen: »Der Landrat«, erläuterte ich überdrüssig brauendrückend: »zum Schullehrer eingewiesen«. »Och: das iss Der drüben!« wies er mit hohen Augen: »Da oben, wo die Kirche iss. – – Zum Lehrer??: iss doch gar kein Platz mehr! – *Auch* Lehrer?« Ich schüttelte entschieden, entschloß mich: »Schriftsteller«, sagte ich, »und ausgerechnet bei der Kirche? Deus afflavit ...« (und winkte gähnend ab). Er grinste (gloobt also ooch nischt: guter Kern hier in Niedersachsen!). Aber neugierig war er auch: »Schriftsteller!« sagte er munter: »so für Zeitungen, was?!«. »Nichts da«, entgegnete ich entrüstet (schätze Journalistenarbeit nicht): »kurze Erzählungen; früher süß, jetzt rabiat. In den Zwischenräumen Fouqué-Biographie: so als ewiges Lämpchen.« Er sann und faltete ein Graumaul: »Fouqué –« sagte er bedeutsam: »frommer Mann das. – – n Baron, nich?« »Und ein großer Dichter dazu«, sagte ich herb, »ich bin nichts von alledem. Dennoch!« Dann fiel er mir auf: »Sie wissen von Fouqué?!« fragte ich mit schwacher Teilnahme (derbe Hände, aber eine Mordsnase. Und der Wind fing wieder an zu pfeifen, als käme er von den Sigynnen: die mit den zottigen Hunden). »Die Undine kennt Jeder von uns erementaschen hier«, versetzte er mit Würde; ich hatte das vorletzte Wort nicht verstanden; wollte auch keine Zeit verlieren, denn die Knochen taten mir weh vom Schleppen. Ich stand vom Schemel auf: »Also da rum –« sagte ich müde; »Ja: hier –« er nahm einen Zweig und kratzte in den Sand des Radfahrweges: »Den S-teig hoch; die Kirche bleibt rechts; links wohnt der Supperndent –« (ich winkte ab: nur Palafox und Sarpi waren ehrwürdig; vielleicht noch Muscovius; vielleicht noch mehr. Na, ist egal.): » – das Neue ist das Schulhaus: so rum!« – »Danke«, nahm die Munikiste hoch (ein Prachtstück: innen Zinkwanne mit Gummidichtung, wie ne Tropenpackung): »Wiedersehn!«. Er strich sich mit der Hand übers Gesicht und war weg (verschwinden kann heutzutage Jedermann; ich hab mal Einen gesehen, neben dem ne achtundzwanziger einschlug!)

Den Wasserschlauch: beim Pfarrer dehnte ihn Einer in feisten Händen: Laokoon oder über die Grenzen von Malerei und Dichtkunst. Oben verwüsteter Himmel, trostlos wie ein leeres Kartoffelfeld, fehlen bloß Treckerspuren und Igel, don't ask me, why. Stattliche Figur, nebenbei, der Dicke, d. h. nach dem Tode gut seine anderthalb Düngerkarren wert. Und neben der Kirche: mir bleibt auch nichts erspart! – Ich fühlte mich auf dem freien Platze irgendwie exponiert: wenn mir jetzt eine Sternschnuppe auf den Hinterkopf fällt; und ging beleidigt um die Ecke. (Ein Buchtitel fiel mir ein: »Hör mal!« = Gespräche mit Gott.)

»*O Gott!*« sagte sie, ältlich und dünn. Ich zuckte sämtliche Achseln: »Der Landrat hat mich hierhergewiesen« sagte ich, als seis persönlich unter lauter shake-hands geschehen, und blickte unerbittlich auf Stempel und Signum (in hoc signo vinces; hoffentlich). »Na ja; kommen Sie bitte rein«, kapitulierte sie. Ich stellte den Hocker in den Flur, hob die dicke Kiste am Seilgriff darauf, und folgte ihr in ein Wohnzimmer: komplett grün und mit Goldschnitt. Brandmalerei hing gegenüber; dies galt für vornehm und üppig damals (auch meine Eltern ...); ein Bücherschrank, vor den ich sogleich hintrat, nachdem ich mich kurz zu erkennen gegeben hatte; Bücher. 200 etwa. »Wir haben den ganzen Ganghofer«, stolz; und sie wies auf die jägergrüne Reihe. »Jaja, ich sehe« antwortete ich düster: also Brandmalerei und Ganghofer: ich würde mich wie bei Muttern fühlen. Ein greises Brockhauslexikon: ich griff kalt den Band F heraus; Fouqué; ... »nach den Freiheitskriegen lebte er abwechselnd in Nennhausen *und Paris* (sic!)«, las ich und lächelte eisig. Richtig: da war auch das Vertikow; mit Spiegelchen, Beulen, Zinnen; ein Borobudur von Mahagoni. Echtem. Aus Holz kann man Alles machen: sie fuhr einmal beherrscht und glücklich mit der Hand um ein drallgedrehtes Säulchen: so mochte Tristan die Isolde gestreichelt haben, oder Kara ben Nemsi den Rih.

»*Schorsch*« hieß ihr Lehrersohn. O. A. gewesen. Und ihre Augen stolzten unecht wie aus Gablonz. Oder Pforzheim. Dabei liefen alle Männer in gefärbten Tommyuniformen rum; alle Frauen trugen Hosen. Lächerliches Weib.

»*Schriftsteller –?*« machte sie neugierig, und ihr ward sichtlich wohler, standesgemäßer. »Ja, aber ....«; kurz: sie zeigte es mir:

Das Loch: hinten, um die Ecke; am Kirchplatz. 2,50 mal 3,00 Meter; aber erst mußte das Gerümpel raus; Spaten, Hacken, Werkzeug, und ich erbot mich, das selbst zu machen (ich brauchte ohnehin Hammer und Zange, Nägel: eigentlich Alles cosa rara, wie?)

»*Angenehm*« sagte er lässig. Ende Zwanzig und schon volle Glatze; dazu jenes fatale Benehmen, wie es stets die Offiziere aller Zeiten ausgezeichnet hat. Pfui Bock. Worte, Worte; blöd, blöd: außerdem Einer von Denen, die schon mit 20 Jahren »aus Gesundheitsrücksichten« nicht rauchen oder trinken (Viele davon wandern dann sonntags seppelhosig und halsfrei nicht unter 60 km, und schätzen Holzschalen und Bauernblumen in primitiven Vasen); der hier tanzte; »leidenschaftlich«, wie ihm zu sagen beliebte: Du hast ne Ahnung von Leidenschaft!

»Drüben hats 2 Mädel« zeigte er mit dem Kinn eines Mannes, der sie aus- und inwendig zum Überdruß kennt: dann war gottlob wieder Unterricht und er ging; vamoose plenty pronto. Schon sangen Schulkinder mit festen Stimmen ein Lied; ein Schwächling hätte gesagt: klaren; aber ich erkannte tödlich genau, wie diese erzenen Kehlen in den Pausen würden brüllen können. (Wußte damals noch nicht, daß Superintendent Schrader ihnen das Toben auf dem Kirchplatz verwiesen hatte, und sie dafür am Fußballfeld die Lüfte wahnsinnig machten). Vielleicht hielt man meine zerklüftete Kleidung auch für Originalstreiche eines Genies; unvermittelt fiel mir Dumont d'Urville ein und die Reise der Astrolabe. Wunderbare Illustrationen. Aber es war keine Zeit. Ich ging über den winzigen gekalkten Vorraum: ein Wasserhahn, der zum Zeichen des Funktionierens tropfte: das ist gut! (d. h. das Tropfen nicht; aber daß gleich Wasser dabei ist!)

Ich klopfte: »Entschuldigen Sie: – können Sie mir etwa Handfeger und Kehrschaufel leihen? Und einen Eimer mit Wischlappen: für ne halbe Stunde – ?« – – – Ein kleines stilles Mädchen, etwa 30, aber plain Jane, also eigentlich häßlich, stand am Tisch (ganz nette Einrichtung übrigens, obwohls auch nur eine Stube war. Aber ein großes Ding; lang; mindestens 8 Meter!); sie sah mich still und verlegen an: »Ja ....« sagte sie zögernd: »– wieso ....« und von hinten, wo hinter einer spanischen Wand wohl die Betten standen, kam eine scharfe blanke Stimme heraus: »Ja: wieso?! – Kommt gar nicht in Frage! –« Sie sprach noch mehr; aber ich zog schon die Tür zu: »Oh, Verzeihung –« hatte ich noch überhöflich gesagt: es war schön, zuerst etwas gekränkt zu werden; da hatten sie nachher gewisse Verpflichtungen; das war dann eine sichere Grundlage für weitere Anpumpungen. Aber erst mal stand ich da!

Wie heißt das: Eine Chaiselongue ohne Kopfteil und Federn, der auch der Bezugstoff fehlt? Die Lehrermutter verkaufte mirs, und ein paar Bretter, die ich barsch zurecht schnitt und auf den (ganz soliden, nebenbei) Holzrahmen nagelte. Blieb sogar noch was übrig; wenn ich mein Koppel zerschneide, kann ich n Paar Holzlatschen draus machen; brillianter Einfall. Große Bauern im Dorf, Einer soll 28 Rinder haben: Apel heißt er (wir wollen ihn den großen Kuhfürsten nennen). Natürlich lag jetzt alles voll

Sägespäne und altem Dreck; Wände hübsch weiß gekalkt; Steinfußboden. Zuschließen ließ sichs auch nicht; nur ein eiserner Riegel mit Krampe: das setzte ein Vorhängeschloß voraus: dann eben nicht. Außerdem schienen »die Mädels« immer die Vordertür geschlossen zu halten, stets steckte der Schlüssel innen. Außen ein kleines handgeschriebenes Schild, allerdings unter vornehmem Cellophan (oder Transparit; damit Wolff & Co. nicht beleidigt ist); gelobt sei Mil Gov: man weiß immer gleich, wer da wohnt. Keine Frau kann mehr ihr Alter verschleiern (wie diese Albertine Tode: das ist ein ganz dolles Ding, denn Fouqué selbst hats nicht gewußt, wie alt seine Frau war. Äußerst merkwürdig.). »Lore Peters, 32 Jahre, Sekretärin«. »Grete Meyer, 32, Arbeiterin«: Dann hieß die mit dem großen Mund unweigerlich Peters (oder gerade nicht: Arbeiterinnen sind auch saftig frech und weltgewandt wie Fernfahrer; war jetzt nicht rauszukriegen). Ich nahm den Bleistiftrest aus der Tasche (das war im Lager ein Kleinod gewesen; vor allem auch Papier; ich hatte auf das seltene Klopapier gekritzelt und sigma und tau berechnet) und schriebs dazu: Name. Auch 32. Klein dahinter wegenm Platz: Schriftsteller: war so gut wie ne Vorstellung; denn ich wurde schon durch die koketten Scheibchengardinen (Fenster mit Tändelschürzchen) diskret beobachtet. Dann ging ich nach einem Handfeger übern Kirchplatz.

Ein runder Teich lebte seit 300 Jahren in der Sandgrube. Auch Frau Schrader schmiß mich mißtrauisch raus: liebe Deinen Nächsten wie Dich selbst: quod erat demonstrandum. Zu Frau Bauer (mein Gott: der Lehrerin!) ging ich nicht: ich hatte schon einen Ruf zu verlieren. Das Klo stand adrett, dreisitzig, allein draußen; hübsches Steinhäuschen, reinliche Kabinen; wohl für die Schulkinder erbaut; das Wasser lief; superb.

»*Soll ich wegen einem Handfeger bis ins Dorf rennen?!*« (und da krieg ich erst recht keinen!) So stand ich wieder auf der Landstraße, frierend und tückisch.

Rrumms stand der LKW; ein Tommy sprang ab, approchierte, und fragte kurz: »Dis way to Uelzen?!« Ich tat fremd in der Sprache (Dym Sassenach) – wußte auch wirklich nicht, ob er rechts oder links fahren müsse –; sann obediently und produzierte gefällig meinen Personalausweis, blau, AP Nr. 498109. Er faltete ergeben amüsiert den Mund und nickte: laß gut sein; noch einmal hob er die Finger: »Jül – zenn!« sagte er eindringlich: Nichts. Gar nichts. Schwang sich wieder hoch: wunderbare Schuhe, US-made mit dicken Gummisohlen: hat unser Barras nie mitgekonnt: by by. Wenn ich n Handfeger gehabt hätte, hätte ich wahrscheinlich etwas gedahlt, aber so nicht; schon überschlug ich im Gehen, was ich so Alles gesagt hätte, verscheuchte die müßigen Gedanken: komisch ist der Mensch, inclusive Schmidt .... Auch die Mädel würden jetzt oben vor der Tür stehen, d. h. eine davon Schmiere; die Andere, die Peters, sicher schon im Tadsch Mahal; würde die Grete reinrufen, sich übers Mobiliar, Pritschehockerkiste, mokieren: Mitleid, Scham, bessere Vorsätze: exzellent.

PETER HUCHEL
Chronik des Dorfes Wendisch-Luch

Den Pionieren aller
wiederaufgebauten Dörfer

Die Nacht sinkt an der Schleusenmauer.
Es staut sich kalt das graue Wehn.
Am Fahrweg, hinter Wendisch-Luch,
seh ich die Alte heimwärts gehn –
holzschleppend durch den Regenschauer,
geduckt ins grobe Schultertuch.

Unwirkliche Stunde,
da regenflötend
die Amsel huscht
aus sinkendem Tag,
das letzte Licht im Nebel tötend
mit einem schwarzen Flügelschlag.

Die Alte, müd vom Zackenhauen,
geht langsam hin am Nebelhang.
Sie kann dem Licht des Dorfs vertrauen.
Denkt sie an das, was längst versank?
An Brand und Qual und Hungerwochen?
Die Alte, die die Zacken schlug,
sie wird sich ihre Suppe kochen.
Sie findet ihre Milch im Krug.

Dorf Wendisch-Luch,
im schwarzen Röhricht deiner Schleuse
lag hohl die Kuh und halb verbrannt,
aus hellen Knochen eine Reuse.
Der Phosphor fraß durch Schlamm und Sand.
Bis an den Fluß das brandige Gemäuer,
schilfspitzes Gras schoß unterm Stein hervor;
Pflug, Sensenblatt, gekrümmt vom Feuer.

Der Wind fuhr Staub durchs öde Tor.
Aschgraue Frauen, dürre Kinder
– und Hund und Huhn vorm hohlen Trog –
in Gruben wohnten sie am Wald.
Die Nacht durchzog
das rauhe Brüll'n der Rinder,
verseucht im Treck vom gelben Galt.
Der Wind ließ leer die Tenne schweben
und riß der Dächer Rippen bloß.
Als Schatten auf dem Schutt zu leben,
ist das der armen Leute Los?

Doch in den heißen Junitagen,
da purpurrot die Klette blüht,
sah ich sie Stein und Balken tragen
und Eisen brüchig ausgeglüht.
Hart gruben sie, den Pflug zu heben,
dem morschen Schutt gab es den Stoß.
Als Schatten auf dem Schutt zu leben,
ist nicht der armen Leute Los.
Noch lag die Frau in offner Scheune,
mit offner Lunge, ungeschützt.
Die Katze strich um kahle Zäune.
Da ward die Lehmwand abgestützt.
O Dorf, erstarrt in Furcht und Trauer,
der Mensch im Elend wurde wach!
Aus Ziegelschutt erwuchs die Mauer,
aus Stroh und Lehm das Schindeldach.

Dorf Wendisch-Luch, kalkarmer Boden,
wo Windhalm schwankt, Kamille glänzt.
Ich sah das Dorf den Gutswald roden.

Die Schläge, fahl vom Krieg gesenst,
vom Wind versandet und verqueckt,
bald lagen sie gewalzt, geeggt.

Windstiller Tag,
ich sah sie säen
Breitsaat von Hand das letzte Korn.
Heuheißer Tag
und Grummetmähen;
der Grubber riß durch Stein und Dorn.

Der Nebel nagt am braunen Schober.
Nachtfröste färben falb das Gras.
Die Winterfurche zieht Oktober.
Sie gingen nachts noch hinterm Pflug,
wenn Mond den Pappelschatten fraß
und Tau die Ackerkrume trug.
Im Kummet zog die dürre Kuh.
Die Furche lief dem Morgen zu.

O Mensch und Himmel, Tier und Wald,
o Acker, der vom Wetzstein hallt –
die Ärmsten sind im Dorf geblieben,
die Schwächsten haben es gewagt.
In neuen Mauern steht's geschrieben.
Und jede Ähre still es sagt.

O wirkliche Stunde,
da laubkühl flötend
die Amsel huscht
in werdenden Tag,
die eisengraue Frühe rötend
mit einem leisen Flügelschlag.

Klaus Mann
Der Wendepunkt
Ein Lebensbericht

Ich verließ Deutschland am 13. März 1933.

Zwei Zwischenfälle sind es vor allem, die mir aus diesen ersten Wochen der Verbannung im Gedächtnis bleiben, beide scheinbar zufällig und unbedeutend, aber doch lehrreich und charakteristisch.

Der erste Zwischenfall geschah in einem Pariser Restaurant, wo ich mit deutschen Freunden – Emigranten natürlich – bei der Mahlzeit saß. Einer aus unserem Kreise hatte die erste Nummer einer neuen Zeitschrift mitgebracht, eine jener gutgemeinten, aber etwas billig-sensationell aufgemachten Publikationen, mittels derer exilierte deutsche Intellektuelle damals den Hitler-Staat vom Ausland her zu »entlarven« hofften. Die Revue, an der wir uns gerade ergötzten, zeigte ein enormes Hakenkreuz auf der Titelseite, wahrscheinlich troff es von Blut und hatte als Mittelstück eine grinsende Teufelsfratze. Aber diese Details entgingen der Aufmerksamkeit einer amerikanischen Dame, die am Nebentisch Platz genommen hatte; auch bemerkte sie nicht, daß mehrere meiner Begleiter von ausgesprochen »nicht-arischem« Typus waren. Sie sah nur das Hakenkreuz und hörte, daß wir deutsch miteinander sprachen. So erhob sie sich denn, eine stattlich wohlerhaltene Person mittleren Alters mit Zwicker und Federhütchen, schritt auf uns zu und durchbohrte uns mit furchtbarem Blick. »You should be ashamed of yourselves«, sprach die Dame. Und, auf deutsch, mit rührend schlechtem Akzent: »Schämen sollten Sie sich! Dies hier ist Ihre Schmach! Ihre Schande!« Wobei sie mit erzürnter Gebärde auf das Hakenkreuz wies. Wandte sich und ging ab, nicht aber, ohne vorher vor uns ausgespuckt zu haben. Es war das erste und übrigens bis jetzt das letzte Mal in meinem Leben, daß ich eine »lady« mit dem Aplomb und der geübten Technik eines zornigen Müllkutschers spucken sah.

Da saßen wir nun, offenen Mundes. Keiner von uns hatte die Geistesgegenwart oder den Mut gehabt, die ergrimmte Dame aufzuklären, ihren absurden Vorwurf zurückzuweisen. Sollten wir in Zukunft unseren Emigranten-Status durch das Tragen von besonderen Insignien betonen? Vielleicht empfehlen sich Armbinden mit der Aufschrift: »Ich bin gegen Hitler!« oder: »Ich habe mit dem Dritten Reich nichts zu tun!« Aber wir ließen die Idee bald fallen. Die Armbinden hätten uns in der Welt unmöglich gemacht.

Denn die ehrbare Matrone von der anderen Seite des Atlantischen Ozeans war eine Ausnahme, wie wir nur zu bald herausbekommen sollten. Die meisten Leute schauten uns schief an, nicht weil wir Deutsche waren, sondern weil wir Deutschland verlassen hatten. So etwas tut man nicht, nach Ansicht der meisten Leute. Ein anständiger Mensch hält zu seinem Vaterland, gleichgültig wer dort regiert. Wer sich gegen die legitime Macht stellt, wird suspekt, ein Querulant, wenn nicht gar ein Rebell. Und repräsentierte Hitler nicht die legitime Macht? Er tat es, nach Ansicht der meisten.

Und dies war der zweite lehrreiche Schock, dessen ich mich erinnere, kein »Zwischenfall« eigentlich, keine dramatische Szene; nur ein ziviles Gespräch auf einer Café-Terrasse.

Mein Gesprächspartner war ein Schweizer Freund, der mich in Paris besuchte. Ein angenehmer, kultivierter Mensch; ich freute mich seiner Gesellschaft. Aber mit der Harmonie zwischen uns war es zu Ende, sowie auf Politisches die Rede kam. Mein Gast fand, daß ich von den Nazis zuviel Wesens machte. »Eine Regierung wie eine andere auch«, bemerkte er mit einem Achselzucken. Und dann lachte er. Hatte ich etwas Komisches gesagt? »Es ist keine Regierung wie eine andre auch, mein Lieber, es ist Teufelsdreck, der größte Skandal der Epoche!« Dies waren meine Worte gewesen: dem Eidgenossen kamen sie drollig vor. Seine Heiterkeit wuchs noch, als ich hinzufügte: »Keinen Fuß setze ich in dies Land, solange die Nazis dort herrschen.«

»Das kann doch dein Ernst nicht sein!« rief der gutgelaunte junge Mann aus der freien Schweiz, immer noch amüsiert, dabei aber nicht ohne wirkliche Besorgtheit. »Man gibt doch nicht seine Heimat auf, Karriere, Freunde, Häuslichkeit und alles, nur weil einem die Nase eines gewissen Hitler nicht gefällt! Also, ich muß schon sagen, ich finde das einfach dumm!«

Ich kann sein Gelächter nicht vergessen; auch nicht den halb belustigten, halb mißbilligenden und selbst empörten Ausdruck, mit dem er wiederholte: »So etwas Dummes! Wie kann man nur etwas so Dummes tun!«

Er verstand nicht, worum es ging. Er hatte keine Ahnung.

Auch von den in Deutschland verbliebenen Freunden erschienen viele seltsam ahnungslos. Die Briefe, die man unsereinem damals noch aus der Heimat zu schreiben wagte, klangen teils zänkisch, teils erstaunt und vorwurfsvoll. Manche ließen es nicht bei privater Botschaft sein Bewenden haben, sondern kanzelten uns öffentlich ab, Gottfried Benn zum Beispiel: Die zürnende Epistel, die er an mich richtete, ward in der »Deutschen Allgemeinen Zeitung« abgedruckt und dann auch noch am Rundfunk vorgetragen. Der inspirierte Lyriker, der intellektuelle Nihilist und Fortschrittsfeind fand schöne Worte zum Lobe des »Neuen Staates«; für mich aber und alle anderen »Verräter« setzte es rhetorische Hiebe von der schärfsten Art. Ein kurioses Dokument!

W. E. Süskind drückte sich höflicher aus, nicht so gesteilt und apodiktisch. Auch war er taktvoll genug, seinen Brief nicht einrücken zu lassen; unter vier Augen gleichsam, in zierlich klarer Handschrift redete er mir ins Gewissen. Hatte ich all meine Neugier, meine Aufgeschlossenheit, meinen Humor verloren? So fragte der Jugendfreund. Seit wann war ich ein politischer Doktrinär, ein starrer Apostel republikanischer Tugend, ein Cato? »Komm zurück!« Es war der Jugendfreund, der mich rief. Er lockte: »Es ist interessant jetzt bei uns, interessanter als je zuvor! Man diskutiert, experimentiert, es gibt Bewegung, es ist etwas los, warum schließt Du Dich aus? Komm zurück! Dir wird nichts zuleid geschehen. Wäre es hier so arg, wie Du glaubst, würde ich bleiben? Riete ich Dir zu kommen? Du solltest mehr Vertrauen zu mir haben. Wenn *ich* Dich zur Rückkehr auffordere, so muß Dir das zu denken geben. Sei nicht eigensinnig! Komm!«

Er verstand nicht, worum es ging. Keine Ahnung!

Ich antwortete ihm mit ein paar kurzen Zeilen: »Danke für Deinen Rat, den ich leider nicht befolgen kann. Ich komme nicht zurück, solange Hitler da ist. Du magst es für Eigensinn halten ...«

Sollte ich ihm erklären, warum der Gedanke an Rückkehr sich für mich verbot? Es wäre zu schwierig gewesen – oder zu einfach. Angst spielte wohl nur eine sekundäre Rolle in dem Gefühlskomplex, der meine Position bestimmte. Zu den »rassisch Verfolgten« konnte ich mich nicht rechnen, ganz abgesehen davon, daß der organisierte Antisemitismus um diese Zeit noch nicht in voller Stärke eingesetzt hatte. Selbst die sogenannten »Nürnberger Gesetze«, die mehr als drei Jahre später erfunden wurden, hätten mir, wenn ich nicht irre, den Status eines »aufnordungspflichtigen Mischlings« oder »Ariers zweiter Klasse« zuerkannt. Meine »rassische Erbmasse« war zwar keineswegs einwandfrei, aber doch nicht verderbt genug, um mich im Dritten Reich völlig unmöglich zu machen.

Und meine politische Vergangenheit? Das hätte sich richten lassen. Man konnte bereuen, Abbitte tun, zu Kreuze kriechen, dergleichen ist vorgekommen. Die Nazis waren nicht unversöhnlich. Sie übten Großmut – wo es vorteilhaft für sie schien. K. M., nicht ganz unbekannter Sprößling des bekannten Th. M., als Renegat! Das hätte unserem Goebbels so gepaßt. Noch lieber wäre ihm eine »Konversion« der ganzen Familie gewesen: Mit welch breitem Grinsen würde der diabolische Reklamechef uns empfangen haben!

Waren wir also »freiwillige« Emigranten?

Doch nicht ganz. Wir *konnten* nicht zurück. Der Ekel hätte uns getötet, der Ekel an der eigenen Erbärmlichkeit und an dem widrigen Treiben um uns herum. Die Luft im Dritten Reich war für gewisse Lungen nicht zu atmen. In der Heimat drohte Erstickungstod. Ein guter, ein wahrhaft zwingender Grund, sich fernzuhalten!

Hitler verbreitete Gestank, *war* Gestank. Wo er sich aufhielt, wallten üble Dünste; wo er regierte, wurde der Staat zur Kloake. Hitler – ein Schicksal? Hitler – ein Problem? Eine Pest war er, die man meidet. Freilich auch eine Gefahr, die man bekämpft.

Hätte ich, hätten *wir* ihn wirkungsvoller bekämpft, wenn wir daheim geblieben oder in die Heimat zurückgekehrt wären? Diese Frage stellten wir uns wohl selbst, gleich zu Anfang und dann immer wieder. Später sollte sie uns auch von anderen vorgelegt werden, von jenen nämlich, die den großen Übelgeruch an Ort und Stelle mitgemacht. Unter ihnen gab es echte Kämpfer; gerade mit diesen suchten wir Emigranten den Kontakt zu wahren, auch helfen konnten wir ihnen wohl zuweilen. Andere behaupteten nachher, gekämpft zu haben; sie zählten sich zur »inneren Emigration«, zu einer diskreten Widerstandsbewegung. Die Frage bleibt, ob unsere Gegenwart, unser Beistand ihnen in den Jahren des Gestankes nützlich und willkommen gewesen wäre. (Ich sage »wir« und meine nicht nur die Mitglieder meines Hauses, sondern auch viele nichtjüdische Schicksalsgenossen, die sich damals mit uns fragen mußten, wohin sie gehörten.) Ganz abgesehen davon, daß wir von Temperamentes wegen nicht ganz zu den »Stillen« paßten, unser schlechter Ruf hätte die heimliche »résistance« kompromittiert. Zu exponiert, um in der Masse zu verschwinden; politisch zu sehr abgestempelt, um feine Indifferenzen vorzutäuschen, hätten wir in Nazi-Deutschland nur zwischen sinnlosem Martyrium und opportunistischem Verrat die Wahl gehabt. Das Konzentrationslager oder die Gleichschaltung, keine dritte Möglichkeit schien sich uns »drinnen« zu bieten. »Draußen« gab es einiges zu tun, auch im Dienst und Interesse jenes »besseren Deutschland«, an das wir den Glauben nicht verlieren wollten.

Die Frage, ob unser Platz im Dritten Reich gewesen wäre ... Ich habe sie mir gestellt und ich habe sie mir beantwortet. Die Antwort lautet: *Nein.*

Man hat oft geirrt im Leben, man hat mancherlei zu bereuen. Dies eine hat man richtig gemacht, aus Instinkt mehr denn aus »Überzeugung«: Warum sollte man nicht dafür dankbar sein?

Die Emigration war nicht gut. Das Dritte Reich war schlimmer.

Die Emigration war nicht gut. In dieser Welt der Nationalstaaten und des Nationalismus ist ein Mann ohne Nation, ein Staatenloser übel dran. Er hat Unannehmlichkeiten; die Behörden des Gastlandes behandeln ihn mit Mißtrauen; er wird schikaniert. Auch Verdienstmöglichkeiten bieten sich nicht leicht. Wer sollte sich des Verbannten annehmen? Welche Instanz verteidigte sein Recht? Er hat »nichts hinter sich«, keine Organisation, keine Macht, keine Gruppe. Wer zu keiner Gemeinschaft gehört, ist allein.

Oder bildete unsere Emigration so etwas wie eine Gemeinschaft? Doch wohl kaum. Denn unter den Exilierten gab es ja nur relativ wenige, die aus Gründen der Gesinnung oder des »Instinktes« Deutschland verlassen hatten: nur wenige also, die wir eigentlich als unsere Schicksals- und Kampfgenossen betrachten durften. Bei der Mehrzahl handelte es sich um völlig unpolitische (oder politisch doch ganz unaktive) Opfer des Hitlerschen Rassenwahns: jüdische Geschäftsleute, Anwälte, Ärzte, Gelehrte, Journalisten, die ohne Frage recht gern in Deutschland geblieben wären, wenn die Verhältnisse es gestattet hätten. Diese Feststellung hat nichts Herabsetzendes, enthält keinen Vorwurf. Gewiß, es gab unter den deutschen Juden ebenso viele militante Antifascisten wie unter den sogenannten »Ariern«. Ja, der kämpferische Typ mag sogar im »nicht-arischen« Lager prozentual häufiger gewesen sein. Aber die Majorität des deutschen Judentums, und also auch die Majorität »unserer« Emigration, bestand eben doch aus braven Bürgern, die sich in erster Linie als »gute Deutsche«, erst in zweiter als Juden und zu allerletzt, oder überhaupt nicht, als Antifascisten empfanden. Gegen Mussolini hatten sie nichts gehabt. Emil Ludwig und Theodor Wolff sprachen für viele ihrer Stammesbrüder, als sie dem »Duce« publizistisch Weihrauch streuten. Mussolini war nicht antisemitisch. Hitler war es.

Dieser Punkt ist relevant und wichtig, da es hier darum geht, den Charakter der Emigration zu beschreiben, einer Emigration, die keine Gemeinschaft war. Sie konnte keine sein: es fehlte ihr an gemeinsamen Zielen, an einem Programm, an Repräsentation.

Freilich gab es unter den Emigranten eine politisch aktive und organisierte Minorität, nicht nur eine, sondern mehrere. Die Vertreter der geschlagenen deutschen Parteien – weit davon entfernt, sich wenigstens jetzt zur Einheitsfront gegen Hitler zusammenzuschließen – befehdeten einander im Exil mit noch größerer Erbitterung als zuvor. Besonders der alte Hader zwischen Sozialdemokraten und Kommunisten setzte sich munter fort, während die Monarchisten ihre eigenen Intrigen spannen und die Katholiken weise Zurückhaltung übten. Schließlich gab es ein Konkordat zwischen dem Heiligen Stuhl und der derzeitigen deutschen Regierung. Übrigens blieben die professionellen Politiker auch darin der Tradition von Weimar treu, daß sie den Kontakt mit unabhängigen Intellektuellen mieden oder jedenfalls nicht suchten. Die Beziehungen zwischen Schriftstellern und Parteifunktionären blieben in der Verbannung so kühl, wie sie es daheim gewesen waren.

Die deutschen Schriftsteller – es darf mit Genugtuung konstatiert werden – haben sich im Jahre 1933 besser bewährt als irgendeine andere Berufsklasse. Während der letzten Jahre vor Ausbruch des Dritten Reiches hatte es wohl den Anschein, als wären manche unter ihnen bereit, sich mit dem Abscheulichen abzufinden oder dieses gar zu begünstigen, und in der Tat hat es ja an Abtrünnigen nicht ganz gefehlt. Einige glaubten vielleicht allen Ernstes, im Nationalsozialismus das Neue, Revolutionäre zu erkennen und bewundern zu müssen (wie der verblendete Gottfried Benn es tat); andere versuchten, sich dem neuen Regime durch feige Kompromisse akzeptabel zu machen. Aber die Zahl derer, die sich düpieren oder korrumpieren ließen, ist doch vergleichsweise gering, verglichen nämlich mit der erschreckend umfangreichen Liste gleichgeschalteter Philosophen, Historiker, Juristen, Ärzte, Musiker, Schauspieler, Maler, Pädagogen. Die weitaus meisten Autoren von literarischem Rang stellten sich sofort und aufs entschiedenste gegen die Diktatur, an deren zutiefst *geistfeindlichem* Charakter für keinen Klarsichtigen der geringste Zweifel bestehen konnte. Ein Massen-Exodus der Dichter setzte ein; noch nie zuvor in der Geschichte hat eine Nation innerhalb weniger Monate so viele ihrer literarischen Repräsentanten eingebüßt. Nicht allein die »rassisch Kompromittierten« suchten das Weite; mit ihnen entfernten sich viele von einwandfrei nicht-jüdischem Blut: Fritz von Unruh und Leonhard Frank, Bertolt Brecht und Oskar Maria Graf, René

Schickele und Annette Kolb, Werner Hegemann und Georg Kaiser, Erich Maria Remarque und Johannes R. Becher, Irmgard Keun und Gustav Regler, Hans Henny Jahnn und Bodo Uhse, Heinrich und Thomas Mann: um nur diese zu nennen.

Die literarische Emigration konnte sich sehen lassen; in ihren Reihen gab es Ruhm, Talent, kämpferischen Elan. Während die Parteifunktionäre sich zankten, hielten die Schriftsteller zusammen, auch wenn ihre politischen Ansichten voneinander abwichen. Besonders während der ersten Jahre des Exils, von 1933 bis 1936, war dies Gefühl der Zusammengehörigkeit stark und echt. Ja, die verbannten Literaten bildeten wohl so etwas wie eine homogene Elite, eine wirkliche *Gemeinschaft* innerhalb der diffusen und amorphen Gesamtemigration.

Man wußte, was man wollte; die Forderung des Tages erschien klar vorgezeichnet. Der deutsche Schriftsteller im Exil sah seine Funktion als eine doppelte: Einerseits ging es darum, die Welt vor dem Dritten Reich zu warnen und über den wahren Charakter des Regimes aufzuklären, gleichzeitig aber mit dem »anderen«, »besseren« Deutschland, dem illegalen, heimlich opponierenden also, in Kontakt zu bleiben und die Widerstandsbewegung in der Heimat mit literarischem Material zu versehen; andererseits galt es, die große Tradition des deutschen Geistes und der deutschen Sprache, eine Tradition, für die es im Lande ihrer Herkunft keinen Platz mehr gab, in der Fremde lebendig zu erhalten und durch den eigenen schöpferischen Beitrag weiter zu entwickeln.

Es war nicht leicht, diese beiden Verpflichtungen – die politische und die kulturelle – miteinander zu vereinigen. Eine ungewöhnliche, geistig gewagte, in jedem Sinn extreme Situation forderte die ungewöhnliche Anstrengung, den extremen Einsatz der Kräfte. Die Literaturgeschichte der Zukunft (wenn uns eine Zukunft beschieden ist, die sich noch für dergleichen interessiert!) wird feststellen, daß die exilierten deutschen Schriftsteller Bedeutendes geleistet haben. Fast allen gelang es, ihr Niveau zu halten; manche wuchsen über sich selbst hinaus und gaben gerade jetzt, in der Verbannung, ihr Bestes. Die Emigrationsverlage, die sich damals in Amsterdam, Paris, Prag und anderen europäischen Zentren etablierten, haben eine Produktion von imposanter Fülle und Qualität aufzuweisen. Die literarische Ernte des Exils wurde durch ihren Reichtum zum eindrucksvollsten Protest gegen das Barbaren-Regime, das so viel Talent und Fleiß aus dem Lande getrieben hatte.

Nicht weniger notwendig und wesentlich als dieser indirekte

Protest erschien vielen von uns der direkte, das politische Manifest, die enthüllende Analyse, der satirische oder informative Kommentar zum deutschen Drama, das immer wieder neu zu variierende, neu zu begründende *J'accuse* gegen den Hitler-Staat. Deutsche Antifascisten im Ausland durften nicht müde werden, den noch freien, noch nicht gleichgeschalteten oder angeschlossenen Nationen immer wieder zu versichern: »Ihr seid in Gefahr. Hitler ist gefährlich. Hitler ist der Krieg. Glaubt nicht an seine angebliche Friedensliebe! Er lügt. Schließt keine Verträge mit ihm! Er wird sie nicht halten. Laßt euch nicht von ihm einschüchtern! Er ist nicht so stark wie er tut, *noch* nicht! Erlaubt ihm nicht, stärker zu werden! Jetzt würde eine Geste, ein starkes Wort von eurer Seite genügen, um ihn zu stürzen. In ein paar Jahren wird der Preis höher sein, schließlich müßt ihr es euch Millionen Menschenleben kosten lassen. Worauf wartet ihr? Stürzt ihn jetzt, solange es billig ist! Brecht die diplomatischen Beziehungen mit ihm ab! Boykottiert ihn! Isoliert ihn! Erledigt ihn!«

Fehlte es unserem Ruf an Überzeugungskraft? Er überzeugte nicht, er verhallte. Die noch freien, noch unabhängigen Nationen, bei denen wir Emigranten zunächst Unterschlupf fanden, nahmen unsere Kassandra-Schreie mit »realistischer« Skepsis auf. Gewisse Vorkommnisse im Dritten Reich, Bücherverbrennungen, antisemitische Demonstrationen, das Massaker vom 30. Juni 1934, mochten etwas peinlich berühren; indessen waren das nur kleine Schönheitsfehler, die man einer sonst erfolgreichen und in vieler Hinsicht sympathischen Regierung gern verzieh. Hitler war gegen den Kommunismus, was genügte, ihn in feinsten europäischen Kreisen beliebt zu machen. Wenn er Eroberungspläne hatte, so waren sie doch wohl ausschließlich gegen den Osten gerichtet, will sagen, gegen die Sowjetunion. Um so besser! Den feinsten Kreisen konnte das nur recht sein. Für die Warnungen einiger fortgelaufener Literaten hatte man ein mokantes Lächeln oder ein ungeduldiges Achselzucken.

Natürlich gab es in unseren Gastländern Menschen von klarem Verstand und sauberer Gesinnung, die unser Grauen vor der Nazi-Pest durchaus teilten. Aber diese Redlichen waren meist selbst ohne Einfluß und übrigens, gerade aus ihrer Redlichkeit und Rechtlichkeit heraus, oft geneigt, den eigenen Standpunkt und die eigene Argumentation durch gewisse moralische Vorbehalte zu schwächen. Nicht, als ob sie Hitlers Schandtaten hätten verteidigen oder beschönigen wollen! Aber sie hielten es doch für angebracht, uns an Versailles zu erinnern, den ungerechten Frieden, der das deutsche

Volk angeblich in die Verzweiflung und damit in die Arme des Demagogen trieb. Ohne Versailles kein Hitler! Und so schlimm dieser auch sein mochte, empfahl es sich nicht trotzdem, in Frieden mit ihm zu leben? Die Redlichen waren Pazifisten. Auch die meisten der emigrierten Schriftsteller, von denen hier die Rede ist, durften diesen Namen für sich in Anspruch nehmen. Um so tiefer ihr Abscheu vor den deutschen Gewaltherren und Gewaltanbetern.

Die kompromißlose Haltung dieser Schriftsteller befremdete, stieß vielfach ab. Man warf ihnen Einseitigkeit, Übertreibung vor; der Haß – so hieß es wohl – machte sie blind; die Schärfe ihres Urteils wurde als typisches Symptom der »Emigrationspsychose« erklärt und abgetan. Wäre das deutsche Regime wirklich so völlig schlecht, wie wir es schilderten, könnte es sich dann halten? So fragten die Realisten, um alsbald zu dem Schluß zu kommen: Die Tatsache, daß das Regime sich hält und sogar floriert, widerlegt die Greuelpropaganda der Exilierten. Das deutsche Volk stöhnt nicht unter dem Hitler-Terror; im Gegenteil, die meisten Leute dort scheinen recht vergnügt, es herrscht Wohlstand, die Arbeitslosigkeit hat aufgehört. Ob die Emigranten es nun zugeben oder nicht, die Diktatur ist populär bei den Massen, das deutsche Volk steht hinter seinem Führer.

Wir gaben es nicht zu. »Hitler ist nicht Deutschland!« Die Exilierten bestanden darauf, wiederholten es immer wieder. Hitler ist nicht Deutschland! Das »eigentliche« Deutschland, das »bessere« war gegen den Tyrannen, wie wir der Welt eigensinnig versicherten. Die deutsche Opposition nahm in unseren Artikeln und Manifesten gewaltige Dimensionen an: es waren Millionen (wir bestanden darauf), die im Kampf gegen das verhaßte System Leben und Freiheit riskierten. Wir flunkerten nicht: wir *glaubten*. Unser echter, wenngleich naiver Glaube an die Stärke und den Heroismus der inner-deutschen Widerstandsbewegung gab uns den moralischen Halt, den Auftrieb, dessen wir in unserer Isoliertheit und Hilflosigkeit so dringend bedurften.

Ja, wir waren tief davon überzeugt, daß wir im Namen aller »besseren Deutschen« sprachen, eben jener Märtyrer und Helden, die der Terror in der Heimat zum Schweigen brachte. Der Jammerlaut, der in den Konzentrationslagern erstickte, die geflüsterte Kritik, der unterdrückte Schrei, die Angst, die Frage, die wachsende Beklommenheit des besseren deutschen Menschen, all dies suchten wir zu artikulieren und zur Kenntnis einer lethargisch-ignoranten Welt zu bringen. Erwarteten wir ein Echo? Es wurde uns gewährt, in Form von wüster Schmähung. Die Goebbels-Presse schleuderte ihre übrigens recht phantasielosen Flüche und Invektiven gegen das »Emigrantenpack«, was immerhin eine Art von Resonanz bedeutete. Offenbar, unsere Bemühungen waren nicht ganz vergeblich. Wir irritierten die Herren, man bemerkte uns; die Tatsache, daß es irgendwo in der Welt noch Deutsche gab, die den Mund aufzumachen wagten, wurde vom Berliner Ministerium für Volksaufklärung und Propaganda als unerträglicher Skandal empfunden. Wie stellte man ihn ab? Man konnte unsere Zeitschriften und Bücher, unsere Vorträge und Theaterstücke »draußen« nicht verbieten. Aber man konnte uns die Bürgerrechte nehmen, uns ausstoßen aus der Volksgemeinschaft. Waren wir erst keine Deutschen mehr, wurde unser Protest etwas weniger skandalös. So verfiel man auf die drollige »Ausbürgerungs«-Idee. Männer und Frauen, die ihrer Geburt nach Deutsche waren, auch bis vor kurzem in Deutschland gelebt und sich dort nützlich gemacht hatten, verloren durch einen Federstrich ihre Nationalität.

Der Verlust ließ sich tragen, zumal da man ihn nur für vorläufig hielt. Mit Nazi-Deutschland wollte man ohnedies nichts zu tun haben; nach dem Sturz des Regimes aber hatte das lächerliche Hitler-Dekret keinerlei Geltung mehr. Man kehrte zurück, war Bürger, »ausgebürgert« oder nicht. Dieser Stunde hofften wir entgegen; glaubten wohl auch, sie stünde nahe bevor. Der Aufstand des Volkes gegen die Unterdrücker, die deutsche Revolution, lange konnte sie doch nicht mehr auf sich warten lassen. Und selbst wenn sie durch den Gestapo-Terror eine Weile verzögert würde, schließlich brach sie doch los; wir rechneten fest damit. »Es kommt der Tag!« Einer unserer geistigen Führer hatte es uns versprochen – Heinrich Mann.

Sein Name erschien auf der ersten Ausbürgerungsliste, eine verdiente Ehre! Er hatte der deutschen Reaktion schon seit langem viel zu schaffen gemacht; jetzt aber tat er sich durch besondere Kampflust hervor. Noch nie war sein polemischer Stil so brillant gewesen: er bewährte im Zorn, im Abscheu solche Leidenschaft, daß aus der aktuellen Glosse, dem politischen Pamphlet beinah etwas wie Dichtung wurde. In den Aufsätzen, die unter dem Titel ›Der Haß‹ schon 1933 als Buch erschienen, gibt es Akzente, die über das Journalistisch-Agitatorische hinaus ins Lyrisch-Inspirierte, fast ins Magisch-Seherische gehen. Kein Wunder, daß die feinfühligen Nazis einen Gegner von solchem Rang zu schätzen wußten und ihn als einen der ersten in ihre »Légion d'Honneur« aufnahmen.

Erich Maria Remarque
Der Funke Leben

XIII

Berger war auf dem Wege zum Krematorium. Neben ihm marschierte eine Gruppe von sechs Mann. Er kannte einen davon. Es war ein Rechtsanwalt, der Mosse hieß. Er war 1932 an einem Mordprozeß gegen zwei Nazis als Vertreter der Nebenkläger beteiligt gewesen. Die Nazis waren freigesprochen worden, und Mosse war nach der Machtergreifung sofort ins Konzentrationslager gekommen. Berger hatte ihn nicht mehr gesehen, seit er im Kleinen Lager war. Er kannte ihn wieder, weil er eine Brille trug, in der sich nur ein Glas befand. Mosse brauchte kein zweites; er hatte nur ein Auge. Das andere war ihm 1933 als Quittung für den Prozeß mit einer Zigarette ausgebrannt worden.

Mosse ging an der Außenseite. »Wohin?« fragte Berger ihn, ohne die Lippen zu bewegen.

»Krematorium. Arbeiten.«

Die Gruppe marschierte vorbei. Berger sah jetzt, daß er noch einen der Leute kannte: Brede, einen sozialdemokratischen Parteisekretär. Ihm fiel auf, daß alle sechs politische Sträflinge waren. Ein Kapo mit dem grünen Winkel der Kriminellen folgte ihnen. Er pfiff eine Melodie vor sich hin. Berger erinnerte sich, daß es ein Schlager aus einer alten Operette war. Mechanisch kam ihm auch der Text ins Gedächtnis: ›Adieu, du kleine Klingelfee, leb wohl, bis ich dich wiederseh‹.

Er sah der Gruppe nach. Klingelfee, dachte er irritiert. Es mußte eine Telefonistin damit gemeint gewesen sein. Warum fiel ihm das plötzlich ein? Warum wußte er diese Leierkastenmelodie noch und sogar die blödsinnigen Worte dazu? So viel Wichtigeres längst vergessen.

Er ging langsam und atmete den frischen Morgen. Dieser Gang durchs Arbeitslager war für ihn immer fast wie ein Gang durch einen Park. Fünf Minuten noch bis zur Mauer, die das Krematorium umschloß. Fünf Minuten Wind und früher Tag.

Er sah die Gruppe mit Mosse und Brede unter dem Tor verschwinden. Es schien sonderbar, daß neue Leute zu Arbeiten im Krematorium bestimmt worden waren. Das Krematoriumskommando bestand aus einer besonderen Gruppe von Häftlingen, die zusammen wohnten. Sie wurden besser ernährt als die andern und hatten auch sonst gewisse Vorteile. Dafür wurden sie gewöhnlich nach einigen Monaten abgelöst und zum Vergasen verschickt. Das jetzige Kommando war aber erst zwei Monate da; und Außenseiter wurden nur selten hinzukommandiert. Berger war fast der einzige. Er war anfangs zur Aushilfe für einige Tage hingeschickt worden und hatte dann, als sein Vorgänger starb, weiter gearbeitet. Er bekam keine bessere Verpflegung und wohnte nicht mit dem eigentlichen Verbrennungskommando zusammen. Deshalb hoffte er, nicht in weiteren zwei oder drei Monaten mit den anderen fortgeschickt zu werden. Doch das war nur eine Hoffnung.

Er ging durch das Tor und sah jetzt die sechs Mann auf dem Hof in einer Reihe nebeneinander stehen. Sie standen nicht weit von den Galgen, die in der Mitte errichtet worden waren. Alle versuchten, die Holzgerüste nicht zu sehen. Mosses Gesicht hatte sich verändert. Er starrte mit seinem einen Auge durch das Brillenglas angstvoll auf Berger. Brede hielt den Kopf gesenkt.

Der Kapo wendete sich um und erblickte Berger. »Was willst du hier?«

»Kommandiert zum Krematorium. Zahnkontrolle.«

»Der Zahnklempner? Dann mach, daß du hier fortkommst. Stillgestanden, die anderen!«

Die sechs Mann standen so still wie sie konnten. Berger ging dicht an ihnen vorbei. Er hörte Mosse etwas flüstern; aber er verstand es nicht. Er konnte auch nicht stehenbleiben; der Kapo beobachtete ihn. Es war merkwürdig, dachte er, daß ein so kleines Kommando von einem Kapo geführt wurde – anstatt von einem Vorarbeiter.

Der Keller des Krematoriums hatte an einer Seite einen großen schrägen Schacht, der nach außen führte. Die Leichen, die im Hof aufgestapelt waren, wurden in diesen Schacht geworfen und glitten in den Keller. Dort wurden sie entkleidet, wenn sie nicht schon nackt waren, rubriziert und auf Gold untersucht.

Berger hatte hier unten Dienst. Er mußte Totenscheine ausschreiben und die Goldzähne der Toten ziehen. Der Mann, der das früher gemacht hatte, ein Zahntechniker aus Zwickau, war an Blutvergiftung gestorben.

Der Kapo, der unten Aufsicht hatte, hieß Dreyer. Er kam einige Minuten später herein. »Los«, sagte er mißmutig und setzte sich an einen kleinen Tisch, auf dem Listen lagen.

Außer Berger waren noch vier Mann vom Krematoriumskommando da. Sie postierten sich neben den Schacht. Der erste Tote rutschte hindurch wie ein riesiger Käfer. Die vier Mann zerrten ihn über den Zementflur zur Mitte des Raumes. Er war schon starr. Sie zogen ihn rasch aus. Die Jacke mit der Nummer und den Abzeichen wurde abgestreift. Einer der Häftlinge hielt dabei den rechten Arm, der abstand, solange herunter, bis der Ärmel abgezogen war. Dann ließ er los, und der Arm schnappte zurück. Die Hosen waren leichter abzustreifen. Der Kapo notierte die Nummer des Toten. »Ring?« fragte er.

»Nein. Kein Ring.«

»Zähne?«

Er leuchtete mit einer Taschenlampe in den halb offenen Mund, auf dem ein dünner Streifen Blut getrocknet war.

»Goldfüllung rechts«, sagte Berger.

»Gut. Raus.«

Berger kniete mit der Zange neben dem Kopf nieder, den ein Häftling festhielt. Die andern zogen bereits die nächste Leiche aus, riefen die Nummern und warfen die Kleider zur Seite auf die der ersten. Mit einem Krachen, wie trockenes Feuerholz, rutschten jetzt mehr und mehr Tote den Schacht hinunter. Sie fielen übereinander und verhakten sich ineinander. Einer kam mit den Füßen zuerst und blieb aufrecht stehen. Er lehnte gegen den Schacht, die Augen weit offen, den Mund schief verzogen. Die Hände waren krumm zu einer halben Faust geballt, und eine Medaille an einer Kette hing aus dem offenen Hemd hervor. Er stand eine Weile so. Knatternd fielen andere Leichen über ihn hinab. Eine Frau mit halblangem Haar war darunter. Sie mußte aus dem Austauschlager sein. Ihr Kopf kam zuerst, und ihr Haar fiel über sein Gesicht. Schließlich, als würde er müde von so viel Tod auf seinen Schultern, rutschte er langsam zur Seite und fiel um. Die Frau fiel über ihn. Dreyer sah es, grinste und leckte sich die Oberlippe, auf der ein dicker Pickel wuchs.

Berger hatte inzwischen den Zahn herausgebrochen. Er wurde in einen von zwei Kästen gelegt. Der zweite war für Ringe. Dreyer verbuchte die Füllung.

»Achtung!« rief plötzlich einer der Häftlinge.

Die fünf Mann richteten sich stramm auf. Der SS-Scharführer Schulte war hereingekommen. »Weitermachen.«

Schulte setzte sich rittlings auf einen Stuhl, der neben dem Tisch mit den Listen stand. Er betrachtete den Haufen Leichen. »Da sind ja acht Mann draußen beim Einwerfen«, sagte er. »Viel zu viele. Holt vier herunter; die können hier mithelfen. Du da –«, er zeigte auf einen der Häftlinge.

Berger zog den Trauring vom Finger einer Leiche. Das war gewöhnlich leicht; die Finger waren dünn. Der Ring wurde in den zweiten Kasten gelegt, und Dreyer notierte ihn. Die Leiche hatte keine Zähne. Schulte gähnte.

Es war Vorschrift, daß die Leichen seziert und die Todesursachen festgestellt und in die Akten eingetragen wurden; aber niemand kümmerte sich darum. Der Lagerarzt kam selten, er sah die Toten nie an, und es wurden immer dieselben Todesursachen eingetragen; meistens Herzschwäche. Auch Westhof war an Herzschwäche gestorben. Die nackten Körper, die verbucht waren, wurden neben einen Aufzug gelegt. Oben im Verbrennungsraum wurde dieser Aufzug jedesmal heraufgezogen, wenn Bedarf für die Öfen da war.

Der Mann, der hinausgegangen war, kam mit vier Leuten wieder. Sie waren aus der Gruppe, die 509 gesehen hatte. Mosse und Brede waren dabei. »Marsch, dorthin!« sagte Schulte. »Ausziehen helfen und Sachen notieren! Lagerkleidung auf einen Haufen, Zivilsachen auf einen andern, Schuhe extra. Vorwärts!«

Schulte war ein junger Mann von dreiundzwanzig Jahren, blond, mit grauen Augen und einem klaren, regelmäßigen Gesicht. Er hatte schon vor der Machtergreifung zur Hitlerjugend gehört und war dort erzogen worden. Er hatte gelernt, daß es Herrenmenschen und Untermenschen gab, und er glaubte es fest. Er kannte die Rassentheorien und die Parteidogmen, und sie waren seine Bibel. Er war ein guter Sohn, aber er hätte seinen Vater angezeigt, wenn er gegen die Partei gewesen wäre. Die Partei war unfehlbar für ihn; er kannte nichts anderes. Die Insassen des Lagers waren Feinde der Partei und des Staates und standen deshalb außerhalb der Begriffe von Mitleid oder Menschlichkeit. Sie waren geringer als Tiere. Wenn sie getötet wurden, so war das, als töte man schädliche Insekten. Schulte hatte ein völlig ruhiges Gewissen. Er schlief gut, und das einzige, was er bedauerte, war, nicht an der Front zu sein. Das Lager hatte ihn wegen eines Herzfehlers reklamiert. Er war ein zuverlässiger Freund, liebte Musik und Poesie und hielt Folter für ein unumgängliches Mittel, um Informationen von Verhafteten zu bekommen, weil alle Feinde der Partei logen. Er hatte in seinem Leben auf Befehl sechs Menschen getötet und nie darüber nachgedacht – zwei davon langsam, um Mithelfer genannt zu bekommen. Er war verliebt in die Tochter eines Landgerichtsrats und schrieb ihr hübsche, etwas romantische Briefe. In seiner Freizeit sang er gern. Er hatte einen netten Tenor.

Die letzten nackten Leichen wurden neben dem Aufzug aufgeschichtet. Mosse und Brede trugen sie heran. Mosses Gesicht war entspannt. Er lächelte Berger zu. Seine Furcht draußen war ohne Grund gewesen. Er hatte geglaubt, an den Galgen zu kommen. Jetzt arbeitete er, so wie es ihnen gesagt worden war. Es war in Ordnung. Er war gerettet. Er arbeitete rasch, um seinen guten Willen zu zeigen.

Die Tür öffnete sich und Weber trat ein.

»Achtung!«

Alle Häftlinge standen stramm. Weber trat mit blanken, eleganten Stiefeln an den Tisch. Er liebte gute Stiefel; sie waren fast seine einzige Leidenschaft. Vorsichtig klopfte er eine Zigarette ab, die er gegen den Leichengestank angezündet hatte. »Fertig?« fragte er Schulte.

»Jawohl, Sturmführer. Soeben. Alles verbucht und aufgenommen.«

Weber sah in die Kästen mit dem Gold. Er hob die Medaille heraus, die die stehende Leiche getragen hatte.

»Was ist das?«

»Ein St. Christophorus, Sturmführer«, erklärte Schulte eifrig. »Eine Medaille für Glück.«

Weber grinste. Schulte hatte nicht gemerkt, daß er einen Witz gemacht hatte. »Schön«, sagte Weber und legte die Medaille zurück. »Wo sind die vier von oben?«

Die vier Leute traten vor. Die Tür öffnete sich wieder, und der SS-Scharführer Günther Steinbrenner kam mit den beiden, die draußen geblieben waren, herein. »Stellt euch zu den vieren«, sagte Weber. »Die andern raus! Nach oben!«

Die Häftlinge vom Krematoriumskommando verschwanden rasch. Berger folgte ihnen. Weber betrachtete die sechs Zurückgebliebenen. »Nicht dahin«, sagte er. »Stellt euch dorthin, unter die Haken.«

An der Querwand des Raumes, dem Schacht gegenüber, waren vier starke Haken angebracht. Sie waren etwa einen halben Meter höher als die Köpfe der Häftlinge, die darunterstanden. In der Ecke rechts davon stand ein dreibeiniger Schemel; daneben, in einer Kiste, lagen Stricke, die zu kurzen Schlingen geknüpft waren, an deren Enden sich Haken befanden.

Weber gab mit seinem linken Stiefel dem Schemel einen Stoß, so daß er vor den ersten Häftling rutschte. »Rauf da!« Der Mann zitterte und stellte sich auf den Schemel. Weber blickte auf die Kiste mit den kurzen Stricken. »So, Günther«, sagte er dann zu Steinbrenner. »Der Zauber kann losgehen. Zeig mal, was du kannst.«

Theodor Plievier
Moskau

Moschaisk war gefallen, und im Norden marschierten die Deutschen gegen Kalinin; sie setzten im Südwesten bei Tarutino über die Nara; von Süden her, auf der Straße Orel – Tula, näherten sich die Panzer Guderians.

Die Hauptstadt war von Panik geschüttelt.

Kein Haus blieb unberührt. Die Regierungsgebäude, die hundert Ämter, das Kunst-, das Radio-, das Kinokomitee, wissenschaftliche und politische Institute, der Staatsverlag, der Schriftstellerverband, die Komintern glichen aufgestörten Bienenstöcken. Die Bahnstrekken nach Bjelorußland und nach Leningrad waren leer, die Ferngleise bereits wenige Kilometer vor der Hauptstadt abgerissen und in den Händen der Deutschen; nur Frauen mit Schippen sammelten sich noch an diesen Bahnhöfen, um an den Vorortstrecken Panzerfallen auszuheben. Auch der Kursker Bahnhof bot keinen Ausweg mehr, selbst die Strecke über Kaschira und weiter nach Süden war bedroht. Übrig blieb allein der Kasaner Bahnhof; der direkt nach Osten zu den Tataren laufende Schienenstrang schien der einzig offene Weg geblieben zu sein. Aber wie lange noch? Es konnte sich nur um Tage handeln, vielleicht nur noch um einen Tag, vielleicht fuhr der letzte Zug, der noch durchkommen würde, in dieser Stunde. Und das graue Bahnhofsgebäude schien leicht wie ein Korken auf dem Rücken einer Menschenwoge zu schwimmen und unter dem Bellen von hundert Flakgeschützen, im schwarzen Explosionsrauch krepierender Stukabomben davonzutreiben. Aber der Rauch verzog sich jedesmal wieder, und der alte Bahnhof stand wie immer an seiner Stelle. Der weite Platz war bis zum letzten Fußbreit angefüllt mit Flüchtlingen, die Koffer und Bündel trugen und schon seit Tagen auf ihre Weiterfahrt warteten. Alle Zufahrtstraßen spien neue Massen auf den Platz: ein endloser Strom von Menschen, Säcken, Gepäck. Das war der Auszug der Bürokratie, der Kommissariate und Institute, der Sekretärinnen und Bürochefs, der Schriftsteller, Künstler und Gelehrten, der Privilegierten, die bis dahin aus den sogenannten »Geschlossenen Verteilern« ernährt und bekleidet worden waren.

Das Moskauer Volk blieb abseits und sah dem Treiben schweigend zu.

Der Zirkus an der Taganka war bis zum letzten Platz besetzt. Wer in dieser Stunde in den Zirkus kam, hatte Zeit und dachte nicht ans Wegfahren. Die seltsamsten Gestalten waren zu sehen: neben Arbeitern saßen Leute, die das Unterste aus ihren Kleiderschränken hervorgesucht hatten – Lorgnons, Abendkleider und Spazierstöcke mit silbernen Krücken noch aus der Zarenzeit.

Ein Fanfarenstoß.

Der Clown mit weißgeschminktem Gesicht trat auf.

»In diesen Tagen haben so viele Leute Koffer gekauft«, sagte er. »Sie sind weggefahren, aber wie werden sie nun zurückkommen? Sie werden keine Papierchen erhalten und wir werden sie nicht wiedersehen ...«

Brüllendes Gelächter schwoll bis unter das Zirkusdach.

Am Kursker Bahnhof, am Kasaner Bahnhof blieben Schreibmaschinen, blieben Koffer, blieb viel Gepäck stehen, obgleich der Inhalt dieser Gepäckstücke, die Schuhe und Strümpfe und Textilwaren, auf dem Weg ins Unbekannte die einzig geltende Valuta sein würde, die weiterhelfen konnte. Nicht nur die Bahn diente als Fluchtweg. Die Ämter und Betriebe setzten ihre Wagenparks in Marsch. Hohe Beamte fuhren mit Möbeln, mit Frauen und Kindern, andere mit Frauen und Nebenfrauen, Bürochefs mit ihren Sekretärinnen, der Direktor einer Schuhfabrik mit einer Ladung Schuhe. Flüchtlinge boten zwanzigtausend und sogar dreißigtausend Rubel, nur um bis Gorki oder Swerdlowsk mitgenommen zu werden. In den Zügen waren Einzelplätze überhaupt nicht zu haben, nur geschlossene Transporte wurden abgefertigt. Die aus dem Westen angekommenen Flüchtlinge blieben zurück. Die Menge der zur Verfügung stehenden Waggons und Lokomotiven reichte nicht aus.

Achtzehn oder zwanzig oder zweiundzwanzig solcher Transportzüge standen nebeneinander auf den Gleisen. Und für den, der bis in den Zug gelangt war, auf dem letzten Stück des Weges noch ein zu schweres Gepäckstück weggeworfen hatte und endlich auf seinem Platz saß, war es eine weitere Qual, nun noch stundenlang auf das Abfahrtssignal warten zu müssen. Wer im Zug saß, hatte mit Ängsten und Intrigen angefüllte Tage hinter sich. Als »sozialwichtiges Element« hatte er auf die Liste gelangen müssen. Die fertige Liste hatte der Genehmigung durch den politischen Apparat seines Amtes oder seiner Organisation bedurft, und fast jeder konnte wieder gestrichen werden. Die »Gestellung eines Sonderzuges« – und es gab überhaupt nur Sonderzüge – war schließlich von der Bewilligung des Volkskommissars für das Transportwesen abhängig. Alle diese Klippen waren zu überwinden.

Anatolij Arkadjewitsch hatte noch alle oder doch noch einige dieser Hindernisse zu nehmen. Er war nicht mehr jung, sein Herz war nicht ganz gesund, und die Aufregungen der letzten Tage hatten ihn ziemlich mitgenommen. Er war auch kein Held, und das gab er zu; um ein Held sein zu können, hatte er zuviel Phantasie. Er konnte natürlich die Pläne jenes auf Panzerketten heranrollenden Phantoms namens Hitler nicht kennen und auch nichts über die beabsichtigte »Vergasung und das Ausbrennen der Großräume Moskau und Leningrad« wissen; doch er war voll böser Vorahnungen und hatte alle denkbaren Schrecken und darüber hinaus die nicht ausdenkbaren, gestaltlosen Ängste bereits vorweggenommen.

Am letzten Tag vor der Abfahrt war er zeitig aufgestanden, hatte sich sein Frühstück bereitet und es im Stehen zu sich genommen. Seine Frau mit der Schwiegermutter und den Kindern befanden sich schon seit der Mitte des Sommers in einem Erholungsheim in Pljess an der Wolga, und bislang waren sie dort gut aufgehoben gewesen. Er hatte sich die »Prawda« aus dem Briefschlitz geholt und gelesen, daß Moskau sich in größter Gefahr befinde. Dann war er davongelaufen, um noch vor dem Öffnen der Schalterfenster an der Hauptkasse im Staatsverlag einzutreffen. Dort war er nicht der einzige; alle waren an diesem Tag gekommen. Die Reihe der Wartenden reichte bis auf den Gang und bis auf die Treppe hinaus. Ein Gerücht jagte das andere. »Moschaisk gefallen!« Und der Bote mit dem Geld von der Bank war noch nicht eingetroffen! Nach einer anderen Erzählung waren Frauen vom Ausheben der Panzergräben bei Kutschkowo zurückgekommen, weil die Deutschen bereits dort eindrangen. Aber Kutschkowo oder Klin oder Podolsk – von jeder beliebigen Richtung waren die Deutschen zu erwarten. Sie konnten in jedem Augenblick hier im »Tscherkaskij pereulok« vor dem Staatsverlag auftauchen.

Und der Kassenbote kam und kam nicht. Als er endlich eintraf, brachte er sehr wenig Geld mit. Nun konnten an jeden, ganz unabhängig von seinem Guthaben, nur 600 Rubel ausbezahlt werden. Damit war eine Reise ins Unbekannte und von unbestimmter Dauer anzutreten; dabei wurden für ein einziges Brot auf dem Schwarzen Markt bereits achtzig Rubel gezahlt. Und die Familie, die nun in Pljess nicht mehr bleiben konnte – womit sollte sie nun in Marsch gesetzt werden?

Anatolij Arkadjewitsch kam nach Hause; zu aufgeregt, um auszuruhen zu können, telefonierte er der Reihe nach seine Bekannten an. Der sei weg und jener sei weg, hieß es. »Und Ilja Ehrenburg mit seinen Hunden sieht man auch nicht mehr!«

»Ach, der hat eine außergewöhnliche Kommandierung und ist mit einem Flugzeug weg!«

Alle packten ihre Sachen. Einige klagten über die Vetternwirtschaft. Vielen steckte die Angst in den Knochen, nicht zur rechten Zeit wegzukommen. Anatolij Arkadjewitsch rief auch Michail Michailowitsch an und sagte ihm, daß es soweit sei und er ihm für die Zeit seiner Abwesenheit in Moskau seine Wohnung überlassen wolle. Michail Michailowitsch, ein Offizier der Moskauer Garnison im Majorsrang, kam auch bald, um von ihm die Wohnungsschlüssel entgegenzunehmen.

Abends ging Anatolij Arkadjewitsch in den Klub, wo die Transportliste für den nächsten Tag aufgestellt wurde. Es war keine Zeit zu verlieren, alle hatten noch genug mit den Vorbereitungen zu tun, doch die Besprechungen und das Hin- und Herlaufen von einem Raum in den andern, das Konspirieren und das Bilden von Gruppen zog sich endlos hin. Die Plätze reichten nicht für alle, und so mußten einige wieder von der Liste gestrichen werden. Jeder kämpfte um seinen Platz und nicht nur um den eigenen, auch die Frau und die Schwiegermutter und auch die geschiedenen Frauen mit ihren Müttern und Kindern wollten mitgenommen werden. Es konnte passieren, daß ein wichtiges Verbandsmitglied gestrichen wurde, weil die Geliebte eines noch wichtigeren und höhergestellten Funktionärs auf der Liste Platz finden mußte. Es war wie eine Lotterie um Tod oder Leben. Und als die Liste nun wirklich endgültig war, begann der Wirbel von neuem: nun ging es um das Marschziel. Ein Transport ging nach Kasan, der andere nach Zentralasien. Wer dorthin kommandiert wurde, hatte das große Los gezogen, so schien es jedenfalls zunächst. Nachher allerdings, als zu übersehen war, daß auf der Liste der Taschkent- und Alma-Atafahrer nur völlig uninteressante Namen standen, wurde die Sache wieder bedenklich. Taschkent war wohl doch nicht die »brotreiche Stadt«, und wenn Alma-Ata auch »Vater der Äpfel« bedeutete, so war es noch nicht sicher, ob die in die Stadt kommenden Flüchtlinge dort auch nur einen einzigen Apfel erhalten würden. So begann das Handeln und Verhandeln von neuem, und diesmal ging es darum, von der einen Liste gestrichen und in die andere aufgenommen zu werden, in der alle prominenten Namen standen, in deren Nähe am ehesten damit zu rechnen war, wieder an einen bevorzugten »Verteiler« angeschlossen und auch weiterhin ernährt zu werden.

Anatolij Arkadjewitsch zählte nicht gerade zu den Spitzen der sowjetischen Literatur; er war Mitarbeiter an verschiedenen Zeitschriften, war Belletrist und Kritiker, dazu Lektor in einigen Verlagen und Verfasser von kurzen Szenen für Aufführungen in Gewerkschaften und Klubs. In Abhandlungen und Diskussionen um den »sozialistischen Realismus« hatte er seinen Mann gegen die »Formalisten« gestanden. So war er auch zu einer Wohnung im Lawruschinskij pereulok Nr. 17 gekommen, die Smirnow, einer der entlarvten Formalisten, hatte räumen müssen! Und wenn er auch nicht Gladkow, nicht Fedin, nicht Fadejew hieß, so stand er doch auf der Liste derjenigen, die nach Kasan fuhren. Er hatte es also geschafft und konnte beruhigt nach Hause gehen.

Er tappte durch die verdunkelte Stadt.

Aus der Finsternis quollen ihm Gesichter entgegen. Blech klapperte und Füße schlurften müde übers Pflaster. Eine vom Stadtrand kommende Truppe. Ein Geruch von Schweiß und Auflösung kam mit den Soldaten in die Stadt. Es war, als ob in der Nacht eine Tür aufgegangen wäre in eine Welt voll Nässe und unverständlichem Sterben.

In seiner Wohnung traf er Michail Michailowitsch an, der es sich schon häuslich gemacht hatte, und er ließ sich dazu verleiten, mit ihm zusammen eine Tasse Tee zu trinken. Nachher konnte er keine Ruhe finden. Er wälzte sich auf seinem Lager hin und her, dachte an Natalja, seine Frau, in Pljess, die ihr viertes Kind erwartete: wie sollte sie die Strapazen und die unbekannten Gefahren überstehen? Er dachte an eine nicht mehr fertig gewordene Arbeit und an alles Mögliche ... Dann mußte er wohl doch eingeschlafen sein.

Er erwachte unter einer Berührung. Eine Hand lag auf seiner Schulter. Eine Hand aus dem Wesenlosen, vielleicht die Smirnows, der einmal im gleichen Zimmer gewohnt und im selben Bett gelegen hatte. Er wollte Licht machen, griff zitternd am Schalter vorbei ... und nun war es aus.

Die Nacht wollte kein Ende nehmen.

Noch vor dem Hellwerden schleppte er seine Sachen auf die Straße hinunter. Das Lastauto mit der ersten Gruppe von Bewohnern des Hauses Lawruschinskij pereulok Nr. 17 war schon abgefahren. Und kam nun nicht wieder, um die zweite, dritte und vierte

Gruppe, wie es ausgemacht war, mit ihren Sachen zum Bahnhof zu bringen. Auf der Straße sammelten sich immer mehr Mieter des neunstöckigen Hochhauses, das der Autorenverband für seine Mitglieder gebaut hatte und das von Schriftstellern, Redakteuren und Angestellten des Verbandes bewohnt war. Sie standen mit Sack und Pack auf der Straße und blickten in den feuchten Dunst. Einige hielten das Warten nicht mehr aus. Sie schleppten ihre Sachen zur Haltestelle der Trambahn. Man hörte die Wagen im Nebel klappern. Sie hielten und fuhren sofort wieder weiter. Aber die Leute kamen zurück. Die Fahrgäste waren gegen Reisende mit Koffern unfreundlich, ließen sie nicht einsteigen, hatten sogar Gepäckstücke, die schon auf der Plattform abgestellt waren, wieder auf die Straße geworfen. Wie sollte es weitergehen? Kein Wagen, kein Gepäckträger – selbst für tausend Rubel wäre keiner zu haben gewesen! Schließlich kam Hilfe durch Michail Michailowitsch, der von seiner Dienststelle einen Lastwagen besorgte.

Nochmals Aufregungen: der überfüllte Platz vor dem Bahnhof, die Vorhalle, die Haufen von Gepäck, der Wirbel von Gesichtern, die wilden Beschimpfungen der vielen, die zurückbleiben mußten ... Dann endlich saß Anatolij Arkadjewitsch im Waggon, er hatte sogar einen Fensterplatz. Er war nicht der Mann, der vier Koffer und ein Bündel mit Bettzeug tragen konnte; in der Vorhalle hatte er einen Koffer weggeworfen. Doch darauf kam es schon nicht mehr an. Von nun an galt das Gesetz, daß jeder nur besitzen durfte, was er auf seinen Schultern tragen konnte. Anatolij Arkadjewitsch lief der Schweiß den Rücken herunter. Überall erblickte er bekannte Gesichter. Auf dem Nebengleis stand ein Transport mit Theaterarbeitern, weiter vorn der Transport der Komintern, noch weiter vorn der Transport mit dem Lehrkörper der Militärakademie, namens Frunse.

Das war morgens um acht Uhr; erst nach zwölf Uhr, dann aber in Abständen von fünfzehn Minuten, setzten sich die Züge in Bewegung. Es wäre also Zeit genug gewesen, die Abreise mit mehr Umsicht und Ruhe zu organisieren, doch das hatte man nicht übersehen können. Nun, gleichviel, der Zug rollte, und er durfte hoffen, in Kasan anzukommen. Die Frage war nur, wie Natalja Timofejewna, seine Frau, wie seine Schwiegermutter und die Kinder aus Pljess wegkommen würden ...

Alfred Andersch
Die Kirschen der Freiheit
Ein Bericht

An jenem Morgen des 6. Juni 1944 zitterte die Atmosphäre in verhaltener Erregung. Hätte ich damals gewußt, was ich heute weiß, so wäre mir die Stille nicht so unerklärlich gewesen; ich hätte die Ursache des Zauberbanns erraten, der den Krieg zwischen dem tyrrhenischen und dem ligurischen Meer in seine Fänge schlug. An diesem Tage legte der italienische Krieg sein Ohr auf die Erde, um auf den normannischen Krieg zu horchen. Stummes Gehör, vernahm er das Rauschen von Schiffsbügen, die nächtliche Wasser durchpflügten, und den Herzschlag von dreihundertfünfzigtausend Männern, die an Land gingen, den Donner von fünfundzwanzigtausend Flügen zwischen einer Insel und einem Festland, und den schmetternden Tod von zehntausend Tonnen Explosivstoff, den die Fliegenden auf die Erde schleuderten. Auch der Herzschlag derer wurde gehört, die sich zur Flucht wandten, und der feine atlantische Nachtregen, durch den sie flüchteten. Da war kein Mond mehr, ihnen das Haar zu kämmen, nur Nacht und Nässe und die Blitze, in denen der Tod kam, und nicht einmal der Staubfahnentriumph blieb ihnen, sogar der mondbleich dahinwehende Staubfahnentriumph blieb der Westarmee, der geschlagenen, versagt.

Während ich in der Capanna schlief, hatte sich die Entscheidung des Krieges vollzogen. Das Schicksal der Massen vollendete sich, als ich mich von ihm für die Dauer eines Tages löste.

Aber es ist unmöglich, sich für länger als einen Tag aus dem Schicksal der Massen zu befreien. Ich greife meiner Erzählung einen Augenblick vor, indem ich berichte, wie ich ihnen ein paar Tage später wieder gehörte, als ich, Teil einer langen Reihe Gefangener, auf eines der Lastautos kletterte, die vor dem Lager auf uns warteten. Die Fahrer waren Neger. Sie ließen die hinteren Planken der Autos herunter und riefen »Come on«. Zwei Negerposten kletterten zu uns herauf, setzten sich auf die wieder geschlossenen Planken und legten die Karabiner vor sich auf die Knie. Dann fuhren die Trucks los.

Die Straßen, auf denen sie fuhren, waren holperig, und das Gelände war ganz verwüstet. Am Eingang des Friedhofs warteten viele Negersoldaten auf uns. Ein weißer Offizier überwachte die Ausgabe der Spaten, Schaufeln und Pickel. Wir wurden in Arbeitskommandos eingeteilt und verstreuten uns truppweise im Gelände. Über dem Friedhof hing süßlicher Leichengeruch. Wir begannen, Gräber auszuheben. Die Kalkerde war trocken und hart. Sie rutschte in Schollen von den silbern glänzenden Spaten. In der schrecklichen Hitze wurden Wasserkanister herumgereicht, aber das Wasser schmeckte nach dem Chlor, mit dem es desinfiziert worden war, dem Chlor, mit dem man auch die Leichen bestreut hatte, und angewidert setzte man den Becher nach wenigen Schlucken ab. Wenn wir die Arbeit unterbrachen und aufblickten, sahen wir die hölzernen Kreuze rings um uns, in riesigen quadratischen Feldern. Als wir eine Reihe Gruben ausgehoben hatten, wurden wir zum Füllen der Säcke geführt.

Wir bekamen Gummihandschuhe und hohe Gummistiefel, damit wir uns nicht infizierten. Von einem Sackstapel nahmen wir lange weiße Leinensäcke und warfen sie uns über die Schultern. Die Leichen lagen in langen Reihen auf einer Fläche in der Mitte des Friedhofes. Von ferne waren es nur unförmige, klumpige, mit Chlor bestreute Massen. Auf diesem Friedhof sammelte man die Toten, die man auf dem Schlachtfeld von Nettuno fand. Viele von ihnen hatten schon wochenlang herumgelegen. Sie waren blauschwarz geworden und in den Zustand der Gärung übergegangen. Sie stanken entsetzlich. Einige, die noch nicht so lange tot waren, zeigten noch hellere Haut in den Gesichtern und unter den Fetzen ihrer Kleidung. Manchen fehlten die Arme oder die Beine oder auch die Köpfe, denn sie hatten im Feuer der Land- und Schiffsartillerie gelegen. Die Fliegen sammelten sich um sie in schwärzlichen Trauben. Die steigende Sonne löste die Leichenstarre immer mehr und machte die Körper weich und gallertartig. Wir stopften die schwammigen Massen in die Säcke. Dann trugen wir die Säcke auf Bahren zu den Gräbern und warfen sie in die Gruben. Sie schlugen klatschend unten auf.

So also sah das Schicksal aus, das der Krieg für die Massen bereit hielt. Eine genau bestimmbare Entwicklungslinie führte bis zu den Leichenhekatomben von Nettuno, Omaha Beach und Stalingrad; man konnte sie der Geschichte aus der Hand lesen. Sie hatte an jenem Morgen begonnen, als der lange Hans Bertsch blutüberströmt an die Theke des »Volkartshof« taumelte und sein Blick durch uns hindurch ging und sich an den Fenstern brach, hinter denen sich die Dämmerung durch die Straßen der Jahre wand.

Die Symphonie der Unmenschlichkeit hatte in sein Gesicht die Akkorde ihres Anfangs geschlagen. Es hat keinen Sinn, das Datum früher anzusetzen; alles, was vorher gewesen war, war ein Ende gewesen. Eine Epoche war zu Ende gegangen, als mein Vater auf der Straße der Geschichte zusammenbrach, als er sterbend das lutherische Passionslied sang. Die, die nach dem alten deutschen Konservativen kamen, begannen etwas ganz Neues: sie dachten nicht mehr an das Antlitz eines Gottes, als sie die Häupter der Menschen mit Blut und Wunden krönten.

Auch ich wäre auf jenem Friedhof bei Nettuno begraben worden, hätte ich an diesem Fluchtmorgen ein paar Meter näher an der Straße gestanden, auf der die Bombe einschlug. Doch bleibt dem Zufall nur ein geringer Spielraum; wohl kann er entscheiden, ob er den Menschen in die Gefangenschaft oder den Tod entsenden will, – im Massen-Schicksal muß er ihn belassen. Auch kann er nichts daran ändern, daß der Mensch immer wieder versuchen wird, das Schicksal zu wenden, besonders wenn es ihm scheinbar keine andere Wahl läßt als die zwischen Tod und Gefangenschaft. Aber man ist nicht frei, während man gegen das Schicksal kämpft. Man ist überhaupt niemals frei, außer in den Augenblicken, in denen man sich aus dem Schicksal herausfallen läßt. Von solchen Augenblicken wird man manchmal überrumpelt. Als der Italiener und ich beim Einschlag der Bombe überrascht stehenblieben, anstatt uns niederzuwerfen, kam die Freiheit in der Erwartung der Splitter, die sich in unsere Schläfen bohren würden, auf uns zu. Nachher würden wir tot sein, mit unseren Gesichtern in ein Stück Wiese vergraben. Aber vor den Splittern noch wäre die Sekunde, in der wir uns Gott und dem Nichts anheimgaben, in uns eingedrungen.

Aus dem Nu der Freiheit – ich wiederhole: niemals kann Freiheit in unserem Leben länger dauern als ein paar Atemzüge lang, aber für sie leben wir –, aus ihm allein gewinnen wir die Härte des Bewußtseins, die sich gegen das Schicksal wendet und neues Schicksal setzt. Als die europäische Kunst den Weg des Willens gegen das Fatum der Geschichte zu Ende gegangen war, ließen sich Picasso und Apollinaire in die Freiheit fallen. Noch von ihrem Rauch umschwelt, tauchten sie wieder auf, metallisch leuchtende Tafeln in den Händen: sie hatten die Kunst gerettet und das Geschick gewendet.

Die Kunst und der Kampf des Menschen gegen das Schicksal vollziehen sich in Akten der absoluten, verantwortungslosen, Gott und dem Nichts sich anheimgebenden Freiheit. Ich habe diese Vermutung bestätigt gefunden, als ich, Jahre später, das größte Kunstwerk sah, das mir seit dem Ende des Krieges begegnet ist, den Film

»Fahrraddiebe« des italienischen Regisseurs Vittorio de Sica. Jeder kennt die Fabel: einem armen italienischen Arbeiter wird sein Fahrrad gestohlen, und die Jagd darnach, es wiederzuerlangen, endet bei einem armseligen, mißglückenden Versuch des Bestohlenen, sein soziales Problem dadurch zu lösen, daß er selbst ein Fahrrad stiehlt. Zwischen den Phasen des Handlungsablaufs ereignet sich im Gesicht des Menschen, den de Sica dazu von der Straße aufgelesen hat, das Wunder der Freiheit, in die er zuletzt hinabtaucht, als er, ein Gescheiterter, im Strom des Massenschicksals verschwindet. Es ereignet sich besonders dann, wenn er, seine Gehetztheit vergessend, sich seinem kleinen ernsten Sohn zuwendet, der ihn begleitet und führt. So lebt in der geschnittenen Schärfe der italienischen Stadtlandschaft das Wunder von Traum und Spiel, in einer Photographie, die mich an die Fresken Signorellis in Orvieto erinnerte, an die Trompete Louis Armstrongs, an die Sprache Ernest Hemingways, wenn er den Stierkampf oder einen Markt in Venedig schildert, an die mit rosafarbenem Staub überpuderten Ruinen von Grosseto nach einem Bombenangriff.

»Buon viaggio« also wünschte mir der junge Italiener, der – ich erinnere mich jetzt – aussah wie der Held de Sicas in jenem Film, und ich begann meinen Marsch durch die Wildnis. Hinab ins Flußtal, die zerzackten Felsen, die Hügel mit den Bäumen. Auf meiner Karte trug das Gebiet die Bezeichnung »Campagna diserta«. »Diserta« dachte ich, der gleiche Wortstamm wie »desert«, die Wüste, also das richtige Gebiet für Deserteure. Deserteure sind Leute, die sich selbst in die Wüste schicken.

Meine Wüste war sehr schön. Zu meinen Füßen wuchsen Teppiche von gelben und violetten Blumen. Der Duft von Thymian und Lavendel strich mit dem Wind, der auch die goldrot prunkenden Falter trug, über die Hügel und verfing sich in den hellblauen Blüten des Rosmarinstrauches und den großen gelben Schmetterlingsblüten der Mastixpistazien. Die Sonne stand groß und golden und vom Wind umspielt rund um den hellen Schatten, den eine Pinie auf die Thymianheide warf. Wieder öffneten sich Talgründe mit Felsen und kalkweißen, ausgetrockneten Flußläufen, an deren Ufer das Macchien-Gebüsch silbergrün starrte und schwieg. Ich stieg in die Täler hinab und hatte große Mühe, mir einen Pfad durch die Macchia zu bahnen. Der Schweiß brach mir aus allen Poren. Oft mußte ich das Seitengewehr zu Hilfe nehmen, um die dichten, zähen Gebüsch-Urwälder zu durchdringen, in denen die grün und silbern und lehmbraun sich windenden Schlangen und Eidechsen wohnten. Aber droben, auf den Höhen der tuscischen Campagna, traf ich wieder den kühlenden Wind, und ich legte mich auf die Blumen und aß, wenn ich Hunger hatte, und sah auf den Kompaß und die Karte und suchte mit dem Blick den südlichen Horizont ab, an dem manchmal, und näher jetzt, das Kloster zu sehen war.

Aber fern im Osten standen die Berge des Apennin, hoch und edel im wildnishaften Glanz, und einsam wuchs weit noch vor ihnen, umlagert vom Heer der Höhen und Hügel, sonnentriefend und den Wind wie eine Fahne entfaltend, der Soracte, ritterlich und vulkanisch und tot, erhaben tot in der Melancholie dieses wilden, gestorbenen Landes, das wie jede Wildnis am Ende der Welt lag, am Ende des Lebens, und dort, wo unser Stern tot unter dem riesigen, leeren Himmel des Nichts hängt. Am Spätnachmittag geriet ich an den Rand eines mächtigen Weizenfeldes, das sanft in ein Tal hinabfloß. Hinter den Bäumen am anderen Talrand konnte ich Häuser sehen, und ich vernahm das Geräusch rollender Panzer, ein helleres, gleichmäßigeres Geräusch, als ich es von den deutschen Panzern kannte. Ich hörte das klirrende Gejohl der Raupenketten. Die Töne klangen fern in der rötlichen Neigung des westlichen Lichtes. Darauf tat ich etwas kolossal Pathetisches – aber ich tat's –, indem ich meinen Karabiner nahm und unter die hohe Flut des Getreides warf. Ich löste die Patronentaschen und das Seitengewehr vom Koppel und ergriff den Stahlhelm und warf alles dem Karabiner nach. Dann ging ich durch das Feld weiter. Unten geriet ich noch einmal in die Macchia. Ich schlug mich durch, das dichte Dorngestrüpp zerkratzte mein Gesicht; es war ein schweres Stück Arbeit. Keuchend stieg ich nach oben.

In der Mulde des jenseitigen Talhangs fand ich einen wilden Kirschbaum, an dem die reifen Früchte glasig und hellrot hingen. Das Gras rings um den Baum war sanft und abendlich grün. Ich griff nach einem Zweig und begann, von den Kirschen zu pflücken. Die Mulde war wie ein Zimmer; das Rollen der Panzer klang nur gedämpft herein. Sie sollen warten, dachte ich. Ich habe Zeit. Mir gehört die Zeit, solange ich diese Kirschen esse. Ich taufte meine Kirschen: ciliege diserte, die verlassenen Kirschen, die Deserteurs-Kirschen, die wilden Wüstenkirschen meiner Freiheit. Ich aß ein paar Hände voll. Sie schmeckten frisch und herb.

PETER BAMM
Die unsichtbare Flagge
Ein Bericht

Slogans

Der Kern der moralischen Widerstandskraft des deutschen Soldaten im Osten im vierten Jahre des Krieges war die Einsicht, daß er in eine Lage hineinmanöveriert worden war, in der er nunmehr sein eigenes Land gegen die rote Armee verteidigte. Hätte er dabei das Gefühl gehabt, richtig geführt zu werden, er wäre so leicht nicht zu erschöpfen gewesen. Aber die Fehler der obersten Führung wurden allmählich so offenbar, daß sie dem Soldaten nicht mehr verheimlicht werden konnten. Das Gefühl, daß sein Leben nichts mehr wert sei, schlug sich in seiner Sprache nieder. Von einer Division, die gegen den Rat aller Erfahrenen nutzlos eingesetzt worden war, ihr Ziel nicht erreicht hatte und fast vernichtet worden war, sagten die Soldaten – sie sei »verheizt« worden.

Zynismus erzeugt Zynismus. Das Pathos, das hinterher über die Gefallenen ausgeschüttet wurde, die ohne Grab in der Steppe vermoderten, rief bei den Soldaten Hohn hervor. »Der erbitterte Widerstand im Kessel von X., ein Fanal deutschen Heldentums ...« führte dazu, daß, als ich eines Morgens mit Mocassin vor die Tür trat, er seine Nase in die Luft hob und sagte: »Es riecht hier so komisch!«

»Nach was soll es denn riechen?«

»Ick kann ma' nich' helfen. Et riecht hier nach Fanal!«

Mocassin sollte auf eine schreckliche Weise recht behalten.

Im Herzen des Soldaten tauchte schließlich der Zweifel auf, ob nicht sogar die Opfer, die jeder für die nunmehr notwendig gewordene Verteidigung des eigenen Landes immer noch zu bringen bereit war, sinnlos waren.

Noch vor einem Jahr hatte ich überlegt, ob ich vor Beginn einer Offensive auf Urlaub fahren dürfe. Unterdessen war der Urlaub ein legitimes Mittel geworden, aus der Kette der Katastrophen wenigstens eine auszulassen. Ich war mit dem Pferd gestürzt und hatte mir irgend etwas an der Halswirbelsäule getan. Es konnte nicht festgestellt werden, worum es sich handelte. Die großen Röntgenapparate waren aus Simferopol schon abtransportiert. Schließlich gab mir der General die Erlaubnis, auf Urlaub zu fahren.

Ich schob den Urlaub von Woche zu Woche auf. Ein Urlaub, an dessen Ende man in einen zum Untergang verurteilten Kessel zurückkehren mußte – das waren zuviel Wolken über Ithaka. Lieber riskierte ich den ganzen Urlaub. Wenn die russische Offensive plötzlich losbrach, war es sicher, daß der Urlaub gesperrt würde. Doch gibt es für eine Offensive, die vorbereitet wird, eine Anzahl Symptome, die der Gegner auch bei sorgfältiger Geheimhaltung nicht zu verbergen vermag.

Auf diesen düsteren Hintergrund fiel noch einmal ein heiteres Licht. Es war die Geschichte mit dem Lokomotivchen.

Vorne am Tatarengraben standen zwischen den russischen und den deutschen Linien zwei Waggons auf einem Seitengleis der Eisenbahn nach Cherson. Eines Tages untersuchte eine Patrouille die beiden Waggons und fand darin die wahren Kostbarkeiten der Erde. Die Waggons waren bis unters Dach mit Zigaretten, Zigarren, Schokolade und Cognac gefüllt. Es wurde erwogen, die beiden Waggons zu bergen. Es gab eine Weiche, über die die Waggons auf das Hauptgleis rangiert werden konnten. Das Hauptgleis war bis zum vordersten Graben für den Panzerzug instandgesetzt. Die Weiche lag allerdings dicht vor dem russischen Drahtverhau. In mehreren stürmischen Nächten wurde sie von Pionierpatrouillen in Ordnung gebracht.

Dann suchte man einen erfahrenen Lokomotivführer. Er fand sich in Simferopol. Er war ein blauer Eisenbahner, also eigentlich kein Soldat, sondern ein Zivilist. Aber er war ein Pionier aus dem ersten Weltkrieg. Von damals hatte er das Eiserne Kreuz zweiter Klasse. Dazu trug er das Eichenlaub für fünfundzwanzigjährige Dienstzeit bei der Eisenbahn an seiner blauen Mütze. Dieser alte Experte wurde gefragt, ob er ein kleines Lokomotivchen so lange mit verdecktem Feuer fahren könne, bis die beiden Waggons geborgen seien. Er erklärte, er traue sich das zu.

In einer mondlosen Nacht, bei bedecktem Himmel, fuhr das Lokomotivchen los. Es war ein braves Lokomotivchen aus Kassel, das mindestens schon fünfzig Jahre gedient hatte. Auf dem dem Gegner zugekehrten Stand des Lokomotivchens standen der Lokomotivführer und der junge Kommandant des Panzerzugs.

Vorsichtig fährt das Lokomotivchen über die Linie bis vor den russischen Drahtverhau. Die Weiche wird umgestellt. Das Lokomotivchen fährt auf das Seitengleis. Die Wagen werden angekoppelt. Vorsichtig rangiert das Lokomotivchen zurück. Die Weiche wird umgestellt. Vorsichtig fährt das Lokomotivchen auf dem

Hauptgleis ab. Nichts rührt sich. Als dieser bemerkenswerte Güterzug sich der deutschen Linie nähert, sagt der Lokomotivführer zu dem Panzerleutnant: »Herr Leutnant, darf ich Pfeifsignal geben? Sonst macht mir die ganze Sache keinen Spaß!«

Der freche Leutnant befiehlt: »Los! Pfeifen Sie!«

So ertönte plötzlich hundert Meter vor dem russischen Stacheldrahtverhau das helle Pfeifen des Lokomotivchens. Die Russen haben wahrscheinlich geglaubt, es sei der Teufel selber gewesen, der da gepfiffen hat. Dann gab der Lokomotivführer Dampf und brauste ab. Noch ehe die Russen zu schießen angefangen hatten, war das Lokomotivchen in Sicherheit.

Die ganze Krim freute sich über die Geschichte. Der General kam auf den liebenswürdigen Einfall, dem vortrefflichen Lokomotivführer die Spange zum Eisernen Kreuz zu verleihen. Es gab sie aber nicht mehr. Verleihungen dieser Art kamen praktisch nicht mehr vor. Der Kriegsgerichtsrat stellte großmütig seine Spange zur Verfügung. Bei dem Versuch, sie ihm wieder zu beschaffen, machten wir die Entdeckung, daß diese Spange, mit der Soldaten, die das Eiserne Kreuz aus dem ersten Weltkrieg hatten, geehrt werden sollten, bei Kriegsausbruch in Massen vorhanden gewesen war. Sie war ursprünglich das Abzeichen für den Parteitag gewesen, der wegen des Kriegsausbruches nicht mehr stattgefunden hatte. Das Symbol der Ehre war transferiert worden.

Der Februar kam heran. Eines Morgens – ich schlief noch – kam Mocassin herein und fing an, meinen Koffer zu packen. Ich fragte ihn, was das solle. Er sah mich ernst an:

»Der Frühling kommt!«

»Woran hast du denn das gemerkt?«

»Die ersten Schwalben!«

»Mocassin, red' doch keinen Unsinn! Jetzt gibt's doch noch keine Schwalben!«

»Aber Ratas! Drei Ratas sind heute morgen über das Dorf geflogen. Die Russen werden munter. Unsere Zukunft liegt in der Luft!«

»Waren das nicht welche von uns?«

»Von uns? Det jlooben Se' wohl selba nich'! Wo soll'n die 'n herkommen? Det war'n Ratas. Ick packe!«

So fuhr ich auf Urlaub. Ich fuhr mit schlechtem Gewissen, aber ich fuhr. Als ich mich vom Kriegsgerichtsrat verabschiedete, sagte er: »Du bist mir ein schöner Lacedämonier! Na, nun grüße wenigstens Sparta von mir! Hier will ich dich nicht wiedersehen!«

Auf dem Flugplatz in Sarabus bekam ich einen Platz in einem Flugzeug. Wir stiegen auf. Unter uns lag die Krim. Von fern grüßte in der Sonne funkelnd das Jailagebirge. Jedes Dorf, das wir überflogen, kannte ich. Noch einmal warf ich einen Blick auf die weiße Steppe, die das Grab so vieler Männer geworden war, die meine Freunde waren. Weit dehnte sie sich bis an den Horizont. Im Frühling würde sie wieder verschwenderisch blühen. Ich sollte sie nicht wiedersehen.

Zu meinem Glück war das Flugzeug keine »alte Tante Ju«, sondern ein Kampfflugzeug, eine Heinkel 111. Kaum waren wir über dem Schwarzen Meer, als die Maschine von zwei Ratas angegriffen wurde. Mit großartiger Gleichgültigkeit setzten sich die alten Bordschützen an ihre Maschinengewehre und Bordkanonen und feuerten aus allen Rohren. Die Ratas drehten ab.

Über dem Meer schien strahlend die Sonne. Als wir uns Odessa näherten, lag eine mehrere hundert Meter hohe Nebelschicht über dem Kontinent. Sie schnitt genau mit der Steilküste ab. Wir flogen Odessa an, aber es war unmöglich zu landen. Die Wettermeldungen besagten, das Nebelgebiet erstrecke sich bis zu den Karpathen. Die Maschine flog dicht über dem Boden, über dem der Nebel teilweise aufgerissen war, an der gut erkennbaren Straße entlang, die von Odessa nach Nikolajew führt. Da der Pilot nicht viel Brennstoff an Bord hatte, erwog er schon, zur Krim zurückzufliegen. Aber schließlich fand er über dem Flugplatz von Nikolajew ein Loch im Nebel und landete. Ich war auf dem Kontinent. Die Division, oder vielmehr das, was von ihr übrigbleiben sollte, sah ich erst in Deutschland wieder.

Als ich mir in einer Klinik in München meine Halswirbelsäule röntgen ließ, kam der Chirurg mit der feuchten Röntgenplatte aus der Dunkelkammer und schrie ganz begeistert: »'s G'nack ham's Eahna brochn, Herr Kollege! 's G'nack!« Dabei schlug er sich, entzückt von der schönen Diagnose, auf sein Holzbein, das er schon vom ersten Kriege her hatte. Nun, ganz war das Genick nicht gebrochen, aber tatsächlich hatte ich einen Sprung im Knochen eines Wirbelkörpers, und einer der Dornfortsätze war abgerissen. Nach fünf Wochen bekam ich eine Blinddarmreizung. Unterdessen hatten die Russen ihren Angriff auf die Krim begonnen. Ich fuhr noch nach Wien. Aber ehe ich in den Zug nach Rumänien stieg, ging ich zum Bahnhofsarzt des Wiener Ostbahnhofs. Freundlich fragte mich der österreichische Kollege: »Sind Sie ausreisend oder heimkehrend, Herr Kollege?«

»Ausreisend!«

»Wohin?«

»Nach der Krim!«

Darauf meinte der liebenswürdige Mann mit einem kleinen sarkastischen Lächeln: »Merkwürdig, Herr Kollege! Sie glauben gar nicht, wieviel Blinddärme wir ausreisend haben. Und heimreisend keinen einzigen! Eigentümlich! Finden Sie nicht auch?«

Ich lachte. »Nun also – ob ich fahre oder nicht, das entscheiden Sie!«

Es war ein ganz reeller Blinddarm. Einige Anfälle hatte ich schon gehabt. Ich mußte am nächsten Tage operiert werden. Aber als Chirurg bin ich fest davon überzeugt, daß es nichts als ganz gewöhnliche Angst war, die sich diesen Locus minoris resistentiae, diesen Ort verminderten Widerstands im Organismus aussuchte, um sich als Appendicitis zu manifestieren. So machte ich an mir selbst die bemerkenswerte chirurgische Entdeckung, daß man sogar Angst mit dem Skalpell operativ entfernen kann.

Während ich in Wien im Lazarett lag, kamen die ersten Verwundeten von der Krim. In den Lazaretten brach eine Fleckfieberepidemie und bei den höheren Sanitätsdienststellen eine Panik aus. Man hatte die Verwundeten von der Krim, die mit ihren Läusen das Fleckfieber mitbrachten, ohne sie vorher zu entlausen, wahllos auf die verschiedenen Lazarette verteilt. So saßen wir in Quarantäne. Anschließend wurde ich zum Ersatzbataillon nach Berlin versetzt.

Auf der Krim war es aus. Die siebzehnte Armee hatte aufgehört zu existieren. Es war eine Katastrophe gewesen, deren Ausmaße Stalingrad teilweise noch übertroffen hatten, jedenfalls in der Gleichgültigkeit der obersten Führung gegen das Leben der Soldaten. Aber die Katastrophe wurde verheimlicht.

Die Infanteristen, die bis zum Schluß die letzten Bootsanlegestellen verteidigt hatten, wurden einfach zurückgelassen. Als sie solcher Weise sich verraten sahen, verschossen sie ihre letzte Munition auf die abfahrenden Boote. Dann warfen sie die Waffen weg und gingen in Gefangenschaft.

Die Felder von Verwundeten, die an den Landestellen zurückgelassen worden waren, riefen den letzten Booten in Sprechchören nach: »Wir sind die Ehrenbürger der Nation!«

Man hatte Grund, die Katastrophe zu verheimlichen.

Die Reste der Division trafen im Eisenbahntransport aus Rumänien in Deutschland ein. Unter den Verlusten der Kompanie war Feldwebel Maier. Er war mit seinem Kommando auf ein Schiff gekommen, das durch Flugzeuge vor Sewastopol versenkt wurde. Mit ihm gingen einige unserer besten Männer unter.

Die Division kam in der Nähe von Berlin in Quartier. Den Soldaten wurde durch Befehl verboten, über die Katastrophe auf der Krim zu sprechen. Es wurde ihnen sogar verboten, untereinander darüber zu sprechen. Die Lächerlichkeit dieser Maßnahme führte zu einer weiteren Zerstörung des Vertrauens. Gleichzeitig wurden alle Kommandeure der Division versetzt. Der Sinn dieser Maßnahme war schwer zu durchschauen. Vermutlich hatte man Angst vor einer Truppe, die so schändlich behandelt worden war. Mit unbeirrbarer Inkonsequenz zerstörte der primitive Mann das, was allein das Land vor dem Äußersten hätte bewahren können, die Armee, die es vielleicht vermocht hätte, die Sowjets vor den Grenzen aufzuhalten.

Die heitere Ruhe in den bezaubernden, völlig unzerstörten Landstädtchen und Dörfern der Mark dauerte nicht lang. Die Division wurde neu ausgestattet und dann verladen. Es begann der letzte Akt der Tragödie.

Milo Dor
Tote auf Urlaub

Die große Wandlung des Wachtmeisters Mittag

Wachtmeister Mittag war ein ganz anderer Mensch als Oberwachtmeister Grabler, obwohl beide Polizeiwächter waren und dieselbe giftgrüne Uniform trugen. Der Unterschied bestand nicht darin, daß der eine nur ein Sternchen und der andere zwei als Zeichen seines Grades auf der Achselspange hatte.

Mittag war klein und mager, sehr mager. Bei seinem Anblick mußte sich Mladen unwillkürlich an jenes Schulskelett erinnern, das man während der Anatomiestunden immer vorgeführt hatte. Die Hände und die Füße des Wachtmeisters Mittag schienen genauso nur mit einem Draht am Brustkorb und am Becken festgebunden zu sein. Wenn er klappernd durch den Gang eilte, drohten seine Glieder auseinanderzufallen. Daß sie noch immer beisammen waren, konnten sie nur der festanliegenden Uniform verdanken. Mittag konnte man nicht anmerken, daß er in seiner Jugend Fleischhauergeselle gewesen war. Man hätte in ihm eher einen ehemaligen

Kavalleristen vermutet. Die Stimme dieses Gerippes war schrill, aber nicht zu laut, und überklar.

Oberwachtmeister Grabler war ein großer, dicker Bär, der unverständlich und rollend brummte, wenn er beim Waschen oder Essen seine Höhlenuntertanen zur Eile antrieb. Sein Herz war fett und langweilte sich sehr. Er unterhielt sich aber wenig mit den Häftlingen; ihr Schicksal interessierte ihn anscheinend nicht – er mochte nicht diese Art der Zerstreuung. Am liebsten saß er allein an seinem Platz neben der großen Gittertür im Gang und döste seine vierundzwanzig Stunden Dienst dahin, interesselos und gleichgültig. Nicht einmal die Zeitung hatte er vor sich auf dem kleinen Tischchen liegen, nichts außer dem Namensverzeichnis aller Häftlinge, die in den dreißig Zellen des »Laufs« untergebracht waren. Das Studium dieser Liste genügte ihm vollkommen. Das war das einzig Mögliche, was er tun konnte. Der Bär hatte schläfrig-ölige Kalbsaugen. Eine merkwürdige Kreuzung.

Obwohl das Herz des Wachtmeisters Mittag trocken und faserig war wie Pferdefleisch, zeigte er großes Interesse am Weltgeschehen und an den Einzelschicksalen seiner Zöglinge. Er las regelmäßig die Zeitung und unterhielt sich gern mit den armen Sündern, vor allem um ihnen zu beweisen, daß sie im Unrecht seien. Er quälte sie durch die Erzählungen von den Herrlichkeiten des großen freien Lebens, dort draußen, jenseits der Gitter. Vielleicht tat er es auch aus purer Langeweile. Das war nicht so leicht festzustellen.

Schon am ersten Tag, nachdem Mladen die Zelle Nummer 8 bezogen hatte, in der ein griechischer Schleichhändler und ein staatsfeindlicher Wiener, der regelmäßig die Auslandssender abgehört hatte, saßen, kam Wachtmeister Mittag in der Abenddämmerung zu ihnen. Er hatte fast geräuschlos die Tür aufgesperrt. Nun stand er an den Türrahmen gelehnt und schien nichts anderes zu wollen, als in der stinkenden und staubigen Zelle Luft zu schöpfen. Mladen und seine zwei Kameraden waren aufgestanden, so wie es der Brauch war, wenn der Wächter hereinkam.

»Setzen Sie sich, es ist nicht notwendig, daß Sie stehen bleiben«, sagte das Gerippe müde. Sie setzten sich auf das einzige Bett. Schweigen. Wachtmeister Mittag war in Gedanken versunken.

»Sie sind mir gleich aufgefallen«, sagte er plötzlich zu Mladen. »Ein intelligenter Mensch, dachte ich mir, das sieht man doch auf den ersten Blick. Haben Sie denn das notwendig gehabt?« Wachtmeister Mittag zeigte auf das Gitterfenster. »Na, ja, ich will mich nicht einmischen. Jeder muß wissen, was er tut und womit er rechnen muß, wenn er es tut. Umsonst wird niemand eingesperrt. Bestimmt nicht.« Dann blieb er stehen, als ob er auf eine Antwort wartete. Niemand antwortete ihm.

»Wissen Sie, ich war im Weltkrieg in Ihrer Heimat«, begann der Polizist von neuem. »In Belgrad. Sechs Monate lang. Das werde ich nie vergessen. Schönes Leben habt ihr dort gehabt ... Wie heißt dieses Fleisch, auf dem Rost gebraten?«

»Tschewabtschitschi, Tschewabtschitschi und Raznjitschi«, antwortete Mladen.

»Ja, Tschewabtschitschi und ein guter Wein dazu. Abends und mittags vor dem Essen ein paar Stamperl Sliwowitz ... Ja, ja.« Wachtmeister Mittag stieß einen Laut aus, der einem wehmütigen Seufzer sehr ähnlich war.

Wieder Pause.

»Na, ja.« Meister Mittag richtete sich auf und begann mit dem Schlüsselbund zu spielen. »Ein intelligenter Mensch, dachte ich mir, der hat es nicht notwendig gehabt.«

Das Gerippe schloß langsam und nachdenklich die Tür.

»Nur sprechen und sprechen und nix zum Essen geben. Der andere nix sprechen, aber immer doppelte Portion Suppe geben«, sagte Anastasios wütend.

»Jetzt ist er aber ganz anders geworden«, antwortete Rudi. »Viel weicher. Ihr habt ihn früher nicht gekannt. Ich bin schon über ein Jahr da ... Früher ist er nicht weggegangen, ohne Antwort auf seine Frage zu bekommen. ›Na, sag, hast du's notwendig gehabt?‹ Immer ist er auf dieser Frage herumgeritten. Aber wart nur ein bissel, er wird noch weicher werden. Er soll nur fleißiger seine Zeitung studieren, dann wird ihm jedes Fragen vergehen. Dann wird er nimmermehr wissen, ob's Mittag ist oder schon spät abends. Oder eine Minute vor Mitternacht. Die Russen sind in Ungarn und die Amerikaner in Nordfrankreich. Der wird noch die Platte umdrehen.«

Und das Gerippe drehte wirklich die Platte um. Es schien unter dem Druck einer dunklen Ahnung noch knochiger und bleicher geworden zu sein. Und etwas leiser.

Als er am zweiten Abend wieder an der Tür erschien, waren seine Augen trüb und die Stimme heiser; sein Hals war in einen Schal gehüllt. Er führte diesmal ein langes Gespräch mit Rudi über die vergangene Pracht der Wienerstadt, die nie mehr wiederkommen würde, über die goldene Zeit der Backhendeln, in der die Polizisten die stille Rolle der Schutzengel gespielt hatten.

»Und die Kanonen vom 12. Februar 1934?« bemerkte Rudi ganz nebenbei.

»Ich habe nur meine Pflicht getan, so wie ich sie heute tue. Und morgen, wenn jemand anderer ans Ruder kommt, werde ich wieder meine Pflicht tun, gegen alle, die das bestehende Gesetz nicht achten. Die Gesetze können geändert werden, aber nicht abgeschafft. Wer sich gegen sie auflehnt, ist ein Verbrecher. Niemand wird unschuldig eingesperrt.« Meister Mittag wußte nicht mehr, was er sagen sollte. Es tat ihm leid, daß er sich nicht besser ausdrücken konnte. Er fand aber nie stärkere Worte zur Rechtfertigung seines Tuns. Er war ja nur ein Pflichtmensch. Nichts anderes.

»Na, alter Freund, wann wer'n ma unser Jubiläum feiern? Wird's bald ein Jahr?« fragte er freundlich, um das vorher Gesagte zu mildern.

»Es ist schon der dreizehnte Monat, Herr Meister«, korrigierte ihn Rudi höflich.

»Na, so was, daß ich das vergessen hab'«, sagte Mittag kopfschüttelnd und zog sich mit der traurigen Eleganz eines alten Gentleman zurück.

»Hol dich der Teufel!« rief ihm Rudi nach.

Zwei Tage später stand Meister Mittag schon in der Früh an der Tür der Zelle Nummer 8, gleich nachdem er den Dienst übernommen hatte. Seine Augen waren noch trüber als sonst und blutunterlaufen wie vom Weinen. Sie boten ihm schnell und erstaunt Platz an, als sie sahen, daß er sich in den blankgeputzten Stiefeln nur mühsam aufrecht hielt.

»Ich habe es geahnt«, seufzte das Skelett tief. »Ich habe es geahnt.« Und die Tränen begannen auf die giftgrüne Brust zu tröpfeln, in der ein trockenes und faseriges Menschenherz laut trommelte. »Mein Sohn, sie haben ihn getötet, die Unseren, die ihn geholt haben, nicht die anderen. Ich habe es die ganze Zeit geahnt. Vor einem Monat schon. Und ich bekomme den Brief erst gestern.« Die knochige Hand reichte ihnen die kurze Mitteilung, in der das übliche »für Führer und Großdeutschland … den Heldentod« stand.

»Jetzt hat's ihn ordentlich erwischt«, flüsterte Rudi Mladen zu.

»Sein Freund hat mir auch geschrieben, der neben ihm gestanden ist. Ein Granatsplitter im Kopf … Seine Brieftasche hat man mir geschickt und seine Papiere. Meine Briefe, in denen ich ihm geschrieben hab, daß er aufpassen und nur auf sich selbst schauen soll. Mein Bild hat er immer bei sich getragen, mein Bub … Aber die Uhr haben sie mir nicht geschickt, die Gauner. Nicht, daß Sie meinen, mir tut's leid um die Uhr. Nur wegen der Erinnerung. Ich habe sie ihm zur Matura geschenkt. Ich wollte aus ihm etwas Großes machen, aus meinem Buben ... und sie haben ihn getötet.«

»Nach den anderen hat er nicht so gejammert«, flüsterte Rudi wieder in Mladens Ohr.

Wachtmeister Mittag saß vollkommen betäubt und bemerkte es nicht.

»Mittag!« rief eine starke Stimme vom Gang her.

Das Gerippe blieb aber unbeweglich.

»Meister Mittag, man ruft Sie draußen!« Rudi begann ihn zu schütteln.

Das Gerippe stand wie schlaftrunken auf, wischte rasch mit dem Ärmel die Tränen ab, drückte allen dreien verschämt die Hand und eilte taumelnd hinaus.

»Der Pflichtmensch hat versagt!« stellte Rudi fest.

»Das hat mich an die serbische Anekdote vom alten Popen erinnert«, sagte Mladen. »Dieser alte Pope hat immer ein tröstendes Wort für jeden Unglücklichen bereitgehalten und ein mahnendes für die Sünder. Den Sterbenden hat er besonders schöne Stellen aus der Bibel zitiert. Und nach dem Begräbnis ist er nach Hause gegangen und hat ruhig ein Sauerkraut mit Geselchtem gegessen. Bis zu jenem Tag, an dem seine Frau, die Popin, auf dem Sterbebett lag und in der Agonie nach Hilfe rief. Der ratlose Pope stürzte auf die Straße und schrie die Leute an: ›Die Popin stirbt! So helft mir doch, seht ihr nicht, daß sie im Sterben liegt!‹ Mit der Popin starb die ganze Welt für den Popen.«

»Was ist?« rief Mittag auf dem Gang. Dann hörte man seine Schritte, die nicht mehr klappernd dahinflogen, sondern schwer und gebrochen schlurften.

»Er kann einem doch leid tun«, sagte Mladen.

PETER HUCHEL

Bericht des Pfarrers vom Untergang seiner Gemeinde

Da Christus brennend sank vom Kreuz – o Todesgrauen!
Es schrien die erzenen Trompeten
Der Engel, fliegend im Feuersturm.
Ziegel wie rote Blätter wehten.
Und heulend riß im wankenden Turm

Und Quadern schleudernd das Gemäuer,
Als berste des Erdballs Eisenkern.
O Stadt in Feuer!
O heller Mittag, in Schreie eingeschlossen –
Wie glimmendes Heu stob Haar der Frauen.
Und wo sie im Tiefflug auf Fliehende schossen,
Nackt und blutig lag die Erde wie der Leib des Herrn.

Nicht war es der Hölle Sturz:
Knochen und Schädel wie gesteinigt
In großer Wut, die Staub noch schmolz –
Die mit dem erschrockenen Licht vereinigt
Brach Christi Haupt vom Holz.
Es schwenkten donnernd die Geschwader.
Durch roten Himmel flogen sie ab,
Als schnitten sie des Mittags Ader.
Ich sah es schwelen, fressen, brennen –
Und aufgewühlt war noch das Grab.
Hier war kein Gesetz! Mein Tag war zu kurz,
Um Gott zu erkennen.

Hier war kein Gesetz. Denn immer wieder warf die Nacht
Aus kalten Himmeln feurige Schlacke.
Und Wind und Qualm. Und Dörfer wie Meiler angefacht.
Und Volk und Vieh auf enger Schneise.
Und morgens die Toten der Typhusbaracke,
Die ich begrub, von Grauen erfaßt –
Hier war kein Gesetz. Es schrieb das Leid
Mit aschiger Schrift: Wer kann bestehn?
Denn nahe war die Zeit.
O öde Stadt, wie war es spät,
Es gingen die Kinder, die Greise
Auf staubigen Füßen durch mein Gebet.
Die löchrigen Straßen sah ich sie gehn.
Und wenn sie schwankten unter der Last
Und stürzten mit gefrorener Träne,
Nie kam im Nebel der langen Winterchausseen
Ein Simon von Kyrene.

Paul Celan
Auf Reisen

Es ist eine Stunde, die macht dir den Staub zum Gefolge,
dein Haus in Paris zur Opferstatt deiner Hände,
dein schwarzes Aug zum schwärzesten Auge.

Es ist ein Gehöft, da hält ein Gespann für dein Herz.
Dein Haar möchte wehn, wenn du fährst – das ist ihm verboten.
Die bleiben und winken, wissen es nicht.

Brandmal

Wir schliefen nicht mehr, denn wir lagen im Uhrwerk der Schwermut
und bogen die Zeiger wie Ruten,
und sie schnellten zurück und peitschten die Zeit bis aufs Blut,
und du redetest wachsenden Dämmer,
und zwölfmal sagte ich du zur Nacht deiner Worte,
und sie tat sich auf und blieb offen,
und ich legt ihr ein Aug in den Schoß und flocht dir das andre ins Haar
und schlang zwischen beide die Zündschnur, die offene Ader –
und ein junger Blitz schwamm heran.

Nachts, wenn das Pendel

Nachts, wenn das Pendel der Liebe schwingt
zwischen Immer und Nie,
stößt dein Wort zu den Monden des Herzens
und dein gewitterhaft blaues
Aug reicht der Erde den Himmel.

Aus fernem, aus traumgeschwärztem
Hain weht uns an das Verhauchte,
und das Versäumte geht um, groß wie die Schemen der Zukunft.

Was sich nun senkt und hebt,
gilt dem zuinnerst Vergrabnen:
blind wie der Blick, den wir tauschen,
küßt es die Zeit auf den Mund.

So bist du denn geworden

So bist du denn geworden
wie ich dich nie gekannt:
dein Herz schlägt allerorten
in einem Brunnenland,

wo kein Mund trinkt und keine
Gestalt die Schatten säumt,
wo Wasser quillt zum Scheine
und Schein wie Wasser schäumt.

Du steigst in alle Brunnen,
du schwebst durch jeden Schein.
Du hast ein Spiel ersonnen,
das will vergessen sein.

Zähle die Mandeln

Zähle die Mandeln,
zähle, was bitter war und dich wachhielt,
zähl mich dazu:

Ich suchte dein Aug, als du's aufschlugst und niemand dich ansah,
ich spann jenen heimlichen Faden,
an dem der Tau, den du dachtest,
hinunterglitt zu den Krügen,
die ein Spruch, der zu niemandes Herz fand, behütet.

Dort erst tratest du ganz in den Namen, der dein ist,
schrittest du sicheren Fußes zu dir,
schwangen die Hämmer frei im Glockenstuhl deines Schweigens,
stieß das Erlauschte zu dir,
legte das Tote den Arm auch um dich,
und ihr ginget selbdritt durch den Abend.

Mache mich bitter.
Zähle mich zu den Mandeln.

Wolfgang Weyrauch
Woher kennen wir uns bloß? Hörspiel

Jude Stell dir vor: es ist der 9. Oktober 1952. Stell dir vor: es ist 17 Uhr 5 Minuten, die Zeit, wenn es kurz nach Büroschluß ist. Stell dir vor: ich, der ich mit dir rede, stehe an einer Straßenkreuzung, in Hamburg, am Stephansplatz. Ich wollte gerade noch auf die andere Straßenseite hinüber, aber es geht nicht mehr, die automatische Lichtsignalschaltung hat von gelb auf rot gewechselt, und jetzt muß ich eine Minute lang warten, bis aus rot gelb und aus gelb grün geworden ist. Ich warte. Ich denke an das, was ich jetzt vorhabe. ich will nach Hause, aber vorher will ich noch in ein Kolonialwarengeschäft gehen und mir zum Abendbrot Schichtkäse kaufen. Nachher werden wir, meine Freundin und ich, ins Kino gehen. Spencer Tracy, Katherine Hepburn, in ›Ehekrieg‹. Daran denke ich, während ich darauf warte, daß aus rot gelb und aus gelb grün wird. Aber damit begnüge ich mich nicht. Ich sehe mich um. Ich sehe mir die Leute an, die neben mir stehen. Ich betrachte auch die Leute gegenüber, auf der anderen Straßenseite, die Leute vor dem Zigarrengeschäft von Wolsdorff. Und plötzlich geschieht es. Was? Etwas ganz Alltägliches. Ich sehe, durch die Autos, Lastwagen, Motorräder und Fahrräder hindurch, einen Fußgänger. Ein Mann, wie ich es bin. Er könnte ich sein, und ich könnte er sein. Trotzdem fiel er mir auf. Warum? Besonders deshalb, weil ich merke, daß ich ihm auch aufgefallen bin. Wir sehen uns an. Wir hören nicht auf, uns zu betrachten. Schließlich halte ich es nicht mehr aus. Ich spreche ihn an. In Gedanken, versteht sich, und auf die Entfernung hin. Wird er mich verstehen? Wird er mir antworten? Werde ich seine Antwort verstehen, obwohl auch er bloß in Gedanken und auf die Entfernung hin antworten wird?

Polizist Ich kenne Sie doch?

Jude Ich kenne Sie auch.

Polizist Woher kenne ich Sie bloß? Das heißt, ich kenne Sie eigentlich gar nicht, so wie man für gewöhnlich einen kennt. Ich kenne bloß Ihre Augen, die aber kenne ich, als wären es meine eigenen.

Jude Und meine Hände kennen Sie auch so, wie wenn es Ihre eigenen wären.

Polizist Woher wissen Sie das?

Jude Weil ich Sie kenne, das heißt, ich kenne auch bloß Ihren Mund, der sich so ekelt, daß er sich öffnet, und jetzt liegen die Zähne bloß, die schwarz vom Rauchen sind und verfault vom Altern.

POLIZIST Ihre sind auch nicht sehr schön.

JUDE Ich habe gar keine mehr, das Altern hat sie mir weggefressen.

POLIZIST Zeigen Sie mal Ihren Ausweis.

JUDE Ich habe keinen, ich habe noch nie einen gehabt. Haben Sie schon einmal gehört, daß ein Jude aus dem Getto einen Ausweis hat?

POLIZIST Dann muß ich Sie verhaften.

JUDE Bitte. Ich weiß zwar nicht, ob Sie das Recht dazu haben, aber verhaften Sie mich ruhig, das macht uns gar nichts aus.

POLIZIST Uns? Wer seid ihr, und wieviele seid ihr, und was wollt ihr?

JUDE So, und jetzt wird aus rot gelb und aus gelb grün. Die Autos stoppen, die Fußgänger fangen zu gehen an. Auch wir beiden. Mitten auf dem Fahrdamm treffen wir uns. Wir grüßen uns. Wir haben uns erkannt. Wir kennen uns. Aber wir bleiben nicht stehen. Wir geben uns nicht die Hand. Wir gehen aneinander vorbei. Aber wir sehen uns bis zum letzten Moment an, bis wir auf gleicher Höhe sind, bis es soweit ist, daß wir uns die Hälse verrenken müßten, um uns immer noch zu betrachten. Die Hälse verrenken wir uns nicht. Aber so, wie wir begonnen haben, uns in Gedanken und aus der Entfernung zu unterhalten, als wir uns erblickten, so fahren wir darin fort. Wir bleiben so lange im Gespräch, bis wir alles gesagt haben, was wir auf dem Herzen haben.

POLIZIST Wir beide stellen uns Fragen und Fragen, aber wir antworten uns auf unsere Fragen nicht.

JUDE Das ist klug. Fragen, die bloß gestellt, aber nicht beantwortet sind, schwirren wie Fledermäuse herum und setzen sich unter die Haare. Die Hirne sind sehr nah.

POLIZIST Ich schlage vor, daß ich dir zuerst deine Fragen beantworte.

JUDE Bitte.

POLIZIST Ich bin Geheimpolizist, bitte, willst du meinen Ausweis sehen, daraus geht hervor, daß ich dazu berechtigt bin, dich zu verhaften.

JUDE Was habe ich Ihnen getan?

POLIZIST Schon wieder eine Frage, aber ich will sie noch beantworten, obwohl du eigentlich jetzt an der Reihe wärst. Du hast mir nichts getan, Jude, aber ich muß mich vor dir in acht nehmen.

JUDE Warum?

Polizist Du fragst und fragst. Du hast mir noch nichts getan, aber du könntest mir jeden Augenblick etwas tun, und nicht bloß du allein, sondern du und alle deinesgleichen mir und allen meinesgleichen.

Jude Die Juden haben nichts gegen die Polizisten, wenn die Polizisten nichts gegen die Juden haben.

Polizist Aber die Polizei hat sehr viel gegen die Juden, gegen die Juden und alle anderen, die so sind wie sie.

Jude Mein Gott, wie sind wir denn?

Polizist Ihr seid wie fast alle anderen, die von einer Straßenseite zur anderen gehen.

Jude Also arm und schwach und unglücklich und verwirrt und gefoltert und brüderlich zu denen, die arm und schwach und unglücklich und verwirrt und gefoltert sind.

Polizist Damit weiß ich, wer ihr seid. Und wieviele seid ihr, und was wollt ihr?

Jude Wir sind viele.

Polizist Wieviele?

Jude Unendlich viele, so viele, daß keiner sie zählen kann, so viele, wie die Regentropfen und Sandkörner und Wolken und Würmer auf der ganzen Welt.

Polizist Und was wollt ihr?

Jude Ich möchte bloß von mir reden, wenn Sie es mir erlauben.

Polizist Bitte.

Jude Ich, ich fürchte mich.

Polizist Wovor?

Jude Ja, wovor?

Polizist Willst du Zeit gewinnen? Ich habe schon viel Zeit durch dich verloren, Jude.

Jude Ich glaube nicht, daß die Leute auf der Straße etwas vorhaben, genauso wenig wie ich. Sie haben Angst, genauso wie ich, und das ist alles.

Polizist Wovor?

Jude Sie sind kleine Leute, also haben sie vor den großen Leuten Angst.

Polizist Kleine Leute, was ist das?

Jude Ich bin ein kleiner Mann, du bist auch ein kleiner Mann. Die kleinen Leute sind ohnmächtig, und die großen Leute sind mächtig.

Polizist Wahrscheinlich wollt ihr aus den Ohnmächtigen Mächtige und aus den Mächtigen Ohnmächtige machen.

Jude Kann sein.

Polizist Nehmen wirs an. Und wie wollt ihr das machen?

Jude Die Veränderung kommt, wie das Wachs schmilzt, wenn es auf die Ofenplatte gerät. Alles kommt ganz von selber. Zum Beispiel gehört auch unser Gespräch dazu, Herr Geheimpolizist.

Polizist Du willst mich wohl rumkriegen?

Jude Ich wäre glücklich, wenn auch du anfangen würdest, dich zu fürchten, so wie du schon einmal Angst gehabt hast.

Polizist Damals, als wir im Getto gegeneinander kämpften, und als Sie mir kurz vor dem Ende Ihres Widerstandes das Glas mit den Wanzen durch die Schießscharte zeigten.

Jude Damals waren wir bloß noch neun.

Polizist Und ich dachte, ihr wärt noch viel mehr als hundert, und ich bin darauf hereingefallen.

Jude Sie sind auch auf die Wanzen im Glas hereingefallen. Sie stießen mit dem Kolben die Schießscharte in der Tür auf, ich stand grade hinter der Tür, ich hatte das Glas mit den Wanzen in der Hand, ich hielt es Ihnen hin. Sie sahen es sich an, Sie drehten den Karabiner nicht herum, Sie schossen nicht.

Polizist Ich sah bloß die Wanzen in dem Glas an, und ich sah deine Hände an, die das Glas hielten, und ich sah deine Augen an, die mich betrachteten.

Jude Ich sah bloß Ihren Mund und die Zähne darin.

Polizist Ich fragte dich, was es mit den Wanzen auf sich hätte.

Jude Ich sagte, daß wir sehr unter den Wanzen zu leiden hätten, daß wir zum Beispiel gar nicht schlafen könnten, obwohl doch nichts wichtiger im Kampf sei als ein tiefer Schlaf für die Ablösung.

Polizist Das leuchtete mir ein.

Jude Ich dankte Ihnen für Ihr Verständnis.

Polizist Du wolltest mich verhöhnen, Jude, und ich merkte es nicht einmal. Ich merke es erst jetzt.

Jude Ich meinte es im Ernst, denn aus dem Verständnis kommt das Einverständnis.

Polizist Ich bin nicht mit Ihnen einverstanden, Jude.

Jude Eines Tages werden Sie mit mir einverstanden sein.

Polizist Wann wird das sein?

Jude Vielleicht noch heute.

Polizist Ich fürchte mich vor dir, Jude.

Jude Sie wollen mich verhöhnen.

Polizist Ich meine es im Ernst.

Jude Das freut mich, denn aus der Furcht kommt die Erkenntnis.
Polizist Wieso hattest du grade das Glas mit den Wanzen in der Hand, als ich die Schießscharte aufstieß?
Jude Gott drückte es mir vorher in die Hand.
Polizist Glaubst du an Gott?
Jude Warum soll ich nicht an Gott glauben, da er doch an mich, den Menschen, glaubt?
Polizist Wieso glaubt er an dich?
Jude Sonst hätte er mich nicht gemacht.
Polizist Er hat auch die Wanzen gemacht.
Jude Er glaubt auch an die Wanzen, und er liebt sie. Wenn er die Wanzen nicht liebte, wäre er nicht Gott.
Polizist Die Wanzen und die Juden.
Jude Die Wanzen sind wir alle.

Ingeborg Bachmann
Die gestundete Zeit

Es kommen härtere Tage.
Die auf Widerruf gestundete Zeit
wird sichtbar am Horizont.
Bald mußt du den Schuh schnüren
und die Hunde zurückjagen in die Marschhöfe.
Denn die Eingeweide der Fische
sind kalt geworden im Wind.
Ärmlich brennt das Licht der Lupinen.
Dein Blick spurt im Nebel:
die auf Widerruf gestundete Zeit
wird sichtbar am Horizont.

Drüben versinkt dir die Geliebte im Sand,
er steigt um ihr wehendes Haar,
er fällt ihr ins Wort,
er befiehlt ihr zu schweigen,
er findet sie sterblich
und willig dem Abschied
nach jeder Umarmung.

Sieh dich nicht um.
Schnür deinen Schuh.

Jag die Hunde zurück.
Wirf die Fische ins Meer.
Lösch die Lupinen!

Es kommen härtere Tage.

Günter Eich
Der Große Lübbe-See

Kraniche, Vogelzüge,
deren ich mich entsinne,
das Gerüst des trigonometrischen Punkts.

Hier fiel es mich an,
vor der dunklen Wand des hügeligen Gegenufers,
der Beginn der Einsamkeit,
ein Lidschlag, ein Auge,
das man ein zweites Mal nicht ertrüge,
das Taubenauge mit sanftem Vorwurf,
als das Messer die Halsader durchschnitt,
der Beginn der Einsamkeit,
hier ohne Boote und Brücken,
das Schilf der Verzweiflung,
der trigonometrische Punkt,
Abmessung im Nichts,
während die Vogelzüge sich entfalten,
Septembertag ohne Wind,
güldene Heiterkeit, die davonfliegt,
auf Kranichflügeln, spurlos.

Ilse Aichinger
Spiegelgeschichte

Wenn einer dein Bett aus dem Saal schiebt, wenn du siehst, daß der Himmel grün wird, und wenn du dem Vikar die Leichenrede ersparen willst, so ist es Zeit für dich aufzustehen, leise, wie Kinder aufstehen, wenn am Morgen Licht durch die Läden schimmert, heimlich, daß es die Schwester nicht sieht – und schnell!

Aber da hat er schon begonnen, der Vikar, da hörst du seine Stimme, jung und eifrig und unaufhaltsam, da hörst du ihn schon reden. Laß es geschehen! Laß seine guten Worte untertauchen in dem blinden Regen. Dein Grab ist offen. Laß seine schnelle Zuversicht erst hilflos werden, daß ihr geholfen wird. Wenn du ihn läßt, wird er am Ende nicht mehr wissen, ob er schon begonnen hat. Und weil er es nicht weiß, gibt er den Trägern das Zeichen. Und die Träger fragen nicht viel und holen deinen Sarg wieder herauf. Und sie nehmen den Kranz vom Deckel und geben ihn dem jungen Mann zurück, der mit gesenktem Kopf am Rand des Grabes steht. Der junge Mann nimmt seinen Kranz und streicht verlegen alle Bänder glatt, er hebt für einen Augenblick die Stirne, und da wirft ihm der Regen ein paar Tränen über die Wangen. Dann bewegt sich der Zug die Mauern entlang wieder zurück. Die Kerzen in der kleinen, häßlichen Kapelle werden noch einmal angezündet und der Vikar sagt die Totengebete, damit du leben kannst. Er schüttelt dem jungen Mann heftig die Hand und wünscht ihm vor Verlegenheit viel Glück. Es ist sein erstes Begräbnis und er errötet bis zum Hals hinunter. Und ehe er sich verbessern kann, ist auch der junge Mann verschwunden. Was bleibt jetzt zu tun? Wenn einer einem Trauernden viel Glück gewünscht hat, bleibt ihm nichts übrig, als den Toten wieder heimzuschicken.

Gleich darauf fährt der Wagen mit deinem Sarg die lange Straße wieder hinauf. Links und rechts sind Häuser und an allen Fenstern stehen gelbe Narzissen, wie sie ja auch in alle Kränze gewunden sind, dagegen ist nichts zu machen. Kinder pressen ihre Gesichter an die verschlossenen Scheiben, es regnet, aber eins davon wird trotzdem aus der Haustür laufen. Es hängt sich hinten an den Leichenwagen, wird abgeworfen und bleibt zurück. Das Kind legt beide Hände über die Augen und schaut euch böse nach. Wo soll denn eins sich aufschwingen, solang es auf der Friedhofsstraße wohnt?

Dein Wagen wartet an der Kreuzung auf das grüne Licht. Es regnet schwächer. Die Tropfen tanzen auf dem Wagendach. Das Heu riecht aus der Ferne. Die Straßen sind frisch getauft und der Himmel legt seine Hand auf alle Dächer. Dein Wagen fährt aus reiner Höflichkeit ein Stück neben der Trambahn her. Zwei kleine Jungen am Straßenrand wetten um ihre Ehre. Aber der auf die Trambahn gesetzt hat, wird verlieren. Du hättest ihn warnen können, aber um dieser Ehre willen ist noch keiner aus dem Sarg gestiegen.

Sei geduldig. Es ist ja Frühsommer. Da reicht der Morgen noch lange in die Nacht hinein. Ihr kommt zurecht. Bevor es dunkel wird und alle Kinder von den Straßenrändern verschwunden sind, biegt auch der Wagen schon in den Spitalshof ein, ein Streifen Mond fällt zugleich in die Einfahrt. Gleich kommen die Männer und heben deinen Sarg vom Leichenwagen. Und der Leichenwagen fährt fröhlich nach Hause.

Sie tragen deinen Sarg durch die zweite Einfahrt über den Hof in die Leichenhalle. Dort wartet der leere Sockel schwarz und schief und erhöht, und sie setzen den Sarg darauf und öffnen ihn wieder und einer von ihnen flucht, weil die Nägel zu fest eingeschlagen sind. Diese verdammte Gründlichkeit!

Gleich darauf kommt auch der junge Mann und bringt den Kranz zurück, es war schon hohe Zeit. Die Männer ordnen die Schleifen und legen ihn vornehin, da kannst du ruhig sein, der Kranz liegt gut. Bis morgen sind die welken Blüten frisch und schließen sich zu Knospen. Die Nacht über bleibst du allein, das Kreuz zwischen den Händen, und auch den Tag über wirst du viel Ruhe haben. Du wirst es später lange nicht mehr fertig bringen, so still zu liegen.

Am nächsten Tag kommt der junge Mann wieder. Und weil der Regen ihm keine Tränen gibt, starrt er ins Leere und dreht die Mütze zwischen seinen Fingern. Erst bevor sie den Sarg wieder auf das Brett heben, schlägt er die Hände vor das Gesicht. Er weint. Du bleibst nicht länger in der Leichenhalle. Warum weint er? Der Sargdeckel liegt nur mehr lose und es ist heller Morgen. Die Spatzen schreien fröhlich. Sie wissen nicht, daß es verboten ist, die Toten zu erwecken. Der junge Mann geht vor deinem Sarg her, als stünden Gläser zwischen seinen Schritten. Der Wind ist kühl und verspielt, ein unmündiges Kind.

Sie tragen dich ins Haus und die Stiegen hinauf. Du wirst aus dem Sarg gehoben. Dein Bett ist frisch gerichtet. Der junge Mann starrt durch das Fenster in den Hof hinunter, da paaren sich zwei Tauben und gurren laut, geekelt wendet er sich ab.

Und da haben sie dich schon in das Bett zurückgelegt. Und sie haben dir das Tuch wieder um den Mund gebunden, und das Tuch macht dich so fremd. Der Mann beginnt zu schreien und wirft sich über dich. Sie führen ihn sachte weg. »Bewahret Ruhe!« steht an allen Wänden, die Krankenhäuser sind zur Zeit überfüllt, die Toten dürfen nicht zu früh erwachen.

Vom Hafen heulen die Schiffe. Zur Abfahrt oder zur Ankunft? Wer soll das wissen? Still! Bewahret Ruhe! Erweckt die Toten nicht, bevor es Zeit ist, die Toten haben einen leisen Schlaf. Doch die Schiffe heulen weiter. Und ein wenig später werden sie dir das Tuch vom Kopf nehmen müssen, ob sie es wollen oder nicht. Und sie werden dich waschen und deine Hemden wechseln und einer von ihnen wird sich schnell über dein Herz beugen, schnell, solang du noch tot bist. Es ist nicht mehr viel Zeit und daran sind die Schiffe schuld. Der Morgen wird schon dunkler. Sie öffnen deine Augen und die funkeln weiß. Sie sagen jetzt auch nichts mehr davon, daß du friedlich aussiehst, dem Himmel sei dank dafür, es erstirbt ihnen im Mund. Warte noch! Gleich sind sie gegangen. Keiner will Zeuge sein, denn dafür wird man heute noch verbrannt.

Sie lassen dich allein. So allein lassen sie dich, daß du die Augen aufschlägst und den grünen Himmel siehst, so allein lassen sie dich, daß du zu atmen beginnst, schwer und röchelnd und tief, rasselnd wie eine Ankerkette, wenn sie sich löst. Du bäumst dich auf und schreist nach deiner Mutter. Wie grün der Himmel ist!

»Die Fieberträume lassen nach«, sagt eine Stimme hinter dir, »der Todeskampf beginnt!«

Ach die! Was wissen die?

Geh jetzt! Jetzt ist der Augenblick! Alle sind weggerufen. Geh, eh sie wiederkommen und eh ihr Flüstern wieder laut wird, geh die Stiegen hinunter, an dem Pförtner vorbei, durch den Morgen, der Nacht wird. Die Vögel schreien in der Finsternis, als hätten deine Schmerzen zu jubeln begonnen. Geh nach Hause! Und leg dich in dein eigenes Bett zurück, auch wenn es in den Fugen kracht und noch zerwühlt ist. Da wirst du schneller gesund! Da tobst du nur drei Tage lang gegen dich und trinkst dich satt am grünen Himmel, da stößt du nur drei Tage lang die Suppe weg, die dir die Frau von oben bringt, am vierten nimmst du sie.

Und am siebenten, der der Tag der Ruhe ist, am siebenten gehst du weg. Die Schmerzen jagen dich, den Weg wirst du ja finden. Erst links, dann rechts und wieder links, quer durch die Hafengassen, die so elend sind, daß sie nicht anders können, als zum Meer zu führen. Wenn nur der junge Mann in deiner Nähe wäre, aber der junge Mann ist nicht bei dir, im Sarg warst du viel schöner. Doch jetzt ist dein Gesicht verzerrt von Schmerzen, die Schmerzen haben zu jubeln aufgehört. Und jetzt steht auch der Schweiß wieder auf deiner Stirne, den ganzen Weg lang, nein, im Sarg, da warst du schöner!

Die Kinder spielen mit den Kugeln am Weg. Du läufst in sie hinein, du läufst, als liefst du mit dem Rücken nach vorn, und keines ist dein Kind. Wie soll denn auch eines davon dein Kind sein, wenn du zur Alten gehst, die bei der Kneipe wohnt? Das weiß der ganze Hafen, wovon die Alte ihren Schnaps bezahlt.

Sie steht schon an der Tür. Die Tür ist offen und sie streckt dir ihre Hand entgegen, die ist schmutzig. Alles ist dort schmutzig. Am Kamin stehen die gelben Blumen und das sind dieselben, die sie in die Kränze winden, das sind schon wieder dieselben. Und die Alte ist viel zu freundlich. Und die Treppen knarren auch hier. Und die Schiffe heulen, wohin du immer gehst, die heulen überall. Und die Schmerzen schütteln dich, aber du darfst nicht schreien. Die Schiffe dürfen heulen, aber du darfst nicht schreien. Gib der Alten das Geld für den Schnaps! Wenn du ihr erst das Geld gegeben hast, hält sie dir deinen Mund mit beiden Händen zu. Die ist ganz nüchtern von dem vielen Schnaps, die Alte. Die träumt nicht von den Ungeborenen. Die unschuldigen Kinder wagen's nicht, sie bei den Heiligen zu verklagen, und die schuldigen wagen's auch nicht. Aber du – du wagst es!

»Mach mir mein Kind wieder lebendig!«

Das hat noch keine von der Alten verlangt. Aber du verlangst es. Der Spiegel gibt dir Kraft. Der blinde Spiegel mit den Fliegenflecken läßt dich verlangen, was noch keine verlangt hat.

»Mach es lebendig, sonst stoß ich deine gelben Blumen um, sonst kratz ich dir die Augen aus, sonst reiß ich deine Fenster auf und schrei über die Gasse, damit sie hören müssen, was sie wissen, ich schrei – –«

Und da erschrickt die Alte. Und in dem großen Schrecken, in dem blinden Spiegel erfüllt sie deine Bitte. Sie weiß nicht, was sie tut, doch in dem blinden Spiegel gelingt es ihr. Die Angst wird furchtbar und die Schmerzen beginnen endlich wieder zu jubeln. Und eh du schreist, weißt du das Wiegenlied: Schlaf, Kindlein, schlaf! Und eh du schreist, stürzt dich der Spiegel die finsteren Treppen wieder hinab und läßt dich gehen, laufen läßt er dich. Lauf nicht zu schnell!

Heb lieber deinen Blick vom Boden auf, sonst könnt es sein, daß du da drunten an den Planken um den leeren Bauplatz in einen Mann hineinläufst, in einen jungen Mann, der seine Mütze dreht. Daran erkennst du ihn. Das ist derselbe, der zuletzt an deinem Sarg die Mütze gedreht hat, da ist er schon wieder! Da steht er, als wäre er nie weggewesen, da lehnt er an den Planken. Du fällst in seine Arme. Er hat schon wieder keine Tränen, gib ihm von den deinen. Und nimm Abschied, eh du dich an seinen Arm hängst. Nimm von ihm Abschied! Du wirst es nicht vergessen, wenn er es auch vergißt: Am Anfang nimmt man Abschied. Ehe man miteinander weitergeht, muß man sich an den Planken um den leeren Bauplatz für immer trennen.

Dann geht ihr weiter. Es gibt da einen Weg, der an den Kohlenlagern vorbei zur See führt. Ihr schweigt. Du wartest auf das erste Wort, du läßt es ihm, damit dir nicht das letzte bleibt. Was wird er sagen? Schnell, eh ihr an der See seid, die unvorsichtig macht! Was sagt er? Was ist das erste Wort? Kann es denn so schwer sein, daß es ihn stammeln läßt, daß es ihn zwingt, den Blick zu senken? Oder sind es die Kohlenberge, die über die Planken ragen und ihm Schatten unter die Augen werfen und ihn mit ihrer Schwärze blenden? Das erste Wort – jetzt hat er es gesagt: es ist der Name einer Gasse. So heißt die Gasse, in der die Alte wohnt. Kann denn das sein? Bevor er weiß, daß du das Kind erwartest, nennt er dir schon die Alte, bevor er sagt, daß er dich liebt, nennt er die Alte. Sei ruhig! Er weiß nicht, daß du bei der Alten schon gewesen bist, er kann es auch nicht wissen, er weiß nichts von dem Spiegel. Aber kaum hat er's gesagt, hat er es auch vergessen. Im Spiegel sagt man alles, daß es vergessen sei. Und kaum hast du gesagt, daß du das Kind erwartest, hast du es auch verschwiegen. Der Spiegel spiegelt alles. Die Kohlenberge weichen hinter euch zurück, da seid ihr an der See und seht die weißen Boote wie Fragen an der Grenze eures Blicks, seid still, die See nimmt euch die Antwort aus dem Mund, die See verschlingt, was ihr noch sagen wolltet.

Von da ab geht ihr viele Male den Strand hinauf, als ob ihr ihn hinabgingt, nach Hause, als ob ihr weglieft, und weg, als gingt ihr heim.

Was flüstern die in ihren hellen Hauben? »Das ist der Todeskampf!« Die laßt nur reden.

Eines Tages wird der Himmel blaß genug sein, so blaß, daß seine Blässe glänzen wird. Gibt es denn einen anderen Glanz als den der letzten Blässe?

An diesem Tag spiegelt der blinde Spiegel das verdammte Haus. Verdammt nennen die Leute ein Haus, das abgerissen wird, verdammt nennen sie das, sie wissen es nicht besser. Es soll euch nicht erschrecken. Der Himmel ist jetzt blaß genug. Und wie der Himmel in der Blässe erwartet auch das Haus am Ende der Verdammung die Seligkeit. Vom vielen Lachen kommen leicht die Tränen. Du hast genug geweint. Nimm deinen Kranz zurück. Jetzt wirst du auch die Zöpfe bald wieder lösen dürfen. Alles ist im Spiegel. Und hinter allem, was ihr tut, liegt grün die See. Wenn ihr das Haus verlaßt, liegt sie vor euch. Wenn ihr durch die eingesunkenen Fenster wieder aussteigt, habt ihr vergessen. Im Spiegel tut man alles, daß es vergeben sei.

Von da ab drängt er dich, mit ihm hineinzugehen. Aber in dem Eifer entfernt ihr euch davon und biegt vom Strand ab. Ihr wendet euch nicht um. Und das verdammte Haus bleibt hinter euch zurück. Ihr geht den Fluß hinauf und euer eigenes Fieber fließt euch entgegen, es fließt an euch vorbei. Gleich läßt sein Drängen nach. Und in demselben Augenblick bist du nicht mehr bereit, ihr werdet scheuer. Das ist die Ebbe, die die See von allen Küsten wegzieht. Sogar die Flüsse sinken zur Zeit der Ebbe. Und drüben auf der anderen Seite lösen die Wipfel endlich die Krone ab. Weiße Schindeldächer schlafen darunter.

Gib acht, jetzt beginnt er bald von der Zukunft zu reden, von den vielen Kindern und vom langen Leben, und seine Wangen brennen vor Eifer. Sie zünden auch die deinen an. Ihr werdet streiten, ob ihr Söhne oder Töchter wollt, und du willst lieber Söhne. Und er wollte sein Dach lieber mit Ziegeln decken und du willst lieber – – – aber da seid ihr den Fluß schon viel zu weit hinaufgegangen. Der Schrecken packt euch. Die Schindeldächer auf der anderen Seite sind verschwunden, da drüben sind nur mehr Auen und feuchte Wiesen. Und hier? Gebt auf den Weg acht. Es dämmert – so nüchtern, wie es nur am Morgen dämmert. Die Zukunft ist vorbei. Die Zukunft ist ein Weg am Fluß, der in die Auen mündet. Geht zurück!

Was soll jetzt werden?

Drei Tage später wagt er nicht mehr, den Arm um deine Schultern zu legen. Wieder drei Tage später fragt er dich, wie du heißt, und du fragst ihn. Nun wißt ihr voneinander nicht einmal mehr die Namen. Und ihr fragt auch nicht mehr. Es ist schöner so. Seid ihr nicht zum Geheimnis geworden?

Jetzt geht ihr endlich wieder schweigsam nebeneinander her. Wenn er dich jetzt noch etwas fragt, so fragt er, ob es regnen wird. Wer kann das wissen? Ihr werdet immer fremder. Von der Zukunft habt ihr schon lange zu reden aufgehört. Ihr seht euch nur mehr selten, aber noch immer seid ihr einander nicht fremd genug. Wartet, seid geduldig. Eines Tages wird es so weit sein. Eines Tages ist er dir so fremd, daß du ihn auf einer finsteren Gasse vor einem offenen Tor zu lieben beginnst. Alles will seine Zeit. Jetzt ist sie da.

»Es dauert nicht mehr lang«, sagen die hinter dir, »es geht zu Ende!«

Was wissen die? Beginnt nicht jetzt erst alles?

Ein Tag wird kommen, da siehst du ihn zum ersten Mal. Und er sieht dich. Zum ersten Mal, das heißt: Nie wieder. Aber erschreckt nicht! Ihr müßt nicht voneinander Abschied nehmen, das habt ihr längst getan. Wie gut es ist, daß ihr es schon getan habt!

Es wird ein Herbsttag sein, voller Erwartung darauf, daß alle Früchte wieder Blüten werden, wie er schön ist, der Herbst, mit diesem hellen Rauch und mit den Schatten, die wie Splitter zwischen den Schritten liegen, daß du die Füße daran zerschneiden könntest, daß du darüberfällst, wenn du um Äpfel auf den Markt geschickt bist, du fällst vor Hoffnung und vor Fröhlichkeit. Ein junger Mann kommt dir zu Hilfe. Er hat die Jacke nur lose umgeworfen und lächelt und dreht die Mütze und weiß kein Wort zu sagen. Aber ihr seid sehr fröhlich in diesem letzten Licht. Du dankst ihm und wirfst ein wenig den Kopf zurück, und da lösen sich die aufgesteckten Zöpfe und fallen herab. »Ach«, sagt er, »gehst du nicht noch zur Schule?« Er dreht sich um und geht und pfeift ein Lied. So trennt ihr euch, ohne einander nur noch einmal anzuschauen, ganz ohne Schmerz und ohne es zu wissen, daß ihr euch trennt.

Jetzt darfst du wieder mit den kleinen Brüdern spielen und du darfst mit ihnen den Fluß entlang gehen, den Weg am Fluß unter den Erlen, und drüben sind die weißen Schindeldächer wie immer zwischen den Wipfeln. Was bringt die Zukunft? Keine Söhne. Brüder hat sie dir gebracht, Zöpfe, um sie tanzen zu lassen, Bälle, um zu fliegen. Sei ihr nicht böse, es ist das beste, das sie hat. Die Schule kann beginnen.

Noch bist du ein wenig zu groß, noch mußt du auf dem Schulhof während der großen Pause in Reihen gehen und flüstern und erröten und durch die Finger lachen. Aber warte noch ein Jahr und du darfst wieder über die Schnüre springen und nach den Zweigen haschen, die über die Mauern hängen. Die fremden Sprachen hast du schon gelernt, doch so leicht bleibt es nicht. Deine eigene Sprache ist viel schwerer. Noch schwerer wird es sein, lesen und schreiben zu lernen, doch am schwersten ist es, alles zu vergessen. Und wenn du bei der ersten Prüfung alles wissen mußtest, so darfst du doch am Ende nichts mehr wissen. Wirst du das bestehen? Wirst du still genug sein? Wenn du genug Furcht hast, um den Mund nicht aufzutun, wird alles gut.

Du hängst den blauen Hut, den alle Schulkinder tragen, wieder an den Nagel und verläßt die Schule. Es ist wieder Herbst. Die Blüten sind lange schon zu Knospen geworden, die Knospen zu nichts und nichts wieder zu Früchten. Überall gehen kleine Kinder nach Hause, die ihre Prüfung bestanden haben, wie du. Ihr alle wißt nichts mehr. Du gehst nach Hause, dein Vater erwartet dich und die kleinen Brüder schreien so laut sie können und zerren an deinem Haar. Du bringst sie zur Ruhe und tröstest deinen Vater.

Bald kommt der Sommer mit den langen Tagen. Bald stirbt deine Mutter. Du und dein Vater, ihr beide holt sie vom Friedhof ab. Drei Tage liegt sie noch zwischen den knisternden Kerzen, wie damals du. Blast alle Kerzen aus, eh sie erwacht! Aber sie riecht das Wachs und hebt sich auf die Arme und klagt leise über die Verschwendung. Dann steht sie auf und wechselt ihre Kleider.

Es ist gut, daß deine Mutter gestorben ist, denn länger hättest du es mit den kleinen Brüdern allein nicht machen können. Doch jetzt ist sie da. Jetzt besorgt sie alles und lehrt dich auch das Spielen noch viel besser, man kann es nie genug gut können. Es ist keine leichte Kunst. Aber das Schwerste ist es noch immer nicht.

Das Schwerste bleibt es doch, das Sprechen zu vergessen und das Gehen zu verlernen, hilflos zu stammeln und auf dem Boden zu kriechen, um zuletzt in Windeln gewickelt zu werden. Das Schwerste bleibt es, alle Zärtlichkeiten zu ertragen und nur mehr zu schauen. Sei geduldig! Bald ist alles gut. Gott weiß den Tag, an dem du schwach genug bist.

Es ist der Tag deiner Geburt. Du kommst zur Welt und schlägst die Augen auf und schließt sie wieder vor dem starken Licht. Das Licht wärmt dir die Glieder, du regst dich in der Sonne, du bist da, du lebst. Dein Vater beugt sich über dich.

»Es ist zu Ende –« sagen die hinter dir, »sie ist tot!«

Still! Laß sie reden!

FRIEDRICH DÜRRENMATT
Der Tunnel

Ein Vierundzwanzigjähriger, fett, damit das Schreckliche hinter den Kulissen, welches er sah (das war seine Fähigkeit, vielleicht seine einzige), nicht allzu nah an ihn herankomme, der es liebte, die Löcher in seinem Fleisch, da doch gerade durch sie das Ungeheuerliche hereinströmen konnte, zu verstopfen, derart, daß er Zigarren rauchte (Ormond Brasil 10) und über seiner Brille eine zweite trug, eine Sonnenbrille, und in den Ohren Wattebüschel: Dieser junge Mann, noch von seinen Eltern abhängig und mit nebulosen Studien auf einer Universität beschäftigt, die in einer zweistündigen Bahnfahrt zu erreichen war, stieg eines Sonntagnachmittags in den gewohnten Zug, Abfahrt siebzehnuhrfünfzig, Ankunft neunzehnuhrsiebenundzwanzig, um anderentags ein Seminar zu besuchen, das zu schwänzen er schon entschlossen war. Die Sonne schien an einem wolkenlosen Himmel, da er seinen Heimatort verließ. Es war Sommer. Der Zug hatte sich bei diesem angenehmen Wetter zwischen den Alpen und dem Jura fortzubewegen, an reichen Dörfern und kleineren Städten vorbei, später an einem Fluß entlang, und tauchte denn auch, nach noch nicht ganz zwanzig Minuten Fahrt, gerade nach Burgdorf in einen kleinen Tunnel. Der Zug war überfüllt. Der Vierundzwanzigjährige war vorne eingestiegen und hatte sich mühsam nach hinten durchgearbeitet, schwitzend und einen leicht vertrottelten Eindruck erweckend. Die Reisenden saßen dicht gedrängt, viele auf Koffern, auch die Coupés der zweiten Klasse waren besetzt, nur die erste Klasse schwach belegt. Wie sich der junge Mann endlich durch das Wirrwarr der Familien, Rekruten, Studenten und Liebespaare gekämpft hatte, bald, vom Zug hin und her geschleudert, gegen diesen fallend und bald gegen jenen, gegen Bäuche und Brüste torkelnd, fand er im hintersten Wagen Platz, so viel sogar, daß er in diesem Abteil der dritten Klasse – in der es sonst Wagen mit Coupés selten gibt – eine ganze Bank für sich allein hatte: Im geschlossenen Raume saß ihm gegenüber einer, noch dicker als er, der mit sich selbst Schach spielte und in der Ecke der gleichen Bank, gegen den Korridor zu, ein rothaariges Mädchen, das einen Roman las. So saß er schon am Fenster und hatte eben eine Ormond Brasil 10 in Brand gesteckt, als der Tunnel kam, der ihm länger als sonst zu dauern schien. Er war diese Strecke schon manchmal gefahren, fast jeden Samstag und Sonntag seit einem Jahr und hatte den Tunnel eigentlich gar nie beachtet, sondern immer nur geahnt. Zwar hatte er ihm einige Male die volle Aufmerksamkeit schenken wollen, doch hatte er, wenn er kam, jedes Mal an etwas anderes gedacht, so daß er das kurze Eintauchen in die Finsternis nicht bemerkte, denn der Tunnel war eben gerade vorbei, wenn er, entschlossen, ihn zu beachten, aufschaute, so schnell durchfuhr ihn der Zug und so kurz war der kleine Tunnel. So hatte er denn auch jetzt die Sonnenbrille nicht abgenommen, als sie einfuhren, da er nicht an den Tunnel dachte. Die Sonne hatte eben noch mit voller Kraft geschienen und die Landschaft, durch die sie fuhren, die Hügel und Wälder, die fernere Kette des Juras und die Häuser des Städtchens war wie von Gold gewesen, so sehr hatte alles im Abendlicht geleuchtet, so sehr, daß ihm die nun schlagartig einsetzende Dunkelheit des Tunnels bewußt wurde, der Grund wohl auch, warum ihm die Durchfahrt länger erschien als er sie sich dachte. Es war völlig finster im Abteil, da der Kürze des Tunnels wegen die Lichter nicht in Funktion gesetzt waren, denn jede Sekunde mußte sich ja in der Scheibe der erste, fahle Schimmer des Tages zeigen, sich blitzschnell ausweiten und mit voller, goldener Helle gewaltig hereinbrechen; als es jedoch immer noch dunkel blieb, nahm er die Sonnenbrille ab. Das Mädchen zündete sich in diesem Augenblick eine Zigarette an, offenbar ärgerlich, daß es im Roman nicht weiterlesen konnte, wie er im rötlichen Aufflammen des Streichholzes zu bemerken glaubte; seine Armbanduhr mit dem leuchtenden Zifferblatt zeigte zehn nach sechs. Er lehnte sich in die Ecke zwischen der Coupéwand und der Scheibe und beschäftigte sich mit seinen verworrenen Studien, die ihm niemand recht glaubte, mit dem Seminar, in das er morgen mußte und in das er nicht gehen würde (alles, was er tat, war nur ein Vorwand, hinter der Fassade seines Tuns Ordnung zu erlangen, nicht die Ordnung selber, nur die Ahnung einer Ordnung, angesichts des Schrecklichen, gegen das er sich mit Fett polsterte, Zigarren in den Mund steckte, Wattebüschel in die Ohren), und wie er wieder auf das Zifferblatt schaute, war es viertel nach sechs und immer noch der Tunnel. Das verwirrte ihn. Zwar leuchteten nun die Glühbirnen auf, es wurde hell im Coupé, das rote Mädchen konnte in seinem Roman weiterlesen und der dicke Herr spielte wieder mit sich selber Schach, doch draußen, jenseits der Scheibe, in der sich nun das ganze Abteil spiegelte, war immer noch der Tunnel. Er trat in den Korridor, in welchem ein hochgewachsener Mann in einem hellen Regenmantel auf und ab ging, ein schwarzes Halstuch umgeschlagen. Wozu auch bei diesem Wetter, dachte er und schaute in die anderen Coupés dieses Wagens, wo man Zeitung las und miteinander schwatzte. Er trat wieder zu seiner Ecke und setzte sich, der Tunnel mußte nun jeden Augenblick aufhören, jede Sekunde; auf der Armbanduhr war es nun beinahe zwanzig nach; er ärgerte sich, den Tunnel vorher so wenig beachtet zu haben, dauerte er doch nun schon eine Viertelstunde und mußte, wenn die Geschwindigkeit eingerechnet wurde, mit welcher der Zug fuhr, ein bedeutender Tunnel sein, einer der längsten Tunnel in der Schweiz. Es war daher wahrscheinlich, daß er einen falschen Zug genommen hatte, wenn ihm im Augenblick auch nicht erinnerlich war, daß sich zwanzig Minuten Bahnfahrt von seinem Heimatort aus ein so langer und bedeutender Tunnel befand. Er fragte deshalb den dicken Schachspieler, ob der Zug nach Zürich fahre, was der bestätigte. Er wüßte gar nicht, daß an dieser Stelle der Strecke ein so langer Tunnel sei, sagte der junge Mann, doch der Schachspieler antwortete, etwas ärgerlich, da er in irgendeiner schwierigen Überlegung zum zweiten Mal unterbrochen wurde, in der Schweiz gebe es eben viele Tunnel, außerordentlich viele, er reise zwar zum ersten Mal in diesem Lande, doch falle dies sofort auf, auch habe er in einem statistischen Jahrbuch gelesen, daß kein Land so viele Tunnel wie die Schweiz besitze. Er müsse sich nun entschuldigen, wirklich, es tue ihm schrecklich leid, da er sich mit einem wichtigen Problem der Nimzowitsch-Verteidigung beschäftige und nicht mehr abgelenkt werden dürfe. Der Schachspieler hatte höflich, aber bestimmt geantwortet; daß von ihm keine Antwort zu erwarten war, sah der junge Mann ein. Er war froh, als nun der Schaffner kam. Er war überzeugt, daß seine Fahrkarte zurückgewiesen werden würde; auch als der Schaffner, ein blasser, magerer Mann, nervös, wie es den Eindruck machte, dem Mädchen gegenüber, dem er zuerst die Fahrkarte abnahm, bemerkte, es müsse in Olten umsteigen, gab der Vierundzwanzigjährige noch nicht alle Hoffnung auf, so sehr war er überzeugt, in den falschen Zug gestiegen zu sein. Er werde wohl nachzahlen müssen, er sollte nach Zürich, sagte er denn, ohne die Ormond Brasil 10 aus dem Munde zu nehmen und reichte dem Schaffner das Billet hin. Der Herr sei im rechten Zug, antwortete der, wie er die Fahrkarte geprüft hatte. »Aber wir fahren doch durch einen Tunnel!« rief der junge Mann ärgerlich und recht energisch aus, entschlossen, nun die verwirrende Situation aufzuklären. Man sei eben an Herzogenbuchsee vorbeigefahren und nähere sich Langenthal, sagte der Schaffner. »Es stimmt, mein Herr, es ist jetzt zwanzig nach sechs.« Aber man fahre seit zwanzig Minuten durch einen Tunnel, beharrte der junge Mann auf seiner Feststellung. Der Schaffner sah ihn verständnislos an. »Es ist der Zug nach Zürich«, sagte er und schaute nun auch nach dem Fenster. »Zwanzig nach sechs«, sagte er wieder, jetzt etwas beunruhigt, wie es schien, »bald kommt Olten, Ankunft achtzehnuhrsiebenunddreißig. Es wird schlechtes Wetter gekommen sein, ganz plötzlich, daher die Nacht, vielleicht ein Sturm, ja, das wird es sein.« »Unsinn«, mischte sich nun der Mann, der sich mit einem Problem der Nimzowitsch-Verteidigung beschäftigte, ins Gespräch, ärgerlich, weil er immer noch sein Billet hinhielt, ohne vom Schaffner beachtet zu werden. »Unsinn, wir fahren durch einen Tunnel. Man kann deutlich den Fels sehen, Granit wie es scheint. In der Schweiz gibt es am meisten Tunnel der ganzen Welt. Ich habe es in einem statistischen Jahrbuch gelesen.« Der Schaffner, indem er endlich die Fahrkarte des Schachspielers entgegennahm, versicherte aufs neue, fast flehentlich, der Zug fahre nach Zürich, worauf der Vierundzwanzigjährige den Zugführer verlangte. Der sei vorne im Zug, sagte der Schaffner, im übrigen fahre der Zug nach Zürich, jetzt sei es sechsuhrfünfundzwanzig und in zwölf Minuten werde er nach dem Sommerfahrplan in Olten anhalten, er fahre jede Woche diesen Zug dreimal. Der junge Mann machte sich auf den Weg. Das Gehen fiel ihm noch schwerer im überfüllten Zug als vor kurzem, wie er die gleiche Strecke umgekehrt gegangen war; der Zug mußte überaus schnell fahren; auch war das Getöse, das er dabei verursachte, entsetzlich; so steckte er sich seine Wattebüschel denn wieder in die Ohren, nachdem er sie beim Betreten des Zuges entfernt hatte. Die Menschen, an denen er vorbeikam, verhielten sich ruhig, in nichts unterschied sich der Zug von anderen Zügen, die er an den Sonntagnachmittagen gefahren war, und niemand fiel ihm auf, der beunruhigt gewesen wäre. In einem Wagen mit Zweitklaß-Abteilen stand ein Engländer am Fenster des Korridors und tippte freudestrahlend mit der Pfeife, die er rauchte, an die Scheibe. »Simplon«, sagte er. Auch im Speisewagen war alles wie sonst, obwohl kein Platz frei war und der Tunnel doch einem der Reisenden oder der Bedienung, die Wienerschnitzel und Reis servierte, hätte auffallen können. Den Zugführer, den er an der roten Tasche erkannte, fand der junge Mann am Ausgang des Speisewagens. »Sie wünschen?« fragte der Zugführer, der ein großgewachsener, ruhiger Mann war, mit einem sorgfältig gepflegten schwarzen Schnurrbart und einer randlosen Brille. »Wir sind in einem Tunnel, seit fünfundzwanzig Minuten«, sagte der junge Mann. Der Zugführer schaute nicht nach dem Fenster, wie der Vierundzwanzigjährige erwartet hatte, sondern wandte sich zum Kellner. »Geben Sie mir eine Schachtel Ormond 10«, sagte er, »ich rauche die gleiche Sorte wie der Herr da«; doch konnte ihn der Kellner nicht bedienen, da man diese Zigarre nicht besaß, so daß denn der junge Mann, froh, einen Anknüpfungspunkt zu haben, dem Zugführer eine Brasil anbot. »Danke«, sagte er, »ich werde in Olten kaum Zeit haben, mir eine zu verschaffen, und so tun Sie mir denn einen großen Gefallen. Rauchen ist wichtig. Darf ich Sie nun bitten, mir zu folgen?« Er führte den Vierundzwanzigjährigen in den Packwagen, der vor dem Speisewagen lag. »Dann kommt noch die Maschine«, sagte der Zugführer, wie sie den Raum betraten, »wir befinden uns an der Spitze des Zuges.« Im Packraum brannte ein schwaches, gelbes Licht, der größte Teil des Wagens lag im Ungewissen, die Seitentüren waren verschlossen, und nur durch ein kleines vergittertes Fenster drang die Finsternis des Tunnels. Koffern standen herum, viele mit Hotelzetteln beklebt, einige Fahrräder und ein Kinderwagen. Der Zugführer hing seine rote Tasche an einen Haken. »Was wünschen Sie?« fragte er aufs neue, schaute jedoch den jungen Mann nicht an, sondern begann in einem Heft, das er der Tasche entnommen hatte, Tabellen auszufüllen. »Wir befinden uns seit Burgdorf in einem Tunnel«, antwortete der Vierundzwanzigjährige entschlossen, »einen so gewaltigen Tunnel gibt es auf dieser Strecke nicht, ich fahre sie jede Woche hin und zurück, ich kenne die Strecke.« Der Zugführer schrieb weiter. »Mein Herr«, sagte er endlich und trat nah an den jungen Mann heran, so nah, daß sich die beiden Leiber fast berührten, »mein Herr, ich habe Ihnen wenig zu sagen. Wie wir in diesen Tunnel geraten sind, weiß ich nicht, ich habe dafür keine Erklärung. Doch bitte ich Sie zu bedenken: Wir bewegen uns auf Schienen, der Tunnel muß also irgendwo hinführen. Nichts beweist, daß am Tunnel etwas nicht in Ordnung ist, außer natürlich, daß er nicht aufhört.« Der Zugführer, die Ormond Brasil immer noch ohne zu rauchen zwischen den Lippen, hatte überaus leise gesprochen, jedoch mit so großer Würde und so deutlich und bestimmt, daß seine Worte vernehmbar waren, obgleich im Packwagen das Tosen des Zuges um vieles stärker war als im Speisewagen. »Dann bitte ich Sie, den Zug anzuhalten«, sagte der junge Mann ungeduldig, »ich verstehe kein Wort von dem, was Sie sagen. Wenn etwas nicht stimmt mit diesem Tunnel, dessen Vorhandensein Sie selbst nicht erklären können, haben Sie den Zug anzuhalten.« »Den Zug anhalten?« antwortete der andere langsam, gewiß, daran habe er auch schon gedacht, worauf er das Heft schloß und in die rote Tasche zurücksteckte, die an ihrem Haken hin und her schwankte, dann steckte er die Ormond sorgfältig in Brand. Ob er die Notbremse ziehen solle, fragte der junge Mann und wollte nach dem Haken der Bremse über seinem Kopf greifen, torkelte jedoch im selben Augenblick nach vorne, wo er an die Wand prallte. Ein Kinderwagen rollte auf ihn zu und Koffern rutschten heran; seltsam schwankend kam auch der Zugführer mit vorgestreckten Händen durch den Packraum. »Wir fahren abwärts«, sagte der Zugführer und lehnte sich neben dem Vierundzwanzigjährigen an die Vorderwand des Wagens, doch kam der erwartete Aufprall des rasenden

Zuges am Fels nicht, dieses Zerschmettern und Ineinanderschachteln der Wagen, der Tunnel schien vielmehr wieder eben zu verlaufen. Am andern Ende des Wagens öffnete sich die Türe. Im grellen Licht des Speisewagens sah man Menschen, die einander zutranken, dann schloß sich die Türe wieder. »Kommen Sie in die Lokomotive«, sagte der Zugführer und schaute dem Vierundzwanzigjährigen nachdenklich und, wie es plötzlich schien, seltsam drohend ins Gesicht, dann schloß er die Türe auf, neben der sie an der Wand lehnten: Mit solcher Gewalt jedoch schlug ihnen ein sturmartiger, heißer Luftstrom entgegen, daß sie von der Wucht des Orkans aufs neue gegen die Wand taumelten; gleichzeitig erfüllte ein fürchterliches Getöse den Packwagen. »Wir müssen zur Maschine hinüberklettern«, schrie der Zugführer dem jungen Mann ins Ohr, auch so kaum vernehmbar, und verschwand dann im Rechteck der offenen Türe, durch die man die hellerleuchteten, hin und her schwankenden Scheiben der Zugmaschine sah. Der Vierundzwanzigjährige folgte entschlossen, wenn er auch den Sinn der Kletterei nicht begriff. Die Plattform, die er betrat, besaß auf beiden Seiten ein Eisengeländer, woran er sich klammerte, doch war nicht der ungeheure Luftzug das Entsetzliche, der sich milderte, wie er sich der Maschine zubewegte, sondern die unmittelbare Nähe der Tunnelwände, die er zwar nicht sah, da er sich ganz auf die Maschine konzentrieren mußte, die er jedoch ahnte, durchzittert vom Stampfen der Räder und vom Pfeifen der Luft, so daß ihm war, als rase er mit Sterngeschwindigkeit in eine Welt aus Stein. Der Lokomotive entlang lief ein schmales Band und darüber als Geländer eine Stange, die sich in immer gleicher Höhe über dem Band um die Maschine herumkrümmte: Dies mußte der Weg sein; den Sprung, den es zu wagen galt, schätzte er auf einen Meter. So gelang es ihm denn auch, die Stange zu fassen. Er schob sich, gegen die Lokomotive gepreßt, dem Band entlang; fürchterlich wurde der Weg erst, als er auf die Längsseite der Maschine gelangte, nun voll der Wucht des brüllenden Orkans ausgesetzt und drohenden Felswänden, die, hell erleuchtet von der Maschine, heranfegten. Nur der Umstand, daß ihn der Zugführer durch eine kleine Türe ins Innere der Maschine zog, rettete ihn. Erschöpft lehnte sich der junge Mann gegen den Maschinenraum, worauf es mit einem Male still wurde, denn die Stahlwände der riesenhaften Lokomotive dämpften, wie der Zugführer die Türe geschlossen hatte, das Tosen so sehr ab, daß es kaum mehr zu vernehmen war. »Die Ormond Brasil haben wir auch verloren«, sagte der Zugführer. »Es war nicht klug, vor der Kletterei eine anzuzünden, aber sie zerbrechen leicht, wenn man keine Schachtel mit sich führt, bei ihrer länglichen Form.« Der junge Mann war froh, nach der bedenklichen Nähe der Felswände auf etwas gelenkt zu werden, das ihn an die Alltäglichkeit erinnerte, in der er sich noch vor wenig mehr denn einer halben Stunde befunden hatte, an diese immergleichen Tage und Jahre (immergleich, weil er nur auf diesen Augenblick hinlebte, der nun erreicht war, auf diesen Augenblick des Einbruchs, auf dieses plötzliche Nachlassen der Erdoberfläche, auf den abenteuerlichen Sturz ins Erdinnere). Er holte eine der braunen Schachteln aus der rechten Rocktasche und bot dem Zugführer erneut eine Zigarre an, selber steckte er sich auch eine in den Mund, und vorsichtig nahmen sie Feuer, das der Zugführer bot. »Ich schätze diese Ormond sehr«, sagte der Zugführer, »nur muß einer gut ziehen, sonst gehen sie aus«, Worte, die den Vierundzwanzigjährigen mißtrauisch machten, weil er spürte, daß der Zugführer auch nicht gern an den Tunnel dachte, der draußen immer noch dauerte (immer noch war die Möglichkeit, er könnte plötzlich aufhören, wie ein Traum mit einem Mal aufzuhören vermag). »Achtzehn Uhr vierzig«, sagte er, indem er auf seine Uhr mit dem leuchtenden Zifferblatt schaute, »jetzt sollten wir doch schon in Olten sein«, und dachte dabei an die Hügel und Wälder, die doch noch vor kurzem waren, goldüberhäuft in der sinkenden Sonne. So standen sie und rauchten, an die Wand des Maschinenraums gelehnt. »Keller ist mein Name«, sagte der Zugführer und zog an seiner Brasil. Der junge Mann gab nicht nach. »Die Kletterei auf der Maschine war nicht ungefährlich«, bemerkte er, »wenigstens für mich, der ich an dergleichen nicht gewöhnt bin, und so möchte ich denn wissen, wozu Sie mich hergebracht haben.« Er wisse es nicht, antwortete Keller, er habe sich nur Zeit zum Überlegen schaffen wollen. »Zeit zum Überlegen«, wiederholte der Vierundzwanzigjährige. »Ja«, sagte der Zugführer, so sei es, rauchte dann wieder weiter. Die Maschine schien sich von neuem nach vorne zu neigen. »Wir können ja in den Führerraum gehen«, schlug Keller vor, blieb jedoch immer noch unschlüssig an der Maschinenwand stehen, worauf der junge Mann den Korridor entlangschritt. Wie er die Türe zum Führerraum geöffnet hatte, blieb er stehen. »Leer«, sagte er zum Zugführer, der nun auch herankam, »der Führerstand ist leer.« Sie betraten den Raum, schwankend durch die ungeheure Geschwindigkeit, mit der die Maschine, den Zug mit sich reißend, immer weiter in den Tunnel hineinraste. »Bitte«, sagte der Zugführer und drückte einige Hebel nieder, zog auch die Notbremse.

Die Maschine gehorchte nicht. Sie hätten alles getan, sie anzuhalten, gleich als sie die Änderung in der Strecke bemerkt hätten, versicherte Keller, doch sei die Maschine immer weitergerast. »Sie wird immer weiterrasen«, antwortete der Vierundzwanzigjährige und wies auf den Geschwindigkeitsmesser. »Hundertfünfzig. Ist die Maschine je hundertfünfzig gefahren?« »Mein Gott«, sagte der Zugführer, »so schnell ist sie nie gefahren, höchstens hundertfünf.« »Eben«, sagte der junge Mann. »Ihre Schnelligkeit nimmt zu. Jetzt zeigt der Messer hundertachtundfünfzig. Wir fallen.« Er trat an die Scheibe, doch konnte er sich nicht aufrechterhalten, sondern wurde mit dem Gesicht an die Glaswand gepreßt, so abenteuerlich war nun die Geschwindigkeit. »Der Lokomotivführer?« schrie er und starrte nach den Felsmassen, die in das grelle Licht der Scheinwerfer hinaufstürzten, ihm entgegen, die auf ihn zurasten, und über ihm, unter ihm und zu beiden Seiten des Führerraums verschwanden. »Abgesprungen«, schrie Keller zurück, der nun mit dem Rücken gegen das Schaltbrett gelehnt auf dem Boden saß. »Wann?« fragte der Vierundzwanzigjährige hartnäckig. Der Zugführer zögerte ein wenig und mußte sich seine Ormond aufs neue anzünden, die Beine, da sich der Zug immer stärker neigte, in der gleichen Höhe wie sein Kopf. »Schon nach fünf Minuten«, sagte er dann. »Es war sinnlos, noch eine Rettung zu versuchen. Der im Packraum ist auch abgesprungen.« »Und Sie«, fragte der Vierundzwanzigjährige. »Ich bin der Zugführer«, antwortete der andere, »auch habe ich immer ohne Hoffnung gelebt.« »Ohne Hoffnung«, wiederholte der junge Mann, der nun geborgen auf der Glasscheibe des Führerstandes lag, das Gesicht über den Abgrund gepreßt. »Da saßen wir noch in unseren Abteilen und wußten nicht, daß schon alles verloren war«, dachte er. »Noch hatte sich nichts verändert, wie es uns schien, doch schon hatte uns der Schacht nach der Tiefe zu aufgenommen, und so rasen wir denn wie die Rotte Korah in unseren Abgrund.« Er müsse nun zurück, schrie der Zugführer, »in den Wagen wird die Panik ausgebrochen sein. Alles wird sich nach hinten drängen.« »Gewiß«, antwortete der Vierundzwanzigjährige und dachte an den dicken Schachspieler und an das Mädchen mit seinem Roman und dem roten Haar. Er reichte dem Zugführer seine übrigen Schachteln Ormond Brasil 10. »Nehmen Sie«, sagte er, »Sie werden Ihre Brasil beim Hinüberklettern doch wieder verlieren.« Ob er denn nicht zurückkomme, fragte der Zugführer, der sich aufgerichtet hatte und mühsam den Trichter des Korridors hinaufzukriechen begann. Der junge Mann sah nach den sinnlosen Instrumenten, nach diesen lächerlichen Hebeln und Schaltern, die ihn im gleißenden Licht der Kabine silbern umgaben. »Zweihundertzehn«, sagte er. »Ich glaube nicht, daß Sie es bei dieser Geschwindigkeit schaffen hinaufzukommen in die Wagen über uns.« »Es ist meine Pflicht«, schrie der Zugführer. »Gewiß«, antwortete der Vierundzwanzigjährige, ohne seinen Kopf nach dem sinnlosen Unternehmen des Zugführers zu wenden. »Ich muß es wenigstens versuchen«, schrie der Zugführer noch einmal, nun schon weit oben im Korridor, sich mit Ellbogen und Schenkeln gegen die Metallwände stemmend, doch wie sich die Maschine weiter hinabsenkte, um nun in fürchterlichem Sturz dem Innern der Erde entgegenzurasen, diesem Ziel aller Dinge zu, so daß der Zugführer in seinem Schacht direkt über dem Vierundzwanzigjährigen hing, der am Grunde der Maschine auf dem silbernen Fenster des Führerraumes lag, das Gesicht nach unten, ließ seine Kraft nach. Der Zugführer stürzte auf das Schaltbrett und kam blutüberströmt neben den jungen Mann zu liegen, dessen Schultern er umklammerte. »Was sollen wir tun?« schrie der Zugführer durch das Tosen der ihnen entgegenschnellenden Tunnelwände hindurch dem Vierundzwanzigjährigen ins Ohr, der mit seinem fetten Leib, der jetzt nutzlos war und nicht mehr schützte, unbeweglich auf der ihn vom Abgrund trennenden Scheibe ruhte und durch sie hindurch den Abgrund gierig in seine nun zum ersten Mal weit geöffneten Augen sog. »Was sollen wir tun?« »Nichts«, antwortete der andere unbarmherzig, ohne sein Gesicht vom tödlichen Schauspiel abzuwenden, doch nicht ohne eine gespensterhafte Heiterkeit, von Glassplittern übersät, die von der zerbrochenen Schalttafel herstammten, während zwei Wattebüschel, durch irgendeinen Luftzug ergriffen, der nun plötzlich hereindrang (in der Scheibe zeigte sich ein erster Spalt), pfeilschnell nach oben in den Schacht über ihnen fegten. »Nichts. Gott ließ uns fallen, und so stürzen wir denn auf ihn zu.«

Ilse Schneider-Lengyel
name

du mußt nach irgendeinem heißen
der längst bestand so heißt du
nach den vielen und niemand
wird sich daran stoßen

daß du armbänder aus unterkiefern
trägst die runde liegt bei der jüngeren
generation der blasebalgnebel
eines namens hindert dich nicht

bunker

man müßte bunker bauen
bunker aus menschlichkeit
man sollte bunker bauen
große bunker aus liebe
ohne die teuflische verlassenheit
es entspricht nicht dem ja
es entspricht nicht dem nein
es wird von beiden abgelehnt
der zustand ist unerkannt
eine tödliche krankheit die liebe

dosis

bleich ist die methode der phalluschöre
chockwirkung endet im monotonen koitus
prädestiniert sind die holzköpfe
für eine homöopathische dosis

zufluchten

randglossen straucheln
an der peripherie der
schmerzlichen getretenheiten
der urschauder bricht sich
an der welle der beweiszone
fragwürdig sind die
ordnenden zufluchten

strânge

millionen wohlisolierter stränge
jagen nach assoziationen
keinerlei ursache
ihnen zuvorzukommen
das »ineinander« fleht
aus dem spiegel
beschämt der begegnungslose

WALTER HÖLLERER
Licht, das schon aufbrach

Hütten und Staken vor blauviolettem Himmel.
Rauch summt über die Agorà.
Parthenon schnaubt, ein flügelgewaltiger Schimmel.

Breiter Borstenrücken Hymettos ist nah.
Blasser im Abend der Marmorberg klirrt
Und die Schleife des Parnes; da

Kommt ein Schrei aus den Gassen, verwirrt
In Girlanden der Saxophone.
Wellblech-Elendsquartier der Kolonne
Murmelt ihm nach. –

Das ist der Duft der Zitrone.
Die Kamille schäumt um die Koren.
Licht, das schon aufbrach. Wir
Kauern wie Mohren.

Die halben Kälber und Ziegen

Die halben Kälber und Ziegen.
Da schimmert die Bahn.
Das Blut vertrocknet, die Fliegen
Spinnen den Faden an.

Das Blut verraucht in rauhen
Splissigen Planken, am Stein.
Einer wäscht sich mit schlauem
Zwinkern die Hände rein.

Die halben Kälber und Ziegen.
Das verzuckt geschwind.
Durch dunkle Gänge, verschwiegen,
Wie's in alte Kanäle rinnt,

Und weiter und schneller im Schwirren
Der Giftfliegen immerzu:
Die decken mit ihren irren
Grünen Schwärmen die Fleischbank zu

Und kommen in neuen Scharen
Von Sümpfen, von Marathon her,
Rauschen, wie wenns das Leben wär,
Dort, wo Lebendige waren.

Wolfgang Hildesheimer
Bildnis eines Dichters

Der vor einigen Jahren verstorbene Lyriker Sylvan Hardemuth stellt eine der seltsamsten Erscheinungen der Literaturgeschichte dar. Denn man darf den Fall eines Mannes, den Verkennung zum gefeierten Lyriker machte, wohl als einzigartig betrachten.

Hardemuths eigentlicher Name war Alphons Schwerdt. In jungen Jahren bereits offenbarte sich seine außergewöhnliche Urteilskraft in literarischen Dingen. Er benützte sie, um in scharfsinnigen kritischen Aufsätzen gegen einige Dichter der Jahrhundertwende zu Felde zu ziehen, die er auch tatsächlich bald zum Schweigen brachte. Daraufhin verstummte er zunächst auch, denn er hatte sich seiner Opfer beraubt. Da sich nun keine anderen boten – denn gegen die allgemeine Tendenz der damaligen Literatur hatte er nichts einzuwenden – beschloß er, seine eigene Lyrik zu schreiben, welcher er nun genau die Mängel anhaften ließ, durch deren kritische Beurteilung die Kunst seiner bösartigen Feder ins beste Licht gerückt würde.

Er legte sich also den Künstlernamen Sylvan Hardemuth zu und schrieb eine Gedichtsammlung. Ihrem Erscheinen folgte in der damals führenden literarischen Zeitschrift eine vernichtende Kritik von solcher Brillanz, daß die Leser Hardemuths Gedichte gierig verschlangen, um den vollen Gehalt der Schwerdtschen Würdigung – wenn man es so nennen will – auskosten zu können.

Ein Jahr darauf erschien ein weiterer Gedichtband Hardemuths, dem sofort eine Besprechung von Schwerdt folgte, die auf dem Gebiet der kritischen Literatur geradezu als epochemachend bezeichnet werden muß. Dieser Vorgang wiederholte sich im nächsten Jahr und versprach, eine feste literarische Institution zu werden, aber diesmal schlug die Sache fehl, insofern als das Publikum – auf dessen Gunst nun einmal kein Verlaß ist – an den Gedichten Gefallen fand: die Besprechung, obgleich geistreicher denn je, stieß auf kühle Ablehnung: man stellte fest, daß sie dialektisch zwar meisterhaft, als Analyse jedoch ungerecht und kleinlich sei. Darauf war Schwerdt nicht vorbereitet gewesen, und in seinem nächsten Gedichtband offenbarte sich ein Stil, den man selbst damals nur als krasse Epigonie ansprechen konnte. (Man sieht: er beherrschte alle Register.) Das Publikum aber war hingerissen, und über die bald darauf erscheinende Kritik wurden bereits Stimmen der Empörung laut.

Der erbitterte Schwerdt ließ daraufhin Hardemuth eine Sammlung neobarocker Lyrik schreiben: vergebens; Hardemuth war der Liebling des Publikums geworden – welches sich nun auf einmal in seiner Gunst beständig zeigte – und genoß das Prestige eines endgültig Arrivierten. Sein Ansehen wurde durch die Tatsache, daß er persönlich niemals in Erscheinung trat, noch verstärkt.

Das war zuviel für Schwerdt. Entmutigt und verkannt, beschloß er, die Scheinexistenz des erfundenen Dichters ad absurdum zu führen. Als Sylvan Hardemuth kaufte er sich ein Bauerngut mit Äckern, Stallungen und Vieh samt Zubehör. Hier lebte er, verfaßte einen Gedichtband nach dem anderen und ging so die Stilentwicklung der Jahrhunderte durch; er war beim homerischen Epos angelangt, als ihm der Tod, der ergeben gewartet zu haben schien, die Feder aus der Hand riß. Zwischen diesen Werken schrieb Hardemuth von Zeit zu Zeit kleine Aufsätze für Wochenzeitschriften, in welchen er die stille Einfachheit des Landlebens pries, die Würde der Landbewohner, die Schönheit der Berge und die Einfalt des Viehs. Ja, unter der Treibkraft gekränkter Eitelkeit gehen selbst geniale Menschen oft zu weit! Denn es muß leider gesagt werden, daß diese Ergüsse, zweifelsohne in Augenblicken diabolischer Genugtuung abgefaßt, vom Publikum durchaus ernst genommen wurden. Ich muß der Ehrlichkeit halber zugeben, daß auch ich mich habe täuschen lassen.

Einmal noch versuchte sich Hardemuth als Alphons Schwerdt, und zwar in einem recht abgeschmackten Artikel, in welchem es hieß, daß der ganze bäuerliche Tand lediglich dazu diene, den Besuchern abgeklärte Beschaulichkeit vorzutäuschen: der Gutshof sei eine prätentiöse Attrappe, das Vieh aus bemaltem Sperrholz. Dieser allerdings wirklich lächerliche Angriff löste nur mehr Erheiterung aus. Man betrachtete ihn – gewissermaßen mit Recht – als das erboste Wettern eines Zwerges gegen einen Titanen. Schwerdt ist daraufhin als Schwerdt ein für allemal verstummt.

Nun war es aber so, daß Hardemuth – denn so dürfen wir ihn von jetzt an nennen – sich mit zunehmendem Alter mehr und mehr in seine Rolle einfühlte und seine frühere Existenz zu vergessen – oder wenigstens zu verdrängen – begann. Nicht nur ermöglichte ihm die im Lauf der Zeit erworbene Fertigkeit, in seiner Lyrik von einer Stilepoche zur anderen zu springen – wahrhaft ein Rhapsode des Eklektizismus! – sondern er paßte nun auch das tägliche Leben seinem Dichtertum an. Die zahlreichen Besucher empfing er in einem hohen Lehnsessel sitzend, eine Toga um die Schultern und ein Plaid über den Knien, in einer Pose also, die er wohl ganz bewußt aus alten Dichterdarstellungen entnommen hatte. Auch umgab er sich mit Jüngern und Jüngerinnen, die zu seinen Füßen auf Kissen – er nannte sie Jüngerkissen – saßen und ihn mit »Meister« anredeten. Ein Porträt, wenige Jahre vor seinem Tode gemalt, zeigt ihn auf seinem Sessel, einen Federkiel in der linken, eine Pergamentrolle in der rechten Hand; auf seinem Gesicht spielt ein Lächeln, gleichsam als verzeihe er dem Betrachter schon im voraus sämtliche Fehlurteile, die er über ihn, Hardemuth, in Zukunft äußern möge.

Dieses Bild befindet sich in meinem Besitz. Ich habe es – fast möchte ich sagen, für einen Pappenstiel, aber was ist ein Pappenstiel? – von einer staatlichen Galerie erworben, zu einer Zeit, in welcher sich Hardemuth – nicht lang nach seinem Tod – als mit Schwerdt identisch entpuppte und daraufhin bei der Öffentlichkeit, die sich peinlich betrogen fühlte, in posthume Ungnade fiel.

In wenigen Jahren wird Hardemuth der Vergessenheit anheimgeraten sein. Damit ist dann auch das Andenken Schwerdts ausgelöscht, denn die beiden heben sich sozusagen gegenseitig auf.

Albrecht Fabri
Ein Mann liest Zeitung

Ein Mann liest Zeitung. – »Chinesische Zentralregierung nach Formosa geflohen. Kommunistische Truppen 60 Kilometer vor Tschengtu.« – Die Wirklichkeit, die nach Not und Tod schmeckt, erscheint hier, sauber präpariert, als Faktum.

Der Zeitungsleser *lebt* von derlei Fakten. Sind aber Fakten im geringsten nahrhaft?

Genau genommen, geht mit jedem Zeitungsleser etwas Ungeheuerliches vor.

Er entzieht sich dem Anspruch der *angeschauten* Welt zugunsten eines Regiments rigoroser Abstraktion. – Man könnte einwenden, das sei bei jeder Art von Lektüre der Fall. Irrtum! Im Unterschied zum Kabel des Reuterbüros ist das Wort des Dichters seinerseits eine Realität. – Der Zeitungsleser operiert mit Formeln von mathematischer Allgemeinheit und Dürre.

Er liest zum Beispiel, daß Radio Göteborg folgenden Funkspruch des schwedischen Dampfers Snowfried aufgefangen hat:

»Position 56,20 nördlicher Breite, 6,25 östlicher Länge. Schiff leckt, schwere Schlagseite.«

Der *Inhalt* des Vorgangs ist in dieser Nachricht restlos verflüchtigt. Genau wie die Nachricht oben, gibt sie nichts als ein sinnloses Faktum. Fakten sind immer sinnlos; ihre Überschätzung gehört zur Diagnose der Zeit. Als ob Fakten etwas erklärten! Als ob ihre Kenntnis eine Chance der *Er*kenntnis enthielte! Als ob nicht vielmehr eine Sache aufs Tatsächliche zurückschälen ein Phantom an Stelle der Sache setzen hieße!

Von allen Arten der Unwahrheit ist keine ärger als die, die aus der Tyrannei des Faktum folgt.

Das Faktum ist nicht nur nicht die Realität, sondern geradezu ihre Entleerung von dem, was sie allererst real macht.

Der Bericht eines Faktums ergibt in keinem Fall ein Bild. Was sich dem Zeitungsleser als Welt auftut, ist eine reine Fiktion; das heißt – wir schmälern sonst die Hoheitsrechte der Dichtung –, es ist eine unreine Fiktion. Daß sich der Zeitungsleser dessen nicht bewußt wird, gehört zu seinen Voraussetzungen.

Er liest, um orientiert zu werden. Er wird aber eher desorientiert. Was er erfährt von einem Vorgang, ist nicht der Vorgang, sondern dessen jeder Wirklichkeit entblößtes Schema.

Noch die freieste poetische Erfindung ist wahrer als eine in jedem Punkt verifizierbare Meldung.

Die Zeitung ist das Symptom für den zunehmenden Schwund an Unmittelbarkeit aus unserm Leben.

Der Zeitungsleser nimmt teil an was ihn in keiner Weise berührt und angeht. Aber er nimmt teil daran in derselben Art, wie moderne Heerführer am Krieg teilnehmen. Die zerfetzten Leiber verwandeln sich in die säuberlich aufgeschlüsselten Zahlen der Verlustliste; eine Unsumme von Leid figuriert auf der Karte als graphisches Spiel schwarzer und roter Pfeile. Vielleicht daher die merkwürdige Grausamkeit, die unsere Zeit charakterisiert? Die Zeitung spiegelt eine Welt vor, in der es durchaus aseptisch hergeht.

Es gibt in ihr keine an den Leib gefrorenen Kleider und keine von Müdigkeit entzündeten Lider: nur das abstrakte Schiff in Seenot gibt es. Der Zeitungsleser kann dieses Schiff in keinerlei Anschauung übersetzen; gleichwohl nimmt er's zur Kenntnis.

Eben darauf beschränkt sich die Aktion des Zeitungslesers: er nimmt zur Kenntnis. Aber er kennt nicht, was er zur Kenntnis nimmt: es bleiben alles böhmische Dörfer.

Die Folge ist ein Tatbestand von äußerster Paradoxie. Auf die kürzeste Formel gebracht, lautet er:

Seit wir begonnen haben, über den Kreis unsres eigentlichen Daseins hinaus in der Welt zu leben, haben wir aufgehört, in der Welt zu leben.

Welt schließt sich auf im Antlitz der Geliebten. Welt entsteht dort, wo alles sich ins Nächste versammelt. Überhaupt dann erst *gibt* es Nächstes. Aber auch umgekehrt: Nur wo es in diesem Verstand Nächstes gibt, gibt es Welt. Beide sind das Resultat desselben Überschwanges.

Was die Zeitung ihrem Leser an Welt liefert, ist das Surrogat für den Verlust von Welt.

Leonhard Frank
Links wo das Herz ist

VI

Michael ging an den Abenden nicht mehr aus, die Erscheinung Ilonas hielt ihn zurück am Schreibtisch und war anwesend, während er schrieb. Er arbeitete Tag für Tag fünfzehn Stunden, bis das »Ochsenfurter Männerquartett«, der kürzeste seiner Romane, fertig war.

Während dieser Arbeit von einundeinhalb Jahren war Michael zu der Überzeugung gelangt, daß im schnellen zwanzigsten Jahrhundert jedes Romanthema auf 300 bis 400 Seiten vollendet abgehandelt werden könne, wenn es gelänge, in klarer, einfacher Sprache mit den treffenden Worten immer nur das Wesentliche der Schauplätze und Situationen, nur das Charakteristische der handelnden Personen zu schildern und dennoch einen scheinbar von selbst entstandenen ruhigen Fluß der Geschichte zu erzielen. Da erscheine diese neu geschaffene Wirklichkeit, von der vorher nichts existiert habe, dem Leser so selbstverständlich wie die Wirklichkeit. Ein auf diese Weise geschriebener Roman könne unvergleichlich mehr an Lebensvorgang und Menschenschicksalen enthalten als ein breit geschriebener Roman in drei Bänden über dasselbe Thema, und er fessele stärker das Interesse des Lesers. Nur koste der verkürzt geschriebene Roman auch unvergleichlich mehr Hingabe und Arbeit als der dickbäuchige. Der Romanschriftsteller, der auf diese spartanische Weise viel weglasse und dennoch nichts, sei berechtigt, den Bergarbeiter zu beneiden.

Er fuhr nach Leipzig und übergab das Manuskript seinem Verleger Kippenberg. Auf dem Weg zurück ins Hotel – es war ein klarer sonniger Morgen – vernahm er, als er den Kirchplatz überqueren wollte, vielstimmigen hohen Engelsgesang, der aus dem Himmel kam und nur aus dem Himmel kommen konnte. Er trat in die Kirche. Außer ihm schien niemand hier zu sein. Sonnenstrahlen, riesigen Sägeblättern gleich, durchzogen wie auf den religiösen Bildern der alten Meister schräg das ganze Kirchenschiff. Der Knabenchor, der eine Bachsche Motette sang, war nicht sichtbar – das hohe Kircheninnere sang. Er setzte sich und lauschte, bis auf den Grund bewegt, und saß in der Münchener Tonhalle, wo er das erstemal in seinem Leben eine Symphonie von Beethoven gehört hatte. Er erinnerte sich: ›Diese Musik hat ein Mensch geschaffen? Das könnte den Gläubigen ungläubig machen – daß es nämlich keinen Schöpfer gibt außer dem Menschen.‹

Den folgenden Abend saß er Kippenberg am Schreibtisch gegenüber, vor sich sein Manuskript. Er schob es hinüber, während Kippenberg den Scheck, auf dem eine fünfstellige Zahl stand, herüber schob. Das Geldgeschäft war abgeschlossen. Nicht eine Szene, nicht einen Satz geschrieben oder geändert zu haben mit dem Blick auf Geld, und für den Roman dennoch Geld zu bekommen, war ein gutes Gefühl.

Kippenberg holte eine Flasche Mosel aus dem Keller. Als die Gläser gefüllt waren, sagte er, Michael habe an einer Stelle das Wort »Popo« gebraucht. Er schlage »Hintern« vor. Michael strich »Popo« und schrieb »Hintern«. Und dann sprachen der passionierte Verleger und Michael bei einem Glase Mosel über die deutsche Dichtung. Es war ein schöner Abend.

Einige Tage später kehrte Ilona aus Warschau zurück, begleitet von ihrer Mutter, die in Berlin bei alten Freunden wohnte. Auch Ilonas Mann war zurückgekehrt. Er hatte die Scheidung nicht eingeleitet. Daß in den Jahren vorher die Scheidung schon mehrmals beschlossen und nicht durchgeführt worden war, wußte Michael. Die besonderen Gründe kannte er nicht, da Ilona nie über ihre Ehe gesprochen hatte, nur gelegentlich ein paar Worte über ihren Mann, taktvoll und mit Achtung. Daß auch sie sich noch nicht entschlossen hatte, den ernsten Schritt zu tun, wurde Michael erst später klar. Aber er ahnte es schon, und sein Instinkt sagte ihm, daß er nicht um sie kämpfen dürfe, da es nie eine gute Beziehung werden könne, wenn Ilona nicht ganz von sich aus zu ihm gekommen sei. Ein Magnet habe entweder genug Anziehungskraft oder nicht genug.

Er lud Ilona und die Mutter zum Essen ein. Seine stille Schlosserstochter, die von acht Uhr früh an gekocht, den Tisch mit besonderer Sorgfalt gedeckt und auch Blumen dafür besorgt hatte, sah ihn mit ihren unschuldigen Tieraugen ein wenig ängstlich an, stumm fragend, ob sie alles recht gemacht habe. Sie hatte ein hübsches Waschkleid angezogen. Es fiel ihm zum erstenmal auf, daß sie viel dünner geworden war und eine makellos reine Gesichtshaut bekommen hatte. Sie war in den drei Jahren ein anmutiges Mädchen geworden. Er sagte es ihr. Nichts bewegte sich in ihrem immer freundlichen Gesicht, nur der stumme Tierblick sprach. Er dachte: ›Welch gute Frau sie einem Mann sein würde. Friedlich. Und gesunde Kinder.‹

Die Mutter – sie war erst fünfzig – reichte Michael eine schmale alte Hand und tat es drucklos wie die Tochter. Sie war klein und zart. Ihr in der Form schönes Gesicht war verwelkt und durch Basedowaugen entstellt. Ein Motor schien ununterbrochen in ihr zu laufen und das kaum bemerkbare Zittern des Gesichtes zu verursachen. An ihrem Blick, wie sie Ilona ansah, erkannte Michael, daß es in ihrem Leben nichts anderes gab als die Liebe zu der Tochter.

Sie gingen ins Eßzimmer. Die Mutter zupfte ordnend an Ilonas Bluse herum, die tadellos in Ordnung war, und warf, während

Ilona durchs Lorgnon den gedeckten Tisch betrachtete, weiter zupfend zwischendurch kurze erschreckte Blicke auf sie. Michael dachte: ›Sie preßt ihre Liebe in Handlungen, in denen kein Platz ist für Liebe.‹

Bei Tisch beanstandete die Mutter jedes Tun und Unterlassen eines achtjährigen Mädchens, das seit vier Jahren verheiratet war. Ilona, die in vorbildlicher Haltung die Suppe aß, solle den Teller näher zu sich nehmen, dann könne sie aufrecht sitzen, so krumm zu sitzen, sei sehr ungesund und nicht schön. Sie dürfe nicht so viel Lippenrot auflegen, die Serviette würde ganz verfleckt werden. Sie müsse das Fleisch in kleinere Stückchen zerschneiden und sie sorgfältig kauen, sonst würde sie sich ein Magenleiden zuziehen. Der Kritisierautomat rotierte bei Tisch ununterbrochen in der Mutter. Zwischendurch wurde sie von ihrem nicht zu täuschenden Gewissen zu den kurzen erschreckten Blicken gezwungen, die dem in Grund und Boden kritisierten Opfer zu sagen schienen: ›Ich weiß, daß es ein Verbrechen ist. Aber ich kann nicht anders.‹

Anfangs war Michael nur belustigt. Als er sah, daß die liebevoll kritischen Bemerkungen wie Schläge in eine offene Wunde auf Ilona wirkten, wurde er nachdenklich. Jedesmal trennten sich bebende Lippen eines zu Unrecht gescholtenen Kindes, wie damals, als sie geglaubt hatte, Michael habe ihren Mund nicht schön, sondern zu groß gefunden. Er sagte sich betroffen: ›Kein Wunder, daß sie sich jetzt fortwährend angegriffen fühlt, auch wenn niemand sie angegriffen hat. Ein empfindsames Kind, das in dieser Weise Jahre und Jahre hindurch von früh bis nachts kritisiert wird, muß ja ein unsicherer Mensch werden über jedes ausbalancierbare Maß hinaus.‹

An einer Bemerkung der Mutter über ihre Mutter hatte Michael erkannt, daß an ihr dasselbe Erziehungsverbrechen begangen worden war. Er dachte: ›Offenbar rächen sich auch die Sünden der Eltern, die ihre Kinder falsch erziehen, bis ins dritte und vierte Glied.‹ Aber er wird die zerstörerische Kette unterbrechen, er weiß jetzt, durch was Ilona ihr inneres Gleichgewicht verloren hat, das wird ihm helfen, sie von den psychischen Ungeheuern zu befreien und sie zurückzuführen in ihr Zentrum. Es war ein denkwürdiges Mittagessen.

Ilona war verkrampft und verschlossen, als sie Michael zum Abschied drucklos die Hand gab. Bewegt von hilfloser Haßliebe, blickte sie durchs Lorgnon das entstellte zitternde Gesicht der Mutter an und ging verstummt mit ihr hinaus.

Michael sah eine Weile auf die leere Schreibtischplatte. Er befand sich, wie immer, wenn er ein Buch erst kurz vorher vollendet hatte, noch in dem Zustand hochgradigen Arbeitsfiebers und war begierig, sofort mit einer neuen Arbeit zu beginnen. Wenn er es nicht sofort tat, würde er sich seiner Erfahrung nach aus dem geladenen Zustand allmählich herausleben, eine innere Leere würde entstehen und damit eine Arbeitspause, deren Dauer nicht abzusehen war.

Er fühlte sich körperlich wohl und hätte seine zehn Stunden täglich arbeiten können. Aber keines seiner Themen faszinierte ihn so stark, wie es nötig gewesen wäre, damit er das geliebte Kreuz hätte auf sich nehmen können. Er saß herum, Monate und Monate vergingen, kostbare Zeit, verloren für das Lebenswerk, für das ein Menschenleben ihm sowieso zu kurz erschien. Er war innerlich blank. Es war ein hassenswerter Zustand.

Ein dreiviertel Jahr war vergangen, als er eines Tages im Romanischen Café eine Zeitungsnotiz las, die ihn verblüffte:

Sie hatten einander vorher nie gesehen

> In Spandau wurde ein Mann, einstiger Kriegsgefangener in Rußland, zu sechs Monaten Gefängnis verurteilt, weil er versucht hatte, der Frau seines Kriegskameraden und Mitgefangenen einzureden, er sei ihr irrtümlich totgesagter Mann.

Der Gerichtsbericht zuckte durch Michaels unbewachtes Bewußtsein durch, ins Gefühl, und verursachte eine blitzartige Vorstellung, die blitzschnell wieder verschwand – eine fremde Landschaft, die er nie gesehen hatte. Es wurde ihm heiß in der Brust. Er wußte nicht, warum die Notiz ihn innerlich so stark angesprochen hatte, daß er plötzlich blind und taub war für alles, was um ihn vorging. Vage Vorstellungen, die er nicht festhalten konnte, entstanden schnell hintereinander und verschwanden.

Erst nach Minuten war er wieder fähig zu denken. ›Aber so kann dieser Fall ja nicht gewesen sein. Die beiden waren einander vorher nie begegnet, und wenn die Frau diesen Mann vorher gekannt hätte, könnte er ja erst recht nicht annehmen, daß sie ihm glauben würde, er sei ihr Mann. Nur ein Geisteskranker könnte sich das einbilden. Dieser Bericht ist erfunden und schlecht erfunden.‹

Er blätterte um, mit dem Kopf nicht mehr interessiert an der Zeitungsnotiz, und begann einen Wirtschaftsbericht zu lesen. Sätze und Zahlentabellen verschwammen. ›Und wenn der Mann diese

Frau geliebt hätte? Dem Liebenden erscheint ja manches Unmögliche möglich. Aber er kann sie ja nicht geliebt haben – eine Frau, die er vorher nie gesehen hatte.‹

Er versuchte, den Wirtschaftsbericht zu lesen, und verstand nichts, der Kopf arbeitete nicht. Er hatte noch das quälend heiße Gefühl in der Brust und bemühte sich vergebens, die vagen Vorstellungen zu erinnern. Ohne seinen Kaffee bezahlt zu haben, ging er hinaus und langsam die Tauentzienstraße hinunter.

›Ein Mann liebt eine Frau, die er nie gesehen hat.‹ Diese Idee hakte sich fest und ging mit ihm mit. Er sah Menschengesichter und Schaufensterauslagen, die er nicht sah. In der Tauentzienstraße tat sich eine einsame Steppenlandschaft auf, in der zwei Kriegsgefangene arbeiteten. »Guten Tag«, sagte er abwesend zu einem Bekannten, der grüßend vorüberging, und wiederholte automatisch den Satz: »Ein Mann liebt eine Frau, die er nie gesehen hat.« Die Steppenlandschaft liegt einsam und unabsehbar weit vor ihm. Die zwei Kriegsgefangenen, in der Ferne klein wie Mücken, sprechen miteinander.

Erst jetzt begann er nachzudenken. ›Wenn der eine, gequält von Sehnsucht, in dieser großen Einsamkeit Jahre hindurch jeden Tag von seiner Frau spricht, wie sie aussieht, wie sie ist, alles von ihr erzählt, das Intimste, alles, könnte im andern ja wirklich ihr Bild entstehen und ihn so unwiderstehlich erfüllen, daß er die Frau liebt, die er nie gesehen hat, und in seiner Wahnsinnsliebe schließlich sogar glaubt, er sei ihr Mann.‹

In Brand gesetzt dichtete Michael weiter. ›Der Liebende kehrt aus der Gefangenschaft zurück. Er weiß, wo sie wohnt. Er kennt das schablonierte Muster im Stiegenhaus, jedes Möbelstück in ihrer Wohnküche, er weiß, wo das Öfchen und wo das Bett steht; daß der Gasbrenner pfeift; daß der Schürhaken einen Messinggriff hat und sie drei braune Muttermale am Körper und wo sie sind, der Kamerad hat ihm in seiner Sehnsucht alles erzählt. Überwältigt von seinem Gefühl für sie tritt er ein und begrüßt sie als ihr Mann … Und die Frau?‹

Er stand vor einem Schaufenster und sah Schuhe, die er nicht sah. ›Mit dem Kopf weiß sie, daß er lügt. Aber sein Gefühl lügt nicht. Wenn sie nicht denkt, fühlt auch sie, und was man fühlt, ist keine Lüge … Ein Jahr später kehrt ihr Mann zurück.‹

Er ging langsam weiter. ›Die Geschichte einer Liebe mit schwersten Hindernissen könnte es werden, eine wunderbare Geschichte, in der das scheinbar Unmögliche durch das Medium der Liebe möglich wird und geschieht.‹

Entflammt trug Michael die einsame Steppenlandschaft mit den zwei Kriegsgefangenen durch die Nürnberger Straße und die drei Steinstufen hinunter in das kleine Café, wo er um sechs Uhr mit Ilona verabredet war. Es war erst vier Uhr. In den zwei Stunden schrieb er auf die Papierserviette den ersten Satz von ›Karl und Anna‹:

> Über dem fernen, fernen planetar gewölbten Horizont der Steppe, an der Grenze zwischen Europa und Asien, erschien ein Punkt, kleiner als ein Singvogel, der sich mit größter Fluggeschwindigkeit zwei Männern näherte und doch in seiner blauen Ferne an derselben Stelle reglos zu verharren schien, so überwältigend groß waren hier Himmel und Erde.

Er dachte nicht mehr an den Gerichtsbericht, der nur als Zündflämmchen gedient hatte, wie das der Zündschnur für die Dynamitexplosion. Aber ›Karl und Anna‹ wäre nicht geschrieben worden, wenn er die Zeitungsnotiz von sechs Zeilen nicht gelesen hätte.

ERICH WEINERT
Bekenntnis eines Künstlers zur neuen Welt

Wo lebt ich denn, bevor mir mein Gehege
Das Steingeröll des Untergangs zerschlug!
Ich lebte hin in dumpfem Selbstbetrug
Und hatte an der *einen* Lust genug,
Daß mich die Welt, nicht daß ich *sie* bewege.

Wer war es denn, dem im geschaffnen Bild
Ich mich mit meinem Sinn und Herz enthüllt?
Dem Marktgetriebe reicher Tagediebe!
Man lobte mich, man hob mich auf den Schild.
Doch wollt ich nicht nur Lob, ich wollte *Liebe*!

Ich wollte Liebe. Doch ich wußte nicht,
Daß, die mich lobten, gar nicht lieben konnten.
Vergebens späht ich aus nach Horizonten.
Da wandt ich ganz nach innen mein Gesicht;
Und immer trüber ward das eigne Licht.

Bis daß der Sturm, der diese Zeit bewegte,
Auch meinen Garten auseinanderfegte
Und auch die Wand zerfiel, die um mich stand,

Die mit Entfremdung mich umhegte.
Nun lag dem Blick eröffnet weites Land!

Da sah ich Horizonte sich bewimmeln.
Es war mein Volk, das aus dem Dunkel schritt.
Es hob, wie ich, den Blick zu neuen Himmeln.
Und plötzlich, liebend, fühlt ich, was es litt.
Ich ging zu ihm. Es nahm mich auf und mit.

Nun endlich atme ich wieder frei und schreite.
Mit meinem Volke schreit ich Seit an Seite.
In meine Werke kam ein neuer Sinn.
Wo Nacht und Enge, ist nun Licht und Weite.
Jetzt erst begreif ich endlich, wer ich bin.

Ich fühle neuen Schöpfergeist sich regen.
Hier wirkt die Liebe, die das *Volk* vergibt.
Denn es beschwingt und läutert, den es liebt.
Und neuen Ufern treibt mein Schiff entgegen
Im Strom der Kräfte, die die Welt bewegen.

JOHANNES R. BECHER
Der Staat

Ein Staat, geboren aus des Volkes Not,
Und von dem Volk zu seinem Schutz gegründet –
Ein Staat, der mit dem Geiste sich verbündet
Und ist des Volkes bestes Aufgebot –

Ein Staat, gestaltend sich zu einer Macht,
Die Frieden will und Frieden kann erzwingen –
Ein Staat, auf aller Wohlergehn bedacht
Und Raum für jeden, Großes zu vollbringen –

Ein solcher Staat ist höchster Ehre wert,
Und mit dem Herzen stimmt das Volk dafür,
Denn solch ein Staat dient ihm mit Rat und Tat –

Ein Staat, der so geliebt ist und geehrt,
Ist unser Staat, und dieser Staat sind Wir:
Ein Reich des Menschen und ein Menschen-Staat.

Vermächtnis

Nimm dies als Vermächtnis:
Halt wach dein Gedächtnis!

Halt wach jede gute Tat!
Halt wach jede Art Verrat!

Halt wach dein Gedächtnis!

Präg dir ein den Todesschrei,
Als ob es dein eigner sei!
Halt der Wahrheit Lehre fest,
Daß sie dich nicht ruhen läßt

Und dich mahnt und wieder mahnt,
Und du ahnst, was keiner ahnt –

Halt wach dein Gedächtnis!

Prüf dich, ob du nichts vergißt,
Und du prüfst so, wer du bist –

Prüfe dein Gedächtnis!

Wisse: Gutes ungetan
Ist soviel wie schlecht getan –
        Denk daran!

Prüfe dein Gedächtnis!

Halt dir dein Gedächtnis wach,
Schlecht Gedächtnis macht dich schwach.

Gut Gedächtnis ist Gericht,
Das frei spricht und schuldig spricht.

Mach stark dein Gedächtnis!

Im Gedächtnis aufbewahrt,
Sich das Gute um dich schart,

Es nimmt zu und wächst an Kraft,
Kühnheit wächst und Leidenschaft –

Stärke dein Gedächtnis!

Schreib dir's ins Gedächtnis ein!
Nichts wird je vergessen sein,

Wenn es im Gedächtnis wacht,
Dein Gedächtnis wird zur Macht.

Nimm dies als Vermächtnis.
Mach stark dein Gedächtnis!

Macht sei dein Gedächtnis!

Dein ist die Macht

Die Blumen lachen, wenn wir sie begießen,
Im warmen Sommerregen lachen Wiesen,
Und auch wir lachen in dem Blühen mit.
So sind wir Sonne, und so sind wir Regen
Und kommen überall uns selbst entgegen,
Bald laut, bald leis, in jeder Art von Schritt.

So sprechen wir auch in der Bäume Flüstern,
So schweigen wir auch in der Nacht, der düstern.
Wir können nirgendwo uns selbst entgehn.
Du suchst die Stille auf, 's ist *deine* Stille,
Und auch der andern Wille ist *dein* Wille,
Denn warum läßt du ihn denn nur geschehn!

Die Wesen alle halten dich umfangen,
Bist ihre Freude, und du bist ihr Bangen.
Allmächtig ist sie, deine Wesenheit.
Dein ist die Macht, zu enden und zu wenden.
Wie viele Hände sind in deinen Händen!
Du bist die Zeit und bist in Ewigkeit.

GOTTFRIED BENN
Außenminister

Aufs Ganze gerichtet
sind die Völker eine Messe wert,
aber im Einzelnen: läßt die Trompete zu der Pauke sprechen,
jetzt trinkt der König Hamlet zu –
wunderbarer Aufzug,
doch die Degenspitze vergiftet.

»Iswolski lachte.«
Zitate zur Hand, Bonmots in der Kiepe,
hier kühl, dort chaleureux, peace and goodwill,
lieber mal eine Flöte zuviel,
die Shake-hands Wittes in Portsmouth (1905)
waren Rekord, aber der Friede wurde günstiger.

Vorm Parlament –, das ist keineswegs Schaumschlägerei,
hat Methode wie Sanskrit oder Kernphysik,
enormes Labor: Referenten, Nachrichtendienst, Empirie,
auch Charakter muß man durchfühlen,
im Ernst: Charakter haben die Hochgekommenen ganz bestimmt,
nicht wegen etwaiger Prozesse,
sondern er ist unser moralischer sex appeal –
allerdings: was ist der Staat?
»Ein Seiendes unter Seienden«,
sagte schon Plato.

»Zwiespalt zwischen der öffentlichen
und der eigentlichen Meinung« (Keynes). Opalisieren!
Man lebt zwischen les hauts et les bas,
erst Oberpräsident, dann kleiner Balkanposten, schließlich Chef,
dann ein neues Revirement,
und man geht auf seine Güter.
Leicht gesagt: verkehrte Politik.
Wann verkehrt? Heute? Nach zehn Jahren? Nach einem Jahrhundert?

Mésalliancen, Verrat, Intrigen,
alles geht zu unseren Lasten,
man soll das Ölzeug anziehn,
bevor man auf Fahrt geht,

beobachten, ob die Adler rechts oder links fliegen,
die heiligen Hühner das Futter verweigern.
Als Hannibal mit seinen Elefanten über den Brenner zog,
war alles in Ordnung,
als später Karthago fiel,
weinte Salambo.

Sozialismus – Kapitalismus –: wenn die Rebe wächst
und die Volkswirtschaft verarbeitet ihren Saft
dank außerordentlicher Erfindungen und Manipulationen
zu Mousseux – dann muß man ihn wohl auch trinken?
Oder soll man die Kelten verurteilen,
weil sie den massilischen Stock
tauschweise nach Gallien trugen –
damit würde man ja jeden zeitlichen Verlauf
und die ganze Kulturausbreitung verdammen.

»Die Außenminister kamen in einer zweistündigen Besprechung
zu einem vorläufigen Ergebnis«
(Öl- und Pipelinefragen),
drei trugen Cutaway,
einer einen Burnus.

Stephan Hermlin
Stalin

1

Sicherlich, damals konnte es keiner wissen,
Daß diese Nacht nicht mehr ganz so wie frühere war,
Eine Nacht, wie alle, vom Bellen der Hunde gesplissen,
Und die Wälder wie immer mit Wind in ihrem Haar.

Die Mädchen, die eine Weile noch in den Türen standen,
Schmeckten müde den Schnee, der im Gebirge wohnt,
Sahen hinauf, wo sie die Mauern der Festung fanden,
Sahen auf zum grünen grusinischen Mond.

Denn die Hoffnung paßte seit langem nicht mehr in die Tage
Der Leute; sie stand vor den Häusern wie Wasser über dem Lehm,

Der nichts durchläßt. Kein Tag hatte an den nächsten eine Frage.
Dezember – doch unter den kühlen Sternen war keiner von
Bethlehem.

Licht flatterte im Fenster. Weiß in der engen Kammer,
Die nach Leder roch, lag eine Frau. Es war sehr kalt.
An der Wand über der Wiege hingen beisammen Ahle und
Hammer.
Damals war ein Knabe in Simbirsk neun Jahre alt.

Die Nachbarn, die zu Wissarion kamen, die Wöchnerin zu grüßen,
Dachten: Was hat die Zukunft je schon uns armen Leuten
gebracht …
Aber über den Bergen, weit hinten, von Hahnenschreien zerrissen,
Änderte sich unmerklich die Architektur der Nacht.

2

Meine ersten Lehrer waren die Tifliser Arbeiter

Er saß bei den Seminaristen
Und dann bei den Eisenbahnern,
Er organisierte die Berge
Und ordnete die Küsten.
Warf Flugblätter in die Werke.
An den kaspischen Wüsten
Kannte man schon seinen Namen.
Er stand in den Polizeilisten.
Die ihn suchen kamen,
Waren verschiedener Art:
Manche standen zusammen
Um ihn, mit Händen, hart
Wie das Leben, damit sie wüßten,
Wie man es besser macht;

Andere schlichen sacht
Mit dem Steckbrief in der Tasche,
Mit Blicken, schräg wie rasche
Ratten. – Doch er hat entfacht
Die Zukunft wie große Fahnen
Rot, rot in Batum und Baku.

Die Planlosen lernten planen,
Das Leben hörte ihm zu.
Die er jetzt belehrte,
Hatten ihn viel gelehrt,
Immer horchte er hin in die Masse,
Mit ihren Schmerzen beschwert.
Die er dem Licht zukehrte,

Folgte, die Arbeiterklasse,
Der linken Messame-Dassi.

3

Welt, die erfüllt war vom Raunen der Opferbeschauer,
Falscher Propheten im Schatten der Galgen; Welt,
Jahre tragend wie eine Witwe Trauer,
Von den Schwären der Philosophien entstellt …

Welt, die sich jählings mit rasenden Blizzards bedeckte,
Die in die Wege des Flüchtlings Schatten trug,
Drohende Schneefahnen über die Hütten steckte
Und mit den Stimmen des Windes die Zuversicht schlug …

Unter dem Eis trieben die toten Matrosen
Von Odessa. Was immer Null Fünf geschah:
Immer noch glühten des Künftigen magische Rosen
In den nüchternen Seiten der Wolna.

Spuren am zischenden Hang, blau vergehende Stufen,
Bis nach Tammerfors reichend und Stockholm und Prag.
Zeichen, von Lenin ins flüchtige Dasein gerufen:
Über euch bleicht schon die Nacht und erhellt sich der Tag.

Späher des fernen, des nahenden Roten Oktober,
Seid ihr im Brüllen des Gusses, unter dem Ruß
Der Hochöfen, und zwischen Isba und Schober
Chiffre, die heißt

PARTEI
EINES
NEUEN
TYPUS.

4

Die im Smolny tagen,
Die auf die Straßen treten,
Die nach den Beiden fragen,
Matrosen, Proleten
Hörten Lenin sagen,
Hörten Stalin reden
Mit Stimmen von künftigen Tagen,
Mit Stimmen von roten Städten.
Die hinterm Sandsack verzagen:
SR, Menschewiki, Kadetten
Sahen Bewaffnete jagen
Über den Platz, wollten sich retten,
Und in der Dämmerung klagen
Noch einmal brechende Ketten.
Über die alte Welt ragen
Die, die Zukunft säten!
Neue Banner auf Dächern und Wagen.
Zum Sammeln schrien Trompeten.
In den Toren lagen
Am MG Kronstädter, Letten.
Im Gewitter von blauen Blitzen
Der Bajonette und Schreie
Wollen Völker die Sowjets schützen,
Erkennen sich plötzlich als Freie,
Können mit Lenin die Macht besitzen,
Mit Stalin,
        Kommissar der Nationalitäten! ...

5

Einmal waren Churchill und Koltschak geschlagen,
Die Verhungerten lagen begraben an der Wolga,
Die Arbeiter hatten Mut und nichts im Magen –
Da kam Januar, und der glücklose Tag war da.

Noch sprachen die Morseapparate ihre wirren Monologe
Von den bereiften Betrieben bis dahin, wo das Wachtfeuer brennt:
Lenin, gebrochenen Blicks, hinweggespült von der Woge
Nacht, mit der erloschenen Stirn, wahrhaftig wie das Firmament.

In der Pyramide ihrer Schmerzen und im Schreien der Sirenen
Begruben sie ihn, während Stalin zu ihnen sprach:
Wir Kommunisten sind Menschen von besonderem Schlage.

Am Fundament der neuen Städte, das aus der Steppe brach,
Hörten sie, im Frost, umsungen von den Kantilenen
Des Sturms, Stalin, den Lenin dieser neuen Tage.

6

Es gibt keine Festungen, die die Bolschewiki nicht nehmen können

Unter dem Schild des Himmels,
Von Vogelflügen durchbohrt,
Regten Gedanken und Hände
Sich im harschen Nord,
Was finster war, wurde lichter,
Grad ward, was einmal krumm,
Die das Land umbauten,
Bauten sich selber um.

Einer entwarf Talsperren.
Ein zweiter schrieb ein Gedicht.
Eine Frau sang in der neuen Schule
Mit den Kindern. Ein andres Gesicht
Wies jedem jeder Spiegel.
Dreimal ein Fünfjahrplan
Hieß: Einholen, Überholen!
Die Waage der Zeit zeigte an
Mit der schwereren Schale:
Nach links geht die Welt …
Wo gibt es schon das Morgen,
Das dem Gestern gefällt …
Es lebte sich jetzt leichter
In der Stadt, im Kolchos.
Als es sich leichter lebte,
Brachen die Mörder los.

Im Sommer einundvierzig,
Staub stand fahl,
Zerschossen die deutschen Panzer
Die Betonsperre im Tal,

Im Feuersturm, ach, verkohlte
Das Gedicht Satz um Satz.
Die Frau und die Kinder hingen
Vor der Schule auf dem Platz.

Der das Bauen liebte,
Griff zum Gewehr,
Die das Lernen priesen,
Fegten die Ebenen leer.
Der den Frieden wollte,
Machte sich Soldat.
Der Zarizyn gehalten,
Hielt da auch Stalingrad.

Der in die Zeiten schaut,
Wußte um das Maß,
Das man Diesen und Jenen zumißt,
Weil im Jetzt er das Einst nicht vergaß;
Sagte im Frühjahr zweiundvierzig:
Die Hitler kommen und gehn,
Aber das deutsche Volk, der
Deutsche Staat bleibt bestehn.

7

Stalin, der in die Zeiten hinblickt:

Getilgt werden sein die Schüsse von Montjuich und Saloniki,
Getilgt die abgehauenen Köpfe von Kuala Lumpur,
Die gepfählten Körperstrünke von Vietnam,
Aus den Kellern von Belgrad die Schreie,
Die Qualen der gefolterten Partisanen von Semarang
Und der Gelynchten von Charleston.
Getilgt auch die Wunde meines Landes.

Mitsamt
Den langsamen Schachzügen der zivilisierten Mörder,
Ihren Geschäften, ihren Worten, ihrer tödlichen Musik,
Allem, was ihre Taten zudeckt,

Getilgt werden sein die untragbaren Lasten selbst bis zu jenen,
Die als Lasten kaum mehr kenntlich sind,
Die Erniedrigungen, die so alt sind,
Daß sie Erhöhungen heißen im Munde derer,
Die in Unwissenheit gehalten werden.

8

Im Gewölke der Blicke wie eine Schwinge gleitend
Schaun wir durch Explosionen der Knospen die Stadt
Überzogen von Völkern, sich selbst zum Siege geleitend,
Von Propellern entführt und rauschendem Rad.

Aus dem unendlichen Raunen von Inseln und Ländern
Hebt das Entzücken sich mit seiner Botschaft dahin,
Wo die Verheißungen leben und die Epochen verändern,
Namenlos sich die Zeit endlich selbst nennt:
STALIN.

ERICH ARENDT
Don Quijote

Als ob die Welt sich nie verändert, reitet er
und fordert vor die Lanze Mächtige und Riesen.
Ihn trifft die Gegenwart, sturmroher Flügel, schwer.
Er reitet traurig, lächelnd fort, läßt nicht von diesem

großherzigen Traum, der reine Fernen schaut durch Wind
und Dunkelheit und Gram. Enttäuschung läßt ihn weinen
wohl, wenn er irrt und irrt. Die er befreit, sie sind
ihm Feinde schnell. Und jagen ihn mit Spott und Steinen.

Und neben ihm, Gefährte seines Leids und Menschentraumes,
zieht Sancho Pansa, der den großen Träumer lehrt,
daß nur sein Lächeln reift, zu Volk und Tag gekehrt.

So reiten sie im Staub glücklosen Erdenraumes
und finden, wenn die Welt umstürzt und uns verheert,
kämpft doch, von keinem Staub und Graun versehrt,
kämpft unser Lächeln durch die Zeiten, die es mühsam ändert.

Toter Neger

Er wußte nichts von allem; weshalb Krieg?
Und ließ sich wehrlos mit dem Stahlhelm schmücken.
Er fühlte nur, da er aufs Fallreep stieg:
Die Kolben stießen gnadenlos in seinen Rücken.

Die Pyrenäen noch, die blauverhüllten Hänge,
verwandelten sich heimlich in sein Rif.
Doch aus dem Traum, der schön wie Buschgesänge,
stieg schwarz die Angst, wie damals vor dem Schiff.

Als alle dann ins leergebrannte Wasserbett
wie Tiere flohn, zerbrach der Himmel laut.
Er aber war schon tot – es kreisten Eisenvögel oben –

und hielt noch Tage wie zum Schutz den Arm erhoben.
Doch dunkler, immer dunkler wurde seine Haut
und, wie der Abendhimmel überm Kral einst, violett.

JOHANNES POETHEN
Das Labyrinth

Zwischen morgen und abend
das labyrinth
taggänge und nachtsaal
verschüttete blutpforten der schöße
welch wandern am faden der spinnenden uhr
hin zum betörenden stierbild.

Aber die windungen früher –
allein noch tröstliche lichttempel
im langen taggang um blühenden marmor
ferne feiert der efeu
ferner der lorbeer über gestirntem haupt
o nah einst hingebeugt nackten betern.

Doch du stehst unter den flügeln noch immer
biegst das wachs deines traums

um schmale gelenke
wähnend der himmel sei ausgang
ikarischer flüchtling
stets bitterer stürzend.

Sklaven aber ihr türmtet eigenen tod
versteinert hochauf
über dem goldschlaf des königs
hieroglyphe ewig.

Während wir im abstieg der schächte
müde münzen berühren
tauschgeld verkommener märkte
und tragen
von fremden lampen verhangen
knechtschaft unter dem herrschenden stahl
der in den hohen öfen
täglich vom feuer gekrönt wird
das uns bestürzte.

Rasselnde straßenketten um herzglieder
gefesselte wir am beton
bebend am angstfelsen
fänge der feuervögel ständig nah
schauspiel kaukasisch
immerdar.

Aber dennoch
die gelbe flöte des mittags
ah und ihr tragende leidsäulen ohne verlust
qualen im schatten des stierbilds gehämmert
strophen unter dem jauchzenden meißel
alle gezüchteten vögel nestlos
jenseits der spinnenden uhr
im endlosen flug.

FRIEDRICH GEORG JÜNGER
Brockenanstieg

1.

Glashart, frostkalt
Kommt die sternhelle Nacht.
Der Fuß knirscht im Schnee.
Der Bannforst kracht.

Orion glänzt hell,
Orion glüht
In gläsernem Licht.
Die Plejade blüht.

Glasklar ist der Frost.
Aus dem Silberhorn schallt
Sein schneidendes Lied.
Die Eismuschel hallt.

2.

Von der Bode kam ich und stieg
Langsam den Brocken hinan.
Die Eiszapfen klirrten hell
An den Quellen im Tann.

Mondschatten im Schnee.
Taub, ohne Duft
Um den Blocksberg zog
Die schneidende Luft.

Um den Kopf im Kreis
Flog mir Waldeulenruf.
Dumpf im Ohre schlug
Weißer Roßscharen Huf.

3.

Im Brockenhaus lag und las
Im Sachsenspiegel ich lang.

Ich las und horchte hinaus
Auf den Windgesang.

In der Nacht sprang der Wind um,
Er sprang wütend an.
Er stob wild um den Berg
Und fuhr durch den Tann.

Der Wind faucht tief,
Wie die Wildkatze faucht.
Schlägt er um, zieht der Nebel auf.
Der Brocken raucht.

Wenn die Sonne kommt, wärmt
Sie des Blocksbergs Granit.
Walpurgis ist nah
Und der Hexenritt.

Der Wind weht und weht
Über Glimmer und Quarz.
Weht er, grünt, tief in der Brust
Der grüne Harz.

Karl Krolow
Die Überwindung der Schwermut

Zerbrochenes Wasser der Tage
Steht leblos im Schleierkraut
Und dringt mir wie bittere Sage
Noch einmal unter die Haut.

Die trostlose Biegung der Stunden
Im Wind, der mich zornig umfloß
Und einst mit Träumen geschunden:
Durchbohrt nun vom Mantelgeschoß!

Die blinzelnden Stallaternen
Der Schwermut im nächtlichen Stroh,
Das schweigende Zeitverlernen
In den falschen Himmel entfloh,

Den Himmel, der hinter der Stirne,
Im Umriß des Herzens geruht,
Umwunden vom Teufelszwirne,
Und starb in der Jacke voll Blut.

Die im Dickicht der Stille drohten,
Gestalten des Pervitin:
Nichts ist so tot wie die Toten,
Die schwarzer Neumond beschien!

Über die alten Gesichter,
Die flach sind und echolos,
Wandern des Künftigen Lichter
Wie sanfte Gewässer. Ihr Schoß,

Der leicht ist im Jenseits geborgen,
Erhellt wie Gebüsche der Luft,
Trägt schon unteilbaren Morgen,
Die Frühe aus Mohnrosenduft.

Friedrich Georg Jünger
Ein kleiner Unfall

Die Straße lag breit, glänzend und sonnig im Morgenlicht. Blauer Himmel, blaue Luft, die gelinde von fernen Wäldern und Äckern kam und in die Stadt hineinwehte. Ein schöner Morgen. Als die Haushälterin Felizitas die Tür zum Metzgerladen öffnete, ertönte das silberne Geläut, das sie so gern hörte. Kling, klang, klong. Es war, als ob kleine, sehr helle Glocken ihr einen Gruß entgegenschickten. Heiter war der Gruß und zugleich achtsam, denn er blieb nicht aus, er verkündete, daß eine Kundin da war, und zugleich begrüßte er sie auf melodische Weise. Solche Erfindungen behagen den Frauen. Als Felizitas eintrat, überraschte sie wieder die Fülle von Licht, die sich in dem großen Raume fing. Das Licht fiel durch hohe, blanke Spiegelscheiben und kam freudig aus den Kacheln zurück, mit denen die Wände ausgelegt waren. Es ist, dachte sie, als ob ich in ein Lichtbad trete. Es ist, als könne aus dieser Lichtfülle ein Stück puren Lichts herunterfallen, eine Lichtblume oder Lichtzahl, so herunterfallen, daß man sie aufheben und in die Tasche stecken konnte. Das freilich waren närrische Vorstellungen. Plötzlich durchdrang sie ein Glücksgefühl, wie wir es haben, wenn die Sonne nach trüben, kalten Tagen durch die Wolken dringt. Ein Strom warmen, heftigen Lebens stieg in ihr auf, hervorgerufen nicht allein von Glöckchen, Licht und Kacheln, sondern auch von der funkelnden Einrichtung des Geschäfts, mit dem sich kein anderes am Ort messen konnte. Woher kam ihr das tiefe Wohlgefühl, und warum mußte sie zugleich an ihren längst verstorbenen Vater denken? Auch Angst war darin. Denn ein eigentümlicher Schauer durchrann sie, wenn sie die Reihen blitzender Haken an der Wand sah, Haken, die stark genug waren, um ganze Hälften von Rindern und Schweinen zu tragen, dabei aber von silberner Härte und Zierlichkeit. Warum diese Haken sie erregten, wußte sie nicht zu sagen, aber etwas Drohendes, Fürchterliches und doch zugleich Süßes schien von den stummen, krummen Winkern und Greifern auszugehen. Wie Finger kamen sie aus der Wand. Nicht minder erfreute sie der Anblick der breitschneidigen Beile und haarscharfen Messer, die in großer Zahl und griffbereit auflagen. Geordnet, sauber glänzend bot sich alles dem Auge dar, und sie, erfreut durch diese Ordnung, begriff doch, daß hinter ihr wie hinter einem scharfen Lächeln das Fürchterliche sich verbarg. Sie warf einen Blick auf die Waage, deren Zeiger regungslos am Anfang des Ziffernbogens stand, und betrachtete die Maschine zum Durchdrehen des Fleisches, die elektrisch betrieben wurde. Es ging ihr durch den Kopf, daß diese Maschine Fleischwolf genannt wird, und der Name schien ihr treffend zu sein, denn schärfer und mahlender als ein Wolfsgebiß schlang sie das rote Fleisch in sich hinein. So, in einer Umgebung von Glas, Metall, Fayence und Marmor stehend, die unerbittlich hart gegen das zarte Fleisch und die rosigen Würste abstach, trat sie an den Verkaufstisch heran und sah den Meister mit übermütig funkelnden Augen an.

Dieser, der allein im Laden war, stand hinter dem Tisch, stützte sich auf ein Handbeil und sah stumm vor sich hin. In diesem Augenblick schien er nicht der Besitzer all der Herrlichkeiten zu sein, die ihn umgaben, denn er war untätig, sein Blick hatte den Halt verloren und ging träumerisch in eine innere Ferne. Es war etwas Schwermütiges an ihm, das an einen Krieger nach verlorener Schlacht erinnerte. Ein Hauch von Trauer, nicht aber von Schwäche, umgab ihn, denn in der Stellung, die er, auf das Beil gestützt, einnahm, lag etwas Achtunggebietendes. Jetzt, als Felizitas vor ihn hintrat, richtete sich seine riesenhafte Gestalt auf, ein Funke liebevollen Erkennens belebte seine Augen, und er sah die Haushälterin mit zärtlichem Blick an. Sie erwiderte diesen Blick ein wenig vorsichtiger, doch nicht ohne Anerkennung. Mit Recht, denn er stand als Bild der Kraft vor ihr, hochgewachsen, muskulös und doch nicht schwerfällig. Der Meister, der ein großes, gutes Geschäft umtrieb, war ihm anzusehen. Und sein Gesicht hatte wie das der wahren Herrscher zugleich etwas Freies und Spendables. Freilich, inmitten solcher Fülle ließ sich kein kleiner, knickeriger Mensch denken, kein Filz, kein Knauser. Hier fiel manches ab. Er mochte gewaltsam dabei verfahren, aber nicht ärmlich. Und dort, wo er stand, gehörte er hin. So, wie er dort stand, flößte er Vertrauen ein. Es gab Zutrauen in die Ordnung der Welt, daß der Mann an seinem Platz stand und an keinem anderen anzutreffen war. Was aber Felizitas bezauberte, waren die kleinen blonden Locken auf seinem Kopf. Sein Haar krauste sich und bildete Wirbel an den Schläfen. Das nahm sich wie ein Überschuß aus. Wunderlich, daß Felizitas durch diese Wirbel an die Haken erinnert wurde, die an den Wänden befestigt waren.

Aber sie war ihm gewachsen. Nicht ohne Stolz stand sie vor ihm, und sie sah ihm an, daß er sich in ihren Netzen verfing. Nur den kleinen Finger brauchte ich ihm hinzureichen, dachte sie. Der kleine Finger würde genügen. Und während sie das dachte, bog sie ihren kleinen Finger krumm, so daß er gleichsam die Öse einer Nadel bildete, durch die man hätte einen Faden ziehen können. Sie nahm die Öse sehr schmal, um das Mühelose des Unternehmens anzudeuten. Und sie täuschte sich nicht – welche Frau täuscht sich auch in dergleichen Dingen? Der Meister sah die schöne Haushälterin nicht nur deshalb gern, weil sie eine seiner besten Kundinnen war. Er bewunderte sie und warf einen bewundernden Blick auf ihren mächtigen, herrlichen Busen, ja er beugte sich ein wenig vor, um ihre ganze Gestalt vor sich zu haben. Aber da sie dicht an den Tisch herangetreten war, sah er nur ihre Hüften, über die der Rock glockig herabfiel. Sie hielt seinen Blick ohne Wimperzucken aus und wich nicht einen Zoll vor ihm zurück. Warum sollte sie zurückweichen? War sie nicht dazu da, um gesehen zu werden? Sie hegte kein Verlangen nach Unsichtbarkeit, und sie wußte, wie man die Männer in Schranken hält. Er verlor sich indessen in die Betrachtung ihres Gesichtes, eines Gesichtes, das wie Milch und Blut war, mit einem dunkleren Flaum auf der Oberlippe. Der Flaum war so leise wie der trotzige Zug um die Lippen, und ebenso leise war das runde Kinn angezogen. Er sah das Funkeln in ihren Augen, das jetzt etwas Drohendes bekam, und beugte sich weit vor. »Was darf es sein?« fragte er flüsternd, als ob er ihr ein Geheimnis mitzuteilen hätte. Warum flüsterte er? Nun, dafür gab es mehrere Erklärungen. Er deutete damit an, daß er allein mit ihr zu bleiben wünschte. Und zugleich zog er sie in eine Vertraulichkeit, die zwar nicht bestand, über deren Ziel aber sein Flüstern sie nicht im Zweifel ließ. Nichts war da, das Felizitas verborgen blieb.

Sie deutete mit dem Finger auf ein mächtiges Rindsviertel, das vor ihr hing. »Fünf Pfund Brust«, erwiderte sie kurz und fast befehlend. Aber im Inneren triumphierte sie. Nur den kleinen Finger, dachte sie. Der kleine Finger würde genügen. Und wieder krümmte sie den kleinen Finger zu der schmalen Öse für einen gedachten Faden.

Er blieb stehen, träumend, als ob er den Auftrag nicht gehört hätte. Dann aber fuhr die Tätigkeit in ihn. Er hob das riesige Stück Fleisch leicht und mühelos vom Haken, warf es auf den Hackklotz und begann es mit wohlgezielten Hieben zu zerlegen. Der Stahl funkelte im Licht. Er hieb die Brust heraus, so schnell und geschickt, als ob er ein Stück Butter formte. Den starken Beilhieben folgten feinere, zurichtende. Sie sah dem Vorgang, dessen geschwinde Genauigkeit sie bewunderte, mit Genuß zu.

»Ist die Brust auch zart?« fragte sie. Vielleicht hätte sie die Frage, die ihn von seiner Arbeit ablenkte, nicht stellen sollen, vielleicht hätte er sich nicht ablenken lassen dürfen, denn jetzt, da er ihr einen neuen zärtlichen Blick zuwarf und eben die Antwort gegeben hatte: »Zart wie Milch«, stieß er einen lauten Schrei aus, einen so scharfen durchdringenden Wehschrei, daß aus dem Nebenraum sogleich die Meisterin und der Lehrbube herbeieilten. Er hob den linken Arm in die Höhe, und nun zeigte sich, was geschehen war, denn das erste Glied des kleinen Fingers war so säuberlich und genau von dem Beil im Gelenk abgeschärft worden, daß kaum ein Tropfen Blut aus dem verstümmelten Finger drang. Die Tränen der Meisterin, das blasse, angstschlotternde Gesicht des Lehrlings bewegten Felizitas nicht so sehr wie das Verhalten des Meisters. Er saß wie gebrochen auf dem Hackklotz und ließ den Finger unter leisem Ächzen und Seufzen verbinden. Felizitas betrachtete ihn mit bedauernden, aber durchdringenden Blicken. Während die Meisterin ihren klagenden Mann hinausführte und der Lehrling ihr ängstlich das Fleisch abwog und einhändigte, war sie in Gedanken versunken. Indem sie den Laden verließ und das silberne Geläut der Glöckchen wieder hörte, dachte sie: das also ist der Mann, der den stärksten Stier ohne

Furcht und Bedenken niederwirft. Und jetzt? Nur der kleine Finger, der kleine Finger genügt. Der Gedanke daran erheiterte sie, und heiter ging sie mit ihrem wiegenden, stolzen Gang die Straße hinunter.

Ulrich Becher
Feuerwasser
Deutschamerikanische Chronik in drei Akten und einem Epilog

Charlie *ruft ihm munter entgegen – er spricht fließend deutsch in kaum mehr kenntlichem rheinländischem Tonfall.* Schneit's noch, Pétschek? Komm rein, komm rein. Weißte das Neuste? Die Hundesöhne haben Benny Davis um die Ecke jebracht.

Polachek *postiert sich, den Fliegermantel aufknöpfend, neben van Dorpe – spricht ein bedächtiges reines Hochdeutsch mit hauchleichtem Amerikanerakzent.* Es schneit nicht mehr. Was für einen Benny Davis?

Charlie *ausruferhaft.* Hier, Johnny Polachek aus Chicago, alias Pétschek alias Kalbshaxe alias Schwartenmagen – *ein paar Barlungerer kichern* –, jüngstes Ehrenmitglied der Landstreicher-Union, der gebildetste Vagabund der Vereinigten Staaten, weiß nich, wer Benny Davis is! Na, ne Leiche mit zwanzig Schüssen im Bauch. Gestern nacht haben sie 'n abgemurkst drüben in Brooklyn.

Van Dorpe *strafft sich unversehens aus seiner Apathie.* Lesen Sie denn keine Zeitung, Mister? Seit dem Ende des zweiten Weltkrieges wurde in der Stadt New York durchschnittlich jeden Tag ein Mord verübt! Wenn das nicht vom Übel ist –

Charlie Starte hier im Fröhlichen Elchskopf keine Bußpredigt, Priester. Bist nicht mehr in Sparta, Pennsylvania.

Van Dorpe *unbeirrt.* J-e-d-e-n Gottestag ein M-o-r-d!

Joe Glick *spricht partiell jiddisch gefärbtes »Leopoldstädter« Wienerisch.* No, was iis des nebbich scho, bittscheen, in aaner Stadt, die was iber sieben Millionen Einwohner hat? A Trepfelach auf an heißn Stein.

Van Dorpe *ignoriert Joe, zu Polachek.* Wenn Sie Zeitung lesen würden, mein Sohn, wäre Ihnen ferner bekannt, daß das Opfer dieses neuesten Kapitalverbrechens bereits sein Eisenbahnticket in der Tasche hatte. Besagter Davis wollte heute morgen nach Reno fahren, um sich scheiden zu lassen.

CHARLIE Jetz is er anderweitig geschieden worden. Im übrigen halt's Maul, Priester.

VAN DORPE *duckt sich, krampft die Hände ums leere Drei-Unzen-Gläschen, murmelt gequält.* Sprich nicht so mit mir, Charlie.

CHARLIE *grinst hübsch.* Maul halten, van Dorpe, du alter Hundesohn, wenn ich mit meinem Freund Kalbshaxe Konversation mache.

VAN DORPE *stößt weinerlich hervor.* Bitte, bitte, nein. Ich kann nicht gestatten, daß du so mit mir sprichst. *Plötzlich außer sich, mit langen Armen über die Theke fuchtelnd, Charlie an den Revers der Barhalterweste packend, atemlos-schrill mit sich überschlagender Stimme.* Ich ver-b-i-e-t-e es!

Charlie klemmt völlig gelassener Miene van Dorpes Handgelenke mit eisernem Zugriff.

VAN DORPE *läßt die Revers aufkreischend fahren.* Au-uh!

Die übrigen Thekenlungerer schenken dem Zwischenfall nicht die mindeste Beachtung, als seien sie derlei gewöhnt; hinten, Scotty, erzählt Willie-the-Pimp einen Witz, den der verdrießlich belacht.

CHARLIE *lenkt van Dorpe mit behutsamem Schubs auf den Schemel zurück. Gedämpft, in fast zärtlichem Zureden.* Benimm dich, alter Feuerwasserbüffel von einem Priester, sonst muß ich leider meinem Freund Kalbshaxe erzählen, weshalb du in Pittsburg ins Kittchen gekommen bist.

POLACHEK *scheu.* Hör auf, Charlie.

VAN DORPE *vollführt, unvermittelt ganz ruhig, eine weite verlorene, das Nichts segnende Gebärde, senkt den »Charakterkopf«, murmelt verzittert.* Erzähl's, wem du willst ... es macht mir nichts aus ... schon lange – lange nicht mehr ... *Flüstert mit hündisch-bettelndem Aufblick.* Bitte, bitte, bitte, Charlie. Noch ein einziges – letztes Gläschen.

CHARLIE *streng.* Du kriegst kein Feuerwasser mehr, Laan. Deine Tochter hat schon viermal antelefoniert, nach dir gefragt.

VAN DORPE *wieder auffahrend, heftig die Silbermähne schüttelnd, stoßhaft gepreßt.* Ich – habe – keine – Tochter ...! Verstehst du?

CHARLIE *sanft.* Du hast eine, und zwar ne ausgemachte Beauté. Vielleicht zu s-e-h-r Beauté, das war der Haken ... Is nach Zwölwe. Geh nach Hause, Priester.

Van Dorpe senkt den Kopf tief, faltet die Hände ums leere Gläschen. Joe schlendert zum pompösen Schallspind, mit einer Nickelmünze Fangball spielend, wirft sie ein, drückt einen Knopf der etikettierten

Skala. Während das Bleiglas in stetig sich wandelnden Farben erglüht, läuft ein schmalzig-romantisches Liebeslied ab, von Frank Sinatra, Amerikas Lieblingssänger der vierziger Jahre, mit schmachtender Diskretion gesäuselt, gegurrt, geseufzt, gedämpft begleitet von großem Orchester. Gleicherzeit klingelt es mehrmals in der Telefonkabine.

WILLIE-THE-PIMP *öffnet deren Glastür, fläzt sich in die Zelle, nimmt faul den Hörer ab.* Helloh? ... Yes? ... Oh, Miß van Dorpe ... Nee, er is noch hier. Moment mal. *Steckt den Kopf aus der Zelle.* Heh, Priester! Dein Frollein Tochter is schon wieder am Apparat. Fragt, wann de zu Hause kommst.

Van Dorpe kauert unbeweglich.

CHARLIE *ruft.* Sag ihr, der Erzengel Charlie Brown is grade dabei, den abgetakelten Adam hier aus dem Kellerspelunkenparadies zu vertreiben.

WILLIE-THE-PIMP *ins Telefon.* Er kommt jleich. Wat? ... Okeh, Miß. Wer'ck ihm bestellen. Bye-bye. *Aus der Kabine zu Scotty tretend.* Priesta, uffs Jlatteis uffpassen sollste, wenn de zu Hause jehst. Läßt die schöne Nelly dir sagen. *Winkt, da der Angeredete keineswegs reagiert, gleichgültig ab.*

CHARLIE Was saufste, Pétschek? *Langt flink eine Flasche vom Regal, staubt sie mit einem Lappen ab.* Alter Porto, my boy. Den besten Wein / Trinkt der Wirt allein. *Entkorkt sie, schwappt einen Spritzer auf den Boden hinter der Theke.* Pour le Bon Dieu! – nach altfranzösischer Sitte. *Schenkt zwei geschliffene Kristallkelche voll, prostet Polachek zu.* Bansai! *Kippt seinen Kelch in anmutigem Schwung, unbekümmert, ob Polachek ihm bescheidtue.*

POLACHEK Bansai. *Trinkt.* Prost auf japanisch, wie? *Kramt einen grasgrünen Dollarschein unterm Ledermantel vor, legt ihn aufs Thekenbord.*

CHARLIE Diesen Port kannste nich bezahlen. Die teuerste Spirituose, die im Elchskopf feilgeboten wird. Steck deinen lausigen Fetzen ein.

POLACHEK Ich kann mich nicht immer von dir freihalten lassen, Charlie.

CHARLIE Steck ein! *Pfiffig.* Erinner mich nicht an meine Armut.

JOE Schmus nix soviel mit andre Leit, Charlie. Ach mecht no drei Bier.

CHARLIE *mokant.* Zubefehl, Mister Glick. *Huscht, während der Sinatra-Song zu Ende geht, zu Joe, nimmt ihm wie den drei andern Würfelspielern die leeren Biergläser fort, füllt sie vom unsichtbaren Zapfhahn, alles mit gewandt-anmutigen Bewegungen.*

SCOTTY *hinten zu einem Thekenlungerer, mit schwerem Schottenakzent.* Mein liebu Fueund, mit miu kännst du deutsch spueckän. Tuotzdem isch bin ein Skotschmänn. Isch uär in deutsche Kuiegsgefängenschäft während erste Ueltkuieg.

CHARLIE *schiebt den Würflern die gefüllten Biergläser zu, ausruferhaft.* Drei Glas Bierjauche, bitte sehr. Das schalste Bier von Yorkville wird im Elchskopf verzapft. *Stützt sich Polachek gegenüber aufs Bord.* Mein Schüler gewesen, Benny Davis, vor sieben Jahren, als er siebzehn war. Kanone. Vorjes Jahr war ich noch auf seiner Hochzeit, mit'm Hut auf'm Koppe in der Brooklyner Synagoge. *Grinst.* Hat dann bald Krach gekriegt mit dem Luder, wollte sich scheiden lassen; in Reno. Trinkt sich gestern abend schnell noch bißchen Mut an zur Reise, drei Schweinehunde mit Maschinenpistolen stürmen die Kneipe mit »Hände hoch!«, Benny flitzt einfach mit seinen Fäusten dazwischen, die knallen ihm nicht faul den Wanst voll Blei und ab durch die Mitte mit der Kneipenkasse. *Dreht sich rasch zum Regal, reckt sich, holt eine der gerahmten Boxerphotographien von der Wand.* Hat sich sozusagen mit einem k.o.-Sieg in den Himmel geboxt. Benny, das Judenjungchen ... *Reicht Polachek den Rahmen.* Da. Mit eigenhändjer Widmung. *Nimmt Polachek das Bild aus der Hand, putzt das Schutzglas mit dem Schürzenzipfel.* Bennys Linke, Pétschek, Pétschek – da wuchs kein Gras mehr. Nur 'n Jude aus den Slums von Brooklyn, aber 'n Kerl – *grinst, das Bild bestarrend, flüchtig-schal auf* –, wirklich ein Kerl gewesen. *Sein Grinsen verhuscht, aus den stahlblauen Augen stiebt ein Funke eiskalter Wut. Unterdrückt, das Bild stets bestarrend.* Die Schweinehunde, die gottverdammten ... Kenn ihn, versteh ihn ... Feuerwasser – muß ihn befeuert haben. Wird sich gedacht haben: Meine Faust – is mehr als ne Maschinenpistole. *Hängt das Bild an seinen Platz zurück.* Auch m-e-i-n-e Ansicht, Pétschek. Meine Faust – *ballt seine nicht große Hand* – hier, kann alles, was sie will. Glaubste das?

POLACHEK *blickt Charlie freundlich an.* Charlie Brown als Nietzsches Übermensch.

CHARLIE Nietzsche hin, Nietzsche her, nitschewo, nitschewo. Meine Faust – wenn sie will – is mehr als ne Atombombe. *Schenkt Port in die Kelche nach; sachlich.* Bansai.

POLACHEK Bansai.

Beide trinken, während Dr. v. Ritter durch die Schwingtür stolziert, sich zwischen Joe und Willie placiert. Hochgewachsen, ältlich, Typ des preußischen Junkers, mit prononcierten Backenschmissen, in soigniertem Sportpelz, einen Lodenhut auf dem kurzgeschorenen Graukopf, übern Arm einen Spazierstock gehängt.

v. RITTER *ungeduldig.* Psst!

CHARLIE *ignoriert ihn.* Jaja, jetzt jagt ein »Händehoch« das andre in New York City. Meistens Veteranen, junge Burschen, die nichts anders gelernt haben als knallen und killen und denen der Frieden zu langweilig is. Nach 'm letzten Krieg, in London, war's ähnlich. Weißte, Pétschek, was ich mache, wenn se h-i-e-r reinstürmen mit »Händehoch«?

POLACHEK Du bringst deine Wunderfaust in Aktion.

v. RITTER *klopft mit der Stockkrücke auf die Theke.* Psst! Barmann!

CHARLIE *ignoriert ihn.* Nein, mein lieber Freund Kalbshaxe, nich Charlie Brown. Der hebt fromm die Pfötchen und bibbert künstlich und haucht: »Gestatten die Herren Räuber, daß ich Ihnen gleich die Kasse aushändige.« *Neigt sich über die Theke, tuschelt Polachek zu.* Also, ich geh zur Kasse, beuge mich drüber ... In einem Kuvert liegen da immer dreihundert Taler in Zehnernoten für den Fall, daß mal feine Pinkel reinschneien und en Hunderter wechseln wollen. Das Kuvert grapsch ich, laß es wie'n Zauberkünstler verschwindibus. War früher mal Ehrenpräsident der Londoner »Baskers«, weißte; versteh was von der sojenannten Taschenspielerei –

v. RITTER *scharf.* Baaarmann!

CHARLIE *tuschelt ungestört.* Die Schweinehunde stehn wie auf Kohlen und halten mir ihre automatischen Kanonen vor und merken's garantiert nich. Schon schmeiß ich ihnen die Tageseinnahme hin mitsamt der Kassenlade, und sie grapschen sie und türmen damit, und die dreihundert Taler behält Mister Brown. *Lacht erstmals jungenhaft auf.* Hähähä, den sie ausgeraubt haben. Gut, was? Is zwar Taxis Geld, aber ob's nun die Banditen mitnehmen oder ob ich es behalte, kann Taxi doch wurscht sein. Vor allem, weil er nichts davon merkt. War eben en ganz alltäglicher Raubüberfall und basta. Mann, ich hab's schon hundertmal geübt. Ich warte nur drauf, daß sie kommen. Ich w-a-r-t-e nur drauf. Bansai.

v. RITTER *schneidend.* Barmann, hören Sie nicht? Was in aller Welt ist das hier für eine Wirtschaft!

CHARLIE *schießt zu ihm hin, unterwegs den grasgrünen Glanzpapierzylinder von der Kokosnuß haschend und aufsetzend. Mit unschuldiger Höflichkeit Auskunft erteilend.* Die Taverne zum Fröhlichen Elchskopf, Sir, um die Ecke bei der ersten Avenue in der Vierundachtzigsten Straße Manhattans, Stadt New York, Staat New York, Vereinigte Staaten von Amerika. Sie wünschen?

V. RITTER Himmeldonnerwetternochmal, ein Bier und einen Genever!

CHARLIE Himmeldonnerwetternochmal ein Bier. *Mustert v. Ritter starr; die andern, mit Ausnahme van Dorpes, beginnen verhalten zu kichern. Charlie doziert sanft-vorwurfsvoll.* Sehn Se mal, Herr Korpsstudent a. D., in New York City gibt's vielleicht zehntausend Kneipen. Und S-i-e beehren ausgerechnet den Fröhlichen Elchskopf von Yorkville und unterbrechen mich in einer Konferenz mit diesem Mister Kalbshaxe da und verlangen von mir expreß ein Glas Bierjauche?

V. RITTER Solch eine hanebüchene Unverschämtheit!

CHARLIE *unter der Zylinderkrempe zum Stattlichen hinaufäugend, sehr verbindlich.* Würden Sie liebenswürdigerweise meinen kanadischen Toches küssen, Sir? *Vernehmlicheres Kichern.*

V. RITTER Hanebüchen! Beleidigung vor Zeugen! Werde die Polizei holen!

CHARLIE Das können Se telefonisch erledjen. Trafalgar fünfundzwanzig nullnullnull. Verlangen Sie Sergeanten Chumperley und berufen sich auf Charlie Brown vom Elchskopp.

V. RITTER *schnarrt.* Pöbelpack!

JOE *tritt genießerisch lächelnd einen Schritt von der Theke zurück, die Würfel im Lederbecher schüttelnd.* Ja, pack zsamm und pasch ab. Hier hat schon a so mancher bekommen an Wurf hinaus, daß er sach hat zerbrochen das Gnack und die Fieß.

V. RITTER *faucht.* Die reinste Verbrecherkaschemme! *Mit ausschwingendem Spazierstock durch die Schwingtür ab; das Gekicher wird Gelächter.*

CHARLIE *ruft ihm nach.* Siegheil!

SCOTTY Kennst du diese Körl, Charlie?

CHARLIE *den Zylinder der Kokosnuß aufstülpend.* Ich kenn jeden. Doktor von Ritter, Lungenspezialist; macht sich zur Zeit bei den Rotariern wichtig. In der guten alten Hitlerzeit hat er als Obernazi die große Schnauze im Deutschamerikanischen Bund riskiert. Fragt Willie-the-Pimp. Stimmt's, Willie?

Willie nickt verkniffen grinsend.

FRIEDRICH DÜRRENMATT
Die Ehe des Herrn Mississippi

ANASTASIA *lächelnd.* Was führt Sie nun zu mir, Herr Staatsanwalt?
MISSISSIPPI Der Grund meines Besuches betrifft Ihren Gatten.
ANASTASIA François ist Ihnen Geld schuldig?
MISSISSIPPI Seine Schuld ist nicht finanzieller Natur. Wir sind einander wildfremd, gnädige Frau, und es tut mir aufrichtig leid, Ihrem Gatten Ungünstiges nachsagen zu müssen, aber er hat Sie betrogen.
Anastasia zuckt zusammen, und es entsteht eine peinliche Pause.
ANASTASIA *kalt.* Wer hat Ihnen das gesagt?
MISSISSIPPI *ruhig.* Meine unbestechliche Beobachtungsgabe. Ich habe die Fähigkeit, das Böse aufzuspüren, wo auch immer es sich findet, und leide an dieser Begabung unvorstellbar.
ANASTASIA Ich weiß wirklich nicht, wie Sie dazu kommen, unmittelbar nach dem Tode meines Gatten in diesem Raum, wo er gewissermaßen noch lebt, die wahnsinnigsten Behauptungen über seinen Lebenswandel auszusprechen. Ihre Anschuldigungen sind ungeheuer.
MISSISSIPPI Die Tatsache, daß Ihr Gatte ein Weib von Ihrer Beschaffenheit hintergehen konnte, ist noch viel ungeheurer. Ahnen Sie denn nicht, daß ich nicht freiwillig zu Ihnen gekommen bin, sondern nur, weil uns ein verhängnisvolles Geschick aneinander fesselt? Ich bitte Sie, die Seelenstärke zu haben, mich in Ruhe anzuhören. Die gegenseitige Folterung ist schon so grauenhaft, daß wir die äußerste Rücksicht nehmen müssen.
ANASTASIA *nach kurzer Pause sachlich.* Verzeihen Sie meine begreifliche Aufregung. Der unerwartete Tod François' hat meine Kraft erschöpft. Nehmen Sie noch eine Tasse Kaffee?
MISSISSIPPI Wirklich gern. Mein Beruf fordert eiserne Nerven.
Sie schenkt ein.
ANASTASIA Darf ich Sie mit Zucker bedienen?
MISSISSIPPI Ich danke Ihnen. Zucker beruhigt. Ich bin leider nicht in der Lage, für unsere wichtige Unterredung mehr als eine halbe Stunde aufwenden zu können. Ich habe diesen Nachmittag noch ein Todesurteil beim Geschworenengericht durchzusetzen. Geschworene sind heute borniert. *Er trinkt Kaffee.* Sie halten also immer noch am Glauben fest, daß Ihr Mann Sie nicht betrogen habe?
ANASTASIA Ich schwöre, daß er unschuldig ist.

MISSISSIPPI *nach einer kurzen Pause.* Gut. Sie pochen auf seine Unschuld. Werden Sie das auch tun, wenn ich Ihnen den Namen der Frau nenne, mit der Ihr Gatte Sie betrogen hat?

ANASTASIA *springt auf.* Wer ist dieses Weib?

MISSISSIPPI *nach einer kurzen Pause.* Ich nannte den Namen: Madeleine.

ANASTASIA *entsetzt, da sie plötzlich begriffen hat.* Ihre Frau?

MISSISSIPPI Meine Gattin.

ANASTASIA *grauenerfüllt.* Aber sie ist doch tot?

MISSISSIPPI *mit äußerster Ruhe.* Gewiß. Madeleine ist an einem Herzschlag gestorben. *Würdevoll.* Wir sind von Ihrem toten Gatten François und meiner toten Gattin Madeleine hintergangen worden, gnädige Frau.

ANASTASIA Es ist entsetzlich!

MISSISSIPPI Die Tatsachen der Ehe sind oft entsetzlich. *Er trocknet sich mit einem Taschentuch den Schweiß ab.* Dürfte ich noch um eine Tasse Kaffee bitten?

ANASTASIA *vernichtet.* Verzeihen Sie. Ich bin ganz verstört.

Sie schenkt ein.

MISSISSIPPI *erleichtert.* Die erste Etappe unseres fürchterlichen Weges wäre zurückgelegt! Sie haben gestanden, von der Untreue Ihres Gatten gewußt zu haben. Damit ist unendlich viel erreicht. Besaßen Sie die Beweise schon lange?

ANASTASIA *tonlos.* Seit einigen Wochen. Als ich einen mit Madeleine unterzeichneten Brief fand, aus dem das leidenschaftlichste Liebesglück sprach, traf mich diese Entdeckung wie ein Keulenschlag. Ich werde die Tat meines Mannes nie begreifen können.

MISSISSIPPI Sie kannten meine Frau nicht: Sie war das liebenswürdigste Weib, jung, strahlend in ihrer Schönheit und mittelgroß. Die Tatsache ihrer Untreue stürzte mich in die unterste Hölle. Ich hatte ebenfalls einen Brief gefunden, auf dem oben unvorsichtigerweise die Geschäftsadresse Ihres Gatten stand. Ihre Liebe loderte schon so unmäßig, daß sie nicht mehr die primitivste Vorsicht kannten.

ANASTASIA Ich wollte nach dem Tode meines Mannes seine Untreue vergessen, um François in der Erinnerung wieder als den zu haben, der mich einst leidenschaftlich liebte und den zu lieben ich nie aufhören werde. Verzeihen Sie mir, daß ich aus diesem Grunde Ihren Fragen zuerst ausgewichen bin. Sie haben mich gezwungen, wieder an das Geschehene zu denken.

MISSISSIPPI Als Gatte jener Frau, mit der Sie Ihr Mann betrogen hat, konnte ich dies leider unmöglich vermeiden.

ANASTASIA Auch ich verstehe Sie. Als Mann brauchen Sie Klarheit. *Sie steht auf.* Ich danke Ihnen, Herr Staatsanwalt, daß Sie auch mir, einem schwachen Weibe, diese Klarheit gegeben haben. Ich weiß nun alles über François, und es ist schrecklich, alles zu wissen. *Erschöpft.* Sie müssen mich jetzt entschuldigen, ich bin am Ende meiner Kraft. Ihre Gattin und mein Gatte sind tot. Wir können sie nicht mehr zur Rechenschaft ziehen. Wir können nicht mehr um ihre Liebe flehen. Sie sind uns jetzt für immer verloren.

Mississippi ist ebenfalls aufgestanden.

MISSISSIPPI *ernst.* In diesem unerhörten Augenblick, da uns die ersten Strahlen der Wahrheit berühren, ist es meine von einem fünfundzwanzigjährigen Leben als Staatsanwalt geforderte Schuldigkeit, Ihnen zuzurufen, daß wir einander jetzt endlich einmal die ganze Wahrheit gestehen sollten, auch wenn wir von ihr vernichtet werden.

Er sieht sie so entschlossen an, daß sie sich wieder setzen.

ANASTASIA Ich verstehe Sie nicht.

MISSISSIPPI Es betrifft den Tod Ihres Mannes.

ANASTASIA Ich weiß wirklich nicht, was Sie wollen.

MISSISSIPPI Die Tatsache, daß Sie mir völlig unmotiviert gleich zu Beginn meines Besuches die Todesursache Ihres Gatten bekanntgaben, Ihr panischer Schreck, als ich Ihnen meinen Beruf nannte, sagt mir genug.

ANASTASIA Ich bitte Sie, deutlich zu sein.

MISSISSIPPI Wenn Sie es wünschen, will ich mit äußerster Deutlichkeit reden. Ich bezweifle den Grund seines Todes.

ANASTASIA *schnell.* Es sterben sehr viele Menschen im Alter von fünfzig Jahren an einem Herzschlag.

MISSISSIPPI Schon sein Bild beweist, daß ein Mann von seiner rosigen Gesundheit nicht an einem Herzschlag sterben kann. Außerdem sind Menschen, für die ich mich interessiere, noch nie an einem Herzschlag gestorben.

ANASTASIA Was wollen Sie damit sagen?

MISSISSIPPI Können Sie es mir wirklich nicht ersparen, daß ich Ihnen ins Gesicht schleudern muß, daß Sie Ihren Mann vergiftet haben?

ANASTASIA *ihn fassungslos anstarrend.* Sie glauben?

MISSISSIPPI *klar.* Ich glaube.

ANASTASIA *immer noch wie vor den Kopf geschlagen.* Nein, nein!

Sie ist totenblaß. Mississippi nimmt erschöpft eine Rose aus der japanischen Vase und hält sie an seine Nase.

MISSISSIPPI Fassen Sie sich. Es muß doch für Sie wieder etwas Erleichterndes sein, von der Gerechtigkeit erfaßt zu werden.

ANASTASIA *plötzlich wild ausbrechend.* Nein!

Mississippi legt die Rose wieder in die Vase zurück. Anastasia steht würdevoll auf. Mississippi desgleichen.

ANASTASIA Der Arzt, Doktor Bonsels, hat festgestellt, daß es sich beim Tod meines Gatten eindeutig um Herzschlag handelt. Ich darf ohne weiteres annehmen, daß auch der Staatsanwalt sich in das Urteil der Wissenschaft fügen wird.

MISSISSIPPI Wir gehören einer Gesellschaftsschicht an, gnädige Frau, bei der die Diagnose der Wissenschaft im Zweifelsfalle immer auf Herzschlag lautet.

ANASTASIA Da ich Ihnen gesagt habe, was hinsichtlich des uns alle überraschenden Todes meines Gatten hinzuzufügen war, bitte ich Sie, sich zu verabschieden.

MISSISSIPPI *kummervoll.* Es wäre in diesem schrecklichen Falle meine Pflicht, unser Gespräch in einem andern Raume und unter anderen Umständen fortzusetzen.

ANASTASIA Ich kann Sie nicht hindern, Ihrer sogenannten Pflicht nachzukommen.

MISSISSIPPI Sie können es, wenn Sie sich unvoreingenommen Ihre Lage vergegenwärtigen. Sie haben die seltene Gelegenheit, dem Staatsanwalt in Ihren vier eigenen Wänden gegenüberzustehen. Wollen Sie das im Gerichtssaal angesichts einer beleidigenden Öffentlichkeit tun? Ich hoffe nicht. Es ist mir sonst vollkommen schleierhaft, warum Sie das unbedingt Humane meines Vorgehens so schicksalshaft verkennen. Ein Mord läßt sich doch gewiß beim Kaffeetrinken viel leichter gestehen als vor dem Geschworenengericht.

Sie setzen sich wieder.

ANASTASIA *leise.* Ich stehe zu Ihrer Verfügung.

MISSISSIPPI *erleichtert.* So ist es sicher am besten.

ANASTASIA Aber keine Macht der Welt wird mich bewegen, das Verbrechen zu gestehen, das Sie mir unterschieben. Sie scheinen durch ein schreckliches Mißverständnis irregeführt zu sein.

MISSISSIPPI Nur die Angeklagten irren sich, nie der Staatsanwalt.

ANASTASIA Ich werde wie ein Tier um meine Unschuld kämpfen.

MISSISSIPPI *ernst.* Beten Sie zu Gott, gnädige Frau, daß Ihnen dieser Kampf erspart bleibt. Es ist heller Wahnsinn, gegen mich zu kämpfen, und doch versuchen es die Menschen immer wieder. Minutenlang, stundenlang, tagelang und dann brechen sie zusammen. Ich bin ergraut im Anblick meiner Opfer. Wollen auch Sie sich wie ein Wurm zu meinen Füßen krümmen? Begreifen Sie doch, daß hinter mir die sittliche Weltordnung steht und daß jeder verloren ist, der sich mir widersetzt. Gestehen mag schwer sein, aber gestehen müssen ist über jede Vorstellung fürchterlich.

ANASTASIA Sind Sie eigentlich Moralprediger oder Scharfrichter?

MISSISSIPPI Mein grauenhafter Beruf zwingt mich, beides zu sein.

ANASTASIA Sie können doch nicht einfach aus dem heiteren Himmel die wildesten Anklagen gegen mich erheben.

MISSISSIPPI Dann tut es mir leid, Ihnen den Namen Graf Bodo von Übelohe-Zabernsee nennen zu müssen.

Anastasia erschrickt maßlos, faßt sich dann wieder.

ANASTASIA *langsam.* Ich kenne diesen Namen nicht.

MISSISSIPPI Sie haben mit Graf Übelohe die Jugendzeit in Lausanne zugebracht, wo Ihr Vater Lehrer an einem Töchterpensionat war und er in einem Schloß der gräflichen Familie aufwuchs. Sie trennten sich, und vor wenigen Jahren haben Sie sich wieder in dieser Stadt getroffen, Sie als Gattin Ihres nun ja verstorbenen Mannes und er als Chefarzt und Gründer der Armenklinik St. Georg.

ANASTASIA *langsam.* Ich sehe ihn jetzt nur ganz flüchtig.

MISSISSIPPI Sie baten ihn am sechzehnten um zwei Stück eines weißen Giftes, das vollkommen zuckerähnlich ist, von dem er Ihnen anläßlich eines gemeinsamen Besuches des Götz von Berlichingen sprach, als Sie auf den Tod Weislingens kamen. Sie sind beide kunstliebend.

ANASTASIA *hartnäckig.* Er hat mir das Gift nicht gegeben.

MISSISSIPPI Bodo von Übelohe-Zabernsee hat alles gestanden.

ANASTASIA *heftig.* Das ist nicht wahr!

MISSISSIPPI Nachdem ich drohte, ihm das Arztdiplom entziehen zu lassen, hat er, wohl um der Gefängnisstrafe zu entgehen, unsere Stadt Hals über Kopf verlassen und sich in die Tropen begeben.

ANASTASIA *springt auf.* Bodo ist fort?

MISSISSIPPI Der Graf ist geflüchtet.

Anastasia sinkt wieder in den Sessel zurück. Mississippi wischt sich den Schweiß ab.

ANASTASIA *nach langer Pause dumpf.* Warum haben Sie ihm diese grausame Maßnahme angedroht? Die Armenklinik Sankt Georg ist sein Lebenswerk.

MISSISSIPPI Ich habe nur gemäß den Gesetzen gehandelt, denen der Arztberuf unterstellt ist. *Nach einer kurzen Pause.* Nach seiner in tiefster Verzweiflung gemachten Aussage hätten Sie ihm angegeben, Sie wollten mit dem Gift Ihren Hund töten, eine Aussage, die natürlich in keiner Weise die Herausgabe des Giftes entschuldigt.

ANASTASIA *schnell.* Ich mußte meinen Hund töten. Er war krank.

MISSISSIPPI *höflich.* Sie müssen mir nun einen ganz kurzen Eingriff in die Rechte Ihres Hauses erlauben.

Er steht auf, verneigt sich und läutet mit der kleinen silbernen Glocke Anastasias. Von rechts kommt das Dienstmädchen.

MISSISSIPPI Wie heißen Sie?

DAS DIENSTMÄDCHEN Lukrezia.

MISSISSIPPI Besitzt die gnädige Frau einen Hund, Lukrezia?

DAS DIENSTMÄDCHEN Er ist tot.

MISSISSIPPI Wann ist der Hund gestorben, Lukrezia?

DAS DIENSTMÄDCHEN Vor einem Monat.

MISSISSIPPI Sie können jetzt wieder an Ihre Arbeit gehen, Lukrezia.

Das Dienstmädchen verschwindet nach rechts. Mississippi steht auf.

MISSISSIPPI Vor einem Monat haben Sie Ihren Hund verloren und vor fünf Tagen das Gift bei Ihrem Jugendfreund Graf Übelohe-Zabernsee geholt. Zwei Stück in Zuckerform eines schnell tötenden Giftes. Am gleichen Tage ist Ihr Gatte gestorben. Wie lange soll sich diese für beide Teile entwürdigende Komödie noch abspielen, gnädige Frau? Sie zwingen mich, Mittel zu ergreifen, deren sich ein Staatsanwalt nur widerwillig bedient. Ich habe jetzt sogar Ihr Dienstmädchen befragen müssen.

Anastasia erhebt sich ebenfalls. Hier kann nun ruhig im Eifer des Gefechts ein kleiner Tanz um den Kaffeetisch aufgeführt werden.

ANASTASIA *leise.* Ich habe meinen Gatten nicht vergiftet.

MISSISSIPPI Sie weichen also der klaren Vernunft nicht?

ANASTASIA Ich bin unschuldig.

MISSISSIPPI Keine Logik der Welt kann Sie bewegen, Ihren Mord zuzugeben?

ANASTASIA Ich habe meinen Gatten nicht getötet.

MISSISSIPPI *langsam.* Dann war also die unsägliche Verzweiflung Madeleines ein leerer Wahn, die im Tode ihres Liebhabers einen Racheakt seiner beleidigten Gattin vermutete?

ANASTASIA *mit leuchtenden Augen.* Das hat Ihre Frau getan?
MISSISSIPPI Der Gedanke, daß Sie Ihren Gatten getötet haben könnten, brachte Madeleine an den Rand des Wahnsinns.
ANASTASIA *mit kaum verhaltenem Triumph.* Sie hat vor ihrem Tode gelitten?
MISSISSIPPI Grauenvoll.
ANASTASIA *jubelnd.* Ich habe erreicht, was ich wollte! Ich traf sie mitten ins Herz! Sie hat gestöhnt, gerast, geweint, geschrien! Sie zahlte mir jede Sekunde ihrer Lust tausendfach mit Verzweiflung zurück! Ich habe beide getötet! Er ist durch mich zugrunde gegangen und sie an ihm! Sie sind verendet wie zwei Tiere, sie sind krepiert wie Vieh!
Mississippi setzt sich wieder, ebenso Anastasia.
MISSISSIPPI Sie haben demnach Ihren Gatten vergiftet, gnädige Frau.
ANASTASIA Ja, ich habe ihn vergiftet. Wir haben uns geliebt, er hat mich betrogen und dann habe ich ihn getötet.
MISSISSIPPI Sie gingen am Morgen des sechzehnten Mai zu Bodo von Übelohe-Zabernsee, er lieferte Ihnen als alte Jugendbekanntschaft und Freund Ihres Mannes das Gift aus, im blinden Glauben, Sie würden damit Ihren Hund töten, und Sie boten es Ihrem Gatten beim Mittagskaffee an Stelle des Zuckers an.
ANASTASIA Er nahm ein Stück und starb.
MISSISSIPPI Das haben Sie alles getan?
ANASTASIA *mit fürchterlicher Erhabenheit.* Ja, alles.
MISSISSIPPI Und Sie bereuen Ihre grauenhafte Tat nicht?
ANASTASIA Ich würde sie immer wieder tun.
MISSISSIPPI *kreideweiß.* Ich blicke in einen Abgrund der Leidenschaft.
ANASTASIA *gleichgültig.* Nun können Sie mich abführen.
MISSISSIPPI *steht langsam und feierlich auf.* Ich bin nicht gekommen, Sie zu verhaften. Ich bin gekommen, Sie zu bitten, meine Frau zu werden.
Er verneigt sich feierlich. Fürchterliche Pause.
ANASTASIA *taumelnd.* Sie wollen?
MISSISSIPPI *sachlich.* Ich bitte um Ihre Hand.
ANASTASIA Sie bitten?
MISSISSIPPI Ich bin vermögend, sehr gut besoldet, lebe zurückgezogen, bin tief religiös, beschäftige mich außerhalb meines Berufes mit dem Sammeln alter Stiche, meist idyllische Landschaften, die mir den ursprünglichen schuldlosen Zustand der Natur am ehesten widerzuspiegeln scheinen, und

darf eine für unseren Stand vollkommen ausreichende Pension erwarten.

ANASTASIA *leichenblaß.* Das ist doch ungeheuerlich!

MISSISSIPPI *verneigt sich wieder.* Das menschliche Leben *ist* ungeheuerlich, gnädige Frau.

Er setzt sich. Anastasia, wie hypnotisiert, setzt sich ebenfalls.

MISSISSIPPI Darf ich vielleicht noch um eine Tasse Kaffee bitten? *Er sieht auf die Uhr.* Ich habe noch zwölf Minuten Zeit.

ANASTASIA *bedient ihn mechanisch.* Ich kann mir Ihre Handlungsweise ganz unmöglich erklären. Erst zwingen Sie mich, eine Tat zuzugeben, die jeden Mann mit unsäglichem Entsetzen vor der Möglichkeit weiblicher Existenz erfüllen muß, und dann bitten Sie mich kaltblütig, Ihre Frau zu werden.

MISSISSIPPI *sich mit Zucker bedienend, ruhig.* Empfangen Sie von mir das fürchterliche Geständnis, daß ich meine Frau auch mit dem gleichen zuckerähnlichen Gift getötet habe wie Sie Ihren Gatten.

ANASTASIA *nach langer Pause entsetzt.* Auch Sie?

MISSISSIPPI *felsenfest.* Auch ich.

Anastasia ist wie vor den Kopf geschlagen, und Mississippi rührt mit dem Löffel in der Kaffeetasse.

MISSISSIPPI Nachdem ich den Rest des Giftes bei Graf Übelohe konfisziert hatte – es handelte sich noch einmal um zwei Stück – ging ich heim und gab davon eines Madeleine nach dem Mittagessen in den schwarzen Kaffee, worauf sie eine halbe Stunde später sanft entschlief.

Er trinkt. Er stellt die Tasse ab.

MISSISSIPPI *dumpf.* Es war die schlimmste halbe Stunde meines Lebens.

ANASTASIA *erschüttert.* Das ist also das Geschick, das uns aneinanderfesselt.

MISSISSIPPI *erschöpft.* Wir haben beide einander unsere Tat gestanden.

ANASTASIA Sie haben getötet und ich habe getötet. Wir sind beide Mörder.

MISSISSIPPI *fest.* Nein, gnädige Frau. Ich bin kein Mörder. Zwischen Ihrer Tat und der meinen ist ein unendlicher Unterschied. Was *Sie* aus einem grauenvollen Trieb getan haben, tat *ich* aus sittlicher Einsicht. Sie haben Ihren Mann hingeschlachtet und ich mein Weib hingerichtet.

ANASTASIA *tödlich erschrocken.* Hingerichtet?

Mississippi *stolz.* Hingerichtet.
Anastasia Ich weiß gar nicht, wie ich Ihre entsetzlichen Worte verstehen soll.
Mississippi Wörtlich. Ich habe meine Gattin vergiftet, weil sie durch ihren Ehebruch des Todes schuldig geworden war.
Anastasia In keinem Gesetzbuch der Welt steht auf Ehebruch die Todesstrafe.
Mississippi Im Gesetz Mosis.
Anastasia Das sind einige tausend Jahre her.
Mississippi Deshalb bin ich auch felsenfest entschlossen, es wieder einzuführen.
Anastasia Sie sind wahnsinnig.
Mississippi Ich bin nur ein vollkommen sittlicher Mensch, gnädige Frau. Unsere Gesetze sind im Verlauf der Jahrtausende jämmerlich heruntergekommen. Sie sind außer Kurs gesetztes Papiergeld, das der guten Sitte wegen noch in einer Gesellschaft umläuft, deren einzige Religion der Genuß ist, die den Raub privilegiert hat und mit Frauen und Petroleum Tauschhandel treibt. Nur noch weltfremde Idealisten können glauben, daß der Check gedeckt ist, mit dem die Justiz zahlt. Unser Zivilgesetzbuch ist, verglichen mit dem Gesetz des Alten Testaments, das für den Ehebruch den Tod *beider* Schuldigen vorschreibt, ein purer Hohn. Aus diesem heiligen Grunde war die Ermordung meiner Frau eine absolute Notwendigkeit. Es galt, den Lauf der Weltgeschichte, die das Gesetz verlor und eine Freiheit gewann, die sittlich in keiner Sekunde zu verantworten ist, wieder zurückzubiegen.
Anastasia Dann ist es mir vollkommen unerklärlich, warum Sie mich um die Ehe bitten.
Mississippi Sie sind schön. Und dennoch sind Sie schuldig. Sie rühren mich aufs tiefste.
Anastasia *unsicher.* Sie lieben mich?
Mississippi Ich kann nicht mehr lieben.
Anastasia Wie meinen Sie das?
Mississippi Sie sind eine Mörderin, gnädige Frau, und ich bin der Staatsanwalt. Doch ist es besser, schuldig zu sein, als die Schuld zu sehen. Eine Schuld kann bereut werden, der Anblick der Schuld ist tödlich. Fünfundzwanzig Jahre habe ich in meinem Beruf Auge in Auge mit der Schuld gestanden, ihr Blick hat mich vernichtet. Ich habe nächtelang um die Kraft gefleht, wenigstens noch *einen* Menschen lieben zu können. Es war vergeblich. Ich

kann nicht mehr lieben, was verloren ist, ich kann nur noch töten. Ich bin eine Bestie geworden, die der Menschheit an die Gurgel springt.

Anastasia *schaudernd.* Und dennoch haben Sie den Wunsch geäußert, mich zu heiraten.

Mississippi Gerade die absolute Gerechtigkeit zwingt mich zu diesem Schritt. Ich richtete Madeleine privat hin, nicht staatlich. Ich habe mich durch diesen Schritt bewußt gegen die heutigen Gesetze vergangen. Für dieses Vergehen muß ich bestraft werden, auch wenn meine Motive lauter wie Quellwasser sind. Doch bin ich gezwungen, in dieser unwürdigen Zeit, selbst mein Richter zu sein. Ich habe das Urteil gefällt. Ich habe mich verurteilt, Sie zu heiraten.

Anastasia *steht auf.* Mein Herr.

Mississippi *erhebt sich ebenfalls.* Gnädige Frau.

Anastasia Ich habe Ihren ungeheuerlichen Reden geduldig zugehört. Was Sie aber jetzt sagen, übersteigt die Schicklichkeit. Sie fassen eine Ehe mit mir offensichtlich als die Strafe für die Ermordung Ihrer Frau auf.

Mississippi Ich wünsche, daß auch Sie die Ehe mit mir als die Strafe für die Ermordung Ihres Gatten auffassen.

Anastasia *kühl.* Sie halten mich demnach für eine gemeine Mörderin?

Mississippi Sie haben Ihren Mann nicht aus Gerechtigkeit vergiftet, sondern weil Sie ihn liebten.

Anastasia Jede andere, die wie ich ihren Gatten aus Liebe getötet hätte, hätten Sie dem Gericht übergeben?

Mississippi Ich hätte den Ehrgeiz meines Lebens daran gesetzt. Ich habe nur wenige Todesurteile nicht durchsetzen können, und jedesmal bin ich gesundheitlich an den Rand des Grabes gebracht worden.

Anastasia *nach einer langen Pause entschlossen.* Holen Sie die Polizei!

Mississippi Das ist unmöglich. Wir sind durch unsere Tat unauflösbar miteinander verknüpft.

Anastasia Ich will keine Erleichterung der Strafe.

Mississippi Davon kann gar keine Rede sein. Ich biete Ihnen mit unserer Ehe keine Erleichterung, sondern eine unendliche Erschwerung der Strafe an.

Anastasia *einer Ohnmacht nahe.* Sie bieten mir eine Ehe an, um mich endlos foltern zu können!

MISSISSIPPI Um uns endlos foltern zu können. Unsere Ehe würde für beide Teile die Hölle bedeuten!

ANASTASIA Das hat doch keinen Sinn!

MISSISSIPPI Wir müssen radikale Mittel anwenden, wenn wir uns sittlich heben wollen, gnädige Frau. Sie sind jetzt eine Mörderin, ich werde Sie durch unsere Ehe in einen Engel verwandeln.

ANASTASIA Sie können mich nicht zwingen.

MISSISSIPPI Ich fordere Sie im Namen der absoluten Sittlichkeit zum Weib!

ANASTASIA *hinter die spanische Wand taumelnd.* Holen Sie die Polizei!

MISSISSIPPI Ich habe in meiner fünfundzwanzigjährigen Tätigkeit als Staatsanwalt über zweihundert Todesurteile durchgesetzt, eine Zahl, die sonst in der bürgerlichen Welt noch nie auch nur entfernt erreicht worden ist. Soll dieses übermenschliche Werk durch ein schwaches Weib vernichtet werden? Wir gehören beide der höchsten heutigen Gesellschaftsschicht an, gnädige Frau, ich bin Staatsanwalt und Ihr Gatte besaß eine Rübenzuckerfabrik, lassen Sie uns nun auch Wesen der höchsten Verantwortung sein. Heiraten Sie mich! Gehen Sie mit mir das Martyrium unserer Ehe ein!

ANASTASIA *mit letzter Verzweiflung gellend.* Holen Sie die Polizei!

MISSISSIPPI *eiskalt.* In einer Zeit, da Mord, Ehebruch, Raub, Unzucht, Lüge, Brandstiftung, Ausbeutung und Gotteslästerung nicht unweigerlich mit dem Tode bestraft werden, ist unsere Ehe ein Triumph der Gerechtigkeit!

ANASTASIA *totenblaß.* Mein Gott!

MISSISSIPPI *ungeheuerlich.* Heiraten Sie mich!

ANASTASIA *verzweifelt nach dem Bild im Hintergrund blickend.* François!

MISSISSIPPI Sie willigen demnach in die Ehe mit mir ein?

ANASTASIA Ich willige in die Ehe mit Ihnen ein.

Editorische Notiz

Als Vorlage für die Textwiedergabe dienten, wenn irgend möglich, die Fassungen der Erstdrucke (deshalb konnte ich auch einige wenige mir wichtige Texte vor 1945 verstorbener Autorinnen und Autoren aufnehmen, die nach 1945 aus Nachlässen publiziert wurden).

Im Anhang sind der Erstdruck und die abweichend verwendete Vorlage verzeichnet. Zuerst in Zeitschriften gedruckte Gedichte wurden in der Regel nach dem Erstdruck wiedergegeben. Dort, wo Gedichte als Repräsentanten eines Gedichtbandes anzusehen sind, wurde dieser Gedichtband als Vorlage herangezogen. Wenn Autoren auf dem Abdruck späterer Fassungen bestanden, wird dies in den Nachweisen vermerkt.

Es wurden möglichst nur abgeschlossene Texte (Gedichte, Erzählungen usw.) gedruckt. Aus umfangreicheren Texten (Romanen, Dramen, Hörspielen usw.) wurden in sich geschlossene Sinneinheiten aufgenommen. Auslassungen zu Beginn und am Ende eines Textes wurden nicht gekennzeichnet. Auslassungen im Text sind durch (...) markiert. Leerzeilen vor und nach dem Auslassungszeichen bedeuten, daß nicht nur Absätze, sondern ganze Kapitel ausgelassen wurden. Vom Herausgeber eingesetzte Haupt- und Gedicht-Titel sind kursiv.

Offensichtliche Druckfehler wurden stillschweigend korrigiert. Hervorhebungen, in den Vorlagen gesperrt und kursiv, erscheinen hier kursiv. Wo die Vorlage einer typographischen Konvention folgend für das scharfe s »ss« bietet, wurde stillschweigend in »ß« korrigiert. In den Kolumnentiteln stehen Jahreszahl und Autorennamen. Eine Ausnahme bilden hier nur die Titel von Anthologien, die in ihrer Gesamtheit vorgestellt werden.

Als ich die Arbeit an dieser Anthologie 1982 begann, haben mir Ingrid Laurien und Angelika Machinek, später hat Michael Töteberg bei der Besorgung von Texten und bibliographischer Gewißheit geholfen. Jan Strümpel hat für den Druck die Nachweise hergestellt und überprüft. Dafür danke ich ihnen.

Schließlich danke ich den Lizenzgebern, daß sie diese Dokumentation möglich gemacht haben – und dem Deutschen Taschenbuch Verlag dafür, daß er dieses umfängliche Unternehmen an die Öffentlichkeit bringt.

H. L. A.

Nachweise 1949 – 1952

Bei einigen Texten waren die Rechteinhaber nicht zu ermitteln. Da diese Texte für die Anthologie unerläßlich waren, sind sie dennoch aufgenommen worden. Wir bitten dafür um Verständnis. Rechteinhaber solcher Texte mögen sich bitte beim Verlag melden.

ADORNO, THEODOR W. (1903-1969)
»Kulturkritik und Gesellschaft«. Erstveröffentlichung: »Soziologische Forschung in unserer Zeit. Leopold von Wiese zum 75. Geburtstag«. Hg. von Karl Gustav Specht. Köln, Opladen (Westdeutscher Verlag) 1951. Hier aus: Ders.: »Gesammelte Schriften«. Bd. 10,1: »Kulturkritik und Gesellschaft I. *Prismen. Ohne Leitbild*«. Frankfurt/M. (Suhrkamp) 1977. S. 11-30. © 1977 by Suhrkamp Verlag, Frankfurt/M. *Seite 363*

AICHINGER, ILSE (* 1921)
»Spiegelgeschichte«. Erstveröffentlichung: »Rede unter dem Galgen«. Wien (Jungbrunnen) o.J. (1952). S. 49-63. Neuauflage unter dem Titel: »Der Gefesselte«. Frankfurt/M. (Fischer) 1953. © 1954 by S. Fischer Verlag, Frankfurt/M. *Seite 480*

ANDERSCH, ALFRED (1914-1980)
- »Die Treue«. Erstveröffentlichung: Wolfgang Weyrauch (Hg.): »Tausend Gramm. Sammlung neuer deutscher Geschichten«. Hamburg, Stuttgart, Baden-Baden, Berlin (Rowohlt) 1949. S. 37-40. © by Diogenes Verlag, Zürich. *Seite 27*
- »Die Kirschen der Freiheit. Ein Bericht«. Erstveröffentlichung: Frankfurt/M. (Frankfurter Verlagsanstalt) 1952. S. 122-130. © 1968 by Diogenes Verlag, Zürich. *Seite 457*

ANDRES, STEFAN (1906-1970)
»Die Sintflut. Der zweite Roman. Die Arche«. Erstveröffentlichung: München (Piper) 1951. S. 29-35. © 1951 by R. Piper Verlag, München. *Seite 404*

ARENDT, ERICH (1903-1984)
- »Der Albatros«. Erstveröffentlichung: »Trug doch die Nacht den Albatros«. Berlin (Rütten & Loening) 1951. Hier aus: Ders.: »Das zweifingrige Lachen. Ausgewählte Gedichte«. Düsseldorf (Claassen) 1981. S. 21-22. © by Claassen Verlag, Hildesheim. *Seite 293*
- »Don Quijote«; »Toter Neger«. Erstveröffentlichung: »Bergwindballade. Gedichte des Spanischen Freiheitskampfes«. Berlin

(Dietz) 1952. Hier aus: Ders.: »Das zweifingrige Lachen. Ausgewählte Gedichte«. Düsseldorf (Claassen) 1981. S. 30, 32. © by Claassen Verlag, Hildesheim. *Seite 521/522*

BÄCHLER, WOLFGANG (* 1925)

»Die Erde bebt noch«. Erstveröffentlichung: »Die Zisterne«. Esslingen (Bechtle) 1950. Hier aus: Ders.: »Ausbrechen. Gedichte aus 30 Jahren«. Frankfurt/M. (Fischer) 1976. S. 10. © 1950 by Bechtle Verlag, Esslingen; © 1976 by S. Fischer Verlag, Frankfurt/M. *Seite 260*

BACHMANN, INGEBORG (1926-1973)

»Die gestundete Zeit«. Erstveröffentlichung: »Die Neue Zeitung. Die amerikanische Zeitung in Deutschland«, Frankfurt/M. Nr. 191. 15.8.1952. Hier aus: Dies.: »Werke«. Bd. 1: »Gedichte, Hörspiele, Libretti, Übersetzungen«. Hg. von Christine Koschel, Inge von Weidenbaum und Clemens Münster. München, Zürich (Piper) 1978. S. 37. © 1978 by R. Piper Verlag, München. *Seite 479*

BAMM, PETER (1897-1975)

»Die unsichtbare Flagge. Ein Bericht«. Erstveröffentlichung: München (Kösel) 1952. S. 279-287. © by Kösel-Verlag, München. *Seite 462*

BECHER, JOHANNES R. (1891-1958)

- »Seid euch bewußt«. Erstveröffentlichung: »Sinn und Form«. 1950. H. 4. S. 32-33. © 1952 by Aufbau-Verlag, Berlin. *Seite 257*
- »Aus dem Tagebuch 1950«. Erstveröffentlichung: »Sinn und Form«. 1951. H. 2. S. 40-41. © by Aufbau-Verlag, Berlin. *Seite 314*
- »Der Staat«; »Vermächtnis«; »Dein ist die Macht«. Erstveröffentlichung: »Auswahl in sechs Bänden«. Bd. 3. Berlin (Aufbau) 1952. S. 187, 175-176, 179. © by Aufbau-Verlag, Berlin. *Seite 511 – 513*

BECHER, ULRICH (1910-1990)

- »Nachtigall will zum Vater fliegen. Ein Zyklus Newyorker Novellen in vier Nächten«. Erstveröffentlichung: Wien (Sexl) 1950. S. 221-231. © by Liepman AG, Zürich. *Seite 190*
- »Feuerwasser. Deutschamerikanische Chronik in drei Akten und einem Epilog«. Uraufführung: Deutsches Theater Göttingen, 29.11.1952. Regie: Heinz Hilpert. Erstveröffentlichung: »Spiele der Zeit«. Hamburg (Rowohlt) und Berlin (Aufbau) 1957. S. 137-143. © by Liepman AG, Zürich. *Seite 530*

Benn, Gottfried (1886-1956)
– »Epilog 1949«. Erstveröffentlichung: »Trunkene Flut. Ausgewählte Gedichte«. Wiesbaden (Limes) 1949. Hier aus: Ders.: »Gedichte in der Fassung der Erstdrucke«. Hg. von Bruno Hillebrand. Frankfurt/M. (Fischer) 1982. (= Fischer Taschenbuch 5231). S. 362-363. © 1986 by Verlag Klett-Cotta, Stuttgart. *Seite 132*
– »Lotosland«. Aus: »Der Ptolemäer. Berliner Novelle, 1947«. Erstveröffentlichung: Wiesbaden (Limes) 1949. Hier aus: Ders.: »Prosa und Autobiographie in der Fassung der Erstdrucke«. Hg. von Bruno Hillebrand. Frankfurt/M. (Fischer) 1984. (= Fischer Taschenbuch 5232). S. 200-207. © by Verlag Klett-Cotta, Stuttgart. *Seite 86*
– »Reisen«. Erstveröffentlichung: »Die Neue Zeitung«, Frankfurter Ausgabe, 23.12.1950. Hier aus: Ders.: »Fragmente. Neue Gedichte«. Wiesbaden (Limes) 1951. S. 31. © 1986 by Verlag Klett-Cotta, Stuttgart. *Seite 238*
– »Doppelleben. Zwei Selbstdarstellungen«. I. Teil: »Lebensweg eines Intellektualisten« (1934). II. Teil: »Doppelleben« (1950). Erstveröffentlichung: Wiesbaden (Limes) 1950. Teil II. S. 77-82, 134-147. © by Verlag Klett-Cotta, Stuttgart. *Seite 200*
– »Fragmente«. Erstveröffentlichung: »Fragmente. Neue Gedichte«. Wiesbaden (Limes) 1951. S. 8-9. © 1986 by Verlag Klett-Cotta, Stuttgart. *Seite 303*
– »Probleme der Lyrik«. Erstveröffentlichung: Wiesbaden (Limes) 1951. Hier aus: Ders.: »Gesammelte Werke in vier Bänden«. Bd. 1: »Essays. Reden. Vorträge«. Hg. von Dieter Wellershoff. Wiesbaden (Limes) 1959. S. 505-508. © by Verlag Klett-Cotta, Stuttgart. *Seite 361*
– »Außenminister«. Erstveröffentlichung: »Merkur«. 1952. H. 9. Hier aus: Ders.: »Gedichte in der Fassung der Erstdrucke«. Hg. von Bruno Hillebrand. Frankfurt/M. (Fischer) 1982. (= Fischer Taschenbuch 5231). S. 412-413. © 1986 by Verlag Klett-Cotta, Stuttgart. *Seite 514*

Bergengruen, Werner (1892-1964)
»Heim in den Anbeginn«. Erstveröffentlichung: »Die heile Welt. Gedichte«. München (Nymphenburger Verlagshandlung) 1950. S. 14. © by Dr. N. Luise Hackelsberger. *Seite 167*

Bienek, Horst (1930-1990)
»Jetzt sind wir«. Erstveröffentlichung: Michael Tschesno-Hell (Hg.): »Neue Deutsche Lyrik«. Berlin (Aufbau) 1951. S. 15. © by Aufbau-Verlag, Berlin. *Seite 381*

BÖLL, HEINRICH (1917-1985)
– »Der Zug war pünktlich. Erzählung«. Erstveröffentlichung: Opladen (Middelhauve) 1949. Hier aus: Frankfurt/M., Berlin (Ullstein) 1967. S. 6-14. © 1977, 1987 by Verlag Kiepenheuer & Witsch, Köln. *Seite 13*
– »An der Brücke«. Aus: »Wanderer, kommst du nach Spa...«. Erstveröffentlichung: Opladen (Middelhauve) 1950. S. 85-88. © 1994 by Verlag Kiepenheuer & Witsch, Köln. *Seite 247*
– »Die schwarzen Schafe«. Erstveröffentlichung: Opladen (Middelhauve) 1951. S. 5-21. © 1994 by Verlag Kiepenheuer & Witsch, Köln. *Seite 330*

BORCHERT, WOLFGANG (1921-1947)
»Das ist unser Manifest«. Erstveröffentlichung: »Das Gesamtwerk«. Hamburg (Rowohlt) 1949. S. 308-315. © 1949 by Rowohlt Verlag, Hamburg. *Seite 66*

BRECHT, BERTOLT (1898-1956)
– »Kleines Organon für das Theater«. Erstveröffentlichung: »Sinn und Form. 1949. Sonderheft Bertolt Brecht. S. 13, 16-17, 18, 27-28. © by Suhrkamp Verlag, Frankfurt/M. *Seite 79*
– »Die Teppichweber von Kujan-Bulak ehren Lenin«. Erstveröffentlichung: »Kalendergeschichten«. Berlin (Gebrüder Weiss) 1949. S. 110-112. © by Suhrkamp Verlag, Frankfurt/M. *Seite 100*
– »Die zwei Söhne«. Erstveröffentlichung: »Kalendergeschichten«. Berlin (Gebrüder Weiss) 1949. S. 33-37. © by Suhrkamp Verlag, Frankfurt/M. *Seite 58*
– »Kinderhymne«. Erstveröffentlichung: »Sinn und Form«. 1950. H. 6. S. 45. © by Suhrkamp Verlag, Frankfurt/M. *Seite 234*
– »Das Verhör des Lukullus«. Uraufführung: Deutsche Staatsoper Berlin, 17.3.1951. Regie: Wolf Völker. Erstveröffentlichung: »Sinn und Form«. 1951. H. 4. S. 98-107. © by Suhrkamp Verlag, Frankfurt/M. *Seite 306*

BRITTING, GEORG (1891-1964)
– »Rabenweisheit«. Erstveröffentlichung: »Merkur«. 1950. H. 2. S. 161. © by Paul List Verlag im Südwest Verlag, München. *Seite 168*
– »Bei den Tempeln von Paestum«. Erstveröffentlichung: »Unter hohen Bäumen. Gedichte«. München (Nymphenburger Verlagshandlung) 1951. Hier aus: Ders.: »Das große Georg Britting Buch«. Ausgewählt und hg. von Ingeborg Schuldt-Britting. München (Nymphenburger Verlagshandlung) 1977. S. 260-261.

© 1957 by Nymphenburger Verlagshandlung in der F.A. Herbig Verlagsbuchhandlung, München. *Seite 294*

BROCH, HERMANN (1886-1951)

– »Die Schuldlosen. Roman in elf Erzählungen«. Erstveröffentlichung: München (Weismann) 1950. S. 317-327. © by Suhrkamp Verlag, Frankfurt/M. *Seite 271*

– »Brief an einen Kritiker«. Erstveröffentlichung: »Merkur«. 1951. H. 7. S. 701-703. © by Suhrkamp Verlag, Frankfurt/M. *Seite 279*

– »Der Urgefährte«. Erstveröffentlichung: »Merkur«. 1951. H. 7. S. 642. © by Suhrkamp Verlag, Frankfurt/M. *Seite 283*

BRÜNING, ELFRIEDE (* 1910)

»... damit du weiterlebst. Roman«. Erstveröffentlichung: Berlin (Verlag Neues Leben) 1949. S. 7-11. © by Elfriede Brüning. *Seite 46*

CANETTI, ELIAS (1905-1994)

»Komödie der Eitelkeit. Drama in drei Teilen«. Uraufführung: Staatstheater Braunschweig, 6.2.1965. Regie: Helmuth Matiasek. Erstveröffentlichung: München (Weismann) 1950. S. 75-81. © 1964 by Carl Hanser Verlag, München, Wien. *Seite 170*

CAROSSA, HANS (1878-1956)

»Ungleiche Welten. Aus einem Lebensbericht«. Erstveröffentlichung: »Merkur«. 1950. H. 12. S. 1271-1284. © by Insel Verlag, Frankfurt/M. *Seite 211*

CELAN, PAUL (1920-1970)

»Auf Reisen«; »Brandmal«; »Nachts, wenn das Pendel ...«; »So bist du denn geworden«; »Zähle die Mandeln«. Erstveröffentlichung: »Mohn und Gedächtnis«. Stuttgart (Deutsche Verlags-Anstalt) 1952. S. 43, 48, 55, 57, 76. © by Deutsche Verlags-Anstalt, Stuttgart. *Seite 473/474*

CIBULKA, HANNS (* 1920)

»Elegie 1945«. Erstveröffentlichung: Michael Tschesno-Hell (Hg.): »Neue Deutsche Lyrik«. Berlin (Aufbau) 1951. S. 29. © by Hanns Cibulka. *Seite 382*

CLAUDIUS, EDUARD (1911-1976)

»Menschen an unserer Seite«. Erstveröffentlichung: Berlin (Volk und Welt) 1951. S. 73-80. © by Jaroslava Claudius. *Seite 423*

CRAMER, HEINZ VON (* 1924)

»Crazy Boogie«. Erstveröffentlichung: »Swing-Sonette«. Berlin, Bielefeld (Cornelsen) 1949. S. 9. © by Heinz von Cramer. *Seite 131*

DODERER, HEIMITO VON (1896-1966)

»Die Strudlhofstiege oder Melzer und die Tiefe der Jahre. Roman«. Erstveröffentlichung: München (Biederstein) 1951. S. 731-734. © by Biederstein Verlag/C.H. Beck Verlag, München. *Seite 304*

DOR, MILO (* 1923)

»Tote auf Urlaub. Roman«. Erstveröffentlichung: Stuttgart (Deutsche Verlags-Anstalt) 1952. S. 350-355. © by Otto Müller Verlag, Salzburg. *Seite 467*

DÜRRENMATT, FRIEDRICH (1921-1990)

– »Romulus der Große. Eine ungeschichtliche historische Komödie in 4 Akten«. Uraufführung: Stadttheater Basel, 25.4.1949. Regie: Ernst Ginsberg. Erstveröffentlichung des 4. Akts der ersten Fassung im Anhang von: Ders.: »Werkausgabe«. Bd. 2: »Romulus der Große. Ungeschichtliche historische Komödie. Neufassung 1980«. Zürich (Arche) 1980. S. 125-126, 128-130. © 1980 by Diogenes Verlag, Zürich. *Seite 82*

– »Der Tunnel«. Erstveröffentlichung: »Die Stadt. Prosa 1-4«. Zürich (Arche) 1952. S. 151-167. © 1980 by Diogenes Verlag, Zürich. *Seite 488*

– »Die Ehe des Herrn Mississippi. Eine Komödie«. Uraufführung: Münchner Kammerspiele, 26.3.1952. Regie: Hans Schweikart. Erstveröffentlichung: Zürich (Oprecht) 1952. S. 14-26. © 1980 by Diogenes Verlag, Zürich. *Seite 536*

EICH, GÜNTER (1907-1972)

– »Fragment«. Erstveröffentlichung: »Untergrundbahn. Gedichte«. Hamburg (Ellermann) 1949. Hier aus: Ders.: »Gesammelte Werke«. Bd. 1. Frankfurt/M. (Suhrkamp) 1973. S. 77-78. © by Suhrkamp Verlag, Frankfurt/M. *Seite 99*

– »Träume«. Hörspiel. Erstsendung: NWDR, 19.4.1951. Erstveröffentlichung: »Träume. Vier Spiele«. Berlin, Frankfurt/M. (Suhrkamp) 1953. S. 142-149. © by Suhrkamp Verlag, Frankfurt/M. *Seite 318*

– »Der Große Lübbe-See«. Erstveröffentlichung: »Neue Literarische Welt«. 1952. H. 8. Hier aus: Ders.: »Botschaften des Regens. Gedichte«. Frankfurt/M. (Suhrkamp) 1955. S. 14. © by Suhrkamp Verlag, Frankfurt/M. *Seite 480*

FABRI, ALBRECHT (* 1911)

»Ein Mann liest Zeitung«. Erstveröffentlichung: »Interview mit Sisyphos«. Köln (Galerie im Spiegel) 1952. Hier aus: Ders.:

»Der rote Faden«. München (List) 1958. (= List-Bücher 119). S. 150-151. © by Albrecht Fabri. *Seite 503*

Fleisser, Marieluise (1901-1974)
»Der starke Stamm. Ein Volksstück in vier Akten«. Uraufführung der 2. Fassung (gängige Spielfassung): Münchner Kammerspiele, 7.11.1950. Regie: Hans Schweikart. Erstveröffentlichung der 4. Fassung: »Gesammelte Werke«. Bd. 1: »Dramen«. Frankfurt/M. (Suhrkamp) 1972. S. 226-234. © by Suhrkamp Verlag, Frankfurt/M. – Die Fassungen 1 bis 3 liegen nur als Bühnenmanuskripte vor. *Seite 148*

Frank, Leonhard (1882-1961)
»Links wo das Herz ist. Roman«. Erstveröffentlichung: München (Nymphenburger Verlagshandlung) 1952. S. 157-165. © 1967 by Aufbau-Verlag, Berlin, Weimar. *Seite 504*

Frisch, Max (1911-1991)
– »Tagebuch 1946-1949«. Erstveröffentlichung: Frankfurt/M. (Suhrkamp) 1950. Hier aus: Ders.: »Gesammelte Werke in zeitlicher Folge«. Bd. 2. Hg. von Hans Mayer und Walter Schmitz. Frankfurt/M. (Suhrkamp) 1986. S. 372-374, 482-485, 712-719. © by Suhrkamp Verlag, Frankfurt/M. *Seite 261*
– »Graf Öderland. Ein Spiel in zehn Bildern«. Uraufführung: Schauspielhaus Zürich, 10.2.1951. Regie: Leonard Steckel. Erstveröffentlichung: Frankfurt/M. (Suhrkamp) 1951. S. 18-26. © by Suhrkamp Verlag, Frankfurt/M. *Seite 324*

Gaiser, Gerd (1908-1976)
»Der heimliche Gast«. Erstveröffentlichung: »Zwischenland. Erzählungen«. München (Hanser) 1949. S. 115-126. © by Verena Förster. *Seite 50*

Gan, Peter (1894-1974)
»Bist Du fern ...«. Erstveröffentlichung: »Die Holunderflöte. Gedichte«. Zürich, Freiburg i. Br. (Atlantis) 1949. S. 62. *Seite 130*

Glaser, Georg K. (1910-1995)
»Geheimnis und Gewalt. Ein Bericht«. Erstveröffentlichung: Basel, Lausanne, Zürich (Vineta) 1951. Hier aus: Basel, Frankfurt/M. (Stroemfeld / Roter Stern) 1989. S. 142-150. © by Stroemfeld Verlag, Basel. *Seite 388*

Goes, Albrecht (* 1908)
»Unruhige Nacht«. Erstveröffentlichung: Hamburg (Wittig) 1950. S. 34-47. © by Friedrich Wittig Verlag, Hamburg. *Seite 138*

GOLL, YVAN (1891-1950)
»Die Hochöfen des Schmerzes«; »Ozeanlied«. Erstveröffentlichung: »Traumkraut. Gedichte«. Wiesbaden (Limes) 1951. Hier aus: Ders.: »Gedichte 1924-1950«. Ausgewählt von Horst Bienek. München (Deutscher Taschenbuch Verlag) 1976. (= dtv sonderreihe 5437). S. 47, 52. © by Argon Verlag, Berlin. *Seite 302/303*

GRAF, OSKAR MARIA (1894-1967)
»Die Eroberung der Welt. Roman einer Zukunft«. Erstveröffentlichung: München (Desch) 1949. S. 11-22. (Neuausgabe 1959 im Nest-Verlag, Frankfurt/M. unter dem Titel »Die Erben des Untergangs«) © by Paul List Verlag im Südwest Verlag, München. *Seite 72*

HARTLAUB, FELIX (1913-1945)
»Führerhauptquartier 1943/44«. Vorabdruck in: »Merkur«. 1950. H. 4. S. 377-379 (Druckvorlage). Erstveröffentlichung: »Von unten gesehen – Impressionen und Aufzeichnungen des Obergefreiten Felix Hartlaub«. Hg. von Geno Hartlaub. Stuttgart (Koehler) 1950. © by Geno Hartlaub. – Die Redaktion der Zeitschrift »Merkur« versah den Text mit folgender Fußnote: »Felix Hartlaub war als historischer Sachbearbeiter im Rang eines Gefreiten von 1942 bis April 1945 im Führerhauptquartier am Zettelkasten des Kriegstagebuches tätig. Seit den Kämpfen um Berlin im Frühjahr 1945 wird er vermißt. Die folgenden Aufzeichnungen bringen Ausschnitte aus dem privaten Tagebuch Hartlaubs.« *Seite 198*

HARYCH, THEO (1903-1958)
»Dort wurde ich geboren«. Erstveröffentlichung: »Heute und Morgen«. 1951. H. 4. S. 224-225. *Seite 344*

HERMLIN, STEPHAN (* 1915)
– »Die Asche von Birkenau«. Erstveröffentlichung: »Sinn und Form«. 1951. H. 3. S. 91-92. © by Verlag Klaus Wagenbach, Berlin. *Seite 316*
– »Stalin«. Erstveröffentlichung: »Der Flug der Taube«. Berlin (Volk und Welt) 1952. S. 28-41. © by Verlag Klaus Wagenbach, Berlin. *Seite 515*

HILDESHEIMER, WOLFGANG (1916-1991)
»Bildnis eines Dichters«. Erstveröffentlichung: »Lieblose Legenden«. Stuttgart (Deutsche Verlags-Anstalt) 1952. S. 34-38. © by Suhrkamp Verlag, Frankfurt/M. *Seite 500*

HÖLLERER, WALTER (* 1922)
»Licht, das schon aufbrach«; »Die halben Kälber und Ziegen«. Erstveröffentlichung: »Der andere Gast. Gedichte«. München (Hanser) 1952. S. 8, 9. © 1952 by Carl Hanser Verlag, München, Wien. *Seite 499*

HOLTHUSEN, HANS EGON (* 1913)
»Liebesreim«. Erstveröffentlichung: »Hier in der Zeit. Gedichte«. München (Piper) 1949. S. 44. © 1949 by R. Piper Verlag, München. *Seite 130*

HUCHEL, PETER (1903-1981)
– »Chronik des Dorfes Wendisch-Luch«. Erstveröffentlichung: »Sinn und Form«. 1951. H. 4. S. 137-139. © by Suhrkamp Verlag, Frankfurt/M. *Seite 433*
– »Bericht des Pfarrers vom Untergang seiner Gemeinde«. Erstveröffentlichung: »Sinn und Form«. 1952. H. 3. S. 60-61. © 1963 by S. Fischer Verlag, Frankfurt/M. *Seite 471*

JAHNN, HANS HENNY (1894-1959)
»Brief Gustav Anias Horns an seine verstorbene Mutter«. Aus: »Fluß ohne Ufer«. Roman in drei Teilen. Zweiter Teil, Bd. 2: »Die Niederschrift des Gustav Anias Horn, nachdem er neunundvierzig Jahre alt geworden war«. Erstveröffentlichung: München (Weismann) 1949-1950. Hier aus: Frankfurt/M. (Europäische Verlagsanstalt) 1959. S. 729-734. © 1986 by Hoffmann und Campe Verlag, Hamburg. *Seite 118*

JENS, WALTER (* 1923)
»Nein. Die Welt der Angeklagten. Roman«. Erstveröffentlichung: Hamburg, Stuttgart, Baden-Baden (Rowohlt) 1950. Hier aus: München (Piper) 1968. S. 50-59. © 1968 by R. Piper Verlag, München. *Seite 179*

JÜNGER, ERNST (* 1895)
–»Strahlungen«. Erstveröffentlichung: Tübingen (Heliopolis) 1949. Laut ausdrücklicher Anordnung des Autors an den Verlag durfte hier nur gedruckt werden nach: »Sämtliche Werke«. Stuttgart (Klett-Cotta) 1979. Bd. 2: S. 300, 302-303, 336, 336-337, 356, 367, 487; Bd. 3: S. 49, 288-290, 312. © by Verlag Klett-Cotta, Stuttgart. – Diese Fassung unterscheidet sich erheblich von jener des Jahres 1949. Durchgehend ist die stilistische Bearbeitung. Zum Teil wurden Quisquilien gestrichen, so unter dem 2. Februar 1942 die Notiz: »Nachmittags bei Gruel, um den Einband der Marmorklippen-Handschrift abzuholen, der trefflich gelungen

ist. Er trägt als Sinnbild einen goldenen Rautenzweig. Dann in der Rue de Castiglione, wo ich einen in grünes Leder gebundenen Cazotte erstand.« – Oder unter dem 8. Februar 1942 nach: »Tee mit der Doctoresse« die Notiz, »die in der grauen Angora-Weste und schwarzem Strohhut kam, einem der ersten in der Stadt. Wir lasen ihr Horoskop, das gute, zum Teil verblüffende Einzelheiten wies. Es gibt Aufschlüsse, die uns die Menschen sichtbarer, leserlicher machen; wir können ihnen, wenn wir Einblick in ihr System erlangten, wie Kindern nichts mehr nachtragen.« Der vorletzte Satz zu Cocteau unter diesem Datum steht in der Fassung von 1949 nicht. – Unter dem 21. Juli 1944 fehlt in der Erstfassung der zweite Satz. Gestrichen wurde in Absatz zwei hinter dem Wort »Gesichtspunkte« der Satz: »Wie gerne hätten wir mit Blut heruntergewaschen, was uns seit Jahren bedrückt.« – Auch unter dem 22. Juli 1944 fehlte der zweite Satz in der Erstfassung. Dafür stand als letzter Satz, inzwischen gestrichen: »Doch hassen die Blinden jene, die für sie im Lichte tätig sind.« – Schließlich hat Jünger auch unter dem 20. Oktober 1944 den dritten Satz im zweiten Absatz gestrichen: »Bei der Entfaltung der ›Tannenbäume‹ soll sich der Massen eine tierische Angst bemächtigen; Frauen, Greise und Kinder werden erdrückt.« – All diese Änderungen beeinflussen selbstverständlich nicht nur den Stil dieser Tagebücher, sondern greifen auch in ihre historische Gestimmtheit ein und verändern so durch sprachlichen Eingriff ihren Inhalt. Freilich lieferte die Tagebuch-Kunst Ernst Jüngers schon immer eben Kunst, keine Dokumente mit authentischem Anspruch. Authentisch war nur immer das so oder so sich dokumentierende Autor-Ich. *Seite 101*

– »Der Waldgang«. Erstveröffentlichung: Frankfurt/M. (Vittorio Klostermann) 1951. S. 44-48. Laut ausdrücklicher Anordnung des Autors an den Verlag durfte hier nur gedruckt werden nach: »Sämtliche Werke«. Bd. 7. Stuttgart (Klett-Cotta) 1980. S. 308-311. © by Verlag Klett-Cotta, Stuttgart. – Die Unterschiede zur Fassung der Erstausgabe sind minimal. *Seite 284*

JÜNGER, FRIEDRICH GEORG (1898-1977)

– »Brockenanstieg«. Erstveröffentlichung: »Iris im Wind. Gedichte«. Frankfurt/M. (Vittorio Klostermann) 1952. S. 92-94. © by Vittorio Klostermann Verlag, Frankfurt/M. *Seite 524*

– »Ein kleiner Unfall«. Erstveröffentlichung: »Die Pfauen und andere Erzählungen«. München (Hanser) 1952. S. 60-64. © by Verlag Klett-Cotta, Stuttgart. *Seite 526*

KASACK, HERMANN (1896-1966)
»Starnberger See«; »Verschneiter Park«. Erstveröffentlichung: »Das ewige Dasein. Gedichte«. Berlin, Frankfurt/M. (Suhrkamp) 1949. S. 26, 27. © by Suhrkamp Verlag, Frankfurt/M. *Seite 129*

KASCHNITZ, MARIE LUISE (1901-1974)
– »Europa«. Erstveröffentlichung: »Merkur«. 1949. H. 1. S. 36-37. © by Claassen Verlag, Hildesheim. *Seite 93*
– »Zukunftsmusik«. Erstveröffentlichung: »Zukunftsmusik. Gedichte«. Hamburg (Claassen) 1950. S. 9-12. © by Claassen Verlag, Hildesheim. *Seite 235*
– »Das dicke Kind«. Erstveröffentlichung: »Die Gegenwart«. 1951. H. 18. Hier aus: Dies.: »Das dicke Kind und andere Erzählungen«. Krefeld (Scherpe) 1952. S. 5-13. © by Scherpe Verlag, Krefeld. *Seite 338*
– »Hiroshima«. Erstveröffentlichung: »Die Gegenwart«. 1951. H. 20. Hier aus: Dies.: »Gesammelte Werke in sieben Bänden«. Bd. 5: »Die Gedichte«. Hg. von Christian Büttrich und Norbert Miller. Frankfurt/M. (Insel) 1985. S. 258-259. © by Dr. Eberhard Horst. *Seite 317*

KÄSTNER, ERHART (1904-1974)
»Zeltbuch von Tumilad«. Erstveröffentlichung: Wiesbaden (Insel) 1949. S. 19-26. © by Insel Verlag, Frankfurt/M. *Seite 108*

KEUN, IRMGARD (1905-1982)
»Ferdinand, der Mann mit dem freundlichen Herzen. Roman«. Erstveröffentlichung: Düsseldorf (Droste) 1950. S. 37-40. © by Claassen Verlag, Hildesheim. *Seite 154*

KIPPHARDT, HEINAR (1922-1982)
»In unseren Schlachthöfen zu singen«. Erstveröffentlichung: Michael Tschesno-Hell (Hg.): »Neue Deutsche Lyrik«. Berlin (Aufbau) 1951. S. 65-66. Abdruck mit Genehmigung von Pia Kipphardt und des Rowohlt Verlags, Reinbek. *Seite 383*

KOEPPEN, WOLFGANG (* 1906)
»Tauben im Gras. Roman«. Erstveröffentlichung: Stuttgart, Hamburg (Scherz & Goverts) 1951. S. 7-20. © by Suhrkamp Verlag, Frankfurt/M. *Seite 414*

KOLB, ANNETTE (1870-1967)
»Präludium zu einem Traumbuch«. Erstveröffentlichung: »Neue Rundschau«. 1951. H. 1. S. 92-98. © 1951 by S. Fischer Verlag, Frankfurt/M. *Seite 296*

KOLBENHOFF, WALTER (1908-1993)
»Heimkehr in die Fremde«. Erstveröffentlichung: München (Nymphenburger Verlagshandlung) 1949. Hier aus: Frankfurt/M. (Büchergilde Gutenberg) 1949. S. 150-157. © 1949 by Nymphenburger Verlagshandlung in der F.A. Herbig Verlagsbuchhandlung, München. *Seite 60*

KOLMAR, GERTRUD (1894-1943)
»Wir Juden«. Erstveröffentlichung: »Sinn und Form«. 1949. H. 2. S. 17-18. © by Kösel-Verlag, München. *Seite 36*

KROLOW, KARL (* 1915)
– »Katze im Sprung«. Erstveröffentlichung: »Auf Erden. Gedichte«. Hamburg (Ellermann) 1949. S. 13. © by Suhrkamp Verlag, Frankfurt/M. *Seite 130*
– »Die Laubgeister«. Erstveröffentlichung: »Merkur«. 1950. H. 3. S. 273. © by Suhrkamp Verlag, Frankfurt/M. *Seite 169*
– »Die Überwindung der Schwermut«. Erstveröffentlichung: »Die Zeichen der Welt. Neue Gedichte«. Stuttgart (Deutsche Verlags-Anstalt) 1952. S. 59-60. © by Suhrkamp Verlag, Frankfurt/M. *Seite 525*

KUNERT, GÜNTER (* 1929)
»Gedicht«. Erstveröffentlichung: »Sinn und Form«. 1950. H. 2. S. 94-96. © 1977 by Carl Hanser Verlag, München, Wien. *Seite 258*

LAMPE, FRIEDO (1899-1945)
»Schwanentod«. Erstveröffentlichung: »Merkur«. 1950. H. 4. S. 427. © 1955 by Rowohlt Verlag, Hamburg. – Redaktionelle Anmerkung im Erstdruck: »Dieses letzte Dokument seiner Feder schrieb Lampe einige Wochen vor seinem Tode nieder.« *Seite 147*

LEHMANN, WILHELM (1882-1968)
– »Atemholen«. Erstveröffentlichung: »Noch nicht genug. Gedichte«. Tübingen (Heliopolis) 1950. Hier aus: Ders.: »Gesammelte Werke in acht Bänden«. Bd. 1: »Sämtliche Gedichte«. Hg. von Hans Dieter Schäfer. Stuttgart (Klett-Cotta) 1982. S. 180. © 1982 by Verlag Klett-Cotta, Stuttgart. *Seite 167*
– »Deutsche Zeit 1947«. Erstveröffentlichung: »Noch nicht genug. Gedichte«. Tübingen (Heliopolis) 1950. S. 7. © 1982 by Verlag Klett-Cotta, Stuttgart. *Seite 256*
– »Göttersuche«. Erstveröffentlichung: »Die Neue Zeitung«, München, 24.3.1951. Hier aus: Ders.: »Gesammelte Werke in acht Bänden«. Bd. 1: »Sämtliche Gedichte«. Hg. von Hans

Dieter Schäfer. Stuttgart (Klett-Cotta) 1982. S. 211. © 1982 by Verlag Klett-Cotta, Stuttgart. *Seite 295*

LENZ, SIEGFRIED (* 1926)
»Es waren Habichte in der Luft«. Erstveröffentlichung: Hamburg (Hoffmann und Campe) 1951. S. 62-74. © 1951 by Hoffmann und Campe Verlag, Hamburg. *Seite 287*

LEONHARD, RUDOLF (1889-1953)
»St.-Etienne«. Erstveröffentlichung: »Sinn und Form«. 1950. H. 3. S. 130. © by Wolfgang Leonhard. *Seite 239*

LORBEER, HANS (1901-1973)
»Der Dichter«. Erstveröffentlichung: Michael Tschesno-Hell (Hg.): »Neue Deutsche Lyrik«. Berlin (Aufbau) 1951. S. 85. © by Aufbau-Verlag, Berlin. *Seite 352*

MANN, KLAUS (1906-1949)
»Der Wendepunkt. Ein Lebensbericht«. Erstveröffentlichung: Frankfurt/M. (Fischer) 1952. S. 304-315. © 1989 by Rowohlt Verlag, Reinbek. *Seite 436*

MANN, THOMAS (1875-1955)
– *»Wie steht es um die Nachkriegsdichtung?«* Erstveröffentlichung: »De Kim«, Amsterdam. 1949. Nr. 1. Hier aus: Ders.: »Gesammelte Werke in dreizehn Bänden«. Bd. 10: »Reden und Aufsätze 2«. Frankfurt/M. (Fischer) 2. durchgesehene Auflage 1974. S. 924. © 1960, 1974 by S. Fischer Verlag, Frankfurt/M. *Seite 13*
– »Die Entstehung des Doktor Faustus. Roman eines Romans«. Erstveröffentlichung: Amsterdam (Bermann-Fischer) 1949. Hier aus: Ders.: »Gesammelte Werke in dreizehn Bänden«. Bd. 11: »Reden und Aufsätze 3«. Frankfurt/M. (Fischer) 2. durchgesehene Auflage 1974. S. 232-238. © 1949 by Bermann-Fischer/Querido Verlag, Amsterdam. Abdruck mit Genehmigung des S. Fischer Verlags, Frankfurt/M. *Seite 113*
– »Der Erwählte«. Erstveröffentlichung: Frankfurt/M. (Fischer) 1951. Hier aus: Ders.: »Gesammelte Werke in dreizehn Bänden«. Bd. 7. Frankfurt/M. (Fischer) 2. durchgesehene Auflage 1974. S. 9-15. © 1951 by S. Fischer Verlag, Frankfurt/M. *Seite 347*

MIEGEL, AGNES (1879-1964)
»Ich stieg, mein Volk, aus Dir«; »Herbst 1945«. Erstveröffentlichung: »Du aber bleibst in mir. Flüchtlingsgedichte«. Hameln (Verlag der Bücherstube Fritz Seifert) 1949. S. 5, 8. © by Deutsche Schillergesellschaft, Marbach am Neckar. *Seite 96*

NIEBELSCHÜTZ, WOLF VON (1913-1960)
»Der blaue Kammerherr. Galanter Roman in vier Bänden«. Bd. 1. Erstveröffentlichung: Frankfurt/M. (Suhrkamp) 1949. S. 212-220. © by Suhrkamp Verlag, Frankfurt/M. *Seite 123*

PLIEVIER, THEODOR (1892-1955)
»Moskau. Roman«. Erstveröffentlichung: München (Desch) 1952. S. 438-445. © 1991 by Verlag Kiepenheuer & Witsch, Köln. *Seite 451*

POELCHAU, HARALD (1903-1972)
»Die Todeszelle«. Erstveröffentlichung: »Die letzten Stunden«. Berlin (Volk und Welt) 1949. S. 40-45. *Seite 134*

POETHEN, JOHANNES (* 1928)
»Das Labyrinth«. Erstveröffentlichung: »Lorbeer über gestirntem Haupt. Sechs Gesänge«. Düsseldorf, Köln (Diederichs) 1952. S. 12-14. © by Eugen Diederichs Verlag, München. *Seite 522*

REINIG, CHRISTA (* 1926)
»Der Henker«; »Robinson«; »Der Morgen«; »Der Hirte«. Erstveröffentlichung: Michael Tschesno-Hell (Hg.): »Neue Deutsche Lyrik«. Berlin (Aufbau) 1951. S. 103-106. © by Verlag Eremiten-Presse, Düsseldorf. *Seite 386/387*

REMARQUE, ERICH MARIA (1898-1970)
»Der Funke Leben. Roman«. Erstveröffentlichung: Köln, Berlin (Kiepenheuer & Witsch) 1952. S. 191-196. © 1952, 1988 by Verlag Kiepenheuer & Witsch, Köln. *Seite 446*

RENN, LUDWIG (1889-1979)
»Casto und Ramón«. Erstveröffentlichung: »Sinn und Form«. 1951. H. 4. S. 71-75. © by Aufbau-Verlag, Berlin, Weimar. *Seite 399*

RICHTER, HANS WERNER (1908-1993)
– »Die Geschlagenen. Roman«. Erstveröffentlichung: München (Desch) 1949. Hier aus: München (Bertelsmann) 1978. S. 138-147. © 1978 by C. Bertelsmann Verlag, München. *Seite 18*
– »Sie fielen aus Gottes Hand. Roman«. Erstveröffentlichung: München (Desch) 1951. S. 75-80. © by Toni Richter. *Seite 395*

ROCH, HERBERT (* 1907)
»Tausend Gramm«. Erstveröffentlichung: Wolfgang Weyrauch (Hg.): »Tausend Gramm. Sammlung neuer deutscher Geschichten«. Hamburg, Stuttgart, Baden-Baden, Berlin (Rowohlt) 1949. S. 129-133. © by Helmut Roch. *Seite 29*

RÜHMKORF, PETER (* 1929)
»Ich habe vor, Sie zu bessern«; »Was überdauert«. Erstveröffentlichung: »Das Goldene Tor«. 1951. H. 2. S. 148-149. © by Peter Rühmkorf. – Erschienen unter dem Namen P. C. H. Rühmkorf. *Seite 380/381*

SALOMON, ERNST VON (1902-1972)
»Der Fragebogen«. Erstveröffentlichung: Hamburg (Rowohlt) 1951. S. 52-56. © 1951 by Rowohlt Verlag, Hamburg. *Seite 410*

SCHAEFER, ODA (1900-1988)
»An meinen Sohn«. Erstveröffentlichung: »Merkur«. 1950. H. 1. S. 29-30. © 1985 by R. Piper Verlag, München. *Seite 233*

SCHMIDT, ARNO (1914-1979)
»Brand's Haide«. Erstveröffentlichung: »Brand's Haide. Zwei Erzählungen«. Hamburg (Rowohlt) 1951. S. 7-15. © 1951 by Rowohlt Verlag, Hamburg. Abdruck mit Genehmigung des S. Fischer Verlags, Frankfurt/M. *Seite 428*

SCHNEIDER-LENGYEL, ILSE (1903-1972)
»name«; »bunker«; »dosis«; »zufluchten«; »stränge«. Erstveröffentlichung: »september-phase«. Frankfurt/M. (Frankfurter Verlagsanstalt) 1952. S. 25, 43, 69, 74, 81. © by Frankfurter Verlagsanstalt, Frankfurt/M. *Seite 497 – 499*

SCHNURRE, WOLFDIETRICH (1920-1989)
»Das Brot«. Erstveröffentlichung: »Die Rohrdommel ruft jeden Tag«. Witten, Berlin (Eckart) 1950. S. 5-11. © by Marina Schnurre. *Seite 243*

SCHRÖDER, RUDOLF ALEXANDER (1878-1962)
»Der Mann und das Jahr. Ein Nachtgespräch / Sylvester 1945«. Erstveröffentlichung: »Die geistlichen Gedichte«. Berlin, Frankfurt/M. (Suhrkamp) 1949. S. 372-374. © by Suhrkamp Verlag, Frankfurt/M. *Seite 97*

SCHROERS, ROLF (1919-1981)
»Das Schlüsselloch«. Erstveröffentlichung: »Neue Rundschau«. 1950. H. 3. S. 398-401. © by Ilse Schroers. *Seite 187*

SEGHERS, ANNA (1900-1983)
»Die gerechte Verteilung«. Erstveröffentlichung: »Die Linie. Drei Erzählungen«. Berlin (Aufbau) 1950. S. 51-64. © 1994 by Aufbau Taschenbuch Verlag, Berlin. *Seite 249*

SIMMEL, JOHANNES MARIO (* 1924)
»Das geheime Brot. Roman«. Erstveröffentlichung: Wien, Hamburg (Zsolnay) 1950. S. 7-12. © by Droemer Knaur Verlag, München. *Seite 240*

STRITTMATTER, ERWIN (1912-1994)
»Ochsenkutscher«. Erstveröffentlichung: Potsdam (Märkische Druck- und Verlags GmbH) 1950. S. 7-18. © by Eva Strittmatter. *Seite 156*

THIESS, FRANK (1890-1977)
»Die Straßen des Labyrinths. Roman«. Erstveröffentlichung: Wien, Hamburg (Zsolnay) 1951. S. 568-577. © by Paul Zsolnay Verlag, Wien. *Seite 353*

TUMLER, FRANZ (* 1912)
»Heimfahrt. Roman«. Erstveröffentlichung: Salzburg, Köln, Zürich (Pilgram) 1950. S. 258-281. © by Franz Tumler. *Seite 218*

WEIL, GRETE (* 1906)
»Ans Ende der Welt«. Erstveröffentlichung: Berlin (Volk und Welt) 1949. S. 5-18, 100-107. © by Grete Weil, vertreten durch Verlag Nagel & Kimche, Zürich, Frauenfeld. *Seite 37*

WEINERT, ERICH (1890-1953)
»Bekenntnis eines Künstlers zur neuen Welt«. Erstveröffentlichung: »Menschen und Werke. Vom Wachsen und Werden des neuen Lebens in der Deutschen Demokratischen Republik«. Hg. vom Deutschen Schriftsteller-Verband. Berlin (Aufbau) 1952. Hier aus: Ders.: »Gesammelte Gedichte«. Bd. 6: »Gedichte 1941-1953«. Berlin, Weimar (Aufbau) 1975. S. 559-560. © by Aufbau-Verlag, Berlin. *Seite 510*

WEISS-RÜTHEL, ARNOLD (1900-1949)
»Die Erschießung des Bibelforschers«. Erstveröffentlichung: Wolfgang Weyrauch (Hg.): »Tausend Gramm. Sammlung neuer deutscher Geschichten«. Hamburg, Stuttgart, Baden-Baden, Berlin (Rowohlt) 1949. S. 188-193. © by Erasmus Weiß-Rüthel. *Seite 32*

WEYRAUCH, WOLFGANG (1904-1980)
- *»Aus dem Nachwort«*. Erstveröffentlichung: Wolfgang Weyrauch (Hg.): »Tausend Gramm. Sammlung neuer deutscher Geschichten«. Hamburg, Stuttgart, Baden-Baden, Berlin (Rowohlt) 1949. S. 217-218. © by Margot Weyrauch. *Seite 26*
- »Woher kennen wir uns bloß?« Hörspiel. Erstsendung: SDR, 1952. Regie: Martin Walser. Erstveröffentlichung: »Dialog mit dem Unsichtbaren«. Olten, Freiburg i.Br. (Walter) 1962. S. 10-15. © by Walter-Verlag, Solothurn. *Seite 475*

WIENS, PAUL (1922-1982)
»Matrose von morgen«. Erstveröffentlichung: Michael Tschesno-Hell (Hg.): »Neue Deutsche Lyrik«. Berlin (Aufbau) 1951. S. 136-138. © by Aufbau-Verlag, Berlin. *Seite 384*

ZUCKMAYER, CARL (1896-1977)
»Der Gesang im Feuerofen«. Uraufführung: Deutsches Theater Göttingen, 3.11.1950. Regie: Heinz Hilpert. Erstveröffentlichung: Frankfurt/M. (Fischer) 1950. S. 109-114. © 1950 by S. Fischer Verlag, Frankfurt/M. *Seite 175*

Irmgard Keun im dtv

Foto: Isolde Ohlbaum

Das kunstseidene Mädchen
Doris will weg aus der Provinz, die große Welt erobern. In Berlin stürzt sie sich in das Leben der Tanzhallen, Bars und Literatencafés – und bleibt doch allein.
dtv 11033

Das Mädchen, mit dem die Kinder nicht verkehren durften
Von den Streichen und Abenteuern eines Mädchens, das nicht bereit ist, die Welt einfach so zu akzeptieren, wie sie angeblich ist.
dtv 11034 / dtv großdruck 25050

Gilgi – eine von uns
Gilgi ist einundzwanzig und hat einiges satt: die Bevormundung durch ihre (Pflege-)Eltern, die »sich ehrbar bis zur silbernen Hochzeit durchgelangweilt« haben, die »barock-merkantile« Zudringlichkeit ihres Chefs und den Büroalltag sowieso. Da trifft es sich gut, daß sie sich in Martin verliebt. Doch als sie bei ihm eingezogen ist, kommen ihr Zweifel...
dtv 11050

Nach Mitternacht
Deutschland in den dreißiger Jahren. Ein Konkurrent hat Susannes Freund denunziert. Als er aus der »Schutzhaft« entlassen wird, rächt er sich bitter, und Susanne muß sich entscheiden...
dtv 11118

D-Zug dritter Klasse
In der Zeit des Nationalsozialismus treffen in einem Zug von Berlin nach Paris zufällig sieben Menschen aus unterschiedlichsten Gesellschaftsschichten und mit unterschiedlichsten Reisemotiven zusammen...
dtv 11176

Ich lebe in einem wilden Wirbel
Briefe an Arnold Strauss 1933 bis 1947
dtv 11229

Marie Luise Kaschnitz im dtv

Foto: Rosemarie Clausen

»Ich habe in meinem Werk versucht, den Blick des Lesers auf das Bedeutsame zu lenken, auf die wunderbaren Möglichkeiten und die tödlichen Gefahren für den Menschen und auf die bestürzende Fülle der Welt.« (Marie Luise Kaschnitz in ihrer Dankesrede zur Verleihung des Georg-Büchner-Preises 1955 in Darmstadt)

Der alte Garten
dtv 11216/dtv großdruck 25075

Mitten in einer großen Stadt liegt ein verwilderter Garten, den zwei Kinder voll Neugier und Abenteuerlust für ihre Spiele erobern. Aber die Natur wehrt sich gegen die ungestümen Eindringlinge... Ein literarisches Gleichnis für den sorglosen Umgang mit unserer Welt.

Griechische Mythen
dtv 11758

Bekannte und weniger bekannte Mythen hat Marie Luise Kaschnitz in diesen frühen, sehr persönlich gefärbten Nacherzählungen dargestellt.

Lange Schatten
dtv 11941

Einundzwanzig Geschichten, die in Frankfurt am Main und London, in Rom und am Meer und in den Albaner Bergen spielen. Erzählungen von Alltäglichem, das nicht selten eine unerklärliche Wendung nimmt...

Wohin denn ich
dtv 11947

Ein literarisches und menschliches Dokument aus einem »Zwischenreich« des Lebens: Nach Jahren der Trauer über den Verlust des Mannes findet Marie Luise Kaschnitz auf Vortragsreisen zu einem neuen Selbst- und Weltverständnis.

»Was immer sie schrieb – ob Lyrik oder Prosa, ob Erinnerungen oder Tagebücher –, es zeichnet sich durch kammermusikalische Intimität aus. Sie war eine leise Autorin. Gleichwohl ging von ihren besten Büchern eine geradezu alarmierende Wirkung aus.« (Marcel Reich-Ranicki)

Oskar Maria Graf im dtv

Die Chronik von Flechting
Kraftvoller Dorfroman, erzählt aus dem 19. Jahrhundert
dtv 1425

Die gezählten Jahre
Packende Zeitgeschichte, 1934 im Exil entstanden
dtv 1545

Wir sind Gefangene
Ein Bekenntnis
Grafs Erlebnisse 1905 bis 1918
dtv 1612

Das Leben meiner Mutter
Grafs Mutter, eine einfache Frau aus dem Volke
dtv 10044

Gelächter von außen
Aus meinem Leben 1918 bis 1933
dtv 10206

Kalendergeschichten
dtv 11434

Der harte Handel
Kriminalfall aus der bayrischen Heimat
dtv 11480

Anton Sittinger
Politische Enthaltsamkeit gerät zum Duckmäusertum
dtv 11855

Die Erben des Untergangs
Roman einer Zukunft
dtv 11880

An manchen Tagen
Reden, Gedanken und Zeitbetrachtungen
dtv 11898

Jedermanns Geschichten
dtv 11899

Reise in die Sowjetunion 1934
dtv 71012